秋天的时候，彼此的我许...
愿得到你，将我的潜藏到极致的爱意
完整地毫无保留地献给你
即便这份爱、卑微又渺小
哪那却是我跨过时间、跨过山川
永远捧以着的无限遐想与期待、
那是我早已深藏的满腔热忱

Orange
橘子洲

树以、哪怕有一点希望、
我也会竭尽全力来到你的身边、
奉献出我最真挚的祝福与爱
来度你、此去平安
也愿我、能在某日、
将深刻在心底、渴望过生命的人
如愿、拥入怀中。
　　　　——《时光》　许嘉礼以咸禾

咬

我 爱 你

岑利 ——

JE T'AIME.

著

定

上

江苏凤凰文艺出版社

JIANGSU PHOENIX LITERATURE AND
ART PUBLISHING

图书在版编目（CIP）数据

咬定：全2册 / 岑利著 . — 南京：江苏凤凰文艺
出版社，2023.3
ISBN 978-7-5594-6874-1

Ⅰ . ①咬… Ⅱ . ①岑… Ⅲ . ①长篇小说 – 中国 – 当代
Ⅳ . ① I247.5

中国版本图书馆 CIP 数据核字 (2022) 第 094922 号

咬定：全2册

岑利 著

出　　品	橘子洲文化	
责任编辑	白　涵	
特约编辑	王　婷	
版式设计	天　缈	
营销编辑	一　川　史志云　杨　迎	
出版发行	江苏凤凰文艺出版社	
	南京市中央路 165 号，邮编：210009	
网　　址	http://www.jswenyi.com	
印　　刷	环球东方（北京）印务有限公司	
开　　本	880 毫米 ×1230 毫米 1/32	
印　　张	19.75	
字　　数	580 千字	
版　　次	2023 年 3 月第 1 版	
印　　次	2023 年 3 月第 1 次印刷	
书　　号	ISBN 978-7-5594-6874-1	
定　　价	78.00 元（全 2 册）	

江苏凤凰文艺版图书凡印刷、装订错误，可向出版社调换，联系电话 025-83280257

目录

CONTENTS

Chapter1　归来·久别重逢　　　001

Chapter2　晚安·戚姐姐　　　026

Chapter3　缘分·我不从　　　055

Chapter4　回忆·少年初心　　　073

Chapter5　拯救·独自忍耐　　　102

Chapter6　虔诚·温柔陪伴　　　128

Chapter7　弟弟·接我回家　　　157

Chapter8　悸动·擦过唇角　　　181

Chapter9　醉酒·导盲犬　　　211

Chapter10　贪婪·唯一　　　239

Chapter11　窃喜·心跳加速　　　265

Chapter12　告白·新年快乐　　　289

暗恋

JE T'AIME.

没有一个人知道，

在那个秋日午后，

坐在窗台前的少年，

远远地看着少女的背影，许了一个愿。

而此后，

这成了他一辈子的图谋和念想。

Chapter1
归来·久别重逢

雨下得有些大了。

雨滴被风刮过砸在车窗上，噼里啪啦作响。

戚禾看着窗外模糊的雨景，皱了下眉。

"小姐不好意思啊，现在下班高峰，又下雨了，全都堵在这儿了。"司机透过后视镜往后看来，无奈解释着。

"没事，我不急。"戚禾随意回了句，"正好我也没带雨伞。"

"这雨也下不久，应该等会儿就停了。"司机看着四周停滞的车流，皱眉，"不过下得也真不是时候。"

话音传来，戚禾余光瞄见了街对面的一道人影，等看清后，她扬起眉，随声附和了一句："是啊，真不是时候。"

说完，没等司机回复，她转头开口："师傅在这儿停吧。"

司机一愣，道："在这儿？"

"嗯。"戚禾看了眼不远的会所，"差不多也到了。"

"可这还下雨，要不要先开到路边？"

"不用，这样刚好。"

"啊？"司机还没反应过来，就见后边的女人打开了车门，弯腰下了车。

外头的雨势明显比看着的要大，雨滴砸到身上有些冰冷。

戚禾随手拿过身上的包挡在自己头上，一边快步走过车流往街边方向去，一边给宋晓安发信息。

四周车流停滞，恰好傍晚时分，黄昏的光影，衬得雨景中那道纤细的身影有些明艳显目。

"你怎么回事？一路淋雨过来的？"街边刚下车的宋晓安收到戚禾的信息，下一秒就看到她人顶着一个包出现在自己面前，震惊又诧异。

戚禾走到她伞下，拍了拍身上的雨水，解释着："没，堵车，看到你刚从车上下来。"

"你什么时候这么爽快了，居然还舍得淋雨。"宋晓安打开副驾驶门，从里头拿出纸巾帮她擦了擦雨水，皱眉，"你这落汤鸡的样子，那群人等会儿见到你，指不定又有话说了。"

戚禾挑眉："那正好。"

"正好什么呢。"宋晓安说，"这破玩意儿聚会说是给林妙过生日，但不就是想对你落井下石，你是刚回国脑子没转过弯才来的吧？"

戚禾听到后半句，睨她："骂我缺根筋？"

宋晓安轻嗤："亏你还能听出来。"

戚禾挑眉，还没等她接话，后头忽地传来一阵骚动，两人相继转头。可能总是有说曹操曹操到的定律，只见几辆车驶来停靠在前边不远处的宴厅会所前。

宋晓安眯眼看清下车的人影后，啧了一声："可真会选时候，偏偏等我骂完就过来了，所以……"

戚禾闻言扬了下眉，等她的后半句。

"所以，"见前边的人看来，宋晓安面上扬起笑，挽着她慢步往前走，保持着大小姐的优雅，而声音从嘴角冒出来，"我决定以后不在背后说人坏话。"

两人接近会所前，戚禾被她的话逗笑："你的胆子还能再大点吗？"

宋晓安正要反驳，先被对面的人打断："戚禾？"

戚禾抬眸看去，前边打扮得花枝招展的大小姐们，一脸惊喜又诧异地看来。

"这么巧，你也来参加生日会啊。"

"林妙都没和我们说你要来。"

"不过你真的是越来越漂亮啊，我们都差点没认出来。"

熟悉的恭维话和吹捧声响起，瞬时被簇拥在中心的戚禾表情淡定，听到最后时抬了抬眉："我是整容了吗？"

几人噎了下，戚禾不甚在意地朝大厅轻抬下巴："先进去吧，在这儿站着，不知道的可能都要把你们当门卫了。"说完，她也没等人反应，直接领着宋晓安往里走。

在戚禾转身的一刻，身后的大小姐立即反应过来了她话里的意思。

这是没把她们的精心打扮放在眼里呢。

大小姐们一口气噎在喉咙里不上不下的，但也不再在门口逗留，快步跟上了前头的两人。

生日宴会厅在五楼，戚禾和宋晓安出了电梯，一眼就瞧见了厅内华丽奢侈的装潢布置。

"这是要开演唱会呢？"宋晓安入场，看了眼厅内如昼的灯光，小声吐槽着。

戚禾没答，反倒是看上了每桌上赠送的伴手礼，一套茶具套装。

"嗯？"宋晓安顺着她的视线望去，眨眼，"你看这个干什么？"

"你说，"戚禾沉吟一声，"我拿出去能卖多少钱？"

宋晓安无语："你想钱想疯了？"

戚禾轻笑着，余光瞥见有身影接近，她偏头看去，随后眉梢微扬。

林妙穿着一身高定服，彰显着自己的寿星和主人身份，她端着酒杯笑道："戚禾，好久不见。"

戚禾点头，语气有些随意："好久不见。"

林妙皮笑肉不笑着："你什么时候回来的，怎么都没有和我们说一声？"

"刚回来不久，一个月而已。"戚禾说，"哦对了，祝你生日快乐，生日礼物……"

"哪儿还用得着礼物呢。"林妙似是善解人意说，"你家里刚发生这么多事，应该挺累的，能过来参加我生日，我已经很开心了。"

戚禾轻笑了声："你误会了，我是想说生日礼物，我没准备。"

林妙表情瞬间凝固了一下，有点怀疑自己听错了。

"没办法，你也知道我家最近经济有点拮据。"戚禾遗憾地叹了一口气，"但我想按你我的关系，不送礼不好，所以就还是想给你个祝福。"

宋晓安听着戚禾这瞎乱扯的话，再配上她真情实感的语气，差点都要给她鼓掌颁奖了。

林妙噎了几秒，但还是保持着良好的礼仪，扯着嘴角："那还真是谢谢你了。"

戚禾语调散漫，勾着唇道了句："别客气。"

林妙浅抿了抿香槟，扯起别的话题："你刚回国，应该还没找到合适的工作吧？"

"还行。"戚禾表情淡定，"最近刚找到一个。"

宋晓安一脸茫然看她，眼神询问她：你什么时候找到的，我怎么不知道？

戚禾看了眼，让她少安毋躁。

林妙也没料到她居然能这么快找到工作，愣了下忽然扫到她外套上未干的水痕，想到什么后，扬了下眉道："你衣服怎么湿了，司机没带伞——哦忘了，你家现在已经没有司机了，不会是淋雨过来的吧？"

闻言，戚禾抬手拂下肩膀，云淡风轻地应了声："是啊，淋了一会儿，你应该不知道打车钱挺贵的，我现在也花不起。"

林妙见她这突然示弱，愣了下，还没反应过来，就见对面的女人眼尾轻抬看来，拖腔散漫："不过既然都说到这儿，今天也恰好是你生日，要不要考虑做个善事？"

林妙疑惑："什么善事？"

戚禾身子侧靠在桌前，指尖敲了下她的酒杯，扬起眉眼："看在你我往日姐妹情分上，考虑资助我一下？"

林妙觉得好笑，下意识开口："我为……"话还没说完，林妙突然记起这儿是哪儿，顶着四周人的视线，话音生硬地转了下，"为你资助什么？"

鱼上钩。

戚禾嘴角笑意加深："你有没有听过一句话？"

林妙看她："什么？"

戚禾语调轻拖，意味深长地看她："香火有多大，善心自然就有多大。"

林妙无语。我看你吹呢。

生日会还没结束，戚禾却领着宋晓安先行离场了。

"你行啊，难怪刚刚淋雨还说正好，原来早打好算盘了，我算是看出来了，你今天是特意来打秋风的。"

宋晓安走出电梯，看了眼身旁人手里多出的银行卡，连连感叹。

"错了。"戚禾指间夹着卡晃了晃，"这是资助。"

宋晓安被气笑："你当林妙傻呢。"

刚刚在上头，林妙要是再不明白戚禾的意思，那她在这圈子里就白混了这么多年，偏偏戚禾这人也抓准了现在这个时机和自身的现状。

主动求助的是她，示弱的也是她。如果林妙拒绝这请求，那可真的不会落得什么好名声。毕竟处于弱势的人总会让人多几分同情，而且这处于弱势的人还是之前声名远扬的戚大小姐。

"哦，还有。"宋晓安撑伞和她往外走，疑惑地看她，"你什么时候找到工作了？"

戚禾解释："有个朋友的画室正缺老师，我不是学美术的吗，正好专业对口就答应了。"

"老师？"宋晓安上下扫视她，"你是哪门子的老师？"

戚禾也扫她："我怎么了？"

宋晓安说："我觉得我有必要提醒你一下，你刚刚在上面做了什么事。"

戚禾挑眉："这和我的专业技术貌似并没有什么关系。"

"行吧。"

两人走到车旁上车，宋晓安开车带她到了两人以前常去的面馆吃饭。

冬日雨夜，又已经过了饭点，但店内人还是挺多的。戚禾进店，环视了一圈后，就近选了张靠外正对大门的位置。宋晓安看着墙上贴的老旧菜单，熟练地帮她点了碗招牌牛肉面，又给自己加了其他的。

两人等面期间，宋晓安莫名问她："不过你确定会教？如果教不好怎么办？"

闻言，戚禾扬了下眉："可能没和你说过……"

"嗯？"

"我以前当过老师。"

宋晓安一愣："你？什么时候？"

戚禾细想了下，不确定道："大三的时候？"

"大三？"宋晓安猜测，"当家教啊？"

"嗯。"戚禾表情懒散，漫不经心道，"教了一年。"

宋晓安眨眼："男的？"

戚禾扬眉："怎么说？"

"能让你教一年的，我可不认为是个女生。"宋晓安好奇地凑近，"所以长得很帅？"

"想什么呢。"戚禾推开她，纠正她的邪恶思想。

宋晓安坐回位置上："我就问问帅不帅有问题？"

戚禾被她的欲盖弥彰逗笑："帅能当饭吃？"

"能啊。"宋晓安抬头补充一句，"在我这儿能，还有……"说着，宋晓安用手肘突然撞了她一下，下巴往外轻抬，"那位也肯定能。"

戚禾稍顿，顺着她的目光看了过去。

店外雨还在下，路灯也早早亮起，朦胧雨丝在昏黄的灯光下清晰可见，一点点飘落在前方男人的伞面上。视线沿着伞骨下移，看到那截冷白消瘦的手腕，他穿着简单的黑色大衣，身材高挑清瘦，拾级而上走进店内。

下一秒，伞收起的一瞬间，戚禾也看见了他的脸。他的肤色白到病态，额发稍垂，有一双极为好看的眉眼，眸尾轻勾，却显得有些冰冷阴郁。这熟悉又陌生的五官。

戚禾还在恍惚回忆，一旁的店员端着面走来打断她的思绪。

"两位，您的面。"

"好，谢谢。"宋晓安接过道了声谢。

戚禾回神拿过筷子和汤勺，余光扫见来人站在自己面前，她抬起头。

许嘉礼垂眼。

戚禾看见，他那双比常人淡的瞳仁里，含着影影绰绰的暗沉，淡薄又疏离。

同时，也映出了小小的，模糊又清晰的自己。

戚禾稍愣片刻，还没有开口说什么。

许嘉礼先行垂下眸，将手里的长柄伞立靠在桌角墙面上，随后，他重新抬起眼看来，眸光微敛，对上她的目光，屈指轻敲了下桌面，音调平而淡。"一起？"

一瞬间，戚禾怀疑自己是不是认错了人。要放在以前，许嘉礼可不会这么轻易地提出邀请。

至少……

那个少年不会。

当初让他多说话都是个难事，现在怎么可能还会主动。否定的想法冒出来，戚禾下一秒又想这么多年不见。

人难免会变，总不能像以前一样处事。

更何况，他以前的性子确实也不算好。

宋晓安看自己刚刚说的男人居然站在了两人桌前，还提出拼桌时，她愣了一下，看了圈后边的桌位确实也没什么位置了。

宋晓安侧头看向戚禾，眼神询问她的意见。

戚禾收回思绪，也不确定许嘉礼有没有认出自己，轻点了下头："可以，你坐吧。"

闻言，许嘉礼没有怎么犹豫地坐在了戚禾的对面。

一旁的服务生转头注意到了他，拿着本子走来问他要吃些什么。

见此，戚禾垂眸没再管他，拿起筷子吃自己的面。

而一旁的宋晓安凑近她，夹着面用气音问："这什么情况？"

闻言，戚禾抬眸看向她，眼神询问：什么？

"我们俩今天这是走了什么运，"宋晓安的视线瞥了眼斜对面，含糊小声说，"帅哥居然都自己送上门了。"

"咳！"戚禾正在喝汤，猛地被呛了一口。

她半掩着嘴，连着咳了几声，宋晓安连忙拍着她的背："没事吧？"

戚禾还未答话，忽然瞧见对面那双冷白消瘦的手端起一杯水放在她左手边。她立即拿过喝了一口，温水舒缓嗓间的不适。

戚禾接着又喝了几口，才堪堪止住咳意，她抬起头刚想道谢的时候，对上男人那疏离的眉眼，话音稍顿。

对视两秒。

许嘉礼眼眸轻移，目光从她手中的水杯掠过，而后，他转过头对服务生淡声说："再给我一杯水。"

戚禾一时也不知道他这态度是嫌弃呢，还是好心体贴。但至少她也喝了人家的水，戚禾看着他，礼貌地说了句："谢谢。"

许嘉礼看了她一眼，眼神无波无澜，像是在看着一个陌生人。他也仿佛没听到她的话，冷淡地侧过头，接过服务生端来的牛肉面和水。

戚禾见此，觉得他这态度倒是和当年初见时一样，恍惚了一下后不免有些好笑，唇角微不可见地扯了下。

还真是回忆往昔了。

一旁宋晓安的小眼神在两人之间徘徊，总觉得哪儿怪怪的，但这儿有别人在，她也不好直接开口问。

三人安静地吃着面，其间，宋晓安也没管许嘉礼，如同往常问她话："林妙那张卡你打算怎么办？"

"还能怎么办？"戚禾挑眉，"我不花拿来干吗？"

汤汁有些溅到了餐桌上，戚禾伸手想抽张纸巾擦一擦。

而纸巾盒却被放在了许嘉礼那边，有点远，她看了眼对面的男人放着面不吃，正拿着手机在玩。

她准备作罢时，就见许嘉礼也不知有意还是无意，抬手把纸巾盒拿起，放在了中央。

戚禾抬眸，见他也没有看这边。

"那林妙如果把卡冻结了怎么办？"身旁的宋晓安还在提问。

戚禾回神，伸手轻松地抽了张纸巾，慢条斯理道："她没那脑子。"

宋晓安："啊……"

之后，整个餐桌上许嘉礼一直都没说话，基本上都是戚禾和宋晓安在聊天吃面。

而戚禾胃口一般，吃了几口后都在喝汤，等见宋晓安吃得差不多了，开口说了句："我先去结账。"

宋晓安朝她摆了摆手，戚禾起身往前台走。

结账员先朝她问了声好，正打算计算金额，看了眼她们那桌："那位先生和您一起的吗？"

戚禾想了想点头："一起算吧。"

结账员："好的。"

戚禾用手机付完账，视野角落扫到身旁有人，下意识侧头看去。

许嘉礼不知何时走来站在她身侧，身子高挑修长的，不免让她仰起头看他。刚刚她是坐着远看他走进来，倒没什么特别的感觉，可现在走近后才发现他比她可高了不止一点。

以前也没有这么高吧？

戚禾看了眼他和自己视线平行的肩膀，眉眼抬了抬。

这几年，饭吃得倒挺多。

见他过来，戚禾收回视线，很顺口地问了句："你吃完了？"

话说出口后，她才意识到按两人现在单纯的拼桌身份，说这话有点过于熟稔了。

而许嘉礼闻言似是不在意，淡淡开口："我加你微信。"

这话有些突然。

戚禾拿着手机顿了下，这是认出来自己了？

她还没反应过来，许嘉礼先扫了眼她手机微信上付款成功的界面，似是解释："钱转给你。"

闻言，戚禾明白了他的意思。

"没事不用。"戚禾轻笑了下，"既然能坐在一起，你就当是缘分，反正我也已经付了。"

许嘉礼看着她："缘分？"

"不是有一句话，"戚禾想了想，"相逢即是缘分？"

许嘉礼往她手机扫了一眼，突然道："哪种缘分？"

"嗯?"戚禾一时没反应过来。

两秒后，她顺着看向自己的手机，没懂，抬头望他，眼神带着疑惑和询问。

许嘉礼目光掠过她的手，而后淡声说："一般说这话，"他似是好心提醒，语调有些慢，"都是搭讪。"

戚禾眼皮一跳，试图解释："我没要你的微信。"

许嘉礼点点头，表情平静："所以也可能是……"

下一秒，就听他慢腾腾地给出四个字——"欲擒故纵"。

戚禾在这瞬间突然感受到了进退两难这个词的含义，她噎了一下，思考着该怎么解释自己的行为，斟酌片刻："这个问题……"

许嘉礼垂下眸看她，十分耐心地等着她的回答。

戚禾对上他的目光，他眼皮很薄，长长的眼睫半耷着，盖过了冷郁薄凉，显得那微勾的眼尾，格外地好看。

此时又配上他苍白的面无表情，安静垂眸看着她的状态。

很奇怪，她莫名看出了几分无辜?

戚禾顿了一下，回神尴尬地咳了一声，觉得自己仿佛在欺负一个孩子。

她索性就着他的话，点头："那你把你的微信给我吧。"

闻言，许嘉礼忽然笑了一声。

明明他没说话，戚禾却听着有几分"不出我所料"的意味。

戚禾觉得这状态有点熟悉，以前好像也是这样。

有种陷入死循环的错觉。

还在思考时，许嘉礼伸手拿过了她的手机，在屏幕上打了几个字后又还给了她："钱我到时转你。"

戚禾无所谓，接过手机也没看，转头想问宋晓安吃好没有，就见她一直坐在位置上看着他们，宛如看戏。

收到她的视线时，宋晓安眨了下眼："好了?"

不继续聊聊?

戚禾没理她话里的意思，对许嘉礼随意点了下头："那我们先走了。"

应该没什么机会碰到，也不用说再见了。

戚禾转身示意宋晓安往外走，两人走出面店，宋晓安撑开伞带她到路边车旁，还在问刚刚她和帅哥在聊些什么。

戚禾打开副驾的门坐上车："没聊什么，只是加了个微信。"

"还加微信？"宋晓安单手系着安全带，好奇道，"你们俩这么快就看对眼了？"

戚禾也好奇道："你脑子里都在想什么呢？"

知道自己猜错了，宋晓安无所谓："这帅哥不是挺帅的嘛。"

戚禾眼尾扬了扬，透过车窗看着前边撑伞步入雨景中的男人。

他步伐缓慢地接近停车位，朦胧雨势中，那张侧脸若隐若现的。对比从前，他的五官早已褪去了当初的青涩稚嫩，眉目也变得越来越出众，确实吸引人。

戚禾想起了刚刚的接触。

他的态度一样冷淡。

气质也没怎么变，还是那样从骨子里散发出来的疏离和漠然。

如此时冬日雨夜。

刺骨冰冷。

戚禾隔着距离远远看着，恍惚间，想起了当年第一次见到许嘉礼的场景。

一样的下雨天。却是在老旧的青瓦屋檐下，雨水如玉珠般垂落，砸在地面上溅开，如水墨丹青。

少年侧坐在屋内窗台前，身影消瘦单薄，不知何时，他转过头来。

露出那张病弱苍白的脸，透过雨帘，和她四目相望。

戚禾记得。

那是她第一次看见那样的眼睛。

浅浅的棕灰色，无神又冷漠，落在她身上毫无情绪，像是在看什么死物。

无波无澜。

而他，也像被人遗忘、抛弃了一样。

"没人管我。"少年说。

…………

"沐沐。"

戚禾眼睑一颤，回神见前边的许嘉礼已经上了车，看不见人影了。

"你想什么呢？"宋晓安看她，"我刚刚说话没听见？"

戚禾表情懒散："你说什么了？"

宋晓安发动车子，重复一遍问："你知道那个帅哥叫什么名字吗？"

"怎么？"戚禾慢悠悠问，"你有想法？"

"不是说了，"宋晓安转了转方向盘，朝她抛了个媚眼，"帅哥在我这儿能当饭吃嘛。"

闻言，戚禾不知想到了什么，好笑地说了句："那……应该能吃一辈子饭了。"

"你说什么？"宋晓安在开车没听清。

"没。"戚禾勾唇笑，"想起来忘记告诉你一件事。"

"什么？"

"我认识这个帅哥。"

宋晓安愣了下，抽空转头看她："你怎么认识的？"

戚禾身子往背椅上一靠，朝前边抬了抬下巴："看车。"

宋晓安立即回头看四周路况，开口问："不是，你刚刚不是说不认识吗？"

戚禾挑眉："我什么时候说了？"

"你刚刚……"宋晓安顿了下，她好像确实没说，话音转过，"说吧，怎么认识的？"

戚禾语调懒散："不是说了，我以前当过家教。"

宋晓安蒙了下，猜测道："高三弟弟？"

听着她的称呼，戚禾没忍住纠正："不是高三。"

没管这个，宋晓安眨眼："那你刚刚怎么没说？"

"刚刚是觉得没什么，但现在，"戚禾抬眸看她，语调轻拖，"我怕这位弟弟被你……"

"逼良为夫。"

宋晓安把着方向盘的手差点一滑，无语半晌："你怎么不干脆说我逼良为娼呢？"

戚禾眼尾轻扬："你有这个胆？"

"嗯？我怎么了？"宋晓安不满意了，"我至少也是个有钱大小姐好不好？"

戚禾笑了声："是，你确实有钱。"

宋晓安想起刚刚那男人的样子，又改口道："算了，感觉不大行。"

"嗯？"

"虽然他长得确实是小白脸，但哪儿像是会吃软饭的那款，我可控制不住。"

戚禾想起许嘉礼刚刚那张苍白、毫无气色的脸。以前身体不好，现在看着好像也没什么好转，确实是小白脸。

在心底腹诽完，戚禾扯唇回了句："小白脸也不是你的款，你有什么好控制的。"

"我又不控制。"宋晓安无所谓，"不过你们俩刚刚怎么没有打招呼？"

戚禾想了想："他可能没认出我。"

"没认出来？"宋晓安眨眼，"你大三到现在又没什么变化，怎么会认不出来？"

戚禾好笑道："我就教了他一年，只能算是个认识的姐姐吧。"

"可这不是一日为师，终身为父吗？"

宋晓安笑了声，也只是逗她，没再说这事，继续聊起了别的。

可没聊几句，宋晓安的手机就响了起来。

戚禾扫了眼车载屏幕上闪着的来电名，眼尾扬了扬，自觉不说话。

宋晓安按下接通键："喂，干吗？"

对方直接开口说了句："宝贝儿，到家了吗？"

戚禾侧头看了"宝贝儿"一眼，宋晓安收到她的眼神，咳了一声："何况，乱喊什么呢！"

对面的何况一听这声就了然了，猜到她旁边有人，随意问："我们戚大小姐还不回家？"

被发现点名，戚禾勾唇也坦然接话："怎么，何公子怕我把你们家宝贝儿拐走？"

"怕当然不怕。"何况吊儿郎当地开口，"但还是麻烦戚大小姐早点回家，把我女朋友送回来怎么样？"

听出他这是嫌弃她占用宋晓安时间的意思，戚禾笑了声："行啊，我一定早点回家，不耽误你们俩谈恋爱。"

何况连忙"哎哟"一声："那我可谢谢您了。"

宋晓安："你们俩把我当空气呢？"

何况听到她声音，还是挺严肃的："你快点回家，大晚上的你们两位大小姐，出点事怎么办？"

宋晓安懒得听他唠叨，应付地说了几句后，直接挂了电话。

戚禾已经见怪不怪，懒懒地问："你们俩打算什么时候结婚？"

宋晓安扫她："你呢，什么时候找男朋友？"

戚禾挑了下眉："还有人愿意和我谈恋爱？"

"当然有啊。"宋晓安和她掰扯，"虽然你家道中落，但你还有张脸可以吹吹。"

闻言，戚禾眼尾轻扬，点点头："你这话确实没错。"

从小到大，戚禾一直有个美人名声，根本不用人吹捧。她的美是实实在在的肤白貌美，明眸皓齿，特别是她那似笑非笑的狐狸眼，眼尾很长，眼角上翘并且狭长，是很勾魂的一种眼睛。

因为今天要来参加林妙的生日宴，戚禾也化了点淡妆，红艳艳的唇看着有些勾人心，显得明艳又风情。

"所以我们戚大小姐，打算什么时候谈个恋爱呢？"宋晓安慢悠悠问她。

见引火上身，戚禾自然地扯开话题，问她下周要干什么。

宋晓安扫了她一眼："你打算干什么？"

戚禾："准备去画室那边看看。"

宋晓安一愣："下周就上班？"

"没有。"戚禾看着前边的车况，"先看一下环境。"

"那也行。"宋晓安点头，"本来还想着帮你找找工作呢，没想到你自己先找到了。"

戚禾眨眼道："那怪我动作太快？"

"谁说这个了。"

宋晓安开了一会儿后，等到前边红灯停下，还是转头没忍住问："但是你确定要去当那个画室老师？"

见她还想着这事，戚禾无言到发笑："你想了一路还想这个？"

宋晓安皱眉："不是，我这不是担心你这大小姐性子教不好，人学生家长找上门怎么办？毕竟那可是祖国花朵啊。"

戚禾扬了下眉："你怎么不说我教过祖国高三栋梁呢？"

宋晓安一噎："这能一样吗？"

话说完，前方红灯刚好倒数转为绿灯，车道上车辆纷纷启动，行驶的速度不快，有序前行着。宋晓安松开刹车，跟着前方车往前开。

外边雨还在下，冬日的白日渐短，六点多天色已经昏暗。

宋晓安看了眼后视镜，随口问："不过你这画室是谁开的？靠谱吗？"

戚禾点头："大学学长，人还不错。"说完，她瞥了眼前边速度过快的大众，开口正想要让宋晓安开慢点，别跟太紧。

可还没来得及说出口，前面的大众忽然逆行来了左转弯。

宋晓安猝不及防，连忙踩下刹车。

"刺……"车轮与地面摩擦发出刺耳的声音，车身在减速制动下，猛地刹车一停。

车内两人的身子下意识随着惯性前倾，又被安全带拉了回来，还未缓过神来时，就感到后车尾突然迎来一阵剧烈的撞击，车了顺势猛地往前一冲，直直地朝那辆大众车撞去，砰一声。

追尾了。

四周车子鸣笛声和人声有些乱。戚禾被安全带扣在副驾驶上，大脑空白了几秒，回神后连忙转头问宋晓安："有没有事？"

"我没事。"宋晓安慌乱地看她，"你怎么样？"

戚禾没顾这个，抬头看了眼外边有些混乱的场景，皱了下眉："没事，我们先下车。"

两人解开安全带下车，戚禾单手关上门时，手肘猛地传来一道刺痛，她皱了下眉，转头往后看发现不只是她们这儿被追尾了，后面也有好几辆，就如同多米诺骨牌效应，接连发生撞击。

"姑娘，你们没事吧？"后面追尾她们的司机连忙下车过来。

戚禾还没开口说话，旁边的肇事大众司机也开门下来，看着被撞的车尾，转头就气势汹汹地冲她们大喊："会不会开车！撞我车你们赔得起吗！"

戚禾见他满脸通红，明显带着酒气的状态，转头扫了眼两人的车，没有说话，直接从衣兜里拿出手机，指尖在上头点了点。

醉酒的司机眯眼看清她的动作，皱了下眉："你干什么呢？"

戚禾拿起手机放在耳边，抬眸平静地看人，语调又冷又淡，字词清晰道："您好，我要报警。"

没过多久，交警就过来进行现场勘查，收录了现场照片和情况。

戚禾配合完交警询问后，之前的追尾司机过来问她和宋晓安有没有哪儿不舒服，怕她们出事。戚禾笑着想对他说自己没什么事，刚要开口，突然看见身后不远处站在混乱人群里，一眼夺目的男人。

意外的。

许嘉礼刚好也不知道什么时候转过了视线，在看着她。

隔着嘈杂人群，撞入了他深邃又晦暗不明的目光。

定格了两秒。

戚禾先行移开视线，往下扫掠过他的车。

好像没有什么问题。

身旁的宋晓安在和追尾的司机解释她们没事。

注意力被她的声音拉回来，戚禾收回目光，跟着一起宽慰他。

交警整理完事故现场后，带着一些发生追尾的司机，还有戚禾和宋晓安也直接坐着警车去了交警事故大队。

"何况，这个乌鸦嘴，说出事还真出事了。"宋晓安办完后续工作，坐在警队角落里，小声骂着人。

坐在旁边的戚禾被她逗笑："你都骂一路了，还骂不够啊？"

"都怪他乱说话，"宋晓安转头看另一边正在写事故详情的醉酒司机，骂了句，"还有那个王八蛋司机，喝酒开什么车。"

戚禾勾着唇，语气轻散："我都还没骂人，你倒是骂得挺起劲。"

"不行，我越说越气。"宋晓安看了眼时间，烦躁地说，"这都快八点了，我们为什么还不能走？"

"你问我，我问谁去？"说着，戚禾突然觉得自己手肘那块的疼有些加剧，皱了下眉。

"怎么了？"宋晓安看着她的表情，"不会刚刚追尾撞到哪儿了吧？"

戚禾觉得可能是，但也不好说。

"不会吧，我们赶紧去医院检查一下，万一有点问题怎么办？"宋晓安语气有些急了，连忙起身去找交警问能不能让她们先走。

交警一听可能有人员受伤，见她们俩的手续也都办完了，连忙点头道："可以是可以，但你们车都坏了，现在打车也不好打……"说着，他似是想起什么，"对，刚刚有个跟你们一起进来的小伙子说是来陪人的，正好有辆车，我帮你们俩问问他啊。"

宋晓安一听连忙道谢，交警摆手走去找人。

"哪里痛？很疼吗？"宋晓安转身回到戚禾旁边，皱眉问。

"有点。"戚禾忍着隐隐作痛的手臂，扯唇笑了笑，"你还是多骂骂何况算了，让他别乱说话。"

"我回去肯定骂他。"宋晓安有些担心，想了下，"要不要我打个120？"

戚禾直乐："你这是咒我呢？"

宋晓安摸了下脸："这不是比较快嘛。"

戚禾让她闭嘴，别说话了。

没等一会儿，刚刚那位交警就回来："我和那小伙子说了，他开车在外面等你们，快去吧。"看着两位都是小姑娘，交警不放心地又嘱咐一句，"车牌号我记下了，如果有事记得报警。"

大晚上的，总是要留点心眼。

戚禾闻言笑着颔首道了声谢，宋晓安扶着她往外走。

警队门外停着的车不多，除了几辆警车外，就是一辆黑色奥迪停在正对面。戚禾扫了眼，莫名觉得在哪儿见过这车。

没等她多想，宋晓安先上前敲了下车窗："您好，是……"

话音未完，一道机械声响起，车窗随之缓缓降下。

同时，宋晓安的话音也跟着一停。

戚禾目光稍抬。

就见坐在主驾驶上的一个男人，昏暗的光影自他的发尾洒落，勾勒出他精致端正的五官，表情很淡。

许嘉礼微侧头，视线掠过表情还有些呆滞的宋晓安，往她身后的人望去。戚禾在这一瞬间，也想起来为什么觉得这辆车眼熟了。

因为，一晚就见了三次。

人也是。

四周来往处理事故的人有些多，各色的声音混杂在一起，有些嘈杂。车内熟悉的男人，带着漫不经心寡淡地开口："上车。"

语气直接，毫无陌生感。

闻言，戚禾愣了一下。

没有得到回应。扫过她有些苍白的脸色，以及僵直不自然的手臂。许嘉礼神色平静，眸底遮光微黯，语气有些听不出情绪。

"上来，我送你去医院。"

对比刚刚的语气，这次明显有些轻。

戚禾也不知道他为什么在这儿，明明刚才看见他的车没事，应该也不用来的。

车前的宋晓安回神后，指着里头的许嘉礼："你……"

"先别你了。"戚禾拖着手臂走上前，苍白着脸示意她，"先上车吧。"

"哦对对对！"宋晓安看着她的手想起正事，连忙打开后车门。

戚禾弯腰坐进后座上，宋晓安扶着她坐在旁边，随手关上门。

车子发动行驶。

戚禾坐进去后瞧见副驾驶是空的，这时想起刚刚那位交警说他是陪人来的，但现在也没看见他陪的人。

戚禾扫了眼没多想，觉得可能是同伴先走了，但是许嘉礼被她们拖住，没办法才留下来的。

这样一想，又觉得他今天碰上自己还挺倒霉。

大晚上的还要当个免费司机。

戚禾抬眸往许嘉礼的方向看，刚想开口道谢，可臂上的痛感持续增长，瞬时止住了她的话。宋晓安感到她的身子一僵，额前还冒出了些细汗，还未开口问什么，就看到驾驶座上一直没说话的男人伸手打开抽屉，不知道在找什么。

没在意他，宋晓安看向戚禾，担心地问："怎么了？很痛？"

一阵痛感过后，逐渐麻木。

戚禾靠着座椅内，面色稍稍舒缓，她虚弱地摇了摇头。

下一秒，前边的许嘉礼从抽屉里拿出一瓶水放在中央的扶手上，示意宋晓安："给她喝点水。"

宋晓安一愣，反应过来后应了声，拿过来拧开瓶盖递给戚禾："来，喝点水。"

戚禾见她完全按着许嘉礼的话做，觉得有些好笑，但还是伸手接过喝了一口，润了润喉咙，还给她。

宋晓安接过拧好瓶盖，瞥了眼驾驶座上的男人，见他视线看着前边路况，目不斜视的，仿佛刚刚他根本没注意她们这边。

宋晓安收回视线，侧身靠近戚禾和她耳语小声问："这弟弟怎么回事？他真的没认出你来？"

戚禾抬头看了眼许嘉礼的表情："怎么？你看出些什么了？"

"没啊，我能看出些什么。"宋晓安眨眼，"就觉得他对陌生人还挺友好啊。"

明明人看着挺冷漠无情的，没想到还挺贴心善良的。

戚禾扬了下眉："友好？"

"嗯？"宋晓安说，"听你这话的意思，以前不友好？"

不知想到什么，戚禾扯唇笑了声："还行吧。"

听话的时候还是挺听话的。

宋晓安倒是挺好奇的，但想着许嘉礼还在，也就没有继续再问。

戚禾也没心思让她多问，分心勉强忍着手肘的痛，没力气多说。

许嘉礼透过后视镜注意着她皱眉隐忍的神色，收回目光，单手转了转方向盘。

戚禾闭眼靠在座椅上，感到车子的速度明显加快了。她睁开眼，看向许嘉礼，因为痛感，她的声音明显有些干哑："我还好，不用这么急，慢慢来。"

许嘉礼抬眸，浅色瞳仁被光影打下了一层深色。

"抱歉。"他声音有些低,"我挺急。"

闻言,戚禾稍顿了顿,透过后视镜内和他的目光对上,等再看他时,许嘉礼已经移开了目光,眸底的情绪散去了些,看着前边车道,扯唇微笑道:"人命我可担当不起。"

车速没有降。戚禾觉得,这不听话的时候也还是一个样。

想让他注意安全:"你……"可话到嘴边,戚禾捂着手臂,面色一白,她呼吸不自觉加重,紧绷着身子似是在隐忍着什么痛感,紧紧抿唇开口,"还是快点吧。"

"我怕我忍不住了。"

医院离得不远。

许嘉礼将车停在门口,宋晓安扶着戚禾下车往急诊室走。

走到一半,戚禾听见宋晓安的手机响了起来,见她一直没接,勉强扯唇开口:"可能是何况打的,你先接,我现在还好,自己能走。"

宋晓安摇摇头:"没事,我等会儿再回给他。"

"可别等会儿了。"戚禾已经痛得麻木,懒散地笑着开玩笑,"你这是想让我被何况骂呢。"

铃声一直在响,应该是何况那边知道了情况来问她的。

宋晓安看着她的脸色确实没刚刚那么差了,斟酌了下,转头想找护士帮忙,正好瞧见了后边停好车进来的许嘉礼,连忙把手里的人托付给他:"来,弟弟你先送她过去。"

注意到话里的某个词,许嘉礼目光稍顿,抬眸看向戚禾。而戚禾根本没注意宋晓安具体说了什么,只是皱着眉压下痛感。

托付好人后,宋晓安边朝戚禾挥手示意自己等会儿来,边接起手机往外走。

戚禾目送她,转头看向许嘉礼,朝他虚弱地轻笑了一声:"怎么没走?"

闻言,许嘉礼看她,突然给了句:"不放心你。"

没料到他这么说,戚禾以为自己听错了:"什么?"

"是我送你过来的,如果你出事,"许嘉礼仿佛很自责,"我会过意不去。"

戚禾觉得哪儿有点不对，稍稍迟疑道："那……谢谢你担心？"

"不客气。"下一秒，许嘉礼从善如流地接着说，"走吧，我送你去看伤。"

戚禾也觉得这儿不好说话，点了点头，还没开口说什么，身旁的许嘉礼伸手扶着她的肩膀，另一只托着她受伤的手臂，带着她往前走。

戚禾身子一顿，他的动作突然，但也没有过分贴近，保持住了该有的距离，只是做了和刚刚宋晓安一样的动作。

但毕竟他不再是当初那个少年，在身高和气势上就显示出了差别。

他站在她身侧，靠得很近，远处看着就像是将她半揽在怀里一样。

姿势有些亲密。

戚禾莫名也有些不自在，侧头看他示意道："不用了，我自己也能走。"

许嘉礼看了她一眼，未答反问："你刚刚是不是叫我弟弟了？"

"嗯？"戚禾还真愣住了，"什么时候？"

许嘉礼揽着她继续走，随口重复说了句："刚刚。"

刚刚？

戚禾回想了下自己刚刚说的话，但一时也忘了都说了什么，可也觉得自己应该没有叫他弟弟，她有些不确定地问他："我有说？"

许嘉礼看她，仿佛很真诚地点头："有。"

我怎么不信呢。

但戚禾也没有证据说自己没有，只是怀疑地看他。

收到她的眼神，许嘉礼反问："不相信吗？"

戚禾点头："有点。"

许嘉礼"嗯"了声："那可能是我听错了。"

戚禾无语。

许嘉礼仿佛觉得自己没说错什么，一脸淡定地揽着她的肩膀，刚巧也走到了急诊室内，他帮着挂了个急诊号。

轮到的时候，医生检查后让她去拍了片，最后下诊断是手肘骨折错位了，应该是刚才追尾的时候撞到了，但她没注意，以为只是撞到瘀青才拖到了现在。

"还算轻微，错位得不明显，但你这都算是车祸了，怎么能不来医院看看？”

许嘉礼听着医生谴责的话，看了眼身边坐着的女人。

戚禾和他对视上，眨了眨眼，笑道：“看我干什么？医生不是说不严重吗？”

“不严重也要重视啊。”医生先教育她，“安全意识怎么这么差？”

戚禾被逗笑，点点头：“是，您说得对。”

随后，医生也没多话，带她到后头的治疗室给她上石膏固定。

外边的许嘉礼拿过护士递来的缴费单到隔壁大厅缴费。

付完钱，许嘉礼接过病历缴费单，看着患者名后的两个字。

——戚禾。

准确无误地印刷出她的名字。

不是错觉，也不是梦。

晚上的医院明显比白日安静许多，只是偶尔有病人和家属走动。

空气中消毒水味道浓烈，盖过了隐约藏着的血腥味。

有些刺鼻，也有些压迫他的神经。

外边宋晓安和何况说明了情况，挂完电话后走进来，一抬头就看见了站在大厅右侧的男人。

见他一个人在这儿，宋晓安走到他面前，下意识问：“沐沐呢？”

“在治疗室。”许嘉礼垂眸，随手收起缴费单。

宋晓安一听连忙问：“怎么样？严重吗？”

许嘉礼：“轻微骨折。”

宋晓安松了口气，还想问些别的，开口的一瞬间忽然察觉到不对。

刚刚她喊的是沐沐。戚禾的小名，一般都是熟人和家里人才会知道。这到底是认出来，还是没认出来？

宋晓安疑惑地看他，然后注意到他手里的缴费单，稍愣了下：“麻烦你付钱了，告诉我多少，我现在转给你。”

许嘉礼扫了她一眼，神情淡淡。

对着他冷淡的眉眼，宋晓安莫名蒙了下，反应过来“啊”了声，想起两人还不认识，解释道：“我叫宋晓安，是戚……”

“不用了。”许嘉礼扯了下唇，没再和她多话，迈步往前走。

宋晓安还是有点蒙，什么不用？是不用她自我介绍，还是转钱？

还没想明白，见他人都快走远了，宋晓安连忙跟上。

两人走到治疗室的时候，戚禾还没结束，正在打石膏，她看了眼时间，对着宋晓安说："这么晚了，你要不要先回去，何况那边会不会着急？"

"放心。"宋晓安摆了摆手，"我已经和他说了，他等会儿就来接我们。"

闻言，戚禾当然也没有什么意见，转头看向另一位："你……"

看着许嘉礼的脸，戚禾话音顿了下。说实话，她也不确定许嘉礼今晚是把她当成了陌生人还是已经认出了她。又或者是认出来，但不想认。毕竟她和他算来也有五年左右没见，早就没了当初的熟悉，如果不是今天的突然见面，她可能也都快忘记当年那个少年了。

思绪稍停，戚禾觉得他既然没先说这事，那她也没必要多说。

她看着许嘉礼，凝眉想了想，礼貌开口："今晚麻烦你好心送我们来这儿，现在也快九点了，你早点回去，我现在也没什么事了。"

闻言，许嘉礼似是没什么意见，应了一声，起身看了眼她的手臂，仿佛好心说："祝你早日康复。"

戚禾眼尾轻抬，觉得他这话是对应他刚刚的"过意不去"。

她宽慰他，应了一声："放心，我会的，谢谢。"

许嘉礼点了点头，也没再逗留，随后转身往外走。

宋晓安站在原地见人还真走了，有点蒙："他这就走了？"

戚禾好笑问："你还依依不舍了？"

"不是这意思。"

宋晓安只是觉得有点不对劲，张嘴刚想说话却被一旁的医生打断。

戚禾被命令抬起手别动，等着石膏差不多打好，又等了十五分钟左右。

护士见她没有什么不适，记录下了打石膏和拆石膏的时间，并嘱咐了一些注意事项，让她定期复查，不适随诊。

宋晓安和医生道谢后，扶着戚禾走出急诊室往大厅外何况的车走去。戚禾简单和人打了招呼坐上车后，也没什么精力和他说话，直接靠在座椅内闭上眼休息。

车辆启动开进夜色中，行驶了一会儿后，停在花汇小区楼下。

副驾上的宋晓安回头叫醒戚禾："沐沐，到了。"

戚禾不知道梦到了什么，听到动静后立即睁眼。

她看着眼前的场景后顿了两秒，有些迷糊地侧头看了眼车窗外熟悉的小区楼下，才回过神来。

"走了。"戚禾打开门下车，而宋晓安坐在车上皱眉嘱咐她，别乱用手碰水，也别多动之类的话。

戚禾懒得听，转身就往小区内走。

"嘀。"指纹识别成功，戚禾打开家门，觉得身体都快不是自己的了，她走进客厅随后整个人倒在沙发上，无意间却碰到了她刚打上石膏的左手，眉心一皱。

戚禾撑着身子避开左手，重新换了姿势躺下，衣兜内的手机正好也响了一声。

宋晓安不放心她，又发来了微信：你这几天给我老实点，如果敢乱动左手，有你好看！

下面还跟着一只狗拿着刀的表情包。

戚禾被逗笑，随手回了句知道了，而后退出了聊天框，想看看有没有什么未看信息时，视线一顿。

宋晓安头像下，多了一个新建联系人聊天框，而那个微信名还没有改备注，是很简单的三个英文字母。

——XJL。

是下午的时候，许嘉礼拿着她手机加的，两人还没有任何对话。

戚禾出国后就没再用国内号码了，而且那个时候微信也没有流行起来，她根本用不到这个软件，之后用的人多了，她才让宋晓安帮忙重新办了张若北的号码，注册了账号跟着一起用，但外国友人又不用微信聊天。所以里头除了一些必要联系人以外，她也没加上其他人的联系方式。

戚禾盯着许嘉礼的微信名看了两秒，伸手点开进入他的朋友圈，发现空荡荡一片，什么都没有。

她没怎么意外，正打算退出的时候，手机忽然振动了一下。

有新的微信消息。

戚禾指尖滑动，返回信息主界面，突然看见许嘉礼那个对话框上多了红点。她愣了下，点开查看，发现他就发了一句话。

许嘉礼：您好，我是许嘉礼。

戚禾扬眉，这突然来个自我介绍干什么？

没懂他意思，戚禾思索了一下，按照他的态度打字回复：你好，有事？

许嘉礼：嗯。

许嘉礼：只是想起来刚刚走得急忘记和您说。

许嘉礼：您的医药费。

见此，戚禾才想起来这事。

还没等她回复。许嘉礼又发了一句：直接转账给我就好。

下一秒，手机又响了一声。

戚禾就看着他那边对话框下接着弹出两个字。

许嘉礼：谢谢。

Chapter2
晚安·戚姐姐

几年不见。

戚禾想过人可能会变，但她没想到许嘉礼居然还会说谢谢了。

扫过最后的话，往上看着之前几句里出现的"您"，戚禾扬了扬眼尾，如果按着礼貌来说，倒也没觉得有什么不对。但她有那么老？居然能让他用到"您"来称呼她？戚禾嘴角轻扯了下，没忍住打字：倒也不用这么客气用您，我还没这么老。

许嘉礼那边未答反问一句：到家了？

戚禾顺手回了句：刚到。

发完之后，她才看着这对话觉得有点奇怪。

而许嘉礼又回到了刚刚的话题。

许嘉礼：那用你？

这突然反问，戚禾疑惑：一般不是用你？

许嘉礼：是。

过了两秒。

许嘉礼发来一句：但这样不是很有礼貌？

你是三好少年吗？戚禾：不用，我不计较这些。

许嘉礼没拒绝，回了两个字：好吧。

这话怎么听着挺勉强？好像她强迫他没礼貌一样。

戚禾看过，也不想纠结这个称呼：你把医药费发给我吧，晚上麻烦你帮我垫付医药费了，我现在转给你。

随后，许嘉礼那边发了个"330元"过来。

戚禾扫了眼，点开转账功能，输入数字的时候干脆打了500，毕竟晚上他又是当司机又是照顾她的，总要感谢人家。她点了支付后，界面转了一圈显示支付失败——余额不足。

戚禾顿了一下，想起来绑定微信的那张银行卡里之前刚付完这个月的水电费，余额可能只有几百。她自然地把数字500改成400，重新又点了一下支付。界面还是和刚刚一样的支付失败。

现实可真是残酷。戚禾现在觉得自己这情况，确实没办法给许嘉礼多余的钱了，无奈改成330支付。

——支付失败。余额还是不足。

戚禾盯着上面的显示，叹了一口气，没想到连300元钱都没有，这比以前，她还真的可以算得上穷困潦倒了。

戚禾看着对话框，思索了一会儿，打字先道歉：抱歉，我现在卡里的钱不够，可能明天才能转给你。

林妙给的卡她也绑定不了，只能明天去银行办理转账到她的卡里。

过了一会儿。

许嘉礼回了条语音："我也不急，但还是麻烦能尽快给我。"

他的声音平而淡，透过话筒声音添了几分磁性，明明听着挺冷淡的，但在最后的话语间好像能听出几分请求。

戚禾闻言下意识问：你缺钱？

按理来说，许嘉礼家里不会有缺钱的情况，毕竟许家在若北这儿还是能站得住脚的，只是比不上其他的家族企业而已。

所以他也是个大少爷，和缺钱这两个字基本上挂不上钩。就好比以前的戚禾，十足的千金大小姐。但现在戚家破产，她什么都不是了。

等了半晌，许嘉礼那边才回了条语音："嗯，有点。"

语气听上去有点低。

戚禾听出了他的落寞感，想起以前他家里的情况，皱了下眉：我明天一早就会把钱转给你，你……

字打到一半，戚禾把前半句发出去后，点开语音。

"如果你有事可以和我说。"

发送完后，戚禾突然觉得有点好笑。倒也不是同情心泛滥，毕竟如果是陌生人，她应该也不会在意，但可惜，许嘉礼不是。虽然她也保不住自己，但总不能不理这位弟弟，毕竟以前她也是当人家老师又是姐姐的，安慰个小孩她还是能做到的。想到此，戚禾反应过来，嘴角轻晒。

她倒还挺念旧情，但这弟弟可能还根本不知道呢。

很快，应该听到了她的话，许嘉礼也回了语音。

他似是轻笑了声，语气却有些低，像是在安慰她一样："没事，我忍忍就过去了。"

戚禾只当他是故作坚强，但他既然不说，她也不能勉强人家，打字和他保证明天就转账给他。

许嘉礼似是不在意，回了句：嗯，你早点休息，手别碰水。

戚禾收到刚想道谢，手机却一振，收到他又发来的一句。

许嘉礼：晚安。

戚禾盯着这话看了两秒，轻笑一声。

还挺乖。

对话结束，戚禾放下手机，拿起换洗的衣服往浴室走。

一场艰难的洗漱后，戚禾看着左手上阻碍动作的石膏，蹙眉有些不爽。她勉强套上睡衣回到房间里，拖着疲惫伤痛的身子躺上床，闭上眼安静了一会儿后，意外地有些睡不着。

戚禾睁开眼看着漆黑的房间，开始整理起今晚可以说非常精彩的遭遇。但比较意外的还是遇见许嘉礼。想着，她的思绪渐渐跑偏，回忆起刚刚许嘉礼的态度，还有缺钱的话。

出国前，戚禾原本以为两人应该不会再有机会见面，但没想到回国后，在这一个晚上就见到了三回。

戚禾盯着视野里的黑暗，莫名走了神。因为她突然想起，以前她想见他的时候，可要难于上青天了。

戚禾是大二的时候搬到了阳城小巷住的，原因是想体验一个人住，不想住在宿舍。戚峥一开始不同意，但也耐不住她的软磨硬泡，再加上本身也宠她，之后就派人在阳城大学附近找了个房子给她住。

"要不要找个女孩子和你一起住？"

戚峥还是不放心她一个人，送她去小巷的路上都在说这个。

"爸。"戚禾好笑地问，"如果我要找人合住，那我搬出来干什么？"话问完，司机正好将车停在房子门口。

戚禾打开门下车，环视了一圈四周，戚峥选的房子在巷口，公交站就在附近，方便她上下学。房子也不大，算是小型的复式楼。而戚禾注意到隔壁一栋是以前的宅院，青瓦白墙，房门还是木制的，但并不算朽败。应该是房子的主人不想整改，一直保持着老旧的样式。

戚禾收回视线，走到自己这栋房子前打开门，戚峥跟在她身后进屋，大致看了一圈点点头，嘱咐她："你平常一个人多注意点，明天我会请个阿姨过来，你……"

戚禾见他不打算停，慢悠悠开口："不然您和我一起住算了？"

戚峥敲了她的脑袋："我要搬过来，你这性子能同意？"

戚禾扬了下眉："您也知道啊，那就别唠叨了，我这都成年人了，又不是小孩子。"

闻言，戚峥也不再多说，但临走时还是没忍住唠叨了几句："爸爸周末的时候来看你，知道吗？"

"嗯嗯，知道知道。"戚禾催着他，"您走吧，公司不是还有事吗？"

戚峥也知道自己时间有点急，弯腰坐上车，戚禾站在门前和他挥手道别。

目送人走后，戚禾才转身回屋开始收拾自己的行李。整理完衣物，看着满地的垃圾和纸袋，戚禾突然有点后悔自己一个人出来住。现在什么事都要自己干。她想着先不管，等阿姨明天过来再说，在沙发上躺了一会儿，最后还是起身从后头找到清洁工具。她不熟练地用扫把扫干净后，提着纸袋和垃圾开门走到外头。

扔完垃圾，戚禾嫌弃地拍了拍手准备回去，转身的时候，隔壁家的木门忽然打开。戚禾侧头看去，见里头走出一位奶奶，她身子微躬，正提着一个大大的箱子，看着就有些重。

戚禾扫了眼，走去帮着一起扔了垃圾。

"谢谢你啊，小姑娘。"林韵兰看着人柔声道谢。

"没事，我是今天刚搬来这儿的。"戚禾指了指隔壁。

林韵兰看了眼笑道："难怪啊，我前几天就看到搬家公司来了。"

戚禾点头，也没有多说什么，转身回了自己房子。

之后戚禾偶尔出门上学的时候，时不时能和隔壁的奶奶碰面。

如此见了几次后。戚禾也会和人打招呼，之后渐渐熟悉了。

第一次见到许嘉礼的那天。

林韵兰请她来家里吃饭，因为总见她一个人，怕她吃不好。

戚禾当天满课，偏偏天又下雨，她等到公交回来的时候都快六点了。她下车撑伞走到隔壁敲门，等了一会儿，有阿姨来给她开门。

戚禾进屋见里边的装潢和布置偏现代风，但依旧是宅院风格，廊院构造。阿姨领着她往前厅里走，厨房内的林韵兰应该是听见了她过来的声音，出来对她柔声道："你先坐着，也可以四周看看，等会儿开饭叫你。"

戚禾点头应了一声，在厅内坐了一会儿，抬眸看向院子里的雨景。

老旧的青瓦屋檐下，雨水沿着微微向下倾斜的瓦片淋落形成一道道雨帘，最终砸在地面上溅开，如水墨丹青。

安静看了一会儿。

戚禾起身走到屋檐下，伸手摊开去接那沿着屋瓦坠落下的雨珠。

一滴滴地砸落在她手心上，有些重。戚禾接了几滴雨水，收回手想往旁边看看，路过一侧梁柱，转头的时候，她看见了许嘉礼。

少年侧坐在隔壁屋内窗台前，身影消瘦单薄，穿着白衬衫，侧脸线条冷漠又分明。

戚禾是学美术的，画过很多人像，对线条五官比例自然熟悉。

头一次。戚禾看着眼前人的侧颜，觉得他比她画过的任何人像都好看，比例完美，宛如名画里的人。

戚禾在心里描绘着他的五官时，思绪渐渐飘远，再回神看去，他恰好转过头来。露出那张病弱苍白的脸，透过雨帘，和她四目相望。

浅棕色的眸子，透着薄凉，他脸上没有任何表情，目光落在她身上，眼神冷漠得有些空洞。

戚禾对上他的视线，往下扫过他身上的校服，判断了一下笑着开口："弟弟你好啊，我是住在隔壁的小姐……"

话还没说完，他便转过头，明显不大想知道她是谁。

戚禾见此挑了下眉，倒也没觉得尴尬，那会儿她也只把他当成个漂亮的小少年而已。态度好不好无所谓，毕竟她对人也不友好。

戚禾不嫌弃地往他的方向接近，走到窗台前，稍稍低头看了眼他在做什么。少年桌上正摊着几本作业题，计算题已经写了几道，步骤整洁明了，没有多余的字迹。

许嘉礼似是根本没在意她，垂下眼，拿着手里的笔继续算着。

笔尖在纸上书写划动发出唰唰的声音，被雨声盖过。

下一秒。

身侧忽然传来一道轻笑："小弟弟，这儿算错了哦。"

许嘉礼笔尖一顿，抬起眼。

不知何时，戚禾换了姿势，她弯下了腰，身子前倾靠在窗台上，单手撑着下巴，看着他慢悠悠地开口："弟弟，虽然姐姐我不学理，"说着，她伸手用指尖点了点他正在计算的一道步骤上的6，勾唇笑道，"但二四得八我还是知道的。"

许嘉礼顺着看了眼她所指的地方，瞥她，扯唇给了句："那是加。"

当时，许嘉礼写的是草稿。再加上，加号和乘号其实是一样的线条构造，只是写的角度不同而已。那会儿戚禾看着他那潦草又随便的一个叉，下意识就认为是乘号了。而被他指出，尴尬的同时，戚禾也记得他的声音挺好听的，和他的人一样。

只是语气很不好。戚禾默了半晌，随后，面色从容地点了下头："嗯，那你没算错，继续吧。"

许嘉礼移开视线，提笔接着算最后的公式。

见他还挺认真的，戚禾也不打扰人家好好学习了，直起身子，回头继续欣赏雨景。

她看了会儿，稍稍侧头看向窗台边的少年，莫名有些手痒。

戚禾迈步重新回到窗前，弯腰朝人唤了声："弟弟，你借我张白纸和笔吧。"

许嘉礼平静地看着她，声音平而淡："干什么？"

"画画。"戚禾指了指雨景，"写生创作。"

这理由似是挺正当的。

许嘉礼没有拒绝，从旁边抽了张A4纸和铅笔递给她。

戚禾接过笑道："谢谢了，小弟弟。"

"不客气。"

戚禾挑眉，还没等她说什么，许嘉礼抬眸看她，平淡地又补充一句："大姐姐。"

戚禾轻扯了下嘴角："你这是骂我老？"

许嘉礼看她，慢条斯理地问："你很老吗？"

"老当然不老。"戚禾弯下腰看他，似笑非笑道，"但肯定也比你大呢，小弟弟。"

说完，戚禾也不继续逗他，敲了下他的桌子："行了，继续写作业吧。"

叮嘱了一番，戚禾拿着纸和笔转身就往大厅走，随意找了个靠屋檐的位置坐下，一边抬头看着侧边，一边拿笔在纸上随意画了画。

之后在饭桌上，戚禾和许嘉礼又见了面。

林韵兰也相互介绍了一下，对着戚禾说道："阿礼身体不是很好，平常都是待在家里，所以你应该也没见过他。"

戚禾浅笑："是没有，但我现在看到了也是一样的。"

许嘉礼在旁边安静地吃着饭，仿佛根本没听见两人在讨论他。

林韵兰见此敲了下他的桌边："阿礼，怎么都没和戚姐姐打招呼？"

闻言，戚禾眨了眼："不用了，我们刚刚也……"

而旁边的许嘉礼表情冷漠，眉心稍皱。

似是有些嫌弃。

可以说，这表情倒是她目前为止在他这张脸上看到过最生动的表情了。但居然是嫌弃。

戚禾噎住，头一次发现自己原来不怎么受人待见。

但当时许嘉礼还是和她打招呼了，顶着那张面无表情的脸，就吐出两个字："您好。"

晚饭结束后，戚禾跟着林韵兰留在客厅边看着电视边聊天，而许嘉礼也不知道去哪儿了。

戚禾陪着林韵兰看完了一集电视后，便起身准备回去，走时她从包里拿出了刚刚画好的画，脚步先转了个方向往大厅隔壁走。

果不其然，还是在那窗边找到了人。

许嘉礼坐在窗前看书，听见外头的脚步声，转头看来，瞧见是她后，没什么反应。

"这儿是你的小书房还是闺房？"戚禾背着手接近他，透过门窗往屋子里看了一眼。

下午的视野有些暗，她也没怎么看清。

现在已到夜间，屋内的灯光自然亮起，照亮了被黑夜半掩的四周。

老旧的木式书架并排摆放在墙边，上面基本上都是书，旁边也跟着几把檀木桌椅，雕花刻木。像是使用很久了，看着挺有年份的。

戚禾移回眼，垂眸看着窗边的人，瞥见他手里的书后，扬眉："少年，你就没有点其他娱乐活动吗？"

许嘉礼眼都没抬："比如？"

"比如，"戚禾沉吟一声，"陪奶奶看看电视？"

戚禾看着他的表情，笑了一声："还没好好和你自我介绍过。"说着，她稍稍弯下腰，低眼与他对视上，带笑的眸子里折光微亮，似是慵懒又认真，"你好，我叫戚禾，是你刚搬来的邻居。"

许嘉礼和她对视着，拿着书的手稍顿。

自我介绍完，戚禾慢悠悠地从身后拿出手里的画和笔递给他："来，姐姐送你个见面礼。"

戚禾看着他，话里含着笑："记得好好收着啊。"

许嘉礼垂下眼，看见面前白纸上的不是她之前所指的雨景。

而是画了一幅人像素描。

是坐在窗边的他。

所以见面礼不是雨景。

而是他。

隔天。

戚禾睡到中午才醒来,她迷迷糊糊睁开眼,伸手摸到一旁的手机看了眼时间。十一点半。她眯眼扫过,随手扔掉手机打算翻身继续睡时,被左手的石膏打断了动作。

戚禾眉心瞬时一皱,有些烦躁地睁开眼,盯着天花板无语中。

被这么一折腾,她也没什么睡意了,拿过一旁的手机查看有没有错过的信息。扫到许嘉礼的头像时,戚禾才想起自己昨天信誓旦旦和他保证转账的事,呆了几秒后连忙坐起身。

下床走进卫生间。

戚禾刷完牙,用清水将脸打湿时,一旁的手机响了起来,她半眯着眼接起随后放在一旁,按了外放。

"我就猜你肯定现在才醒。"宋晓安的声音传来,"你的手还好吧?"

"还行。"戚禾打开温水,笨拙地用右手洗着脸。

宋晓安问:"你就一只手,昨晚怎么洗的澡?"

"就这样洗。"

"你右手可以吗?"

"我又不是不会用右手。"戚禾关上水,随手扯过毛巾擦了擦脸上的水珠,语气懒散,"只是不熟练而已。"

宋晓安有些担心:"我怕你气起来直接把石膏拆了。"

"正巧。"戚禾扫了眼左手,"我现在还真有这样的想法。"

宋晓安被逗笑,听着刚刚她那边的水声,猜测问:"在洗脸?"

戚禾拿起手机打开门往厨房走:"洗完了。"

"这都中午了,你怎么吃?"宋晓安问,"点外卖?"

"没有,等会儿去一趟银行。"

"嗯?"宋晓安一愣,"去银行干什么?"

"昨晚忘记把医药费给许嘉礼了,噢,"戚禾想起宋晓安还不知道许嘉礼是谁,补充一句,"就是你昨天见到的弟弟。"

闻言，宋晓安挑眉："他叫许嘉礼啊。"

戚禾抬了抬眸，倒了杯温水："听过？"

"我怎么可能听过。"说完，宋晓安想和她说等会儿一起吃饭，但突然想起她刚刚的上半句话，疑惑问，"你说给他医药费？"

戚禾"嗯"了声："他昨晚走得急忘记和我说，怎么，有问题？"

这可有太大的问题了。昨晚她很确定和那弟弟说了医药费的事。他怎么可能忘记？

宋晓安皱了下眉，想着难道是因为许嘉礼不认识她，所以才不信任她的话？不接受她的转账？

猜测了一番，宋晓安疑惑问："你这弟弟为人怎么样？"

听这提问，戚禾语调轻抬："噢，宋大小姐发现什么了？"

"也没什么。"宋晓安怕自己多想，但还是提醒她一下，"你注意点吧，如果这弟弟和你之前一样是来打秋风的怎么办？"

"什么叫和我一样？"戚禾反应过来。

"比喻比喻。"宋晓安说，"这不是担心他对你有所图嘛。"

戚禾眉眼轻抬，懒散开口："那我身上可只剩债了。"

宋晓安一噎，自然地转移话题："等会儿我找你吃午饭吧。"

戚禾喝着温水，慢悠悠问："你没事？"

"下午有个聚会。"宋晓安吹了吹指甲，"但我不想去。"

戚禾语气轻散："林妙她们在啊？"

宋晓安耍性子："不知道，但懒得看她们。"

戚禾轻笑一声："行吧，那你就看看我，饱饱眼福。"

两人约好后，戚禾喝完杯子里的水，回了房间换好衣服，提上包出门。所幸林妙那张卡的所属银行在小区附近，离得不远。

戚禾坐着电梯下行，单手给许嘉礼发信息。

戚禾：我现在去银行给你转账，早上起迟了，抱歉。

也不知道许嘉礼那边在做什么，没有回她。

戚禾没有在意，收起手机，等着电梯下行。

电梯内有旁边其他的住户，但大多都是老年人，有的也会帮忙带孩子。戚禾站在后边，垂眸看着身侧一直仰头看她的小女孩，对她勾唇笑道："你好啊。"

小女孩看着也就五六岁的样子，听见她主动打招呼，害羞地转身躲在自己奶奶身后。

奶奶也笑着，拍了拍她的头："姐姐和你说话呢，怕什么啊。"

小女孩看了戚禾好几眼，最后小声问："你的手怎么了？"

"啊，这个啊。"戚禾看了眼自己的石膏，转头见她拿着画笔包，稍稍弯腰向她询问，"可以借姐姐一支笔吗？"

小女孩斟酌了一下，伸手给了她一支粉色的。戚禾接过道了声谢后，随手在石膏上画了几笔。小女孩看着她的动作简单又快，直接画了一只蝴蝶出来，呆呆地"哇"了声。

戚禾忍着笑开口："姐姐这是受伤了，医生为了方便姐姐画画，所以就把姐姐包成这样了，好看吗？"

小女孩连忙点头："好看！"

戚禾被逗笑。

还挺好骗。

刚好，电梯到达了一层，应声打开。

戚禾跟着其他住户一起出来，而旁边的小女孩一直盯着她左手上的石膏看。戚禾笑了声，走到她面前，蹲下身子和她平视，向她借了纸和笔后，放在自己膝上，用右手画了个简单的卡通人像给她："好了，这是姐姐送你的画。"

小女孩接过欢呼了好几声，她身后的奶奶有些不好意思："麻烦你了，手受伤了还让你画画。"

"没事。"戚禾站起身，笑着开口，"小孩子喜欢就好。"

奶奶拉着小女孩跟着她道了谢，戚禾摆了摆手，看着女孩的笑颜。

不自觉和她所知道的某个弟弟形成了对比。

想起许嘉礼以前怎么不这么可爱？

那个时候，记得他是收下了她送的那幅画的，但不知道等她回去后，那幅画有没有被他扔掉。

毕竟她还记得当时他对人的冷漠，周身都散发着落寞与阴郁，不免让人有些害怕，不敢和他接近。不过跟现在的许嘉礼也没什么区别，只是现在的他情绪更加收敛，不再那么明显外放，也变得更难以捉摸。

衣兜内的手机忽然振动一声。

戚禾回神摸出手机，简单和小女孩挥手道别，迈步往外走。

她低头看着手机，见是许嘉礼回了一句——我不急。

戚禾：好，那我等会儿转给你。

发完，见他没回，戚禾便收起手机，扫到左手石膏上多出的那只粉色蝴蝶，觉得自己刚刚还挺幼稚的，嘴角稍弯。

她笑着继续往前走，抬起头，视线下意识往前望。

前边人行道旁红绿灯声轻响，似是在催促着过路行人。视野内有一个男人站在等候区没有走，与来往经过的路人形成了鲜明的对比。戚禾眯了下眼，觉得是不是自己刚刚想到许嘉礼，所以才会看到人。

此时，前边的许嘉礼像是刚从对面走来，正对着她的方向站着，穿着黑色的大衣，显得高挑修长，他单手拿着手机似是在和人对话，表情漠然寡淡，看不出情绪。

许是她的视线太直白，许嘉礼察觉到，抬起眼皮看来。

而后，和她的目光对上。

停了两秒。

仿佛是认出来她一般，许嘉礼话音稍停，随后继续对着手机里的人说了几句后，直接挂断了电话。

戚禾就看着昨天刚见过的男人缓步走到自己面前，扫了眼她身后的小区，淡声问："你住这儿？"

戚禾一时间还没理解这状况，只能点头应了声："嗯，我住这儿。"说完，她反应过来看他反问，"你怎么在这儿？"

许嘉礼老实说："我要去银行。"

闻言，戚禾扬眉："你也去银行？"

"嗯。"许嘉礼垂下眸，"有点事。"

见他这样，又听他含糊不清，戚禾立马联想到了昨天他说缺钱的事，皱了下眉："你就打算自己去？"

许嘉礼淡淡"嗯"了一声。

没等戚禾说话，许嘉礼似是不甚在意地又补充了句："没事的，我一个人可以。"

听着他这突然放低的姿态，戚禾眉眼一扬，看着他没说话。

其实，从昨天和他见第一眼开始，许嘉礼的态度一直很平淡，甚至可以说冷漠。然而和她开始对话接触后，他就格外地自然温和，并且也把控着尺度，礼貌乖巧，维持着两人若即若离的关系。

仿佛天生就是一个温和无害的人。

戚禾看了他两秒，一时间还真不知道该怎么说他："你……"

许嘉礼看着她，语气稍稍放低，带着耐心地问："我怎么？"

话音落下，戚禾看着他那双浅色的瞳仁染光，安静地和她对视着，长睫轻眨下，怎么看都是有点引诱的意味在。

一瞬间，戚禾还真有被他勾走的错觉。

反应过来，戚禾眉心一跳，没忍住开口唤了声："许嘉礼。"

闻言，面前的男人没什么反应。

几年不见，面前的男人比以前好看多了，也变得会说话了。貌似还挺熟练。戚禾对着他的眸子，无奈说了句："你好好说话。"

话音落下，没过几秒。

许嘉礼垂眸，突然笑了一下："还以为姐姐没认出来呢。"

听见熟悉的称呼，戚禾顿了顿。

面前的男人一改往日寡淡的神色，嘴角轻笑着，笑声很低哑，稍沉，含着清浅的气息，再配着他本就生得精致好看的五官，让人不自觉地被他吸引。

两人站得距离不近。但不知道为什么，戚禾觉得有些不自在，移开视线，扯了句："你又没整容。"

许嘉礼点头："确实没有。"

想起他刚刚的话，戚禾扫他："你什么时候认出来我的？"

许嘉礼平静反问："你呢？"

戚禾顿了下，如果她说自己一开始就认出来了，那不就是在说自己故意没和他相认？

戚禾不想揽这罪名，自然地转移话题："你还去不去银行？"

038

许嘉礼点头："去的。"

戚禾也点头，下巴朝前边扬了扬："那你去吧。"

戚禾对上他看来的眼神，眉眼抬了抬，慢悠悠开口："刚刚不是说一个人没关系，可以的吗？"

许嘉礼从善如流地"嗯"了声："但我有些地方不懂。"

许嘉礼看着她，似是真诚地开口说："姐姐过来教教我吧。"

有点不对劲。

戚禾本来也打算去银行，刚刚只是逗他，而且现在两人戳开身份后，她也没什么尴尬的。反倒不用和他装客气了。

"你缺钱是怎么回事？"戚禾跟着他一起往侧边人行道走，随口问他。

许嘉礼脚步稍移，让她走里边，淡淡道："没什么，资金周转有点问题。"

旁边刚好有辆电动车经过，戚禾被他换了位置也没觉得有问题，听他没有多说，她自然也不多问了。

许嘉礼侧头看着她左手上难以忽略的石膏，没说话。

戚禾注意到他的视线，跟着看了眼上头的蝴蝶，"噢"了声解释道："这是刚刚有个小朋友……"

许嘉礼打断她，语气平淡："看到了。"

"嗯？"戚禾没懂，"看到什么？"

"刚刚路过。"许嘉礼扫了她一眼，淡淡解释道，"刚好看到你送了张画。"

戚禾倒是没想到他会看到，随口称赞他一句："那你视力还挺好啊。"

戚禾本来觉得没什么，但说完后，突然想起以前也送了他一张画。

总不可能是觉得她见谁都送张画当见面礼吧？

戚禾觉得这可有点误会，看着他说了声："我也不是卖画的，刚刚只是看那小女孩可爱随手才画给她的。"

闻言，许嘉礼垂下眼睫，目光在她脸上定了两秒，而后，他扯起唇角，淡笑一声："我也没说你有什么不对。"

顿了两秒，许嘉礼慢条斯理地问："姐姐是想解释什么？"

戚禾："啊……"

刚好，两人走到了银行门口，许嘉礼打开门让她先进。

今天周末，银行里办理业务的人不是很多。戚禾也没有管许嘉礼，径自走到自助转账机器那儿，拉开门往里走。按着机器上一系列操作流程，等转账成功后，戚禾收起卡开门出来。

外边的许嘉礼听见电子门声，转头看来。

见他在等她，戚禾稍稍一愣，看了眼前边还在排队的队伍，稍疑惑："你办好了？"

许嘉礼帮她关上后边的门："人不在，我下次再来。"

戚禾明白了，拿着手机示意："我刚刚把钱转你微信上了，你看一下。"

也不知道他有没有看，许嘉礼就"嗯"了声。

戚禾抬腕见时间也差不多了，走出银行抬眸看他："等会儿我还有事，你怎么打算？"

"我不忙。"许嘉礼侧头看她，"送你？"

戚禾摆手："不用，会有人来接我。"

许嘉礼也不勉强，淡淡道："我先走了。"

"好。"戚禾点头，"那你路上小心点，下次见。"

"下次见。"

送别完许嘉礼，戚禾便给宋晓安发信息，让她过来。

发完，戚禾稍稍抬眸，转头看着侧边人行道上渐渐远去的高挑背影。思绪飘远，回忆了一下刚刚两人的对话和接触。谈不上熟悉，但至少不算陌生。不过他能坦然地叫她一声姐姐，倒是挺让人意外的。

还以为他不想认她，是觉得以前叫她姐姐这事，让他难以启齿呢。

记得一开始，许嘉礼除了叫过她那声"大姐姐"后，就没再叫过，基本上都用"你"称呼。戚禾没怎么在意，不过她也没改，一直叫他小弟弟，有时候逗他就会叫嘉礼弟弟。

许嘉礼对此都很无所谓，一直有种你叫我也不会应的态度。

但次数多了，再怎么冷漠平静的少年也会受不了她的调笑称呼。

有次是戚禾想送点水果到许家，当时许嘉礼因为晚课刚放学回来，就看到戚禾提着袋子站在自己家门前。

许嘉礼从后边走上来，挡住了她身后的光。

戚禾下意识转身。先看到了少年的下颌，往下是他冷白的脖颈线条、喉结，以及纯白的衣领。十七岁的少年原来很高，早已高过了她，但她好像从来没有注意过。

戚禾稍愣，眼睑抬起时。

四目相对。

许嘉礼垂眸落在她手里的袋子上，随后，他弯下腰，低眼与她平视，清冷的语调："今天是要当田螺姑娘吗？"

稍停了两秒。

许嘉礼扯起唇，低声唤她："戚姐姐。"

戚禾思绪一转，想起他能来这儿的银行，会不会也住在这儿附近？

猜到这儿，她觉得自己有点好笑。

就算住在这附近，也不一定能碰见，再说，两人也各有各的事要做，她也不可能像以前那样无聊去逗一个小孩玩。

又等了一会儿，戚禾才看到何况的车开过来。

副驾驶座上的宋晓安朝她挥手示意上车，戚禾走到车旁打开后车门坐了进去。前边的何况转头看她裹得严严实实的左手，挑眉说着："昨晚没仔细看，你这手看着可真像残废。"

"怎么？"戚禾看着他慢悠悠开口，"何大少爷也想试试？"

宋晓安拍了下他的脑袋："你别幸灾乐祸的。"

何况悻悻地转头回去开车，宋晓安看着戚禾手上的石膏，眨了下眼："怎么还有个蝴蝶呢？"

戚禾往后靠在座椅内："随手画的。"

当她是自娱自乐，宋晓安继续问她钱转了没有。

"那个弟弟没找你多要钱吧？"

戚禾扬起眉，勾着笑音问："你当人家真是来打秋风的？"

宋晓安摆手："怕你这老师教了些不好的给人家学去了。"说到这儿，宋晓安想起画室那边的事，"你这手都这样了，还能去教课？"

"能吧。"戚禾想了想，"先教教基础也差不多了。"

宋晓安闻言知道她是不打算放弃了，扯唇："那你还真是身残志坚了。"

戚禾挑眉："怎么？能给我发钱吗？"

两人有一搭没一搭地继续聊着天，偶尔何况再插几句，没一会儿就开到了中午吃饭的地方。

戚禾和宋晓安先下车往餐厅里走，还没等她们找已经约好的包厢，走道后头有人先喊了声。

"戚禾？"

戚禾和宋晓安跟着一起回头，对方穿着一身骚气的暗红西装衬衫，墨镜皮鞋，造型有些夸张。

戚禾的注意力都被他的穿着吸引走了，一时间也没认出他是谁。

"你怎么在这儿？"后边的何况出来，指尖勾着车钥匙，扫了眼男人，"你是巴不得别人说你土是不是？"

柯绍文懒得搭理他，摘下墨镜看着戚禾，疯狂示意自己："小戚姐，我是绍子啊。"

听到他的话，再配上他的脸，戚禾已经认出来了，是以前经常跟着她的柯家小儿子，因为没大没小被她教训一顿后，就乖乖叫了她姐姐。戚禾扬起眉扫视了下他："你穿得还挺时尚。"

"是吧是吧。"柯绍文还挺骄傲。

宋晓安没忍住说他："绍子啊，你戚姐在骂你蠢没听出来？"

柯绍文一噎："我怎么了？！"

"行了。"何况出声赶他，"见到你心心念念的戚姐了，满意了吧？"

被他提醒，柯绍文转头看向戚禾："小戚姐要不要和我一起去吃饭，就在旁边包厢。"

"不用了，你们好好玩。"戚禾摆手拒绝。

都是群公子哥们儿，她过去有什么好玩的。

柯绍文看她的手上还打着石膏也觉得有点不妥，勉强道："那我先过去，之后我有时间来找你。"

戚禾点头，简单地应付和人道别后，才跟着宋晓安进了包厢。

菜已经先点好了，等送上来的时候，戚禾看着桌上的大骨头汤，才知

042

道了宋晓安这场午饭的用意。

"你这是想着以物养物？"戚禾戳了戳碗里的骨头。

"伤筋动骨一百天啊。"宋晓安给她盛了碗汤，"多喝点。"

"谢谢了。"戚禾朝何况看了眼，"你给你家宝贝儿喝吧。"

"他不需要。"宋晓安将勺给了她。

见此，何况"啧"了一声："不是，我今天坐在这儿是给你们俩当电灯泡的吧。"

戚禾被逗笑，宋晓安也觉得好笑："行了行了，我也给你盛。"

说着，还亲了亲他的侧脸。

戚禾觉得现在自己才是那碍眼的，起身道了句："我去上厕所，你们俩继续。"

她走到包厢门前，单手打开门，还没来得及出去。

就见对面走道上站着一人。

熟悉的黑色大衣。

视线往上。划过衣领、喉结，其后就是那双浅褐色的眼眸。

许嘉礼侧身站在原地，瞧见她似是也有些意外，眼眸微扬："下次见。"

这话有点莫名其妙，戚禾一时间也不懂他说什么。

随后，许嘉礼低眼，直勾勾地盯着她，字词轻咬道："好像才隔了三个小时。"

戚禾眼皮一跳，内心莫名觉得有些诡异。

这怎么……走哪儿都能碰到？

难道最近和许嘉礼犯冲？

现在被他提醒，戚禾想起刚刚两人分别的时候，她顺口说的下次见。本来是很正常的话，可配上此时的再次相遇，确实还真有点像她等不及来见人的意思。

戚禾看着他，听着他调侃的话，张了张嘴："你……"

你什么，她也不知道。反正还真是有口难辩了。

"嗯？"许嘉礼歪了下脑袋，语调稍抬，"我什么？"

两秒后，他仿佛明白过来，语气温和似是善解人意，但听着却在帮她欲盖弥彰："姐姐想说巧合是吗？"

戚禾硬着头皮接话："是，还挺巧。"

话音落下，对面忽然传来男人一声笑。笑声低而轻，含着稀稀疏疏的磁哑，又似是藏了几分揶揄。清晰地传入了她的耳畔。看清他的表情，戚禾没来由得有些羞耻，刚想开口说他，先被他的手机铃声打断。

许嘉礼看了眼屏幕，随手接起。

戚禾没听见他说话，反倒先听见旁边的一道开门声，伴随着男人问话响起。

"你到哪儿了啊？我出来接你了，这儿……"

话音顿住，戚禾顺势转头看去。

柯绍文拿着手机正站在走道上，转了转头想找人，但一下就瞧见了他们，他先看了眼许嘉礼，挂断手机，催着人："怎么这么慢呢，走走，其他人都到了。"说完，他才发现站在隔壁包厢口的戚禾，眨了下眼，"咦，小戚姐你在隔壁啊？"

戚禾有些迟钝地点了下头，扫了眼对面的许嘉礼。她倒还真没想到他会和柯绍文认识。

柯绍文问："哎，正好我们就在隔壁，小戚姐你要不要……"

许嘉礼收起手机，打断他的话，侧头对着她示意："那我先走了。"

戚禾回神点头："好，你去吧。"

许嘉礼迈步往前走，扫了眼柯绍文："不进去？"

"哦哦。"柯绍文反应过来，跟着人进包厢，走时还朝戚禾笑着挥手，"小戚姐，等会儿来玩啊。"

看着他傻傻的样子，戚禾笑了声，随意点了下头。

见他们俩进去后，戚禾也没有停留，迈步按着墙上的指示，走进厕所里。她走到洗手台前，还在想柯绍文和许嘉礼认识的事。

以前也没见许嘉礼和别人一起玩过，他每天除了上学就是偶尔和她学画画，就没有别的事了。不过她好像也没在意过，一直把他当成隔壁家小孩，就连知道他是许家人的时候，还是戚峥和她说的。

现在想想，可能是当时阳城太远，交通不便，按着他的性子也不像是会去主动找人玩的，所以她都没见到他和其他家的公子哥在一起。

戚禾打开水龙头，安静地洗着手。

那能在这儿见到许嘉礼也不稀奇了，这家餐厅是柯家名下的产业，各家人一般都会来这儿吃饭聚会，见到相熟的人不是什么难事。

另一边，包厢门关上后。

里头的公子哥们先跟两人打招呼，许嘉礼走到一旁的空位坐下。

"叫你来吃个饭可真难，大中午还去银行干什么呢？"柯绍文跟在旁边问他。

许嘉礼"嗯"了声："见个人。"

"昨天也见人，今天也见人。"柯绍文说，"你什么时候这么喜欢见人了？"

许嘉礼没答他的话。柯绍文也不在意，但想起外头的戚禾，看着他疑惑问："你和我小戚姐认识？"

闻言，许嘉礼抓住他话里的词，抬眸："你？"

柯绍文眨眼："对啊，我姐姐，怎么了？"

许嘉礼移开视线："没怎么。"

"不是，什么没什么，能不能把话说完了？"柯绍文皱眉，"有屁就放。"

"没什么。"许嘉礼语气随意，"意思让你好好当你的弟弟。"

柯绍文脑子一时没转过弯："我当谁的弟弟？"

许嘉礼没回。

"等会儿。"柯绍文反应过来，"你都还没和我说你怎么认识戚禾的呢。"

没等人说话，柯绍文先自顾自地推测着："小戚姐这几年都在国外，你在这儿上大学不可能见到她，那是在之前了，之前的话，"他猜测一句，"你高中那会儿？"

许嘉礼面色平静地答了句："高二。"

"高二？那这不都有六七年了吗？"柯绍文愣了下，"你们怎么认识的？"

许嘉礼扫他一眼："关你什么事。"

柯绍文解释道："我好奇啊，没想到你们俩会认识。"

许嘉礼扯唇："你能想到什么？"

"我能想到的多了去了，而且我比你早认识小戚姐好不好？"柯绍文开始和他掰扯，"你是不知道以前我和她……"

话刚冒出几个字，忽然撞上许嘉礼那冷淡的眼神，柯绍文一噎。

"然后呢？"许嘉礼平静地看着他，"说说看。"

柯绍文自觉跳过，想起现在戚家的事，叹了口气："不过现在戚家破产，她应该也不好过。"

许嘉礼垂下眼，端起手边的温水喝了一口。

旁边有人瞧见他手里的水，起哄道："哎，许嘉礼，你这迟到应该先自罚三杯吧。"

柯绍文"啧"了声："罚什么呢，他这人的身体什么样，你不知道？"

男人无所谓道："不是，就三杯而已，不至于吧。"

这架势就是想罚他酒。

许嘉礼放下手里的杯子，抬起眸看他。

对上他毫无温度的浅眸，男人的身子不由得僵了下，但面上不显，满不在乎道："喝个酒而已，也不是什么难事啊。"

说完，他还想再添几句不勉强他的话，维持一下自己的面子，也不逼许嘉礼，但他还没开口说什么，就见许嘉礼垂下了眸，没有看他。

男人蒙了下，没反应过来，就听见旁边的柯绍文看着后边惊喜喊了声："小戚姐！"

闻言，众人纷纷回头，见包厢门被人从外边推开，露出门外的戚禾，皆是一愣。

戚禾刚刚洗完手从厕所出来，走过转角往自己的包厢走去，路过隔壁时，门忽然被打开，服务生推着餐车从里边出来。

戚禾的脚步一顿，顺着开门的一瞬间，看清了包厢里的情况。

也听到了男人让许嘉礼喝酒的话。

戚禾站在门后，看了眼侧对着自己的许嘉礼。他安静地坐在座椅上，垂着眸，长睫半耷着遮住了他的眼睛，本就冷白的脸在光下显得特别苍白虚弱，唇色褪去。

一副宛如任人欺压宰割的模样。

虽然知道他不是。但戚禾没走，停在门边。

听见柯绍文叫她，戚禾收回视线，走进包厢内，环视了一圈坐着的人，挑眉："还挺热闹。"

戚禾的名声不小，好几位公子哥看到她的第一眼就认出了她。

一瞬间有些蒙，没想到会在这儿看见她。

柯绍文见她过来，连忙招手示意服务生加个位置。

"不用。"戚禾摆手，"我就过来看看。"

她走到许嘉礼身旁，看了眼放在他桌前的酒杯，淡淡问："你病好了？"

这话明明没有指名道姓，但所有人都下意识看向许嘉礼。

许嘉礼抬头看她，温声道："没有，老样子。"

戚禾看他的脸色，没回话，只是伸手把酒杯拿起，放在了对面催人喝酒的男人面前。

"喝酒是不难。"戚禾的声音懒散，语气略带告诫，"但我家弟弟身子不好，酒还是少喝点吧。"

男人稍愣，而戚禾也没有打算多留，侧头想和许嘉礼说几句，但对上他看来的目光，顿了下后，随意说一声："你注意点。"

许嘉礼应了句："好。"

见他这乖巧模样，戚禾好笑地弯唇，转头让柯绍文看着他点，随后也不打扰他们的聚会，转身走出去回了隔壁包厢。

屋内的宋晓安听到开门声，侧头看来，催她："快过来，汤都要凉了。"

戚禾坐回位置上，看着自己碗里满满的汤，突然有些头疼："你这帮我补得也太夸张了吧。"

"别。"何况皱眉，"我喝得可不比你少，已经帮你分担不少了，赶紧喝了。"

戚禾叹气："你怎么不干脆全帮我喝了呢。"

宋晓安见她一直在动勺子，但就没喂进嘴里，扫她一眼："你干吗不喝？"

戚禾"噢"了声，睁眼说瞎话道："有点烫。"

宋晓安催她赶紧喝，顺口提了句："你刚刚出去，隔壁还挺热闹的，不知道柯绍文那堆人在干什么，可别等会儿来抓你过去玩。"

已经玩过的戚禾："嗯……"

何况在旁边猜测着都有谁去了隔壁，宋晓安跟着猜。

戚禾选择不说话，她衣兜内的手机响了一声。

戚禾拿出来扫了眼屏幕信息，单手回复。

没听见她说话，宋晓安侧头扫了眼她的手机，扬了下眉："和谁聊天呢？"

"画室的学长。"戚禾回复完放下手机，"我过几天试着去教教课。"

宋晓安点头："你这手可能还真上不了什么课。"

戚禾："我又不是残废。"

何况倒是好奇了："但你这左撇子，能用右手画画？"

"对啊。"宋晓安想起这事，"你不是一直都用左手写字画画的吗？"

"现在都用。"戚禾指了指石膏上的蝴蝶，"没看到这伟大的画作？"

何况扫了眼："那我劝你别误人子弟了。"

看着她表情，宋晓安连忙出声："看在我的分儿上，忍忍忍。"

何况这人嘴贱，从小就这样，偏偏戚禾的脾气也不小，两个人从小学开始就没对过头。

宋晓安就一直是中间调和的那位，可还是会偏心戚禾。后来自从两个人考上同一所大学，看对眼后，宋晓安心也稍稍往何况那边跑了点。但大事还是会偏在戚禾这儿，所以何况就更看不爽她了。

戚禾对何况这小伎俩根本不在乎，喝了口汤，解释道："我右手没问题，以前练过一段时间。"

宋晓安问："练右手干什么？"

闻言，戚禾想起什么，扯唇笑了声："就想练练。"

见她用右手没问题，宋晓安也放心，拉着她又聊起了别的话题。

边聊着吃完饭后，三人起身准备出去，何况先去前台结账。

戚禾跟着宋晓安到大厅聊天等他。

两人聊了没几句后，宋晓安接到何况的电话，结账出了点问题，让她过去。

"何况这个废物。"宋晓安骂完人，侧头朝她示意一句，"你等我下。"

戚禾点头让她去，脚步往旁边移了移，无聊地站着等人。

没等几秒，余光扫到有人朝她走来。

戚禾以为是宋晓安重新折回来，转头语气随意道："你又有……"

她眼眸稍抬，等看清面前的人后，话音一止。

来人是柯绍文，后头还跟着许嘉礼。

戚禾扬了下眉，有些诧异："你们吃完饭了？"

一般聚会吃饭可不会这么早就结束。

柯绍文摇头："没，是许嘉礼这人嫌里边太吵了。"

戚禾明白了，笑了一声，视线往后看向嫌弃太吵的人，不知道是不是灯光原因，见他脸色苍白得很，貌似还有点不舒服的样子。

戚禾皱了下眉，开口问他："喝酒了？"

柯绍文闻言，刚想邀功告诉她这人被他看得很好，滴酒未沾。

可下一秒，就听见许嘉礼自己似是乖巧地说了句："一点点。"

柯绍文当场愣住。

一楼也有客人在吃饭，伴着店内的钢琴声有些嘈杂。

戚禾听着他轻轻浅浅的话，想起刚刚那群公子哥儿的态度，眉心蹙起："他们又逼你喝了？"

许嘉礼垂下眸看着她，没说话。

见此，戚禾眉心皱得更深，转头就对着柯绍文问罪："不是让你看着点？"

柯绍文蒙了，下意识开口辩解："我看了啊。"

戚禾扫了眼许嘉礼的面色，反问："这叫看了？"

"不是，这哪儿关我的事。"柯绍文指着许嘉礼，"是他根……"

话还没说完，对面的男人轻咳了一声，打断他的话："我没事，不怪他。"

柯绍文一瞬间差点以为自己刚刚是不是没看住人，让他喝了酒。

"确实不怪他。"戚禾扫他一眼，语气有些谴责，"刚刚我不是让你注意点吗？"

许嘉礼又咳了一声，才道："对不起。"

见他这样，戚禾也不想骂病人，抬了抬下巴："行了，饭也吃了，酒也喝了，赶紧回去吧。"

许嘉礼"嗯"了声，转头对着柯绍文说："你回去吧。"

柯绍文本来也打算要回包厢的，听他这话，问道："行，那你……"

许嘉礼又没让他说完话，"嗯"了声："我自己回去。"

柯绍文觉得他脑子有病吧，在胡说八道什么呢？他不自己回去还能怎么回？

许嘉礼也没理他，对着戚禾点了下头，算是道别后迈步往外走。

原地留下了柯绍文和戚禾两人，柯绍文也想和戚禾道别，但衣兜内的手机先响，是里头的公子哥们在催他。

"来了来了。"柯绍文接起，匆匆对着戚禾说，"小戚姐我先回去，之后来找你玩。"

戚禾见他还真没管许嘉礼，扬眉点了下头。

柯绍文和她挥手走后，戚禾站在原地，稍稍转头往门外看。

外头的白日渐渐散去，临近傍晚。男人似是站在黄昏边，光影洒在他的身上，仿佛为他镀下了一层阴影，显得身影消瘦单薄得很。

而此时是冬日，傍晚的温度降下，似是有寒风吹来扫过了外边男人的衣摆，随风摇曳摆动，更显落寞。

恰好，他又稍稍咳了一声，肩膀轻轻颤了颤。

弱不禁风。戚禾脑子里闪出了这个词，她看了几秒后，收回视线，等着宋晓安和何况回来。但许嘉礼高挑又很显眼，余光总是会时不时地扫到他。

又等了一会儿后，戚禾转头见许嘉礼一直没走，无奈叹了口气，迈步推开门走向他。

许嘉礼站在原地，听见声响，稍稍偏头看来，瞧见是她后，目光似是稍疑。

戚禾轻声问："你怎么走？"

许嘉礼拿着手机："在叫代驾。"

喝酒总是不能开车的。

戚禾点点头，扫了眼他的手机："叫到了吗？"

许嘉礼摇了下头："有点难。"

见他站这么久，戚禾也不难猜，看着他身上的大衣，扯唇问："所以你就打算一直站这儿等着？"

刚刚一开大门，她就感到了明显的温差。

这么冷，亏他也能站得住。

"先进来吧。"戚禾转身抬了下巴，"到里边等着。"

许嘉礼没有拒绝，跟在她身后，走到门前先一步帮她开了门。

戚禾现在是伤患，大方接受了他的服务。

关上门，重新走进餐厅后，戚禾先向服务生要了杯温水。

站在身后等她的许嘉礼，听见她的话，眼眸稍垂。

很快，服务生就拿着温水出来，正要给戚禾时，她先看了眼面色苍白的许嘉礼："我不用，给他吧。"

服务生一愣，自然地递给了他。

许嘉礼接过道了声谢，低头喝了口温水，瞬时除去了体内的寒意。

戚禾看着他安静喝水的样子，想了想开口："你家住哪儿？"

许嘉礼盯着她说："嘉盛花苑。"

这小区名有点耳熟，戚禾愣了下："你住那儿？"

嘉盛离她现在的华荣小区就在隔壁而已，难怪中午的时候能在小区门口见到他。

许嘉礼语调有些慢："我一直住那儿。"

听他这似是解释的话，戚禾挑了下眉，声音懒散："那你等会儿和我走。"

"什么？"许嘉礼似是没懂。

"我和你顺路。"戚禾听到前边的说话声，抬头看见付款回来的两人后，侧头小声和他说，"等会儿我们一起蹭个车。"

她突然靠近凑到身旁，语气自然，许嘉礼拿着水杯的手一顿。

没听见他回复，戚禾转头想看他时，对面的宋晓安和何况就先看见了他们俩。

宋晓安走近看清旁边的许嘉礼后，表情一顿，下意识开口："为什么你会在这儿？"

刚刚她老远就看到戚禾旁边站着个男人，一开始以为是搭讪的，后面越走近越觉得脸有点眼熟。但她怎么都没想到会是昨天见过的许嘉礼。

闻言，何况看了眼对面的男人，看她："认识？"

宋晓安偏头小声说了句："就昨天我和你说的弟弟。"

戚禾站在两人对面，能听见他们俩的对话，扯了下唇："你们俩还可以再说大点声。"

"这是许嘉礼。"戚禾介绍完，懒懒地解释了一下原因，"喝了点酒，也刚好和我顺路，我带着借你们的车搭个顺风车。"

"顺路？"宋晓安一愣，看向许嘉礼，"你住哪儿？"

许嘉礼开口报了嘉盛的地址。

闻言，宋晓安明白过来，想起昨天他还挺照顾她们的，爽快地点点头："行啊，反正就多一个人而已。"

几人说定后，一起走出餐厅往外头的停车位走。

戚禾走到后车门，身旁的许嘉礼先帮她打开门，让她坐进去，随后自己坐在她一侧。

驾驶座上的何况发动车子后，又确认问了一遍："去嘉盛花苑是吧？"

许嘉礼"嗯"了声："谢谢。"

戚禾坐在旁边，又听了一遍嘉盛花苑，莫名觉得自己以前好像说过这小区名，还没来得及细想，身旁人轻咳了一声。

车子开始发动行驶。

戚禾循声转头看他："不舒服？"

"没事。"许嘉礼皱了下眉。

戚禾看着他这样，索性不想管他，反倒还笑："几年不见你还挺不听话。"

身体不好，还跑这儿来花天酒地的。

听出了她的潜台词，许嘉礼没忍住也轻笑了声："就喝了一点。"

戚禾挑眉："一点就不是酒了？"

"嗯。"许嘉礼从善如流地点头，"我错了。"

戚禾噎了下："认错倒挺快。"

许嘉礼侧头看她，语气有些轻："姐姐生气了？"

闻言，戚禾好笑道："我有什么好生气的？"

这事她还真没什么气，反倒还觉得白费她刚刚帮他出头挡酒了。

这小孩还不是喝了？

根本没听她的话。

戚禾嘴角轻哂。

许嘉礼听着她的语气，眼眸稍淡："那就好，还以为你生气了。"

"没有。"戚禾看着他的脸色还是有些差，"回去后喝点感冒药，别感冒了。"

许嘉礼就"嗯"了声："我知道，谢谢。"

这还道起谢来了？戚禾见他突然变得这么客气，一时间想起了之前两人没戳破身份时的态度。

礼貌又疏离。

想到此，戚禾鬼使神差地转头看了他一眼，见他身子靠在座椅内，垂着眸。后座内光线微暗，他那双好看的眉眼半掩在暗影中，隐晦不明，却又似藏着了点疏离感，有些看不清。

似是察觉到她的视线，许嘉礼缓缓抬起眸，神色寡淡："怎么了？"

戚禾回神移开眼："没事。"

也不知道他哪儿又不对劲了。

车内安静，行驶了一会儿后，很快也渐渐接近了目的地。

戚禾侧头看向窗外，伴随着路灯柱一盏盏倒退着，也看清了不远处的小区门口。

路灯划过小区外边有些模糊的嘉盛标志。

戚禾随意扫过时，顿了下。想起来为什么刚刚觉得嘉盛耳熟了。

嘉盛是前几年的房区，房型已经算是老的了，四周的建筑和设施都已经落后，可在当年是最新开发的地段，房价高得离谱。

而戚峥以前有套房子在这儿，特地买的。

大学的时候，戚禾除了在阳城住，偶尔也会来若北市区找宋晓安玩，就住在嘉盛这儿。但次数不多，她也从来没在意过这个房子。好像有次放国庆假的时候，戚禾嫌阳城没什么好玩的，想跑到市区住几天。也不知道是哪天，许嘉礼从隔壁过来的时候，她正好在收拾行李。

"要走？"许嘉礼看着她渐渐装满的行李箱，淡声问。

戚禾应了声："出去玩几天。"

许嘉礼："几天是几天？"

闻言，戚禾挑眉："怎么了？怕姐姐不回来啊？"

许嘉礼看着她，漫不经心道："怕你忘了回来。"

戚禾收衣服的动作停住，轻笑一声："放心，姐姐很快就回来。"

"当然如果不放心姐姐，"戚禾还故意逗他说，"那你随行跟着姐姐怎么样？"

许嘉礼当时好像没有回答，戚禾以为他是懒得理，随口说："想玩的话那就给姐姐打电话，或者来姐姐家找我，我带你去。"

许嘉礼抬眸看她："你会在？"

戚禾懒懒地点头："在啊，你来找我就会在。"

说着，她就朝他报了嘉盛的地址。

下一秒，戚禾的眼尾稍稍一扬，话里含笑道："记住了，可别找错人家了。"

当时许嘉礼直直盯着她的笑颜，须臾，就答了两个字："不会。"

过了一会儿。他又说了句。

"你等着就好。"

Chapter3

缘分·我不从

戚禾望着越来越近的小区门口，稍稍失神。

"我在这儿下。"身旁一直无言的许嘉礼忽然开口说了句。

主驾上的何况闻言一愣："这儿？"

车子还在外围的商圈里，没到小区门口。

戚禾看了眼外头热闹的街道，侧头看他，说道："不回家？"

许嘉礼说："买药。"

戚禾了然，自然也不多说什么。

车子又往旁边街道开了点，何况踩着刹车稍稍停在了路边。

许嘉礼朝前淡淡道了声"麻烦了"，却根本没有看身旁的戚禾。

戚禾嘴里好好休息的话根本没机会说，她盯着他冷漠无情的侧脸，挑了下眉，也不知道哪儿又惹到他了。莫名觉得有点好笑，戚禾看了眼时间："那我也在这儿下吧。"

许嘉礼单手打开车门的动作一顿。

"嗯？"副驾上的宋晓安转过头看她，"你在这儿下干什么？"

戚禾笑了声："反正也不远，我下来透透气。"

宋晓安看了她一眼，又看了眼许嘉礼："透气？"

接收到她的眼神，戚禾抬了抬眼："看什么？"

"我不是看你。"宋晓安也懒得说她，扫了眼她的左手，"别乱晃荡，早点回家啊。"

戚禾随意应了声，侧头见许嘉礼不知何时也转头正看着她。

戚禾扬了下眉："怎么？不准备下车了？"

在马路上不能开靠车道的门，她只能从许嘉礼那边下来。

许嘉礼稍稍垂眸，单手打开门，弯腰迈步落地。

戚禾跟在他后边，但她的位置靠里，单手有点难移动，皱了下眉，伸手向人求助："弟弟，扶姐姐一把吧。"

许嘉礼站在车边没吭声，安安静静地看着她朝自己伸开的手。

见他没动作，戚禾的手心晃了晃，催促道："快点。"

话音刚落，许嘉礼已经伸手牵住了她的手心，将人拉出车内，轻轻往自己身前一带。戚禾视线晃了下，脚步顺着力道往前一迈，站在了他面前，一抬眼就看见了他极近的下颌、喉结。

她稍稍顿了顿，松开他的手，身子自然地往后一退。

距离拉开。

戚禾转身关上门，对着宋晓安开口："到了给你发信息。"

宋晓安看着她："行，那我们走了。"

戚禾点头："回去慢点开，注意安全。"

车子启动移开了停车位，融入车道上。

戚禾收回视线，转头看了眼许嘉礼，指挥道："走吧，去买药。"

闻言，许嘉礼看她，意有所指问："这就是姐姐说的透气？"

戚禾摇摇头："这倒不是。"

许嘉礼："嗯？"

戚禾故意逗他，懒洋洋开口："这是姐姐的好心陪伴。"

许嘉礼的唇角微微一弯，低笑一声："那谢谢姐姐了。"

听到这声，戚禾侧头瞥他一眼："不生气了？"

"嗯？"许嘉礼淡定问，"什么生气？"

戚禾玩味地抬了抬眸，视线在他脸上扫了一圈，慢悠悠问："刚刚在车上都冷着脸了，还没生气啊？"

"刚刚？"许嘉礼似是回忆了下，淡淡笑道，"那可能是有点不舒服才那样的。"说完后，他又仿佛明白到了什么，低眼盯着她，语气轻松，"所以你是觉得我生气了，才下车陪我的？"

戚禾沉吟一声："一半一半吧。"

见她面色淡定，许嘉礼扯唇："什么一半？"

"一半想下来走走，还有一半，"戚禾拖着腔道，"来哄哄你。"

是熟悉的调笑话，许嘉礼眼眸稍淡："为什么哄我？"

"小弟弟。"戚禾的语气懒懒，"虽然姐姐好几年没见你，可我记得你以前生气的厉害啊。而且我们这久别重逢的，"戚禾看向他，尾音稍扬，"怕你这小孩生气以后都不理我了怎么办？"

听着她话里的久别重逢和小孩，许嘉礼的神色散漫，光影掠过他的脸显得疏淡，他凉凉道："不会。"

"嗯？"

"我没生气。"

"行。"戚禾也没在意他的神色，点点头，"没生气就好。"

说着，刚好走到了路边一家药店，两人走进去，戚禾陪许嘉礼买了些感冒药后才出来。

"回去吃了药就早点休息。"戚禾往街对面的小区门口走，送他回家。

"嗯。"许嘉礼淡淡道，"我知道。"

戚禾想起这话好像说很多次了，问："我是不是太啰唆了？"

"有点。"

"嘉礼弟弟。"戚禾似笑非笑地看他，"这就有点过分了啊。"

许嘉礼坦然："实话实说。"

戚禾走过斑马线，和他掰扯："姐姐这不是关心你嘛。"

许嘉礼"哦"了声："那谢谢。"

戚禾被气笑："还谢谢？"

见快要走到小区门口，戚禾也不说了正想让他进去，许嘉礼拉着她继续往前走。

"嗯？"戚禾看了眼自己被他握着的手腕，"做什么？"

许嘉礼没放开她的手，缓步解释道："送你回家。"

她住的华荣小区就在旁边不远。

"送我回家？"戚禾轻笑一声，"现在倒是挺有良心啊。"

见她没拒绝，许嘉礼没多留，自然地松开了她的手："我怎么没良心？"

"还说呢。"戚禾扫他一眼，"刚刚骂我啰唆的不是你？"

许嘉礼语气淡淡地提醒她："我不是小孩。"

戚禾愣了下，反应过来笑了声："确实，但不还是比我小嘛。"

想着他应该是不喜欢自己被管教，而且还是被好几年不见的姐姐。

戚禾自觉反省，语气宽慰他："行了，我以后不说你了。"

走过街道，戚禾扯开话题，往后看了眼身后的嘉盛，问："什么时候搬来这儿的，怎么不住阳城了？"

"方便点。"许嘉礼似有若无地又补了句，"之前上大学。"

戚禾明白了，那差不多和她以前一样，这也没什么好评价的。

戚禾跟着他又走了一会儿就看到了华荣。小区规定一般不让外人进，她看了眼时间："就送到这儿吧，你也赶紧回去休息。"

许嘉礼看她。

戚禾怕自己又啰唆起来，及时止住，又说了句："不过还是谢谢我们嘉礼弟弟了，如果想来，以后可以来找我玩，还有忘了说了。"

"姐姐这次回来，"戚禾稍稍仰头看他，眉眼轻笑，带起熟悉的语调，"能见到你挺开心的。"

有一刻，许嘉礼站在原地，对着她毫无遮掩的目光，顿了下。

"好了。"戚禾朝他挥了挥手，"回去路上注意安全。"

嘱咐完，戚禾转身走进小区内。

屋内的灯未开，显得空荡又寂静。一个人都没有。

戚禾站在门口安静了一会儿后，才伸手开灯。

灯光一瞬间亮起，她下意识眯起了眼睛，须臾才睁开眼换鞋进屋。

关上门的时候，宋晓安就打来了电话。

戚禾没有接，提着包走进客厅内才拿出接通。

"怎么这么久才接？"宋晓安的声音从那头直接问。

戚禾开了个外放走到厨房，倒着水提示她："我现在就一只手，不懂体谅伤患？"

宋晓安问："你到家了？"

戚禾挑眉："不然我还能去哪儿？"

宋晓安："刚刚看你下去陪那弟弟，以为还要聊会儿天呢。"

戚禾喝着水："聊是聊了，但也不妨碍我回家吧？"

宋晓安也懒得转圈，直接说："我看你那弟弟对你有点不对劲。"

刚刚她坐在车里，可是有听见后边的两人说话的。

闻言，戚禾好笑问："又想说人家来找我秋风的？"

宋晓安"啧"了声："我是说，他对你的人没想法？"

"想什么呢？"戚禾语气随意，"人家就是个弟弟，再说我还教过他画画，这一日为师终身为父的，那我还能当他妈了呢。"

"什么玩意儿？"宋晓安瞪眼，"你别胡说八道的。"

戚禾指出："你怎么不说说你胡说八道。"

宋晓安噎了下："行，是我胡说八道。"

戚禾放下杯子："下次可别说人家弟弟，如果人家有女朋友多不好。"

"知道了。"宋晓安又想起别的，"前几天你交了水电费？"

戚禾"啊"了声："是的吧。"

宋晓安皱眉："不是让你别交吗，我这里直接就可以扣了的。"

戚禾语气闲散："你不让我交房租，还不让我付水电费了？"

华荣这套房子是宋晓安名下的。原本是想让戚禾住的是另外一套，在市中心那一带，但戚禾不想住那么繁华的地区，所以就选了这儿。而戚禾是打算当作租房要付给宋晓安房租金的，市中心那套，她可承受不起。但宋晓安听到她要付钱的话，直接差点和她吵起来。

戚禾也没办法，就偷偷付个水电费。

"你这情况还有钱付？"宋晓安毫不客气，"你哪儿来的钱？"

"想什么呢，我也没那么……"戚禾想到自己连给许嘉礼的300块都没有，话音顿了下，"好吧，确实是穷困潦倒点。"

"但我现在不是找到工作了嘛。"戚禾笑了声，"还能活。"

宋晓安被气得头疼："行了，我挂了，你这病患赶紧睡觉吧。"

戚禾了解她脾气，宽慰了她几句，随手挂断了电话。

四周少了说话声后，重新陷入了寂静。

戚禾站在厨房，侧头看着窗外的夜景，端着水杯继续喝水。她正在想着其他时，忽然瞥见外头的一栋栋高楼，莫名想到了刚刚许嘉礼说的话。戚家在上个月宣布破产，公司没了，名下的房产车子自然就都被变卖抵债了。当然也包括嘉盛花苑那套。

许嘉礼说自己大学期间就住在嘉盛，那倒也可以理解。毕竟当时这一块儿的房子还是值钱的，不然戚峥也不会在那儿买房。但现在嘉盛早就是老旧小区了，设施房屋废旧，按着许嘉礼的性子可不像是会留在这儿继续住下去的，而且还住这么多年。

难道觉得地方好住，所以觉得有牵挂熟悉感?

水喝完，戚禾也没再想这事，拿起手机往卧室内走，准备洗澡赶紧睡觉。但她这左手注定让她不能安安稳稳地洗漱，磨磨蹭蹭地花费了一个小时结束。

戚禾吹好头发后，揉了揉有些酸的右手，回到卧室床上，随手拿起手机看看有没有未读信息。宋晓安发了几条给她，戚禾随手回复了几个字，指尖滑动看了眼信息列表。恰好看到了第二位许嘉礼的那条上。两人最后的聊天还停留在银行转账那儿，而昨晚的时候是他发的一条。

恰好此时，手机一振，有人给她发了微信。

看到红点旁边的名字时，戚禾愣了下，下意识点开。

对方就发了一句。许嘉礼：晚安。

戚禾看着这熟悉的两个字，挑了下眉。也不知道这小孩从哪儿学来的? 这么乖巧地和她说晚安，搞得还挺有仪式感。

她嘴角稍弯，视线扫了眼时间，打字反问：这么晚还不睡?

那边可能没想到她会回复。

等了一会儿。许嘉礼才回了句语音，声音低沉，还带了几分倦懒，在黑夜中格外地好听："你呢，怎么还没睡?"

戚禾也懒得单手打字，跟着回了句语音："打算要睡了，但被你这语音吵醒了。"

许嘉礼又发了一句，含了几分笑意："那睡吧，不吵你了。"

戚禾问他别的："药吃了吗？"

许嘉礼："吃了。"

戚禾："还挺乖，那现在睡吧，要睡不着，姐姐给你唱摇篮曲也行。"

许嘉礼拖长声音"噢"了一声，道："那姐姐给我唱吧。"他的语调懒懒的，尾音轻拖，话音里含着明显的笑声，就是故意逗她的。

戚禾噎住，改为了打字：姐姐怕唱了你更睡不着。

戚禾：行了，小孩子要早睡早起，赶紧睡觉。

发完，她想了想又补充一句：晚安。

手机一振，传来了两个字。许嘉礼垂眸看着她的信息，没什么表情。盯了好久，不再回复。

现在的戚禾和以前的她没有什么变化。能面对当时一个陌生的少年随意调笑，也能像今晚这样熟练地关心他。如同当年一样，以姐姐的身份来关心他这个相熟的弟弟，态度自然得就像任何事都没有发生，仿佛这几年的时光没有流逝过，她还是那个邻家姐姐。

许嘉礼知道她也可以和他保持着像陌生人一样的态度，礼貌又不失分寸，明明她早已认出了他。这是一个理智又绝情的人。

只是因为不在意。

许嘉礼低下眼，拿过桌角未开封的感冒药，随手扔进垃圾桶里，恰好，一旁没什么动静的手机响了起来，他扫了眼接起。

里头柯绍文的声音立即响起："老许，你在哪儿？"

许嘉礼："在家。"

"不是，你还真回家了？"柯绍文一愣，"你难道真喝酒了？我怎么没看见你喝？"

许嘉礼懒得理他："你有事？"

柯绍文"噢"了声："我这边不是刚结束嘛，想着你要没事过来帮我开个车吧。"

许嘉礼："我看起来很闲？"

"你都在家了还不闲呢？"柯绍文催促，"来吧，正好我们去别的场玩玩。"

"不去。"

"你可别扫兴啊。"柯绍文给他掰扯，"你最近又没什么事。"

许嘉礼笑一声："你当我是你？"

柯绍文卡了三秒："说事就说事，你还带人身攻击就不对了啊。"

"挂了。"

"哎哎哎，等会儿！"柯绍文反问，"你还没告诉我，你有什么事？"

"下周周一。"

"嗯？"柯绍文语调稍抬，"周一怎么了？"

许嘉礼侧头看了眼一旁的电脑，神色平淡："我有课。"

隔周周一。

戚禾回国以来的第一次早起。

因为和画室学长约好的时间是早上八点。

她艰难地睁开眼，迷迷糊糊地洗漱完出门，才赶到地铁站坐到阳城。期间在地铁上她还差点睡着，玩了一会儿手机才勉强撑过了睡意。

出了地铁站，戚禾揉了揉太阳穴沿着街道往外走，走了一会儿后才意识到不对劲。她有点不认识阳城了。戚禾抬头看了眼四周的街道建筑，比前几年有了很大的变化。已经变得有些陌生，有的店面也早已不在。几年没有过来，她一时之间还真的有点分不清东南西北了。

戚禾无奈，找了经过的女生问："你好，请问阳城附中怎么走？"

"附中吗？"女生笑了声，"我也要去，你和我一起吧，沿着这条路往前走，然后右转就是了。"

"好，谢谢。"

戚禾跟着她一起往前，见她没有穿着校服，猜测问："你是大学生？"

"是，在阳城大学。"女生看着她好奇，"你也是吗？"

戚禾沉吟一声："是也不是。"

女生疑惑："嗯？"

"我之前是。"戚禾勾唇，"但现在已经毕业了。"

女生明显没想到，愣了下："我还以为你和我一样呢。"

戚禾挑眉："我看起来有这么年轻？"

"真的！我不骗你！"说完，女生马上点着头，仿佛以示自己的真实。

戚禾被她逗笑："那我就当是对我的夸奖了。"

"当然算啦。"女生看着她，眨眼道，"姐姐你难道不觉得自己很好看吗？"

戚禾坦然地点头："当然好看。"

女生一愣："这个时候是应该说这个话的吗？"

"觉得自己好看怎么不能承认？"戚禾侧头靠近看她，眼尾轻挑，语气轻笑道，"小妹妹，姐姐也觉得你很好看啊。"

女人笑颜明艳动人，一双眼明而亮，眼尾往上翘起，看上去特别媚，似是若有若无地带着点勾引，但又没有那个意思。

女生和她对视上，愣了半天，反应过来的时候脸猛地一红。

"嗯？"戚禾看清她的变化，语调稍抬，"怎么还脸红了？"

"没有没有！"女生立马捂着脸，"是你突然夸我。"

闻言，戚禾气息轻扬地"啊"了声："所以这是害羞？"

女生还想说什么，旁边转角处有人叫了声："李佳。"

戚禾和女生听到纷纷侧头，瞧见旁边站了个高高的男生，穿了件简单的卫衣外面套一件大衣，长相清俊有些稚气，身材健硕，应该是经常运动。是那种一眼就可以吸引人的阳光帅气少年。

戚禾看着人，想到了许嘉礼，他虽然高，但身子骨瞧着却不大行，感觉可能都没面前这个男生看着壮，太瘦也太白了。

男生看了眼女生，立即注意到旁边站着的戚禾，视线明显顿了几秒。

"你怎么在这儿？"李佳看他稍稍疑惑。

林简祎朝两人走来，解释一句："老师发了通知让我过来。"

说完，他朝戚禾点了下头："你好。"

戚禾见此，也颔首回礼。

"啊，对。"李佳想起来，向他介绍，"这是我刚刚路上遇到的姐姐，她也要去附中。"

林简祎听着李佳话里的称呼，愣了下。

戚禾点了下头："是，要麻烦你们带个路了。"

李佳摆手："没事没事，反正我们也要去的。"

"但可能要快点了。"戚禾抬腕看了眼时间，"我有点赶时间。"

李佳一听这话，连忙领着她往前走，所幸附中离得也不远了。

在门卫处登记完姓名后，戚禾走进校内看了眼建筑，基本上没什么变化，这倒是让她有些放心了。

几人接着往里走了一会儿，最后站在了分岔口处。

"我们要往艺体楼去。"李佳转头问她，"姐姐你要往哪儿走？"

戚禾语气随意："我也去艺体楼。"

李佳一愣，而戚禾似是不惊讶他们要去哪儿，下巴朝右边方向指了指："走吧。"

见她熟练地往侧边道路走，林简祎看她，表情有点腼腆："您是这儿的老师吗？"

戚禾挑眉："可能是的吧。"而答完下一秒，还没走几步，戚禾衣兜内的手机就响了一声。她拿出手机看了眼，侧头随意对着两个小朋友笑着说了句，"姐姐可能要先走一步了，谢谢你们带路了。"

闻言，林简祎看着她，还想说什么，可戚禾走得快，他根本来不及说话，她已经接起电话，快步离去。

附中的艺体楼是2010年建的，算是新校区，主要是给艺考生们上课和训练学习的地方。而三楼和四楼是美术生的集合地，一整层全是画室。

在戚禾上学那年，她们美院的一些教授就会来这儿联合教课，也有大学生过来跟着高中生一起训练画画。现在这几年艺术生越来越多，外头的画室也合并到了这儿，所以基本上都是一起上的，只是课程安排不同而已。戚禾走到一楼尽头的教师办公室，抬手敲了下门。

"请进。"

闻言，戚禾转动门把手推开。

里头坐着一个胖胖的戴着眼镜的男人，正对着门口，听见声响抬头瞧见她时一脸的惊喜："哎，戚禾。"

戚禾笑着点点头："学长好啊。"

钱茂站起身让她进来，看着她严严实实的左手后，眨眼："你这伤得这么重吗？"

戚禾摇头："没有，看着严重而已。"

"那可要小心点。"钱茂拉了张椅子给她，"来，你先坐。"

戚禾道了声谢坐下，钱茂走到一旁边给她沏茶，边说着："现在还没上课，等会儿带你过去看一下。"

"好，谢谢。"戚禾接过他递来的纸杯，看着四周，"这儿还是老样子。"

"是啊，和我们当时一样。"钱茂笑着，"当然，老师也还是美院的教授，平常也就教教那些理论课，操作课的老师还是一样地少。"

戚禾扬了下眉："如果不少，我应该也来不了这儿了。"

提到这儿，钱茂摸了摸头："不说别的，我当时收到你想来这儿的信息可是吓了一跳。"

"我也是生活所迫啊。"戚禾叹着气，"我刚回国总要先找个工作。"

当时她也是恰好点开了大学的QQ校友群，就看到了钱茂在里头发的信息，她想也没想就直接找了人家。

这对钱茂来说确实有点突然，毕竟两人也是好几年没联系了，而且他以前是知道戚禾家里挺有钱的，所以看到她想来这儿当个小小的画室老师时，还真是蒙了。但现在一听这话，钱茂大致能明白些什么，自然地笑了声："你这位归国留学生能来这儿，我肯定答应啊。"

说完之后，钱茂又和她掰扯了几句，然后和她谈起了上课的事，最后说完看了眼她的左手。

"你现在上基础入门课程，应该没什么问题吧？"

戚禾点头："放心，基础课还是可以的。"

确认没问题，两人又商量着定下了试课课程后，钱茂准备带她去画室看看，路上还碰上了其他来教课的老师。

戚禾一一和他们打着招呼，跟着一起上了三楼。

"这些都是我们现在的操作课老师了。"钱茂走在一旁小声解释着。

戚禾扬了下眉："就这些？"

"是。"钱茂笑了声，"是不是很少？"

戚禾实话实说："确实。"

钱茂："呵……"

看着他的表情，戚禾弯着唇问："没有其他老师了？"

"还有几位助教是我们美院毕业的学弟学妹，等会儿带你去……"说着，钱茂抬头瞥了眼前边，笑了声开口，"正好不用等会儿了，刚好许嘉礼就在前面。"

戚禾闻言一顿，以为是自己听错了，想着应该不会这么巧的时候，就听见钱茂自然地喊了声："许嘉礼。"

同时，余光瞥见有道人影接近走来。

戚禾顺势望去。就见那个名叫许嘉礼的男人就站在她的面前，顶着那张她曾经描绘过的精致五官，带着似笑非笑的眼神看来。

戚禾的表情僵硬，还没说什么。

下一秒。许嘉礼扯起唇角，气息悠长地笑了声，带着熟悉的语气："姐姐这次是因为什么？"

戚禾："啊……"

许嘉礼盯着她，眼尾轻抬："不过一周……"

他顿了下，语气似是带了几分为难，却依旧直白明了地点出——

"好像是比三个小时久了点。"

戚禾觉得自己都要被他洗脑了。

上周在餐厅里是说想见他，现在在这儿又是急不可耐。不论从哪方面看，她貌似都是主动的那一方，而许嘉礼是被追逐的那一位。而且她也从来不知道若北有这么小，走哪儿都能碰上许嘉礼。真不知道是她的活动区域太局限，还是许嘉礼和她有缘。又或者，难道是她在潜意识里还真想见许嘉礼？

戚禾把这不靠谱的想法摁下，面色镇定地看着他："噢，好久不见，没想到你在这儿工作呢。"说完之后，她转头看向钱茂，自然地扯开话题间，"学长，你刚刚说他是助教？"

"啊？"钱茂愣了一下，反应过来开口，"哦哦，对，这是许嘉礼，我们学弟。"

介绍完，钱茂看着她："你应该认识许嘉礼的吧。"

戚禾顶着许嘉礼盯来的视线，下意识点头："嗯，认识的。"

"那就好，我也不多介绍了。"钱茂看了眼时间，问许嘉礼，"你应该快上课了吧？"

许嘉礼点头："快了。"

"那正好顺路一起。"钱茂带着两人往前走，"我也带你戚学姐看看画室。"

许嘉礼走在戚禾身旁，稍稍侧头看人，语气似是不明白："看画室？"

"噢。"钱茂解释，"你戚学姐试完课，差不多就会来这儿正式上课，之后和你就是同事了。"

闻言，许嘉礼看了戚禾一眼，语气有些意味不明道："同事？"

戚禾忍了下，平静地点头："是，我刚回国还没找到工作。"

言下之意——姐是因为缺钱才来这儿，不是别的什么，不要过分猜想误会。

许嘉礼似是能理解地点了下头，轻轻"噢"了声："好吧，我明白了。"

你确定明白了？戚禾觉得从他这声"噢"里听出了各种误会版本，并且还带了几分"不必解释我懂我不揭穿"的意思。

钱茂完全没感觉到不对，还跟着说："对啊，你知道就好，以后可要照顾学姐，这手还受伤了呢。"

许嘉礼点了点头："会的。"

钱茂闻言放心了，正好看见他要上课的画室，让他先去上课。

许嘉礼点头，正准备往前走的时候，似是想起什么，转头对着戚禾说："等我下课，学姐。"

突然听到这声学姐，戚禾愣了下，一时没反应过来。许嘉礼就自然地经过她，推开画室门往里走。

戚禾站在门边看见他的动作，回神看了眼里头的学生，眉眼轻轻一抬。果不其然，女生占了大部分。

里头的学生也发现了门边的戚禾，看清她的面容时，都有些愣。而戚禾仅一眼便收回视线，钱茂也没有打扰上课，领着她继续往前走，还不忘小声说了句："放心，我们有严谨教导，禁止高中生早恋的。"

明显他刚刚也是看到了里头的场景。戚禾轻笑一声："都是些高中小女孩，应该只是觉得许嘉礼好看而已。"

戚禾突然意识到刚刚钱茂介绍许嘉礼的时候，居然很自然地认为她应该认识许嘉礼。

戚禾大四那年，许嘉礼考上了阳城大学美术系，她是知道的，还特地发信息祝贺他成了她的学弟。但开学没多久，戚禾就申请去巴黎当了交换生，之后她除了回来参加毕业答辩，就再也没有回来过。按理说，她和大学时候的许嘉礼是根本没有任何交集的，更何况认识？

　　"学长。"戚禾皱了下眉，"刚才为什么觉得我和许嘉礼认识？"

　　"他那年不是你学弟吗？"钱茂似是疑惑，"而且还是美院校草，谁不认识？"

　　戚禾闻言嘴角一松："是，校草当然认识。"

　　"别了吧。"钱茂看她，"你这当年院花可不比他差。"

　　"您也说当年了。"戚禾随口道，"而且我这系的哪儿比得上校的呢。"

　　钱茂笑了声，也没解释她这系的可比校的名气大，自然地扯开话题："不过我们这许学弟不仅仅是在学校有名气呢，来这儿还是一样。"

　　戚禾想着刚刚画室里的学生，玩味地抬了抬眉，没说话。

　　就听见钱茂接着叹了口气："这些年轻人啊，这算不算来这儿提醒我年老色衰了。"

　　戚禾听着他最后的总结，挑了下眉："学长，这么快就服老了？"

　　"哪儿能啊。"钱茂说，"这不是你也来了嘛。"

　　戚禾提醒说："我可比您小一岁。"

　　钱茂没管，发表直男言论："1991年和1992年不都一样嘛，而且现在你也来了，我们就一起对付这帮小孩。"

　　戚禾看着画室里的小孩，轻笑："是，我们俩也算是老人了。"

　　"不算不算，我们也才毕业四年，又没奔三。"钱茂摆了摆手。

　　提到这儿，戚禾想起问了句："许嘉礼是毕业就来这儿了吗？"

　　"哪儿能啊，他又不是干这个的。"钱茂"啧"了声，"现在来这儿只是帮帮忙。"

　　"嗯？"戚禾倒是没想到，"那他什么时候来这儿当助教的？"

　　"也没多久。"钱茂回想了一下，"就今年年初吧，和你差不多时间，当时我也就顺口提了一句，他就同意来了。"

　　听着这自然的话，戚禾挑眉："学长和他很熟？"

"我在这儿开画室，一些学弟学妹都知道，一来二去就认识了。"说完，钱茂反应过来，"你不知道？"

戚禾好笑道："我怎么会知道？学长忘了我上个月才回国？"回答完，她顿了下，才发觉这话怎么有点不对，但被钱茂打断。

"噢，对。"钱茂想起来，"我忘了你不在国内，也难怪不知道许嘉礼在我这儿可是个招牌。"

戚禾的表情有些难以描述："那他应该挺火热的。"

"那是啊。"钱茂说，"就这一个月，来他那儿上课的人数可多得很。"

闻言，戚禾不自觉想出来许嘉礼上课的场景，总觉得哪儿有点不对。她轻咳了一声，自觉地聊起来别的话题。

两人继续边聊着边参观着两层的画室，有些正在上课的也就在门口随意看了眼，不去打扰。

参观完，钱茂看了眼时间："陈老师那边的学生应该也画差不多了，我们先过去准备吧。"

戚禾点头，跟着上楼。

钱茂给戚禾的试课也并不打算重新安排一节课上，只是把她安插在某一节课的速写点评部分。

时长二十分钟，不长。可能有了在许嘉礼那儿打的基础，再加上戚禾的性子，上课的时候她也没什么怕的。而且她毕竟也是阳城大学毕业的，专业水平自然没有问题。二十分钟下来，她改了几张学生的速写后，基本就结束了。

钱茂见课程效果不错，也没让戚禾多留，直接带着她去了办公室确定下来她之后的课程。

"那就先这样，明天就可以来上课。"钱茂送她出了办公室，扫了眼她的手臂，嘱咐着，"还有你这手，如果有需要我让其他助教来帮帮你。"

戚禾点头："好，谢谢学长。"

简单地道别完，戚禾迈步正准备往外走时，下课铃刚好响起。

一瞬间，安静的楼道变得喧闹嘈杂，其间夹杂着学生们奔跑的脚步声。戚禾抬腕看了眼时间，发现都快中午了。

她脚步未停，慢悠悠走着，没等几秒就看到一堆学生从旁边楼梯上走下来，有的注意到楼道上的她还愣了几秒，但可能觉得吃饭比较重要，迅速往外走。戚禾笑了笑，决定等学生散了一点再往外走。

一会儿，她才小心护着左手跟在人群后边走出艺体楼。

外头的学生明显没有这么拥堵，但也都自觉地结伴同行。

戚禾走到楼前，想起了刚刚许嘉礼让她下课等他的话，她也懒得回去，随手拿出手机想给他发信息。

刚打开微信时，她余光瞥见侧边的人有些多，稍稍偏头，就瞧见了许嘉礼。他靠在灰白的大理石柱旁，楼外的光照在他冷白的脸上，不再那么地苍白，但依旧没什么表情，周围有女学生经过都纷纷和他打着招呼。一声声"许老师"地叫着，有的还带着小女生的羞涩。他眼都没抬，只是微不可见地点了头，算是应过。

拒人千里的冷漠。

戚禾看着这些不懈努力经过他身边打着招呼的女生，觉得有些好笑。不愧是招牌，还真是挺火热的。

她不自觉弯了弯唇角，收起手机朝他的方向走去，正想开口喊他，许嘉礼似是已有所觉，终于抬起了眼，淡淡看来。"谈好了？"

这动静突然，周围的学生自然都注意到了戚禾。

戚禾没怎么在意，轻点了下头，走近他："怎么下来这么快，我以为你还在楼上。"

"嗯。"许嘉礼看着她，"怕你害羞不等我，直接走了。"

戚禾也懒得解释了："没有害羞，走吧。"

听着她算是半应下的话，许嘉礼歪头，话里带了几分好奇："确定没有害羞？"

戚禾无语："我有什么好害羞的？"

许嘉礼没答，只是直勾勾地看着她，像是想看清她的表情，随后，他的唇角微微弯起，慢悠悠地问："姐姐有没有听过一句话？"

戚禾跟着他往外走，闻言，侧头看向他，眼神示意：什么？

许嘉礼扯唇，轻吐四个字："口是心非。"

"姐姐放心。"许嘉礼仿佛好心柔声道，"我不会告诉别人的。"

真的不知道他哪儿来这么多乱七八糟的想法，戚禾觉得还是以前的纯洁少年比较可爱。在心内叹了口气，戚禾也懒得纠正他，语气闲散地问："你让我下课等你想干什么？"

许嘉礼："吃饭。"

戚禾一愣："就这个？"她还以为有什么大事呢。

闻言，许嘉礼转头看向她，浅褐色的眸子直直对着她，莫名地带了点审视，语气意味不明地重复："就这个？"

戚禾眼皮瞬时一跳。下一秒，许嘉礼轻笑道："姐姐别想了。"

戚禾直觉不妙："……什么？"

果然，许嘉礼慢腾腾地给了三个字："我不从。"

在听到"就这个"的时候，戚禾就感到了不妙。

他再来的下一句"别想了，我不从"，戚禾已经懂了。

——除了吃饭以外的事，姐姐别想了。

——我不从。

听着这誓死不从的话，戚禾噎了下，看着他的那张脸，再结合起了刚刚的招牌称呼，忽然，她的兴致莫名上来了，玩味般地抬了抬眉，歪头看他，语调轻拖问："真的不从？"

似是没想到她会是这反应，许嘉礼顿了下。

平日里戚禾的说话声总是懒散不着调，声音里带着笑意，这时她有意轻声问，尾音勾起拖长，听起来缱绻又缠绵。

"弟弟，姐姐应该也没这么差吧，而且也不是很老，就比你大三岁。"戚禾低笑凑近，继续说，"你要不要再考虑考虑？"

两人的距离在她不自知时拉近缩短，清浅的气息靠近，毫无防备。

闻言，许嘉礼眼眸微深："好。"

戚禾差点被呛到："什么？"

许嘉礼垂眸看她，不动声色地低头靠近她："不是让我再考虑考虑？"

看清她的表情，许嘉礼微微歪了下头："骗我的？"

闻言，戚禾刚想说话，眼眸一抬对上他那双浅色淡透的眸子。

目光直白又深邃。

戚禾顿了下——有些近。

下一秒，许嘉礼直起身，微微垂眸，声音有些低哑："走吧，去吃饭。"

戚禾挑了下眉："不怕我做什么？"

"如果姐姐想，"许嘉礼仿佛看开了，语气带着点无奈，"那我也不是不可以。"

戚禾玩不过，自动放弃："不用了，还是吃饭吧。"

说完，她先往前走，许嘉礼在后边跟着。

艺休楼后有学生教师食堂，来来往往的人基本都往侧边方向走。

"去外边还是去食堂？"戚禾站在路口侧头问他。

许嘉礼给她选："你想去哪儿？"

戚禾想了想："平常你怎么吃？"

许嘉礼："食堂。"

戚禾扬了下眉："你高中就在这儿吃了，还没吃腻？"

"没什么差别。"许嘉礼淡淡道，"我都是一个人。"

闻言，戚禾抬眸看他："没和画室其他老师一起？"

许嘉礼摇头："他们没怎么找我。"

戚禾眉心稍蹙，难怪一个人。那些老师可能看着他这冷漠无情的脸都觉得不好相处，而按着他这性子也根本不会去主动找人。

戚禾想了下，看了眼食堂的方向："我常吃的那家面还在吗？"

以前戚禾如果有课在这儿，到午饭晚饭的时候，她无聊就会去隔壁教学楼找许嘉礼，拉着他一起吃饭。一来二去，她也吃遍摸清了附中食堂。四周从教学楼出来的学生渐渐多了，一些男同学经过时，视线很明显地放在了戚禾身上。

许嘉礼看了眼，淡淡道："不在。"

"那就算了，食堂也没什么好吃的。"戚禾往旁边走，"去外边吃吧。"

许嘉礼没什么意见点头，和她并肩走着。

Chapter4

回忆·少年初心

　　附中右边原本有条老街。

　　前几年道路整改，所以整体都搬到了学校的左边。

　　戚禾出了校门后下意识往右转，脚步刚迈，手腕忽然被人牵住。

　　戚禾一顿，回头看他。

　　许嘉礼牵着她的手，自然开口："不是那儿。"

　　戚禾愣了下："什么？"

　　"整改都搬到了旁边。"许嘉礼解释着，便牵着她往左边走，"右边改成了房区。"

　　"是吗？"戚禾没怎么在意地跟着他，稍稍疑惑，"什么时候改了？"

　　许嘉礼侧头扫了她一眼："你走的那年。"

　　戚禾神色自若地点头："那难怪我不知道。"

　　许嘉礼扯了唇，又走了几步，松开她的手。

　　熟悉的老街出现在面前。两侧街道开着各式的店铺餐馆，但有些店面已经变了，有的更是不在了。

　　戚禾大致看了眼，发现以前她经常去的那家馄饨店还开着。

　　她倒有些惊喜，转头问许嘉礼："吃馄饨吗？"

许嘉礼："不吃。"

戚禾保持好脾气："那你想吃什么？"

许嘉礼："不知道。"

"行，你慢慢想。"戚禾指了下那家店，言简意赅道，"我吃馄饨。"

许嘉礼："嗯？"

戚禾看着他，慢悠悠问："所以要不要和我一起？"

闻言，许嘉礼唇角弯了个浅浅的弧度，不咸不淡道："这是在邀请我？"

戚禾点头："是吧？"

"噢。"许嘉礼想了下，貌似勉强道，"那好吧。"

两人一前一后走进店里，里头的装潢经过几年渐渐变得老旧，墙面有些泛黄，但人很多，基本上都坐着学生和周围的居民。

随便找了个空位坐下。服务生走来，熟练地问着要点些什么。

戚禾看了眼墙上的菜单，先让许嘉礼点："你先看看想吃什么。"

许嘉礼随意道："你看着点。"

戚禾不知道他现在口味有没有变，看着菜单点了两个以前常点的，最后顺口地补了句："清汤就好，不要辣，我弟弟不能吃辣的。"

许嘉礼抬头。对上他看来的视线，戚禾以为自己多此一举了，不确定问："你现在能吃辣了？"

许嘉礼语气有些淡："我和谁吃辣？"

戚禾看着他笑了声："小弟弟，闹什么脾气呢？"

许嘉礼没说话。

戚禾眉梢一挑，猜测一句："就因为姐姐逼你吃馄饨啊？"

"那，"戚禾单手支着下巴，沉吟一声，语调懒懒道，"下次你逼姐姐吃一次你喜欢的，补偿你行了吧？"

许嘉礼注意到话里的词，眉眼轻扬："补偿？"

戚禾点头，刚巧旁边的服务生端着水杯和水壶过来。

她道谢后，觉得有点渴想喝水，还没有伸手，许嘉礼先拿过一旁的杯子，低着眼用开水烫过后，重新又往里头倒了半杯水，才放她右手边。她看着水杯愣了下，忽然想起了之前在面馆他们俩第一次见的时候，他递来的水杯。

是放在她左手边的。

那个时候他应该就认出来她了。不然怎么会知道她是左撇子。

戚禾勾了下唇，逗他一句："弟弟还挺贤惠啊。"

以前好像都是自己做这些事的，现在倒是反过来了。

许嘉礼"嗯"了声："贤惠能娶吗？"

戚禾被逗笑："你想嫁给谁？"

许嘉礼没答，抬眸看她问："刚刚说的补偿算数？"

"算啊。"戚禾抬了抬眉，"不然等下你就带姐姐去？"

许嘉礼："不用。"

戚禾："嗯？"

服务生把馄饨端上来，许嘉礼先端出来拿过勺子放在碗里，推到她面前："姐姐给我换别的吧。"

戚禾点头："行啊，你想换什么？"

"不知道。"许嘉礼语气闲散道，"等我想到了告诉你。"

戚禾当然没问题，拿起勺子开始吃碗里的馄饨。但她左手不方便，右手又不是很顺，而馄饨偏偏滑溜溜的。

戚禾舀了好几次都舀不上，皱起眉渐渐不爽了，她又试了一次后，果不其然又滑掉了。她没忍住想发火，对面的人却先笑了声。

这声很刺耳，戚禾皱眉看去。

许嘉礼并没有在吃，一副好整以暇的表情，见她看来，他眉眼稍扬，唇角也勾起了浅浅的弧度，慢悠悠问："还能吃上吗？"

明显是看了很久。

许嘉礼扫了眼她的碗，莫名冒出一句："吃不上不会叫我？"

"嗯？"戚禾没懂。

许嘉礼没答话，而是伸手接过她的勺子，舀了一个馄饨后也没打算喂她，只是把勺柄重新放进她手里："吃吧。"

戚禾一顿，倒没想到他会这么做，看了眼勺子上的馄饨，又抬头看他。而许嘉礼做完后，垂着眸安静地吃着自己碗里的馄饨。

戚禾也没多想，吃着勺子里的馄饨。在她想重新试着能不能舀上时，许嘉礼就先把馄饨放进了她勺子里。

"弟弟你这是，"戚禾看着勺子，轻笑问，"把我当老人了？"

许嘉礼实话说："你能舀得上？"

不能。

之后许嘉礼也没再继续舀给她。

戚禾喝了几口汤后，馄饨也没那么滑了，她也能自己吃。

吃了几口后，她就看着许嘉礼不再吃，明显是要等她吃完的架势。

扫了眼他碗里的馄饨，还是只吃几口就不吃了。

戚禾不咸不淡问："你吃饱了？"

许嘉礼点头。

戚禾挑眉："你吃这么点怎么长这么高？"说完，她朝他的碗扬了扬下巴，"我不逼你，但不能浪费粮食。"

许嘉礼听着熟悉的话，挑眉："姐姐这叫不逼我？"

闻言，戚禾下意识想说让他多吃点的话，但话刚到嘴边，又觉得他这也不是当初的弟弟了，管这么多也不大好，点头改口道："行吧，那你不想吃就别吃了。"

两人吃完，戚禾想着自己付，但许嘉礼先一步付完了钱。

走出馄饨店后，戚禾开口刚想说把钱转给他。

许嘉礼却先开口："想起来我还欠你一份面钱。"

戚禾一时没反应过来："面钱？"

许嘉礼扫了眼她的手，提醒道："你骨折前在面馆。"

闻言，戚禾才想起这事："噢，怎么了？"

"这次算了。"许嘉礼似是善解人意地说，"下次我请姐姐吃饭，就当还你钱。"

戚禾想了下："所以你要请我吃饭还债？"

许嘉礼："不然？"

过了几秒。戚禾突然道："那算了。"

许嘉礼："嗯？"

戚禾从衣兜里拿出手机，坦然道："还是转账吧。"

可能是觉得有些无语，许嘉礼被气笑了："转账？"

戚禾点头："请我吃饭还不如转账给我。"

许嘉礼扫了眼她的手机，语气凉凉："转账能怎么样？"

"转账给我钱啊。"戚禾抬眉，"钱很重要不知道？"

许嘉礼扯唇："十几块钱？"

"嗯？十几块钱怎么了？"戚禾闲散地笑了声，"你这怎么还带歧视的呢？不过也对，要放以前姐姐也看不上这钱。"她是根本不缺钱，要什么有什么。可能要天上的星星，戚峥都会给她摘下来。

"所以来，"戚禾晃了晃手机，"转个账吧。"

许嘉礼看着她的手心，"嗯"了声，直接道："我不想。"

戚禾愣了下后被逗笑，饶有兴趣道："弟弟，怎么回事呢，刚刚不还说要还债的吗？"

"还是还。"许嘉礼看她，"但不是转账。"

"行。"戚禾随手把手机收起来，"那就给我现金吧。"

看着他的表情，戚禾没忍住笑了一声。

"行了，虽然十几块钱是值钱的，但姐姐哪儿能要你的钱。"戚禾懒洋洋道，"就当是姐姐给你的见面礼，你留以后拿来娶媳妇。"

许嘉礼正想说话，他的手机突然响了起来。他拿出接起。对方也不知道在说什么，戚禾就看着他皱了下眉，回了句："在学校旁边。"

两人又说了几句。

"嗯，我现在回去。"说完，许嘉礼随手挂断电话。

戚禾抬眉："学校有事？"

许嘉礼点头："让我临时补节课。"

戚禾看了眼时间，确实不早了："那送你回去。"

两人原路往回走，很快就走回了附中校门口，刚好碰上了刚从外面回来的钱茂。

钱茂看着许嘉礼愣了下："还以为你在别的地方，这么快就过来了。"

"不远。"许嘉礼说，"在老街吃饭而已。"

"那确实不远。"钱茂点头，可看到他旁边的戚禾时反应过来，"哎，是你们俩一起去吃饭了？"

戚禾应了一声，见他手上还拿着车钥匙："怎么，有什么事吗？"

钱茂"噢"了声，解释道："陈老师肚子不舒服，我刚把她送去医院。"

"严重吗？"

"还行，不是很严重。"

戚禾闻言也没怎么在意，看了眼许嘉礼刚想说自己先走了，让他回去准备上课。

许嘉礼却似是想起什么，开口问钱茂："陈老师的课是几点的？"

钱茂愣了下："一点的，怎么了？"

许嘉礼平静道："我一点有课。"

钱茂蒙了，下意识问："和补课撞上了？"

许嘉礼可能觉得这问题的答案显而易见，扯了下唇："学长觉得呢？"

钱茂蹙眉："那怎么办？其他老师都有课，我以为你没课才找你的。"

许嘉礼随意地"嗯"了声："我也刚想起来。"

戚禾站在一旁听着两人的对话，当然能明白发生了什么事，她默默不说话。而旁边的许嘉礼似是觉得有些冷，低声咳了一声。

三人站在校门口，四周空旷通风，而冬日的寒风本来就刺骨，他身子弱，难免受不住。戚禾听见拉着他的手，自然道："先进去。"

许嘉礼点头，任由她带着往里走了几步。

见两人移动，钱茂拿起手机下意识跟着，然后突然喊了声："学妹。"

戚禾脚步一顿。

下一秒，钱茂盯着她，微笑开口："你下午没事吧？"

"要不要帮忙代个课？"

十分钟后，戚禾站在画室里做着自我介绍。

"我叫戚禾，是新来的老师。"她转身刚想拿起粉笔，后边的许嘉礼却先帮她在黑板上写了自己的名字。

戚禾看了眼他一笔一画书写着，转身继续说："今天陈老师生病请假，我暂时来帮忙代课，有不懂的地方都可以问我。"

莫名被拉上加入了代课老师的行列里，戚禾有些无奈。但这也没办法，她现在也算是这儿的教师，只是提前入职了而已。

身后的粉笔声轻落下，戚禾看了眼他已经写好，转身走到了教室左侧。他的原班学生在那边。

下午原本的安排是老师各上各的，但现在陈老师不在，钱茂又见戚禾的手不行，索性就让两个班合着在大教室上课，联合教学。

但说是联合教学，其实也就是让许嘉礼偶尔帮帮她而已，毕竟两人负责的学生不同，教的课程也不同。自我介绍完，底下的学生看着台上的戚禾，倒是有些惊讶。有些人明显在上午放学的时候见过她，现在见她在这儿自我介绍，都愣了半天，明显没料到她会是老师。

再看到许嘉礼拿着粉笔写名字的时候，他们又蒙了下，不懂为什么是许老师写字，这位戚老师伤的不是左手吗？

虽然蒙，但还是老老实实地开口叫"戚老师好"。

戚禾面色淡定地点了下头，让他们按着上节课陈老师交代的任务继续画下去。看了一会儿后，她拉开讲台前的座椅坐下，半支着下巴看着下边的学生。

一般画室里学生的位置安排其实并不整齐，基本上是按自己的习惯坐，七零八落的。空气中混杂着颜料与纸张、木屑和铅笔的味道，熟悉又有些陌生。后边靠墙的木架上堆着各色的石膏像，还有些水果盘。中间零散的三角画架立起，遮挡住了后头的学生，偶尔看到他们的脑袋微微移动抬起，神色专注。

戚禾听着他们手中笔与纸张摩擦发出的沙沙声，稍稍回神，正好就瞧见了离自己最近的一个女生根本没看自己的画，而是抬头看向左边。

戚禾看了她一眼，顺着视线望去。正午画室内，阳光很亮，正好透过窗户洒了进来。许嘉礼就站在其间，他单手拿着笔在改画，微微弯着腰，站在一位女学生旁边说话，神情冷漠又平淡，气质矜贵漠然得很。

美色。确实比画更吸引人。

戚禾眼尾轻轻一扬，只一眼便收回视线，不再多看。她站起身来，慢悠悠地走近前边女生的画架前，伸手屈指敲了敲她的画板。

女生被吓了一跳，下意识转过头，看见戚禾后表情瞬时一僵："老、老师好。"

戚禾挑眉："老师还不老。"

女生有些不知所措地改口道："戚老师好。"

戚禾嗯了声，接着漫不经心问："纸在面前，刚刚看哪儿呢？"

"没有。"女生立即红了下脸，支支吾吾道，"没、没看哪儿。"

"我又没说你，你怕什么。"戚禾觉得好笑，"你画到哪儿了？"

女生："我、我刚刚开始。"

戚禾走到旁边，看了眼她纸上的"涂鸦"，扯唇道："确实是刚开始。"

"啊？"女生没懂，"什么？"

戚禾看她："你刚学画画？"

女生点头："是。"

戚禾也不意外，伸手过来说了句："来，笔给我。"

女生默默把铅笔递给她，戚禾接过随手在纸上画了一条直线，重新还给她："画吧。"

女生看着纸上那利落又直的线条，蒙了下："画什么？"

戚禾说："线。"

"你好好画线，画得比我还直，就可以画其他的了，当然，"话语一顿，戚禾眼神往左边瞥了眼，勾唇直白道，"也可以画人。"

女生的脸又瞬时红了起来："不不不不，不用了。"

"我也觉得最好不要。"戚禾看着她这娇羞的样子，不逗她，"好好画，把线先画好了。"

女生连忙点头，戚禾直起身也不看她，准备往下看看其他人的画，余光注意到左边学生举起的手都快占了一半了。

戚禾转头看了眼，脚步转了个方向。

"哪儿不懂？"戚禾走到左边举手的女生旁，懒洋洋问，"说说，老师告诉你。"

没等到翘首以盼的许老师，反倒迎来了这莫名的戚老师，女生们的表情都有些不好，支支吾吾的也不说话了。

见此，戚禾眉梢一扬："怎么？又没问题了？"

她说着，看了眼纸上的画，随手从旁边抽了支铅笔，撑着画板在上头改了改："这儿的比例不对，重新画吧。"

女生闻言一愣，看着画上被她改动的地方，明显和之前有了区别。就只是添了几笔而已，却变得完全不一样。

她还没反应过来的时候，戚禾已经收笔离去，继续教举手的学生。

来来去去的，前边许嘉礼听到动静，侧头看去，见她不知何时跑到这边来，直起身往她的方向去。戚禾改完画穿梭在学生间，见许嘉礼走来，慢悠悠地开口说："许老师还挺忙。"

"嗯？"许嘉礼语调稍抬，"怎么说？"

戚禾环视了一圈学生，好奇地问："每个人都想找你教，你每个都教？"

许嘉礼瞥她一眼："我没有那么闲。"

小女生心思这么明显，谁都可以看出来。

戚禾轻笑一声，跟着他一起往前走："还以为许老师为人师表一腔热血呢。"

许嘉礼侧头轻声问："戚老师觉得我是？"

两边都有学生，本身戚禾和他说话的时候就离得挺近的，音调也很小。而此时仿佛为了配合她，许嘉礼偏头，身高原因刚刚好靠近她的耳畔，说话间，微热的气息轻轻地洒在她的肌肤上。

尾音勾起，似是缠绵。

戚禾顿了下，不动声色地往旁边移了点，拉开距离，不看他，往前边的讲台上看："许老师赶紧去教课吧，学生还等着你。"

许嘉礼语气闲散："戚老师刚刚教了她们，不需要我。"

闻言，戚禾走到讲台前的椅子上坐下，想了想点头："也对。"

许嘉礼站在她身旁，挑眉："对什么？"

戚禾抬头扫了他一眼，慢悠悠逗他："师生恋可不好。"

许嘉礼盯着她，似是想到什么后眼里划过一丝荒唐，被气笑："什么？"

戚禾语气教诲道："怕你有这不好的想法，姐姐提醒你一下。"

"什么想法？"许嘉礼笑了一声，敛了敛眉眼，语气有些漫不经心。他的脑袋稍偏一偏，低眼看向她，尾音打着转，云淡风轻地冒出一句，"姐姐想和我恋？"

听着他的话，戚禾微眯了下眼，稍稍抬头看清他的神情，才觉得这气氛有点不大对。这玩笑有些过头了。

以前她逗他是常事，而且也习惯了，毕竟就是个小孩，再怎么样最多也就不理她生个气而已。

可现在她差点忘了已经不是从前，有些玩笑话可不好提。

"小弟弟。"戚禾扯唇笑了声，"想恋爱啊？"

许嘉礼看了她一眼，笑着："不是你先说的？"

"行。"戚禾点头认错，"是姐姐胡说八道了。"

"不过啊。"戚禾侧头看他，似笑非笑道，"什么叫姐姐想和你恋？"

闻言，许嘉礼盯着她，安安静静的，没说话。他表情有些淡，目光隐晦，似是捉摸不透。

"许弟弟。"戚禾指尖敲了敲桌面，语调懒懒道，"亏我对你这么好，把姐姐当什么人了？"

"就因为以前没恋爱还污蔑姐姐。"戚禾上下扫视他，慢悠悠指责道，"你还挺没良心。"

"不过姐姐刚刚和你开玩笑，是我的错。"戚禾想了想，低声道，"但其他话不能乱说，如果觉得姐姐说得不对，直接说，知道吗？"

"知道了。"许嘉礼表情散漫，像是根本没在意，"上课吧。"

话说完，他转过身，往讲台下走。

戚禾坐在座椅上，看着他的背影，挑了下眉。

这语气怎么听着还有点生气的意思？

为什么生气？

难道觉得自己没恋爱过都是因为她？

但怎么也有些不大对。

戚禾没在意，只当他是在闹孩子脾气，随意看着前边的学生。

之后她时不时下去看几眼他们的画，顺手又改了几幅后，下课铃就响了。

听着铃声，戚禾改完又说了句，随手把铅笔还给学生，直起身往讲台上走，正好有学生上来准备擦黑板。

她扫了眼黑板上写着的名字——戚禾。

两个字写得工整清晰，笔锋略显凌厉，熟练又自然。

戚禾注意到在禾字的收尾处，还多了一个点。是许嘉礼写字的习惯，以前看着他写作业的时候，他都会不自觉地在最后添一点。

好像是在做标志，彰显着这是他的东西。

"戚老师。"

闻言，戚禾收回目光，看向一旁的学生："怎么了？"

学生见她看着黑板，小声问："我可以擦黑板吗？"

戚禾笑了声："擦吧，我只看看而已。"

学生点头拿起黑板擦，抬起手轻轻擦过上头的粉笔字迹。

戚禾没再看，转身拿起桌上的包，看着自己指尖和掌侧都蹭上了铅笔墨，皱了下眉。

一旁的许嘉礼走来，看着她这副表情，淡淡开口："走吧。"

戚禾闻言转头看他："嗯？去哪儿？"

许嘉礼扫了眼她的手："不洗？"

戚禾跟着他走出教室，发现画室外都有个洗手池，旁边的还堆放着好几个染上颜料的画笔，沾水浸染开。

许嘉礼领着她走到洗手池前，打开水龙头后让她先洗。

戚禾弯腰伸去，但她只有一只手能动，只能艰难地用手指相互蹭着，手掌侧边的她根本洗不到。

没办法，戚禾无奈转头看向许嘉礼："弟弟，帮姐姐个忙吧。"

许嘉礼侧头看她："做什么？"

戚禾摊开手："帮我洗个手。"

闻言，许嘉礼看了眼她的手，抬眸看了她两秒，没动作。

戚禾对着他的视线，眨了下眼："嗯？这是不愿意？"

她刚想说不愿意就算了，许嘉礼却先弯下了腰，伸手牵起她的右手，放在水下。戚禾稍稍一愣，看着他站在自己身旁，因为弯腰的动作，脊背有些弓起，他半耷着眼，神色安静自然地帮她洗手。

和刚刚画室里他教学生的状态重叠，但此时少了几分疏离冷漠。

许嘉礼捏着她的指尖，任水流冲洗，语气有些轻散："现在倒知道叫我。"

"嗯？说什么？"

水流声盖过了他的声音，戚禾只看见他似是说话了，但没听清。

许嘉礼随口道："没有。"

戚禾可不信，玩味般地抬了抬眉："该不会在骂我吧？"

许嘉礼抬眸瞥了她一眼："是又怎么样？"

戚禾听着这话，莫名觉得好笑："我当然不能怎么样，但你总要有骂人的理由吧？"

许嘉礼没理她。

戚禾懒懒道："觉得刚刚姐姐教育你不对啊？"

"没有。"许嘉礼帮她洗好手，从旁边抽了张纸巾轻轻擦过她的掌心。

戚禾看了眼他的动作，随意收回了手："好了，谢谢弟弟，你洗吧。"

许嘉礼"嗯"了声，扔掉纸巾，重新洗自己的手。

戚禾往旁边移了点位置给他，许嘉礼扫了眼她的动作："再退就碰到颜料了。"

戚禾转头看见后边摆着调色盘，脚步稍停，站在他旁边没有动，无聊问了句："你下节还有课？"

"还有一节。"许嘉礼擦完手，拉着她远离后边的颜料。

戚禾点头，看了眼时间："也快要上课了，你去准备吧。"

许嘉礼："你呢？"

戚禾随口道："我等会儿就走。"

许嘉礼抬眸盯着看她："去哪儿？"

听着他的语气，戚禾笑了声："我已经代完课了，当然回家了。"

闻言，许嘉礼的眉目一松，淡淡道："那我送你下去。"

戚禾摆手："不用了，我又不是小孩。"

听到她拒绝，许嘉礼扫了眼她的手："你是伤患。"

戚禾好笑道："弟弟，我就只是手骨折，没断腿。"

戚禾也没等他说话，催促道："姐姐现在没老到这种程度，你先管好自己吧，赶紧去上课，等会儿迟到了不好。"

说完之后，她朝他随意挥了挥手，转身往外边楼道走。

出了附中，戚禾按着上午过来的路往地铁站走。

在回家的地铁上，戚禾想了想刚刚许嘉礼和她的对话。

戚禾觉得自己没什么大问题，可好像也有点问题。如果放在五年前，她和许嘉礼的相处模式基本上都是这样，笑眯眯地若有似无地逗逗他，但也确实把他当成了弟弟。可放在现在，这好像有点不大行，毕竟人家也不是当年的弟弟，虽然她还认为他是当年的小孩，但人家可能还不认她这个姐姐呢。

戚禾思考了下，觉得以后自己还是控制着距离，怕许嘉礼可能觉得她烦。想到此，她看了眼地铁也快到站，起身走到车门口等着。

戚禾伸手握着栏杆时，感受到手心的触感，莫名想到了刚刚许嘉礼帮她洗手的动作。

她眉眼稍扬。

下次，还是不要麻烦人家了。

地铁到站下车。

戚禾回到家后，揉了揉有些酸痛的肩膀，看了眼时间，打算睡个迟到的午觉休息一下。她推开卧室门，衣兜内的手机响了一声。

戚禾拿出看了眼来电显示，是一串陌生号码。

她盯了一会儿才接起："喂。"

一瞬间，电话那头就传来了女人破口大骂的声音，低俗又恶劣的脏话连贯又流畅。戚禾似是不意外，拿着手机站在原地，等她停了声音后，面色平静道："骂完了吗？"

对方又骂了几句："我要你杀人偿命！"

闻言，戚禾笑了声："那你不应该来找我，应该去找戚峥。"

那边似是被刺激到，辱骂声变得更激烈，一会儿后，刺耳的话语忽然被一个柔和的男声取代："抱歉戚小姐，打扰到你了。"

戚禾闻言扯了下唇："道什么歉，反正下次还要打不是吗？"

男人沉默了几秒，才开口："我会看好她的。"

戚禾走进卧室，淡淡道："不用了，让她打吧，多骂几句至少还能让我消停几天。"

男人还想说什么，但手机似是被人抢走，传来了几声争执。

戚禾垂眸安静地听着，下一秒电话里熟悉的女声响起，但她似是平静下来没有接着骂人，冷冷道："我要钱。"

戚禾坐在床边，"嗯"了声："你想要多少？"

"一千万。"

戚禾轻轻一笑："那有点可惜，我可能连个零头都付不了。"

女人猛地大喊："你不给我钱，那我要你一辈子都不好受！"

戚禾浅笑点头道："也可以，这买卖挺值的。"

"戚禾！"女人的情绪再次爆发，声嘶力竭道，"你和你爸一样贱！你怎么不和你爸一起去死！"

"放心，等我哪天想死了，"戚禾语气和善，"我一定提早告诉你。"

话音一落，没等那边回答，戚禾直接掐断了电话，熟练地把号码拉进黑名单。一系列动作做完后，戚禾身子向后一倒，躺在床上闭了眼，似是觉得有些累。

良久后，就当她快要睡着时，一旁的手机又响了起来。戚禾没理，翻身拉过被子将自己盖了起来，连带着脑袋一起藏在被子里。

狭小的空间里，铃声一时坚持不懈地响着。刺耳又如同催命一般，一声声回响在耳边。压迫感骤增。

没等几秒，戚禾皱眉掀开被子，随手摸着手机看了眼屏幕，僵直的身体松懈下来，闭上眼接起，懒懒道："干什么？"

"你才是干什么呢？"宋晓安问，"怎么这么久才接我电话？"

戚禾声音有些哑："睡觉不想接。"

"睡觉？"宋晓安皱眉，"不是说好找到工作给我打电话的吗？"

戚禾"哦"了声，理直气壮道："我忘了。"

宋晓安无语："你忘了还觉得很光荣是不是？"

"是真的忘了。"戚禾随口解释，"下午帮人代了节课。"

"代课？"宋晓安问，"你不是还没上班吗？"

戚禾"嗯"了声，稍稍坐起身靠在床头："没有老师能上，只能让我提前上岗。"

听着她懒散的语气，宋晓安挑眉："那你确定在画室上班了？"

戚禾挑眉："是吧，不然我也没其他选择了啊。"

宋晓安说："怎么没有，我可以帮你找别的。"

"可别。"戚禾半耷着眼，"宋小姐帮了我这么多了，哪儿还能让你帮我找工作呢。"

"这是什么话？"宋晓安皱眉，"我反正也没事干，帮你找个工作而已。"

戚禾眉眼抬了抬："那你是不是以后还想帮我找个男朋友呢？"

宋晓安语气直接："这当然也可以啊，反正你现在也缺男人。"

戚禾被逗笑："什么我缺男人，你这话说得我成什么人了？"

宋晓安别有深意道："女人总要有男人的滋润才行啊。"

戚禾"噢"了声："何况给你很多滋润了？"

宋晓安立即炸毛："你乱说什么！"

"我说什么了？"戚禾无辜道，"你在想什么呢？"

宋晓安立即开口："我什么都没想！"

戚禾没忍住笑出声："行，你没想。"

听她这貌似欲盖弥彰的话，宋晓安转移话题："那你明天就去上课了？"

戚禾说："嗯，差不多，课也不是很多。"

宋晓安："那也还好，之后应该挺轻松的，你看你周末……"

宋晓安的话还在说，戚禾盯着头顶的天花板渐渐失神，似是在想别的事，须臾，她开口喊了句："晓安。"

"嗯？"宋晓安话一停，"怎么了？"

戚禾语气有些慢："你帮我留意一下其他的比较自由的工作吧。"

宋晓安愣了下："怎么还要找工作？"

"也没什么。"戚禾忽然笑了一声，轻描淡写道，"就想快点还完债。"

隔天。

戚禾的课在下午一二节，她也不用早起，在家里随意解决了午饭后，走到卧室换好衣服，背上包出门。到了附中艺体楼台阶下时，一些学生可能是昨天上了她的课，看见她先叫着"戚老师"打招呼问好。

戚禾对这场景倒是挺稀奇的，笑着点点头，拾级而上走到一楼办公室。里头有钱茂，还有昨天请假的陈老师。

陈美兰看见她先开口说了句："戚老师不好意思啊，我昨天肠胃炎发作，突然让你来代课。"

戚禾颔首："没关系，正好我也可以熟悉一下课程。"

陈美兰无奈："我昨天就听有新老师过来，没想到没见到你先让你帮我上课了。"

钱茂在一旁开口："那可能就说明你和我这学妹无缘啊。"

"什么无缘呢。"陈美兰白了他一眼，"人家都帮我上课了，这才叫有缘。"

戚禾在一旁也不知道该说什么，就笑笑听着。

"噢。"陈美兰想起来，问她，"昨天你是和小许一起上课的？"

戚禾点头："是，我这手不方便，他帮我分担一点学生。"

虽然昨天是她帮着教了不少他那边的"好学"女学生。

陈美兰似是想到什么，笑了一声："那和小许上课应该挺轻松的。"

戚禾脑子一下没反应过来："怎么说？"

"我们这儿一大半的女生基本上都喜欢找他提问，你说说能不轻松吗？"说完之后，陈美兰感叹一句，"现在果然男老师比较吃香。"

戚禾被她最后的话逗笑："女老师就不吃香了？"

"那也是。"陈美兰看着她的脸，话音一转，"不过戚老师应该比我吃香。"

戚禾明白她这话的意思，勾唇道："那我可能还是比不上许老师的。"

陈美兰立即笑出了声，看着她问："我听钱茂叫你学妹，你和许嘉礼是同学？"

一旁的钱茂挑眉："你怎么会这么想？"

陈美兰看了眼戚禾："不是你学妹嘛，那不就是和许嘉礼同龄？"

"不是。"戚禾抬了下眉道，"我比他大三岁。"

陈美兰惊讶道："你26啦？"

戚禾点头："是。"

陈美兰感叹："还真没看出来，我还以为你可能比许嘉礼小呢。"

"陈老师。"戚禾没忍住开口，"这有些夸张了。"

陈美兰轻笑一声："我和钱茂一样大，我叫你小戚可以吗？"

"可以。"

"那行。"陈美兰点头，"正好我等会儿见到许老师和他说声谢谢。"

钱茂看着电脑道："那你这谢谢可能说不了了。"

"怎么了？"

"他这几天有事，我没给他排课。"

戚禾闻言一愣，有事？他昨天怎么没说？而陈美兰似是没什么意外的："那之后再说吧，反正也不差这几天。"

戚禾倒是没想到许嘉礼会有事，她昨天还想着拉距离，但没想到对方根本不在。她这距离也拉不了了。

几人在办公室里又聊了一会儿，上课的预备铃就响了起来。

戚禾和陈美兰一起上楼去画室，走到三楼时，陈美兰先和她打了招呼进自己的班级。戚禾领首往四楼走，找到班后自然地开始进入自我介绍。她拿起粉笔在黑板上写着自己名字时，顿了下，有些笨拙地用右手写完最后一笔。粉笔字和平常的字果然还有点区别。

她有点写不顺。难怪昨天许嘉礼先帮她写好，可能怕她写得四不像。戚禾放下粉笔，转身开始教课。基础课入门比较简单，戚禾教的都是些很简单的线条，花不了什么时间，重点还是要靠学生自己练习。

之后又连着上了一周后，戚禾让他们连着画了好几节课的线，才开始教他们由线画其他的图形。

周三下午。

戚禾在办公室里填表，隔壁的陈美兰推着座椅滑到她身边，好奇地问："你班上男学生是不是多了很多？"

画室里的学生可以选老师上课，并不强制性，但每个班的学生人数最多20个。戚禾拿笔随意写着，应了一声："不知道，我也没注意。"

陈美兰眨眼："这怎么能没注意呢？"

戚禾眼都没抬："我上我的课都是看着画，能注意什么？"说完之后，她随手盖起笔帽，抬眉看着陈美兰，"陈老师上课难道看的是学生？"

陈美兰眨眼："对啊。"

戚禾点头："那下周陈老师帮我上课吧。"

陈美兰看了眼她填的请假单："这什么？你要请假？"

戚禾指了指自己的左手："去医院复查，看看能不能把石膏拆了。"

看着她冷漠的表情，陈美兰笑出声："怎么弄成这样？"

戚禾解释："之前元旦的时候不小心追尾撞到的。"

"元旦？"陈美兰调侃一句，"你这年开头挺艰辛啊。"

戚禾懒散地笑一声："那陈老师保佑我能在过年前把这石膏拆了吧。"

"绝对保佑你。"陈美兰看了眼时间，"走了走了，去上课吧。"

戚禾点头起身准备往外走，后边的陈美兰和她说着话，她侧头刚想说话，感到自己脚尖顶到了什么。

戚禾顿住，下意识转头看去。

陈美兰先瞧见人，打了声招呼："噢，许老师好啊。"

许嘉礼站在门口点了下头，算是打了招呼，看着戚禾问："去上课？"

戚禾倒没想到会看到许嘉礼，有些没反应过来，点了下头。

许嘉礼自然道："那一起吧。"

闻言，戚禾扬了下眉："你今天有课？"

这人上周不是都没来吗？

"事情忙完了。"许嘉礼跟着她们俩往楼上走，随口解释一句。

陈美兰在旁边问："那今天你上谁的课？"

许嘉礼自然开口："我有点忘了，你们缺助教吗？"

"我这儿可没缺。"陈美兰转头，"那是小戚这儿的？"

戚禾想起钱茂上午的时候好像确实和她说了句给她安排了助教，点了头："是我的。"

许嘉礼也似是想起来，点头轻笑了声："是，我是你的。"

这话为什么听着有点不对劲？

也没等她过度猜想，三人就走到了三楼画室，戚禾和陈美兰打了招呼后，先领着许嘉礼往前走。

楼道上还有学生在玩，对着两人问好。戚禾点头应着，转头看了眼许嘉礼："平常工作这么忙怎么还来这儿帮忙？"

之前钱茂说过他的主业不是这个，只是送人情来帮忙助教而已。

现在一周都没来，那应该是挺忙的。

"没有。"许嘉礼语气有些轻，"不是很忙，只是有点不舒服。"

闻言，戚禾这才注意到他的脸色比之前差了一点，眼底还有些青色，明显就是没怎么睡好，神色带了些困倦。

而他肤色本来就白，所以刚刚也没怎么看出来他的变化。

戚禾下意识想问他怎么了，但觉得问太多也不大好，想了想简单地说句："注意休息，身体比较重要。"

许嘉礼就"嗯"了声："会的。"

看他这样，戚禾就知道他根本不会，也不多说让他烦了。

两人简单地说了句，正好也走到了要上课的画室门口。

戚禾单手推开门，打算往里头走，注意到旁边的许嘉礼没动，偏头看他："怎么了？"

许嘉礼抬眸，看着画室里的占了一半的男学生，盯了两秒后，笑了下："我不在……"

许嘉礼扯唇，语气微凉接着说："姐姐这儿倒是艳福不浅。"

戚禾顺着他的视线往画室里看了眼，想起刚刚陈美兰和她说的话，好像这男女比例确实有点不协调。

上周上课的时候，戚禾还记得班上的女生比男生多，不过她也没怎么在意，反正都是教画而已，现在被许嘉礼一说，还艳福不浅。

弄得好像她不正经一样。

"放心。"戚禾看了他一眼，话里含笑道，"我这边暂时还比不上你那边的学生。"说完之后，她先迈步往里走。

许嘉礼站在门边，看了眼里头的学生皱了下眉，最后也没说什么跟着她走进画室内。

上课铃还没响。底下的学生还在准备画纸画笔，他们看见跟着戚禾进来的许嘉礼时，愣了下。

"戚老师，今天是和许老师一起上课吗？"有男生看着许嘉礼，好奇地开口问。

戚禾点了下头："是，许老师暂时当我的助教，之后有什么问题也可以问他。"

闻言，男生看着许嘉礼那张漠然的脸，撇了下嘴："好。"

"这是什么语气？"戚禾好笑道，"不喜欢许老师啊？"

"没有没有。"回答的还是女生居多。

戚禾看了眼女生们，点头道："你们确实应该挺喜欢许老师的。"

女生们立即开始辩解，说："戚老师不觉得许老师帅吗？"

戚禾挑眉，侧头看了眼许嘉礼，坦然道："许老师当然帅。"

许嘉礼眼眸半垂，下一秒，没等学生们说话，就听见她扬起轻散的音调接着说："但帅也不关你们的事，更不是你们不好好上课的理由。"

许嘉礼嘴角悄无声息地弯了弯。

借题发挥。

戚禾还在一旁教育着他们："这儿的每个老师都一样，不要总是想着往哪个老师的课去，你们重点要放在自己的画上知道吗？"

这莫名而来的反转，学生们还真没想到，反应过来后只能半拖着音懒懒应着："知道了。"

之后说完没过多久，上课铃声接着也响起。

戚禾让他们别说话，老老实实接着上节课的内容开始画画。

过了一会儿后，下边的学生纷纷开始举手，戚禾还没有动作，许嘉礼先走了下去。戚禾愣了下，见他这么积极主动，她自然也不拒绝。

"哪儿有问题？"许嘉礼漫步走到男生身旁，神色寡淡地问。

男生对上他的目光一噎，说道："许老师，我想叫戚老师过来。"

许嘉礼看着他的画，自顾自地"嗯"了声："叫我也一样。"

男生不怕死地继续说："可我还是比较习惯戚……"

还没说完，许嘉礼伸手拿过他的笔，笔尖在纸上圈了下，声音平淡道："不该画的不要画。"

这话突然，男生蒙了下。

许嘉礼随手把笔还给他，侧头看他，盯了几秒后，笑了下，语气自然轻散，问："嗯，你刚刚想说什么？"

男生看着他嘴角似有若无的弧度，莫名顶不住摇头道："没没没没，我没问题了。"

许嘉礼似是满意，直起身子笑着看他："那就自己画。"

叮嘱完，许嘉礼转身往后边走。

等人离开后，男生拿着笔瞬时松了口气，想抬头看讲台上的戚禾，正好她转头看了过来。

两人视线猛地对上。

一瞬间。男生立即低下脑袋，仿佛害怕一般。

戚禾：什么情况？怎么了？

戚禾坐在原地眨了眨眼，抬头看着许嘉礼正站在最后排的一个学生旁边，她想了想起身缓步往下走。

许嘉礼正随手帮学生改着画上凌乱的线条，眼也没抬，轻轻问了句："怎么？"

戚禾被许嘉礼的身影挡住了，画架前的学生没看见人影就突然听见他这声问，蒙了下，刚想问是在和他说话吗。

下一秒，就听见一道女声从前边传来。

"没有，看看许老师的画工。"

学生闻言稍稍偏了下头，才看到走到他身旁的戚禾，他松了口气，还以为许老师在问他问题呢。

戚禾走近，看了眼纸上的画。是一个简单的正方形。

而许嘉礼在纠正整理着学生画得模糊的线条阴影。

看着他熟练的动作，戚禾似是想到了什么，嘴角无声弯了下。

其实许嘉礼一开始学画，不是在她这儿学的。但也不知他为什么突然想学画，戚禾觉得可能是她时不时跑到许家画画写生，所以给他留下了深刻的影响。

那个时候附中旁边有家画室，戚禾上完课经过附中就能看到有学生从里头进出。但她没想到过会看到许嘉礼。少年个子高高的，单调的校服穿在他身上再配着他的脸，格外好看，她不注意到是不可能的。

那次国庆假期后，她都没怎么回阳城小巷，所以也算是有一个星期没见许嘉礼了。戚禾眯着眼看清人后，简单地和同学道别，迈步跟了上去。

画室在一家理发店的隔壁二楼，入口就是一层层的台阶，光线有些暗。少年单肩背着书包，缓步走过理发店，转身正准备踏上楼梯台阶时，忽然转过头看来，似是有些无奈问："你要跟我多久？"

被他发现，戚禾也没躲，大方地走上前，抬头看了眼楼上昏暗的楼梯口，抬了抬眉："小弟弟，不回家来这儿干什么？"

许嘉礼："学画。"

"学画？"戚禾倒是没想到，"怎么突然要学画了？"

许嘉礼反问："不行？"

戚禾轻笑一声："行，当然行。"

许嘉礼看着她的反应，没说话。

戚禾又看了眼楼梯口："在这儿学？"

许嘉礼就"嗯"了声。

"学多久了？"

"没多久。"

戚禾慢悠悠问："我问你，你跑这儿来学，你觉得能学到什么？"

这儿说是画室，其实不过就是个自习室而已，老师也根本算不上老师。可能是明白她的意思，许嘉礼看她："我能去哪儿学？"

"小孩。"戚禾觉得有点气，扯唇笑了声，"你放着我这美术系高才生的姐姐不找，跑来这破地方学，你钱倒挺多啊。"

闻言，许嘉礼垂下眸："你有时间？"

戚禾挑眉："你问都没问过我，怎么知道我没时间？"

似是不想勉强她，许嘉礼还是摇头，轻声说："算了，你还要上课。"

"算什么呢。"戚禾语气随意，"我有没有时间不是你说了算。"

戚禾指挥他，语气直接："赶紧上去把钱退了。"

许嘉礼抬起眸："姐姐要教我？"

戚禾被气笑："我不教你，还有谁教你？"

许嘉礼看着她没回答，仿佛还在考虑。

戚禾完全不觉得这有什么好考虑的，抛下有利条件道："小弟弟，我这还能一对一辅导呢，再给你打个友情价，要不要？"

许嘉礼嘴角无声弯了下，语气稍慢："确定教我？"

戚禾点头。

许嘉礼直勾勾地盯着她，仿佛定下约定："那每天都教？"

戚禾挑眉："每天？你晚上不是要写作业？"

许嘉礼："写完之后。"

"你如果不嫌累。"戚禾想了想，"而且我也不忙就教。"

许嘉礼眸底微黯，没有拒绝。

戚禾抬眸看他。

还没说什么，许嘉礼接着又了句："我和你学。"

见他答应下来，戚禾下巴朝楼上抬了抬："那上去把退钱了。"

"好。"许嘉礼似是没忍住，笑声带了几分气息，低声说，"要退的。"

"嗯？"

"我本来就是要来退钱的。"

之后戚禾按照约定给许嘉礼上课，反应过来的时候，自己也觉得这家教当得有点莫名其妙，但她都答应人弟弟了，总不能出尔反尔。而且许嘉礼学得很快，她也不费力。

就是偶尔忙的时候，戚禾还要和许嘉礼提前发信息说一声，晚上不能教课，让他写完作业早点睡觉。反复几次后，戚禾都觉得自己真养了个弟弟，每天都要回家关心他的成绩，还要教他画画，再和他报备一句自己的行程。

不过小少年也争气，没辜负她的辛苦教学。现在长大了，也能反着教别人了，倒是变得越来越耀眼。虽然本来也挺好看夺目的。

想到此，许嘉礼刚好也收笔重新把画给学生改，他稍稍侧头看来："戚老师在看什么？"

戚禾闻言顿了顿，想起以前教他画画的时候，许嘉礼也叫过她老师。一开始是她让他叫的，但叫了几次后，她就没忍住开玩笑逗他："我一日为师终身为父的，你以后可要好好孝敬我这老师。"

然后，可能是不想认她这位老师长辈，也不想孝敬她。

他就没有再叫过。

而现在他重新又叫了这个称呼，却晋升成了她的同事，是同级。

感受到这身份突然的变化，戚禾觉得有点不公平。

怎么就她停滞不前了？

下课铃正好一响。许嘉礼让学生下课，见她一直没说话，挑了下眉："戚老师发什么呆？"

戚禾回神看了眼他改好的画，没说话，转身往回走。

许嘉礼眼尾轻扬，迈步跟上。

戚禾走回讲台，注意到他白皙的指腹上沾了一点点铅笔屑，掌侧、苍白消瘦的手腕关节处也带了点，蹭上了衬衫口，有些脏。

她从包里抽了张湿纸巾给他："擦擦。"

许嘉礼接过擦了下。

戚禾指出："衬衫也蹭上了，回去记得洗洗。"

许嘉礼似是不在意，随意应了声。戚禾有点轻微强迫症，见他没擦干净，皱了下眉伸手拿过纸巾，让他摊开手仔细帮他擦着。

许嘉礼站在她面前，没反抗任由她动作，垂眸看着她专注的样子。

眼里只有他的样子。

等擦好，戚禾随口说了句："好了，回去记得洗衣服。"

话说完，她正好抬起头看他。

许嘉礼瞥开眼，帮她收起纸巾垃圾："嗯，刚刚姐姐想说什么？"

"没什么。"戚禾懒懒说了句，"觉得许老师的画比以前倒是有很大的进步。"

听着她喊许老师还有提到以前，许嘉礼弯起唇，故作低调地"嗯"了一声："可能是青出于蓝而胜于蓝吧。"

戚禾怀疑自己听错了："什么？"

"嗯？"许嘉礼语调稍抬，"什么什么？"

戚禾挑了下眉："弟弟，我还没耳背。"

许嘉礼随手从桌上帮她拿起包："那姐姐明明听到了，还问我什么？"

他似乎觉得好笑，嘴角轻轻弯起，带着浅浅的气息："还想再听一次？"

戚禾迈步往外走："你这小孩子怎么一点都不谦虚呢？"

许嘉礼慢条斯理地跟在她后边："我还不谦虚？"

倒是不知道还能来个怎么谦虚法。

戚禾教育他："以后这话少在别人面前说，小心别人打你。"

两人走出画室往楼下去。

许嘉礼无所谓："我也不会说这话。"

来往的学生有点多。许嘉礼护着她的左手，让她走里边，远离人群。

戚禾走在他旁边，抬了抬眉："那你这是故意和我说的啊？"

许嘉礼笑了声："实话实说而已。"

戚禾点头："是，确实是实话实说。"

许嘉礼扬了下眉："姐姐这是夸我？"

"是啊。"戚禾偏头看他，上下扫视他，慢悠悠开口，"以前的小弟弟也长大了，都能和姐姐变成同事平起平坐了。"

闻言，许嘉礼沉默了两秒，才道："不好？"

"嗯？"戚禾语气随意，"你指什么不好？"

许嘉礼看她："变成你的同事。"

"这有什么不好的？"戚禾笑了一声，懒懒道，"姐姐还挺开心你能在这儿的，这样姐姐不会孤零零的。"似是想到了什么，她语气淡了几分，"挺好的。"

"而且你在这儿还能帮帮姐姐这个伤患。"戚禾笑得懒散，"我还要谢谢你呢。"

许嘉礼看着她脸上的笑容："是吗？"

戚禾眼尾稍抬："还不相信啊？"

"没有。"许嘉礼扯唇道，"怕姐姐骗我而已。"

戚禾愣了下，随后轻笑道："放心，我没有骗你。"

说完，两人也走到了一楼，正好碰上了另外一个助教。

是个女生，扎了个简单的丸子头，化着精致的妆容，还挺可爱的，穿着也符合她这个年纪的青春气息。苏琴琴看着两人一起下来，表情明显愣了下，回神后先和戚禾打了招呼："戚老师。"

戚禾见过她几次，但都没说过话，只知道是阳城大学刚毕业过来的助教，她点了下头算是回应。

苏琴琴明显也和她没什么话说，转头看向许嘉礼，浅浅笑着叫了声："学长。"

听到这称呼，戚禾扬了下眉："你们俩聊吧，我先过去。"说完，她自觉不打扰他们俩，先迈步往楼道尽头的办公室走。

打开门，戚禾走到自己的位置前，随手把书放下。

旁边的陈美兰看了眼门口："怎么就你回来了？许老师呢？"

戚禾拿起杯子到饮水机前接水，随口解释："刚刚在外面碰到了他的一个学妹。"

"学妹？"陈美兰眨眼，"谁啊？"

戚禾一时忘了她名字叫什么，想了想："另外一个女孩子助教。"

陈美兰"噢"了声："苏琴琴啊。"

戚禾随意点头："应该是吧。"

"什么叫应该是吧。"陈美兰好笑道，"这都上课两周了，你还不知道人家名字啊？"

"我也没怎么接触人女孩子。"戚禾胡扯一句，"不记得总比叫错好。"

陈美兰被她逗笑："你不说名字，那我可不知道是哪个学妹啊。"

戚禾喝着水，抬了下眉："这儿学妹很多？"

陈美兰朝她比了个眼神："那可真是有点多了。"

一瞬间，戚禾了然了。这学妹应该也不是普通学妹了，而是奔着某位学长来的。

"现在已经算好的了。"陈美兰摆手，"之前小许刚来的时候，楼上来这儿上课的大学生有事没事就往这儿跑，一声声学长叫得，我听着都肉麻。"

戚禾想象出那个画面，语气调侃道："许老师还是个香饽饽啊。"

"我看是唐僧肉才对。"陈美兰吐槽一句，"幸好小许不怎么来，不然我们这儿门槛都要被踩没了。"

似是觉得这比喻夸张，戚禾笑出了声："那这儿应该不缺老师才对啊。"

有许嘉礼这个招牌来，必定火热。

陈美兰说："钱茂又不傻，当然知道她们的心思都不纯，指不定哪天把小许扑倒了怎么办？"

戚禾想着许嘉礼这体弱多病的样子，点头赞同："还真有可能。"

听着这话，陈美兰笑了："不是，你这怎么还同意上了？"

戚禾慢悠悠道："为我们许老师担忧啊。"

"放心放心。"陈美兰宽慰道，"现在这儿没有那么夸张，而且这个苏琴琴已经算是好的了，至少人家还是老老实实来教书的。"

闻言，戚禾想起了刚刚在外头见到苏琴琴，扬了下眉，没回话。而陈美兰也没再说这事，拿起书本："快上课了，我先上去了。"

戚禾没课，看了眼时间："我也要走了，和你一起出去。"

"好。"

两人起身往外走，陈美兰的班级就在办公室上面，她懒得绕圈从另一边上去，索性走了旁边的楼梯。

戚禾和她挥手道完别，拿起手机低头查看信息，慢悠悠地往前走。

走到一半的时候，她听见一道浅浅的女声，支支吾吾的，声音还有些低。闻言，戚禾下意识抬起头。

一楼靠内的都是些空教室，有的会拿来放教学器材还有杂物，而在教室拐角处有个空角落，很明显可以看到站着的两个人。

许嘉礼半倚靠在墙面上，微微低着头，站得有些懒散，他半边脸都被光影挡住了，从这儿的角度只看见他那透着淡淡浅棕色的眸子，冷漠寡淡。而苏琴琴站在他面前，低着头没看他的脸，小声说着话："学长，上周我看你好像没来，所以没来得及问你。"

她似是下定了决心，鼓起勇气轻声道："下周三不知道你有没有时间，我有张美术……"

话还没说完，许嘉礼就出声打断："抱歉，我有事。"

似是已经猜到他会这么说，苏琴琴还自然地开口："那学长你什么时候有时间，我可以……"

"叮咚。"

一道短信声忽然在后方响起，在这楼道上显得突兀且明显至极。

苏琴琴话音一顿，立即转头，一眼就注意到站在旁边空教室前的女人。四目相对的一刻，也看清了她那张明艳漂亮的脸蛋。

一瞬间，苏琴琴已经认出来了是那位新来的老师。

被她发现，戚禾也没什么不好意思的，抬了下眉，淡定地把手机放进包里，带有歉意地开口："抱歉，你们继续。"

苏琴琴听着这直白的话，脸瞬时一红，连带着还有点窘迫，她语气有些慌乱："不是的，戚老师你别误会，我只是有事找学长。"

戚禾点头宽慰她："嗯，放心，我没误会。"

但这话在苏琴琴这边听起来，莫名有点掩耳盗铃的意思。

她实在没面子在这儿继续待着，涨红着脸，甩了句："我先走了。"说完，她看也不看许嘉礼，立即转身往外走。

戚禾其实想说自己走的，但见小姑娘直接就快步走了，她也不好继续说。她转头想找许嘉礼，但一转头就撞入了他那双眼睛。

目光有些意味深长。

一瞬间，戚禾突然觉得有点尴尬了。这眼神搞得好像她干了什么坏事，被他抓包了一样。明明她也不是故意听墙角的。

毕竟她还真没想到这两人还在聊，以为早走了呢。

戚禾舔了下唇角，决定还是先道歉说了句："抱歉啊弟弟，打扰你的桃花了。"

四周无声——冷场。

戚禾想了想准备再开口说什么的时候，许嘉礼就直起身从角落里走出来，随口说了句："走吧。"

戚禾一时没反应过来："什么？"

许嘉礼看她："不是要回家？"

戚禾迟疑地点了下头："是要回家。"

但，怎么感觉这反应有点不对？反倒还有种他特意留在这儿根本不是为了听那告白的话，而是为了等她回家才没走的意思。

戚禾觉得自己想多了，但还是狐疑地看了他一眼。

许嘉礼走到她身旁，明明看着前面，但仿佛感受到她的视线，慢条斯理地问："姐姐刚刚还没看够？"

戚禾觉得好笑："你知道我刚刚在那儿？"

许嘉礼垂眸看她："不然？"过了两秒，他还补充了一句，"我还在想姐姐准备看多久呢。"

"什么多久，"戚禾觉得自己被冤枉，"我也是刚到。"

许嘉礼："噢，这样。"

戚禾开口纠正他的思想："别把姐姐想成什么坏人啊，我真的是凑巧遇到的。"

许嘉礼扯了唇："我又没说你什么。"

戚禾说："这不是怕你觉得我管你，不让你谈恋爱嘛。"

话说到这儿，戚禾想起了以前许嘉礼高三的时候和她说过，自己有个喜欢的人。但当时她好像教育了他，让他好好学习。

戚禾思考了下，轻声解释："当然，以前是你还小，恋爱不好，所以才说你要以学习为主。"

"那现在呢。"

这话突然，戚禾抬头一愣。

许嘉礼盯着她，语气莫名有些淡："我现在也不小了。"

戚禾反应过来，笑了一声："现在当然可以，你如果遇到喜欢的就可以试试。"

闻言，许嘉礼稍稍垂眸："你想我谈恋爱？"

"许弟弟，这就是你的事了。"戚禾轻笑道，"和我想不想可没什么关系。"

许嘉礼抬眸看向她，神色寡淡，安安静静的，没说话。

戚禾对上他的目光，挑了下眉："怎么了？"

她想起刚刚的苏琴琴，好奇地问："你不喜欢刚刚那样的女生？"

许嘉礼转头，语气凉凉地给了句："不喜欢。"

戚禾挑眉："那你喜欢什么样的？姐姐给你物色物色？"

许嘉礼："不知道。"

戚禾还在想怎么挽救一下当年情窦初开就被她扼杀的少年心，也没继续问。

过了几秒后。许嘉礼突然开口："姐姐想帮我谈恋爱？"

戚禾："嗯。"

"那姐姐来帮我吧。"许嘉礼侧头看向她，眼神坦然又从容，语气轻散地重复了一句——"你来帮我。"

Chapter5
拯救·独自忍耐

戚禾还真没想到他会提出这样的提议。

刚刚他那态度，还以为他是根本不想理她，也不想谈恋爱。

戚禾默了两秒，没忍住问："你有喜欢的人？"

"姐姐有吗？"许嘉礼话音稍拖，慢悠悠反问一句，"喜欢的人。"

"嗯？"戚禾眼尾轻笑，"怎么还问我了？"

许嘉礼语气淡淡："怕有点麻烦。"

戚禾一愣，侧头看他，以为自己听错了："什么？"

"如果有，怕麻烦姐姐。"许嘉礼脸上没什么表情，仿佛觉得没什么问题道，"还要花时间帮我。"

戚禾看了他几秒，唇角一松，反而笑了起来："小弟弟，这是怕姐姐有了男朋友不管你啊？"

许嘉礼没答话，走出了艺体楼。

"不过确实。"戚禾在他身旁点头懒懒道，"你姐姐我人气是挺旺盛的，也不差男朋友。"

"不过呢，"戚禾看着他宽慰道，"姐姐现在还不想谈恋爱，如果以后有了我告诉你一声。"

许嘉礼语气有些散漫："那我也告诉你。"

被这话逗笑，戚禾点点头："行啊，看我们俩谁先找到。"

戚禾看他："但姐姐先帮你把事情解决了怎么样？"

许嘉礼挑下眉："姐姐要帮我？"

戚禾没怎么多想，点头欣然答应："帮。"

闻言，许嘉礼笑了声："那我先谢姐姐了。"

戚禾听到他道谢，抬了抬眉，随意道："还没找到也先不用谢，等姐姐帮你找到后再谢吧。"

"迟早也要谢。"许嘉礼似是不在意她的话，慢悠悠开口，"但既然要找……"话音稍顿，他抬眸看来，语调里带了几分深意，"我也就帮姐姐找一个？"

戚禾没反应过来一愣："找什么？"

"男朋友。"许嘉礼的尾音稍勾，"要不要？"

…………

戚禾表示拒绝后，准备回家时才发现自己莫名其妙跟着他到了停车场。许嘉礼在一旁按了车钥匙解锁，开口道载她回家。戚禾刚想摆手说自己坐地铁回去就好，许嘉礼就先发制人道："姐姐不是要帮我吗，以后这就当谢谢姐姐的，反正也顺路。"

戚禾觉得自己如果拒绝好像也不大好，最后还是打开副驾车门坐了上去。许嘉礼见她系上安全带后，发动车子往外开。

戚禾坐在位置上，侧头看了眼主驾上的许嘉礼。以前他还是个高中生，连驾照都没有。戚禾玩味般地抬了抬眉，也没说话。她随手拿出手机见时间也还早，抬起头看着车窗外掠过的街景。

说是熟悉，但又陌生的感觉。

她还在放空，手心的手机振了下。

戚禾回神，低头见屏幕弹出了一则信息。解锁打开，看了眼是医院发来的预约成功的信息。她实在对她这左手的石膏没什么耐心。

宋晓安明显也怕她真是恼起来把石膏砸了，有事没事地叮嘱她忍忍，很快就好了。所以她能老老实实地忍到现在已经算是极限。

确认完信息，戚禾随手按了锁屏。

车子又行驶了一会儿后，渐渐接近了华荣小区。

外来车辆不能开进小区。戚禾让他停在路边，感到车子缓缓减速停下，她看了眼小区门口："我先下了，你回去开车慢点。"

许嘉礼没应这话，先扫了眼她的左手："下周要复查？"

是他带人去医院看的，自然能猜到复查时间。

戚禾："嗯，下周三。"

许嘉礼算了下："请假了？"

戚禾单手解开安全带，点头："今天刚填了表，怎么了？"

安全带扣着她的腰和左手，有些难移动，戚禾皱了下眉。

许嘉礼伸手帮她拉开，自然地说了句："我送你去。"

闻言，戚禾看他："嗯？你没课？"

"早上一节而已。"

"那你就好好上课。"戚禾抬了抬下巴，"姐姐又不是小孩，自己还是能去医院的。"

说完后，她让他早点回家，随手打开门下了车。

许嘉礼坐在车内，看着她走进了小区内，直至身影消失在视野里。

停滞着的车子才重新发动离去。

戚禾上楼回到家。

走进客厅内，把包放在茶几上，下意识打开了电视。开机的系统声响起，没等几秒，安静空荡的房间里，瞬时被节目里的欢声笑语打破。

不似刚刚那般孤寂。

戚禾弯腰坐进沙发内，身子往后一靠，伸手从包里拿出手机，无聊地打开微信朋友圈。首先第一条不出意外就是那位林妙大小姐的。

从上次戚禾在林妙生日会上出现后，林妙连带着其他人也不知道从哪儿要来了她的微信。

戚禾当时看到十几个好友验证信息，一瞬间还以为林妙是要带着小姐妹们给她伸出援助之手，再来资助一把。

后来加了也没说话，就是每次戚禾打开都会被她刷屏，不是在晒新买的包就是在晒自己名媛的日常生活。

戚禾连着好几天刷下来，真的挺好奇林妙是怎么做到这么频繁营业的，而且每次的文案和图片都差不多。戚禾反思了一下自己以前应该没这么夸张吧？她觉得好笑，随手往下滑，不小心给林妙点了一个赞。

戚禾也没在意，继续看着其他富家小姐公子的日常。

没看一会儿，手机就振了下，有新的信息。

戚禾往右滑返回了信息界面，看着那小红点，挑了下眉。

林妙：你给我点赞干什么？

戚禾还没打字，她那边又连着弹出了好几条。

林妙：觉得我那身礼服好看？

林妙：噢，你们家都破产了，应该也买不起我那身礼服了。

林妙：戚禾。

林妙：你还挺可怜的。

戚禾看着她这一条条的，轻笑一声打字：林小姐，我一个字都没说，你自己想得倒挺多啊。

这话发完，那边好一会儿才回了句。

林妙：干什么？

林妙：你以为你还是什么大小姐吗？

戚禾：林妙。

戚禾：这几年不见，你说话还是一样的没有新意。

戚禾以为她这么快就败下阵了，还想逗逗她。

下一秒，屏幕上直接弹出了林妙打来的微信通话。

戚禾觉得好笑，随手接起："怎么？林小姐后悔给我那张卡，来找我要了？"

林妙冷笑一声："这么点小钱，我有什么好后悔的。"

戚禾挑眉："那你给我打电话干什么？"

林妙沉默了几秒，开口："你真的缺钱？"

没想到她会问这个，戚禾笑了下："戚家破产的事不都传开了，我难道还能骗你？"

林妙皱眉："谁知道你是不是留了一手。"

戚禾扬了下眉："你当我什么人呢，我还能留什么手？"

"如果不信，"戚禾表情散漫，似是觉得没什么，闲散道，"我把我现在欠的债给你看看？"

林妙嫌弃："我看这个干什么？"

"想着，"戚禾语气不正经道，"林大小姐发发善心帮我还点？"

林妙出声："我才不会帮你还好不好！"

闻言，戚禾也不再逗她，嘴角的笑意敛了下："为什么好端端问我是不是缺钱？"

"前几天看到宋晓安在找艺术类公司。"林妙皱了下眉，"你不是找到工作了？"

戚禾语气淡淡："都说了我缺钱，不多找工作哪儿来的钱？"

林妙想到什么，下意识开口："你大伯他们呢？"

闻言，戚禾笑了："林妙，你觉得他能帮我什么？"

林妙听到她的语气，顿了下急忙解释："我不是那个意思。"

戚禾"嗯"了声，慢悠悠道："你这脑子应该也没那意思。"

林妙觉得有些气："我怎么了？！"

戚禾靠在沙发内，饶有兴趣地问："这还用我说啊？"

林妙骂了她一句："你才脑子有问题，我挂了，和你说话就是浪费时间。"说完之后，戚禾就等着她挂电话，但最后的时候她还是说了句："如果有事就来求我，我可能发发善心救救你。"

话音刚落下，电话就被她掐断了。戚禾听着耳边响起的嘟嘟声，笑了声，随后拿下手机。语气倒还挺像那么回事。

戚禾把手机放在一旁，看着客厅前的电视还在放。

是个综艺节目，里边的主持人和明星嘉宾正在玩游戏，时不时会犯错，可能是因为好笑，旁边的其他嘉宾都相互推搡着，传来几道笑声。

戚禾看了会儿。很奇怪，她一点都不觉得好笑。

反而想起了刚刚林妙最后的话——"如果有事就来求我"。

求啊。

这个词放在以前从来不会出现在她的身上，因为不可能。

小时候因为母亲早逝，戚峥对戚禾一直是独宠溺爱的，想把父爱和母爱都弥补给她。所以只要她想要什么，戚峥就会给她带来，不论是多么无理取闹的要求。

戚禾从小到大没有缺过任何东西，因为戚峥的疼爱，她一直都是骄傲的，也从来没有向谁低过头。

更何况乞求。

所以她没有任何烦恼地生活长大着，享受着周围人的目光追捧。

因为在那时，她觉得她就该如此。

可后来，戚禾也知道了。人不能太贪心。

而那对她宠爱有加的父亲，也将她所有的骄傲，狠狠打碎了。

戚禾突然想起以前一件挺好笑的事情。

那天周五，天气很好。

她准备去许家，教许嘉礼画画。当时戚禾像往常一样和同学下课走出校门，相互道完别后，她坐上了回阳城小巷的公交车。

戚禾随意选了个靠窗的位置，转头看了一眼车窗外的风景，街边的绿化带一点点地倒退掠过。她收回视线，低头拿着手机玩。

过了一会儿后，到达小巷站时，公交车缓缓停下。戚禾拿起包准备起身下车，抬起头时看着前边等候的车辆，目光一顿。街边绿化前，她看到那辆熟悉的黑色轿车停在了路边，车牌号是戚峥的。

戚禾当时愣了下，没想到戚峥为什么会来这儿。她下车走到家门口，推开门见客厅里没有人，想着开口喊人，楼上书房响起了一道苛责的声音。书房的门没有关。

戚禾听出了，是大伯父的声音。

然后，她也听见了他说的话。

"现在公司不算差，只要你送沐沐过去就好，而且你也不可能永远留着沐沐，她总要嫁人的。"

大伯父的声音清晰至极——"只要把沐沐送过去就好。"

一个个字像钉子般将她钉在了地上。

戚禾脑子一片空白，身子僵在了原地。

送。

当时的戚禾不可能不知道这个字意味着什么。

可是为什么？戚峥肯定不会同意的。

然而，她没有等来任何的声音。

戚峥在里面，可他没有说话。

他沉默了，没有任何的反对。

之后，戚禾记得自己跑出了家门。

悄无声息的。

如同刚刚的寂静无声。

现在想来她还能清楚地记得，她当时是以多么害怕和恐慌的心情跑了出来。因为，她不敢面对。她怕，戚峥把她送出去。

那天，傍晚好看的彩霞散去了，天气突然变差。

下了大雨。戚禾不知道戚峥和大伯父走了没有，她就一直往小巷外的方向走，等到雨滴砸到她身上时才反应过来。

已经下雨了。

戚禾回神的时候，下一秒，身后有一道清冷熟悉的声音传来。

"戚禾。"伴着话音，少年的身影就出现在了她的面前。

那个时候可能是刚刚下课，许嘉礼还穿着蓝白色的校服，身影清瘦修长，他撑着雨伞替她挡住了落下的雨滴。

许嘉礼看着她此时的样子，皱了下眉："你要去哪儿？"

戚禾垂眸看着他校服袖口露出的冷白手腕，没有说话。

许嘉礼似是没在意，先看了眼她被雨淋湿的身体，随后把雨伞塞到她手里，淡淡道："你先拿着。"

戚禾只感到手心一热，下意识握住。

伞柄染上了他的温度，没有那么冷。

许嘉礼将校服外套脱下，披在她身上，稍稍弯下腰，俯身和她平视，看着她的表情，似是察觉了她的情绪不对，只是低声又问："你要去哪儿？"

对上他那双浅眸，戚禾眼睫颤了下，似是回神："我？"

许嘉礼"嗯"了声，耐心重复道："你。"

"我。"戚禾抬起眼看他，声音有些轻，"我要回家。"

闻言，许嘉礼笑了声，伸手接过她手心里的雨伞："那走吧。"

少年眉眼带笑，声音浅浅淡淡的，字词轻柔："我来带你回家。"

撞到小姑娘的告白本来也不大好，戚禾想着这几天还是避免碰面，怕苏琴琴脸皮薄不好意思，戚禾觉得自己还算好心，虽然是这样想的，但事与愿违。

隔天上午。戚禾刚下课回到办公室，一打开门就碰上了苏琴琴。

苏琴琴站在门前，看着她明显愣了下，反应过来后先打了招呼："戚老师。"

戚禾点了下头："你好。"

苏琴琴可能觉得有点尴尬，小声说了句："戚老师昨天……"

听她主动提起，戚禾挑眉，还没开口说什么。

后边先传来一声："你们俩站在门口干吗？"

闻言，戚禾转头见是钱茂和陈美兰过来，简单地和他们打了招呼。

陈美兰看了眼苏琴琴，眨眼问："你们俩说什么呢？"

戚禾看着陈美兰，笑了声："没说什么，就只是问个好而已。"

苏琴琴顿了下，低头没说话，只是侧身让他们进来。

"也是啊。"钱茂反应过来，看了眼苏琴琴，"琴琴你和戚老师没怎么见过面吧？"

苏琴琴乖乖地点了下头。陈美兰走进办公室，想起什么疑惑地"哎"了声："昨天你们俩不是见过吗？"

苏琴琴一愣，立即看向戚禾。

"昨天下课的时候见了一面而已。"戚禾没看她，随口说了句。

钱茂感叹了一句："那确实有点少了，不过以后有的是机会见。"

苏琴琴点了下头："好，谢谢学长。"

"哦对。"钱茂听到她的称呼，想起来又开口，"好像没说过，戚老师也算是你的学姐，也是阳城大学毕业的。"

下一秒，他又补充了句："比你许学长还要大几届。"

苏琴琴倒是没想到这个，看向戚禾有些愣："戚老师也是我们学校的？"

"是。"戚禾笑了声，扫了眼钱茂慢悠悠道，"但我也还没像你钱茂学长这么老，不用把我当成老太太。"

陈美兰在旁边看着他表情笑出声，骂了句钱茂："活该你，不知道我们女生年龄不能说的吗？"

钱茂噎住："我又没那个意思。"

"但是呢，"戚禾微笑提醒他，"学长您下次也不用特意说我是什么时候毕业的。"

"行行行。"钱茂自觉道歉，"怪我多嘴了，这不是还想夸你几句，毕竟你还是当年的院花嘛。"

戚禾扬眉："又要说这个了？"

一旁的陈美兰听到，连忙好奇："什么？小戚还是院花呢？"

钱茂笑了声："是啊，大一进来那会儿她就在我们系里传遍了。"

苏琴琴闻言有些疑惑："那怎么不是校花？"

"对啊。"陈美兰伸手比了下戚禾的脸，"这还当不上校花啊，要我长这样，早去当明星上电视选美了啊。"

苏琴琴承认："我也觉得。"

"你们都觉得是，我们当然也觉得了。"钱茂抬了下巴，"但我们这学妹可不想要当校花。"

陈美兰转头问："嗯？为什么？"

戚禾扬了下眉，胡扯一句："当时可能觉得院花比较亲切？"

"不过我们这儿还挺强。"陈美兰掰扯着，"一个小戚这位院花在这儿，再还有小许那个校草。"说到这儿，陈美兰似是想到了别的，"这俩是不是应该能凑个对？"

"还真是。"钱茂笑着问了句，"学妹你有男朋友吗？没有的话要不要和小许这位校草凑个对？"

还真没想到他们会跑题跑到这儿来，戚禾觉得荒唐又好笑。

而一旁的苏琴琴抿唇，开口说了句："戚老师好像比学长大吧。"

钱茂算了下："也就大三岁吧？"

陈美兰连忙接话："哟，女大三抱金砖啊。"

听着他们俩一唱一和的，戚禾失笑出声打断："行了啊，抱金砖都出来了，你们俩这是唱双簧呢。"戚禾看了眼苏琴琴的表情，眉眼一抬，随口道，"人家小姑娘还在这儿，你们这么说把我想成什么人了，等会儿可要觉得我老牛吃嫩草了。"

钱茂也才注意到苏琴琴，咳了一声："琴琴啊，我们这儿开玩笑的，别当真啊。"

苏琴琴似是没怎么在意地笑了下："我知道的。"她看了眼时间提醒着，"也快上课了，我先上去了。"

钱茂点头："噢噢，去吧去吧。"

苏琴琴点了下头，转身往外走。

陈美兰坐在位置上看了眼她的背影，扬了下眉，小声说："这怎么觉得有点不对，不会当真了吧？"

戚禾轻笑一声："应该不会。"

可能是昨天才刚被许嘉礼拒绝，现在听到这个，总不大好受的。

陈美兰也没怎么在意，起身拿起书本："那我们也上课吧。"

钱茂看了眼课表："你们今天排课是去东楼那边吧？"

戚禾点头，钱茂站起身："那一起吧。"

陈美兰一愣："你也去那边？"

钱茂叹了口气："有个课要和陈教授排一下时间。"

艺体楼有两幢，分为东西两楼。

办公室和画室所在的是西楼，在东楼的教室主要是为了让艺术生上理论课，而来授课的老师就是阳城大学的教授或附中的艺术老师助教。

戚禾现在就是隶属于附中的艺术类老师，但不在编制内。

三人走出办公室，右转往东楼方向走。

一路上还看到些阳城大学里到这儿来上学的学生。

陈美兰看着问了句："你们以前也会来这里上课？"

钱茂先摇头："我没有。"

"我有。"戚禾想了下，"但也要看老师，如果他有附中的课，我们就要来上。"

陈美兰明白地点点头，又想起问钱茂："今天小许不是也要来这儿吗？"

"我让他先过来了。"钱茂随口说了句，"他应该也快到了吧。"

话说完，三人迈步上楼，刚走上台阶时，就听见了楼上似有若无的问好声，依稀能听到几句"学长好"。

陈美兰一听，挑眉："行了，小许看来已经到了。"

戚禾闻言拾级而上，抬头看了眼。

许嘉礼就站在三楼楼梯口，听着旁边的学生问好，简单地点了下头，似是听到了陈美兰的声音，稍稍侧头看来。

"怎么在这儿？等我们呢？"

钱茂走上台阶，见他没进去班级，稍稍有些疑惑。

许嘉礼"嗯"了声："我刚到。"

钱茂说："那正好你们三个进去吧，我去四楼找陈教授。"

说完之后，他和几人打了招呼继续往楼上走。

陈美兰也没管他，看了眼许嘉礼："小许我们走吧。"

许嘉礼点下头，跟在她们旁边，而陈美兰觉得三个人走一排不大好，让他们俩一起走，自己走前面。而戚禾走了几步后，也不知道是因为有许嘉礼还是别的，她觉得来来往往的学生总是往她这边看。

戚禾脚步稍稍往旁边移了下，想离他远点。

"姐姐动什么？"身旁的许嘉礼似是察觉到她的意图，先发制人。

戚禾脚步一顿，睁眼说瞎话道："嗯？我动了吗？"

许嘉礼扫了眼两人的距离："这还用我说？"

你眼睛倒挺尖。戚禾默默又移了回去，又走了几步后，还是觉得周围的视线有些多。

她思考了下看了眼许嘉礼，提议道："你要不要往旁边走一下？"

许嘉礼看她："为什么？"

戚禾直白道："你有点太显眼了。"

许嘉礼抬眸，盯着她看了好半晌，才慢吞吞地给了句："你嫌弃我。"

戚禾被呛了一下："什么？"

反应过来时，她顿了顿，还是有些蒙："我哪儿嫌弃你了？"

许嘉礼看她，语气有些低，似是指责道："你让我走远点。"

戚禾眨了下眼："我那是让你往旁边走一点，不是走远点。"

许嘉礼只当没听见。

见他这样,戚禾突然觉得有点好笑,压了压嘴角的弧度,解释道:"姐姐真没那个意思,只是想让你往旁边走一点就……"

话还没说完,许嘉礼的脚步往左微微移了一步。

两人的距离忽然拉开,仿佛遵循她的话一样。

看着两人中间隔了一个人的位置,戚禾没忍住笑出了声。

闻言,许嘉礼也有了反应,抬眸看了她一眼,淡淡道:"嗯,还笑我。"

戚禾眼尾轻挑起,大方承认道:"我笑你怎么了?"

可能快上课了,来往的同学有点多,许嘉礼走回她的身边,护了下她的左手。

前边的陈美兰明显也察觉到,转过头想说什么,但看着两人时顿了下才开口:"你们俩……"

戚禾转头看向她:"嗯?怎么了?"

陈美兰扫了眼两人的脸:"有点太显眼了吧。"

刚好三人也走到了教室门口,许嘉礼先进去,后边的戚禾和陈美兰跟上。教室是间大教室,附中的学生都坐在了前边,而阳城的大学生们都不想坐在前排,所以都堆在了后边。

班上人先瞧见了许嘉礼进来时倒没什么反应,可等看到后一步进来的戚禾时都明显愣了下。戚禾之前都是在西楼画室教课,而且本身也不教理论,所以一些学生自然都没见过她。

许嘉礼盯着后排的学生看了两秒,很快移开视线。陈美兰也瞧见了他们的视线,挑眉小声朝戚禾调侃了一声:"你这有点显眼啊。"

戚禾只是笑笑,没在意地跟着她走到前排的位置坐下。

而许嘉礼坐在了她身旁,随手把本子放在桌上。

戚禾看了眼他的本子,小声问:"这记录怎么写?"

这次他们不是来授课,而是听课记录来完成教学计划的。

戚禾当时听到钱茂说的时候,还真没想到居然有这环节。

见陈美兰没带本子,戚禾才转头朝他问这个。

许嘉礼慢条斯理地把本子放在自己面前,完全没搭她的话,仿佛还在气刚刚她"嫌弃"他的事。

戚禾扬了下眉："还生气呢？"

戚禾忍笑，像是毫不在意他，慢悠悠地接着说："你这样可不行啊，男子汉大丈夫的怎么能这么容易生气呢？"

见他抬眸看过来，戚禾得逞般地弯了下唇，指着他的本子："所以借姐姐看看吧？"

"借你看看？"许嘉礼的眼角微扬，终于有了反应，慢悠悠问，"想看？"

戚禾点头："姐姐不知道怎么写，你借姐姐看看吧。"

许嘉礼指尖敲了下本子："这个？"

"是啊。"戚禾懒洋洋的，"就借姐姐看一下，看完还给你。"

许嘉礼似是思考了下，最终点头："可以。"

戚禾轻笑一声："那谢谢弟弟了。"

她伸手接过他的本子，随手翻开封面，看了眼第一页上熟悉的字迹，她正打算翻下一页时，有一双骨节分明的手压住了本子。

戚禾一愣，抬头看他。

许嘉礼微微侧着身子，手肘搭在桌上，右手指尖压住纸张边缘，歪头看了下她："想干什么呢？"

许嘉礼正经提醒："戚老师，讲一下信用。"

戚禾："啊？"

"刚刚可是说好了，"许嘉礼敲了下本子，慢条斯理道，"看一下。"

旁边的陈美兰听见两人动静，转头看过来，眨眼问："你们俩悄咪咪的说什么呢？"

戚禾回过头："没有，就想借许老师的记录本看看。"

"记录本？"陈美兰被她提醒，猛地才想起这个，"对啊！我就说总觉得忘了什么！记录本！"

戚禾看她这样："行了，我现在提醒你了。"

闻言，陈美兰摆手："没事没事，反正也不急着交，之后再写也没事。"说完，她想起什么，"噢，你还没写过课程记录吧？"

戚禾笑了一声："我刚来，怎么会写过？"

"那也没事。"陈美兰视线往她旁边的许嘉礼看，"你可以看看小许的，我们都参考他的，他是我们画室的典范。"

戚禾扯了下唇，微微偏头看"典范"。

许嘉礼对上她的视线，眼尾稍扬："看吗？"

戚禾扫他一眼："不是只让我看一下？"

听着她的语气，许嘉礼微不可见地弯了下唇，似是无辜道："怎么是我了？不是姐姐先说的只看一下？"

戚禾噎了下，这话好像也没什么错。

"你什么时候这么守信用了？"戚禾无语地看他。

许嘉礼："为人师表。"

然后侧头看着她，慢腾腾地给出一句："要诚实守信。"

戚禾觉得自己莫名被教育了一番，好笑道："行啊，那我换个说法，你借姐姐多看几次行吗？"

"嗯？"许嘉礼歪了下头，语气没丝毫不妥，"看几次？"

戚禾想了想："看到我抄完？"

似是没想到她这么直接，许嘉礼挑眉："抄？"

"没办法。"戚禾坦然承认道，"我都好久没上过课了，怎么可能会写这些东西。"说完之后，戚禾才觉得这好像有点误人子弟了，及时纠正他，"当然，小孩子不能学这个，你还是要认认真真地自己写。"

许嘉礼看着她点头，淡淡地"嗯"了声："然后再给你抄。"

戚禾摇摇头，语气正经道："是借鉴。"

看着他的表情，戚禾扬了下眉："怎么，还不信姐姐啊？"

闻言，许嘉礼笑了下："我还真不信。"

戚禾"啧"了声，语调懒洋洋的，似是责怪："许弟弟，怎么能不相信姐姐的为人呢？"

许嘉礼看她："姐姐觉得自己是什么样的人？"

戚禾沉吟一声："美丽大方善良？"

"嗯。"许嘉礼语气微凉，"还会骗人。"

戚禾被逗笑："什么骗人呢，弟弟你怎么还冤枉人啊。"

许嘉礼盯着她，没说话。

戚禾对着他的视线，愣了下："怎么了？"

闻言，许嘉礼瞥开眼，扯唇说了句："姐姐就只是借鉴？"

"嗯？"戚禾愣了下，想到他问的是记录本的事，点点头，"只是借鉴一下。"说完，她想了想又补充一句，"当然，姐姐也不是白要你东西的人，下次我帮你写怎么样？"

许嘉礼似是不在意她的话，松开压着的指尖："看吧。"

戚禾挑了下眉，自然也不多说什么，伸手拿过继续翻了下一页。

书页上已经印刷好了记录的格式。

许嘉礼就按着格式写的，墨黑色的字体利落干净，长长一行整齐有序，还挺好看。但可能是随意写的，也能看出一些潦草。

戚禾大致看了几眼，发现和他以前的字迹没什么差别，只是变得更凌厉成熟。见字如人。戚禾忽然想到了这个词，她的视线落在最后收尾处的那一点，弯了下唇。

本子里记录的不多，戚禾接着又看了一会儿。

大概又过了几分钟，上课铃才响起，外头的教授刚好踩点进来，他看了眼教室里的人，也没说什么废话，直接就开始上课了。

戚禾随手把本子合上，抬头看着前边的教授，听着他慢悠悠的话。

之后过了二十几分钟。戚禾也不知道是她人老了，还是太久没听课了，这环境真的让她很想睡觉。她眯了下眼，转头看了眼许嘉礼，见他安安静静地坐着，完全就是清醒得很。

戚禾放弃了，又转头看右边的陈美兰。就见刚刚信誓旦旦说要听课写记录的人，已经支着脑袋，闭了眼。戚禾突然觉得自己得到了安慰。她又回头看后边的学生们，有的都直接趴在桌上睡了。

戚禾默默转过头，看向许嘉礼小声地叫了句："弟弟。"

许嘉礼侧头看她。

"姐姐有点困，想睡一会儿。"戚禾看了眼讲台前的人，声音困倦地示意道，"等会儿如果教授看过来，你记得把我叫醒。"

许嘉礼似是不意外，点了下头："你睡。"

戚禾放下心，抬起头搭在桌上，低头趴了下去，脑袋垫着手臂，闭上眼。因为左手被石膏吊着，她又只有右手，所以只能面朝左趴着。

而刚好许嘉礼坐在她左侧。

面朝他。

戚禾趴下后才意识到这个问题，但也没在意这些，她只想着睡一觉，可闭眼趴了一会儿后，莫名又觉得有道视线正在盯着她。

戚禾懒得睁眼，想着反正许嘉礼在旁边，索性就不管了。

许嘉礼单手搭在桌上，支着侧脸，垂眸看着她露出的大半张侧脸。

眉眼、鼻尖，直至唇瓣的线条勾勒出她精致的五官，肤色白皙透亮，虽然是素颜，但依旧明艳动人。

她一直是最亮眼的。不管是刚刚在外边的楼道上，还是进教室的那一刻。来往的人都在看她，而她却觉得是他的原因。

许嘉礼眼眸半耷着，盯着她看了一会儿，听到她的呼吸渐渐平缓后，伸手将她侧脸的发丝轻轻拨开，以免闹她睡觉。

陈美兰可能是打算好了要睡觉的，特意选了个前排角落的位置，本来就视野不佳，又有个讲台挡着，根本没人关注他们。但坐在他们后边的学生总是不自觉地会看向戚禾这一块，等瞧见这幕时，皆是一愣。

回神时，可能因为是女生，她们的想象力丰富，不免开始用小眼神传递起来。她们刚想说什么的时候，就见前边的许嘉礼随手把本子摊开盖在戚禾脸上，挡住了四周的光亮，也挡着了窥探的视线。

下一秒，许嘉礼侧头看来，神色平静，声音淡淡地提醒了句："别说话，好好听课。"

学生们顿了下，等扫到还在睡的戚禾后，连忙点头。

一节课四十五分钟，戚禾就睡了二十分钟。

许嘉礼在下课铃响起前叫醒了她。戚禾迷迷糊糊醒来，睁开眼的时候还有点蒙，但下一秒就觉得自己的手麻得厉害，她瞬时皱起了眉。

旁边的陈美兰早就醒了，看着她的表情，笑了一声："醒了啊，你就一只手，不麻才怪呢。"

戚禾忍着手臂的酥麻感，看了眼台上的教授还在讲课："快下课了吗？"因为刚睡醒，声音有些低哑。

许嘉礼合上本子："快了。"

陈美兰看着时间："还有五分钟呢，你什么时候也睡了？"

戚禾打了个哈欠，坦然道："听不下去，太困了。"

"对吧。"陈美兰像是找到同志一样地看着她，"我每次看小许都不困，还以为只有我一个人不对劲呢。"

戚禾捏着手心，想舒缓一下手麻的感觉，懒洋洋道："可能因为我们比较老吧。"

陈美兰："我不接受这个原因。"

"那就是我们太专注了。"戚禾拖腔带调道，"你看我这伤患都听睡着了。"

陈美兰被她逗笑："什么乱七八糟的，说得有多可怜一样。"

她还是觉得好笑，转头看向许嘉礼："来，小许你来瞧瞧你学姐可不可怜。"

闻言，戚禾挑眉："我手都麻了，还不可怜啊。"

手麻感根本下不去，随便动了一下，戚禾都觉得有无数只蚂蚁在她手上爬一样，有些难受。

她索性把手放在桌上，不敢乱动。

许嘉礼看着她此时的姿势，一手打着石膏，一手又麻。

他玩味般地抬了抬眉，评论一句："确实可怜。"

…………

下课后，戚禾跟着起身往外走，许嘉礼让她站在里边，挡住了周围的学生。

走出教室，陈美兰还在问许嘉礼刚刚那老师都讲了什么，他有没有听课。戚禾还有些困，一边走一边打着哈欠，没参与对话。而许嘉礼随口应着陈美兰的话，侧头看了身旁人一眼，不让她撞到别人。

三人慢悠悠走着，突然不知道从哪儿冒出来了个女生凑到戚禾面前，有些诧异地看着她："姐姐，真的是你啊！"

打着哈欠的戚禾一顿，看清面前的女生后，扬了下眉。

李佳怕她不记得自己了，连忙解释："我是之前带你来学校的女生，我叫李佳。"

话音落下，后边刚好有个男生走了过来，看到她稍稍疑惑："李佳，老师叫你……"

瞧见对面的戚禾时，林简祎表情一愣，话也顿了下。

戚禾看着这俩小孩，倒没什么意外的，轻笑一声："你们好啊，上次谢谢你们带路了。"

可能是没想到会突然见到她，林简祎听见她的声音，顿了下，有些腼腆地应了声："您好。"

打完招呼，他转头对着李佳说："老师叫班上的人回去一趟。"

李佳看着戚禾明显还想说什么，闻言皱了下眉："不是吧。"

见她这样，戚禾轻笑一声："先回去吧，我是这儿的画室老师，如果有事可以去西楼找我。"

林简祎看着她，带着抱歉地抿唇笑了下："那我们先走了，之后见。"

闻言，许嘉礼看了他一眼。

等他们人走后，旁边的陈美兰才开口问："这什么情况？认识的学生？"

戚禾"嗯"了声："认识也不算是认识。"她随口解释了下之前带路的事，"还挺巧在这儿又碰见了。"

"这样啊，那还挺巧。"

陈美兰也不怎么关心这个，看着手机问："都快中午，你们俩要不要去吃饭？"

戚禾没什么意见，许嘉礼也点头。

三人下楼往食堂方向走。平常戚禾下课的时候都不是吃饭时间，这倒是来附中后第一次去食堂。陈美兰本来还想给她介绍介绍有什么好吃的，说到一半的时候才想起来她以前来这儿上课应该有吃过。

"我也不是经常吃。"戚禾想了想，"以前除了吃三号窗口的面以外，也没怎么吃其他的了。"

"对对对。"陈美兰也附和，"那家面真的不错，我也经常吃。"

戚禾点了下头，下一秒突然反应过来这话的意思，稍稍疑惑问："那家面还开着？"

许嘉礼抬起眸。

听见她这么问，陈美兰觉得奇怪："开的啊，他家生意这么好怎么会没开？"

戚禾语调拖长地"嗯"了声，语调懒懒道："开着就好。"

说着话，刚好三人走到了食堂门口。

陈美兰带着他们俩进去后，还好心地指着三号窗口说："看，就那儿，老板都没变呢，是不是有谁骗你说关了啊？"

戚禾盯着那熟悉的窗口，看了两秒后，扯唇笑了声："是啊，我也好奇。"

她视线掠过身旁的人，语气漫不经心问："是谁骗我呢？"

陈美兰已经想好自己吃什么了，问他们想吃什么。

戚禾随意看着三号窗口说了句："就吃面吧。"

"那行，我去点别的。"陈美兰和她挥手，先到旁边排队点餐。

人一走，戚禾慢悠悠地转头看向许嘉礼，询问："许弟弟，说说吧，这怎么回事？"

对上她的视线，许嘉礼轻扬了下眉："嗯？说什么？"

戚禾下巴朝前头抬了抬："不是说关了？"

许嘉礼顺着瞥了眼窗口，平静地"噢"了声："可能今天又开了吧。"

戚禾被气笑，迈步往前走，虽然也不知道许嘉礼有什么好骗她的，但也不是什么大事。

她没怎么在意，跟着正在排队的人群往前走。

许嘉礼仿佛也完全不介意被戳穿谎言，他站在她身后，随意问了句："要吃什么？"

戚禾抬头看了眼菜单："卤肉面吧。"

许嘉礼抬眉，没搭话。

果然下一秒，不出所料就听见她又改口说了句："不然牛腩面？"

许嘉礼低眼看她这样，眼里带起了几分揶揄。

"牛腩面和卤肉面哪个好？"戚禾皱了下眉开始纠结，"或者清汤伊面？"

许嘉礼也没催她，点了下头："那就伊面？"

"可伊面的话，"戚禾沉吟一声，"是不是有点太素了？"

闻言，许嘉礼似是觉得好笑，嘴角弯起了浅浅的弧度："你原本想吃什么？"

戚禾想了想："卤肉面？"

许嘉礼点头，言简意赅地替她选择："那就卤肉面吧。"

听他这爽快的话，戚禾皱了下眉，明显觉得这决定太快，张嘴还想说什么。

许嘉礼瞥了她一眼，唇角勾了下，语气闲散先开口："再这么选下去，姐姐也可以全都试一遍。"

戚禾默了两秒，偏头扫他一眼："你吃什么？"

许嘉礼："卤肉面。"

戚禾语气悠悠："你不会是跟着我点的吧？"

似是明白她的意思，许嘉礼玩味般地抬了抬眉："姐姐觉得我会选不出来？"

他是不是在骂她？戚禾一直有个毛病，每次点东西都会迟疑很久。许嘉礼以前就经常在旁边看着她纠结，但最后下结论的都是他。

戚禾转头跟上前边的队伍，点了刚刚定下的卤肉面，顺便也帮许嘉礼点了一份。

许嘉礼侧头看向她，戚禾走到一旁等着，以为他要拒绝，大方道："虽然姐姐穷，但也还是可以请你吃面的。"

许嘉礼点头："有钱姐姐。"

"嗯？"戚禾挑眉，"请你吃个面就有钱了？"

许嘉礼随口道了句："算是。"

"什么算是。"戚禾觉得好笑，"再怎么样，你也应该比我有钱才对吧。"说完之后，她想起来之前他去银行的事。

两份卤肉面做好，戚禾伸手接过，顺口问了句："你缺钱的事解决了吗？"

许嘉礼端着餐盘，抬眸也似是想起了这事，语气稍低道："没有，还有点难。"

戚禾闻言，稍稍顿了下。她现在也不好说什么帮助他的话，可不说又有些无情。

戚禾思考了下，委婉道："姐姐也帮不了你什么，但在一些小事上如果你有什么问题可以来找我。"

仿佛知道她现在的处境，许嘉礼"嗯"了声，淡淡开口："小事吗？"

"也不是说都是小事。"戚禾扬眉，"就是你觉得我能帮你的。"

闻言，许嘉礼转头看她，漫不经心地说了句："那姐姐以后陪我一起吃饭吧。"

戚禾一愣："吃饭？"

许嘉礼语气似是随意："像今天这样，一起吃饭。"

戚禾倒没想到他突然来个这样的请求，愣了两秒后，点头同意道："我没什么问题，如果你喜欢的话。"

许嘉礼也没给她拒绝的机会，言简意赅道："那就这样。"

说着话，两人端着餐盘走到后边找位置，坐在右边靠内的陈美兰先看见他们，挥手示意。

戚禾领着许嘉礼走去，走近后才看到旁边还坐着其他的老师和钱茂。他们看见戚禾先是笑了笑，再瞧见身旁跟着的许嘉礼时，倒是没想到两人这么熟，居然都一起吃饭了。

几人打完招呼后，戚禾坐在陈美兰旁边，对面是许嘉礼。他旁边的钱茂正在吐槽上午他去找教授调课的事。

陈美兰坐他对面说他："这陈教授又不是一天两天这样了，你不是说你以前上学的时候也折磨你吗？"

钱茂"啧"了声："所以我毕业了也逃不出他的手掌心啊。"

陈美兰挑眉："那你说说为什么陈教师总折磨你？"

"这我哪儿知道。"钱茂"啧"了声，"难道是觉得我天赋异禀？"

"得了吧你，别给自己贴金啊。"

"不是。"钱茂不服气，转头问戚禾，"学妹，你说说陈教授以前是不是觉得我天赋异禀？"

戚禾正在和筷子挣扎着，右手拿着筷子有些不顺，把筷子左右换了下还是不对劲。

听到这话，她才抬起眼皮，语气稍稍疑惑："陈教授？"

钱茂点头："对，就是以前也教你一班的陈展教授。"

听到名字，戚禾才想起来是谁，扬了下眉："确实，陈教授也提过您的名字。"

钱茂一听，语气骄傲起来："对吧对吧。"

戚禾看他这样，慢悠悠地把话说完，"不过是提的反例教材。"

气氛安静了两秒。

其他老师瞬时被她的语气逗笑，纷纷安慰钱茂。

"学妹啊。"钱茂无奈，"这就不用说了吧。"

戚禾笑了声："行，下次我改改。"

右边有一个戴眼镜的男老师调侃说："钱茂别说了，戚禾学妹都是给你面子了，不过人教授可真是把你当爱徒呢，你忍忍吧。"

"别别，我可不是人家爱徒。"钱茂朝许嘉礼看了眼，"这位才是他的爱徒。"

陈美兰扬了下眉："小许这么强啊？"

戚禾也有些没想到，陈教师她记得，当年在美院里算是比较难伺候的教授了，能当他的爱徒当然也很难。

钱茂明显也不怎么了解情况："我也不知道啊，我听的是这样。"

陈美兰"啧"了声："那你说个屁。"

戚禾听到这话，笑了声，低头继续换着筷子。但陈美兰对这个倒挺好奇的，转头问许嘉礼："小许，你真是陈教授的爱徒啊？"

许嘉礼眼也没抬，拿起自己面前的卤肉面和戚禾的交换，随口说了句："不算，都是学生而已。"

陈美兰看着他的动作愣了下，再听他的话，"哎"了一声："小许这你就谦虚了吧。"

钱茂也在旁边附和着。而戚禾见自己的面被许嘉礼换掉，稍稍一顿。她垂眸看着新换来的面被他用筷子分成了小段小段的，明显比较好夹。

戚禾拿着筷子试了下，没有再滑走，很容易夹起。

她反应过来后，莫名又想起了上次的馄饨。

戚禾低着眼，弯了下唇。

还挺照顾人。

旁边的几人还在说陈教授的事，许嘉礼这位"爱徒"根本没有参与，仿佛没听到一般，随便他们说。而刚刚那个戴眼镜的王信楠老师，随口提了句："今年留学的事是不是又是陈教师管？"

"是吧。"钱茂想了想，"他哪年不管？"

王信楠探了下头问戚禾："学妹当年是向陈教授申请留学的吧？"

戚禾顿了下："是，怎么了？"

王信楠："没，我班上有个大学生想问这个事。"

"留学名额不都是陈教授管的嘛。"钱茂说，"他也基本上都是给班上成绩比较好的学生。"

提到这儿，钱茂提了句："小许你之前在校的时候应该也能申请的吧？"

闻言，许嘉礼抬眸看向对面的人，"嗯"了声。

戚禾对上他那毫无情绪的目光，听到他的回答后，顿了下。

没等她说什么，许嘉礼已经瞥开了视线。

戚禾嘴边的话及时止住，抿了下唇。

而旁边的陈美兰听着，感叹一句："果然都是些学霸好学生啊。"

"当然都是学霸。"王信楠也感叹，"不过当时听到戚学妹留学的事也挺突然的。"

钱茂"啧"了一声："废话，我们这院花走了怎么能不突然呢。"

戚禾想说他什么，可下一秒就被许嘉礼打断。

他扫了眼她碗里的面，声音有些寡淡："吃完了？"这话像是提醒了其他人，他们刚刚只顾聊天，这才想起还有吃饭这回事。

戚禾抬起眼睑，观察着许嘉礼的神情。他明明就坐在对面，却垂下了眼，五官的阴影投下，脸上表情很淡，带了几分明显的疏离冷感。

似是不想看她。

戚禾盯着他看几秒，垂眸在心里叹了口气，动了动手里的筷子，夹着小段的面。

正好这时候，旁边的陈美兰侧头凑过来问："小戚，我都没问过你，你去哪儿留的学啊？"

闻言，戚禾下意识看了眼许嘉礼，见他似是没有搭理这边，道了句："巴黎。"

陈美兰感叹好奇："那边怎么样？"

戚禾扯唇笑一声："挺好的。"

答完后，戚禾余光能看见许嘉礼半耷着眼，眼皮动了动，最终没有抬起。戚禾稍稍垂眸，只作未见。

午饭结束后，下午还有课的老师们说好一起回办公室。而戚禾陪着陈美兰一起去厕所，男老师则留在了外头坐着边聊天边等着。

钱茂转头看着身旁的许嘉礼，扬了下眉："小许啊，怎么看着心情不大好呢？"

许嘉礼："没有。"

"还没有呢。"钱茂笑了下，"是觉得今天菜不好吃？"

许嘉礼抬眸："是，不好吃。"

钱茂噎了下："那下次学长我给你介绍好吃的。"

许嘉礼懒得理他。

钱茂看他这样，也不逗他了，凑到他旁边小声问："你喜欢你戚学姐啊？"

钱茂又不是傻子，看着本来也不常来学校的人，现在可真是有事没事就来，而且还总是赶着戚禾上课的时候来。

他看不出来才怪呢。

许嘉礼抬眸："怎么？"

"还怎么呢？"钱茂点头，"别给哥哥我说没有啊。"

许嘉礼神色淡淡："没有怎么了？"

"没有个屁呢。"钱茂说，"刚刚吃饭的时候看人家用不好筷子，你就赶着把面都弄好换给人家了，你这叫没有？"

"还有别以为我不知道你当初为什么答应来这儿啊。"钱茂语气指责，"亏我还以为你是真的好心想帮帮哥哥，没想到你就是打着人的主意呢！"

前段时间画室缺人，钱茂好不容易求到了许嘉礼让帮他个忙，来附中当助教，救救这燃眉之急。但许嘉礼根本懒得教书，零零散散地教了半个月后，就直接和他说不来了。

钱茂当场就急了，到处发招聘公告招人，本来也没想着往大学毕业群发的，因为觉得他开个画室还缺老师教书，这事还是有点没面子。但他等了半个多月也没什么人过来，这才抱着试一试的心态随手发了出去。发完后，他也没怎么记得这事。

是一个星期后，刚好2017年最后一天。

跨年的下午，那八百年都没有动静的QQ群突然响了一声。

钱茂当时还以为是谁又被盗号乱发诈骗信息，结果一看是戚禾回了他那条招聘公告。说实话，钱茂对戚禾其实也没什么印象了。只记得是大学的时候关系比较好的漂亮学妹，之后他毕业，也就只是听到她出国的消息，再然后当然也没有联系了。

当时钱茂确实惊讶戚禾会愿意来这儿当画室老师。毕竟他也记得大学那会儿几乎所有人都知道美院的戚禾家里很有钱，是个大小姐。

但他现在缺人，能有人愿意来，他当然不会拒绝。

当天，钱茂就加了戚禾的微信，两人简单地聊天商定后，他就让戚禾元旦后来附中面个试。

这也只是流程，钱茂记得戚禾的画画实力，所以基本上就把她定下了。而下午，许嘉礼正好过来附中找他说设计图的事。

钱茂还正开心："学弟，今天可真是个好日子，我找到画室老师了，这是不是昭示着我2018年开头运气好啊！"

许嘉礼懒得回话，根本没兴趣知道。

钱茂还在絮絮叨叨地说着："噢对，这个老师还是我学妹呢，但比你大，长得可漂亮了，以后如果有机会我介绍给你认识认识，当然，如果你可以继续在这儿帮我当助教的话。"

听出他的意思，许嘉礼扫他："我不教。"

"别啊。"钱茂和他掰扯，"我虽然找到了老师，但也还是缺人啊，而且你都已经帮了，那就好人做到底嘛。"

许嘉礼平静地看着他："噢，我不是好人。"

钱茂"啧"了一声："许弟弟，你怎么这么冷漠呢？"

听到他话里的称呼，许嘉礼眼睑动了下，没搭话。

"不是，真的。"钱茂根本没在意，决定再努力一把，"来我这儿绝对不会让你失望的，就好比我这儿新来的老师，虽然比你大三岁……"

闻言，许嘉礼拿着笔的手一顿。

"但她以前可是我们院花呢，实力也强，而且人家还是高学历，留学人员刚回国就来我这儿了。"

话音落下，钱茂以为会听到许嘉礼冷漠地说没兴趣，但他没有听见任何声音。钱茂疑惑地抬起头看去，就见面前的男人眼睑半垂着，神色平静得有些过分。可又像是失了神，如醉酒沉溺的人突然被唤醒。

他没有说话。只是坐在位置上的身子微微弓着，拿着笔的手看着有些僵硬，指尖发白，似是被人按下了暂停键。

钱茂愣了下，他从来没见过许嘉礼这个样子，刚想问他怎么了。

下一瞬间。许嘉礼的眼睑轻颤，他闭了下眼，开口问："刚回国？"他的声音微低，带着沙哑。

"啊？"钱茂还有点蒙，反应过来点了下头，"对，这老师叫戚禾，她刚回国。"

钱茂看着他的状态，迟疑了一下："你认识？"

那一刻，仿佛有人剪断了溺水人的唯一绳索。

钱茂就看着面前的男人垂下了眼，看着自己面前的画纸，声音喑哑，似是呢喃又似反问般："我该认识吗？"

当时，钱茂没有回答，也忘记了回应。

只是看着。

因为不知道为什么。

钱茂觉得自己好像看出了。

他的挣扎。

无名的渴望。

还有祈求。

Chapter6
虔诚·温柔陪伴

戚禾陪着陈美兰到厕所，她先是示意："你去上吧，我在外面等你。"

陈美兰点头："好，我很快出来。"

戚禾应了一声，无聊地站在外边的洗手台，照着镜子看了眼自己突兀的左手。她皱眉，抬手敲了敲外壳的石膏，盘算着什么时候能拆，一直戴着真的有碍美观，上头还有她之前画的蝴蝶，有些好笑。

正好此时，门口传来了几声嬉闹，戚禾抬起头，就见着几个女生边笑闹着边走进来。

看见里头站着的戚禾，她们也愣了下。

戚禾收回视线时，后边的陈美兰也出来了，学生们明显比较熟悉陈美兰，开口先打了声招呼："老师好。"

陈美兰点头，笑了声："你打着石膏站在这儿就跟个门神一样。"

戚禾扫了眼自己的左手，扬眉："还有我这种受伤的门神？"

"提醒大家别像你一样。"陈美兰轻笑一声，去洗手台洗手。

戚禾还是等着，旁边站着来上厕所的女学生，边洗着手边往外看，还小声激动着："刚刚那个是不是他们说的美术老师？"

戚禾注意到她的视线，顺着转头望去。

从这儿的角度刚好能看到食堂大厅靠出口处的位置，其他老师站在了一边，而钱茂和许嘉礼就坐在那儿。

两人不知道在说什么，许嘉礼坐在钱茂对面，坐姿懒散，单手搭在桌面上，掌心支着侧脸，表情冷漠平淡。

莫名还能看出些不耐，似是觉得对面的钱茂都在说些废话。

戚禾看见这幕，嘴角不自觉勾了下。

这根本不用猜讨论话题中的主人公就能知道是哪位了。

旁边的女生明显也知道，转头问同伴："是啊，帅不帅？"

"为什么我都没看到过他。"

"人老师教的是美术，我们又不学。"

"早知道我也去学美术了。"

女生似乎有点无语："你能不能有点出息？"

…………

戚禾在旁边听到这儿，差点笑出声。陈美兰也刚好洗完了手，自然也听到了两人的对话，转头也觉得好笑，看了她一眼示意走吧。

戚禾点了下头，跟着她迈步往外走。

而没走几步，陈美兰没忍住笑了一声："这群学生真的是活宝。"

戚禾轻笑："挺励志的。"

为了个男人还挺有勇气。

"小许的名气可真是大啊。"陈美兰感叹着，"这都吸引了多少花季少女的心啊。"

戚禾扬了下眉："当然有名，不都说了是我们画室的招牌吗？"

陈美兰被逗笑："那确实。"说完，似是想到了什么，意味深长地又添了句，"不过我们这招牌对你是照顾有加啊？"

指的是刚刚餐桌上的事。

戚禾不意外，轻笑解释道："照顾是有，但他是我以前就认识的弟弟，就把我当成姐姐而已。"

陈美兰倒是没想到，抬眉："以前认识？"

戚禾点头："是，挺熟的。"

闻言，陈美兰叹了口气："可惜了，还以为你们俩这'草花'能在一起呢。"

听着她话里的词，戚禾眼尾轻扬："草花？"

陈美兰看着她："校草和院花啊。"

戚禾轻笑一声。

两人渐渐接近食堂门口，陈美兰扫了眼许嘉礼的模样，还是朝她小声说了句："但我觉得你可以试一试。"

"嗯？"戚禾语调稍抬，"试什么？"

"小许啊。"陈美兰比了个小眼神，调侃着，"这可是我们的招牌，肥水不流外人田啊。"

听到她最后的话，戚禾低笑着："饶了我吧。"

陈美兰也是开玩笑："不过说真的，要我是你可真的会上。"

戚禾挑眉："我和你有差别？"

陈美兰扫了她一眼，坦然道："脸不一样。"

"什么不一样？"钱茂见她们俩过来，刚好听到这话。

陈美兰扯开话题，扫他一眼："女人之间的谈话，你好奇什么？"

"怎的？"钱茂挑眉，"你们还有什么秘密不能让人听呢？"

"当然啦。"

"那我可就更好奇了。"

"有什么好好奇的，走了，等会儿还要去上课。"

陈美兰催促，其他人也起身往外走，戚禾和许嘉礼走在后边。

钱茂还在絮絮叨叨地说话，时不时还说一下许嘉礼。

但许嘉礼根本就没搭理他。

戚禾在一旁看着，莫名觉得这相处模式还挺有趣。

"怎么？"许嘉礼感受到她一直盯着自己的目光，侧头问。

戚禾一愣，这才意识到自己居然不自觉就看着他了，但既然都被他问了，她也淡定地开口："你怎么都不理学长？"

许嘉礼吐出两个字："太吵。"

戚禾被他的直白噎了下："弟弟，你这说话还是委婉点吧。"

许嘉礼似是不想参考，就"嗯"了声。

感受到他的态度明显有点差，戚禾知道应该是刚刚吃饭的时候说的事。但她觉得现在再提也有点刻意，好像她故意说给他听一样。

戚禾侧头看了他一眼，想了想最终还是不说了。

但她看来看去的，许嘉礼似是不打算放过她，转头瞥了她一眼，淡淡问："想做什么？"

"嗯？"戚禾一时间没懂。

许嘉礼语气散漫："一路上看了我这么多次，有事？"

"嗯。"戚禾想了下，"也没什么事。"

听着她懒散的语气，许嘉礼表情很淡，语气凉凉地问："那我脸上有东西？"

闻言，戚禾抬头看他那张脸，不知道为什么脑子里突然冒出了刚刚在厕所里听到的那两个女生对话，她点了下头："有。"

许嘉礼看她。

戚禾对上他的目光，坦然道："帅气。"

夸完他后，戚禾觉得这有必要再来个收尾，称赞一声："虽然姐姐也美，但我觉得还是比不上你，你是姐姐见过最帅的人，相信我。"

"是真的，姐姐没有骗你，刚刚在教室走廊上的时候，都有好多人看你呢。"提到这儿，戚禾想起自己刚刚睡觉的时候感受到的视线，转头问他，"噢，对了，我刚刚睡觉没说什么话吧？"

许嘉礼抬起眸："什么话？"

戚禾："就比如梦话什么的？"

这话似是提醒了他，许嘉礼看了她一眼，"嗯"了声："好像说了。"

戚禾一愣："说什么了？"

"好像，"许嘉礼语调拖长，仿佛想起来一般，慢悠悠地开口，"说我长得很帅。"

两秒后。

许嘉礼盯着她，慢条斯理地又补充了一句："是你的理想型。"

要不是刚刚她说他帅，戚禾可差点真的信了。他这是报复呢，以其人之道还治其人之身。不过她也可能真的会说这话，毕竟她确实挺喜欢他这张脸的。

戚禾神色自若地点了下头："是吗，我还说了这话？"

许嘉礼扬了下眉，仿佛看出了她的意思："姐姐不信？"

戚禾语气悠悠道："信啊，刚刚不是说了，我确实觉得你帅，至于理想型……"

她想了下自己喜欢他这张脸的想法，轻笑一声："那就当我说了吧。"

许嘉礼扯了下唇，不置可否。

两人在这儿胡扯完，差不多也回了艺体楼。

戚禾看了眼时间，记得他第一节有课，开口让他先去上课。

闻言，许嘉礼似是随意地问了句："放学一起回去？"

戚禾想了下反正也是顺路，点了点头。

得到答案，许嘉礼稍稍垂眸："我去上课了。"

"去吧，等会儿我下课了给你发信息。"

"嗯。"

之后许嘉礼也没跟着他们一起走，直接去了楼上。

戚禾看了眼他的背影，便收回视线转头回办公室。

两人商量的声音也不大，但钱茂还是问了句："学妹，你和小许家住得近？"

戚禾随口道："隔壁小区，怎么了？"

钱茂摆手："没，就他那小区都好旧了，我以为你也住那儿呢。"

陈美兰稍疑："什么小区？"

钱茂："就嘉盛那儿。"

陈美兰一愣："那不都是好几年前的房子了吗，小许住那儿啊？"

"对啊。"钱茂想了下，"他大学就住那儿了，这都五六年了也不搬，说是有认识的人住那儿。"

戚禾脚步稍稍一顿。

陈美兰恰好问了句："和朋友合租？"

"没吧，我也没问。"钱茂倒想起别的，对戚禾说，"那一片的房子还是挺老的，治安管理和设备都有点差，小许也就算了，学妹你可要注意点安全啊。"

戚禾颔首："好，谢谢学长。"

"没事没事。"钱茂开玩笑道，"你现在是我们这儿的室花，我可要保护好。"

陈美兰和戚禾都被逗笑，几人慢悠悠地走回到办公室。

戚禾走到自己位置前，想着刚刚听到的话，似是有些心不在焉。

过了一会儿后，她抬起头，朝坐在自己对面的钱茂忽然唤了句："学长。"

钱茂点头看她："怎么了？"

"也没什么。"戚禾随意问，"想问一下你知道许嘉礼住哪一幢吗？"

"嗯？"钱茂愣了下，"哪一幢？这我倒没问。"

他眨了下眼："怎么了？要我帮你问问吗？"

"不用。"戚禾语气轻散，"我只是想起来如果有事可以找他帮帮忙，您不记得没事，之后我自己再问他。"

钱茂点点头："也对，反正你们俩住得近，以后还可以互相串个门呢。"

戚禾想了下那个画面，扬了下眉。不大可能，以前在阳城的时候，就基本上是她去许家，许嘉礼很少来她家，就算来也都是在门口等她。

陈美兰在后边接水喝，听着串门的话，倒是想起之前戚禾说的两人以前就认识的话，有些好奇地开口问："我好像都没听过小许叫你姐姐，他会叫吗？"

戚禾挑眉："没什么事应该也不会叫我姐姐吧。"

陈美兰想了下，轻"啧"一声："我也想象不出来小许叫我姐姐的样子。"

戚禾好奇地问："他会叫你吗？"

陈美兰一惊："怎么可能。"

钱茂眨眼："那你们俩是姐姐，那他是不是也应该叫我哥哥？"

陈美兰打击他："你做梦呢。"

戚禾听着两个人的话，仔细想了想，意识到好像许嘉礼确实很少在外人面前叫她姐姐。平常就算叫了，也都是在她面前，又或者故意的。

而她也没听他叫过其他人。

好像这个称呼。

只有她有。

戚禾突然想起来了，自己第一次向别人介绍许嘉礼的时候。

那时，戚禾来附中的次数不定，一周可能来个三四次，也可能没有。但如果在这儿的下课时间刚好到吃饭的点，她都会提前问许嘉礼要不要和她一起吃饭。刚开始许嘉礼当然拒绝，后来她问的次数多了，他基本上都会答应。

有一回。

戚禾有个材料要和教授交接，一时忘了给许嘉礼发信息吃饭。

等她忙完和教授打完招呼准备走时，才想起来这事。

戚禾当时看时间发现都已经下课十分钟了，觉得许嘉礼应该早就先和同学去食堂了。这样想着，她没怎么在意地背起包往外走，随手拿起手机就看到许嘉礼在前两分钟给她发了信息。

许嘉礼：不吃饭？

戚禾刚好走到一楼，看着这条愣了下，正准备打字回他，余光瞥见前边有道人影，她下意识抬起头。

许嘉礼就站在楼梯口旁边，穿着夏季校服，白衬衫干净清爽，单肩背着包微微垮着，他轻轻倚靠在楼梯扶手上，低眼看着手机，似是在等着什么。听见脚步声，他不假思索地抬起头看来，看清是她后，神色平静地收起了手机。戚禾倒没想到会在这儿看到他，稍稍顿了下："你怎么来这儿了？"

艺体楼基本上都是附中艺术生才来，其他学生都在教学楼那边。

许嘉礼看了眼她的手机，淡淡道："你没回我信息。"

"就因为这个啊。"戚禾觉得好笑，哄他一句，"那下次姐姐我一定及时回。"

许嘉礼似是不在意这事，语气轻散道："走吧。"

"嗯？"戚禾没反应过来，"去哪儿？"

"吃饭。"

戚禾又是一愣："你还没去吃饭？"问出口后，她才意识到他可能没等到她回信，所以才来这儿找她的。

戚禾看了眼时间，叹了口气："我刚刚才下课，也忘了和你说了。"她走到他旁边，伸手拍了拍他的肩膀，"走，姐姐请你吃饭。"

许嘉礼稍稍一顿，侧头看了她一眼，语气有些漫不经心："原本就打算找我？"

"不然？"戚禾扬了下眉，"我在这儿除了你可没什么认识的弟弟啊。"

许嘉礼眉眼一松，随后瞥了她一眼："谁知道你有没有。"

戚禾挑眉，唇角弯起浅浅的弧度，不正经地开口："这是什么话，担心姐姐不喜欢你啊。"

听到她话里的"喜欢"，许嘉礼垂眸看她。

戚禾收到他的视线，以为他是这意思，笑了一声："放心，姐姐只认你一个弟弟，别怕。"

闻言，许嘉礼嘴角扯了下，开口正打算说话，后边有人看到他们俩走来先说了句："哎，戚禾你还没走？"

许嘉礼侧头，就见一个男人笑着走来，应该是戚禾认识的同学。

戚禾认出人来，抬了下眉："你怎么还在这儿？"

"准备回去了。"男同学提出邀请，"你要不要和我一起？"

戚禾摇头："不用，我等会儿吃完饭回去。"

男同学点头也不强求，注意到旁边的许嘉礼时，见他还穿着校服，稍稍疑惑："这是？"

许嘉礼侧头看她。

戚禾笑了声，自然道："我弟弟。"

闻言，许嘉礼眼睑半垂下。

而男同学倒是没想到，看了眼许嘉礼："你还有弟弟啊？"

"不是。"许嘉礼忽然出声，声音有些淡。

戚禾转头看他，而男同学没听清："嗯？弟弟你说什么？"

许嘉礼抬起眸，却没看他，而是看向戚禾，语气凉凉道："吃饭，我饿了。"

戚禾也不知道哪儿又惹着他了，但她也没想继续在这儿待着，简单地和男同学打完招呼后，就跟着许嘉礼往食堂走。

但一路上，许嘉礼也没怎么和她说话，戚禾以为是刚刚在和男同学聊天冷落他，让他不高兴了，想着等会儿给他买些好吃的补偿一下。

可戚禾忘了带饭卡，最终还是许嘉礼付了钱。

"下次姐姐一定请你吃饭。"戚禾端着餐盘,保证道。

许嘉礼没应她,只是带着她找位置坐,走到一半的时候,就碰到了他的同学。

两人打着招呼,戚禾站在一旁,莫名觉得这场景有些熟悉,看了眼前边有空位,正想示意他自己先过去。

他的同学就看来,问了一句许嘉礼:"这是你姐姐吗?"

戚禾闻言笑着要打招呼,就听见许嘉礼说了声。

"不是。"

戚禾一顿,抬头看他。

许嘉礼也侧头看了她一眼,而后平静地说了两个字:"朋友。"

和她刚刚的回答不同。

而是平等的关系。

是朋友。

放学后。

戚禾从画室出来,给许嘉礼发信息示意自己下课了。

许嘉礼:嗯,出来吧。

许嘉礼:在停车场。

戚禾看着他回复的信息,突然觉得这对话有点像男朋友来接女朋友下班一样。她抬了抬眉,也不打算回办公室,直接下了楼往艺体楼外边走。快接近停车场的时候,就看见了许嘉礼的车。

戚禾看了眼,快步走去,伸手打开副驾门弯腰坐进去,她伸手想拉安全带,却发现安全带卡在了后面,轻蹙了下眉。

许嘉礼看着她没有动作,随意问:"怎么?"

戚禾回头向他示意:"这边的安全带有点问题。"

闻言,许嘉礼倾身弯腰靠近来。

两人距离骤然缩短。

他也并没有凑得很近,两人间还隔着点距离,只是他这动作突然,带着他清冷的气息扑面而来。

有些近。

戚禾呼吸微微一滞，反应过来看着他就近在咫尺的侧脸。

而许嘉礼低着眼没有看她，只是伸手越过她，轻而易举地拉出安全带，而后坐了回去。

压迫感撤离。

戚禾半吊着的气息松懈下来，这才反应过来自己刚刚居然屏住了呼吸。她侧头看他已经帮她扣上了安全带的锁扣，舔了下唇，随口说了句："可以了，回家吧。"

闻言，许嘉礼抬起眸看她，有些意味深长。

戚禾对着他的目光，稍稍疑惑，想问他的时候，许嘉礼已经收回了视线，随意系上了自己的安全带，发动车子。

戚禾还是不明白他刚刚那是什么眼神，但也懒得想，随手刷起了手机。而刚好解锁打开的界面是两人的微信聊天。

戚禾扫了眼准备退出时，忽然想到了她刚刚说的话。

——"回家吧。"

她终于知道哪儿不对劲了。

难怪他刚刚那样看她，这话有点太亲密娴熟了。

而且还有点——

暧昧。

不过戚禾觉得如果现在特地解释，反倒有点此地无银三百两的意思在。但不解释，怕他结合之前的偶遇巧合，又觉得她对他有什么非分之想。戚禾挣扎了半天，想了想还是算了，反正她也不算说错。

毕竟确实是要回家，只是各回各家而已。

戚禾还在这边思考着，许嘉礼抬眸看了眼镜子里显示着她沉思的表情，只一眼他便收回了视线。

看着前边的车道，他的唇角悄无声息地扯了下。

戚禾决定不再想后，侧头看了眼车窗外的街景。看着不断倒退的楼房建筑，想起中午钱茂提到的话。

盯着窗外看了一会儿，戚禾转头看他，佯装突然想起般开口问一句："对了，好像一直没有问你。弟弟你住嘉盛哪儿？"

闻言，许嘉礼看着车况，语气没什么问题："为什么问这个？"

"我突然想起来的，以后如果我有事找你，还可以去你家串串门，当然你也可以来我家。"

戚禾按着礼尚往来地报了自家的地址："我住A幢八楼。"

闻言，许嘉礼点了下头："嗯。"

戚禾等了几秒，见他就"嗯"了声，面色疑惑："没了？"

"嗯？"许嘉礼抬眉，"姐姐还想我说什么？"

戚禾好脾气地又问了遍："你住嘉盛哪儿？"

许嘉礼瞥了她一眼，语气淡淡："为什么想知道这个？"

戚禾面色淡定道："我不是说了，我以后可以来找你串门。"

前边刚好红灯。

许嘉礼踩了刹车，侧头盯着她，眼神带着明显的怀疑："是吗？"

果然刚刚那话还是让他误会了。

"弟弟，姐姐还没有这么急不可耐，真的只是来看看你而已。"戚禾很正经地解释，"你绝对可以放心，而且姐姐不是说了还要帮你谈恋爱的吗？我怎么会对你做什么？"

许嘉礼轻散地吐出三个字："说不定。"

戚禾噎住，决定放弃："行，我不问了，你放心吧。"

"怎么？"许嘉礼随意问，"姐姐不再坚持一下？"

"不了。"戚禾拒绝，"我不想知道了。"

"嗯。"许嘉礼看着前边的绿灯，语气拖长，轻飘飘地给了句，"本来还想告诉你的。"

"可惜了。"

戚禾不知道是自己老了呢，还是这小孩本来就这样，气人的本领可真是越来越厉害了。

车子接着开了一会儿，就到了华荣小区门口。

戚禾解开安全带，让他开车慢点后，准备下车。

听着她冷冷淡淡的语气，明显就是还在气刚刚的事。

坏脾气渐渐冒出来，不似之前的客套疏离。

许嘉礼没忍住笑了声，喊住她："姐姐不想知道我住哪儿？"

开门的动作一顿，戚禾转头扫他一眼："你告诉我？"

"不是说了。"许嘉礼的唇角不咸不淡地弯起，意有所指地说了句，"你再坚持一下。"

"嗯？"戚禾一时没懂，"坚持什么？"

说着话，她想起刚刚他好像是说了这话，思考了下看着他，犹豫地又问了句："你住哪儿？"

这应该让她继续问的意思吧？

许嘉礼看着她试探的样子，玩味般地抬了抬眉："所以刚刚为什么不问，再问我一遍，我不就告诉你了。"

戚禾哪儿知道他是这意思，也被气笑问："所以你住哪儿？"

许嘉礼身子靠在座椅内，手随意搭在方向盘上，把答案告诉她："C幢，十一楼。"话音落下，他又闲散地补充了句，"姐姐记住了。"

熟悉的词传来，戚禾一愣。

许嘉礼直直地盯着她，窗外冬日的余晖透过玻璃自他细碎的短发上洒下，那双浅眸似是有些晦暗不明。

下一秒，如同当年的场景重复般，就听见他缓缓地说了句——

"可别找错人家。"

戚禾收到他的目光稍顿，一瞬间有些恍惚。

这话她当然熟悉，是她以前那次逗他说的话。

可现在却倒了过来。她变成了听的那位，而现在的他是逗趣的那位少年。似是身份交换般，将她当初的话亲自重复着。

仿佛她变成了小孩。

而他才是大人。

戚禾看着他早已褪去稚嫩的脸庞，回神后垂眸，轻笑一声："知道了，姐姐不会忘记的。"

说完后，她又嘱咐了一遍让他开车小心点，才开门下车。

走进小区楼下时，戚禾鬼使神差地突然回头看了眼。

见许嘉礼还停在那儿，似是打算等她走进后才会开走。

戚禾盯着看了两秒，转头继续往前走进一楼大厅。她随手按了下电梯键，刚巧停在一楼的两扇电梯门自动打开。

戚禾走进去，按了八楼后，电梯门从两边缓缓合起。

刚巧衣兜里的手机响了一声。

戚禾摸出看了眼，是宋晓安的信息。

宋晓安：你是不是要去医院复查手啊。

戚禾：下周三。

宋晓安那边也懒得打字，直接打了个电话过来。

戚禾接起："怎么了？"

"没事。"宋晓安说了句，"我就问问，正好最近我也在帮你找工作。"

戚禾点头："我也不急，你随便看看就好。"

宋晓安说："反正我也无聊，帮你找找工作消遣一下时间。"

戚禾眼尾稍扬，叹了口气："有钱大小姐果然不一样啊。"

"你别装啊。"宋晓安指她，"你以前不也一样？"

电梯到达楼层应声打开。

戚禾随口说着："那我现在可比不上你宋大小姐了。"

宋晓安"喊"了声，听见她那边的开门声："刚刚回家？"

戚禾用手肘推开门："嗯，刚从学校回来。"

"辛苦啊戚老师。"宋晓安调侃一句，"不过你每天来来往往地坐地铁，挺麻烦的吧，要不要买辆车给你？"

戚禾被她大方的语气逗笑："我现在这手怎么开？"

"噢对，你现在也开不了车。"宋晓安想了下，"不过没事，之后你好了再开啊。"

戚禾脚跟勾起门关上，随意换鞋进屋，语气懒散道："再说吧，最近我也经常蹭许嘉礼的车回来。"

宋晓安闻言蒙了下："你说谁？"

戚禾想起自己没说过这事，"哦"了声，解释了一遍："许嘉礼也在我那儿的画室里。"

宋晓安一愣："高三弟弟为什么也在？"

戚禾没忍住说她："人家大学毕业都快两年，什么高三弟弟呢。"

宋晓安改口："行，许弟弟可以了吧？"

戚禾："可以。"

宋晓安笑了一声："怎么还要经过你同意呢？"

戚禾把手机开了外放："不能让你玷污了人家弟弟。"

"什么乱七八糟的。"宋晓安拉回话题，"所以为什么这许弟弟会在那儿？"

戚禾拿着手机走到厨房："他也是阳城大学毕业的，和我学长认识。"

"所以他是老师？"宋晓安想了想，"我觉得这弟弟不像是当老师的人啊。"

戚禾倒了杯水，随口答了句："不是，画室缺人，他只是偶尔来帮忙当助教。"

宋晓安："那难怪，我就说他那冷漠的脾气当老师可有点问题。"

戚禾扬眉："他怎么了？你上次还说他贴心。"

"贴心是一回事。"宋晓安说，"但学生看着他那张冷漠脸不怕吗？"

提到这儿，宋晓安似是又想到了什么，"噢"了声改口道："可能根本就没心思画画了，眼里只有他那张脸。"

戚禾被逗笑，想了下他平常上课的样子，虽然说不上是温柔，但至少也没有不耐烦。基本上只要学生问问题，他都会回答。但偶尔也有几个胆大的女生会想要他的微信，他每次都只回一句："没有。"

貌似只要涉及私人问题时，他拒绝得很干脆。

戚禾觉得要不是他是这儿的老师，有老师的义务在，他可能根本都不会理她们。

确实绝情。

电话那头的宋晓安也还在说："既然有许弟弟在，他应该也会照顾一下你，反正你们俩住得近。"

戚禾喝了口水："正好顺路。"

宋晓安点头："那确实，如果之前你爸在嘉盛的那套房子没卖的话，你都可以和他一起上下班了。"

闻言，戚禾垂眸喝水。

提到这儿，宋晓安好奇问："哎，你有没有问过他住哪幢，可能还真是邻居呢？"

"房子都没了，哪儿来的邻居？"戚禾觉得好笑，"而且他住C幢，再怎么样也不可能是邻居。"

宋晓安知道戚禾之前家是A幢，点头："那确实有点远了。"

之后宋晓安也没再提这个，两人又说了些别的。

最后的时候宋晓安才下命令："下周三我陪你去医院复查。"

戚禾就知道她会这样说，也懒得拒绝就答应了。

宋晓安："那行，你之后把时间发给我，到时来你家接你。"

戚禾"嗯"了声，挂断电话后继续喝着杯子里的水。她看了会儿手机，稍稍抬头看着窗外有些老旧的小区。

戚禾也不知道为什么当时听到许嘉礼说出C幢的时候，居然松了口气。虽然她知道许嘉礼的房子不可能会和她之前的是同一幢，但隐约还是怕有点问题。

毕竟他刚刚好也住在嘉盛，还有钱茂说的话。

她不在意也难。

隔周周三。

戚禾提前就和钱茂打招呼要请假去医院复查，所以她也没调闹钟，舒舒服服地睡到了中午才起床。她洗漱出来的时候，才看到宋晓安十分钟前给她发了准备过来的信息。

戚禾随手回了句好的，然后起身去换衣服。

宋晓安知道房门密码，开门进来的时候，刚巧看到她从卧室里出来。

戚禾理着衣领，随口问了句："你怎么这么快？"

"给你发信息的时候我快到半路了。"宋晓安伸手帮她整理了一下，幸灾乐祸道，"你这单手还挺难啊。"

"不然？"戚禾扫她，"你以为很舒服吗？"

宋晓安收敛了点："行行，走了，去医院看看能不能把你这石膏拆了。"

两人出门下楼，开车往医院去。

路上宋晓安还提了嘴林妙的事："她最近混得可真是风生水起的。"

戚禾靠在座椅内，打了个哈欠："她怎么了？"

宋晓安敲了下方向盘："这不是少了你这位戚大小姐压在她头上，她可傲了呢。"

戚禾挑眉："我以前很傲吗？"

宋晓安瞥了她一眼："你什么样还用我来说？"

戚禾笑了声，语气懒洋洋的："傲也得有资本啊，现在林妙确实比我有资本。"

听着这话，宋晓安想了下："你回来的事，你大伯那边知道吗？"

戚禾语气随意："知道吧。"

宋晓安看了她一眼："那你怎么说？"

"我和他家又没关系。"戚禾笑，"而且我回国也不是要找他帮忙，想什么呢。"

宋晓安皱了下眉："可他也是你大伯啊，你家都这样了，他居然没来联系你。"

"联系我？"戚禾挑眉，"联系我分点债给他吗？"

宋晓安一噎："不是这意思，你大伯以前不是对你挺好的吗？"

戚禾盯着前边的车道，安安静静的，没说话。

宋晓安也没看她，还说着话："现在就欠了点债而已，就不来找你？"

"好吗？"

她冒出这声，宋晓安愣了下，一时没反应过来："好什么？"

"没什么。"戚禾侧头看了眼窗外，表情散漫，像是完全不把这当回事儿，语调扬起惯有的不正经道，"觉得你对我挺好的。"

知道肯定不是这意思，但见她没多说，宋晓安也没继续问。

车子开到医院，宋晓安停好车后和戚禾一起往里头走。

因为比预约时间早到了一点，两人在外面等了一会儿才听到护士叫人。

医生看到戚禾进来时，明显也记得她："是你啊，小姑娘。"

戚禾扬了下眉："您记得我？"

医生看了眼她的手："我当然记得，出车祸了还不来医院。"

宋晓安和护士在一旁笑出声，护士看着她的脸："还是因为您长得好看，那天我都觉得是什么明星过来了。"

戚禾抬眉："出车祸的明星吗？"

几人被逗笑，医生检查着她的手，让她去拍片，回来看后说了句恢复得挺好，但以防万一建议还是继续打石膏。

戚禾一听连忙扯着自己工作不方便的话，借此拒绝。

最后医生也没有强求，给她换了绷带吊着，宋晓安在一旁接过护士的单子后，先去大厅付钱。

包扎完，戚禾谢过医生后走出治疗室，活动着有些僵硬的左手，打算去楼下找宋晓安。

走到电梯口，戚禾见等候的人有些多，没往前走打算等下一趟。

她护着手往旁边退了退，感到自己的肩膀似是撞到了人。

戚禾下意识转头想说声对不起，抬眸的一瞬间，嘴边的话止住。

旁边站着一位男人，西装革履的，长相偏秀气，白白净净有种男生女相的味道，而他还架了副眼镜，更显斯文。

男人似是没想到会在这儿碰见她，愣了一下："你怎么在这儿？"

戚禾认出人来后，稍皱了下眉。

注意到她被绷带吊着的手臂，程砚蹙眉，语气有些担心："手怎么回事？"

戚禾扫了一眼："看不出来？"

不在意她的语气，程砚柔声问："什么时候回国的？怎么没和我说？"

"最近。"戚禾没有想和他聊天的心情，扫了眼电梯，"你有事就走吧。"

程砚摇头："我只是来拿报告而已。"

言下之意就是我不急。

戚禾点头："那你慢慢等，我先下去了。"

程砚见她转身要走，下意识叫她："等等。"

闻言，戚禾转头看他："还有事？"

程砚对上她的视线，顿了下："戚小姐，我没有别的意思，只是觉得好久不见，我们……"

"程砚。"戚禾出声打断他，淡淡问，"你觉得我们俩现在还有什么话聊？"

"是聊戚峥的事，还是聊你们家的事？"

见他没说话，戚禾淡声道："看来你应该也不想和我聊这些，那也不用浪费时间了。"

程砚看着她，轻声说："戚禾，我认为我们至少还是朋友。"

戚禾笑："你这话如果让程静听见，我可能会被她骂得天打雷劈不得好死。"

听到她提程静，程砚顿了下，垂眸最终没再开口。

恰好后边有电梯上来，开门声响起。

戚禾扫了眼里头正好过来的宋晓安，朝程砚说了句："没什么话说，那我先走了。"

话音落下，她迈步随着人群走进电梯内。

宋晓安牵着她进来，看了眼还站在原地的程砚，侧头稍稍疑惑，小声问："认识的人？"

戚禾"嗯"了声，想了想："债主那边的人。"

宋晓安一惊，下意识想开口问她，但想到电梯里都是人，她及时止住了嘴边的话。

电梯门关闭，安静地等了一会儿后，到达一楼。

宋晓安挽着戚禾走出来，立即开口问："这都能碰到，找你要钱了？"

戚禾不意外她会问这个，闲散地笑了下："对啊，这都能碰到。"

宋晓安皱眉："什么啊，我说他有没有找你要钱？"

"要什么钱，他又不是什么黑帮帮派。"说着，戚禾随手把绑带拆了下来。

宋晓安看着她的动作，哪儿还管债主，连忙止住她："干吗呢？连医院都还没出来就想拆了？"

"吊着很烦。"戚禾皱眉，"而且都好得差不多了，有什么好继续吊着，我少提重物就行。"

宋晓安"啧"了一声，又说了她几句，但戚禾根本不听，直接迈步走过医院大厅。

拗不过她，宋晓安也放弃了，跟着人一起走着，而没走几步后，她转头看了眼旁边从电梯里出来的人，突然疑惑地"嗯"了声："那个是不是许弟弟啊？"

闻言，戚禾顺着她所的方向看去，还真看到了许嘉礼。他身姿高挑，在人群里总是一眼就能被发现。

戚禾看着他，注意到他手边还提着一袋药，皱了下眉。这人以前就是个药罐子，每天除了吃饭就是吃药，现在也不怎么看他吃药，以为没有那么严重了。

许嘉礼从电梯内出来，走了几步后也发现了她们，但似不意外。他走来对着宋晓安点了下头，算是打过招呼后，看了眼戚禾手里拿着的绷带："复查完了？"

戚禾想起自己和他说过复查的时间，"嗯"了声，瞥着他的药袋："今天拿药？"

许嘉礼也没有瞒着，说："原本想顺路送你来医院，给你发信息，你没回。"

宋晓安反应过来："啊，她的包被我拿着了。"

所以也回不了信息。

戚禾没怎么在意，看了眼他拿着的药，又见他依旧苍白的脸色，让他赶紧回家休息。嘱咐完，三人一起往车库走，走到一半时，戚禾就听见许嘉礼的手机响了声。

许嘉礼拿起看了眼，接起就"嗯"了声。

也不知道那边在说什么，戚禾听到他说了句："不去，你自己玩。"

闻言，戚禾侧头看了他一眼。

她刚刚瞥见了他屏幕上的来电备注是柯绍文。现在又结合他说的话，不自觉地想到了之前看到他聚会被灌酒的事。

而似是验证了她的猜想。

许嘉礼貌似嫌弃地说了句："太吵。"

那头。

柯绍文听着他牛头不对马嘴的回答，无语了两秒："你在说什么？什么吵不吵？我是问你什么时候回来？！"

"还有我自己玩个什么啊！"柯绍文破口大骂，"老子在你家都等你半天了！赶紧给我滚回来！"

闻言，许嘉礼神色自若地"嗯"了声，随后垂下眸，似是为难地说了句："算了吧。"

"你能不能说点人……"

柯绍文骂声刚说出来，许嘉礼直接掐断了电话，随手收起。

三人脚步没有停，缓缓地向前走着。

戚禾想着他刚刚说的话，扫了眼他的手机，询问一句："柯绍文？"

许嘉礼点了下头。

戚禾瞥他一眼："找你出去玩？"

许嘉礼的语气有些淡："他在我家。"

戚禾了然，应该是柯绍文那少爷脾气上来准备带他出去玩。戚禾皱了下眉："不想去就不去，如果他找你，你让他给我打电话。"

"嗯。"许嘉礼应了声，"我尽量。"

听着他的语气，宋晓安笑了声："别怕，有什么事你戚姐姐帮你。"

许嘉礼不置可否。

戚禾听他答这话，又想了下柯绍文的性子，转头看他："你自己开车来的？"

许嘉礼神色自若道："没有，怎么了？"

"那你和我一起回去。"戚禾随口说了句，"要不介意的话，我送你到家。"

话音落下，许嘉礼似是想了下，而后开口："那麻烦姐姐了。"

宋晓安在一旁听着，看着他仿佛一点都不介意的样子，还没说什么。就见戚禾转头看过来，眼神询问她意见。

宋晓安眨眼："我当然没问题，反正我也要送你回去，都是顺路。"

三人走到车旁，宋晓安绕了圈到主驾驶，戚禾站在副驾旁，见许嘉礼自觉地走到后车位开门，她想了下，脚步微移走他身后，弯腰跟着一起坐了进去。

许嘉礼侧头见她坐在了自己身旁，感受她的气息，顿了下："怎么坐这儿？"

"等会儿好一起下车。"

说完，戚禾习惯性地逗他："怎么？嫌弃姐姐坐这儿？"

许嘉礼抬了下眉："我有什么好嫌弃的？"

戚禾点头："算你识相。"

许嘉礼稍稍侧头，伸手似是想帮她拉安全带。

戚禾察觉到，想起上次过近的距离，抬手轻轻挡了下，语气慢悠悠道："弟弟先管好你自己吧，姐姐可以自己来。"

闻言，许嘉礼点头"嗯"了声，然而根本不打算应，弯下腰凑到她的身前，长臂伸直帮她拉过安全带。

戚禾顿了下，忽然闻到他身上有股淡淡的味道，和平常略带点清冷的沉香气息不一样。

还没等她细想，他已经直起身，拉着锁扣轻嗒了一声系上，低眼看她，随意问："姐姐想刚出院就再进一趟？"

戚禾突然不知道该反驳什么，因为她还真不想。

前边的宋晓安也上了车，一开车门瞧见戚禾坐的位置，扬了下眉："是回哪儿？嘉盛还是华荣？"

"嘉盛。"

"行。"

宋晓安坐好随手系上安全带，点火发动车子。

戚禾坐在后头，看了眼他手边的药袋："还要吃这么多？"

许嘉礼摇头："少了点。"

"这叫少了点啊。"戚禾也不懂药，但每次看他的瓶瓶罐罐都觉得像批发商一样，"怎么在学校都没看你吃过？"

许嘉礼自然地往后靠在座椅内，语气有些轻："一般晚上吃。"

难怪没看到。

戚禾点下头，瞥了他一眼："个子长这么高，怎么病没好一点？"

许嘉礼一笑："姐姐这是怪我？"

这话说得倒是她不对了，在前边听着的宋晓安也开口："怎么回事呢戚禾，欺负人许弟弟干什么？"

戚禾语气好笑："我哪儿欺负他了？"

"病人在这儿，你还怪人家病为什么不好。"宋晓安"啧"了一声，"你还挺缺德欺负人啊。"

说完后，她还问了当事人："是不是许弟弟？"

许嘉礼抬眉，还没答话。

宋晓安直接开口，指责道："看看，人家都说你欺负他了。"

戚禾转头看人。

许嘉礼对上她的视线，语气缓缓开口："嗯，姐姐说这话……"

"还挺让人难过的。"

闻言，戚禾仿佛以为自己听错了，看着他荒唐地挑了下眉，缓缓地重复一遍："我欺负你让你难过？"

许嘉礼没搭话。

戚禾扯了下唇，觉得这两人是联合起来故意欺负她才对，骂了他一句："那你继续难过吧。"

说完后，她没忍住又低声添了句："白眼儿狼，忘恩负义。"

听着她恶狠狠的声音，许嘉礼垂下眼眸，嘴角无声弯了弯，随后侧头看她，佯装不知问："嗯？姐姐说什么？"

戚禾扫了他一眼："在夸你呢。"

许嘉礼抬了抬眉："是吗？"

"是啊。"戚禾语调散漫，"不然我还能说你什么呢？等会儿又让你难过了可不好。"

许嘉礼盯着她看，忽地笑了声："生气了？"

戚禾扬眉："我哪儿有这么容易生气？"

许嘉礼点头："嗯，是我错了。"

突然被反将一军，戚禾噎了下。

刚好前边到了转弯，车子微微转过。

戚禾身子随着惯性稍稍歪了下，转头看了眼许嘉礼身上空空荡荡的："弟弟，怎么还差别对待，把你自己的也系上。"

许嘉礼直着腰，单手撑在座椅上，似是在控制着身体，指尖因用力有些泛白。他闭眼答了句："不想。"

没想到他会冒出这句，戚禾被逗笑："多大了，还来个叛逆心情吗？"

许嘉礼眉心微不可见地皱起，声音平稳道："你系上就好。"

"哪儿只有我系的道理。"戚禾见他不动，打算礼尚往来俯身帮他系。

而戚禾弯腰的一瞬间，许嘉礼身子往后靠，似是想避开她。

戚禾一愣，抬起头看他。

许嘉礼闭着眼仰靠在椅背内，精致立体的五官在视线微暗的后车座内有些不对劲，隐隐发白。

这状态不对。戚禾顿了下，猛地想起了一个被她遗忘的点。他身上那味道是消毒水的气味。而他刚刚从医院回来，肯定不可能只是拿药而已。

戚禾立即反应过来，伸手扶着他的肩膀，半揽在自己怀里，让他别失力倒下去，低声问：“很痛？”

许嘉礼勉强睁眼看她，摇摇头，下一秒又闭上眼睛。

戚禾看着他因忍耐而用力握紧的右手，连忙牵过，朝前叫了声：“安安，有没有水？”

“嗯？水？”宋晓安抬头往后视镜里看，瞧见两人的姿势蒙了下，再看到脸色苍白的许嘉礼，一惊，“这是什么情况？晕车？发病了？”

戚禾没时间解释，皱眉急声：“有没有水？”

“有有有。”宋晓安回神连忙伸手从抽屉里拿出一瓶水往后递来。

戚禾接过看了眼前边的街景，直接道：“先开去华荣。”

宋晓安一愣：“啊？不去医院？”

“他不会去。”

戚禾拧开瓶盖，扶着许嘉礼坐好，让他先喝点水。

许嘉礼接过闭眼顿了好一会儿，才放在嘴边抿了一口，皱着眉勉强喝了下去。

戚禾看他就如蜻蜓点水一样的喝水方式，接过水瓶：“有没有好受点？”

许嘉礼稍稍睁开眼，看了眼她此时在车上有些危险的坐姿，脸色苍白地开口：“你先坐好。”

嗓音沙哑至极。

“没事，很快就到了。”戚禾没放开他的肩膀，只是关心，“还有没有不舒服？”

许嘉礼喉结滚动了下，闭眼摇摇头，示意让她放开自己。

见他坚持，戚禾扶着他的肩膀让他靠着座椅内，自己往旁边移了下，坐回原位。

宋晓安听见动静，抬眸看了眼镜子。

可能刚刚的痛感过去了。许嘉礼的脸色不再那么吓人，他闭着眼安静地坐在车座内，眉心轻轻蹙起，一只手捂在上腹，明显就是在忍耐着。

宋晓安可不觉得刚刚那吓人的样子是晕车那么简单，她收回视线，踩了点油门。

感受到车速，许嘉礼抿唇忽然开口："我回嘉盛。"

刚刚他听到了戚禾说去华荣的话。

戚禾看他："你自己可以？"

许嘉礼点头："先送你回华荣。"

"先送我回去干什么？"戚禾皱眉，"我送你回去。"

"行了行了。"宋晓安先出声示意道，"你们俩再怎么争，也已经先到华荣了。"

戚禾转头见自己小区门就在右边，还没开口说什么。

许嘉礼转头看她，反倒还宽慰她："我没事，你先下。"

戚禾没理他，转头开口示意宋晓安："去嘉盛。"

闻言，许嘉礼皱了下眉，想说什么时，身子忽然一顿，似是痛感在此时袭来。

宋晓安当然知道以病人为主，也没准备停就直接开车往前行。

许嘉礼被痛感持续刺激着，根本没有机会反驳。

经过华荣小区后，宋晓安转着方向盘往右行驶。

但纵然宋晓安车技再好，进入右方的车道是一个大弯，连着绕了好大一圈后，戚禾忽然感到许嘉礼脊背僵得厉害，似在忍着什么，眉头皱得紧紧的，指尖不自觉地捏着她的衣服。

戚禾猜到他的状态，低声问："想吐？"

许嘉礼顿了下，轻轻摇了摇头。

戚禾见此怎么会不知道他是在意这儿是外面，而且还有宋晓安，可能也介意她在。

戚禾抚了抚他的背："快到了，能忍住就忍忍。"

话音落下，车子正好停在小区门口。

戚禾也没时间和宋晓安说话，迅速打开车门，扶着许嘉礼下车快步走进小区，直接进C幢往电梯内走。

许嘉礼弓着身站在她旁边，紧紧捂着上腹，闭眼强忍着胃里一阵又一阵的痛感，额间的细汗早已浸湿了他的额发。

所幸电梯上行速度很快，到了十一楼自动打开。

嘉盛的房屋设计是一层有两户，戚禾也不知道哪户是他的，正想问他。

"这边。"许嘉礼先开口带着她往右走，验证了指纹后，戚禾扶着他换鞋进屋，见里头灯关着也没其他人。

柯绍文应该是没耐心等，直接先走了。

戚禾打开灯，扶着他走到客厅沙发，问他还想不想吐。

许嘉礼靠在沙发上脸色稍缓，轻摇了下头，仰靠的姿势明显比刚刚站着要舒服点。

注意到她只穿了袜子踩在地上，许嘉礼稍稍坐起身。

见此，戚禾扶着他："怎么了？"

许嘉礼皱眉把脚上的拖鞋脱下，放在她脚边，嗓音还是沙哑："没其他的，你先穿我的。"

见他还有心情关心这个，戚禾被气笑了："看来你不疼了是吧？"

许嘉礼执着："你先穿。"

戚禾也不想他浪费精力和她辩论一双拖鞋谁穿，没有拒绝听话地穿上，看着他抬了下眉："满意了吗？"

许嘉礼看她，虚弱地弯了下唇："嗯，真乖。"

戚禾看着他的脸色，皱了下眉："我给你倒杯水。"

许嘉礼没应，只说了句："姐姐可以回去了，之后我自己可以。"

戚禾听他喊姐姐就知道是话，摇头拒绝："我看你不可以。"

许嘉礼眉心轻轻皱起。

"别劝了，我不会走的。"戚禾语气散漫，"要不要喝水，我给你倒。"

似是放弃，许嘉礼垂眸说了句："我想喝热水。"

"好，你休息一下。"

戚禾起身往后边的厨房走，大致扫了眼找到水壶后，接了点水放在通电的地方，按下按钮。

戚禾做完转头想问他还难不难受，却发现沙发上的人不知道去哪儿了。

客厅沙发上空荡荡的。

戚禾愣了下，连忙转身找人。

房子的格局很大，客厅和厨房就占了大半，旁边除了餐厅外，就是单个的隔间门墙。戚禾也不知道他的房间在哪儿，只能沿着往前走。

最后走到尽头的一间时，她才听到了点动静。

是淋浴喷头花洒的声音。

但这水声有些过于大了，像是被人故意把水量开到了最大，好来掩盖其他的声音。戚禾听着这明显的水声后，正准备敲门的手猛地停在半空。

这行为很熟悉。

戚禾记得。

以前许嘉礼发病的时候，他也是这样。

一开始戚禾听林韵兰说过许嘉礼因为是早产儿，所以从小就体弱多病，身子骨比一般人都要差。

虽然平常吃药就好，但偶尔严重点也会发病。

那时戚禾来了阳城半年多都从来没见过许嘉礼出过什么问题，倒是经常看他吃药而已。

有天放学后，戚禾收到戚峥送的海鲜后，想给许家也送点。

林韵兰招待她进来，顺便也留她在家里吃饭。

戚禾没有拒绝，看了眼时间见平常应该放学回来的少年不在，有些奇怪问了句。

"小许身体不好，请假了。"林韵兰想着，"他睡一下午了，现在也应该快醒了，你顺便去叫他起床吃饭吧。"

戚禾倒是第一次听许嘉礼请假，有些意外。

她点头应了声后就往许嘉礼的房间走。

因为房子是宅院式的，房间都在后院，戚禾走过前厅后绕了一圈才走到他的房间，正准备敲门叫人，就听见屋内的淋浴花洒水声。

153

戚禾当时以为他在洗澡，想着等他洗完再说，转身正准备走时，察觉到了这水声的不对劲。虽然房屋都是木质，但隔音效果并没有很差。而这花洒的水声太大，明显就是有人故意开起的。

戚禾稍稍疑惑，折回去走上前接近房门。

随后，她听到了在那淅沥清晰的水声中，夹着无法掩盖住的屋内人一阵接着一阵的呕吐声。戚禾呼吸稍滞，反应过来时怕许嘉礼出事，下意识打开房门去找他。

开门的一瞬间，花洒喷头的水声骤然放大。

还有少年痛苦的作呕声。

浴室在屋内的右侧，可能因为急切，门没有来得及关上，只是半掩着。戚禾急忙走去推开门，就见里头淋浴区的水流声满满，而少年趴在洗手池前，脸上毫无血色，吐得有些脱相。

他根本没有察觉到戚禾的闯入，其他的声音早被水声盖过。

可许嘉礼的余光还是注意到了身后人的身影，他下意识转头看去，认出是她后，瞬间愣住。

戚禾还没说什么，许嘉礼立即转头止不住地呕吐。

戚禾站在原地，注意到那洗手池内都是些苦水，并没有其他污秽物。

他已经吐不出任何东西，可就是无法停止。

戚禾盯着他发白的侧脸，心里有些发堵，走在他身旁，俯身伸手轻轻拍抚着他发抖的脊背："没事……没事……吐出来就好了。"

许嘉礼熬不住胃的刺痛灼烧感，吐得整个人不自觉颤抖蜷缩起来，而又因为有她的接近，他紧张得全身发僵想要逃避开。

可他的脚步却无法移动。

甚至能清晰地感到她安抚的动作抚过他的背。

她在他耳边细细的轻柔声音，就在拉扯着，他绷直的神经。

戚禾扶着少年怕他滑倒，拍了拍他的背，让他能舒服点。

许嘉礼一手撑着洗手池，一手紧按着上腹，不断干呕着。

戚禾在旁边一直细心安慰，感受他颤抖的身子渐渐平缓下来，倒了杯水给他漱口："没事吧？还难受吗？"

许嘉礼摇头，艰难地撑起身往外走。

戚禾连忙跟着扶住他的肩膀，走到卧室床铺一侧，让他躺下。

许嘉礼的头枕靠在枕头上，脸上没有半点血色，唇瓣也泛白，可能躺着的姿势稍稍让他舒服了点，紧皱的眉心舒展开。

戚禾让他先缓一下，转身回浴室把淋浴花洒挂掉，收拾了一下里头的狼藉，最后拿着毛巾出来坐在他身旁，轻轻擦着他的脸。

许嘉礼感受到她的动作，眼睫轻颤着睁开眼，看了她一会儿，沙哑着声音开口："你怎么在这儿？"

戚禾解释一句："奶奶怕你睡过头，让我叫你起床顺便吃饭，现在你应该也吃不下饭，先休息一下吧。"

许嘉礼也没力气多说什么，点了下头。

戚禾看他刚刚根本没有吐出来什么东西，胃里应该很难受，低声问："要不要喝点水？"

"嗯。"

"等下。"戚禾起身拿过床头的水壶，倒了杯水给他。

许嘉礼单手撑起身子，拉过抽屉从里头拿了药后，接过水并着药一起咽下。

戚禾拿回杯子，看他重新躺回去，面色也没有刚刚白得吓人，稍稍放心。但又想起她的贸然闯入，怕他误会，戚禾还是开口解释了一句："我刚刚是怕你出事才进来，不是故意的。"

许嘉礼苍白的唇轻扯："我能出什么事。"

"姐姐这不是怕嘛。"戚禾擦着他的脸，语气慢悠悠道，"刚刚我如果没进来，也算是在的，如果真出什么事，那可要说我见死不救了。"

许嘉礼闭上眼，淡淡道："死不了。"

闻言，戚禾擦过他的额头，也是淡淡地说了句："那就好好活着。"

许嘉礼抬起眼眸投向她。

戚禾抬了抬眉："看什么？"

许嘉礼没说话。

戚禾收回手拿着毛巾，眼尾扬了下："被姐姐感动到要哭了？"

许嘉礼懒得理她。

"这什么意思？"戚禾低笑一声，"噢，难道是觉得姐姐太漂亮……"

许嘉礼眼神微眯。

果然下一秒。

就听见她拖腔带调，语气里带了几分玩味："被迷住了？"

之后也没什么大事，戚禾见他要休息也不久留，转身关门时看着床上的少年。

想起当时在浴室里他那虚弱又无助的模样。

那是第一次，戚禾感受到了这个少年的病弱感。

往日里见到的他都是安静疏离的模样，更有时候如果被她逗恼，还会在字里行间带着几分讽刺反击。

而戚禾不知道，在无人知晓时，这个安静的少年却在经历着病痛的折磨，也怕被人发现，一次次用淋浴水声掩盖着。

像是沉浸于深海里一般。

不愿被任何人发现。

等到最后，沉没消失殆尽。

Chapter7
弟弟·接我回家

屋内的淋浴花洒水声隔着房门依旧清晰。

戚禾站在门前，听着藏在里头的声音，垂眸等了一会儿，确定他渐渐平缓后，才转身离开。

回到厨房时，水壶里的水已经烧开了。她拿起往杯子里倒了点。热水注入，杯口冒着热气，白雾腾腾升起，把杯子往旁边移，等着晾凉。

戚禾拿出手机看到屏幕上显示着宋晓安的信息，才想起来还有她。

宋晓安连着发了好几条，都在问情况。

宋晓安：严不严重？要不要叫120？

宋晓安：你自己的手也注意点，别忘了你也是病人。

宋晓安：这儿不让我停车，我回去了，你自己能行吧？

戚禾打字回句：没事了，我等会儿自己回去。

发送完，她把手机放下，弯腰打开柜子，拿出锅和米，准备煮个简单的白粥。

等了一会儿后，宋晓安刚好也回了信息。

宋晓安：那行，回去注意安全啊。

戚禾：知道了。

宋晓安：不对，为什么等会儿？你还在许弟弟家里？

戚禾还没打字，宋晓安又发了句。

宋晓安：戚禾，你还有没有人性！

戚禾：啊？

宋晓安：居然连病人都不放过？！

许嘉礼打开房门，就听见了厨房内的动静，他稍稍顿了下，撑着身子迈步沿墙走去。接近客厅厨房时，他抬起头就看见了里头的人影。

戚禾正站在料理台前，一手拿着手机，旁边的电磁炉上正熬着白粥，似是沸腾了，正在咕噜咕噜地冒着泡，清淡的香味传来。

她侧头注意着锅内的情况，余光扫到走来的许嘉礼后，转头看了眼他的脸色："好了？还难不难受？"

许嘉礼直直地盯着她，仿佛在怀疑她的存在。

等听到她的声音后，他才回过神稍稍垂眸，嗓音还是哑："怎么没走？"

戚禾觉笑道："弟弟，我又不嫌弃你，这么巴不得我走干什么？"她端起手边的水杯递给他，"来，虽然是温水了，但比热水好喝。"

许嘉礼盯着她看，没动。

"快点，看什么呢。"戚禾与他略显黯沉的目光对上，抬了下水杯，语气散漫，"不至于手都动不了吧。"

半晌后。许嘉礼似是叹了口气，最后伸手接过。

"坐沙发那儿去。"戚禾下巴朝客厅扬了扬。

许嘉礼没去，直接坐在了料理台前的凳子上，浅饮着杯里的温水。

戚禾没管他，检查着锅内的粥，随口问："药吃了吗？"

"没有。"

"那就喝点粥再吃，空腹吃药不好。"戚禾扫了眼他的上腹，语气生硬又冷，"虽然你本来也好不到哪儿去。"

许嘉礼放下水杯，唇角轻弯："姐姐留下来是要教训我？"

戚禾看着他，忽然笑了声："你知道就好。"

许嘉礼顿了下，轻笑："我怎么了？"

戚禾见他这样，莫名就恼火，这不是她第一次看到他这样，可隔了这么久，心里却像初次一样发堵，蹙了下眉："没怎么，少喝点水。"

许嘉礼点头，放了下水杯。

锅内的粥已经被煮烂，香味扑鼻。

戚禾拿出碗舀了点出来，示意他去餐厅坐着。许嘉礼起身走去，拉开一张椅子给她，随后自己在她身旁坐下。

戚禾把粥和勺子放在他面前："不勉强你喝完，但还是喝点。"

知道他吃不了东西，所以粥煮得水分比较多。许嘉礼点头，拿起勺子随意舀了点，凑到嘴边含了一口，皱着眉头好一阵才咽下去。

戚禾见此，有些担忧："应该好吃的吧？"

她对下厨这事一窍不通，基本上吃东西都是随便应付的，又或者是去点外卖。毕竟她以前好歹也是个十指不沾阳春水的大小姐，而且也根本不需要她下厨。

许嘉礼勉强咽下，带着玩味问："白粥应该好吃？"

戚禾想了下："要不要给你点糖？"

许嘉礼觉得好笑："不用，我吃不了多少。"

戚禾也不勉强，陪着他又吃了几口粥后，看了眼时间。

折腾了这么久，都快七点了。

她把刚刚的水杯递给他："现在喝完药去睡一觉。"

许嘉礼看她："你呢？"

戚禾指了下后边："我把厨房整理一下就回去。"

许嘉礼看了眼窗外早已昏暗的天色："一个人回去不好，我送你。"

"送我？"戚禾看着他，语气凉凉，"你想被120拖走是不是？"

许嘉礼皱了下眉："这里治安不好。"

戚禾笑了："才七点，我都不怕，你怕什么？"

许嘉礼："现在是晚上。"

"路上又不是没有灯。"戚禾语气懒洋洋的，"而且我又不是小孩，还比你大三岁呢。"

许嘉礼搬出另一套："我是男人，你是女人。"

"那照这么说，"戚禾扬了下眉，"我和你孤男寡女的在这儿，不应该是你比较危险？"

闻言，许嘉礼顿了下，反倒笑了："噢，姐姐想对我做什么？"

戚禾噎了一下。 许嘉礼的语气仿佛认命一般："我现在没办法反抗，要做什么姐姐说吧。"

戚禾看着他苍白的脸，突然觉得这情况他这位男人可能还比不上她这个女人呢。再加上之前他总是觉得她对他有想法，要说危险，可能还真是她的概率比较大。

戚禾意识到这儿，咳了一声，一脸正经道："想什么呢，赶紧回去睡觉。"

许嘉礼挑眉："姐姐这么急着让我睡觉干什么？"

"我是让你去睡觉休息。"戚禾宽慰他，"而且我等会儿就走，不会对你做什么的，放心。"

"太晚了。"许嘉礼也不逗她，"我这儿有客房。"

言下之意就是让她住一晚。戚禾觉得麻烦，拒绝道："有客房我也回去。"说完后，她拿过他面前的碗和勺子，转身往厨房内走。

见她这么坚持，许嘉礼没再说什么，坐在位置上看着她收拾厨房。

戚禾见他还在这儿，皱了下眉："还不去吃药睡觉干什么？"

许嘉礼就"嗯"了声，起身走到客厅拿起从医院拿回的药袋，从里头拿出好几瓶。戚禾洗着碗，注意着他那边的动静，看他就着水吞下药丸似是有些勉强。她稍稍垂眸，洗好碗后放在一旁沥干，随后抽了张纸巾，把手上的水擦干。

许嘉礼吃完药，喝着水冲淡嘴里的药味，脸色却比之前还差了点，仿佛吃了毒药一样。听见水声停下，他抬头，嗓音微哑："好了？"

戚禾点头："快去睡觉，我走了。"

许嘉礼把水杯放下："我送你。"

戚禾立即眯眼。

许嘉礼收到视线，看了眼玄关，慢腾腾地吐出两个字："出门。"

戚禾觉得又气又好笑，点头："行，送吧。"

两人一前一后往外后，戚禾走到玄关把拖鞋还给他，穿上自己的鞋。许嘉礼站在原地看着她，说了声："路上小心。"

语调很慢，隐约还能听到几分虚弱感。

戚禾看了他一眼："还难受？"

许嘉礼脸色苍白地笑了笑，没解释："走吧，太晚了不好。"

戚禾又看了他一眼，转身往外走。

许嘉礼没有出来，还是站在玄关位置，目送她。

戚禾单手轻轻带上房门，快要关上时，她稍稍停住。透过门缝间，能看到里边的男人以为她走了，僵直的脊背瞬时一垮，单手紧紧按着自己的上腹，低头似是在忍耐着疼痛。玄关没有开灯，看不清他的神情，有些晦暗不明。

许嘉礼抿唇正准备转身回去。下一秒，前边忽然传来了一声轻响。就见原本合上的房门轻轻被人推开，一点点地显出了站在外头的女人。

许嘉礼抬起眸。戚禾握着门把手，站在门前看了他两秒，轻叹了一口气："许嘉礼，苦肉计这招可有点过时了。"

许嘉礼低笑看她："那姐姐走吗？"

戚禾看着他略显无力的状态，无奈地说了句："就客房吧。"

听着她同意的话，许嘉礼笑了下，身子稍稍松懈下来，半倚在墙面上。前边的光线不充足，男人的身影半掩于黑暗中。仿佛被人遗忘，即将融入其中。

戚禾看着他走进屋内。

门锁轻扣，玄关的灯忽然被人打开。许嘉礼有些不适应，微微闭上眼，两秒后重新抬起眸，看向前边的人。

黄昏的光影映照在四周，戚禾就站在光下，身影纤细修长，她抬起头看着他，那双狐狸眼折光微亮，眼尾轻挑起，衬得容貌明艳又动人。

如光一般，点亮了黑暗。

许嘉礼眼眸稍顿，下一秒垂眸，长睫掩过眸底的幽深。

戚禾重新换下鞋，看着她刚刚脱下的拖鞋也不纠结又穿上了，走到他面前看着他发白的唇，扬眉："不痛？"

许嘉礼沉吟一声："有点。"

戚禾扫他一眼，慢腾腾地吐了句："活该。"

话虽然这样说着，她还是伸手扶住他的肩膀，带他往里走。

许嘉礼任由她扶着，一手按着自己的腹部，好笑道："姐姐现在也可以走，不强求。"

步伐不快，戚禾扶着他慢悠悠走着："苦肉计都用上了，我怎么走？"

被点破，许嘉礼完全没有什么不好意思的，反倒还挺坦然："这也要看姐姐愿不愿意中计了。"

"是啊。"戚禾侧头看他，"你这计谋还挺有用。"

许嘉礼垂眸笑了一声："那还要感谢我的胃了。"

戚禾无语："这儿有什么好感谢的。"

许嘉礼看着她毫无顾忌地贴近来，紧紧扶着他的肩膀的手，盯了几秒后，语气轻淡地说了句："谢它还挺有用。"

戚禾不知道他的逻辑在哪儿，也懒得继续说他。

两人走过客厅往卧室走。

许嘉礼先扫了她的左手："手怎么样？"

"没怎么样。"戚禾随意道，"至少比你好。"

听着她这有事没事就在字里行间带刺的话，许嘉礼扬了下眉："今天怎么总是骂我？"

"嗯？"戚禾语调稍抬，不咸不淡地问，"我什么时候骂你了？"

看她佯装不知的样子，许嘉礼指明："刚刚。"

戚禾懒懒地"噢"了声："那可能是你听错了吧。"

许嘉礼看她，音调稍拖："姐姐对我这个病人……"

他话音顿了下，似是在思考用词。

戚禾抬眸："对你怎么？"

许嘉礼看她，吐出四个字："还挺狠心。"

戚禾张嘴动了动，正要开口骂他。

许嘉礼提醒她："刚拆石膏少用手。"

戚禾觉得好笑道："弟弟，你自己都管不好还想管我呢？"

许嘉礼点头："礼尚往来。"

"行。"戚禾轻笑着，"那我听你的话少用手，你要不要听我的话？"

许嘉礼低眼看她："比如？"

戚禾扶着他，抛出条件："比如乖乖吃药，按时吃饭。"

许嘉礼抬了下眉："姐姐怎么知道我没有吃药吃饭？"

戚禾故弄玄虚道："直觉。"

许嘉礼胡扯一句："那姐姐可能要重新感受一下了。"

戚禾走到刚刚尽头的卧室，转动把手推开门。房间的装潢和外边是一样的简约风，中央摆了床，旁边就是一些类似床头柜的必要家具，其他的什么也没有。戚禾扶着他走到床铺旁，见他躺下后，随意帮他盖了下被子："赶紧睡吧，如果有事就打电话给我。"

许嘉礼也帮她安排说："隔壁是客房，没什么人住，东西都是新的，你随便用。"

戚禾听着他嘱咐的语气，弯了下唇："好，你睡吧。"

说完，见他还是不睡，戚禾刚想催他。

许嘉礼盯着她开口，语气稍淡似是提醒："如果要走，和我说一声。"

戚禾一愣，反应过来他的意思。他是怕她等他睡着后偷偷走掉。

听着这话，戚禾也想起了以前的事，顿了两秒后，扯起笑开口："这回真的不走，我就在这儿，睡吧。"

似是药效开始发作，许嘉礼闭上眼也没再说什么。戚禾看着他安静的样子，稍稍垂眸，帮他盖好被子后，才起身关上门出去。

戚禾松开门把手，站在门前叹了口气，也没有选择去客房，而转身往稍远的客厅走。她昨晚睡得挺好，暂时还没有什么睡意。

客房离许嘉礼的卧室太近，怕闹出点动静吵他睡觉不好。

坐进沙发内，戚禾拿出手机见宋晓安给她发了信息问她回家没有。

戚禾想了想还是扯了个谎：回了。

宋晓安那边秒回，但打的是电话。

戚禾顿了下，拿起手机走到阳台上，才接起来："干什么？"

"我懒得打字。"宋晓安疑惑，"倒是你在干什么？这么慢才接电话？"

戚禾睁眼说瞎话道："刚刚在喝水。"

宋晓安没在意："回家就行，我还担心晚上你一个人回去不安全呢。"

戚禾见她也提这个，笑了声："你放心，我很安全。"

根本就没出过门。

宋晓安问："许弟弟没事了吧？"

"没事。"戚禾转头看了眼后边的走道，"应该在睡觉了。"

"那就好，刚刚在车上的时候真的吓死我了。"宋晓安还是心有余悸，"脸真的惨白一片，我都怕出事。"

戚禾扬眉："你的胆还能再小点吗？"

"我这不是怕嘛。"宋晓安说，"而且我身边又没人生病，第一次看到这样的。"

戚禾扬眉，"你还想再看？"

"我哪儿是这意思。"说完，宋晓安想起下午戚禾丝毫不惊讶，反倒很自然的样子，反问，"倒是你，不是就当个家教吗？怎么感觉见过这许弟弟生病的样子？"

"家教怎么了？"戚禾语气懒懒的，"而且我也不只是家教。"

"嗯？"

"记得我以前大学的时候一个人搬出来住吗？"

宋晓安想了下："好像是有这回事，和这有关系？"

戚禾言简意赅道："当时我隔壁住的就是许嘉礼。"

宋晓安一愣："你们俩还是邻居？"

"是啊。"戚禾漫不经心道，"所以我和他关系匪浅啊。"

"什么玩意儿。"宋晓安骂她一句，"原来你这么早就惦记上人许弟弟了。"

戚禾笑了声，慢悠悠道："挂了。"

宋晓安连忙开口："哎，开玩笑，不过许弟弟是有什么大病吗？"

"也没有什么大病。"戚禾把以前林韵兰说的又转述一遍，"从小就有一堆病，因为吃不下东西，所以消化道和胃一直有问题。"

宋晓安感叹一声："那还挺难受的。"

戚禾想起许嘉礼刚刚那虚弱无力的样子，吐得脸都发白，以前都像是要把五脏六腑都吐出来一样，现在可能根本也没有好转。

或许更严重。

想到这儿，戚禾又记起了之前许嘉礼有一个星期都没来画室，他当时只说了句身体不舒服。她也根本没联想到可能是犯病了才没来。

戚禾不自觉地皱眉，宋晓安在电话那边说："这还是个体弱多病的美人啊。"

听到她话里的称呼，戚禾想到此时正在睡觉的人，玩味般地抬了抬眉："睡美人吗？"

宋晓安被逗笑："睡美人也行，反正许弟弟长得确实挺好看的。"

"你说这话也不怕何况听到？"

"他听多了早无所谓了。"说完之后，宋晓安开始了她的游说，"倒是你还有闲心管我，你什么时候找个人啊？"

戚禾还真不知道话题怎么扯到这儿来了，她直接开口："行了，你赶紧睡吧，等会儿何况又说我占着他女朋友。"

宋晓安"啧"了声："我不困，睡什么睡？"

戚禾随意道："我困了行了吧。"

"挂了。"

戚禾拿下手机按键挂断，想着宋晓安那媒婆口气，轻笑着收起手机抬头看着阳台外的夜景。

十一层楼在嘉盛这儿已经算是高楼层了。

但C幢的位置不比AB幢好，视野会被其他楼盘挡住，有点受阻。

戚禾单手撑在阳台上往外边望，恰好瞧见挡在前面的那幢大楼的侧边一面，也不知道是哪幢楼，都能看到正对面的一户似是在搬家拆卸着什么，但是晚上没开灯有些暗。

戚禾扫了眼没怎么在意，又站了一会儿后才觉得有点冷转身回了客厅。她关上阳台门，看了时间也觉得差不多，随手按下客房的灯，拿着手机往客房走。经过卧室时，戚禾斟酌了片刻，她站定在门前，弯腰将耳朵凑到门上仔细听了下，最后没听到什么声音，只好作罢。

但等意识到自己行为时，又觉得自己怎么跟做贼一样。

戚禾轻哂地笑了声，伸手打开客房门走进去。屋内似是验证了许嘉礼的话，装修也很整洁干净，可以说是根本就没有人住过的痕迹。

戚禾扫了眼，走到浴室内简单地洗漱后，出来躺上床。她怕许嘉礼半夜有事，把手机的声音开了放在床头柜上，关灯准备睡觉。

闭眼躺了一会儿，戚禾发现自己根本睡不着。她无奈地翻了个身，换个姿势盯着那掩盖着窗户的窗帘，莫名想着许嘉礼的事。

戚禾盯着看了一会儿，又想着事情，大脑渐渐有些放空，意识飘荡起来，呼吸也变得轻缓。

她的眼皮不知何时垂下。

只记得她好像做了很多梦。

梦中一会儿是初次见到许嘉礼年少时的样子，一会儿又是在面馆和他重逢的场景，再之后是她对那个少年失约。

随后，没有任何联系。

也再没有相见。

清晨。

许嘉礼醒来时，脑子还有些迟钝，他皱着眉坐起身子靠在床头缓着睡意，也慢慢想起昨晚的事。

他反应过来后顿了下，伸手拿起手机。

六点。

手机里除了一些无关紧要的信息外，没有别的了。

许嘉礼抿了下唇，掀开被子下床，开门往外走。

四周寂静无声，除了他再无其他人。许嘉礼看着空荡荡的走道上，没有听见任何声音。仿佛昨晚只是他的梦，又或者她还是走了。

许嘉礼站在原地停了一会儿，才迈步往大门方向走。

客厅和厨房内都没有人，他一一扫过，扯了下唇角，苍白的神色平静又有些漠然，眼神冷淡至极。

许嘉礼垂眸，拿出手机找到戚禾的号码，正准备拨出去时，侧头的视野里忽然看见了玄关处的那双女鞋。

那是不应该出现在这儿的鞋子，却和昨晚一样，安静地摆在那儿。

许嘉礼眸光稍滞，停了半秒后，他似是反应过来转身往回走。

消瘦的身影来到客房门前时，他伸手握着门把手，顿了下，却没有转动。许嘉礼低着眼，神色隐晦不明。他想起了昨晚睡前戚禾对自己的承诺——"这回真的不走，我就在这儿。"

良久后，许嘉礼手腕轻轻往下一压。

门没有锁。

许嘉礼轻而易举地推开了门，抬眸看去。

屋内窗帘紧闭着，光线昏暗不足，但依稀能看到床铺上那微微隆起的被子。四周静谧温和，似是有人躺在里头安静地睡着。

许嘉礼目光紧紧投向床铺，呼吸不自觉变缓，步伐不疾不徐地轻声接近。同时，随着距离缩短，正在酣睡着的人的容貌也出现在了他的视野里。

戚禾侧身躺在床上，发丝有些乱，闭着眼似是还在睡梦中，鼻尖和嘴都掩在被子里，呼吸又沉又缓，丝毫没有防备，也没有察觉到有人闯入。看清她侧脸的一瞬间，从醒来的那一刻就半吊着的心，松懈下来。

许嘉礼眸底微深，盯着她看了好一会儿，稍稍弯腰坐在床边，动作很轻，似是怕惊醒梦中人。

许嘉礼低眼看她安静的睡颜，嘴角轻晒。

确定没骗人。

这回她没走。

看了眼她埋入被褥内，只露出那双漂亮的眼睛，许嘉礼伸手将被子拉下来一点，露出她的鼻尖，让她呼吸清新空气，不至于会窒息。

可这动作似是扰了睡美人的美梦，她皱着眉头在枕头上蹭了蹭，连带着蹭过了他的掌心，而后重新找个舒服的位置将头埋着。

许嘉礼的动作一滞，过了一会儿才收回手。

掌心似是沾染上了她脸颊的温度，熨帖，微微发烫。

许嘉礼拢了下手心，轻轻收紧。

似是在反对他把被子拉下，戚禾重新埋入了被子里，无声反抗着。

许嘉礼扯了下唇。对比他一早的胆战心惊，她却丝毫不知，还舒舒服服地在这儿睡觉做着美梦。

看着她变得更加凌乱的发丝，低垂着长长的睫毛。许嘉礼盯着看了半晌，喉结上下滑动，哑着嗓子叫了声："戚禾。"

没人回复。

许嘉礼盯着她的侧脸，见她没有醒来的打算，他的眸底情绪不明，须臾，他漫不经心地抬起手，很轻柔地用指腹蹭了下她的眼尾，而后慢条斯理地开口，像是在提醒她一样。

"这次不跑，下次就没有机会了。"

戚禾是被手机闹钟吵醒的。

刺耳又熟悉的铃声在她的耳边回荡。

睡梦在一瞬间被打断，她皱着眉伸手摸来手机，迅速把闹钟关掉。

闭眼又躺了一会儿后，戚禾突然觉得有点不对劲。她睁开眼看着前边陌生的窗帘，还没怎么反应过来，有些蒙。顿了好几秒后，她抬起眸清醒过来，立即坐起身，眯眼重新看手机信息，迅速下床开门往外走。

房门打开的一瞬间，她就闻到了食物的香味。

戚禾顿了下，顺着香味往客厅的方向走，转头看向厨房。

许嘉礼正站在料理提台前垂眸洗手，听见她的脚步声稍稍抬头看来，瞧见她一脸刚睡醒的样子，扬了下眉。

戚禾转头见他旁边的电磁炉锅内似是正在煮着东西，咕噜咕噜作响，香味也来自那儿。

这场景就跟昨晚和她互换了一样。

戚禾有些愣，刚想问他。

许嘉礼就从旁边抽着纸巾把手擦干净，看着她先开口说："不洗漱？"

被他提醒，戚禾才反应过来自己此时的状态，连忙转身往客房走。

洗漱完整理好自己重新出来的时候，厨房里已经结束了烹煮，许嘉礼正端着碗摆放在餐桌上。

戚禾走去看了眼他煮的小米粥，看着比她昨晚的白粥让人有食欲多了。她拉开座椅坐下，抬头问："你什么时候醒的？"

许嘉礼坐在她右手边，倒了杯温水给她："刚醒没多久。"

戚禾下意识用左手接过喝了几口，看他的面色没有昨天那么苍白了，点点头："昨晚没事吧？"

许嘉礼看她："想我出事？"

"我的意思是没事就好。"戚禾接过他递来的勺子，看着面前的小米粥，语气调侃道，"不过你也辛苦了，大早上还要你这个病人做早饭给我吃。"

她舀起尝了尝，抬头看许嘉礼，眼神带着赞许。

许嘉礼也不意外，客观评价道："应该比昨晚的好吃。"

戚禾眯眼看他："弟弟，你这就不给姐姐面子了，昨晚的应该也没有那么难吃吧，至少也是下得去口的啊。"

听她威胁的语气，许嘉礼笑了声："是，确实挺好吃的。"

见他还算识相，戚禾也不为难他，看了眼时间："你早上有没有课？"

许嘉礼："有一节。"

闻言，戚禾看着他："你可以吗？不行的话就请假，我帮你代。"

许嘉礼语气轻散："我还没有那么虚弱。"

听见这词，戚禾想起了昨晚宋晓安说的体弱多病的美人，勾了下唇懒洋洋道："怕你上着上着倒了怎么办？"

许嘉礼抬眸，随意道："那姐姐要不要来看着我？"

"当我是要监视你呢。"戚禾觉得好笑，"不用了，你放心上课吧。"

"嗯？"许嘉礼仿佛诚挚邀请道，"姐姐要来也可以。"

"来什么来。"戚禾想起他班上的人，语调轻拖，"而且你班上的小女生们可不希望我打扰到你们。"

闻言，许嘉礼瞥了她一眼，扑唇轻声道："姐姐班上的男生应该也不希望我来打扰。"

戚禾也不知道为什么扯到自己，及时打断道："吃饭吧，我等会儿还要回趟小区，时间怕来不及。"

许嘉礼点头，拿起勺子慢吞吞地舀粥吃着。

两人吃完，戚禾让他坐着，她负责洗完碗后，跟着他一起出门坐电梯下楼。电梯往下降时，偶尔会停在别的楼层。戚禾看着进来的大多数都是老人小孩，默默往后边站让位，而老人们也没什么顾忌地一直往后退。戚禾没办法被迫跟着退，就要被挤到角落的时候，一旁的许嘉礼忽然牵过了她的手，往自己身后一带。

戚禾身影移动，视野一晃就站在了他身后。

拥挤的人群被他挡住。

戚禾看着面前他瘦削高挑的背影，稍稍顿了下，反应过来后老实地站在他身后不动。

许嘉礼带着她脱离困境，自然地松开了她的手腕，随后垂在身侧，手心轻拢。戚禾躲在他后边，本来没觉得有什么。

但旁边有几位阿姨明显是认识许嘉礼的，抬头看了眼他，笑着说了句："小许啊，这是去上班？"说完，她们还瞥了眼他身后的戚禾。

戚禾收到她们明显又直白的视线，突然觉得头有点疼，但还是维持着该有的礼貌，朝她们颔首笑了笑。

阿姨瞧见她那张脸，愣了下后，连忙也点头笑了下。

许嘉礼自然也看到了她们的视线，瞥了眼，脚步微微移了下，身影自然地挡了下身后的人，"嗯"了声："准备去上班。"

戚禾意会地往他身后一侧，远离了点旁边的阿姨们。

许嘉礼在这儿住这么久，周围的人应该都知道他是不是单身。而现在这大早上的，一男一女一起出门，总是会让人多想。

阿姨们看着许嘉礼这护人的动作，明显误会了，了然地笑了声："好，那路上小心啊，现在外边应该挺堵的。"

许嘉礼点头："嗯，我们会注意。"

我们？戚禾怀疑自己是不是听错了。

许嘉礼是不知道呢，还是觉得无所谓。但如果仔细想来又觉得貌似也没什么问题。现在确实是她和他两个人，用我们好像……也可以。

阿姨们一听许嘉礼的话，表情瞬时有种我家崽终于有着落的欣慰感，笑着的同时又看了眼戚禾。

收到视线，戚禾觉得如果她再躲避，可能反倒还会让人误会，她只能继续笑着面对她们，大方得体。

刚好她应对完，电梯也到了一楼。其他人陆陆续续地往外走，阿姨们也对两人打招呼道别。许嘉礼点了下头，而戚禾站在一旁皮笑肉不笑着。人大致走完，电梯门重新关上往地下停车场下行。

几秒后，重新打开。

戚禾跟着许嘉礼往外走，很快就找到了他的车。

两人打开车门坐上，戚禾系着安全带，慢悠悠开口道："弟弟，等会儿这幢楼里就会传满你有对象的消息了。"

许嘉礼似是无所谓："是吗？"

"还是吗？"戚禾觉得又气又好笑，"你倒是一点都不介意，你现在的花名可是被我玷污了啊。"

许嘉礼发动车子，侧头看了她一眼："姐姐介意？"

戚禾扬了下眉："他们又不认识我，我有什么好介意的。"

许嘉礼点头："那就好。"

"好什么，而且这个又不是重点。"

"重点是什么？"

戚禾看着他挑眉："重点是你现在可能被迫有了对象，懂吗？"

许嘉礼单手转了下方向盘，理智地和她分析："刚刚我没有说过你是我女朋友，他们也没有证据，最多是猜测。"

"你还挺淡定啊。"戚禾拖起腔调，话里带了笑，"但他们这可不只是猜测了吧。"

闻言，许嘉礼扯唇笑了下："那就只能委屈姐姐了。"

戚禾疑惑："为什么委屈我？"

许嘉礼语气慢悠悠地开口："毕竟要和我在一起。"

戚禾听到这个法子，好笑着还没表示拒绝。

许嘉礼先开口说了句："姐姐放心，如果有人问了，我会解释。"

"这可不好解释，其他人觉得你就是和我谈恋爱了怎么办？"

"那就换个方式解释。"

"嗯？"戚禾语调稍抬，好奇问，"你要怎么解释？"

许嘉礼面色淡然地吐出三个字："分手了。"

这和刚刚的在一起有区别？

车子开到华荣小区。

戚禾上去换了衣服整理好妆容重新下来，坐着许嘉礼的车去附中。

路上，戚禾坐在车里有点无聊，早起迟来的困意重新犯起。

她闭上眼睛时，忽然想起了自己被闹钟吵醒前做的一个梦。

还没等她接着细想，睡意先袭来。

车辆经过附中大门，停车到车库。

戚禾被许嘉礼叫醒，迷迷糊糊地正准备看时间时，忽然惊醒，她的课在第一节，时间已经有点赶不上了。

她没管许嘉礼，连忙下车往艺体楼走。

赶到班级的时候，刚刚好卡着铃声进了画室。

四十五分钟的课结束后，戚禾洗掉手上的笔墨，一边应着学生的问好，一边下楼往办公室走。

推开门进屋，见许嘉礼不在，她先和其他老师简单地打了个招呼。

回到位置上后，戚禾随手放下教材，拿起杯子准备去接水喝，外边的陈美兰也刚好下课回来，进屋走到座位上后，看到她先眨眼："我为什么觉得你好像哪儿有点不对？"

戚禾看了眼自己的衣服："什么不对？"

陈美兰拿上杯子也跟着她一起接水，上下扫视了下她："就感觉和平常不一样。"

戚禾也不知道她在说什么，点点头："那你想想。"

陈美兰摆手："那我不想了。"

戚禾懒得理她，走到饮水机前准备接水。

陈美兰站在旁边看着她抬起的左手，一惊："你拆石膏了呀？"

戚禾扫了眼，猜测一句："这该不会就是你说的不对？"

陈美兰看着她纤细的手臂，点头："是啊，我一时间还真没反应过来你把石膏拆了。"

"我昨天请假去医院，就是拆石膏。"戚禾觉得好笑，"这么大的不同，你发现？"

陈美兰眨下眼："因为在我眼里，你永远都是没有打石膏的美丽样子。"说完之后，还朝她抛了个媚眼。

戚禾没忍住笑出声："陈老师，饶了我吧。"

陈美兰"啧"了一声："我这夸你，还不要呢。"

戚禾接完水放在一边，话里含着笑意："是是是，怪我，我要的。"

陈美兰拿着杯子接水，不再继续逗她："你早上的课赶上了吗？"

"嗯？"戚禾挑眉，"赶上了，怎么问这个？"

陈美兰解释："我看你急急忙忙地跑过来，还以为你没赶上呢。"

戚禾笑道："刚刚好卡点进去了。"

陈美兰关水，评论一句："你跑得还挺快。"

戚禾听到她话里的词，愣了下。

见她没回话，陈美兰喝着水问："怎么了？"

戚禾端起水杯和她往办公桌走，笑了声随口道："想起来我昨天睡觉做梦，也梦到我在跑。"

陈美兰挑眉："这么巧？"

"是吧。"戚禾笑了声，"但跑着跑着就好像听到有人在我旁边说话。"

陈美兰："说什么了？"

"好像说了，"戚禾回忆了下，沉吟一声，"如果我再跑就把我抓起来，腿敲断。"

"这都什么乱七八糟的。"陈美兰联想到什么后，看她，"你那儿小区这么不安全，会不会是你被坏人盯上了啊？"

戚禾轻笑一声："这只是梦，而且我本来不是在做这个梦的，是突然被换成这个了。"

陈美兰"啧"了一声，还是不放心地拉着她继续说些有的没的。

两人坐在位置上聊着天，听见前边的王信楠问了句："同学，有事吗？"

戚禾闻言转过头，就见办公室的门被人推开，外边站着一个男生，白白高高的，没有穿附中校服，而是穿着卫衣外套一件大衣，但依旧能认出是学生，长相干净又漂亮，但稚气未脱。

林简祎开门的一瞬间就看到了坐在靠窗边的戚禾。

冬日暖阳洒在她身上，她身旁的女人似是说了什么，她总是稍弯的唇角弧度加深了点，低笑起来，长长的眼尾轻勾翘起，看上去特别媚。

听见旁边有人问他，林简祎就见戚禾转头看来，他下意识瞥开眼，神色自若地走进办公室，开口说："我来找钱老师。"

"钱茂啊。"王信楠解释道，"他有点事出去了，不过很快就回来了。"说完之后，他指了下戚禾对面的办公桌，"你可以在他位置旁边等一下。"

林简祎点头道了声谢走去，看着戚禾问了声好："戚老师。"

戚禾也认出了他，听到称呼，扬了下眉："你怎么知道我姓什么？"

林简祎指了指办公室门口："外面有老师名牌。"

戚禾懒懒地"啊"了一声："倒是忘了这个。"

之前本来没有的，但钱茂硬是要什么形式感。所以特地把除了许嘉礼这个帮忙以外的老师的照片都收集过来，做了个老师名牌贴在外面。

搞得陈美兰都不想进办公室，觉得丢脸。陈美兰看着他也觉得有点眼熟，但就是想不起来，侧头看着戚禾用眼神询问。

戚禾解释道："上上周我们去东楼听课在楼道上遇见的大学生。"

"啊！"陈美兰想起来，"是你啊同学。"

林简祎点了头："陈老师好。"

"好好好。"陈美兰看着他俊俏的脸，好奇地问，"你叫什么名字啊？是阳城的大学生？"

林简祎自我介绍道："我是阳城大学美术系的，叫林简祎。"

"零减一？"戚禾挑眉，话里含笑问，"那你同学是不是都你叫负一？"

"对。"林简祎有些腼腆笑着，"一般都会这样叫。"

陈美兰被逗笑："还真是啊。"

戚禾也觉得好笑，懒洋洋地问他："你来找钱老师有什么事吗？"

"教授让我来找他说上课的事。"

"那你先等一下吧，很快就能回来。"戚禾示意他找个位置坐下。

林简祎点头："好，谢谢老师。"

听着他的称呼，陈美兰先笑了声："你们俩不都是同个学校毕业的吗，叫老师也太奇怪了吧？"

林简祎闻言愣了下，看着戚禾询问："那我叫您学姐，可以吗？"

戚禾也觉得叫老师有点别扭，点头示意："都可以，反正我也不教你。"

林简祎笑了声，道："好。"

之后陈美兰拉着他有一搭没一搭地聊天，等了一会儿后，临近下课钱茂才回来。

林简祎跟着一起走的时候，还对人一一道了别，最后朝着戚禾笑得开朗道了句"学姐，之后见"才走。

看着他乖巧离开的样子，陈美兰挑眉想到了别的，凑到戚禾旁边小声说："你看学弟这么乖，怎么小许就一点都不乖不可爱？"

戚禾被逗笑："他不乖吗？"

闻言，陈美兰皱了下眉："他哪儿乖了？"

听着她这么诚实的反问，戚禾轻笑一声，没开口说什么。

"但是啊。"陈美兰看着她，笑了下，"我又觉得小许还是挺乖的。"

戚禾怀疑自己听错了，抬了抬眸："他又乖了？"

陈美兰眨眼："我看他有时候挺乖的啊。"

"有时候，"戚禾挑眉，"什么时候？"

话音落下，陈美兰的下巴朝她扬了扬："现在。"

戚禾："什么？"

陈美兰："有你的现在。"看着她的表情，陈美兰轻笑一声解释道，"我说的是小许听你话的意思。"

戚禾稍愣下，反应过来眼尾轻挑："他听我话吗？"

陈美兰端起水杯喝了一口，随意道了句："我看着挺听话。"

"看着啊。"戚禾慢悠悠开口，"那可能是假象了。"

陈美兰被逗笑："怎么？小许不听你的话啊？"

戚禾想着昨晚他使的苦肉计，挑眉道："勉勉强强。"说完后，又觉得陈美兰这话有点问题。

戚禾看着她稍疑："不过为什么觉得他要听我的话？"

陈美兰顿了下，眨眼道："你不是说你们俩以前就挺熟的吗？"

"熟也是以前的事了。"戚禾觉得好笑，"现在都这么久没见了，当然不像之前那样。"

陈美兰也想起来这事："噢对，你之前出国留学了对吧？"

戚禾点头，端着水杯喝着。

陈美兰问："那你一直在外面，今年才回来？"

戚禾笑了声："不算，是去年十二月。"

陈美兰无语凝噎："这不是还没过年嘛，还算今年。"

戚禾轻笑一下，慢悠悠道："是，今年回来的。"

陈美兰好奇："在外面待了这么久，怎么突然要回来了？"

戚禾想了想沉吟一声："你知道若北这儿的君禾酒店吗？"

这问题有些莫名其妙，陈美兰想着点了下头："知道啊，这不是我们这儿很有名的酒店吗？但之前我看它好像倒闭了。"

戚禾"嗯"了声："因为管理这个酒店的集团公司破产了，资不抵债。"

"啊？"陈美兰没想到，"这酒店不是连锁品牌吗？怎么就破产了？"

戚禾语气随意："破产也不意外，集团在早年前就出现了资金问题，东拼西凑着钱撑到撑不下去了才宣布破产的。"

陈美兰听着她这仿佛官方解释一样的话，眨了下眼："你为什么知道这么多？"

"啊，忘了说了。"

"嗯？"

戚禾懒洋洋道："我爸就是那家破产集团公司的总裁。"

安静了两秒后。

陈美兰反应过来，猛地喊了一声："什么？！"

其他的老师瞬时被吓了一跳，右边的王信楠打字的手都抖了下，抬头问："陈美兰，干什么呢？"

戚禾觉得好笑，转头宽慰一句："我们在讨论问题，没事。"

"什么没事！"陈美兰震惊脸，"我有事！"

戚禾低笑一声："你确实有事，都喊出来了。"

"不是。"陈美兰还有些蒙，"你说你爸是那家集团的总裁，那你不就是个总裁女儿，富豪千金啊！"

戚禾赞同她的总结，散漫地"嗯"了声："以前是。"

闻言，陈美兰反应过来以前的意思，表情顿了下，连忙道歉："不好意思啊，忘了破产的事。"

"有什么好对不起的。"戚禾觉得好笑，"又不是你害公司破产的。"

陈美兰看着她："难怪我看你总觉得有种大小姐的气质，没想到还真是大小姐。"

戚禾轻笑着："我也算是当了二十几年，陈老师羡慕啊？"

"当然羡慕了。"陈美兰"啧"了声，"如果我是富家千金，还用得着在这儿上班当老师？"

戚禾想了下宋晓安和林妙吃喝玩乐的状态，扬了下眉："还真不用。"

听她赞同，陈美兰看她："你在国外的那几年是不是也像电视里演的那样大把大把地购物，一群少爷小姐聚会，享受金钱的乐趣？"

戚禾弯唇，拖着尾音道："是又怎么？"

陈美兰转头："行了，不用聊了，这天聊不下去了。"

戚禾笑了两声，慢条斯理道："没有那么夸张，富家千金也是要给自己贴金加个高学历给别人看的。"

"嗯？"

"我去法国也只是要读个巴黎美术学院的研究生出来而已。"

"……而已？"陈美兰说，"这就是所谓有钱人的烦恼吗？"

戚禾扬眉："也可以这么说。"

陈美兰摆手："算了，我果然不适合当富家千金。"

"当了也没什么。"戚禾神色散漫，"你看我现在不还是普通人。"

陈美兰闻言看着她："那你回国就是因为这个？"

戚禾摇摇头："也不是。"

陈美兰没料到不是这个，愣了下："那是因为什么？"

"因为法国花销太大。"戚禾唇角轻轻弯着，吐出三个字，"我没钱。"

陈美兰："啊？"

可能因为她这千金身份揭发得太突然，陈美兰一连好几天不敢相信，总觉得自己是不是做梦了。后来等终于消化接受后，又觉得应该会有大人物来找戚禾，毕竟虽然破产了，但好歹曾经也是豪门千金啊。

这样想着，她有时候看戚禾的眼神里都带着期待和幻想。

周二下午。几人一起出了附中到旁边的老街吃饭。

戚禾再次接收到陈美兰的眼神时，都觉得好笑："陈老师，你在期待我什么呢？"

"嗯？"陈美兰脸不红心不跳道，"我吗？我哪里期待你了？"

戚禾也不戳穿她，随意吃着碗里的饭。

旁边的钱茂觉得不对劲："陈老师，你怎么总是盯着学妹看？"

陈美兰眨眼："没有啊，我这是和小戚熟啊。"

钱茂说："熟就能这样？"

陈美兰一脸坦然："对啊，女生之间就这样怎么了？"

"不是，你这有问题啊。"钱茂看向旁边的许嘉礼，"学弟你说是不是？"

许嘉礼扫了他一眼，懒得搭理他。

钱茂"啧"了一声："怎么回事呢，学弟对学长这么冷漠啊？"

许嘉礼没回他，倒是其他的老师回了他几句。

话题被扯远，几人聊着。戚禾侧头看着许嘉礼脸上淡漠的表情，确实可以理解他觉得钱茂吵了。

许嘉礼坐在她身旁，倒了杯水给她："笑什么？"

戚禾接过挑眉："我笑了吗？"

许嘉礼看着她嘴角浅浅弯起的弧度，慢悠悠问："姐姐在笑谁？"

"放心，没笑你。"戚禾喝完水放在一旁，偏头靠近他，小声地说了句，"只是觉得学长确实有点聒噪。"

没料到她会说这个，许嘉礼笑了声，似是想替她掩盖她在说人坏话，稍稍侧头，随意问了句："现在才发现？"

戚禾被逗笑："倒是辛苦你了啊。"

许嘉礼点头："嗯，确实辛苦。"

"行了啊。"戚禾教育他，"以后也要给学长面子，不要这么嫌弃他。"

许嘉礼扯唇，不置可否。

而旁边他们似是提了什么，钱茂问了句许嘉礼。

戚禾边听着边夹起面条，但碗里的汤汁忽然溅到了她右手背上，她扫了眼想着等下再擦。

许嘉礼淡淡地应着他们的话，偶尔侧头看她一眼。

戚禾根本没看他，低头把夹着的面吃完后，正准备拿纸巾擦手背时，一旁许嘉礼先抽了张纸巾，伸手托着她的手，帮她把汤汁擦干净。

戚禾看着他的动作，稍稍一顿。

刚好下一秒，许嘉礼自然地收回手，随口说了句："下周我有点事，可能不来画室。"

"嗯？"戚禾愣了下，"有事？"

许嘉礼把纸巾垃圾放在一旁，"嗯"了声："工作上的事。"

听到这话，戚禾倒是好奇了："弟弟，我都和你见了快一个半月了，你还保持神秘感不告诉姐姐你是做什么的啊？"

许嘉礼抬了抬眉："我什么时候保持神秘感了？"

"这就要说你了。"戚禾先发制人，"你都没告诉我吧？"

"我没说。"许嘉礼看着她，慢条斯理问，"姐姐就不会问我？"

莫名想起了上次问他家住哪幢。

他也回了类似的话。

——"姐姐刚刚为什么不问，再问我一遍我不就告诉你了。"

好像他一直想让她主动来问他的情况。

戚禾想到此，扬了下眉："我这不是觉得你要保持隐私吗？"

闻言，许嘉礼身子往后座椅靠背上一靠，看着她慢悠悠问："你以前怎么不觉得我要保持隐私？"

被他提起以前，戚禾也想起了某件事。

但记不大清具体是什么时候了。

只记得是有次许嘉礼周末放假，戚禾按着时间规划给他上课。

因为她贪睡，所以直接略过了上午的时间，本来是定在下午，但前一天她熬夜打游戏忘记定闹钟，在家里睡得天昏地暗的。

最后还是许嘉礼上门按了门铃才把她叫醒。

随意洗漱了一番，戚禾拖着疲惫的身子到了许家书房里给他上课。

那时已经开始教画人物了。

戚禾打着哈欠指导完后，懒懒地坐在他旁边，让他自己开始画。

许嘉礼看她哈欠就没断过，问："昨晚干什么了？"

戚禾拖着懒音道："打游戏。"

许嘉礼明显皱了下眉，表示嫌弃。

戚禾瞧见他这表情，挑眉："弟弟，打游戏怎么了，说说你昨晚干什么了？"

许嘉礼在纸上画着，淡淡道："睡觉。"

戚禾噎了下，点头同意："是，高中生应该要早睡早起。"说完后，她也没打扰他让他继续画，"姐姐现在有点困，你画好后记得把我叫醒。"

许嘉礼看着她昏昏欲睡的样子，"嗯"了声："你睡。"

听他同意，戚禾直接趴在旁边的书桌上，闭眼睡觉。

许嘉礼没管她，继续画着自己的画。

书房内没了说话声，渐渐陷入安静。狭小的空间内，除了笔尖有时摩擦过纸张的声音外，还有一道平缓似是早已进入熟睡的呼吸。

许嘉礼看着画纸上微乱的线条，笔尖稍停，偏过头垂眸盯着她露出的侧脸，眼神毫无半点掩饰。

戚禾睡着后的模样对比往常，算是说得上难得一见的恬静淡雅。

那双总是勾人心魄的眼眸微闭着，睫毛长长直至眼尾上挑，五官小巧又精致，嘴唇半掩在臂弯里。

书桌靠窗边，明媚的阳光透进来洒在了她的手边，半渡在她身上，散乱在桌上的发丝，衬着那伏在桌上的熟睡美人，明艳又和煦。

午后的时间和氛围总是令人犯困，林韵兰和阿姨们都在休息。

四周无人，也让人掩藏在心底的念头慢慢浮现出来。

许嘉礼盯了半晌，伸手用指尖轻轻勾起了她的一缕头发，他垂眸，指腹轻轻地、缓慢地捻了下。

柔软的发尖轻刺着掌心。

有些痒。

他轻拢，收控在掌心。

书房的窗户开着。

能看到里头有位少年坐在画架前，但他并没有看前方的画，而是低眼，看着窗边桌上侧身趴着睡觉的女人。

良久后，就见少年指尖勾着那抹发丝，倾身靠近，低头闭上眼。

温柔虔诚。

悸动·擦过唇角

记忆已经太模糊，戚禾不记得自己睡了多久。但隐约记得自己是被许嘉礼翻着画纸的声音吵醒的。她皱了下眉，睁开眼，看着少年似是正在卷着一张画纸，声音有些哑地问："你画好了？"

许嘉礼侧头看了她一眼，神色自若地起身把手里的画纸放在书架上，淡淡问："睡饱了？"

"没有。"戚禾坐起身子，揉了揉眼睛，懒洋洋开口，"听到你翻纸的声音还以为你画好了。"

许嘉礼应了声："快了。"

戚禾靠在椅背上，打着哈欠，看着他放在书架上的那卷画纸，随口问："你画了什么？"

许嘉礼回到画架前，语气轻散道："没什么。"

"没什么是什么？"戚禾瞥了眼书架，慢悠悠道，"还藏起来。"

许嘉礼拿起铅笔，解释一句："我没藏。"

"没藏？"戚禾玩味般地抬了抬眉，"看我醒过来就放在书架上，这还没藏啊？"

许嘉礼垂眸继续补着剩下的画，没回她。

看他沉默的样子，戚禾的眉眼又一扬，嘴角慢悠悠笑起，身子稍稍往右边倾斜，往许嘉礼的方向凑近了些，饶有兴致地问："嗯？不会是在画乱七八糟的东西吧？"

"类似十八禁？"

闻言，许嘉礼没忍住侧头看她，眼神凉凉："你脑子里都是这些？"

戚禾挑眉："我又不是你们这群血气方刚的小男生，怎么会想着这些？"

许嘉礼似是有点无语："我没想。"

戚禾意味深长地"噢"了声："是吗？"

"既然没想，那你画了什么？"戚禾拖起腔调，话里带几声笑，"这总能说给姐姐听听吧？"

许嘉礼拒绝："不想，这是我的隐私。"

"嗯？"戚禾以为自己听错了，轻笑了一声，"什么？隐私？"

许嘉礼看她："你笑什么？"

意识到这有点嘲笑人的意思，戚禾连忙道歉，下巴稍敛，低笑着说："不好意思啊弟弟，姐姐就觉得你说话还挺成熟啊。"

就看个画，连隐私都出来了。

听着她的语气，许嘉礼皱了下眉："我不小，明年就毕业了。"

戚禾点了下头，勾唇祝贺他："是啊，这也成年了。"

两秒后。她又贴心地补了句："也可以正大光明看十八禁了。"

怕真惹火他，戚禾敛了下嘴角弧度，扫了眼书架，慢悠悠问："所以还是不想告诉姐姐画了什么？"

许嘉礼扫她："姐姐没学过尊重别人隐私？"

戚禾扬了下眉，拖腔带调问："那我不尊重会怎么样？"

之后戚禾也没看他那画，只是口头上逗逗他而已，可当时是当时，时隔这么久又想起来这事，不免觉得有些尴尬了。顶着许嘉礼问责的视线，戚禾默了两秒，神色自若地点了下头："嗯，怪我。"

许嘉礼反问："怪姐姐什么？"

戚禾一脸坦然道："怪我当时年少无知。"

明显胡扯。许嘉礼低笑一声："还能这么怪？"

戚禾点了下头，熟练地扯过话题问："所以你的工作是什么？"

看出她的小心思，许嘉礼也没追着不放："设计师。"

闻言，戚禾没怎么意外，张嘴还想问他，旁边的钱茂似是突然想起什么，又找上了许嘉礼问了句："你设计图画好没有？"

为什么找他要设计图？戚禾听着这话稍疑，陈美兰在对面看着她的表情，笑了声解释道："小许和你学长还有其他同学一起合伙开了个工作室，小许可是里头的首席设计师呢。"

"工作室？"戚禾倒是没料到这个，扬了下眉，"主要做什么的？"

陈美兰想了下："好像搞什么建筑设计的。"

戚禾闻言了然，看着旁边还在说事的两人，也没再多问，低头继续吃着自己的面。吃着吃着，她的思绪开始跑偏，开工作室应该算是创业项目，需要一定的资金投入。难怪他说自己最近缺钱，应该是工作室那边还在前期准备阶段。

和钱茂确认完，许嘉礼转回头看她咬着面不动。呆呆的，像是在想什么事。许嘉礼曲指轻敲了下桌面，淡淡道："吃面。"

戚禾回过神，下意识照做着。等吃完面后，戚禾才觉得有点不对劲。他刚刚是用命令的语气和她说话。

嗯？为什么突然觉得自己没什么身份地位了？而她貌似还没觉得没什么问题？意识到这儿，戚禾才想到了最近和许嘉礼的相处渐渐变多后，两人好像已经没了刚开始见面的不自然，但也没有回到以前那样的氛围，反倒还多了点其他的感觉。

戚禾有点说不清。但至少她不可能再像以前那样对他，把他当成一个小孩，毕竟他也是个成年男人，总不能再开些有的没的玩笑。

晚餐结束，几人起身结账往外走，相互道完别后就各自下班回家。

其他老师的车都在附近，陈美兰坐钱茂的车走，戚禾自然就被分给了许嘉礼。他的车停在了校门口，两人就孤零零地被抛弃，沿着街道往附中走。戚禾跟在许嘉礼身旁，想着事情，时不时抬头看他一眼，随后斟酌一下开口："你下周不来画室？"

"可能。"许嘉礼看她，"怎么？"

"也没什么。"戚禾语气随意，"问问而已。"

这本来也没什么，许嘉礼却没放过，散漫地问："为什么好奇我的行程？"

戚禾笑了声："没有，真的只是问问而已。"

仿佛没听到她的话，许嘉礼继续问："姐姐想做什么？"

戚禾觉得好笑，话里带了调侃："行吧，我是在想之前不是答应你要帮你谈恋爱吗？"

闻言，许嘉礼垂眸看她一眼："嗯。"

"但我最近好像也没帮到你什么。"戚禾解释道，"所以想着要不要帮你先找人选。"

许嘉礼看着她，笑了声："我不急，姐姐倒挺急。"

他是不是在骂她是太监？戚禾扯了下唇，语调慢悠悠："这不是关心你嘛，而且你总要告诉姐姐你喜欢什么类型的女生吧？"

道路有些窄，许嘉礼自然地揽了下她的肩膀，和她换了位置，让她走在里侧，收回手随意问："姐姐觉得我喜欢什么样的。"

戚禾挑眉："像姐姐这样的？"

似是早就猜到她会这样说，许嘉礼低眼看她，接话问道："是的话，那姐姐把自己介绍给我？"

戚禾稍顿了下，轻扯嘴角一笑："还真喜欢姐姐这样的啊？"

看着她的笑容，许嘉礼收回视线，淡淡道了句："不喜欢。"

察觉到他刚刚是故意逗她的，戚禾又气又好笑："行吧，不喜欢就不喜欢，但被你这么一说……"

许嘉礼看她。戚禾学着他之前的话，勾了下唇，慢条斯理地道了句："还挺让人伤心的。"

帮许嘉礼找人选的事虽然被她提上了日程，但话是这么说的，可履行起来又是另一回事了。戚禾除了在学校以外也没去其他地方，所以见到的都是学生或者老师助教们。

学生自然不会考虑，那就只剩下助教和老师们。

目前画室里的女生，戚禾都见过，基本上就略过了，而苏琴琴那个学妹从上次被许嘉礼拒绝后，好像她就没怎么看到了。

正好想到这事，戚禾突然发现了问题，转头问陈美兰："之前许嘉礼的那个学妹最近没来上课吗？"

"苏琴琴？"

"嗯。"

陈美兰眨眼："她找到新工作，上周就走了啊。"

戚禾一愣："怎么突然走了？"不会是因为被许嘉礼拒绝吧？

陈美兰明显也猜到她在想什么，笑了声："小许再帅哪有前途重要啊，人家可是高才生，当然不会想一直在这儿当个小老师，所以找到好工作就辞职走了呗。"

戚禾扬了下眉，扯唇："确实可以理解。"

闻言，陈美兰看着她："也不对。"

戚禾反问："什么不对？"

"我们这儿还有你这位巴黎美院毕业的高才生呢。"陈美兰挑眉，"说说吧，你来这里是不是也为了我们的许招牌。"

戚禾被她的语气逗笑，配合她点头："是啊，被你发现了呢。"

陈美兰对她的演出表示满意，笑着和她一起去上课。

因为苏琴琴走的事，戚禾突然觉得选人好像不大行，而且许嘉礼还不在，也没个答复。她暂且就没管了，老老实实地上着课。但生活总有个定理，你想要安静地过生活的时候，往往就会有人出现打断。

隔天周三中午。戚禾下课的时候就接到了戚荣的电话。她看了眼随手挂断，放进衣兜里下楼回办公室。

刚一打开门，里边的陈美兰就迎了上来，神秘兮兮地问她："小戚，你这前富豪千金的身份是不是要恢复了？"

这话说得突然，戚禾还蒙了下："什么恢复？"

陈美兰帮她拿过书本，放在桌上："刚刚我从西楼那边回来，碰到有人在问你是不是在这儿工作，我看着那个人好像是什么秘书啊。"

戚禾一顿："有人问我？"

陈美兰点头："穿西装打领带的，一副精英人士知识分子的样子，但放心，比不上你富豪大小姐的气质。"

听到她的形容和总结，戚禾被逗笑："好，谢谢你的肯定。"

陈美兰"啧"了一声："我说真的啊，你知道是谁吗？"

戚禾拿起旁边的包，点头应了声："大概能知道是谁。"

陈美兰皱下眉，想着她家的情况，担忧地问："不是什么坏人吧。"

闻言，戚禾只是笑了笑，伸手拍了下她的肩膀，宽慰道："我下班先走了，陈老师准备上课吧。"说完之后，也没等陈美兰说什么，戚禾背起包往外走，走过楼道时，她从衣兜内拿出手机回了戚荣的电话。

响了一声后，那边便接起。戚荣和蔼的声音传来："沐沐，怎么回国了都没和我说，我让秘书到你学校来接你了，中午和大伯一起吃个饭。"

走出艺体楼，戚禾看着阶梯下停着的熟悉车辆，淡淡道："我知道了。"

电话挂断。戚禾走下阶梯，车内副驾驶上的秘书立即下车，打开后座车门，颇为恭敬地唤了声："大小姐。"

感受到这许久未有过的待遇，还有听到许久没听过的称呼。明明才几个月而已，却有种好几年的错觉。

戚禾站在车前，侧头看了秘书一眼："戚氏破产，你叫我大小姐，是哪家的大小姐？"

秘书顿了下，垂眸自然地改口："戚小姐。"

戚禾收回视线，单手压下衣摆，弯腰坐进车内。

车门轻送关上，秘书返回副驾，低声示意司机开车。

车辆启动，缓缓驶出了附中校门口，往若北市区行驶。

行了大约半个小时，进入了市中心商圈内，随后停在了盛兴会所前面。

秘书将门打开，戚禾抬起眸，起身落地下车，由秘书领着往前走。

到了三楼包厢内，戚禾一进屋就看到了坐在餐桌前的戚荣。

他穿着一身得体的西装，身材算得上是健硕，看得出他保养得很好，四十几岁的年龄依旧能看出他年轻时候的俊朗。听见声响，戚荣抬头看来，笑了声："沐沐来，大伯等你好久了，快来吃饭。"

戚禾眼眸稍淡，迈步朝他走去，一旁的服务生拉开座椅。

戚荣示意服务生可以开始布菜，随后，转头看着对面的戚禾关心道："应该饿了吧？想着你那边下课的时间，所以就派秘书提前去了。"

戚禾："嗯。"

戚荣看着她手边的餐盘："这菜应该是你经常吃的，你试试看怎么样？"

戚禾拿起叉子，随意尝了口："您找我有什么事？"

似是没想到她会这么直接，戚荣笑了声："伯伯来看自己的侄女能有什么事？还有你回国怎么都没和我们说一声？"

戚禾闻言，嘴角勾起，轻哂一声。她回国的事，林妙和那群不相干的人都知道得透彻，他这位大伯父怎么可能不知道。

戚禾用叉子轻轻卷着意大利面，随口道了句："没什么必要，而且两个月前我回国也见过面，您也知道我过得好不好。"

戚荣闻言皱了下眉："你爸的事……"

戚禾打断他："人都死了，也不用说什么了。"

"是是。"戚荣点头及时打住，"上次在葬礼上都没好好看你，你就又回了法国，我这边也被公司的事缠着，忙完本来打算去看你的，那边说你已经回国了。"

戚禾扯了下唇："公司破产，我爸也死了，我留在法国没地方住，不回来还能去哪儿？"

戚荣看着她叹了口气："沐沐，知道你可能还在怪我，但你爸爸去世得突然，公司也支撑不下去只能宣布破产，伯伯已经尽可能把大部分的钱都还上了。"

戚禾忍着不耐："我知道，我也没说您什么，剩下的我自己能还。"

"你自己怎么还？"戚荣明显担心，"靠你在那儿当老师要还到什么时候，伯伯会想办法的，你别操心。"

闻言，戚禾抬眸看他："您想什么办法？"

戚荣没答这话，看着她消瘦的身子："没事，这事交给伯伯就好，你先照顾好自己，你看看都这么瘦了，这要是你爸看到肯定会心疼。"

戚荣夹了块肉放在她碗里："多吃点，身子可要养好点，女孩子健康才会漂亮，别想着减肥，而且我们沐沐这么漂亮，现在长大了都不知道要比其他女孩子漂亮多少倍。"

戚禾看着碗里的肉，听着他夸奖赞美的话，只觉得自己的太阳穴突突地响。恶心作呕。

戚荣一边给她夹着菜，似是想起什么又提了句："过几天跟伯伯回家住，你伯母一直在念着你。"

戚禾表情明显一顿，抬眸："我为什么要去你家住？"

戚荣语带宽慰："你一个女孩子家住在外面不好，万一遇到点什么事，我该怎么和你爸交代？"

闻言，戚禾盯着他，语气有些慢，字词却清晰明了："我在你家就不会有事吗？"

戚荣一愣，立即皱眉："戚禾，你这说的什么话？"

意识到自己的情绪，戚禾闭了下眼，放下手里怕控制不住的叉子，她站起身直接道："我吃饱先走了。"

戚荣抬头看她，还没说什么，先被她打断。"钱的事您不用帮我想什么办法，您自己管好自己一家就好，还有，"戚禾垂眸看他，眸底没有任何情绪，"如果你想和我爸交代……"

戚禾字词缓慢："就应该永远别来找我。"

从包厢内走出来，戚禾直接顺着楼道上的指示牌往厕所方向走。她走到洗手池前，打开水龙头，掌心接捧过冷水，扑洒着洗了把脸。

如此几次后，她湿着脸抬头面对镜子，看着里头的女人。

脑子里响彻着刚刚戚荣说的话。

——"这么漂亮"。

戚禾扫过镜子里那被水淋湿的眉眼、鼻尖、嘴唇。

下一秒，她垂下眸，嘴角扯起一哂。

原来，人是不会变的。你看，还是一样地恶心。

戚禾双手撑着身子站在洗手台边，抬起眼看着镜子。

良久后，她低垂下头，似是无法支撑般地闭上双眼，掩过了半红的眼角。厕所除了她再也没有任何人。小小的空间内，安静又空洞。仿佛一个小小的世界，隔过了所有的喧闹。也像个牢笼，逃不出去。

似是要永远沉寂下去时，在寂静中，响起了一道刺耳的铃声。

骤然将人敲醒。

戚禾一顿，回神感受到衣兜内的振动，湿着手拿出手机，没看屏幕闭眼接起："喂？"声音有些沙哑。

对方听到她的声音，稍停了一秒，开口问："怎么了？"

是许嘉礼。

耳边传来他声音的那刻，戚禾眼睫轻颤，指尖僵硬地捏着手机没有回话。许嘉礼那边安静得似是在等候着她。

过了好一会儿，戚禾才开口唤了句："许嘉礼。"

每次都是这个少年。

每次也只有他。

所以能不能让她成功地祈求一回。

就这一回。

镜子前的女人低着头，垂着红红的眼角，嘴角轻颤了下。

随后，戚禾就听见自己很低很轻地说了句："你能接我回家吗？"

戚禾记得那天在阳城听到戚荣和戚峥说的话后，她以为戚峥会按照戚荣的话把她"送"出去。

然而戚峥还是照旧来阳城看她，对她的态度也没什么变化，一样地关心和疼爱，没有提起任何关于那天她听到的话，也没有提过公司出了问题。戚禾当时看着戚峥和往常一样的态度，恍惚以为是不是那天只是自己听错了，又或是自己做梦梦到的，其实根本没有这件事。

她相信她的父亲不会做出这样的事，也不会容忍别人对他疼爱了二十几年的女儿提出这样的要求。所以戚禾那时只当自己听错了，根本不想记得他们的谈话。她自然地和戚峥像往常一样相处，也像他一样没有提过这件事。

因为没有勇气。

她害怕。

也不敢问。

之后戚峥来阳城的次数越来越少，直到有次大三上学期临近期末的时候。戚荣来了。当时戚荣带着秘书坐车到了阳城大学门口。

戚禾放学一走出校门时看到了他的车，脑子顿了好几秒，有些没反应过来。直到秘书下车走到她面前示意她上车的时候，戚禾才回过神，跟着秘书走到后座内。

车门打开时，里头的戚荣看到她扬起笑容："沐沐。"

戚禾看着他那和蔼的笑容，面色自然地唤了声"大伯"，坐进车内。

车辆启动，戚禾靠在座椅内，淡淡问："大伯今天来找我有事？"

"嗯？"戚荣闻言稍疑，"你爸没和你说？"

闻言，戚禾眼眸稍顿："说什么？"

戚荣笑了一声，解释道："林家今天办了个喜宴，原本是你爸爸要来接你的，我正好顺路就替他来了。"

闻言，戚禾看他："林家喜宴？"

戚荣："是啊，他们家二女儿的生日会，林妙和你不是挺熟的吗？"

戚禾扯了句："还好。"

戚荣哪知道她们女孩子家的事，随口道："那也是你认识的，我们这边不好不去庆祝。"说完后，戚荣从旁边拿出包装好的礼盒给她，"上次你生日大伯都没来得及给你送礼物，来，这是你伯母选的礼服，等会儿回去你打扮一下，参加宴会总要漂漂亮亮的是不是？"

以为是什么大事，戚禾闻言，没怎么在意地点了下头："好，谢大伯。"

戚荣笑："如果喜欢，下次大伯再给你买。"

戚禾也笑笑："那大伯可要多赚点钱了。"

戚荣被逗笑："那当然。"

听他的语气，戚禾拆着包装袋，随口问："大伯，我爸最近都没怎么来看我，公司是不是有点忙？"

戚荣"嗯"了声："在忙一些别的项目，都是你爸审批，忙得焦头烂额的，你知道最近公司还是……"

戚禾打断他："我不懂这些，您和我说也没什么用。"

戚荣看着她，应道："也是，你一个女孩子不需要知道这些。"

说着话，车辆就到了戚家，可能已经得到了戚峥的吩咐，她惯用的造型师和化妆师早早到了，都在等着她。

戚禾做好参加晚宴的造型后，坐着戚荣的车往会所走。

到了生日宴上，戚禾持着该有的大小姐礼仪和人打着招呼，看到后边沙发休息区里坐着相熟的少爷小姐们时，她刚想和戚荣说自己先走了，一

190

旁的戚荣却忽然唤住她："沐沐，你来认识一下。"

戚禾身子稍停，顺着他视线看，认出都是其他世家的长辈。

基本上和戚峥同龄。

那时戚禾根本不知道戚荣为什么把她叫住，只是浅笑颔首致意着。

随后，戚荣在一旁看着她开口道："这是我们戚家的宝贝千金，各位也应该认识。"

其他几位长辈笑着夸赞："戚丫头的名气这么大，我们自然有耳闻。"

"名气大也差不多到年龄了。"戚荣笑着，"不知道以后会嫁给你们哪家？"

闻言，戚禾嘴角礼貌的笑意一僵，转头看向戚荣。

戚荣却根本没在意她，继续说了句："不过最近公司比较忙，有些事都顾不上，你看今天阿峥都没来得及过来。"

几人闻言，皆是了然地点头："还是公司比较重要，以后可不要让小禾受苦了。"

戚荣叹气："我和她爸可舍不得让沐沐受苦。"

一人闻言看向戚禾，眼神直白："女孩子确实不应该受苦，而且长得还这么漂亮，哪舍得呢。"

戚禾转头对上他的目光，指尖僵了僵。

而另一人看向戚禾似是关心地问："小禾，应该还在上学吧？"

戚禾还没说话，戚荣先回了句："在阳城大学那边。"

几人满意地点头："那挺好的，戚家名气大，学历也重要。"

"那这应该有很多公子少爷追吧？"

"可放心吧。"刚刚看着戚禾的男人，盯着她的脸，笑道，"戚丫头长这么标致，哪儿会缺人呢。"

戚荣坦然道："自然不缺。"

其他人看着戚禾，唤了声："小禾，以后有时间来我们家玩玩。"

玩玩。

戚禾抬起眸，就听见他们又说了句："戚副总也可以来。"

身旁的戚荣举起酒杯点头："那我这也沾了我们沐沐的光。"

闻言，几人立即碰杯笑着，时不时掠过戚禾那张脸。戚禾站在原地，看着四周觥筹交错间，垂眸看了眼酒杯内映出的自己。

原来，她是这样的。精致的妆容，奢华的礼服搭配着首饰。

那次的宴会其实和戚禾每次参加的宴会没什么区别，她和平常一样精心打扮，一样来到宴会上，和往常一样感受着所有人的视线关注。那是她早已习以为常的事情，也是她从没有觉得不对的地方。可在那一刻，戚禾站在原地，听着戚荣带着那堆人毫无遮拦地讨论着她的长相，再到学历，随后，又感受他们直白中带着审视，以及富含隐晦深意的眼神。

那天，戚禾觉得自己仿佛被人剥去了衣裳，全身赤裸地站在了他们面前。身上所有的傲气都变得不值一提，就像那摆在柜台上的商品。

廉价到，能让人随意挑选。

戚禾站在镜子前，低垂着头，拿着手机没有再说话，那边的许嘉礼沉默了两秒，开口问："你在哪儿？"

许嘉礼的声音没有带任何情绪，淡淡地喊她："戚禾。"

"说话。"许嘉礼等了几秒，听着她那边的安静，随后语气散漫问，"戚禾，我不知道你在哪儿。"

下一秒，戚禾就听见他轻轻说了句："你要我怎么来接你？"

听着他的语气，戚禾眼睫颤了颤，才轻笑了声，嗓音稍哑："在盛兴会所，刚刚逗你的，不用来接我，我自己……"

话还没说完，许嘉礼就直接打断她："在大厅等我。"

闻言，戚禾直起身子，语气恢复了以往的懒散，嘴角弯着浅浅的弧度："真要来接我？"

许嘉礼那边似是发动了车子，"嗯"了声："我过来，你别乱跑。"

戚禾轻笑了声："我不跑，你过来吧。"

电话挂断，戚禾盯着手机屏幕，发现许嘉礼之前给她发了两条微信，她没看到。她指尖移动，点开他的聊天界面，就看到那最新的两条。

许嘉礼：下课了？

许嘉礼：回家吗？

戚禾盯着屏幕看了一会儿，她点开输入框，指尖在键盘上敲了几个字。

——回家。

发送完后，戚禾随手把手机放进衣兜，打开水龙头又洗了洗手，抽过一旁的纸巾把水擦干。她抬起头，看着镜子里的自己。

两秒后，戚禾收回视线，把纸巾扔进垃圾桶里，转身走出厕所。

戚荣应该在她走后，也走了，因为没了她这主角在，他没有留在这儿吃饭的必要。

戚禾走到包厢楼道，打开电梯门按键下行到一楼。

她抬头看着电梯电子屏幕上的数字一层层下降，神色有些散漫。

等了一会儿后，戚禾抬手想插进大衣衣兜里时，碰到了手机。

而后莫名想起了刚刚许嘉礼嘱咐了一堆，但最后还不忘说的话。

——"我过来，你别乱跑。"

电梯到达一楼大厅。

戚禾迈步走出，莫名笑了一声。

时间刚过中午，大厅里的人比晚上少得多，盛兴会所是温氏集团名下的私人会所，实行会员制，一般人不让进来，所以能来的基本上都是圈内人士。戚禾环视了一圈，慢步走到前边靠大门的沙发坐下。

一旁的服务生走上去问她需要什么，戚禾摆手说谢谢不用。

她现在可消费不起。

戚禾靠在座椅内，准备等着许嘉礼过来。她看着开开关关的大门，正想打个哈欠时，就见大门被人推开，先进来的是一名女服务生。

戚禾视线往后看，就看到一个身影高挑的男生走进来，他侧头对着服务生浅浅地笑，似是在道谢。话说完，他转过头来，看清他长相的一瞬间，戚禾抬起手下意识想叫人："许嘉……"

男生听到她的声音，察觉到她的动作，稍稍偏头看来。恰好，看他的正脸后，戚禾也意识到了不对劲，连忙止住嘴边的最后一个字。

而男生看见沙发里的戚禾时，表情却明显僵住了，似是认出了她来，眼神里还带着诧异和少许的不相信。

戚禾接收到他的目光时，觉得好笑。有什么好不相信的？

男生回过神后，快步走到她面前，看着她有些不确定地开口："戚禾？"

戚禾点头："是我。"

男生还有点蒙："您什么时候回国的？"

戚禾算了下："三个月前。"

男生看着她，似是想问她别的。

戚禾扫视了下他的脸，先扬眉："不过好几年没见你这小孩，刚刚差点都要把你认成你哥了。"

许望和许嘉礼有五分像，远远看着的时候，不熟的人确实可能会认错，但如果仔细看的话，还是能轻易地分辨出来两个人。因为许嘉礼从小生病，所以他更消瘦苍白点，长相也更成熟冷峻。

当然，两人的气质也不一样。许望开朗点，也喜欢笑，还有个虎牙，对比许嘉礼总是寡淡无味的表情，许望就是个开朗活泼的少年。所以戚禾一下就认出来了许望，虽然第一眼的时候有点没料到会是他。

许望听到她的话，连忙笑了下："我和哥哥很像吗？"

戚禾看着他笑起露出的虎牙，摇摇头："现在不像了。"

许望皱眉："为什么？"

"没有为什么。"戚禾看着他，转移话题问，"你一个小孩来这儿干什么？"

许望反驳："我不是小孩，早成年了。"

"行。"戚禾算了下他的年纪，"那你一个大学生来这儿干什么？"

"我同学在这儿。"怕她误会，许望连忙解释，"我们不干什么，就吃饭而已。"

看他这急急忙忙解释的样子，戚禾被逗笑："行了，我又没说你什么，上去吧。"

而许望没动，看着她张了张嘴，欲言又止。

戚禾语气懒洋洋地说："还想问什么？"

仿佛得到赦令般，许望连忙开口问："你回来我哥知道吗？"

闻言，戚禾挑眉："为什么我回来他要知道？"

许望顿了下："没有，我随便问问的。"

戚禾也没在意，抬腕看了眼时间，随意道："我劝你赶紧上去，等会儿你哥要过来接我。"

许望一惊，还没开口说什么，后边门被推开，忽地传来服务生问好的声音，两人相继转头。

许嘉礼走进大厅，抬起眸看了眼旁边站着的许望，再看向坐在沙发内的戚禾。忽然撞入他那双浅眸，戚禾身子莫名顿了下。

他这架势好像来抓奸的丈夫，而偏偏许望还在这儿，搞得像是在上演什么叔嫂不伦剧情。想到这儿，戚禾突然反应过来这里的错误。她为什么要把自己想成许望的嫂子？

戚禾还在胡思乱想的时候，许嘉礼也走到了她面前，旁边的许望表情瞬时收起，有些不知所措，小声地叫了声："哥。"

许嘉礼点了下头，算是应过，却没看他，而是看向戚禾问她："走吗？"

戚禾回过神来："噢好，走吧。"

她下意识向他伸出右手，想站起身来，可伸出手后，她才想起自己已经拆石膏，不用人扶了。

许嘉礼瞧见她伸来的手，抬起眸看她。

忽然对上他貌似有些意味深长的目光，戚禾顿了下，神色自若地开口："脚有点麻，起不来。"

看清她的表情，许嘉礼抬了抬眉，也没说什么，伸手牵过她的手。

戚禾由他扶着站起来时，还真觉得自己的脚有点麻麻的感觉，皱了下眉，也忘了要放开他的手。

许嘉礼也没放，自然地牵着她往外走。

许望站在旁边看着许嘉礼，见他根本没看自己一眼。

许望张了张嘴，似是挣扎着想叫他，可最终还是放弃了没有开口，只是目送两人离去。

戚禾跟着许嘉礼走了一会儿，等走出会所后，脚上的酥麻感才消去。她想抬手理一下衣服，指尖动了动，察觉到自己的右手还和他牵着。许嘉礼微凉的指尖轻搭在她的手背皮肤上，而掌心微微发热，与她的相贴合。

戚禾第一次发现，原来许嘉礼的手很大。

而此时，正带着属于他的温度，完完全全地将她的手牵着。意识到这儿，戚禾不知道为什么莫名有些紧张，觉得掌心也有点发烫。她舔了下唇，故作镇定地开口提醒："弟弟，现在可以松手了吧？"

许嘉礼牵着她，闻言漫不经心问："姐姐不是腿麻不好走路？"

这反问突然，戚禾莫名点了下头。

许嘉礼抬眸，直勾勾地盯着她看，似是很有道理地问："那我不牵着你怎么走？"

戚禾觉得自己还不傻，无语了半秒，点头反问："那为什么不选择扶起我？"

许嘉礼语气很自然："牵都牵了。"

戚禾看他坦然的样子，低笑一声："那还真的辛苦你了。"

许嘉礼牵着她往外边的车旁走去，随意道："那姐姐好好对我。"

"是，你这么辛苦地照顾我。"戚禾拖腔带调道，"我一定好好对你。"

说着话，刚好走到副驾旁，许嘉礼自然地松开手，先帮她打开车门。

手心一空，温热撤离开。戚禾稍稍顿了下，面色自若地收起手，迈步弯腰坐上车。

车门轻送关上。

戚禾坐在副驾内，扫了眼自己的右手，手心稍稍收拢合起，随后，侧身拉过安全带系上。

许嘉礼上车点火，单手转了下方向盘，驶出停车位。

戚禾看了眼时间，想着他这么快过来，问了句："你工作忙完了？"

许嘉礼看着车况，应了声："快了。"

"你倒是个大忙人。"戚禾调侃一句，"我可无所事事得很。"说完之后，她似是想起什么，转头看向他，"刚刚忘记和许望打完招呼再走了。"

许嘉礼明显也不在意，扯了句："无所谓。"

"你是无所谓。"戚禾扬了下眉，"但姐姐可要做个有礼貌的长辈。"

许嘉礼问："刚刚怎么了？"

"刚刚？"戚禾语调稍抬，"噢，许望说他来和同学吃饭的，也没怎么，你别误会他。"

听她说完，许嘉礼侧头瞥了她一眼，问："我打电话前怎么了？"

没料到他问的是这个，戚禾愣了下，随后嘴角扬起笑："你说这个刚刚啊。"

许嘉礼瞧见她散漫的笑容，眼眸稍沉："也没什么。"

戚禾看着前方的车道，笑了声，语气似是不在意道："姐姐只是和你开玩笑,别介意。"

闻言,许嘉礼眼眸稍淡,没再继续问,而是开口说了句:"下次不用问我。"

"嗯?"戚禾一时没反应过来,"什么?"

车辆行到路口,红灯亮起,前边的车纷纷减速停下。

"只要你想,"许嘉礼踩下刹车,转头看向她,声音轻淡继续道了句,"我都来接你。"

不用问。

我都会来。

有一刻,戚禾呼吸稍滞,清晰地感受到自己的心脏忽然停了半拍。

触动清晰又深刻,如同他的话。

四周车辆皆停,少了鸣笛与行车,车内也陷入了安静。

戚禾抬起眼眸,看着他那张浅棕色的瞳仁,微泛着光仿佛宝石般吸引着她,有些不自知的蛊惑。

下一秒,仿佛要将她什么未知情绪勾出来。

戚禾瞥开视线,压着心脏的跳动,抿了下唇,随后一笑道:"什么叫你都会来接我?"

在她撤离开后,许嘉礼眸底难掩的黯沉渐渐释出,如墨色的夜。

戚禾面色正常,随意问:"弟弟这是要当我的司机?"

前边的车辆开始移动。

许嘉礼垂了垂眸,随后抬眸,松开刹车:"姐姐付给我钱?"

"现在没钱,以后等我赚大钱了再来找你。"戚禾说着想起电话里的事,立即扬眉,"等会儿,刚刚在电话里你是不是叫我名字了?"

像是找到了他的把柄般,戚禾立即抓住反问:"许弟弟,这怎么回事呢?叫姐姐全名是不是有点没礼貌?"

其实戚禾并没有规定过许嘉礼不能叫她的名字,只是他一般都不会叫,以前也很少,好像觉得她的名字是什么难以叫出口的词一样。

戚禾也没在意过,但久而久之,基本上都是听他直接说事,偶尔叫几声姐姐。但刚刚在电话里确实是两人相遇以来,她第一次听到他喊她的名字。本来也没什么，但戚禾现在抓住特意说，以为许嘉礼会认错，没想到他突然反问："不行？"

戚禾噎了下，提醒道："我可比你大三岁，注意点礼貌知不知道？"

"注意礼貌。"许嘉礼仿佛明白地"噢"了声，"那我们现在是同事，如果要算的话……"

话音稍勾长，许嘉礼转头瞥向她，慢悠悠问："姐姐要叫我一声前辈吗？"

戚禾开始胡扯一句："现在在外面，又不是在学校。"

闻言，许嘉礼抬了抬眉，饶有兴致问："那在学校姐姐会叫？"

戚禾下意识地拒绝："不会。"

她怎么可能会叫。

许嘉礼点了下头，直接叫了声："戚禾。"

戚禾还没来得及骂他。

许嘉礼指尖似有若无地敲了下方向盘，瞥了她一眼："注意礼貌。"

车子开到华荣小区门口，戚禾和他打了招呼后开门下车。

许嘉礼看着她的身影走进小区内，渐渐看不见后，他才发动车子离去。车道的车辆不多，没几分钟后，车子经过嘉盛门卫，往地下车库行驶。许嘉礼单手转了一圈方向盘，干净利落地将车停在车库里，拔下车钥匙开门下车。

走进前边的电梯内，许嘉礼按键上行到一楼时，进来了几位阿姨，朝他打了招呼后，连忙关心地开口问他："小许啊，听说你谈了女朋友啊？"

许嘉礼看着她们："嗯？"

"陈阿姨前几天说看到你早上上班的时候，带着一个小姑娘从家里出来哦。"阿姨眼神八卦地问，"是不是女朋友啊？"

许嘉礼说："不是。"

旁边的一位闻言连忙道："哎哟，我就说不是啊，你们还说是。"

下一秒。许嘉礼继续又说了句："不是小姑娘。"

阿姨们一愣："啊？"

许嘉礼散漫道："她比我大。"

阿姨们下意识问："大几岁啊？"

"三岁。"

"哎哟，才三岁，不大不大，而且女大三抱金砖啊，你这么帅气的砖她要抱紧才对！"

听着话里的词，许嘉礼觉得好笑，微不可见地勾了下唇："那快了。"

戚禾打开房门，换鞋进屋直接躺在了客厅沙发里，闭上眼长叹了一口气。感觉一早上经历了各种乱七八糟的事。

累人。

戚禾闭眼躺了一会儿，想着戚荣这次被她威胁了后，应该能消停几天，她倒也没怎么在意。而后意识又往后挪了一下，脑海里冒出了许嘉礼。她睁开眼，看着天花板盯了好一会儿，抬起自己的右手放在半空中，带着浅浅纹理的掌心摊开在自己的眼前。

刚刚别样的触觉和温度已经消失。

心跳也已经恢复了正常。

可她却还记得，甚至有些不自然。

不对劲。

就连许嘉礼喊着她名字的声音，都清楚地回荡在自己的耳边。

"戚禾。"和平常的那声姐姐完全不同。但，他们本来也不是姐弟吧。脑子里忽然闪出这句话，戚禾顿了下，连忙握紧手放下，重新再看着那片雪白的天花板，盯了两秒后，她闭上眼，忽然笑了声。

想什么呢，戚禾。

之后几天，许嘉礼那边的工作应该还没做完，戚禾没在画室看到人，她也没怎么在意，老老实实地上自己的课。倒是陈美兰那天见她突然就走了，还有点担心她出事，第二天看她来上课的时候，才放下了心，但没多问这事，毕竟千金小姐的生活她也不懂。

隔周周一下午。戚禾一进办公室就看到钱茂和其他老师在旁边不知道讨论着什么，聊得热火朝天的。

看到她进来的时候，钱茂把她叫住："学妹，你过来帮我们想想。"

戚禾放下书本走去："想什么？"

"这不是快过年了嘛。"钱茂皱了下眉，"我来给我们这儿办公室门口贴什么对联好。"

走近后，戚禾也瞧见了他们围着的桌上正摆着好几副对联，无语了几秒，她摆了摆手："你们选吧，我也不会。"说完后，戚禾回了自己的位置上，才注意到对面不知道什么时候坐着林简祎这个小少年。

戚禾愣了下，一时没想起他的名字，只记得一个："负一？"说出口后，她才想起又改口叫声，"零减一？"

林简祎笑了下："学姐你叫我负一也可以。"

见他不介意，戚禾也应下，看他面前摆着画板和画纸，扬了下眉："在这儿画画？"

林简祎点头。

戚禾好奇地问："你不用上课？"

"教授让我来这儿拓展学习。"林简祎看了眼她，示意道，"说这里有学长学姐在。"

闻言，戚禾了然了，轻笑一声："你教授是不是姓陈？"

林简祎愣了下："学姐认识陈教授？"

听他这么问看来就是了，戚禾不意外地点头："让你来这儿学习也只有陈教授做得出来。"

林简祎猜测一句："陈教授以前也教过学姐吗？"

"嗯，教过几次。"戚禾抬了抬下巴，"你继续画吧，我不打扰你和你说话了。"

林简祎摆了下手，连忙道："没有，我也就随便画画，等会儿钱学长会带我去画室。"

闻言，戚禾转头看了眼旁边还在挣扎选哪副对联的钱茂，慢悠悠地开口："那你可能要再等一会儿了。"

林简祎了然地点头："没事，我也刚到而已。"

正巧此时门被推开，陈美兰带着许嘉礼进来。

戚禾视线看到后方几天没见的男人，稍稍顿了下。

而陈美兰进屋看到戚禾先打了招呼，顺着又看到了林简祎，眨着眼问："林同学，你怎么在这儿？"

林简祎微笑问好，随后转头看着许嘉礼也问了声好。

许嘉礼照旧只是点了下头，跟着陈美兰往里走，走到戚禾旁边的办公桌前。

"你怎么过来了？"戚禾见他拉开座椅坐下，疑惑，"今天你没课吧？"

陈美兰正在问林简祎事情，林简祎边答话，边看了眼旁边的男人。

许嘉礼似是没察觉到，淡淡解释："过来看看。"

"嗯？"戚禾语调稍抬，"这么闲？工作结束了？"

许嘉礼点头："早上结束了。"

戚禾看着他的脸色仍是接近病态的白，皱了下眉："你有按时吃饭吗？"

许嘉礼想答话，却先轻咳了声。戚禾伸手拿过自己的杯子从旁边倒了点水给他，许嘉礼伸手自然地接过。

对面的林简祎笑着应了下陈美兰的话，一转头就看到这幕，愣了一下。许嘉礼拿着水杯，薄唇贴着杯口，眼睫动了动，缓缓抬起眸看来。突然对上他稍淡的目光，似是偷看被抓，林简祎下意识移开眼睛，不再看他。

许嘉礼看了眼他，随后低睫，喝水润了润唇。

戚禾看着他安静的眉眼，眯起眼质问："你说说你一日三餐都吃了什么？"

许嘉礼老实道："饭。"

戚禾扫他一眼，明显不信。

"我说了，"许嘉礼放下水杯，"你又不信。"

戚禾扬了下眉："你觉得你说得能让人信吗？"

许嘉礼反问："为什么不能？"

戚禾盯着他看了几秒："看来是根本没吃。"从他手里拿过水杯，戚禾懒洋洋道，"在这儿和我打马虎眼。"

见她幼稚般地拿走，许嘉礼轻笑一声："姐姐还挺聪明。"

"什么意思？"戚禾挑起眉，凉凉问，"这是夸我，还是骂我呢？"

许嘉礼又笑了下："夸你。"

戚禾扯了下唇，懒得理他。

对面的陈美兰正好也和林简祎聊完了天，走回来坐在旁边，看了眼许嘉礼想起来问："林同学，你应该还不认识许老师吧？"

闻言，林简祎看着许嘉礼，笑了笑："我认识的。"

陈美兰一愣："嗯？怎么认识的？"

"学长名气这么大。"林简祎扫过旁边的女人，"不只女生们，我们男生也是听过的。"

"名气？"陈美兰了然地问，"校草啊？"

林简祎点头，陈美兰又好奇："那戚禾呢？"

林简祎说："学姐也有人知道。"

闻言，戚禾倒有些没想到，抬了抬眉："这么久还有人知道我？"

林简祎解释道："学校的论坛里，有些人会发往年的人气男女生照片。"

"居然还有这个。"陈美兰觉得好笑，转头看着身旁的两人，"可以啊，你们这对草花居然还有人关注。"

闻言，林简祎抬眸看过去，抿唇问："学姐和学长是在交往吗？"

许嘉礼没说话。而这问题突然，戚禾也愣了下。

倒是一旁的陈美兰先笑着主动开口解释："没有，他们俩没有在一起，只是我开玩笑说草花而已。"

林简祎抿唇一笑："这样啊，我还以为两人在交往。"

陈美兰没心没肺道："是吧是吧，我也觉得两个人挺配的，但就是可惜了。"

戚禾决定不参与这话题，拿着水杯起身往旁边的饮水机走。

陈美兰见她逃走，笑了声，随后兴致上来，转而看向许嘉礼，抬眉问："小许，采访一下，能和戚老师一起被称为草花组合，对此您有何感想呢？"

戚禾离他们不远，在后边听到这话觉得好笑，想着许嘉礼应该都懒得理她，端着杯子准备接水。

下一秒，就听见身后的男人拖起那道熟悉的声音，含着轻淡的笑意似有若无地说了句："荣幸之至。"

戚禾拿着杯子的手稍顿，随后低睫继续接水。

而后边的陈美兰以为自己听错了，愣了好半晌："什么？"

许嘉礼没再开口。

对面的林简祎回神看了眼饮水机的方向，随后抿唇似是解释说："学姐以前应该很有名气，我能见到学姐也是荣幸之至。"

闻言，许嘉礼抬眸看向他。

陈美兰也反应过来"啊"了声："对啊，算起来你们俩都是小戚的学弟吧。"

林简祎对着许嘉礼的目光，面色镇定地浅笑着："是，学长也是我的学长。"

陈美兰没注意他们俩，轻笑道："那不管怎么算小戚都是最老的那个呀。"

接完水回来的戚禾正好听到了这句话，随手把水杯放在桌上，慢悠悠地看向她，轻笑一声："陈老师是不是忘了自己比我大？"

陈美兰咳了一声："开玩笑开玩笑，我们院花可美若天仙得很，永远十八呢。"

戚禾眼尾轻抬，礼尚往来道："那我祝陈老师长命百岁呢。"

陈美兰"啧"了声："小戚过分了啊，以为有学弟在就可以这么放纵吗？"

戚禾正要说话，后边的钱茂结束了对联讨论回来，听到这话："嗯？什么放纵？"

陈美兰摆手："没放纵，我在和小戚玩笑。"

"这样啊。"钱茂调侃问，"学妹都这么大了是该放纵了啊。"

戚禾笑："我放纵什么？"

"谈个恋爱啊。"钱茂的目光带过旁边男人，"你这可是浪费大好时光啊，你看看我们这儿有这么多年轻小伙子，还都是像我这么优秀的男人呢。"

也不知道他是不是和陈美兰串通好的，戚禾觉得好笑，腔调半拖着："学长还是放纵自己吧，您都不着急，我急什么？"

钱茂也只是逗她，笑了声没在意，看了眼时间，转头对着林简祎说："走吧小学弟，该干正事了。"

林简祎闻言点头，收拾着画板对着几人打招呼后，准备跟着出去。

　　陈美兰看着稍疑惑："你们准备去哪儿画？"

　　钱茂说："当然是楼上画室了，还能去哪儿。"

　　"那你干脆等会儿跟着我们一起上课算了。"陈美兰看了眼时间，转头问戚禾，"我等会儿去东楼，小戚你在画室上课吧？"

　　明白她的意思，戚禾点头："可以来我班上，班上没什么学生。"

　　林简祎闻言看向她，有些不好意思问："可以吗？会不会打扰到学姐上课？"

　　戚禾无所谓说："没事，反正这节课也是画素描。"

　　许嘉礼看了她一眼，没说话。

　　钱茂站在对面捕捉到这幕，挑了下眉。

　　许嘉礼似是察觉到，转头抬眸看向他，神色散漫平淡，一脸坦然。

　　仿佛是在大方让他看，并且还表示就是让你看到又怎么样？

　　钱茂噎了半晌，先移开视线看向戚禾："你班里上的素描啊，那正好这样吧，小学弟去你班上，你教其他学生，然后……"

　　钱茂瞥了眼男人，继续说："让许嘉礼一起帮忙，反正他这个助教在这儿没事干。"

　　闻言，戚禾轻笑一声："怎么是许嘉礼，不应该是学长你来教？"

　　钱茂睁眼说瞎话道："我之后还要去找别的教授说点事，而且许嘉礼是陈教授的亲传弟子呀，我可比不上。"

　　戚禾嘴角稍扯，朝许嘉礼看了眼："你没事干？"

　　许嘉礼："没有。"

　　钱茂见此直接定下："行了，那我先带小学弟上去了，你们俩等会儿上课过来。"说完后，林简祎就被带了出去，陈美兰也跟着一起。

　　目送人离开，戚禾随手整理着上课用的画册，许嘉礼坐在一旁，单手支着侧脸看她："这么快就要上素描？"

　　"嗯？"戚禾没感觉，"快吗？"

　　许嘉礼瞥了眼她的左手："手没问题？"

　　"我又没提什么重物，倒是你。"戚禾偏头看他，语气慢慢，"许弟弟，姐姐是不是说过让你好好照顾好自己身体的？"

许嘉礼眼睫微动："我怎么？"

戚禾张了张嘴刚想说他，但突然觉得有点管太多了，稍稍顿了下："我还是不说了吧，等会儿被你说我唠叨。"

许嘉礼笑："姐姐不说，我怎么知道？"

"噢。"戚禾胡扯一句，"做小孩要自己领悟不知道？"

许嘉礼歪过头盯着她："姐姐不想我上课？"

"你这是什么话？"戚禾语调懒洋洋地问，"难道姐姐我说不想，你就乖乖回家？"

许嘉礼看着她，似是在想怎么回答。

"不过不想又怎么？"戚禾没多等，挑起眉，"你这都答应了。"

许嘉礼想着刚刚的林简祎，扯了下唇："嗯，等会儿我来教。"

我们俩确定在说一件事？

上课铃响的时候，戚禾恰好带着许嘉礼走进了画室。

班上的学生们看到她身后跟着走来了许久不见的许老师，倒是有些意外。戚禾也没有过多解释，示意他们开始上课动笔画画。

稍稍等了一会儿后，便有学生举手，许嘉礼先下去看了眼帮他们修改。

戚禾慢悠悠地走过教室，绕了一圈后，就看到了坐在最后的林简祎，他正神色专注地盯着面前的画板，可能是想换笔，刚刚好抬起头的一瞬间和她对视上。

林简祎明显愣住了，反应过来后下意识地低头，露出的耳朵都有些红了，似是羞涩腼腆。

戚禾看着他这纯情少年的反应，眉梢轻扬，正想转身回去的时候。

"学姐。"林简祎低声唤住了她。

戚禾闻言看去，见他坐在画架后，有些不好意思地举起手。

"怎么了？"戚禾走到他身旁，弯腰看着他的画，"哪儿有问题？"

林简祎感受到她的靠近，身子稍稍有些僵硬，不敢看她就在身旁的侧脸，立即转头盯着自己的画纸，抿了抿嘴唇，指着一角说："这里的光影应该怎么处理？"

"这里阴影打太多了。"戚禾拿起笔帮他整理了下凌乱的线条，随后

205

直起身来，"你自己再看看。"

林简祎捏着画笔，点点头："好，谢谢学姐。"

戚禾看他的脸颊上带了几分粉红，没忍住轻笑一声。

"笑什么？"后边传来一道冷淡的声音，戚禾偏过头，对上了许嘉礼的眉眼。也不知道他什么时候过来的，就悄无声息地站在她身后，高挑消瘦的身影似是将她完完全全覆盖笼罩着。

许嘉礼目光往后投向林简祎，扫过他的神色。

而后，收回视线，抬眸看向她，淡淡问："戚老师在做什么？"

这语气莫名好像在问罪，戚禾眨了眼："教课？"

许嘉礼没回她，只是伸手将她和自己随意换个位置，扫了眼旁边的学生："我来教，你去看其他人。"

戚禾也没什么意见，点点头："那你好好教。"说完后，她转身往旁边走，脚步迈过后，想了想还是转头看了眼他们。

许嘉礼站在了她刚刚的位置，表情淡漠冷然，微倾下身，继续给林简祎改画。他低着眼，没怎么说话，只是拿着铅笔在纸上移动着，为了方便，他把衣袖微微卷起，露出了那截冷白消瘦的腕骨，指节分明修长，蹭上了些许的铅笔屑。

戚禾视线移动，看了眼他旁边的林简祎。

不知道在想什么，也有可能是还没缓过来，耳尖微红。

戚禾想着林简祎这状态和平常她教的学生一样。

羞涩的少年。

可她莫名想起了以前教许嘉礼上课的时候。

他明明也是个少年，甚至比现在的林简祎还小。

但他好像都没有害羞过，反倒还很自然地接受她的靠近。

虽然当时两人也认识半年了，但一开始戚禾还是担心他这小孩会顾忌什么男女有别，所以她也避免和他有什么肢体接触。后来有次教着教着，他怎么都画不对，戚禾一时忘了这茬，直接坐在他旁边手把手牵着他想教他画。

但握住他手的一刻，戚禾反应过来了，刚想松手道歉，许嘉礼可能察觉到了她的意图，用那双浅眸盯着她，反倒先问："不教吗？"

戚禾蒙了下，莫名很傻地问了句："我可以这样教？"

闻言，许嘉礼直勾勾地盯着她，语调稍慢："为什么不可以？"

见他不介意，之后戚禾也不再顾忌，该上手时上手，次数多了也没见他脸红害羞过，反倒有时候他不懂的还会很坦然地说："我不会。"然后主动让她教。

现在想想林简祎这群小男生在许嘉礼的对比下，两者的差别可有些大。难道是因为她以前没有魅力？现在老了更有魅力点？意识到这个不靠谱的想法，戚禾觉得好笑，走到一旁巡视着学生们的画。

大致看过又改完后，戚禾做了最后的总结，下课铃正好响起。

戚禾站在讲台上理了下画册，学生们走过纷纷和她道别，她一一应着，余光扫到有人影走到她面前。

戚禾抬起头见是林简祎，随意问了句："学得怎么样？"

林简祎点头应着："学到很多，谢谢学姐。"

"那你应该要谢你的许学长。"戚禾朝旁边的许嘉礼示意道。

"是。"林简祎转头看向许嘉礼，道了声谢，"谢谢学长。"

许嘉礼点头，算是应过。

说完后，林简祎重新看向戚禾，声音自然问："学姐，要一起吃饭吗？"

许嘉礼抬起眸。

戚禾闻言，看了林简祎一眼，随后浅笑道："不用了，你先去吃吧。"话音落下，她拿着画册随意说了句，"许老师，走吧。"

林简祎一愣，往旁边的男人看去。

她的称呼传来时，许嘉礼眼睫垂下，淡淡应了声，迈步跟着她往外走。

戚禾捧着画册到外头的洗手池，打开水龙头，洗过手上的铅笔墨。

许嘉礼也在旁边洗着，戚禾先洗好拿纸巾擦过水渍，见他关上水，随意抽了几张递给他。

许嘉礼接过垂眸擦着手，语气散漫地问了句："怎么不和他一起吃？"

戚禾懒懒地应了句："许弟弟，姐姐这可都是为了你。"

许嘉礼抬眸："嗯？"

"忘了？"戚禾把纸巾扔到垃圾桶里，拖腔带调道，"不是你说让我陪你吃饭吗？"

之前答应了他这事，虽然也没陪几次，但总要信守承诺。而且林简祎这小少年，她确实没有和他一起吃饭的想法。

听出她的意思，许嘉礼擦干手，勾了下唇："姐姐这是把我当借口？"

戚禾轻笑一声，帮他把纸巾扔掉："这哪是借口呢，可不能冤枉人。"

许嘉礼随手拿过画册，和她一起转身走过楼道，随意反问："我怎么冤枉你了？"

"嗯？"戚禾尾音稍拖，漫不经心道，"姐姐可是怕你不吃饭，特地关心监督你，而你却说我是借口，这还不冤枉啊。"

胡扯。

许嘉礼却顺从道："那谢谢姐姐关心了。"

戚禾被逗笑，转头看他："那你晚上要不要考虑多吃一点？"

许嘉礼："不考虑。"

走过三楼楼道，到了楼梯口，因为刚下课，学生都堵在了往下的一层层阶梯上。戚禾看着这人群，皱了下眉，提议道："不然走一边？"

许嘉礼也蹙眉："应该都差不多。"

戚禾叹气："那走吧，总不能堵在这儿。"

许嘉礼跟着她往下走，但没有并排的空间，戚禾让他先下："帮姐姐探探路。"

许嘉礼扫了她的手，提醒着："手小心点。"

还没有完全好，如果又被撞到了，按她的性子肯定又要烦。

戚禾听到这耳熟的话，有些无奈："知道了，你这小孩怎么比我还唠叨。"

从相遇到现在听他说得最多的应该就是这几句话了。

许嘉礼转身迈下阶梯，纠正她："我不小。"

"是，是我口误。"戚禾似是歉意地点头，笑了声，"我下次一定记得不会叫你小孩。"

不知道信不信，戚禾没听见他回话，但也知道这地方说话不大合适，只能站在他后边，跟着他一节一节地走下楼梯。

走到二楼时，人群明显变得松散些，下行速度也变快了。

戚禾以防万一护着自己的左手，她确实不想再发生什么能让她再次打上石膏的意外了。

学生们渐渐下移，戚禾看着前方许嘉礼的背影，紧随其后。

快要接近一楼时，下半截楼梯的学生早就跑了出去，后边被堵着的人自然就跟上了。楼梯中间有一截宽敞的平台，许嘉礼并不急，缓步走下阶梯，到达平台上转过身看她。

戚禾沿着墙正准备跟着下来时，但可能是后边的学生太急了，没等她动作，直接从后面挤了出来。

戚禾原本就已经迈出了一只脚，猝不及防地被人挤撞了下，她重心不稳，身子瞬时前倾往台阶下摔去。

许嘉礼比她低一节，见此眼眸骤缩，下意识张开胳膊接住她。

扑入许嘉礼怀里的一瞬间，戚禾就看着自己的视线一晃。

视野画面里，似是看到了他那双极近的眉眼、鼻梁，而后被他沉香清冷的气息扑面袭来，覆盖过了她稍滞的呼吸。

下一刻。

戚禾清晰地感受到，有什么东西贴碰到了她的左唇角。

冰冷柔软，并带着他轻浅温热的气息。

轻轻擦过。

那触觉仅仅停留了一秒而已，可两人身子皆是一僵。

戚禾还没来得及说什么，身子已经顺着惯性倒入了许嘉礼怀内，下巴撞在他的颈窝处。许嘉礼一手紧扣着她的腰，一手掌心护住她的脑袋，顺着她的力道往后退了一步，稍稍定住。

他嗓音稍哑问："有没有事？"

戚禾顿了下，垂眸扶着他的肩站好，往后退了一步："没事。"

两人距离自然地拉开。

戚禾抬头看向他，张嘴想道谢，可恰好许嘉礼也抬起眸。

一瞬间。

两人四目相对上。

戚禾话语一顿，投入了他浅浅的眸底，里头似是隐匿着什么黯沉，略显幽深。

还未多看。许嘉礼只瞥一眼，便移开了视线。

见此，戚禾莫名也觉得有些尴尬，抿了一会儿唇，转过头。

刚巧后边拥挤的学生们看到戚禾差点摔倒，正打算奔跑下行的身影皆是停住，等收到许嘉礼看来的视线时，纷纷有些害怕地开口："老师对不起。"

戚禾闻言，回神摆手说了句："没事，下次注意点，别在楼梯上跑。"

学生们连忙点头应着，转身有序下楼。

队伍重新下行，戚禾跟在许嘉礼身旁，两人皆没有说话。可能是戚禾这事故发生得太过于突然，学生们都没怎么说话，安安静静地走着。戚禾没在意别人，只是觉得自己这儿的气氛，难以名状。

戚禾不自在地舔了下唇，动作一做出时，她稍顿。

左唇角那块皮肤好似还带着别的温度。

未消。

刚刚那触觉冰冷干燥，轻轻蹭过她的唇角，太轻又太短。

但难以忽视。

戚禾甚至也能记得这触碰间，附带而来的是他的气息，以及呼吸熨帖过她的脸侧。

微烫。

楼梯的阶梯高出了一节。

刚才戚禾站在上头恰好和许嘉礼处于同等高度，而倒下的时候，他接着她的身子的同时，刚好能碰到她唇角位置的。

只能是他的嘴唇。

这其实没什么难猜的，但戚禾想到这儿的时候，总觉得有点尴尬。

毕竟她也是把人家当成弟弟的。先不说有没有想法，但突然冒出来这事，莫名觉着自己有点大逆不道了。

这算不算占人家便宜？

醉酒·导盲犬

　　走下楼梯，戚禾侧头快速瞥了一眼他的唇，脑子里还在胡思乱想的时候。许嘉礼先开口说："姐姐介意吗？"

　　戚禾呼吸稍停了下，不确定他问的是不是和她想的一样，只能佯装不知："什么？"

　　"刚刚不小心。"许嘉礼转头看了眼她的左唇角，话语也恰好一止。

　　戚禾注意到他的视线方向，脸莫名有些发热。

　　"抱歉。"许嘉礼瞥开眼，声音低哑，"是我不小心蹭到了。"

　　你也不用说得这么详细。戚禾忍着脸上的烫意，语气自然道："没事，是我先不小心，你有什么好道歉的。"

　　许嘉礼抬眼看她，解释道："怕你介意。"

　　"我没有。"戚禾想起之前的事，扬起眉梢，半开玩笑道，"倒是你别觉得我是故意的就好。"

　　之前她对他别有所图的形象应该都定在他心里了。

　　这话像是提醒了他一样，许嘉礼语气稍慢问："姐姐是吗？"

　　戚禾差点被呛到："不是，别乱想。"

　　许嘉礼轻笑："好，我信你。"

"嗯?"戚禾语调稍抬,"这次怎么信我了?"

许嘉礼脚步放慢,一直和她并肩走着,声音也很轻,似是解释道:"这次有点明显。"

"啊?"戚禾没懂。

"姐姐没做什么。"许嘉礼盯着她,眼神意味不明,"是我先占便宜……"许嘉礼坦然道,"亲了你。"

…………

许嘉礼被戚禾教育了一番,并纠正不是亲只是意外,随后被赶去车库开车。戚禾回了办公室拿包,脑子里还想着刚刚许嘉礼说的话。

亲了你。

亲……

本来戚禾还觉得没什么,但这词太直白。没由来地,让她突然有点不自在。并且有点心跳加速……

对比下,许嘉礼反倒还挺能坦然接受。真是什么话都能说出口,一点都不介意。看来根本没把她当长辈。戚禾还在内心教育人,陈美兰刚巧跟在后头进来,瞧见她连忙问:"你没事吧?"

戚禾皱眉:"怎么了?"

陈美兰边看着她边问:"刚刚我一路回来就听到那些学生说你差点摔下楼梯。"

戚禾轻笑一声:"没那么夸张,而且我也没出事,别担心。"

陈美兰见她也没什么问题,点头:"那就好那就好。"说完之后,她也想起,扫了一圈办公室,"小许呢,他们还说是小许救了你,他没出什么事吧?"

戚禾顿了下,随意道:"他没事,好得很。"

陈美兰也不觉得他会出事,笑了声:"你们俩去上个课就好像去大冒险了一样。"

戚禾笑笑:"可能我命里多舛吧。"

"乱说什么呢。"陈美兰"啧"了一声,"这不是还有小许救了你嘛,哪儿多舛了?"

闻言,戚禾不知想到了什么,忽然垂眸轻笑:"还真是。"

陈美兰看着她的笑颜，愣了下，随后挑眉："来，你和我说说小许是怎么救你的？"

"能怎么救？"戚禾觉得好笑，简单地概括了句，"我差点摔倒，他扶住了我而已。"

陈美兰看着她调侃道："那小许也算是英雄救美了呀。"

戚禾扬了下眉："是吗？"

"是呀。"陈美兰朝她比了个眼神，"有没有被英雄感动到？"

戚禾哪能不明白她的意思，笑了声："陈老师是想当红娘？"

"没没没，我开玩笑的。"陈美兰看着她保证，"但如果你有这想法，我一定帮你。"

戚禾闻言，拖腔带调道："那不然我想想？"

陈美兰："嗯？"她确实是随便一提，以为戚禾也会拒绝，完全没料到她会这么说，瞬时一愣。

戚禾看着她的表情，勾了下唇，随手背起包和她道别："陈老师慢慢想，我先走了。"

陈美兰没来得及开口，连忙问："去哪儿？"

戚禾说："吃饭。"

走出艺体楼，往停车场走，许嘉礼的车也刚好开了出来。

戚禾走到副驾驶开门上车，随手拉过安全带系上。

许嘉礼发动车子问："想吃什么？"

戚禾拿出手机看着信息，反问："你想吃什么？"

许嘉礼随意道："我也吃不了什么，姐姐定。"他这胃能吃的东西不多，基本上就那几样，如果吃别的也只能尝尝而已。

戚禾想了想："那就吃清淡点的。"

许嘉礼应着，打起转向灯往右走，驶出校门口。

戚禾看了眼路口，顺着转头看向主驾驶座上的男人。看了几秒，想起自己刚刚逗陈美兰那句想想的话。她转过头，指尖轻轻敲了下手机屏幕，没说话。

车辆行了一会儿后，开出阳城时，许嘉礼放在一旁的手机忽然响了起来。戚禾听见声响，下意识顺着声源转头看向屏幕，发现上头出现的人名难得她还认识。

见许嘉礼没功夫看，戚禾先示意道："是柯绍文。"

许嘉礼眉梢明显皱了下："不用管。"

戚禾点头，自然也没动手机，但柯绍文可不是轻易就能放弃的人。铃声响了一会儿后，停了下来。没过几秒，接着又重新响起。戚禾在旁边听着这不懈的铃声，倒是头一次知道柯绍文这么有毅力，她闭眼忍住了，伸手直接挂断了电话。

然而重复到第三次时，戚禾睁开眼看他："柯绍文经常这么骚扰你？"

许嘉礼只说："偶尔。"

戚禾懂了，这偶尔看来就是他的经常了："要不要我帮你接？"

许嘉礼皱眉："姐姐要接？"

"怎么？"戚禾扫了眼手机，"会打扰你们？"

许嘉礼看她："姐姐觉得打扰什么？"

戚禾扬眉："兄弟情？"

能让柯绍文这么坚持不懈。

许嘉礼扯了下唇："你接。"

戚禾被他的语气逗笑，随手拿起手机按键接通。

还没等她开口说话，那边柯绍文先吵闹着出声："老许，你今天必须给我出来，老子都找你好几天了，你就不能答应一次吗？"

戚禾扬了下眉，慢悠悠开口问："答应什么？"

这话可有点问题了。她声音响起的一瞬间，柯绍文明显被吓了一跳，沉默了两秒后，骂了句脏话。骂完后，柯绍文反应过来，连忙质问："你谁？怎么拿着许嘉礼的手机？"

戚禾听着这越来越有问题的话，没忍住问："你和许嘉礼什么关系？"

柯绍文说："关你什么事？我兄弟不行？"

戚禾笑了声，也不再逗他："他在我旁边，你想说什么我转告。"

"不是。"柯绍文抓着问，"你还没告诉我，你是谁呢？"

"戚禾。"

可能提醒了他，柯绍文立即听出了她的声音，一惊道："小戚姐，你怎么在许嘉礼旁边？"

"你问题这么多。"戚禾懒得解释,"还说不说正事了?"

柯绍文连忙恭敬:"是我们这儿有个聚会,想找老许过来玩玩。"

"聚会?"戚禾挑眉,"上次那帮公子哥儿?"

"那不是。"柯绍文解释说,"上次那是别人带的人来的,这回都是认识的,只是吃吃饭而已。"

戚禾转头把这些话转述给了许嘉礼。

许嘉礼给了两个字:"不去。"

"老许过分了。"柯绍文听到了他的声音,"吃饭还不来,都等着你呢。"

戚禾直接开了外放,而没听见他回话,柯绍文放弃,改了另外一个策略:"那不然小戚姐你来吧,反正都认识。"

"我?"戚禾语调稍抬,"我去干什么?"

"吃饭,这次是个喜宴。"柯绍文提了句,"况哥也在,您也来啊。"

何况?戚禾挑了下眉,旁边的许嘉礼说了句:"地址发给我。"

戚禾一愣,转头看向他:"你要去?"

"来来。"柯绍文怂恿着,"小戚姐,老许都来了,你也来吧。"

戚禾看着许嘉礼的苍白脸色,想了想:"行,那我也来。"

柯绍文闻言立即应下,挂断电话后连忙就把地址发了过来。

戚禾帮着看了眼信息。聚会是在盛兴会所,此时他们的位置刚好就在会所前面的一段路,离得不远。

许嘉礼行到前边的路口掉头转弯往回走,最后行到会所前下车。

戚禾跟着他一起经过大门往里走,好奇地问:"怎么突然想来了?"

后边有服务生拖着行李架走过来,视野被堆叠着的行李箱挡住,没看到前边的戚禾,直直地向她走来。戚禾正在和他说话,也没关注到后边的事。许嘉礼侧头看着她,余光扫到这动静,伸手轻轻揽过她的腰带到自己怀里,往旁边一退。

戚禾没料到会有这出,感受到自己腰上的手臂,稍稍顿了下。

后边的服务生似是也察觉到了不对劲,从行李箱后探出头看着两人,连忙道歉。戚禾摆手示意没事,刚从许嘉礼怀里站出来时,就听见旁边有人叫她。

"小戚姐。"

闻言，戚禾和许嘉礼转头看去，就见柯绍文不知道从哪儿冒出来，站在旁边看着他们俩，最后还特别扫了眼许嘉礼："禽兽。"

戚禾听着这称呼还真愣了下，仿若没想到又重复了一遍："禽兽？"

她往后边的许嘉礼看了眼，眉梢一扬："这是你们俩的爱称？"

许嘉礼扯了下唇："不是。"

"怎么可能！"柯绍文连忙反驳，"我和他才没有什么爱称呢！"

看着他这着急的样子，戚禾轻笑一声："没有就没有，这么激动干什么？"

"怕你冤枉我。"

"那你好端端骂人家干什么？"

"没什么。"柯绍文扫了眼许嘉礼，"觉得他挺符合这气质的。"

戚禾不是很懂他们小男生之间的事，提醒一句："在这儿骂人可不好，注意点。"

柯绍文没答应，扯开话题说："小戚姐我带你去包厢吧。"说着，他看着许嘉礼示意让他跟自己走。

戚禾没注意到他的眼神，点头应着。

柯绍文让她先走，戚禾看了眼他的让位："嗯？"

柯绍文胡扯一句："女士优先，我在后面为你保驾护航。"

戚禾无语地看他，但也没拒绝，转身先走在前面。

柯绍文在旁边陪着，经过前边的大厅正准备往电梯口走，他似是不想挤到戚禾，脚步慢了下，稍稍落后跟着许嘉礼并肩一起走。许嘉礼扫了他一眼。柯绍文没理他，只是看着前面身姿纤瘦漂亮的戚禾。

半晌后，柯绍文似是终于忍不下去，转头盯着许嘉礼："你这个禽兽！"语调很轻，像是怕被戚禾听到，但语气有些凶狠。

闻言，许嘉礼睨着他："你有事？"

柯绍文见他是这样的态度，更气了，直接戳穿他："我刚刚都看到了！"

许嘉礼反问："看什么？"

"你，"柯绍文瞥见前边快到的电梯，又看了眼戚禾，想了想还是作

216

罢，眼神刮着他，"算了，我先给你点面子。"

许嘉礼扯唇也懒得理他，跟着一起进了电梯内。

柯绍文单手先按了五层，随口问了句："小戚姐，你刚刚怎么和许嘉礼待在一起的？"

戚禾懒洋洋开口："在同个画室教课。"

"画室？"柯绍文眨了下眼，转头看向许嘉礼，"你还在画室教画画？"

许嘉礼淡淡地应了声。

柯绍文皱了下眉："那你们俩是同事？"

戚禾点头："是吧。"

这下，柯绍文又看了眼许嘉礼："那应该经常能碰面吧？"

听着他这接二连三的问题，戚禾挑了下眉："你想问什么？"

"我能问什么啊。"柯绍文眨了下眼，"我就想关心关心您而已。"

也不知道他说真话还是假话。戚禾没来得及多问，电梯也刚好到达了楼层，应声打开。几人走出电梯往包厢走，门外正在等候着的服务生瞧见几人，颔首问好后将门推开。

这次柯绍文确实没说错，里头是个简单的饭局。人不多，大概就六七个人而已，戚禾走进后一眼就看到了坐在里头的何况。

何况明显也看到她，有些愣。戚禾接收到他的眼神，眉梢轻扬。

餐桌的位置基本上都是散的，柯绍文自然坐在了男生堆，戚禾和许嘉礼就坐在了旁边剩下的两个空位。其他人看到他们进来，注意到戚禾后也是意外。而有的小辈对戚禾也没什么印象，看了眼许嘉礼自然开口说了句："许哥恭喜啊。"

"乱恭什么喜呢。"柯绍文敲了他的脑袋，看了眼戚禾，"这位是戚禾，是姐姐，懂吗？"

男生也想起来连忙道歉，戚禾摆手："没事，我只是来蹭饭的。"

她先问清楚："今天是有什么喜事？"

柯绍文指着坐在主位上的男人："这是小文，您还记得吗？"

戚禾顺着看去，没什么印象地点头："嗯，怎么了？"

柯绍文说："求婚成功，开心请客吃饭。"

倒是没想到是这个，戚禾轻笑一声："这确实要恭喜。"

小文有点不好意思，连忙点头："谢谢小戚姐。"

其他人陆陆续续说着恭喜，随后又调侃了几句，话题继续聊着。许嘉礼没参与，端起一旁的茶壶帮她倒了杯水。戚禾正好有点渴，伸手想端起来的时候，却被许嘉礼给挡了下，他的掌心刚好包裹了她的指尖。

戚禾稍愣："怎么了？"

许嘉礼解释："烫，等会儿。"

戚禾点头，自然地收回手，却莫名觉得指尖有些热热的。她还没多想，忽然感到自己左侧有一道视线投来，带着审视。

戚禾下意识转头看去，随后，就对上了何况那张脸。

见她看来，何况扫了眼她旁边的许嘉礼，挑了下眉，用眼神询问："你什么情况？"

戚禾扫了他一眼，示意没情况。何况轻轻嗤了一声——骗谁呢。戚禾突然觉得头有点痛，但现在也不好解释，就只能随便他误会了。

"看什么？"许嘉礼的声音响起，打断两人的对视。

戚禾偏头看他："嗯？"

许嘉礼垂眸淡淡问："姐姐喜欢？"

戚禾蒙了下："喜欢什么？"

许嘉礼抬眸看了眼已经转头在和人说话的何况，指明说："他。"

戚禾顿时觉得荒唐又好笑，盯着他看了几秒，莫名升起了兴致，敛了敛眉眼，压低声音问："为什么这么说？"

许嘉礼瞥了她一眼："刚刚你看了他挺久。"

戚禾舔了下唇，含笑提醒道："他有女朋友的，你应该见过。"

她当然不可能做出抢人家男朋友的事。

许嘉礼扯唇："那喜欢这种类型？"

"弟弟。"戚禾低笑，继续说，"我怎么就会喜欢他那样的？"

许嘉礼盯着她："我以为你喜欢。"

听着他的语气，戚禾挑眉："为什么觉得我一定会喜欢他，这可就有点奇怪了，说来给姐姐听听。"

许嘉礼见她似是真的无所谓，没多说什么，只是端起水杯递给她："可以喝了。"

戚禾被逗笑："等会儿再喝，你先说说为什么。"

许嘉礼把水杯放下，漫不经心道了句："以前看你们挺亲密。"

闻言，戚禾稍稍疑惑："以前？"

许嘉礼看着她的表情，淡淡提醒："他来阳城找你。"

戚禾听到这话，大脑自动回忆了下，很快就想起了他说的这事。

因为在阳城的时候，总共就那么几个人来找过她。而何况来的那一次，确实还让她有点意外。当时戚禾在许家教许嘉礼上课，接到何况电话的时候，何况开门见山地就说自己来阳城了，现在在她家门口。

戚禾闻言蒙了下，还以为是出了什么大事，连忙从许家出来找他。

那时何况站在戚家别墅前，看到她的身影后，扫了眼许家门口，皱眉问："你家不是在隔壁？"

戚禾没解释，直接问他："你怎么来找我了？出事了？"

被她一提，何况摸了下鼻子，开口说："你和我走一趟。"

"干吗？"

"安安不理我。"

之后戚禾直接伸手把人打了一顿，让他站在门口等着，自己回去和许嘉礼解释了自己要先走的事。

她返回许家的时候，一打开门就看到了门后的许嘉礼。少年清瘦的身影半掩在门后，光影有些稀落疏散，让他的五官看起来如剪影般立体。他微微垂着眸看向她，睫毛在那双浅浅的瞳色内打下一层暗影，显得冰冷阴郁，又藏着点别的情绪。视野内出现了她的身影，下一秒，少年眸底的冷色渐散，只剩下寡淡。

戚禾看见他，眉梢微挑："你怎么出来了？"

许嘉礼低着眼："来找你。"

"那你可能要先回去了，我有点事要出去一趟，估计回来会有点晚，今天就不上课了。"

许嘉礼抬眸看了眼门外，声音有些轻："和他吗？"

戚禾点头应了一声，宽慰他："放心，姐姐和他很熟，不会有什么事的，你乖乖待在家里。"

许嘉礼默了两秒，又问："要去很久？"

"我也不知道。"戚禾看了眼时间，"如果你担心，姐姐回来给你发信息报平安怎么样？"

许嘉礼垂了下眸："嗯。"

戚禾笑了声："那我走了。"

"记得回来。"

"放心，姐姐记得。"说完后，戚禾又嘱咐了他一句，随后就转身出去跟着何况去找宋晓安了。

没想到他还记得，戚禾抬眸看他，觉得好笑道："就因为这事啊？"

许嘉礼看着她，不语。

"那是我陪他去哄女朋友了。"戚禾解释完，补了句，"而且我要真喜欢他，怎么可能还会和他一起玩，难道想天天看他们秀恩爱自虐吗？"

听着她的解释，许嘉礼表情平静："不是吗？"

戚禾被气笑了："你操心得倒挺多，再说姐姐的眼光没有那么差吧，怎么可能看得上他啊。"

闻言，许嘉礼"嗯"了声："那就好。"

戚禾一愣："好什么？"

许嘉礼似是担忧道："怕对姐姐的未来感情造成影响。"

"嗯？"戚禾没懂这话。

许嘉礼语气轻散问："姐姐忘了？"

"下午我占了姐姐便宜，亲……"

"行了。"戚禾头皮一麻，连忙出声打断，"你哪儿这么多心思想这些乱七八糟的事。"

许嘉礼稍稍歪头："我担心你。"

戚禾看着他那张脸，视线扫过了他的嘴唇，莫名有些脸热，忍着扫了他一眼："你先担心自己的感情问题吧。"

看着她藏起发红的耳尖，许嘉礼眼眸微深："不是有姐姐吗？"

戚禾端起水杯："有我难道就能找到女朋友了？"

许嘉礼直勾勾地盯着她，应了声："应该能。"

也不知道他为什么能这么笃定，戚禾可不觉得自己有这个能力，但她当然也不能打自己的脸，含糊其词地应着，不再多说。

包厢内的人都在聊着天，等到菜上来后，戚禾看点的都是比较热门的菜系，她确实也有点饿，拿起筷子认真地吃着饭。而男生们在旁边说着，时不时会问许嘉礼几句，有的就直接来找他喝酒聊天。

许嘉礼一般都直接拒酒不喝，他们自然也不勉强，只笑着说他好男人，滴酒不沾啊。戚禾听到这话，轻笑了一声。

许嘉礼盛了两勺排骨汤放在她碗里，低语了句："姐姐笑我什么？"

戚禾看着他好奇地问："你真的没喝过酒？"

虽然他的胃不好，但适量适度应该是可以的，只是不喝更好而已。

果不其然，许嘉礼答了句："喝过。"

戚禾抬了抬眉，好奇地问："第一次喝是什么时候？"

许嘉礼看她："高中毕业。"

戚禾倒是没想到，调侃："弟弟怎么还背着姐姐偷偷喝酒呢？"

许嘉礼"嗯"了声："想试试什么味道。"

戚禾轻笑着："那好喝吗？"

"不好喝。"许嘉礼也反问她，"姐姐觉得呢？"

戚禾沉吟一声："看情况。"

许嘉礼点头："比如？"

"比如。"戚禾看着他，笑了声，"比如像你这样不喝酒的人，对女生来说确实是个好男人。"

许嘉礼笑："那姐姐也觉得我是好男人？"

"当然是。"戚禾充分地肯定他，"你是个好男人，姐姐给你做证人。"

许嘉礼应了声："谢谢。"

戚禾被他这礼貌的样子逗笑，让他也吃点饭不能空着肚子。而没等一会儿，许嘉礼收到了钱茂的电话，似是有什么工作上的事和他说。

许嘉礼淡声应着，看了眼戚禾，示意自己出去接电话。

戚禾点头，让他去忙。许嘉礼离场后，也没什么人在意，倒是其他人看到空位旁边的戚禾，可能是想按着礼貌过来打招呼，纷纷跟着柯绍文叫她："小戚姐。"

戚禾点着头，拿起茶准备以茶代酒，但莫名拿错了许嘉礼的杯子，里头是其他人给他倒的酒。涩感传入口中的一瞬间，戚禾皱了下眉，随意把杯子放下。

旁边的何况也走过来，看了她一眼："你还真是来吃饭的。"

"不然？"戚禾端起茶杯喝了口，冲淡嘴里的酒味，看他起身，问，"你要走了？"

"差不多。"何况看她，"你走不走，送你一趟。"

"不用，你这有女朋友的人回家吧。"戚禾随意道，"我吃完饭再走。"

"噢。"何况扫了眼她旁边的空位，"想等你的弟弟一起回家直说。"

戚禾听出他话里的揶揄，眉梢微扬，慢悠悠道："怎么？不行？"

见她这反应，何况一愣："你玩真的？"

"我玩什么玩。"戚禾摆手催促，"行了，你赶紧走。"

何况听出她的意思，"喊"了声："我走了，你自己注意点啊。"

"我有什么好注意的？"戚禾挑眉，"弟弟能对我有什么坏心思？"

何况扫她，嗤笑一声："要有坏心思能让你看出来？"

戚禾："嗯？"

看她的样子，何况也没再多说，和她说了句有事打电话，就转身和其他人打招呼出去了。

戚禾坐在位置上，随意端起了茶水又喝了一口，刚巧今天求婚成功的小文来找许嘉礼，见是空位，随意问了句："小戚姐，老许呢？"

戚禾朝门外看着解释道："他出去接电话了。"

小文可惜地"啊"了声："这样啊。"

看着他失望的表情，戚禾笑了声："你们知道他不喝酒怎么还来找他？"

小文解释道："他有时候也会喝，所以来问问。"

戚禾看他拿着酒杯，莫名有点馋，端起刚刚放在手边的酒，抿了一下，随意道："他应该也喝不了多少吧。"

"那不是。"小文笑道，"他在我们这儿是酒量最好的。"

"嗯？"戚禾以为自己听错了，"他不喝酒还酒量好？"

"他经常和我们喝酒。"小文又提道，"以前还喝得胃出血过。"

戚禾拿着酒杯的手一顿："什么时候？"

小文想了想："就大学的时候吧，年轻气盛的，也不管自己的身体，不过他身体本来就差，胃出血这事应该也不算难。"

戚禾听着他的话，扯了下唇角。

"但是吧。"小文似是想起什么，"我觉得他那段时间不对劲。"

戚禾看向他："怎么？"

小文回忆了下说："他就像要特意喝酒买醉一样。"

许嘉礼和钱茂大致确认完工作后，随手挂断电话正准备回包厢，脚步稍转就看到了后边晃着身子出来的柯绍文。

许嘉礼扫了他一眼，没打算管他。而柯绍文却把他叫住："许嘉礼，你给我过来。"

许嘉礼侧头看他："怎么？"

柯绍文看了眼四周，两人站在会所的阳台上，除了他们俩没有其他人。随后，柯绍文上前神秘兮兮地凑近问他："你是不是对我小戚姐有什么禽兽的想法呢？"

许嘉礼似是不意外，慢悠悠反问："比如？"

"还比如？"柯绍文被气笑了，"你有想法自己不知道吗？"

许嘉礼扯了下唇："我有什么想法？"

"你还要我说出口是吧？"柯绍文看着他，"刚刚在楼下我可看到了，你对人家又搂又抱的，亏我小戚姐还把你当弟弟，你居然觊觎人家！"

许嘉礼看他，忽地笑了下："是又怎么样？"

见他大胆承认，柯绍文诧异地看他："你真想和人家谈恋爱？"

"和她谈恋爱？"许嘉礼神色散漫，似是毫不在意，"说少了。"

许嘉礼扯唇："我要的，你以为就这么点？"

闻言，柯绍文表情管理已经失效，可能觉得震惊，噎了好半晌后，盯着他狠狠地说了句："畜生。"

许嘉礼神色平静，"嗯"了声："我没说不是。"

柯绍文忍了一下，扫了他一眼："你能不能要点脸？"

许嘉礼抬了下眉："我怎么？"

"你还有脸说怎么？"柯绍文真的看不上他这样，"你刚刚都承认不只想和小戚姐谈恋爱，其他的事还用得着我一件件说出来提醒你这龌龊心思！"

"你要想提醒我，"许嘉礼仿佛觉得没什么问题，语气散漫道，"我也没意见。"

柯绍文被气到，直接破口大骂。

"我就说之前你怎么总是和我鸡同鸭讲着屁话呢。"柯绍文明白过来，冷呵了一声，"原来给我在这儿演呢。"

闻言，许嘉礼并不否认。

柯绍文看他这样，问："所以你现在什么情况？在一起了？"

许嘉礼抬眸扫了他一眼，没答话。柯绍文接收到眼神，哪儿能不知道什么意思，立即笑出了声："哟，原来还在追呢。"

听着他聒噪的声音，许嘉礼懒得理，看了眼时间直接绕过他往外走。柯绍文连忙跟上他，在旁边说他干打雷不下雨的，在这儿信誓旦旦说着但人都没追上，虽然是骂着他，但到后边就变成了警告。

"你喜欢小戚姐，我也不说什么了，但既然追就老老实实地追，别想着什么龌龊的坏心思，不然我直接去姐姐那儿戳穿你，我可不管你什么兄不兄弟的，知道吗？"

许嘉礼扫他一眼："用不着你提醒。"

"那是我姐！"柯绍文没忍住，"而且如果你不是我兄弟，我说个屁。"

许嘉礼轻扯了下唇："要是我真想做什么，你觉得我会等到现在？"

柯绍文："你个畜生。"

两人回到包厢内，里头的人瞧见他们连忙开口："你们俩跑去哪儿了呢，都想逃酒不喝是吧！"

柯绍文"喊"了声："我有什么好逃的，上个厕所而已。"

几人自然不会放过他，端着酒杯让他罚酒，而许嘉礼直接绕过他们，往后边的戚禾方向走。见她还坐在原位上，稍稍背对他似是和人说话，许嘉礼视线一抬，看见她旁边坐着的小文，眯了下眼，迈步走去。

"哟，老许回来了啊。"小文瞧见人影，笑着开口说。

戚禾闻言转头看去，看了他几秒，懒洋洋问："电话打完了？"

"嗯。"许嘉礼坐回自己位置上，扫了眼她手里的酒杯，"喝酒了？"

戚禾轻笑着："一点点。"

许嘉礼看杯里的红酒只剩原来三分之一了，觉得好笑："这是一点点？"

"刚刚不小心拿了你的杯子。"戚禾慢悠悠道，"不过反正你也不喝，姐姐就顺便帮你喝了。"

"嗯，还挺好心。"许嘉礼说着从她手里把酒杯拿下来，给她换成了温水，"现在喝这个。"

一旁的小文看着许嘉礼这自然照顾人的动作，愣了下，随后看了眼戚禾，又看了眼许嘉礼，斟酌一下后开口说："那小戚姐等会儿再聊，我先去绍子那儿了。"

"好，去吧。"戚禾拖腔说了句，"祝你求婚快乐啊。"

小文觉得不好意思："谢谢小戚姐，也祝您早日找到男朋友。"

戚禾眉梢轻挑："那就借你吉言了。"

小文看了眼许嘉礼的表情，和往日没什么差别。

许嘉礼似是也有所察觉，抬起眸看向他，淡淡问："怎么？"

"没什么，你不喝酒那就多吃点。"

小文只当是自己想多了，嘱咐了句起身就走了。

戚禾也没在意他，而是看着自己手里的水杯，轻笑一声："弟弟，哪儿有喝酒喝到一半变成喝水的？"

"在我这儿有。"许嘉礼把酒杯放在自己手边，不让她碰，"少喝点，对胃不好。"

戚禾听到这话，看了他一眼："原来你也知道对胃不好。"

许嘉礼："嗯？"

戚禾挑了下眉："小文可说你在这儿的酒量是最好的。"

许嘉礼抬眸："刚刚你和他就聊这些？"

"是吧。"戚禾指尖敲了敲水杯，"还有聊你喝到胃出血的事。"

许嘉礼一顿："还有呢？"

"嗯？"戚禾语调稍抬，看着他皱眉，"你除了胃出血还有别的问题？"

见她脑回路突然转了个大弯，许嘉礼突然有些泄气，无奈地笑了下："没有。"

戚禾不相信："骗人。"

许嘉礼盯着她看了一会儿，忽地叫了声："戚禾。"

戚禾看向他："你叫我什么？"

许嘉礼扯唇："还以为姐姐喝醉了。"

戚禾明白到他是在测试她，懒洋洋道："放心，姐姐酒量还没那么弱。"

许嘉礼看着她的脸："是吗？"

"是啊。"说完后，戚禾端起水杯慢慢喝着。

看着她的动作，许嘉礼勾了下唇，也没戳穿她。

戚禾觉得头有点发晕，但还没到醉的地步，她的意识还是挺清醒的，也不会有什么问题。她安安静静地喝着水，而前边刚刚让柯绍文罚酒的几位男生过来找许嘉礼，问他要不要喝酒，不喝就算了不罚他。

许嘉礼"嗯"了声，随手拿起刚刚手边戚禾喝的酒杯，唇瓣贴着杯口，将只剩下一点的红酒喝完，随后抬眸看向他们。

男生们见此笑了几声，自然知道他这是赶人的意思，纷纷和旁边的戚禾打了招呼后，不再多留。

许嘉礼把酒杯放下，戚禾看了眼："怎么突然喝酒了？"

许嘉礼看着她手里的水杯，解释道："帮姐姐完成任务。"

刚刚是她说喝酒不能喝一半。戚禾点头，随意应了句："嗯，少喝点。"说完后，她鬼使神差地又往酒杯的方向瞥去。扫到刚刚他喝过的杯口时，戚禾垂下眼，继续喝着手里的水，似是想保持清醒。

许嘉礼背靠在座椅上，等了一会儿后，懒洋洋地问："喝完了？"

戚禾脑子有些慢，闻言，抬眸看他，注意到那苍白的唇被红酒染了色，有些红艳，带着水光，勾勒着浅浅的弧度，问："回家吗？"

酒精好像开始起作用了。

在这一刻。戚禾觉得自己好像被迷了眼，她压着半拍的心跳，瞥开视线，点头应着："走吧，也差不多了。"

许嘉礼和柯绍文打了招呼后，柯绍文也有些喝醉了，但听到他说话的时候，还是不忘提醒他："你注意点。"

许嘉礼没管他，转身直接带着戚禾往外走。

电梯到达一楼大厅时，许嘉礼怕她走不稳，伸手想扶她的身子。

戚禾注意到后，忍着晕眩，摆手避开了。

许嘉礼的手微微顿住："怎么？"

戚禾垂了下眸，安静地开口："不用，我自己可以走。"

许嘉礼收回手，淡淡道："嗯，那就自己走。"

戚禾点头，平稳地迈步向前，走了几步后，她莫名觉得这地有点软绵绵的，还没等她多想，后头先传来了男人的一声轻笑。

下一秒，戚禾感到自己的双肩被人虚扶住，带着熟悉的清冷沉香，稍稍冲淡了点她大脑里的酒意，也添了几分安定感。

戚禾侧过头看他，语气有些散漫："为什么扶我？"

许嘉礼半揽过她的肩，低着眼对上她的眸子，音调稍拖，似是安抚又是蛊惑："姐姐不要我扶吗？"

戚禾盯着他看了好一会儿，宛若在思考又像在纠结，最后转头收回眼。

许嘉礼看着她的侧脸，过了几秒后，就听见她轻轻说了句："别让我摔倒了。"

许嘉礼闻言轻笑一声："不会。"他掌心无声收拢，稳稳地扶着她的肩膀，将她半揽在自己臂弯里，又似心上。

他掌心感受到她的消瘦，垂眸，微不可闻地说："哪儿舍得。"

因为两个人都喝了酒，许嘉礼让会所的代驾开了车。

许嘉礼扶着戚禾坐在后座内，单手帮她系好安全带后，轻声问她有没有难受得想吐。

戚禾摇头："没有。"

许嘉礼见她闭上眼，过了一会儿后又睁开盯着他。

许嘉礼稍疑："怎么？"

戚禾皱眉，观察着他的脸色："你胃有没有不舒服？"

没想到她还能记得这个，许嘉礼稍稍一愣，唇角弯了起来："没有，我只喝了一点而已。"

戚禾闻言才有些放心，拖着音"嗯"了声，重新闭上眼。

车窗被许嘉礼稍稍打开了点，外头冬夜的冷风透过缝隙闯入后座，稍稍吹散了点身上的躁热和晕眩。戚禾觉得舒服了不少，侧头靠在座椅内，微皱的眉心渐渐舒展开。许嘉礼见她神色稍缓，转过头身子往后轻靠进座椅内，感受着窗外吹来的冷风，再加上身旁醉酒的人，倒是让他不自觉地想起了以前高三寒假。

阳城大学放假一般比高中放假早，所以戚禾也不急着回家，在阳城继续和大学同学约着一起出去玩。

许嘉礼当时考完期末最后一门英语，坐着公交车回阳城小巷时，就看到了半路上喝醉酒回来的戚禾。她也不算是完全醉，至少还知道回家的路，但可能是没忍住生理反应，直接扒着路边垃圾桶就吐了出来。

公交车快到站时匆匆掠过路边那道弯着身子的背影，许嘉礼还以为自己看错了，但还是下意识到站下车。他沿着小巷往回走，远远地看到那道身影旁多了一位女生。

许嘉礼皱眉，快步上前，走近后才认出是住在巷子里的池栀语。

池栀语正在安抚着呕吐的戚禾，可能听到了脚步声，一转头就看见几步外的许嘉礼，认了几秒后，有些不确定地叫了声："许嘉礼？"

两人在小时候经常见面，现在长大后池栀语去外面上大学自然没什么机会见面。许嘉礼点了下头，算是应过，走到前边正在漱口的戚禾身旁，皱了下眉问："怎么了？"

池栀语解释一句："我刚刚看到她一个人在这儿吐，怕她出事就过来看看。"

戚禾吐完后舒服了不少，抬起头看见许嘉礼后，还有些晕乎乎的："嗯？弟弟你怎么在这儿？"

听此，池栀语眨了眼："小许，你们认识吗？"

许嘉礼点头："认识。"

"那就好。"池栀语回答完，又似是想起来什么，看着他笑了声，"刚刚她一直在叫弟弟什么的，我以为是和人失散了，原来是在叫你啊。"

闻言，许嘉礼顿了下，随后看着戚禾，应下："嗯，是我。"

之后许嘉礼和池栀语道了谢后，扶着戚禾往巷口走，但走到一半戚禾的娇气性子冒出来，不想走了。许嘉礼盯了她几秒，让她站稳后，背过身子，蹲在她面前，淡淡道："上来，我背你。"

看着他的背影，戚禾迟疑了一会儿，似是有些担心地问："弟弟，你背得动我吗？"

许嘉礼回过头看她，说了句："上来。"

戚禾看着他清瘦的身子骨，皱了下眉："还是算了。"

许嘉礼盯着她："你上不上？"

戚禾歪着头思考了下，伸手扶在他的肩膀，在趴上他的背之前，还是以防万一地问了句："如果你把我摔倒了怎么办？"

许嘉礼被气笑了："我就这么不靠谱？"

戚禾点头："有点。"

许嘉礼似是无奈，语气带着轻哄："那姐姐上来试试看，我会不会把你摔倒？"

"噢，这是个好主意。"戚禾说着，傻傻地就弯腰趴在了他的背上，双手自然地环着他的脖颈。

许嘉礼感受到自己背上的贴近和她的柔软温热，身子瞬时僵了下。

戚禾见他不动，以为他不敢起来，软着声重复了句："别把我摔了。"

许嘉礼眼睫一垂，嗓音低哑地"嗯"了声，随后，轻而易举地将她背起："怎么喝酒了？"

戚禾没答，只是随意把下巴搭在他的肩膀上，带着酒气反问："许嘉礼，你怎么来这儿了？"

许嘉礼听着耳边的细语，随意道："因为看到你了。"

"嗯。"戚禾拖着音调，"这样啊。"

许嘉礼看着前方，天色黄昏时分，洒在街边的光线有些昏暗，似是遮住了他的侧脸，有些看不清："姐姐喝醉酒为什么叫我？"

戚禾侧头靠在他肩上，垂眸似是呢喃地低声说了句："因为你可以带我回家。"

半晌后，她声音闷闷的，似有若无地又道："只有你可以。"

少女的声音轻柔微懒，带着毫无保留的依靠一点点地砸在了他的心上。那一刻，许嘉礼记得自己的心脏重重一跳，侧过头看着她的发顶，还没开口说什么，戚禾拖着懒音又补充了一句："就像导盲犬一样。"

"你真的很像那种、那种……"戚禾似是在思考着，说话磕磕绊绊的。

"哪种？"许嘉礼问。

戚禾微微抬起搭在他肩上的头，盯着他的侧脸，吐出三个字："小狼狗。"

许嘉礼似是觉得无语："真把我当狗了？"

戚禾眨了下眼，懒懒问："不好吗？"

许嘉礼"嗯"了声。

"可是。"戚禾的语气纠结，缓缓道，"我挺喜欢的怎么办？"

许嘉礼抬起眸："喜欢什么？"

戚禾迷糊地盯着他，一个字轻含在嘴边，最后还是变成了三个字："小狼狗。"

许嘉礼扯唇："很喜欢？"

戚禾可能觉得累，靠在他肩上闭眼，没说话。

两旁的路灯忽然亮起，黄昏散尽，只留有些许余光，本已经陷入黑暗的前方，在这时却又被街边的灯光点亮。两边的旧屋还带着炊烟缭绕而起，在冬日凛冽的寒风中，微染着暖意。

许嘉礼背着她缓缓朝巷口的方向走，听着肩上的呼吸，戚禾带有些滚烫的气息，熨帖地扑洒在他的颈窝处。同时，顺着神经脉络往下，柔过了他的心脏。

四周安静。

许嘉礼很轻地说了句："那我就当吧。"

背上的少女已被醉意侵袭，闭着眼安静得似是昏睡了过去。

无人回应。

许嘉礼眼睑微垂，看着前方地上投射出来的影子。他的身影在前，而她只露出了半个脑袋。交叠覆盖着，如恋人一般。

"当你喜欢的导盲犬。"

在任何时刻，都可以接你回家。

不会让你迷路，也不会让你独自一个人。

"那这样，"许嘉礼喃喃道，"是不是就可以算，你也喜欢我？"

当时因为醉酒，许嘉礼不好带她回到许家，所以还是背着她回了隔壁戚家。他一手半抱着人，另一只手从她包里拿过钥匙推开门，往里走。许嘉礼准备带她上楼回房间，但可能是回到了熟悉的地方又有熟悉的人在，戚禾一直控制的神经开始放松，酒精的作用也显现了出来。

戚禾指了指厨房，眯眼软着声说："我想去那里。"

许嘉礼看了眼："要喝水？"

戚禾点点头。厨房是开放式设计，许嘉礼扶着她走去，随后让她坐在料理台前的椅子上，他转身准备给她倒水。

而戚禾在后头先开口："弟弟，问你一个问题。"

许嘉礼背着对她，淡淡应了一声："问。"

戚禾语气有些慢："你喝过酒吗？"

"没有。"答完，许嘉礼端起水杯转身，就看到后边的戚禾不知道从哪儿找出了一罐啤酒，捧在手心里，坐在椅子上看着他，眨眼道："那现在喝吧。"

许嘉礼看了眼旁边还没来得及关上的冰箱，随手合上，走到她面前伸手："给我。"

戚禾伸出一根手指在空中摇了摇："不行，要一起喝。"

许嘉礼耐心地解释："你喝醉了，之后再喝。"

戚禾完全不听他的话，自顾自地说："弟弟，今天姐姐告诉你一个秘密。"

许嘉礼看着她这样子，完全不觉得她能有什么正经话告诉他，敷衍地应了声："什么秘密？"

下一秒，戚禾撑着料理台俯身凑近，低头似要与他耳语般，神秘兮兮地告诉他："酒是个好东西，能让你忘记一切烦恼。"

没想到她会突然靠近。

许嘉礼瞬时定住，被她炙热混浊还带着淡淡酒气的气息袭过了神经，而她还有意地贴近来，将自己的身躯送到他眼前，眼尾轻挑起。

如夜间勾魂的狐狸精，使人迷失心智。

仅是几秒。话说完后，戚禾就坐了回去，把手里的啤酒拉环打开，罐口贴着唇瓣，仰头正要喝时，忽然被人止住了动作。

许嘉礼拿过啤酒，把水杯放在她手里，哑着嗓子说："你喝水。"

戚禾立即皱眉："为什么？"

许嘉礼耐心地解释："你喝醉了，不能再喝酒了。"

戚禾板着脸："我没醉。"

"嗯。"许嘉礼点头，根本不听她的鬼话，直接说，"喝完水快去睡觉。"

"为什么是喝水？"戚禾歪了下头，脑子莫名很清晰地问，"不应该是喝蜂蜜水解酒吗？"

许嘉礼哪知道这个，但也没什么尴尬的，直接问："是吗？"

戚禾眨了下眼："是啊。"

许嘉礼点头："我去泡，你先喝水。"

戚禾看着他，语气稍软："可是我想喝酒。"

许嘉礼拒绝："不行。"

戚禾对着他的眼睛，沉默了一会儿，随后看了眼被他拿走的啤酒，语气慢了下来："那你帮我喝。"

许嘉礼挑眉："什么？"

"我看着你喝。"戚禾指了指啤酒，"就可以当我喝了。"

许嘉礼莫名觉得好笑："我为什么帮你喝？"

戚禾皱眉，完全不退让道："那就我自己喝。"

许嘉礼见她这架势今晚是一定要喝酒，有些无奈地选择了前一个选项："行了，我帮你喝。"

闻言，戚禾眼睛一亮，看向他连忙点头："好。"

见她这样子，许嘉礼轻笑着，拿起啤酒，还没有什么动作时，戚禾又似是想起什么，连忙板着脸改口道："不行。"

许嘉礼看她，扬了下眉："不喝了？"

"你不能喝。"戚禾眯着眼看他的脸色，语气严肃，"你的胃不可以喝酒。"

许嘉礼稍稍一愣，勾了下唇："如果我不喝，是不是你要喝？"

戚禾脑子似是有些转不过弯，想了想，迟缓地点头："是。"

许嘉礼扯唇："那还不如让我喝。"他拿起啤酒，抬手正要喝时，瞧见罐口上沾着的红艳唇印，还带了点水光。许嘉礼眸光微滞，盯看了两秒后，抬眸看她，询问她的意见，"我可以喝吗？"

忽然被提问，戚禾那早已被酒精支配的大脑，没有任何思考地点头说："可以，你喝吧。"

得到允许，许嘉礼眼睫动了动，低头与那道唇印贴上，薄唇轻轻覆盖过。如吻般，饮下了口中的酒。

戚禾看着他喝，贪吃般地舔了下唇，好奇地问："好喝吗？"

许嘉礼拿着啤酒的手稍稍滞了下，视线抬起，直勾勾地盯着她的唇，喉结上下滚动着，声音低沉喑哑地"嗯"了声："好喝。"

车辆驶过夜色阑珊，不知不觉开到了嘉盛小区的地下停车场。

代驾先下来帮着开门后，又把车钥匙还给许嘉礼。

许嘉礼点头接过，随后扶着戚禾往电梯的方向走。

等了一会儿后，两人走进电梯内，戚禾低着脑袋，脚步走得也有些不稳，明显刚刚红酒的后劲开始上来了。许嘉礼扶着她，按了十一楼。

可能胃有点不舒服，戚禾皱了下眉，抬头看着有些陌生的电梯，哑声问："这儿是哪儿？"

"嘉盛。"不放心她这个酒鬼一个人在家，而他也不好贸然去她家，所以直接带人来嘉盛了，比较好照顾，再说她也不是没来过。

许嘉礼看着她皱起的眉头，也不自觉地跟着轻蹙："难受？"

"有点恶心。"戚禾抬手捂了下嘴。

许嘉礼点头："等下给你泡蜂蜜水。"

电梯到达十一楼，戚禾踩着软绵绵的地，被许嘉礼带着往屋里走，换鞋的时候，许嘉礼打开鞋柜，把一双室内拖鞋放在她面前："穿这个。"

戚禾垂眸看了眼，不是她上次穿过的。

见她站在原地不动，许嘉礼扶着她："怎么？想吐？"

戚禾轻声问："为什么不一样？"

"什么？"许嘉礼不明白她的意思。

戚禾盯着地上的鞋子，抿了抿唇："这是别人穿的吗？"

话传来的一瞬间，许嘉礼也朝拖鞋看去，明白了她的意思。

上次他说了没有其他的拖鞋。

许嘉礼抬眸看她："没有别人，这是新的。"

戚禾闻言可能也不大满意，皱了下眉道："不要。"

见她这有些熟悉的状态，许嘉礼扬了下眉："那穿我的？"

戚禾点点头，许嘉礼笑了，但也没反对，从旁边拿过自己的放在她面前："穿吧。"

　　换好鞋后，戚禾被许嘉礼扶着坐在了沙发内，他去厨房泡蜂蜜水。

　　戚禾原本半靠着沙发，但胃里莫名开始泛酸，她忍着稍稍坐直了身子，抬手揉着太阳穴。

　　许嘉礼端着蜂蜜水出来，伸手递给她："喝了舒服点。"

　　戚禾接过道了声谢，安静地喝着。甘甜的热水压过了心头的恶心感，也退去了些酒精。她看许嘉礼坐在一旁，问："你怎么不喝？"

　　"不用。"许嘉礼看她才喝了一点，"别说话，快喝。"

　　戚禾只关注前边的话，反问："你为什么不用？为什么比我清醒？"

　　许嘉礼淡淡道："没有为什么。"

　　闻言，戚禾貌似满意地"嗯"了声，然后很乖巧地说："我觉得我好像有点醉了。"

　　许嘉礼挑眉："姐姐你不是说自己酒量不弱。"

　　戚禾点头："所以我没醉。"

　　许嘉礼升起兴致看她，唤了声："戚禾。"

　　戚禾看他，很慢地点了下头："怎么了？"

　　许嘉礼扯了下唇："看来醉得不轻。"

　　戚禾皱眉，把还剩半杯的蜂蜜水还给他："我没醉。"

　　"是，你没醉。"许嘉礼从善如流地应着，看了眼时间，"戚禾，十点了。"

　　戚禾看着他："十点怎么了？"

　　"意思就是，"许嘉礼神色懒散地开口，"你该去睡觉了，酒鬼姐姐。"

　　"噢。"戚禾闻言撑起身子站了起来，看向他点头，"那走吧。"

　　见她这么听话自觉，许嘉礼倒觉得有些好笑，起身扶着她往之前她睡过的客房走。门打开，许嘉礼把她送进屋内，低声嘱咐了句："我在隔壁，有什么事叫我。"话音落下，戚禾站在原地，见他转身似是打算离去，被酒精催眠的神经一紧，不自知地伸手拉住他。

　　许嘉礼侧头，就听见身后人轻声说："你不陪我吗？"

　　像是觉得自己听错了，许嘉礼转身的脚步顿住，僵了好几秒后，他侧头看了眼自己衣袖上的两根手指，又抬头看向对面的戚禾，似是确认问："你刚刚说什么？"

戚禾语气还带着酒意，缓缓重复："你不陪我吗？"

许嘉礼眼眸微黯："嗯？"

戚禾眨了下眼："不是要睡觉吗？"

"嗯。"许嘉礼盯着她，"所以呢？"

听着他的语气，戚禾也没听见他同意，反应过来后，低声自顾自地说："我是不是应该要一个人睡的？"

许嘉礼闻言闭了下眼，低低地"嗯"了声。

戚禾皱着眉，沉吟片刻，随后温暾地开口："那你可以陪我睡觉吗？"

这是觉得他没有这个义务，所以她来提出请求？

看着她以这样的状态和他说这话，许嘉礼觉得又气又无奈，哑着嗓子说："不可以。"

听到他拒绝，戚禾立即问："为什么？"

还问为什么，许嘉礼笑："如果你明天没忘记，就能知道为什么了。"

戚禾似是不懂，迷茫地看向他。

许嘉礼勾唇耐心地尝试和她沟通，道："没有为什么，快去洗澡睡觉。"

"嗯。"戚禾乖巧地点头，可她的手却没放，还捏着他的袖口。

见她不放，许嘉礼看着她的手，挑眉轻声问："姐姐还想说什么？"

戚禾抬头看向他，眼神有些空，盯着他沉默了好一会儿，眼眸垂下，很轻甚至是微不可闻地说："我害怕。"

她捏着他袖口的手收紧。

感受到她的力度，许嘉礼嘴角的弧度微敛，笑意收起，稍稍弯下腰来，与她对视："怎么了？"

戚禾低下眼，没说话。许嘉礼安静地等了她一会儿，而戚禾似是稍稍清醒了点，意识到自己说了什么，先松开他的袖子，仿佛被关起了什么闸门，低声说："我有点困了。"

许嘉礼盯着她看了两秒，随后不勉强她，随意直起身子，点头应着："那就睡。"

闻言，戚禾抬起眸看着他，想到了之前的事，很轻地回了句："晚安。"

许嘉礼对着她的眼眸，抬手揉了揉她的头，带着安抚低声说："睡吧，我一直在。"

"晚安。"

门轻合关上，戚禾站在原地，凝视了一会儿门板后，转身扶着墙晃晃悠悠地走进浴室内。

拖拖拉拉地洗完澡后，戚禾混沌的脑子稍微清醒了点，但依旧还是醉着，而且睡意也挥发了出来。她半耷着眼皮，走出浴室到床边时，下意识地看了眼门的方向，盯了几秒后，才慢半拍地想着这是许嘉礼的家。戚禾收回眼，爬上床盖上被子，早已撑不住困意，闭上眼正准备睡觉时，昏沉的大脑里像是回忆般浮现了刚刚许嘉礼的一个动作。

迷糊的意识里，戚禾从褥里抬起手，轻轻盖在自己头上。上头似是还留着他的力度。很轻，却也温柔，就像在替她扫去那瞬间的阴霾。

予她好梦。

大概是酒精的缘故。戚禾本应该一夜无梦睡到了天亮，但还是受不住生理反应，被渴醒了。她撑着脑袋坐起，伸手摸过手机，眯着眼看了眼时间。凌晨五点。

戚禾皱了下眉，掀开被子正想下床，一旁的手机振动亮起。

在昏暗的房间里，刺眼又吵闹。戚禾扫过屏幕，来电显示是若北市的陌生号码。她盯着看了两秒，伸手接起。那边没有说话，只有安静的呼吸声。等了一会儿后，戚禾先开口："没话说，我挂了。"

话音落下后，那边就传来了一道女人的哭泣，不再是之前铺天盖地的谩骂，她带着哭腔说："戚禾，你为什么还活着……为什么你还活着！"

戚禾似是觉得好笑："程静，我为什么要去死？"

"你们戚家欠我的。"程静哭着，"你爸死了，你也应该去死！"

程静声嘶力竭地吼着："凭什么你还活着！"

"是啊。"戚禾没什么表情，语气却吊儿郎当的，"我也好奇这件事，不然你去帮我问问老天，我为什么还活着？"

似是被她刺激到，程静的哭腔变得凶狠："你没有资格死，永远都不可以去死。"

"你一辈子都应该给我做牛做马。"程静带着泪一字一句，似是提醒

236

又似诅咒道，"你们戚家所有人……"

"都不配活着。"

闻言，戚禾眼睫稍抬，笑了下："程静，这几年你在医院待着怎么就没点长进？"

程静立即骂出了声，情绪极为激动："你有什么资格和我说话？！"

"当初如果不是我，现在变成神经病的就应该是你！"

"那还真谢谢你了。"戚禾似是完全不在意，语气散漫道，"叫程砚给你多吃点药，睡着了总比醒着好。"话音落下，没等程静说话，戚禾直接掐断了通话，熟练地把号码拉进了黑名单。做完一切后，戚禾把手机放下，起身走到浴室里，打开水龙头，掌心接过冷水，冲洗着脸。

冰冷刺骨的水，刺激过她的神经，起着降温的作用。

稍稍缓解着她的情绪。

戚禾抬起头，看着镜子里的自己。

——"不配活着。"

——"现在变成神经病的应该是你。"

脑子里还回荡着程静聒噪的话，戚禾盯着镜子看了好一会儿后，嘴角抬起轻哂一声。是啊。那她怎么还没变成神经病？

戚禾收回眼，抬手随意擦过脸上的水渍，转身走出浴室时，开灯的一瞬间，这才注意到屋内熟悉又陌生的装潢。刚刚醒来的时候，她根本没觉得不对，然后又被程静那通电话打断，也没来得及开灯。

此时，戚禾看着自己之前睡过的客房。之前被酒精麻痹的脑子，经过一觉后，在这一刻，昨夜半醉半醒的记忆，以及在这房里和许嘉礼的对话，全部都冒了出来。戚禾站在浴室门口，神色呆滞，过了一会儿后，她脚步移动往前走，走到床边坐下，失神地看着旁边的空地。

那是昨晚她和许嘉礼站着的位置。

"那你可以陪我睡觉吗？"

脑子里倏地弹出了这句话。

三秒后，像是终于反应过来，戚禾眼眸微张，立即收回眼。

她只觉得自己的脑子在这瞬间"砰"一声炸开了，脸颊和耳朵也迅速变得滚烫发热。

什么？

陪她？

还睡觉？

这话是她说的？

戚禾难以置信自己能说出这话，也不敢相信自己还伸手去拉许嘉礼，并且挽留他。但震惊过后，她也想起了后边自己说的"我害怕"，还有许嘉礼的安抚。戚禾坐在床边，抬手摸了下自己的头，等反应过来自己做了什么后，她如烫手山芋般，立即收回了手。

微乱的长发掩盖了她有些不自然的神情。

可能觉得这事还是有点难以接受，戚禾坐了一会儿后，忽然起身往窗台走去，她伸手打开玻璃窗，把头探了出去，尝试吹吹风让自己清醒一下。这不对，太不对了。这完全就是在调戏许嘉礼了。

虽然她平常也经常逗他，但只是口头上而已，根本没有什么实质性内容。可现在这"陪睡觉"可就有问题了。

戚禾突然觉得头有点疼，最近怎么回事？

难道因为和许嘉礼相处久了，她的本性冒出来了？

那以前怎么没有？

戚禾回想了下以前许嘉礼那少年的样子，又和现在的他对比。

差别不大，只是更成熟内敛了点，好像也更……好看了点。

意识到这儿，戚禾轻笑了声。

不可否认，她确实一直都很喜欢他那张脸。

而他的人……戚禾脑子里想起了昨晚他说的话和举动，以及每次被他领回家的种种。

戚禾顿了下，将这离谱的想法压下。

她喝醉了。

所以也不完全是她的错。

是不是？

想着，戚禾抬眸看着窗外的景色。

Chapter10
贪婪·唯一

时间应该快接近六点了。夜色早已褪去，天边正泛起鱼肚白，透着淡淡的霞光，街道上仅有少许车辆经过，偶尔有环卫工人清扫着地上的垃圾。扫把轻扫着地面，发出明显的声音。

戚禾盯着看了好一会儿，一些不可控的念头不自觉地冒了出来。

她迅速回神，暗骂自己一句禽兽。

戚禾不敢继续吹了，连忙整理好自己的思绪，随手关上了窗户。她回到床边拿起手机看了眼时间，脑子转了下。反正她已经不想睡了，而现在也不好见许嘉礼，还不如先回去，等之后见面了再说。

想到这儿，戚禾当机立断拿起衣服就到厕所换好出来，拿上自己的东西，伸手打开房门。她往隔壁房间看了眼，门关着，没什么动静。

戚禾抿了下唇，轻手轻脚地走出客房，她看着许嘉礼的房门，背着手小幅度地关上客房门后，迅速转身往前走。

走过楼道后，戚禾松了口气，脚步稍缓正想转弯走向客厅。

下一秒，戚禾听到后边传来一道细碎的声音，她还没来得及回头，手腕就被人抓住了，并带着她的身子往后边一扯。

戚禾身子被迫一转，迎面就撞上了许嘉礼那张脸。她连忙止住脚步，堪堪停在他鼻尖前。这距离有些近，戚禾呼吸一滞，下意识抬起眸。落入他那双薄凉又漂亮的眉眼。

"想跑去哪儿？"

说话间。他身上的沉香气息变得更加明显，伴着话语袭来。

戚禾的呼吸停住。脑子蒙了下，有一瞬间以为自己还在醉酒做梦，后知后觉而来的是心内一惊，她强忍着面色不显，声音平稳道："噢，你醒了啊。"

许嘉礼盯着她，没说话。戚禾对着他这张有些过近的脸，鼻息不自觉地屏起。这距离，只要她再抬头往前一凑，就能轻而易举地亲到他嘴角。脑子想到这儿，戚禾立即瞥开眼，有些不自然地往后退了一步。

昏暗的光线挡住了她发烫微红的耳尖。戚禾觉得自己真是疯了。

戚禾忍着，舔了下唇，随意问："你什么时候醒的？"

许嘉礼看她："在你准备逃走前。"

戚禾一时间也不知道反驳什么，先扫了眼自己的手腕，抿了下唇："这事我们之后再说，你先松开我。"

许嘉礼没放，还是牵着她，似是怕她在他放手后逃跑。

戚禾轻笑了声："我不骗你，真的。"说完后，戚禾的脑子迅速转起，胡扯了句，"而且我没有想逃，原本想写纸条给你再走的。"

许嘉礼扯唇："是吗？"

戚禾真诚地点头："当然。"

许嘉礼看着她的表情，慢腾腾地又点出："那怎么不等我醒来再走？"

戚禾噎住。

许嘉礼松开她的手腕，他那双浅褐色的眼眸微抬，声音挑起问："姐姐在怕什么？"

戚禾头皮一麻："什么？"

许嘉礼盯着她，这次直接问："姐姐怕见我？"

"我？"戚禾随手摸了下自己的手腕，佯装不解地问，"我有什么好怕的？"反问完，戚禾一脸仿佛想起什么似的，懒洋洋地"啊"了声，抬起头问他，"昨晚我喝醉了，应该没做出什么事吧？"

闻言，许嘉礼看着她的表情："忘了？"

240

"嗯。"戚禾莫名不敢看他，自然地低下眼，做思考状，"记得不大清楚，有些记得，有些不记得了。"话音落下，戚禾就感到他稍稍弯腰凑了过来，她呼吸稍顿，下意识抬起了眼，刚好和他的目光对上。

许嘉礼和她平视，直勾勾地盯着她看。原先戚禾还挺坦然，但没过两秒，她突然有点承受不住，正想瞥开眼的时候，许嘉礼突然笑了下，不再看她，他抬起手压了下她的头发。

戚禾身子一顿，也跟着抬手摸着自己的头发，问："怎么了？"

许嘉礼帮她理着翘起的发丝，嘴角轻轻勾着："乱了。"

乱就乱。有什么好笑的？而且怎么感觉他不是在说头发？

戚禾看了他一眼，刚想说自己来，许嘉礼也收回了手，慢悠悠地直起身子，随意又问："姐姐刚刚好像还没告诉我。"

"嗯？"戚禾单手理着头发，"告诉你什么？"

许嘉礼看她："为什么不等我醒来再走？"

戚禾以为这事已经翻篇，默了两秒，看着自己的衣服："我先醒了就不想麻烦你，也想回去整理一下衣服。"

许嘉礼点点头："那走吧。"

戚禾："啊？"

"不是要走？"许嘉礼微微歪了下头，"我送你。"

"不用。"戚禾立即拒绝，"又不远，我自己回去就好，而且你也还没洗漱，来来回回的太麻烦了。"

可能觉得她说得有点道理，许嘉礼点头："那姐姐走吧，我不送了。"

闻言，戚禾无声松了口气，朝他应了声："好，现在时间还早，你回去再睡一会儿吧。"说完后，她转身准备走，见许嘉礼也跟着走。

"干什么？"戚禾转头看他，眼神带着紧张。

看着她的小眼神，许嘉礼指了指大门，解释道："送你到门口。"

戚禾"噢"了声。

"噢是什么意思？"许嘉礼侧头看她，玩味般地抬了抬眉，"姐姐是失望了？"

戚禾说："不是，别误会。"

许嘉礼仿佛也不觉得自己猜错尴尬，面色淡定地跟着她一起往前走。

戚禾现在只想快点回家，但又有他在旁边，她不好表现得太明显，她步伐平缓，不疾不徐地走着。可没走几步，就觉得身旁的人一直在看着她。戚禾想无视，可经过客厅后，余光瞥见他一直投来的视线，没忍住转头看去。

客厅沙发后的落地窗窗帘没有拉起，外边的天光大亮，带着些许的晨霞投来，落照到地面上，也映到了身旁的人。因为逆光，许嘉礼的面容有些淡，而他的视线未移，正看着她，浅眸半低垂着，光影打在他睫毛上，显得眸底多情又温柔。

戚禾反应过来，瞥开眼不自在道："看什么？"

许嘉礼拖着音"嗯"了声，刚好也走到门前。

戚禾没懂他这是什么意思，但也不在意了，正准备换下脚上的拖鞋，想起自己昨晚一定要穿他鞋的要求。她迅速换好鞋，单手把门打开，转身看着他："我走了，你再去睡会儿。"

许嘉礼点头："到家给我发信息。"

戚禾应下，随后走出，单手关上门。

咔嗒一声，门锁轻扣合上。

戚禾走到电梯口，等了几秒，走进电梯内，按了一楼键，随后侧身靠在电梯一侧，绷着的神经一松，她叹了口气。戚禾脑袋靠在电梯上，尝试让金属板上冰冷的温度使她的脑袋清醒点。

到达一楼后，戚禾慢吞吞地走出嘉盛，沿着街道走了一会儿后，就到了华荣小区。她回到家时，往客厅沙发内一趴，闭上了眼躺了一会儿后，想起刚刚答应的事。

戚禾从衣兜内摸出手机，找到许嘉礼，随手打了几个字：到家了。

没几秒，许嘉礼就回复：嗯，记得回房睡觉。

按着她的性子，肯定直接就窝在客厅里，懒得走回房间里。

戚禾看到这条信息，拿着手机凝视了好一会儿，最后低下头埋入沙发内，没有回复。

良久后，戚禾似是做了什么决定，重新抬起头，拿起手机点开许嘉礼的个人设置。

把他的备注改成了"许弟弟"。

戚禾盯着后尾的两个字，看了两秒，随后把手机翻面放下。她翻过身躺在沙发上，失神地看着头顶的天花板，恍惚间，想起了早上程静的那通电话。

半晌后，戚禾抬手半遮过自己的眼睛，轻哂一声："还挺难受。"

她的小少年。

应该要永远往前走。

迎着光。

次日。

戚禾坐地铁去阳城上课，她已经调整好心态，想着还是要和他保持点距离。没什么事就不麻烦他了。她是这么想的，而许嘉礼那边来附中的次数不多，听钱茂说因为接近过年，他们工作室那边有个项目要收尾，所以挺忙的。而且许嘉礼本来也只是来帮钱茂凑个画室老师而已，没有一定要来上课的要求，再加上工作室才是他的主职。

在附中放假前，戚禾和许嘉礼见面的次数可谓屈指可数。

戚禾觉得这倒是没什么问题，再说她自己也忙，因为许嘉礼没怎么来，钱茂就分了一些学生给她，让她根本没心思想这事。

2018年二月的第二个星期，是小年。学校其他年级的学生早就放假了，只有高三的学生还在继续上课，一直到这天才放。

戚禾上完自己的最后一节课，正准备出画室的时候，被人叫住了。

"学姐。"

戚禾转头见是林简祎，他旁边还跟着之前一起带路的李佳和其他来上课的大学生，戚禾抬了下眉问："你们还没走？"

阳城大学放假可比高中生早，但有些学院会安排寒暑假实习。

美术学院也有相关规定，所以有些学生就直接来附中这儿实践。

林简祎解释道："想上完今天的课再走。"

戚禾点点头："不错，是个好学生。"

有几位女生被逗笑，李佳看着她眨眼："学姐，您是上完课就要放假了吗？"

"是啊。"戚禾挑眉，"怎么？想我吗？"

女生们："想的想的。"

戚禾笑了声，跟着一起下楼梯，李佳看着旁边经过的男老师们，小声问："学姐，怎么都没见到许学长？"

戚禾闻言，眼尾轻扬："原来你们这想我都是乱说的呢。"

许嘉礼偶尔来附中，这群小姑娘的心思可真的是再明显不过了。

被她这样说，李佳红着脸，连忙摆手："不是，我们就问问。"

"就问问？"戚禾轻笑着，"可我也不知道你们许学长在哪儿。"

李佳失望地叹了口气："我以为学姐会知道。"

戚禾扬了下眉，她确实还真知道。但林简祎在一旁听着问话，先皱了下眉："学姐怎么会知道，学长和她又没什么关系。"

闻言，戚禾顿了下，嘴角扯着淡淡的弧度："是啊，我和他又没什么关系。"

李佳也意识到自己这问题问得不对，连忙道歉。

戚禾笑着摆了摆手，示意自己不介意。

几人走下楼，戚禾转身准备回办公室，但先看到了跟着钱茂一起走来的许嘉礼。

两人似是在聊天说着什么，钱茂瞥见她先挥手："学妹。"

许嘉礼抬起头看她，又瞥了眼她身旁的林简祎，表情淡淡："上完课了？"

戚禾点头，身旁的学生们纷纷向两人问好。

随后，戚禾就注意到李佳那群小女生的眼神，觉得有些好笑，转头和林简祎道了别，准备转身跟着许嘉礼他们一起回办公室时，林简祎却叫住她，腼腆地说了句："学姐，过几天我生日，我想请你……"

"戚禾。"前边的许嘉礼站在楼道前，唤了声。

戚禾一愣，侧过头，和他对视上。

许嘉礼神色平静地看着她，声音寡淡地问："走不走？"

戚禾点了下头，随后转头看向林简祎，接着他刚刚的话，礼貌笑着说："谢谢邀请，但我这身份也不好过去，只能祝你生日快乐了。"

闻言，林简祎表情稍滞，看了眼对面的许嘉礼，有些勉强地笑着："好，谢谢学姐。"

戚禾"嗯"了声，转身往许嘉礼的方向走。

来到他身旁，戚禾随意问："学长呢？"

"有事上楼了。"

"噢。"应完，戚禾抬头扫了他一眼，语气吊儿郎当道，"许弟弟，说说，刚刚怎么回事呢？"

猜到她会问罪，许嘉礼抬眉，仿佛提醒道："这里是学校，戚老师。"

戚禾想到了之前说要叫他前辈的话，自动闭声了。看着她老实的模样，许嘉礼嘴角无声弯了下，带着她往办公室内走。而两人一进去，就听到了陈美兰在里头喊着："终于放假解放啦！"

戚禾笑了声，陈美兰也注意到他们，连忙跑过来一把就抱住了戚禾，一起转圈圈："小戚，我们一起庆祝！"

戚禾根本没来得及拒绝，已经被她拥入怀中。

而许嘉礼扫了眼陈美兰的动作，盯着，眼神微淡。陈美兰收到他的视线，抱着人的动作一僵，只感觉到有一桶冷水倒在了她头上。

陈美兰冷静下来，默默放开了戚禾，最后没忍住，顶着许嘉礼的目光，不怕死地评价了句："小戚，你的身材真好。"

戚禾推开她，无语道："你疯了？"

她可能是不要命了。陈美兰转头不敢看许嘉礼，呵笑了声："这不是放假了嘛，我太激动了。"

戚禾懒得理她，走回自己的办公桌，陈美兰也迅速跟上来。

"过几天过年，小戚你在哪儿过啊？"

戚禾整理着桌面，随意道："除了在家，还能在哪儿。"

"也对，还是一样老套地看春晚。"陈美兰感叹完，看着对面坐在钱茂位置上正在签期末课表名字的许嘉礼，"小许，你在哪儿过？"

许嘉礼眼都没抬："也在家。"

闻言，陈美兰"啧"了声："今年除夕前一天偏偏赶上了情人节，外边肯定都是情侣，像我们这样的确实都应该在家。"

戚禾被逗笑："如果你想谈，不应该多出去逛逛，寻找良缘吗？"

"良什么缘呢。"陈美兰嫌弃道，"我妈天天催我去相亲，我还差没人见吗？"提到这儿，陈美兰立即寻找目标，看向戚禾比了个小眼神，

"小戚，年后要不要和我一起去相个亲？"

戚禾拒绝："不用了，我还不急，还是您自己去吧。"

"都26了还不急啊。"陈美兰"啧"了声，眼神扫过前边的男人，慢悠悠问，"有没有喜欢的人呢？"

闻言，戚禾顿了下，不答反问："问这个做什么？"

陈美兰大方道："姐姐帮你物色物色对象。"

戚禾轻笑一声："饶了我吧。"

陈美兰还想再接再厉，而对面的许嘉礼先放下笔，起身看着她，淡淡道了句："走了。"

陈美兰闻言眨下了眼："就回家了？"

画室老师们都知道两人家住得近，有时看到许嘉礼和她一起上下班也习惯了。因为他们基本上都只当许嘉礼是好心接送，根本没多想。

听到许嘉礼的话时，戚禾也习惯性起身，想跟着他往外走。

但动作做出的一瞬间，戚禾又觉得后悔了。说好不麻烦他的，可在这儿她也不好拒绝，只能到了外面再说。

戚禾拿着包的动作稍停，随意回了句："放假了当然回家。"

陈美兰也觉得有理："那好，有时间约出来玩，相亲也可以啊。"

戚禾微笑以示拒绝，随后迈步和许嘉礼一起走出办公室，走了几步后，她还没开口说什么，就见对面来了一个女生，是之前来实践的大学生。而她的眼神和步伐的方向都很明显，是冲许嘉礼来的。

戚禾看这架势，有点无奈。怎么每次她都能撞见许嘉礼的被告白现场。上次是那个助教学妹，现在又轮到大学生学妹了。

学妹倒还挺多。在心内腹诽完，戚禾嘴角扯了个淡淡的弧度，自觉地想先往外走，顺便也不用麻烦他送了。而女生明显也觉得她在这儿有些不好意思，看向许嘉礼，低声开口："学长，我有点话想和你说，能不能和我去外面……"话没说完，但意思很明显。

许嘉礼抬起眸，淡淡道："戚老师怎么说？"

戚禾没料到他会突然问她，不明所以道："什么？"

许嘉礼看向她，声音似是在确认又似询问："你觉得怎么样？"

戚禾想起了自己之前说要帮他物色女朋友的话。其实从刚开始，她心里就有点不舒服。而此刻，听到他的询问，不知道是不是因为有了正当理由，又或者有了这个借口。她突然升起了一个很卑劣的念头。

戚禾眼珠动了动，抬起眸看向对面的女生，轻笑了声，吊儿郎当地道："可能不大行。"

听到这话，许嘉礼看着她，垂眸低笑了声，随后，回过头看向对面的女生，如往日一般熟练地说了句："抱歉。"

许嘉礼的声音含了几分轻浅的尾音，听起来分外勾人地补了句："她说不行。"

女生没想到会是这样的回应，表情瞬时愣住了。

戚禾也稍稍一顿，看了眼旁边的许嘉礼，见他神色平静，眸底没什么情绪地看着对面的人，和之前拒绝苏琴琴的态度一样——冷漠又无情。可这次拒绝的理由，不再是平日里惯有的说辞。

而是因为她。

戚禾倒也没有那么自恋，觉得许嘉礼还真会乖乖听她的话，应该只是拿自己当个借口而已。但她却还是觉得这借口倒挺好的，也算是帮他挡了烂桃花。只是这手段太卑劣，掺杂了她的私心。

戚禾看着女生，索性破罐破摔，淡笑道了声："不好意思了，学妹，他可能要先跟我走了。"说完后，她看了眼许嘉礼，示意往外走。

女生张了下嘴，看着许嘉礼明显还想说什么，可他一眼都没有看她，而是跟着身旁的女人迈步向前，脸上的神情少了几分疏离阴郁，更为柔和。

从艺体楼出来，戚禾还想着刚刚的事，为了避免尴尬，她声音随意地问了句："弟弟，你桃花倒挺多。"

许嘉礼不甚在意："有吗？"

"怎么没有？"戚禾看着他挑眉，"上次一个，这次又有，我看你也不愁以后找不到对象了。"

许嘉礼看向她："那也要靠姐姐帮忙。"

明白他的意思，戚禾点点头，语气慢悠悠道："放心，姐姐会帮你物色好人选的。"

许嘉礼笑了下："好，那先谢谢姐姐。"

闻言，戚禾稍稍疑惑："笑什么？"

许嘉礼看她："姐姐猜猜看？"

不猜。

看着她的表情，许嘉礼轻笑着，带着她往车库走。

等戚禾坐上车，拉着安全带时，才想起忘了说不麻烦他，自己坐地铁回去的话了。刚刚被那个想告白的女生一打岔，她也没心思想这事。

戚禾轻叹了口气，怎么想和许嘉礼保持点距离，还挺难？

听到她的叹气声，许嘉礼看了她一眼："怎么？"

"没有。"戚禾靠在座椅内，无奈地道了句，"感叹终于放假了而已。"说到这儿，她侧头看他，"你们工作室放假了吗？"

许嘉礼发动车子，点头应着："放了。"

"也该放了，"戚禾看他苍白的面色，皱了皱眉，"工作这么久。"

"嗯。"许嘉礼语气有些轻，"确实有点久。"

闻言，戚禾挑了下眉："受了什么委屈，和姐姐说说。"

"没事。"许嘉礼摇摇头，"只是有点累而已。"

戚禾想着他最近的状态，半开玩笑道："要不要帮你找老板说说理？"

许嘉礼抬眉："怎么说？"

"你老板是谁？"

"钱茂。"

"这事。"戚禾沉吟一声，"还是从长计议吧。"

许嘉礼眉眼微扬："姐姐这叫帮我出气？"

"下次。"戚禾点头保证，"下次姐姐帮你出气。"

"噢，姐姐这样，"仿佛被她伤害了一般，许嘉礼语气有些散漫，"有点令人失望了。"

戚禾噎住："你是不是还伤心？"

许嘉礼点头："是。"

"所以，"许嘉礼侧头看她，歪了一下头，"姐姐要不要补偿我？"

戚禾扫他一眼："补偿什么？"

许嘉礼看了她一眼，而后转头看着前边的车道，语气很自然："陪我过年。"

戚禾一愣，确实没想到是这补偿。

248

没听到她回话，许嘉礼先扯唇说了句："姐姐如果忙，我也不勉强。"

戚禾稍疑："我忙什么？"

许嘉礼淡淡道："怕你有相亲的行程。"

刚刚陈美兰邀请她一起去相亲，还以为他没听到。

戚禾轻笑一声："我相什么亲呢？"

"还是。"戚禾看向他，眼眸盯着，语调散漫地问，"你想我早点嫁人？"

许嘉礼看着她："你有男朋友？"

这问题突然，戚禾顿了下："当然没有。"

许嘉礼不咸不淡道："那嫁什么人？"

反应过来他的意思，戚禾笑了下："是，我现在也嫁不了人。"

话音落下，戚禾就感到车子转了个弯，驶入了市中心的商圈内。

她看着窗外的街景，认出来这不是回华荣小区的路，愣了下："我们去哪儿？"

许嘉礼解释道："有点晚，先去吃饭。"

闻言，戚禾没什么意见，点了点头。

因为是小年，街上的人还挺多，许嘉礼带她去一家之前常去的餐厅。戚禾跟着他往里走，看着里头都快满座的位置，挑了下眉。

服务生见是两位，便领着他们往靠窗的双人位走。

戚禾坐下，接过柠檬水道了声谢，随意抿了一口。

知道她总是纠结，所以点菜这件事全是许嘉礼来决定。

戚禾安静地喝着水，偶尔看他几眼。越看越觉得这小孩是不是变得更帅了点？意识到自己在想什么，戚禾立即拉回视线，放下水杯，随意道了句："你先点，我去趟厕所。"

许嘉礼点头，戚禾起身顺着墙上的指示走进厕所内，她到洗手台前，随意打开水龙头洗了下手，垂眸叹了一口气。

引人犯罪啊。

感叹完，戚禾整理好心情关上水，抽了几张纸巾把水擦干后，转身往外走。按着刚刚的路线原路返回，还未走近时，戚禾抬眸看见许嘉礼面朝她坐在位子上，而他身旁不知何时站了一个男生，长相与他有几分相似，是许望。

不知道两人在说什么，许嘉礼的肤色冷白，透着病弱感，他此时的表情很淡，眼睑半耷着，似是根本没有在听他说什么。可能察觉到了什么，他抬起了眼皮，显出了那双眸子，浅色的瞳孔被四周的光影打了下一层深色。眸底的阴郁冷戾，藏着厌恶。

　　在此时，暴露无遗。

　　戚禾脚步稍顿，看着他那双眼。恍惚间，脑海里浮现出了当年第一次看到许嘉礼的样子。他透过雨帘，初次看来的眼神。

　　也是这样。

　　空洞的。

　　令人心悸。

　　戚禾回神再次看去，许嘉礼已经低下了眼，长睫半遮住了眼眸，似是收起了满身的冷郁，神色恢复往日的安静淡漠。

　　瞧见他这样，戚禾轻笑一声，迈步向前走。

　　接近餐桌时，能听见许望正在说着："想你能回家一趟，过几天也快过年了，爸妈还……"

　　桌旁的许望余光瞥见人影走来，下意识转头，瞧见来人是戚禾时，话音稍稍一愣："戚姐姐？"

　　戚禾点了下头，算是应过，淡淡道："来这儿吃饭？"

　　"是。"许望看了眼许嘉礼，"您和我哥一起吗？"

　　戚禾坐回自己的位置上，单手撑着下巴看他，嘴角轻扯了下："看不出来？"

　　许望闻言顿了顿："那我不打扰你们了。"

　　说完后，他看向许嘉礼，抿起唇开口："哥，刚刚我说的没别的意……"

　　许嘉礼抬起眼眸看他，声音微冷："你该走了。"

　　听着他的语气，许望身子微僵不再多说，侧头看向戚禾："姐姐再见，我先走了。"

　　戚禾点头："玩得开心点。"

　　许望："好，谢谢姐姐。"

　　戚禾见他离开，转头看了眼许嘉礼，声音自然问："你点了什么？"

　　闻言，许嘉礼似是没想到她开口问的是这个，顿了下，把菜单推给她：“点了些常吃的。”

戚禾接过随意看了眼："这么清淡？"

"下次再点。"许嘉礼瞥了眼她的左手，"你的手还没好。"

"这都多久了。"戚禾随手又勾了几个他的胃能吃的菜，语气吊儿郎当的，"所以说说吧，许望来找你干什么呢。"

还以为她不问。

许嘉礼莫名觉得好笑："没什么，想让我回家过年。"

戚禾刚刚听到许望的话并不意外，随意问："你爸妈也在？"

许嘉礼端起水壶，垂眸帮她添了点水："应该在。"

戚禾把菜单递给服务生，又向许嘉礼淡淡地瞥了一眼："要去？"

"我过去没什么事。"许嘉礼坦然道，"有许望在就好。"

戚禾语气散漫道："那就不去吧。"

"嗯。"许嘉礼扯唇，"我没打算去。"

戚禾抬下眉："没打算去还听许望说这么久的话？"

搞得这么委屈。

"人太多。"许嘉礼老实说，"不好赶走。"

戚禾被逗笑了："你想得倒挺全面啊。"

"闹事不好。"许嘉礼似是善解人意道，"毕竟要和姐姐吃饭。"

"那还真是谢谢你了。"戚禾轻笑一声，"这么给姐姐面子。"

许嘉礼顺势就道："那姐姐陪我过年吧。"

居然还记得这事。

戚禾觉得陪他过年这事有点偏离她的远离打算。如果放在之前，她无所谓自然会答应。但现在有点不大行，毕竟这陪过年孤男寡女的，她还真怕自己万一没把控住，做出点禽兽行为怎么办？

可她想着刚刚许望过来说的话。

戚禾挣扎了下，抬眸看向他，正好对上对面人的浅棕色眸子。

许嘉礼坐在她面前，单手支着下巴，耐心地看着她。

两人对视了两秒，许嘉礼眼睫先颤了下，轻轻眨着眼，带着了点期望，仿佛在等着她的答案。当场，戚禾脑子就抽了下，原本拒绝的话一到嘴边就变成了："看情况。"

啧。这该死的美人计。

许嘉礼嘴角轻轻弯了下，语气轻轻问："只能看情况？"

戚禾低下头喝水，拒绝回答。

许嘉礼笑了声，似是也不急，没再开口问她。

稍等了一会儿后，服务生将菜端上来，两人有一搭没一搭地聊着天。等吃完饭后，许嘉礼结账先去外头开车，戚禾怕冷，索性就站在里头等他。

没等一会儿，戚禾就听见后边有人叫了她一声。

"戚姐姐。"许望走来看了眼她身旁，"怎么就您在这儿？"

戚禾下巴朝门外抬了抬："你哥去开车了。"

许望笑了声："对，是我忘了，我就说您怎么会一个人在这儿。"

闻言，戚禾抬了下眉，不置可否。而许望明显是找她有事，拿出手机礼貌说："姐姐，我能加一下您的微信吗？"

戚禾对上他小心翼翼的目光。

可能很少有人发现，许望和许嘉礼最明显的区别。

在于眼睛。

因为少有人敢看许嘉礼，自然都觉得他的眼睛和许望是一样的黑色。但其实不一样。许嘉礼是独有的浅棕色，而许望不是。

戚禾垂下眸，扫了眼他的手机，反问一句："你有你哥微信吗？"

许望面色一僵，没有答话。

戚禾抬眸看着他那张和许嘉礼相似的脸，默了两秒后，语气还是没忍住放轻："许望，我知道这话不是我该说的，但我还是想提醒一句。"

戚禾盯着他面色寡淡，声音微凉："管好你自己。"

告别完许望，戚禾先开门走了出去，等了一会儿，许嘉礼开着车到门前。戚禾连忙坐上副驾驶位置，单手系好安全带。

见她刚刚站在外边，许嘉礼稍稍皱眉："怎么出来了？"

戚禾吸了下鼻子，胡扯了句："我以为没有很冷。"

许嘉礼看着她有些红的鼻尖，伸手把车内的暖气调高。

戚禾摆手示意："没事，等会儿就暖了。"

"嗯，你先吹。"许嘉礼没关反倒还又调高了点，而后发动车子往车道上行驶。

戚禾身子靠在座椅内，感受着徐徐吹来的暖气，脸上的僵冷感稍稍退去。她低垂下眼，伸手放在了风口处，想着刚才和许望的对话，思绪却想起了当初第一次见到他的时候。

那时也是冬天，好像还是冬至。恰好，林韵兰邀请戚禾来家里吃汤圆。而戚禾因为有晚课，所以到许家的时候已经有点迟了，她开门走进大厅的时候，林韵兰刚好在摆菜了。

戚禾瞧见连忙道歉，林韵兰笑了声："来得早不如来得巧啊。"

戚禾浅笑颔首，见桌上的碗筷多了一双，稍稍疑惑："有客人吗？"

林韵兰表情明显顿了下，随后叹气解释："阿礼的弟弟过来了，你等会儿可以见见。"

戚禾闻言一愣："弟弟？"

当时戚禾还不知道许嘉礼是许家的人，也不知道他还有个弟弟，只以为他是因为上高中，所以为了方便就跟着林韵兰生活的。

林韵兰笑了笑："许望还在上初中，跟着他爸妈一起，不常来这儿，所以你也没怎么见到。"说完，她也没有过多解释什么。

戚禾闻言点了下头，没有多问，看许嘉礼没有出来，她说了句："那我去叫他们来吃饭。"

林韵兰想了想："他们应该在书房，你去看看。"

戚禾应了声，转身往书房走，她经过前厅，快要接近书房那扇门窗，先瞧见了许嘉礼坐在窗前，而他的身旁站着一个小少年。

长相还带着明显的稚气，但隐约能看出和许嘉礼有几分相似。

戚禾扫过两人，正想叫人时。

旁边的许望先探身到许嘉礼面前，带着那个年纪的骄纵跋扈，叫了声："喂，你的病还没好吗？"

许嘉礼似是根本没听到他的话，低着眼，继续写着自己的作业。

见此，许望觉得无趣，直接道："你怎么这么无聊？别人的哥哥都能陪我出去玩，你每天却坐在家里除了生病吃药，难道连跑都不能跑吗？"

见他不说话，许望又皱起了眉。

随后，戚禾就听见，那个身为弟弟的许望，带起嫌弃的语气，很自然

253

又似习惯性地说了一句："难怪爸爸妈妈不要你，废物。"

戚禾怎么都没有想过，许望能这么坦然又随意地说出这样的话。而里头的许嘉礼听着他的话，笔尖稍停，抬起头看向许望，眼里没什么温度。忽然对上他的棕眸，许望面色顿了下，语气也有点失措："看我干什么，我、我又没说错，你不就是因为这样才被扔到这儿给奶奶养的吗？"说完之后，他可能一点都不觉得自己说的话有问题，看着许嘉礼又问，"所以你的病到底什么时候好？"

闻言，许嘉礼声音淡淡地说了句："六点了。"

这没头没尾的话，许望明显是听懂了，连忙开口："我不走！我才来多久啊，我过完节再走！"

"没人请你来。"许嘉礼低下眼，提笔继续写着作业。

"你什么意思？"许望皱眉，"我是来看你和奶奶的，凭什么让我走！"

许嘉礼只当没听见，安静地写着作业。

而许望的性子明显浮躁得很，直接开口喊人："喂，许嘉礼，废物，喂！"喊了几声后，见他一直没有回应，最后才喊了句，"哥！"

这声似是起了点作用，许嘉礼抬眸看他："爸妈没告诉你少来这儿？"

"说了。"许望语气有些硬，"他们还让我别来打扰你养病呢，说你一个人要清净一点。"

许嘉礼垂着眼睫，仿佛听到了什么笑话，嗤笑一声。

许望看着他的笑，一愣疑惑道："笑什么？"

许嘉礼放下笔，抬眸看他："那你怎么不听话点？"

"我这不是，"许望顺口就想说什么，可话到一半忽然顿住，转而成了拽气的模样，"我就是想来……"

许嘉礼看着他两秒，打断他的话："许望。"

许望没料到他会叫自己的名字，连忙一喜："怎么了？"

许嘉礼的眉眼透着薄凉，语气似是奉劝道："你应该听话，少来这儿。"

当时站在墙角的戚禾，听到这话垂下了眸，随后就听到了许望生气开门离去的声音。下一秒，就传来了许嘉礼的声音："姐姐准备看多久？"

被人发现，戚禾倒没什么尴尬，坦然地走出墙角，慢步来到他的窗前，拖起音调说："你不说，我也正准备出来的。"

许嘉礼看她，明显不信。

对着他的眼神，戚禾轻笑一声："还不知道你有个弟弟，挺意外。"她手肘搭在窗台上，想着刚刚许望的态度，单手支着下巴看他，"亲的？"

许嘉礼随手把本子合上："嗯。"

戚禾点点头，随意道："那你爸妈挺宠他的。"

什么都教，还真是口无遮拦。

闻言，许嘉礼不甚在意，语气淡淡："不然能宠谁？"

戚禾不假思索道："你啊。"

两个字落下。

许嘉礼的心脏重重一跳，毫无波澜的眼眸起了变化，他侧头盯着她。因为窗台不算高，戚禾当时就半弯着腰，单手撑着下巴，上下扫视了他一眼，淡笑道："许嘉礼，刚刚姐姐听到你那亲弟弟叫你废物，来，你告诉姐姐你哪儿废物了？"

许嘉礼眼睑一颤。

戚禾目光下移，与他对视，眼睛轻笑弯起，声音散漫又带着理所当然，似是哄着："哪儿来的小废物呢，看看我们家嘉礼弟弟，学习好，长得又帅气漂亮，平常疼你都来不及了。"

下一秒，她的声音带了几分笑："不宠你宠谁？"

车辆驶过车道，戚禾收回已经回温的手，边活动着，边想以前的许望和现在的区别。

可能是几年不见了，当初那个骄纵跋扈的少年已经变得阳光温和。

戚禾还是记得，当时他说的话。

少年年纪尚小，根本不懂如何表达，表情和动作轻而易举地就能被看破。可他又用着最随意坦然的语气，将大人们藏着的阴暗展露无遗。

深深扎心又刺骨。

那些话语，被少年转述又变成了他常挂在嘴边的话。

仅仅是几个字词。却往往，最伤人。

所以戚禾对许望一直都不怎么喜欢，即便是他当时年少，但那些话和事都变成了现有的回忆。

难以磨灭。

戚禾靠在座椅内，稍稍侧头看向主驾驶上的许嘉礼。

目光掠过他的眉眼五官，扯了下唇，明明一点都不像。

"看什么？"许嘉礼淡淡问。

她的视线这么明显，想忽略都难。

"噢。"戚禾扬了下眉，"我有没有说过你长得挺帅？"

许嘉礼"嗯"了声："说过。"

两秒后。他语气轻散地又补充了句，"还说我是你的理想型。"

戚禾默了两秒，挑眉问："你确定我说过这话？"

这根本是他之前骗她说梦话时说的。

许嘉礼先反问："姐姐觉得不是吗？"

闻言，戚禾看着他那张脸，随后转头含糊其词道："一半一半吧。"

"这样。"许嘉礼语气慢悠悠道，"那还挺遗憾。"

听着这话，戚禾莫名觉得有点不自在，轻咳了一声，偏头去看窗外的景色。

餐厅离两人的小区不远。又行了一会儿后，许嘉礼把她送回华荣小区。戚禾松开安全带，正准备下车的时候，许嘉礼唤住她，说了句："姐姐别忘了。"

"嗯？"戚禾一下没反应过来，"别忘什么？"

许嘉礼单手搭在方向盘上，侧头盯着她，似是提醒："陪我过年。"

戚禾想起来，轻笑一声："知道了，我到时看情况提前发信息告诉你。"

许嘉礼点头："好，早点休息。"

"你才是要早点休息。"

戚禾瞥了眼他那张病弱苍白的脸，不再多说什么，打开车门下车。

走进小区内，前边的门卫大爷看到她，往后看了眼还停在路边的车辆，笑着打招呼说："戚小姐，男朋友又送你回家了啊。"

听着这熟悉的话，戚禾轻笑一声，再次解释："不是男朋友。"

因为许嘉礼经常送她回来，所以门卫大爷见多了自然就以为是她男朋友。一开始戚禾听到的时候，只觉得好笑，认真地和他解释了一遍是弟

256

弟，但大爷只当是托词，以为是许嘉礼还在追她，而她害羞没答应而已，一直就这样顺口叫着。

果然现在一听戚禾否定的话，大爷"哎哟"了一声："是，不是男朋友，是弟弟。"

戚禾也不知道这大爷为什么就这么肯定地觉得许嘉礼是她男朋友。

大爷看她还是好奇，小声问："还没在一起啊？"

戚禾也好奇问："您怎么就觉得我会和他在一起呢？"

大爷一听，笑着说："我看着那小伙子长得好看，人也挺有礼貌的，有几次看到我还和我打招呼，看着就是个会照顾人的。"

戚禾扬了下眉："这您都看出来了？"

"怎么看不出来。"大爷说，"他那车天天停在路边等你进来了才开走，有几次还下来问我这儿的安全问题，让我帮你注意点呢。"

戚禾闻言一愣。

大爷看着她的表情，语重心长道："戚小姐，如果你喜欢人家，那可就别犹豫了，不然人跑走了怎么办？"

戚禾眼睑稍抬："别犹豫吗？"

大爷点头："是啊，难得能遇到个喜欢的，还犹豫什么？"

戚禾抿了下唇，只是笑了笑。

"担心人家不好啊？"大爷看着她表情，宽慰道，"我看那小伙子还是不错的，喜欢你也是真的。"

听到后半句，戚禾又笑了声。许嘉礼把她当成姐姐在照顾，还想着她帮他物色女朋友呢，怎么可能是喜欢她。

但前半句……戚禾嘴角的弧度稍敛起，语气自然问："那如果是我不好怎么办？"

大爷笑了："你哪儿不好啊，我看着可好了，你要不嫌弃，我都想把认识的小伙子介绍给你了。"

"不过姑娘啊，可别把自己想太差。"大爷轻声道，"如果你不好，怎么会有人愿意和你做朋友，喜欢你的不管什么样都喜欢你的，哪儿会舍得嫌弃你呢。"

闻言，戚禾不知道是话里的作用，还是内心的私欲涌动，她顺着那份冲动，淡笑一声："那不然我去试试？"

"试啊，当然要试试了。"大爷继续说，"小伙子就在那儿，不要白不要呀。"

听到最后，戚禾没忍住，笑出声来："大爷，您可以去说相声了。"

大爷一笑："是吧，我也觉得。"

戚禾低笑着点头，也没再多说，对着大爷摆了摆手，转身进了一楼大厅。

走进电梯内，戚禾按了下楼层，等待的时候又想起了刚刚大爷的话。现在说来，会不会就是因为自己被他这样喊着洗脑了，所以才对许嘉礼起了心思。扯到这离谱的借口，戚禾也觉得自己挺好笑。

电梯到达，戚禾走出打开房门，随意换好鞋往厨房走。

戚禾倒了杯冷水，端起浅浅喝着。

试试看吗？品味着这几个字，戚禾看着前方思绪飘开，渐渐失神，不知道在想什么。

没过多久，后边的手机铃声响起，打断了她的思路。

戚禾回神喝了一口水，转身走去拿过，扫了眼屏幕挑眉："喂？"

宋晓安开门见山问："你在哪儿呢？"

"在家。"戚禾坐入沙发内，懒懒道，"有事？"

宋晓安"啧"了一声："我找你就一定有事吗？"

"不然我问什么？"戚禾语气懒散，"想我了？"

"算了。"宋晓安先问，"你放假了吧？"

戚禾"嗯"了声："你消息倒挺灵通。"

"废话，我当然知道了。"宋晓安说，"你说说我们都多久没见了，你每天除了画室，就是家里。"

戚禾叹气："没办法，我可不是你这位大小姐，我还要维持生计啊。"

"那你放假了，明天总有时间留给我的吧？"

"你想干什么？"

"聊天吃饭啊。"

戚禾想了想："再说吧。"

"再什么说呢。"宋晓安直接敲定，"我明天过来接你，顺便我也有事问你。"

"嗯？"戚禾疑惑，"问什么？"

"你的情事。"

戚禾："啊？"

隔天，宋晓安派人来接戚禾一起去吃下午茶。

服务生领着戚禾到隔间里，宋晓安瞧见她，抬了抬下巴："坐吧。"

一副兴师问罪的样子。

戚禾扬了下眉："我哪儿得罪你了？"

宋晓安端起茶杯抿了口，扫了她一眼："说说吧。"

戚禾被逗笑："我说什么说，宋大小姐能不能先给个方向？"

"何况可都和我说了。"宋晓安点名道，"他去吃小文那儿的求婚喜宴，可看到你和你那许弟弟啊，还挺亲密的呢。"

闻言，戚禾眉眼轻笑："就这事？"

"就这事？"宋晓安眯眼看她，"我怎么觉得你最近总和那许弟弟沾边？"

戚禾也端起茶杯，慢悠悠道："我们俩在一个画室里，怎么可能不沾边？"

宋晓安"啧"了声："别给我打马虎眼啊，我的意思是过多沾边了。"

戚禾沉吟一声："好像也没有吧，最近我们俩见面都很少。"

宋晓安扫她一眼："所以你对人家弟弟没想法？"

没答话，戚禾叉了块蛋糕吃着，反问："你问这个干什么？"

"噢。"宋晓安直白道，"我想着过几天让你相个亲。"

"咳！"戚禾正在喝着茶，瞬时被呛了一下。

宋晓安给她递纸巾："这么激动干什么？只是相亲而已啊。"

戚禾擦着茶渍，有些蒙："怎么好端端想给我相亲？"

"之前我不是提过吗？"宋晓安眨眼，"说了给你找些男人认识认识。"

居然还真找。

戚禾被逗笑："我以为你随便说说的，所以你问我和许嘉礼是什么关系，就为了这事？"

"对啊。"宋晓安托着下巴，"我拉着你相亲，至少也要先问问你的感情状况嘛。"说着，宋晓安拿出手机翻到相册递给她看，"这有几个男生，你看看有没有喜欢的。"

戚禾接过垂眸看去，照片里的几位一看就是精英人士，长相斯文大方。对比许嘉礼来说，完全不是一个类型。

宋晓安凑过来问："怎么样？有没有喜欢的？"

戚禾回神摇头："没有。"

宋晓安皱眉："一个都没有？"

戚禾点头，宋晓安想了想："那我下次找别的给你，不然你有什么喜欢的类型吗？"

戚禾挑眉："我说了，难道你就能找到？"

宋晓安看她："你先说说看。"

戚禾按着记忆说出："要长得好看点，五官比例好，眼睛好看，人也要比我高，皮肤白点，最好……"

宋晓安接住她的话，语气幽幽道："最好叫许嘉礼是不是？"

戚禾轻笑一声："这个还必须是他了。"

宋晓安一脸诧异："你还真喜欢他？"

戚禾垂下眸，低笑承认道："好像是这样的。"

宋晓安看着她："可你之前不还说你们是……"

承认后，戚禾很坦然，无所谓道："又不是亲姐弟。"

宋晓安被她不要脸的样子给噎住："我怎么突然觉得你好禽兽。"

戚禾点头："我也觉得。"

宋晓安还在缓冲中，看向她："可你比许嘉礼大吧，姐弟恋，你可以接受？"

"哪儿来的恋呢？"戚禾笑，"现在也只是我喜欢他而已。"

宋晓安一蒙："许弟弟不喜欢你？"

"喜欢……"戚禾想了想，"可能是把我当成姐姐的喜欢吧？"

她之前总是开他玩笑，他也没觉得什么不好意思，反倒还能坦然接受。再说她之前真把他当弟弟，他应该也是把她当成了姐姐，所以才照顾她的。可她好像总是在无形中，贪婪地想把他变成自己唯一的东西。

也总是下意识想去找他，依靠他。

那个小少年。

戚禾垂下眸，淡笑一声："我想试试看。"

"嗯？"

"想试试看。"戚禾低声说，"我唯一的机会。"

宋晓安不懂怎么就变成唯一的机会，但不意外她喜欢许嘉礼的事，想了想："那我的相亲计划是泡汤了，改成你要追许弟弟了？"

"不然？"戚禾想着昨天大爷教诲的话，舔了下唇，"不追，他跑了怎么办？"

宋晓安听着这话，扬了下眉："那你打算怎么追呢？"

戚禾沉吟一声："不知道。"

宋晓安无语："不知道你还说要追？"

戚禾端起茶杯，随意道："先表明一下我的立场。"

"还立场呢。"宋晓安看着她，"难道还有人和你抢许弟弟啊？"

戚禾想着画室里的那群小学妹，轻笑一声："那还挺多的。"

宋晓安一听，记得起了许嘉礼那张脸的吸引力，点点头："确实，你那弟弟哪会差人喜欢。"说完后，她还转头看着戚禾，挑眉问，"你这老人比得过那些小少女吗？"

戚禾被这话噎了下："我很老吗？"

"那些都是二十出头的小姑娘。"宋晓安上下扫视了她，"你这二十可都过半了，还不老啊？"

戚禾被气笑："是，我是老人，但我才比许嘉礼大三岁，他也算个老人吧。"

听着她的歪理，宋晓安不置可否，反问一句："所以你打算怎么和那群小女生比？"

"有什么好比的。"戚禾轻笑着，"我反倒还能轻易解决她们呢。"

宋晓安扬眉："怎么说？"

戚禾解释一句："许嘉礼之前让我帮他物色女朋友，我前天还帮他拒绝了一个女生，之后我还差理由帮他拒绝其他人？"

宋晓安骂她："卑！鄙！"

戚禾挑眉："这就卑鄙了？"

宋晓安一蒙："你还有更卑鄙的？"

"有是有。"戚禾勾了下唇角，"但还是想做个正经人。"

宋晓安无语两秒，似是又想起什么："可你这说追的，许嘉礼他没有喜欢的人吗？"

"据我所知没有。"戚禾淡笑说，"但要是他真喜欢谁，如果还很喜欢的话，那我就算了吧。"

宋晓安一愣："这就放弃了？"

戚禾轻笑："不想他为难。"

宋晓安也明白了这话的意思，点点头："也是，你们俩好歹还有姐弟情的。"

戚禾失笑道："被你这么一说，我还真的感觉自己在做什么乱伦的事呢。"

"行。"宋晓安打住，"我以后不说姐弟行了吧？"

戚禾想了想："你还是说吧。"

"干吗？"

"让我留点良知。"

这事说开后，宋晓安也高兴戚禾能有个喜欢的人，但怕她有压力，没再多问只是让她及时发信息报备一下进程。

两人继续有一搭没一搭地聊着天，宋晓安就扯到林妙："前几天我听到消息说林家那边打算给她找个对象了。"

戚禾喝着茶，随意问："什么对象？"

宋晓安轻笑一声："还能是什么对象，当然是结婚对象了啊。"

戚禾挑眉："她不才22岁吗？"

"对啊，我之前也奇怪怎么突然想给她找对象了，不过后来我听人说，"宋晓安凑近她，小声道，"林家这几年不景气，所以想在林妙的结婚对象上动念头。"

闻言，戚禾顿了下："林家怎么了？"

"他们公司里的事，我哪儿知道。"宋晓安想起说，"难怪年初林妙生日会办得那么隆重，原来是想着找金龟婿呢。"

戚禾喝了口茶："那林妙呢？"

"应该是不同意的吧。"宋晓安沉吟一声，"她那性子和你以前差不多，能同意才怪。"

闻言，戚禾淡笑一声："怎么又提到我了？"

宋晓安眨了下眼："你当年的称号还用我提醒吗，高贵小野猫？"

戚禾选择不说话了。以前戚禾的性子确实傲气，但也不是目中无人的那种，她把礼仪学得很好，运用得自然也不差。不论是长相还是其他方面，在那一圈的同龄世家女孩里，她确实是最出众的那位。

久而久之，她自然就在圈里出名了，但更出名的还是她的性子。

明艳张扬，举手投足间都带着她自有的恣意潇洒。

总是最吸引人。

后来相熟的朋友们听多了周围对她的赞誉，开玩笑地开始给她冠上了高贵小野猫的称号。时不时地看到她就会顺口叫上几次。

戚禾对此倒是无所谓，反正也不是什么大事。但后来她出国后，也没人叫这个，现在时隔多年再听到，莫名有点羞耻。

忽然提到往事，宋晓安看着面前的戚禾也有些恍惚。

她其实一直记得以前的戚禾，应该所有人都难忘那个少女。

而从戚禾出国后开始，宋晓安每次去见她时，都感觉当年那个总是耀眼夺目的少女和现在的她是一个人，却又好像不是。

明明都是戚禾。可现在的她，虽然和以前一样慵懒随意，但也添了不该属于她的温和平静。

仿佛有什么，熄灭了她的傲阳光芒。

"怎么一直看着我？"戚禾对着她的目光，挑了下眉，"被我迷住了？"

宋晓安回神张了张嘴想说什么，但扫过她总是带笑的面容，话音稍稍一改："我迷上你干什么，能不能别这么自恋？"

戚禾笑了声："迷上我直说，都是自己人不用害羞。"

宋晓安懒得搭理她，继续说着林妙的事："她年纪这么小，哪里会愿意就这么随便找个人嫁了，我看她肯定会大闹一场，这事不会这么算了，你觉得会怎么样？"

戚禾抬了抬眼眸："应该就这样吧。"

"不知道林家那边会找什么人，头几位有权的应该都看不上林家，而小的林家也看不上吧。"

"但这说得好听点是联姻，难听点不就是卖女儿了。"宋晓安皱眉"啧"了一声，"林家人可真舍得。"

戚禾垂下眸，看着杯中平静的茶水，陷入了沉默。

就像重复代入一般。

她想起了以前的自己。

大三那次被戚荣带到林家宴会上。听到他们对她的评论及调笑的话后，戚禾没有给戚荣任何面子，直接转身离场了。

当晚回到戚家。

戚峥可能是听到了消息，急急忙忙来到她房里和她解释说，他完全不知道会发生这样的事，也不知道戚荣会把她带到那个场面上。

戚禾看着戚峥那张真挚的脸，还有慌张的眼神，无法判断他的话到底是真还是假。她只能怀着自我安慰的心态想着，那是她的父亲，怎么会同意这样的事。

戚峥把她当成珍宝，养了这么多年，又怎么忍心？

可她也没忘记，那天在阳城书房外听到的话。

人一旦有了怀疑，往往总是要发生的。

脑海里还充斥着晚宴上那群人关于她归属哪家的讨论，眼前又是戚峥的解释和慌张。

最终，戚禾开口问了戚峥，也将那天听到话，清楚又平静地转述了出来。"你是不是想把我送出去嫁给那些人来挽救公司？"

可能没料到她会问出这个，戚峥愣了半晌后，沉默了。

这个方式好像是最好的回答。

戚禾明白了——他想。

沉默完后。

戚禾还记得戚峥看着她，用着他生平最小心翼翼的语气问出那句话。

——"你愿意吗？"

窃喜·心跳加速

戚禾当夜回了阳城。车辆驶在安静的车道，她不哭不闹，只是失神地看着窗外不断倒退的夜景。

"爸爸不会随便找个人娶你，我会给你找个对你好的，也宠你的。"

"这是万不得已的情况，只要等公司情况好点，爸爸就来接你回家。"

"沐沐，爸爸也不想这样。"

离去前，戚峥似解释又是劝说的话语，在此刻一声声地传荡在戚禾的大脑里，就像是要敲碎她的神经，也把她最后的侥幸狠狠击碎了。

她的父亲，给了她所有骄纵和疼爱的人。

最后，亲自摧毁了她。

车子行到阳城。

戚禾让司机停在巷口，她想清醒一下大脑，下车缓慢往前走。

衣兜内的手机响起了好几声，戚禾拿出看了几眼，有宋晓安的，也有其他相熟的好友。都在问她怎么提早走了，没等宴会结束一起走。

戚禾看着他们的信息，只回了几句有事，往下翻了翻，就看到了许嘉礼的未接电话。戚禾顿了下，才想起来自己答应他有事不来教课，要和他提前说。

四周安静。戚禾盯着上头好几条的未接电话，看了好久，指尖轻轻点了一下。拨了出去。

　　只响一下，对方就接起了，但很安静，没有发出任何声音。

　　戚禾觉得他应该是在生气，轻轻开口说："许嘉礼对不起，我下午有点事，忘了和你说。"

　　话音落下，许嘉礼才出声，语气淡淡问："回来了吗？"

　　戚禾应着："在回来的路上。"

　　许嘉礼："那我等你。"

　　戚禾失笑道："等我干什么？你应该去睡觉了，早点睡吧，我挂了。"

　　许嘉礼没再说话。而戚禾也没有挂断电话，迈步走过长道，正准备往自己家走去时，脚步忽然顿住。

　　夜色中，她看到自己家门前站着一位少年，熟悉的身影，还穿着校服，瘦削高挑，面容苍白又漂亮。他不知道等了多久，脸色白得有些淡，衬得眼眸微黯深邃。戚禾愣了好几秒，回神挂断电话，重新提步走到他面前，讷讷道："怎么在这儿？"

　　许嘉礼看着她，轻声说："等你回来。"

　　在这一刻。这四个字，放在当时从另一个地方逃出来的人身上，似是落下极大的一击。戚禾嘴巴动了动，喉间似是被什么哽住了，发不出任何声音，她瞬时低下眼，鼻尖止不住地泛酸。

　　见此，许嘉礼低声问："怎么了？"

　　过了好几秒。戚禾才哑声开口说："好冷。"

　　"我走过来的路上，"戚禾闭上眼，忍着喉间的哽意，慢慢道，"真的好冷……"

　　她的往日世界就像是一场梦。那引以为傲的父亲，在今天，戚峥问出那句话的一瞬间，彻底破碎了。

　　戚禾微微垂着眸，泪意顺着许嘉礼的问话，在一瞬间攀升上来，快要落下的一刻，感到肩上被什么轻轻盖住，带着少年的沉香及浅浅的药味围绕在她的身上，温热的气息退去了她满身的寒意与颤抖。

　　戚禾眼睫抬起，少年不知何时走到她的面前，稍稍弯着腰，将外套披在她微颤着的双肩。"现在不冷了。"许嘉礼对上她的眼，语气轻而慢，

"你到家了，不会冷了。"

不用再走，也不用害怕。

戚禾抬起眸。

许嘉礼忽然又说了句："看来是真的很冷。"

许嘉礼抬起手，轻碰了下她的鼻尖，淡笑道："红了。"

指尖微凉，明明比她的还要冷，却是在替她掩饰满身的狼狈。

戚禾眼睫一颤。半含着的眼泪在这时再也控制不住地掉了下来。

许嘉礼不知道她发生了什么，但能察觉到她的情绪，没有问她任何事，只是用指尖轻轻帮她拭去了眼泪，声音微哑："这么冷吗？"

许嘉礼垂眸看她："那下次我多穿点，再都给姐姐穿。"

戚禾看着他，眼泪砸下来。

"如果还冷，那就告诉我。"

"有我在。"许嘉礼看她，话音带着轻哄，"我陪着你走。"

思绪被宋晓安打断。

戚禾回过神，看了眼时间："你晚上也要和我吃饭？"

宋晓安话音一止，看她："你不想和我吃饭？"

戚禾摇头："没有，我问问。"

闻言，宋晓安上下扫视了她："你是不是有什么邪恶的念头呢？"

戚禾挑眉："我能有什么念头？"

"我哪儿知道。"宋晓安语气慢悠悠地说，"如果你想去许弟弟那儿干什么坏事怎么办？"

戚禾被逗笑："我自己都不知道我想干什么坏事，你在联想些什么？"

被她发现，宋晓安清了下嗓子："我这是提醒你一下。"

闻言，戚禾眉梢轻扬："可能还真要谢谢你的提醒了。"

宋晓安："嗯？"

戚禾勾了下唇，拖腔带调道："我现在有点想去干个坏事。"

宋晓安："啊？"

看着她的表情，戚禾先起身拍了下她的肩膀，轻笑着："和你的男朋友约会吧，我走了。"

没等宋晓安反应，戚禾转身往外走，随手拿出手机，找到许嘉礼给他发了句：弟弟，该吃饭了。

之前因为许嘉礼不怎么来附中，但戚禾担心他的胃，有时候如果想起来就会发信息让他去吃饭。现在就派上用场了。

果然没过几秒，许嘉礼回复了一句：嗯，好。

戚禾打字：打算吃什么？

许嘉礼：不知道。

戚禾看着这几个字，不意外地笑了声，指尖在键盘上点了点——

那姐姐陪你吃饭。

帮你想。

要不要？

盛兴会所内。柯绍文正拉着许嘉礼在里头聚会。毕竟也快过年了，其他家的少爷都窝在家里无聊，每天就凑在一块儿聊天喝酒聚会。包厢里有七八个人。柯绍文还在旁边吹着自己办了个项目的事，其他人都只是听听，顺带再说几句。

"不是，弄个项目有什么好吹的，你看看我们江公子管理着华宣公司过得多舒服呢。"

柯绍文闻言看向对面的江啸挑了眉："你不是跟着华宣的总制片人办事吗？"

江啸听到这话明显不爽，扯唇道："舒服个屁，那迟暮之什么事都找我干。"

柯绍文笑出声："那不就是个跑腿的吗？"

"跑腿也比你强。"

"怎么的？还嫉妒我呢？"柯绍文挑眉，"不过我听说你那上司长得还挺好看的呀。"

"想什么呢，公司里都传她结婚了，我还看到她戴过婚戒。"江啸慢悠悠道，"而且她比我大，我犯得着去找个比我大的人谈？"

闻言，柯绍文扫过旁边的许嘉礼，慢悠悠道："哟，还比你大啊，也是，这确实有点不大好啊。"

许嘉礼瞥了他一眼，没理他。

收到他的视线，柯绍文自觉移开，随后说了句："你这上司居然结婚了，和谁啊？"

"我哪儿知道，我上个月才去华宣，都是听职员说的，但这关你什么事。"江啸看他，"我们文公子都求完婚就差定下日子了，你呢。"

"我怎么了？"柯绍文不爽道，"我又不差人喜欢。"

江啸嗤笑道："你在许嘉礼面前有什么脸说这话呢？"

旁边有人不厚道地笑出了声来。柯绍文默了两秒后，拿起旁边的烟灰缸，咬牙切齿道："今天我就图个喜庆，让你见点血。"

坐在右边的小文边笑边拉着他："行了行了，老许和你一样，没差啊，你们俩不都是单身吗？"

柯绍文放下烟灰缸，"喊"了一声："我才不是他呢。"

"嗯？"江啸侧头看向许嘉礼，"有情况？"

许嘉礼似乎不觉得自己是当事人，没答话，只是垂眸把玩着手机。

柯绍文喝了口酒，帮他回答："他有喜欢的人了，最近在追。"

话音落下，其他人都炸开了。

"啊？"

"什么玩意儿？"

"你居然还会喜欢人？"

而旁边有人也觉得惊奇："不是，老许，你不厚道啊，居然闷不吭声地在干大事呢。"

柯绍文想到他的禽兽行为，扯了下唇："确实是在干大事。"

其他人一听，纷纷好奇。

"说来听听，是哪家小姐？"

"圈里的，还是你那儿画室的？"

而小文听着，莫名联想到了那次跟着他一起来的戚禾，但看着许嘉礼那样，他也不敢问。旁边人一个劲儿地都在猜，但许嘉礼根本不搭理他们，连个屁都没放。他们渐渐觉得无趣，扯到了别的上面。

有一位酒喝多了，看着许嘉礼说了句："前几天我去参加了谢家订婚宴，看到你爸妈居然带着你弟出席了，这算是个什么情况？"

许嘉礼抬眸。

柯绍文皱了下眉，看去，说道："喝醉就闭上你的嘴。"

那人明显醉着："老许以前是身子骨不好，但现在不是好了不少嘛，又不是会……"话还没说完，江啸直接拿过一旁的纸巾塞到他嘴里："赶紧滚去睡。"

旁边的几人在心内暗叹一口气，还真是哪壶不开提哪壶。柯绍文瞥了眼许嘉礼，见他神情自然，稍稍扯开话题聊起了其他的。

许嘉礼坐在沙发内，想着刚刚听到的话，眉眼稍淡。确实没什么感觉。毕竟这也没什么惊讶的。从小到大，这事哪还算少。对许家来说，只要他不死，活着就行。

江啸在旁边听着其他人说话，随意从茶几上拿了包烟，顺手抽出一根递给了许嘉礼。许嘉礼接过点燃，神情寡淡，他把烟含在嘴里，轻吐着烟雾，身子随意靠在沙发内，冷白到病态的脸半隐于云烟缭绕，若隐若现的，看着有些颓靡。

一旁的手机忽然响了一声。许嘉礼半眯着眼，从淡淡烟雾中，看清了屏幕上的发信人，他动作忽然一顿，抬手把烟拿下来夹在指间。

他右手拿起手机，看着上头的信息，自然地回复了几句。

几秒后，手机轻轻振动起，弹出了一连串的信息。

那姐姐陪你吃饭。

帮你想。

要不要？

许嘉礼低着眼，盯着这连发来的信息，不知道在想什么，指间烟头的猩红一点点往上移动。

江啸扫了一眼："看什么呢？"

许嘉礼似是回神，指尖在键盘上移动，回了几个字。

"你居然还会发信息。"江啸认出是微信的聊天界面，挑眉，"你不都是直接有事说事的吗？"

许嘉礼："我愿意。"

江啸看着他夹在指间已经燃到一半的烟："怎么不抽了？"

明明是个病人，但他烟酒完全不忌，根本不把自己的身体当回事。

许嘉礼似是想到什么，笑了声："不抽了。"

"嗯？"江啸稍疑惑，"你怎么突然有了这觉悟？"

"没什么。"许嘉礼勾唇，垂眸把指间的烟摁灭，模样轻散又慢条斯理地道，"就想活久点。"

"最好长命百岁。"

戚禾收到许嘉礼回复的时候，已经走出了咖啡厅。

手机信息一响，她拿起看了眼。

许嘉礼：在哪儿？

见此，戚禾明白他是同意的意思了，嘴角弯了下，给他发了个定位。

几秒后，许嘉礼回了句语音。戚禾点开。可能是从哪里出来，里头有一瞬间的杂闹，随后就是关门声，并伴随着许嘉礼些许沙哑低沉的嗓音，经过手机放出特具的磁性："我过来，别乱跑。"

话音传来，戚禾听着他的声音稍顿了下。

语音明明已经放完，但她没忍住又点开听了一遍。仔细听了几次后，戚禾意识到自己刚刚做了什么，无奈地抬手揉了下眉心，但莫名觉得好笑。这都只听了声音而已，那见到人岂不是要扑上去了？

戚禾把手机放在衣兜内，让自己冷静冷静，抬头看了眼隔壁的水果店。她在这儿也是干等，索性去逛一逛。

戚禾走到前边摆着的水果摊位，随意看着，在店内走了一圈后，居然看到了桃子。冬天这个季节能吃的水果其实不多，桃子更不可能是这个季节会有的。她看了眼上头标注的价格，还挺便宜。她想着要不要放纵一会儿，旁边刚好有售卖员阿姨走来，看着她开始介绍种类。

戚禾一边听着，一边点头，看着那粉嫩的桃子，刚想下决定要买，身侧先传来一道声音："姐姐想干什么？"

戚禾闻言下意识转头看去，许嘉礼的身影忽然出现在了她的视野内，他一如往常穿着黑色的长款大衣，侧身微微歪着头看她，毫无预兆地来到了她的身侧。

戚禾能闻到他身上淡淡的烟草味，愣了下，抬头看向他。

距离又拉近了点。

两人的身高差距不大，戚禾的脑袋刚刚到许嘉礼的下巴处，此时因为许嘉礼稍稍弯下了腰，从她身后凑近来。他那张五官比例完美的脸就在她面前，近在咫尺。

　　两个人对视了数秒，许嘉礼眨了下眼，长长的睫毛轻轻颤动，带着说不上来的无辜感。

　　戚禾反应过来，脚步往右一撤，让出位置给他，声音自然地问："你什么时候来的？"

　　"刚刚。"许嘉礼侧过头，看着她面前摆着的水果，"想买什么？"

　　戚禾站在他旁边，看了眼桃子，可视线又不自觉地往他脸上投。

　　男人低着眼，从侧边看他的睫毛长而密，而他的眼型很好看，像桃花眼可又不是外双，而是内勾起的细长的眼尾，专注的时候就很显柔情。他侧脸的弧度流畅，唇色微淡，甚至有些白，因为常年吃药，明显可以看出他的病弱苍白感。

　　许嘉礼看了眼摆放着的桃子，转过头看来："买桃子？"

　　没料到他会突然转头，戚禾下意识转过头，淡淡地"嗯"了声："有点想吃。"

　　许嘉礼的语气似是询问："你确定？"

　　戚禾也不确定他的意思，点了下头。

　　许嘉礼拒绝："不行。"

　　戚禾张嘴想说什么。旁边的售卖员先开口说："这个季节还是可以吃桃子的，少吃点就好，而且你女朋友也想吃，买点给她尝尝吧。"

　　戚禾听着话里的称呼，抿了下唇，没开口解释。她正想着许嘉礼会说什么。应该会纠正。下一秒，许嘉礼就开口平静地说了句："不用了谢谢，她桃子过敏不能吃。"

　　阿姨一听自然明白过来了，点头道："确实不能吃，身体比较重要，我给你们介绍其他的吧。"

　　许嘉礼应了声："不用，我们自己看看就好。"

　　阿姨也不勉强，点头转身往后走。

　　而戚禾抬起眸看他。

　　许嘉礼和她对视上，很自然地又问："嗯？姐姐很想吃？"

怎么又叫上姐姐了？戚禾默了两秒，转过头看向对面的水果，莫名有些无奈地道了句："没事，继续买水果吧。"

许嘉礼看她的表情，笑了下："姐姐不想吃桃子了？"

"想是想。"戚禾扫了他一眼，"但你在这儿，我还是以后再买吧。"

许嘉礼没见过她这么要赖的，点破："想背着我偷偷买？"

"没办法。"戚禾盯着前边粉嫩诱人的桃子，"我抵不住桃子的诱惑啊。"说着她就想伸手戳一下。

许嘉礼先伸手挡住她的手，不同意道："不行，有毛。"

戚禾也不算是对桃子过敏，重点是桃子上的细茸毛。

许嘉礼也是无意间发现了她有这个过敏症状。

以前有次林韵兰买了桃子回来，切好端到了书房。

当时戚禾以为是去了皮的，直接吃了。

没过多久后，许嘉礼就看到她脸上起了密密麻麻的红疹子，他确实被吓了一跳，连忙带她去诊所开药吃了才消掉。他也就知道了她对桃子毛过敏，林韵兰知道后会把桃子去皮处理好再给她。

照顾得比对他这位孙子还好。

戚禾"啧"了声，收回手也不动了，转身随意说了句："那买些其他水果。"

许嘉礼跟着她选些草莓蓝莓，让戚禾先拿去排队付钱。

轮到戚禾的时候，许嘉礼又提了一袋桃子回来。

戚禾还没来得及问，许嘉礼已经结账付款了。

两人走出水果店往外边许嘉礼停着的车走去。

戚禾看着他手里提着的水果，稍疑："怎么又买了？"

许嘉礼"嗯"了声："姐姐不是想吃？"

"想吃是想吃的。"戚禾轻笑着，"但也是随便想想，我吃了肯定要去医院。"说着，她走到车旁，许嘉礼先打开车门让她上去。

戚禾坐好系上安全带，许嘉礼也坐上了驾驶座，随手把水果带放在了后座上，淡淡道了句："回去削皮给你吃。"

"嗯？"戚禾反应过来，"桃子吗？"

许嘉礼扬了下眉："你还有对其他东西过敏？"

"没有是没有。"戚禾想起刚刚在他身上闻到的味道，慢悠悠开口，"但我对烟味挺敏感的，许弟弟。"

听到后半句话，许嘉礼轻笑："闻到烟味了？"

戚禾没答，下巴朝前边扬了扬："你先开车，我之后再问你。"

这是不让他逃的意思了。

许嘉礼勾了下唇，听话地点火发动车子，侧头看她一眼："姐姐问吧，我都告诉你。"

戚禾没来由地觉得有点心跳加快，指着前边示意："看路，别看我。"

许嘉礼"哦"了声，转头看着路况。

戚禾问了句："刚刚从哪儿过来呢？"

"盛兴会所。"许嘉礼补充道，"不只我，还有柯绍文他们。"

闻言，戚禾立即皱眉："他又拉着你去喝酒了？"

许嘉礼"嗯"了声："他习惯了。"

戚禾扫他一眼："那你喝酒抽烟了？"

许嘉礼语气自然地说："我坐了一会儿，衣服可能被沾上味道。"

这根本没有正面回答。

而许嘉礼没听到她问话，语气散漫道："怎么了？姐姐不信吗？"

戚禾看了他一眼，觉得他应该不会拿自己的身体开玩笑，姑且信他一回："以后柯绍文再找你去玩，你不喜欢就不去，别让他养成习惯了。"

许嘉礼点头："好，我会的。"

戚禾也觉得他不是那种会吃亏的人，没再多说，转头看了眼车窗外的街景，发现附近的建筑有点熟悉，稍稍一愣，转头问他："我们去哪儿吃饭？"

"嗯？"许嘉礼闻言转头看她，轻轻笑道，"我没有说吗？"

戚禾："嗯？"

"晚上……"许嘉礼盯着她，字词轻送着给出一句话，"我邀请姐姐去我家吃饭。"

戚禾看着他默了两秒："你什么时候决定的？"

许嘉礼转头看向前边的路况："刚刚。"

闻言，戚禾忽然想起了刚才他说给桃子削皮，说的是回去。

虽然有点突然，但貌似也没有什么不对。反倒，还有点如她的意了。

戚禾压着嘴角的笑意，自然地点点头："可以，那就去你家吃饭吧。"

许嘉礼也应了声："好。"

本来戚禾还愁没有什么机会可以和他接触，现在机会找上门了。

她想到一半，忽然意识到一个问题："但我可不会煮饭，你应该不会想吃我做的吧？"

许嘉礼解释道："我邀请姐姐来，当然是我做。"

"那就好。"戚禾知道自己的厨艺有多差，上次的白粥已经算是最简单的东西，她可不想给自己丢脸。

既然说好自己做饭，许嘉礼开车带着她去了趟嘉盛花苑旁的超市，买些菜回来。

两人下车，走进超市内。食品区在二楼。戚禾跟着他走上电子扶梯，似是想起来，转头问他："怎么突然想请我吃饭了？"

许嘉礼语气平静自然地道："上次欠姐姐的面，这次我来还给你。"

戚禾记起这事，突然有点庆幸自己上次没要他的钱。

许嘉礼看着她："姐姐不想来？"

"我不是都答应了，怎么会不想来。"戚禾倒是想了下，"你欠我的面，如果欠别人的难道也亲自煮还给他？

"不会。"许嘉礼状似无意地补充，"我没欠过别人。"

戚禾转头看了他一眼，似是确认问："那是只欠我的？"

许嘉礼看着她，坦然道："是，所以姐姐觉得呢？"

戚禾脑子里闪出一句话，盯着他缓缓开口："荣幸之至。"

话音落下。许嘉礼眼睑抬起，目光对上她的眼睛。

这话是他之前说过的。

在陈美兰问他和她一起称为草花组合的感想时，他回答了这个。

现在由她来说了。

气氛忽然变得安静。戚禾意识到自己说了什么后，和他那双棕眸对视着，停了两秒后，内心忐忑不安地移开视线。

这话其实没什么。要放以前她还能说更直白的话逗他。

但现在不知道是不是因为心境有了变化，她完全不敢乱开口，怕说错些什么。可她又怕因为自己以前那样，许嘉礼要是看不出来怎么办？

会不会还觉得她只是开玩笑逗他？内心有无数想法冒出来。而戚禾面色自若地看着前边即将到达的二楼，佯装淡定道："到了，走吧。"

她迈步走下扶梯，正想去拿购物车。许嘉礼却先走到她身旁，戚禾余光瞥见，下意识怕他要问什么，但他只是伸手拿过了购物车。

戚禾觉得自己有点杞人忧天了，她抿了下唇，无声松了口气，跟着他往前走。而许嘉礼单手推着车，转头看来，开口问："哪儿荣幸？"

戚禾犹如坐过山车，顿了半秒后，她大脑迅速思考，压着情绪随意道："你不是只欠我一个人？"

许嘉礼慢悠悠地"嗯"了声。

"那我也算是你唯一的债主。"戚禾硬着头皮道，"所以觉得荣幸。"

许嘉礼垂眸看她："是这样吗？"

戚禾看了他一眼，先发制人道："你以为是什么？"

"嗯。"许嘉礼沉吟片刻，点头，"我也觉得是这样。"

戚禾噎了下，迈步往前走："买菜吧。"

许嘉礼落在后方，盯着她纤细的背影，也不知道在想什么，神情有些意味深长，似是想看出些别的。

没管身后的人，戚禾自顾自地走进食品区，在心内反思自己有点太急躁了。如果吓到了许嘉礼，那可真是完全没路走了。

戚禾调整着心态和情绪，感到他推着车过来，转头看他，随意问："你要买什么？"

许嘉礼反问："你想吃什么？"

戚禾愣了下："面吗？"

许嘉礼："都可以。"

闻言，戚禾扬了下眉："我想吃什么，你都可以做？"

"不是。"许嘉礼老实说，"我只能做普通简单的。"

"那就，"戚禾拖腔带调道，"做你的拿手菜吧。"

"好。"

许嘉礼推着车，带她挑选着菜，戚禾也不懂，只能老老实实地跟在他旁边，有时候问几句。

称重完，戚禾提着菜袋子放进购物车里，随口问："还要买什么？我帮你拿。"

听着她自然又顺口的话，许嘉礼似是觉得好笑，唇边弯了个弧度："不急，往前看看。"

戚禾点头走到他身旁，伸手帮他推购物车。

许嘉礼扫了眼扶手上旁边多出来的手，抬眉："做什么？"

戚禾关心道："怕你太累了。"

许嘉礼没忍住开口："我还没那么弱。"

闻言，戚禾看着他点点头："嗯，你没有。"

许嘉礼还想说什么，前边忽然有人叫了声："戚小姐。"

两人相继转过头，戚禾看着对面的男人，等认出是程砚后，随意点了下头。可能是临近过年，程砚穿得比较简单，不再是平日里的西装搭配，但依旧还架着副眼镜，斯文里添了点平易近人。就像个邻家哥哥一般。自上次在医院看到他后，戚禾觉得应该不会再见到他，没想到在这儿又遇见了。

程砚看了眼戚禾，而后再看向她旁边的许嘉礼，颔首致意。

许嘉礼微不可见地点了下头，没其他动作。

对比下，就显得他有些无礼。

程砚似是也不在意，但眼神瞥见购物车扶手上，两人并排放着的手，他稍稍顿了下："戚小姐，我给你打了电话，你没收到吗？"

"电话？"戚禾似是想起来，懒懒地"啊"了声，"可能被我拉黑了，程静总是换着手机打，可能用到你的了。"

程砚点头："那我换别的打给你。"

"不用了。"戚禾看他，"你有事现在直接说吧。"

程砚看了眼旁边的许嘉礼，解释道："你回国可能有不方便的地方，有什么事我可以帮你。"

戚禾语气散漫："嗯，我都回来这么久了，也没什么不方便的地方。"

"那我之后……"

"程砚。"戚禾其实真的不知道该和他说什么。她对他根本没什么好感，也没有厌恶，只是觉得和她并没什么关系。

如果不是程静，可能他们俩不会再有交集。

戚禾无奈地淡声问："你姐知道你来见我吗？"

程砚一顿。

见他这样，戚禾哪能不知道他的意思："如果你想好好生活，以后也不用来找我说什么。这是我和你姐的事，你没有什么错，也不用想让我能理解她。"

"没有，我没有这个意思。"程砚连忙出声道，"我只是觉得我们还是朋友，与其他人无关。"

听他再提这句话，戚禾笑了，反讽一声："程砚，就算戚峥没死，你们两姐弟和我有什么朋友关系？"

当年戚峥做善事，从福利院资助了程砚和程静这对姐弟，从初中开始就一直供着他们到上大学。戚禾不关注这个，只是偶尔听戚峥提过几次，之后见到这对姐弟的时候，是当时高考结束。

因为戚禾和他们同龄，戚峥就想着把他们接来到家里，一起庆祝高考顺利。之后见戚禾并不排斥这件事，戚峥也渐渐允许他们过来戚家玩。而戚禾和这对姐弟根本没什么话说，但相对于程静，她可能和程砚接触更多点。但她可从来没有觉得他们和自己是朋友。

至少，程静就没有把她当成过朋友。

甚至还想她死。

听她提到戚峥，许嘉礼微微侧头看向她。

而对面的程砚闻言，抿起唇轻声说了句："对不起。是我没有照顾好戚伯伯。"

闻言，戚禾扯唇："对不起什么，你照顾得可比我好。"

这五年她都没在国内，哪儿来的照顾。话音落下，戚禾明显不想在这儿浪费时间，单手挽了下许嘉礼的手臂："走吧。"

许嘉礼看着她的手，点了下头，推着购物车往前走。

程砚留在原地，不敢再开口叫她。

等走出刚刚的区域后，戚禾也不知道在想什么，似是忘了自己还挽着他的手臂，捏着他衣服的手指有些紧。

许嘉礼瞥了眼，问了句："是谁？"

戚禾回过神，诚实道："我爸以前资助的福利院学生。"

许嘉礼想着刚刚听到话："姐弟？"

戚禾点点头："是。"

许嘉礼淡淡问："不喜欢他们？"

"嗯，不喜欢。"戚禾诚实地回答完，转头看了眼旁边的海鲜，随口扯开话题问了句，"要不要买这个？"

许嘉礼看了她一会儿，沉默片刻才道："不用。"

戚禾点头："那还要买什么？"

"买些酱料。"

"好。"

戚禾见他没再问这个话题，手心微微松开。她很少和许嘉礼说自己家的事，以前也很少，只和他开玩笑说过自己是有钱的千金大小姐，家世一般，但她是个名人。

当时许嘉礼也不知道信不信，就随便点了下头。之后等戚禾知道他是许家长子的身份后，明白过来他应该知道她是哪家人的。

戚禾垂眸没再想这事，跟着他一起去酱料区。

可走的时候才察觉到自己此时和许嘉礼的姿势。许嘉礼站在她身旁，单手推着购物车，而她正挽着他的手臂，距离很近。而且再配上两人现在一起逛超市的行为，任谁看了都会觉得他们俩是一对。

戚禾脑子蒙了下，她还真不知道自己的手是什么时候挽上来的，而且居然还一直挽着。她下意识想松开，可手稍稍抬起时，又犹豫了。

戚禾侧头瞥了眼许嘉礼，见他神色如常，仿佛完全没有觉得哪儿不对劲。他是没发现，还是发现了不介意？又或者，只是觉得她是姐姐，挽一下没问题？

想到最后一个可能性，戚禾抿了下唇，轻轻松开了他的手："抱歉，刚刚忘记松开了。"

许嘉礼感到手臂一空，垂眸看了她几秒："你介意？"

戚禾一顿，表情稍疑："我介意什么？"

许嘉礼看她："挽我的手臂。"

"没有。"戚禾浅笑一声，"我这是怕你介意。"

许嘉礼推着车，说了句："我不介意。"

闻言，戚禾眼睑动了动，懒散地应了声："是吗？"

两人刚好走到酱料区。

话音稍停，戚禾看了眼货架上的酱料，随手拿起一瓶，压着心里的想法，语气慢悠悠地问："你不会觉得我是姐姐，所以才没关系吧？"

听着她的问话，许嘉礼喉结动了动，喊了声："戚禾。"

戚禾一愣，转头看他。

许嘉礼目光毫无掩饰，直白地盯着她，他的眉眼似是轻扬了下，语气轻散又意有所指地问："我什么时候说过你是我姐姐？"

话音传来的一刻，戚禾的心跳瞬时一空，似是忘记了跳动般，脑子也跟着失去了思考。但仅一秒后，接着而来的便是心脏剧烈跳动的声音。一阵阵响彻在她的大脑里，似是要将她震醒。在这时刻，戚禾莫名想起了以前在他高中食堂里他向他同学介绍的话。

他的同学指着戚禾问她是不是你姐姐。

而当时许嘉礼说了什么？

好像答了句："不是。"

跟着一句是——"朋友。"

戚禾的心脏重重一跳，瞬时抬眸看向他。

许嘉礼不知何时走近，站在了她身旁。即使他偏瘦，但依旧比其他男人看着要修长高挑，现在穿着长款大衣更冷峻气质，气势上更显。和当年病弱冷漠的少年不同，他现在早已成长为了一个成熟的男人。

只是她之前发现了，却没在意过。

戚禾的目光猝不及防地撞入了他那双眸子。

呼吸一滞。

许嘉礼观察着她的神情，稍稍弯下腰，看着她的眼睛，看了两秒后，伸手帮她理了下耳边的碎发，声音似是蛊诱着什么，缓慢开口："你有把我当成弟弟？"

他指尖微凉，随着动作，碰到了她的耳郭。

触觉冰凉。

在她微烫的耳朵上极具存在感。

戚禾身子一僵，没敢动。

许嘉礼替她理好微乱的发，很自然地收回手，指腹微微蹭了下，似是没听到她回话，尾音轻抬："嗯？"

听着这声，戚禾只觉得耳畔微烫，瞥开眼看着手里的酱料罐子，强装镇定道："你不把我当姐姐，我当然也没有把你当弟弟了。"

许嘉礼抬眸，又盯着她看了一会儿。

戚禾当然能感受到他的视线，原想忽视不见，可实在没忍住侧头瞥他一眼："看什么？"

语气有些不自在。

许嘉礼盯了两秒后，嘴角勾了下，语气轻散道："没什么。"

没什么还看我。这话戚禾莫名没好意思说，就"噢"了声，随口道了句："你不是要买酱料吗，赶紧选吧。"

"嗯。"许嘉礼站直了起来，随意道，"不用选了。"

戚禾没懂："不买了？"

许嘉礼伸手拿过她手里的罐子，掌心微微包裹着她的指尖："就这个吧。"

戚禾还没反应过来。

仅仅是几秒，许嘉礼已经拿走罐子放在一旁的购物车里。

戚禾顿了下，缓缓地收回手。

看着他放好后，戚禾舔了下唇，面色淡定地道："如果没什么要买的，就去结账吧。"

许嘉礼应了声，戚禾想跟着走，但看他先推着车，以为他打算先走，稍稍停了下。

而许嘉礼单手把车子推在一旁，留出右侧身旁的位置，没看到她跟上，站在原地转头看向她："不走？"

闻言，戚禾看了眼右侧的空位，自然地迈步走去，站在他身旁。

两人一起往外走，身旁的人近在咫尺。

明明和刚来的姿势没什么差别，可在无形中仿佛添了些别的气氛。

意味不明，却让人心跳不自觉地怦怦作响。

戚禾偏过头看着侧边的商品货架，嘴角不动声色地弯了下。

暗自窃喜，却不敢太张狂。

她抿了下唇，调整着自己的状态，回过头看向购物车里的东西："你打算做什么？"

许嘉礼："炒青菜，海带汤，还有糖醋排骨。"

听到最后一个菜名，戚禾稍愣，没想到他会做这个。

以前她去许家吃饭的时候，林韵兰就会做这道菜，她经常会吃到，所以也挺喜欢的。但她从来没提过。

毕竟那是别人家，她只是偶尔蹭个饭而已，自然不好意思指定说要吃什么菜。

"那还挺丰盛。"戚禾也不确定，觉得这可能只是巧合，提了句，"怎么会想做这些菜？"

许嘉礼侧头，语气似是询问："不喜欢？"

戚禾点头："喜欢的。"

话音落下，刚好走到收银台，两人排到一侧队伍里。

戚禾觉得自己和他并排站着不好，有点挡人，就站在旁边等他。

可刚站没多久，突然感到什么东西带着力度撞到了自己的脚跟。

戚禾立即皱起了眉。

"对不起对不起。"

后边推车的女生也意识到自己的购物车车轮撞到人了，连忙道歉。

戚禾转头看她也不是故意的，摆了摆手："没事。"

许嘉礼看了眼女生，也没说什么，侧头看着戚禾："很痛？"

戚禾摇头："只是刚撞到的时候痛了下而已。"

许嘉礼看了眼旁边来来往往的人，皱了下眉，伸手牵过她的手，轻轻带到自己的身旁："站这儿。"

戚禾下意识开口："这里会挡……"

许嘉礼出声打断，语气带着不容置疑："还想被撞？"

戚禾张了张嘴，还想说什么，前边的队伍移动，见许嘉礼往前走，她下意识挽上他的手臂。

这动作貌似有点熟悉。许嘉礼也看了眼自己手臂上的手，视线抬起上移，对上她，眼尾抬了抬。

有些意味深长。

虽是无意，但……

戚禾挽着他没放开，神色自若道："我不想被撞。"

许嘉礼语调轻抬："嗯？"

戚禾理智地和他分析："所以跟着你走。"

闻言，许嘉礼挑眉，盯着她一会儿，须臾，他嘴角轻勾了下，随后移开视线，似是提醒般，字词轻送道："那记得跟紧点。"

戚禾只当没听见，神色从容地挽着他的手。

但也没多久，队伍排到他们的时候，戚禾就自然地松开了，帮着拿购物车里的东西出来结算。

付完款后，许嘉礼带着她往外走到车库内，上车往嘉盛花苑开。

进了小区内，电梯上行到达，许嘉礼先去开门，戚禾跟着进屋准备换鞋时，看到许嘉礼把他的拖鞋放在她面前。

见此，戚禾忽然想起自己之前醉酒的要求，默了两秒，老老实实地穿上往客厅里走。

"看一会儿电视，我做好叫你。"许嘉礼提着食材走进厨房内。

戚禾问一句："要不要我帮忙？"

"不用，你坐着就好。"

"那有需要叫我。"

戚禾也不强求，当然也怕自己会帮倒忙，转身走到客厅内，随手开了电视。她不知道最近有什么好看的，就选了个比较知名的综艺。里头的笑声响起，戚禾看了几眼，眼神就总是不自觉想往厨房的方向探。但几次又被她及时打断，让自己好好地看电视。

看了一会儿后，厨房里的许嘉礼忽然唤了声："戚禾。"

这声突然，戚禾眨了下眼，一时也有点不适应他这么坦然地叫她。

回神后，以为他是有事找她帮忙，她起身往厨房去："怎么了？"

许嘉礼正端着盘子放在料理台前，戚禾走进看到上头摆着切成一块块已经去皮处理好的桃子。

许嘉礼把叉子递给她："吃吧。"

戚禾稍稍一愣，接过叉子叉起一块吃了。

许嘉礼站在对面一侧，正洗着手，抬眸看她，随口问："好吃吗？"

戚禾吃着熟悉的味道，轻笑一声："好吃。"

她以为她忘了桃子的味道，没想到还是记得。

她出国后，根本没人知道她对桃子过敏，也没人会帮她。

所以她没再吃过。

但戚禾还记得，最后一次吃到别人帮她准备好的桃子，是在阳城。许嘉礼帮她切好的，但也不记得是什么时候了。

只知道那时在教许嘉礼画画，戚禾随口说了句有点想吃桃子。

第二天戚禾早到了书房，就发现旁边桌上摆了一袋桃子，她等着许嘉礼过来上课后，顺口问他是谁买的。

许嘉礼只说了句不知道。

戚禾也没怎么在意，以为是林韵兰买的。而上完课后，戚禾看着那袋桃子，确实有点想吃，就怂恿许嘉礼帮她去皮处理一下。

许嘉礼没有拒绝，但他根本不知道应该怎么处理，笨拙地去了皮，还差点切到自己的手。

戚禾怕他受伤，让他不用切了，直接拿起他处理得有些坑坑洼洼的桃子，就着整个咬了口。

许嘉礼看着她的动作，淡淡说了句："下次我切好点给你。"

闻言，戚禾轻笑点头应着："好，我一定吃。"

等吃完桃子后，戚禾也不多留回了自己家。

而当晚，她起了过敏红疹。

因为那少年的桃子。

明明笨拙又生疏。

但戚禾觉得，还是挺甜的。

不知道是不是很久没吃了，还是许嘉礼挑选的好，戚禾觉得现在这个桃子比以前吃过的每个都甜，甚至比他当年那个还要甜。

咽下嘴里的桃子肉，戚禾垂眸看着盘内处理得整齐又干净的桃子，忽然想到当年那袋莫名其妙的桃子，没多久，似是明白了什么，她嘴角无声地勾了个弧度。

戚禾抬头看了眼许嘉礼，又了块递给他，一语双关道："来，吃吃看你买的桃子。"

闻言，许嘉礼扫了眼她递来的桃子，"嗯"了声，随手关掉了水，走到她对面，隔着料理台，稍稍弯下腰凑到她面前，声音缓慢道："姐姐喂我。"

这称呼改得可真顺口。

戚禾突然有点不想顺他的意，扬了扬眉，慢悠悠开口："你的手呢？"

许嘉礼眨了下眼："湿的。"他还理所当然地补了句，"把姐姐的手弄湿不好。"

看他这样，戚禾没忍住轻笑一声，没再反对，伸手把桃子递到他嘴边。许嘉礼顺着她的动作，稍稍低头凑近她。

距离一瞬间拉近。

戚禾坐在料理台前，许嘉礼的眉眼落在她的面前，眸子浅棕泛光，带着极致的专注和深意，似是要将她收入眼底。

戚禾保持镇定地看着他。许嘉礼靠近了点，垂眸张嘴将桃子咬下。

戚禾看着他的动作明明是几秒的事，可在她看来犹如放慢般，一点点递进。

启唇，轻咬。

随后抬起那双浅眸，直白看来。

气氛有些不对。

刚刚在超市里的意味似是转移到了这儿，可此时添了几分说不清道不明的暧昧感，似有若无地在两人间传递开，又将人深深拉近。

戚禾指尖稍顿，忽然有些支撑不住，转移视线看着叉子上还剩的半块桃子，开口示意道："吃完。"

许嘉礼听话地又将半块咬下，唇瓣染上了水光，而光影下，他那张苍白的脸在病弱中添了几分的诱人感。

这一刻，戚禾不知道是自己欲念驱使，还是被他蛊惑，鬼使神差地伸手用指腹自他的唇角沿下轻轻擦过唇瓣。

触感柔软，微凉。

还带着桃汁。

戚禾的手一顿，抬起眸，倏地撞入了他的眼眸里。

空气稍滞了一瞬。

同时，下一秒。

那股半掩着的情绪，极为快速地延展开来，又立即被压制住。

戚禾瞥开眼，自然地收回手，面色淡定，没表现出任何不自在，解释说："沾到水了。"

许嘉礼喉结滚了滚，似是将桃子咽下，盯着她轻舔了舔唇，水光更甚，比刚刚更显诱惑，声音也哑了些："那现在呢？"

戚禾没敢再看他，直接道："没有。"

许嘉礼垂眸盯着她，忽地笑了："姐姐想骗谁，看都没看。"

噎了两秒，戚禾在心里做好准备后，抬起头飞速扫了眼他的嘴巴："没有，你放心吧。"

许嘉礼舔着唇，还没开口说什么。

戚禾开始催促："可以了，我饿了，你快做菜吧。"

听到这儿，许嘉礼却没转身，而是伸手从旁边抽了一张纸，牵过她的手，慢条斯理地替她擦过指腹上的桃汁，等干净后，他才松手，低着眼看她，语调轻扬："少吃点，留点胃吃饭。"

看着他的动作，戚禾又扫了眼自己干净的手指，瞬时收起，忍着耳尖的滚烫，语气有些恼："知道了，你自己做菜去。"

被她催促后，许嘉礼也没再和她多说，老实地在厨房内做饭。

戚禾则直接回了客厅，坐在沙发内看电视，而她根本没心情看，总是会想刚刚的事。她受不了，就拿出手机玩着，随便找宋晓安聊了会儿天。

聊到一半时，宋晓安直接打了个电话过来。

戚禾顿了下，抬头往厨房看了眼，想了想着手机走到阳台上，随后接通。

下一秒，宋晓安那边开口："你干什么了，下午神神秘秘地走了，还不告诉我你和弟弟的进展？"

戚禾觉得好笑："我哪儿神秘了？"

宋晓安"啧"了声，"问你你都说就那样，那样是什么样啊？"

"就，"戚禾又想着刚刚的事，舔了下唇，"那样啊。"

宋晓安听着她的声音，眯了下眼："你在哪儿呢？说话这么小声。"

戚禾说："没在哪儿。"

"戚禾。"宋晓安语气凉凉，"你是不是在干什么坏事呢？"

这意思还挺清楚的。

戚禾只好承认道："我在许嘉礼家里。"

宋晓安蒙了下："许嘉礼家？！"

问出来的一瞬间，宋晓安反应过来："不是，你什么情况？为什么在他家里？"

戚禾言简意赅道："吃饭。"

"吃饭吃到人家家里去？"宋晓安语气有些意味深长，"你是吃饭还是想吃人呢？"

戚禾被呛了下："你在胡说八道些什么？"

宋晓安："啧，你都到人家家里吃饭了，我能不多想吗？"

戚禾反驳："是他请我，又不是我主动说要来。"

虽然她也没有拒绝。

"嗯？"宋晓安倒是意外，"弟弟请你去他家？"

戚禾应了声："是。"

宋晓安眨了眨眼："他干吗请你？"

戚禾随口解释他欠了面的事："所以他请我吃饭抵债。"

宋晓安听着抵债的话，莫名想起了之前的医药费，再结合这一系列行为，她眯了下眼，喊了声："沐沐。"

戚禾："嗯？"

宋晓安猜测问："你确定你这弟弟不喜欢你？"

闻言，戚禾想着下午超市里她的试探，以及许嘉礼的回话，弯了下唇慢悠悠开口："我不确定了。"

宋晓安："啊？"

"我觉得，"戚禾回想起刚刚那盘桃子，垂下眸，忽然轻笑一声，"我好像还是有点魅力的。"

听着这话，宋晓安有些莫名其妙："你有没有魅力自己不知道？"

戚禾挑眉："我现在这样还有什么魅力？"

闻言，宋晓安皱了下眉："沐沐，你为什么觉得自己没有魅力，你以前可不是这样的啊。"

戚禾顿了下，声音轻笑："我以前怎么了？"

宋晓安沉吟片刻，吐出三个字："不要脸。"

"很自恋，很……"

听她还要说，戚禾缓缓道："挂了。"

宋晓安连忙道："哎，等会儿，这不是夸你嘛。"

戚禾气笑了："你这叫夸我？"

"当然是夸，但不管怎么说，"宋晓安声音轻轻地道，"你以前在我看来是很有魅力也很有自信的，从来都不觉得自己比别人差。"

戚禾听着她的话，微微低了下眼，没多说什么，自然地扯开了话题问："所以你觉得我的魅力是什么？"

"啊，你的魅力还用得着说吗？"宋晓安一一举例，"你看你人美，身材好，心善，性格又……"

"行了。"戚禾听她越来越扯，眉眼轻扬，"你这都可以把我夸上天了。"

宋晓安老实说："吹捧你一下。"

戚禾轻笑道，"那吹捧完了，可以挂了吧。"

"不挂。"宋晓安反对，"挂断电话后你想干什么呢？"

戚禾挑眉："我能干什么？"

宋晓安叹了口气："许弟弟那么娇弱，我怕你把持不住怎么办？"

戚禾转头隔着落地窗，看着厨房内的人影，嘴角勾了下："如果把持不住呢？"

"那样的话，"戚禾背靠在阳台上，不知想到什么，食指和指腹轻轻摩挲了下，尾音拖勾起，吊儿郎当道，"算不算他勾引我？"

Chapter12

告白·新年快乐

被人教育了一顿后，戚禾挂断电话。

回到客厅内，许嘉礼刚好出声示意可以吃饭了。

戚禾应了声走去，看着餐桌上摆着的几道菜，两副碗筷。她自然地选了坐在碗筷摆在左手边的位置上，而许嘉礼坐在她对面。

戚禾看着这几道色香味俱全的菜，拿起筷子夹了块排骨。

之前许嘉礼煮粥给她的时候，她已经不意外他的厨艺了，但没想到做得这么好。戚禾咬着排骨肉，给予高度肯定："很好吃。"

许嘉礼轻笑："那就好。"

戚禾吃着，还是好奇地问："你怎么会做饭？"

按说他的胃能吃的东西不多，自然也不用花费时间去学做菜。

可能听出了她的意思，许嘉礼抬眸看她，意有所指地问："姐姐觉得我为什么学？"

戚禾现在脑子里只有排骨，随意答了句："你想闻闻排骨味？"

戚禾眨眼问："这是奶奶教你的？"

味道和林韵兰做的没什么差别。

"以前学的几道。"许嘉礼表情平静，夹了块排骨放在她碗里，"你喜欢吃，以后我再做给你。"

戚禾一听当然同意，但还是先试探地问了句："那我以后经常来蹭饭，你不嫌弃吧？"

许嘉礼慢悠悠反问："你不是先答应陪我吃饭的？"

戚禾扬了下眉："是啊，我答应陪你吃饭。"

这理由还挺充分的。想到这儿，戚禾也没什么好拘谨的了，夹了点清淡的青菜给他："脸色这么差多吃点。"

许嘉礼看她的动作，难得听话地夹起了那片青菜。

见他吃下，戚禾弯了下唇，随意问道："奶奶还住在阳城？"

"嗯。"许嘉礼吃着她的青菜，"她住那儿挺好的。"

"阳城确实挺好的。"戚禾想了想，"她还记得我吗？"

许嘉礼看了她一眼："记得。"

戚禾稍稍放心："有时间，我回去看望一下她。"

许嘉礼"嗯"了声，没有反对。

戚禾也没再多说，和他一起吃着饭。

而许嘉礼胃口差，没吃几口就结束了，戚禾也没让他多等，把碗里的饭吃完后，起身跟着他一起洗碗。

"这几天，"戚禾冲洗着碗，语气随意问，"你在家里休息？"

"嗯。"许嘉礼接过她递来的碗，放在消毒碗柜里，"怎么了？"

"没什么事。"戚禾看着他的脸色，叮嘱道，"好好休息吧，不要到处乱跑。"

许嘉礼低眼，漫不经心道："还以为姐姐想来找我玩。"

想法被发现，戚禾噎了下，还算镇定道："你刚放假，等休息好后，我再来找你玩。"

闻言，许嘉礼侧头看向她。

没料到他突然转头。戚禾猝不及防地瞥开眼，不动声色地把最后一个碗洗好，递给他。

碗洗好后，戚禾也没什么理由多留，许嘉礼送她回家。

车辆行到华荣小区前，戚禾看了眼窗外的小区门口，随手解开安全带："我走了，你路上小心点。"

车门打开，戚禾落地下车，正准备关门的时候，她动作顿了下，看着主驾上的人张了张嘴，还没开口，里头的人却先喊了声："戚禾。"

听着这声，戚禾愣了下，反应过来点头应着："嗯，怎么了？"

许嘉礼握着方向盘，盯着她看了两秒，而后神色平静地问："考虑好了吗？"

这话不免让她多想了，但知道不会是她想的那个。

戚禾勉强带着迟疑问："什……么？"

许嘉礼语调慢慢："陪我过年。"

戚禾庆幸自己还算理智。但下一秒，反应过来他问的是什么。刚刚她在车上就想提这事，但不知道该如何开口。斟酌了半天，车子也已经到了小区门口，原本下车的时候，她就想一鼓作气问了。

没想到，他先提了这个。

戚禾眉眼抬了抬。

他问完，仅是过了几秒。可没听到她回话，许嘉礼指尖似有若无地握了下方向盘，盯着她，漫不经心地又问了句："陪吗？"

沉默几秒，戚禾看着他，点头道："陪。"

方向盘微松。许嘉礼淡淡地"嗯"了声："那14号，我来接你。"

闻言，戚禾愣了下："不是15号过年？"

许嘉礼解释道："回阳城过，带你见见奶奶。"

戚禾自然没意见："好，那我也准备一些礼物。"

许嘉礼点头应她。事情定下后，戚禾让他早点回去，转身往小区内走。许嘉礼坐在车内看着她的身影渐渐消失，过一会儿后，他收回视线，想起她刚刚的表情，唇角无声弯了起来。

随后，车子发动离去。

今年除夕的前一天是情人节。

戚禾收拾好东西准备等许嘉礼过来接她的时候，才意识到这个日子。她看着手机上的日历，扬了下眉。

虽然可能只是巧合，但还是有点令人遐想啊。她脑子里思索着那天许嘉礼的态度，还没多想，门铃先响了一声。

戚禾回神走去开门，瞧见外头的许嘉礼，侧身让他进来。

昨晚许嘉礼发信息问她东西多不多，要不要他上来帮忙拿。

戚禾当然同意了，她买了些老人家用的东西，虽然不贵，但实用，可也有点重。她确实有些拿不下来。

许嘉礼换好鞋进屋，扫了眼屋内客厅，最后落在前边的戚禾身上。

可能是想应景春节，她今天难得穿了一件暗红色的长裙，收腰设计明显将她的婀娜身材呈现得十分到位。她也化了点淡妆，平日里素颜就足以勾人的眉眼，此时看上去格外地明艳妩媚，让人目不转睛。

许嘉礼的视线盯了好一会儿，等到戚禾转头看向他时，才垂下眸。

"现在走吗？"戚禾看了眼时间，"会不会晚？"

"不会。"许嘉礼扫了她一眼，随意道，"走吧。"

戚禾没意见，把准备的礼物给他拿着，随后套了件长款大衣，跟着他一起下楼到小区外上车。

半路上，戚禾才想来最重要的事："奶奶知道我会来看她吗？"

"我说了。"

"那就好，我还怕她不知道，等会儿吓到她。"

许嘉礼笑了声："她一直想见你，你们可以多聊聊。"

戚禾点头："当然，我也想见她。"

回阳城的路算是经常开，毕竟附中就在阳城，但没怎么往小巷开过。许嘉礼也没开导航，直接开着车子行过了街道。

好一会儿后，戚禾才渐渐看到了熟悉的建筑和道路。车子驶进巷子里，两旁的房屋都和当初一样，没有变化。许家也还是那栋老旧的宅院，青瓦白墙，旧木门，而门的两侧还贴上了对联，挂着红灯笼，满是年味。

戚禾下车，看着四周环境和眼前的宅院时，有种恍惚的感觉。

好像她从来没有离开过。这儿没有任何变化，一切和当初一样。她还是那个住着的大学生，时不时过来串门教课的人。

想到此，戚禾稍稍侧头看向许家隔壁的房子，还是那栋小复式楼。

但已经不是她的了。

思绪在一瞬间收回，戚禾半掩了下眸，整理好心情，往许家走。

大门推开时，里头的林韵兰明显在等着他们，听见声响后连忙走上前迎着。林韵兰保养得很好，虽是已经年近七十，但和前几年没什么差别，反倒更显和蔼慈祥。

"沐沐。"林韵兰看着戚禾，伸手牵着她的手，柔声一笑，"回来了啊。"手背轻轻拍着，似是安抚，而话音也带着熟悉的语气和关怀。

一瞬间，不知为何，戚禾鼻尖泛酸，她低下眼，忍着酸意，轻笑道："嗯，我回来了。"

这是当年除了戚峥外，唯一对她好的长辈。

"回来就好，回来就好。"林韵兰牵着她的手，"我们先进屋，正好你们来得巧，我这儿刚做好了饭菜，就等着你们呢。"

戚禾笑了："那我可要尝尝奶奶的厨艺了。"

许嘉礼看着她的神情，没有多说什么。

三人走进前厅，戚禾把礼物给林韵兰介绍了一遍，林韵兰嗔怪她过来还送什么礼物。

戚禾只笑："应该的。"

一旁的阿姨摆盘上菜。林韵兰让两人吃着，边夹着菜给戚禾，边说着："阿礼也是，你回来了他都没和我说，我要知道肯定要叫他带你过来吃饭的。"

戚禾替他解围："我一直没时间来拜访您，如果早说了也是让您白开心。"

"你们工作应该是忙的。"林韵兰点头，扫过一旁的许嘉礼，"阿礼没怎么来看我，要不是带你来，他可能给我打个电话问候几句新年话就好了。"

戚禾挑了下眉，看向旁边的人。许嘉礼一脸坦然，似是觉得自己没什么错，随意道："我这不是来看您了。"

林韵兰轻哼一声，又开口说了他几句。

戚禾不参与，默默吃着自己碗里的小排骨。

许嘉礼听着话，偶尔应几句，随意夹了点菜放在她碗里，淡淡道："别只吃排骨。"

戚禾扫了他一眼，让他别管她，老老实实听奶奶说话。

林韵兰自然也注意到了他的动作，看了眼戚禾，似是想到什么，话题一转："沐沐今年也26岁了吧？"

戚禾一听就知道有问题了。

果然下一秒，林韵兰接着说了句："有没有男朋友啊？"

戚禾咽了下嘴里的肉，默默道："没有。"

林韵兰笑了声："那应该要找一个，要不要奶奶给你介绍介绍？"

"不用。"戚禾连忙拒绝，"这事也不急，之后再说吧。"

"你们真是。"林韵兰指了句，"阿礼也总是说不急不急，一直工作不找女朋友。"

闻言，戚禾顿了下，稍稍侧头看人。

许嘉礼对着她的眼神，淡淡问："看什么？"

戚禾眨了下眼："没什么。"

说完之后，她回过头，良久后，莫名弯了弯嘴角。

他没谈过恋爱啊。

许嘉礼坐在旁边，瞥见她嘴角的弧度，似是怕自己太张扬明显，她瞬时又压了下去，低头继续啃着她的小排骨，下一秒，眼尾轻轻扬着。

不知道是因为高兴吃到了心心念念的排骨，还是其他的。许嘉礼看了一会儿后，收回视线，垂眸喝了碗里的汤，半掩过了上扬的唇角。

一顿晚饭，林韵兰说了很多话，但重点还是在两人的情感问题上。

就连最后吃完饭时，她还想拉着戚禾继续说。

戚禾无奈地点着头，随意附和着。

"这几年不见，沐沐真是长得越来越漂亮了啊。"林韵兰看着她，感叹一声。

戚禾笑："您可比我漂亮。"

"我一个老人家有什么好漂亮不漂亮的。"林韵兰笑了下，"倒是你女孩子家家的可要注意身体，别太劳累了。"

戚禾解释："没有，我就在画室里教学生上课，不累的。"

"教学生？"林韵兰似是想到什么，笑了声，"你当初也教了阿礼画画，还让他考上了大学，当时我想着你们俩在同个大学还能经常见见呢，但后来你走了，也没这个机会了。"

戚禾一顿。

"我记得你好像是在阿礼考上大学后，"林韵兰想了下，"就出国了？"

戚禾垂眸："是。"

林韵兰问："那时你才大四没毕业，是去读书吗？"

许嘉礼坐在她身旁，戚禾感受到他看来的视线，只作未见，淡淡应着："算是吧。"

"是读书就好。"林韵兰轻轻一笑，"我怕你是遇到了什么事，当时走得那么急，连招呼都没来得及打，还是后来阿礼和我说你走了。"

"还说你不会回来了。"

戚禾身子一僵。而提到这儿，林韵兰转头看向许嘉礼责怪了一声："阿礼说错了，你看，沐沐这不是回来了吗？"

戚禾不敢转头，而后就听见身旁的人回了句："是。"

"是我说错了。"许嘉礼侧头盯着她，眸色神情晦暗不明，淡声道，"她既然能走，当然也能回来。"

话音落下。戚禾稍抬起头，与他的视线对上。冬日昼短夜长，天边已经渐渐变得昏暗，前院内两旁的灯亮起，光线微黄偏暖，映着他的脸不再那么地苍白瘦弱。

门外响起了几声孩童的欢笑，打破了这几秒的沉默。

戚禾收回眼，平静开口："当时学校刚好有个留学名额，我也想出去看看，这算是临时决定的事，所以走得急，没来得及告诉你们。"

许嘉礼盯着她，没说话，安安静静的。

林韵兰闻言笑了声："那这也是为了学习去的，不算什么坏事，而且现在也回来了。"

戚禾似是没感受到身旁人的目光，自然应了声。

林韵兰看她："那在外面是读了什么呢？"

"还是美术，后来读了研究生。"

"那还是高才生啊。"林韵兰一笑，"多读点书也好，腹有诗书气自华啊。"

听着这随口一句，戚禾轻笑一声："奶奶您比我有学问。"

"哪里啊。"

话题自然地聊到别的地方去，没人再提这事。

戚禾和林韵兰继续说着，没过多久，许嘉礼的手机响了一声，他接着电话起身往书房走。

戚禾看着他的背影离去，微抿了唇。

林韵兰瞧见她的神色，先道了句："怎么了？"

戚禾摇头："没什么。"

"不用想太多，"林韵兰宽慰她，"奶奶没有怪你的意思，你能回来见我，奶奶已经很开心了。"

闻言，戚禾想到了别的事，只是笑笑。

林韵兰看着她的笑颜，也没说什么，只是拍了拍她的手背。

带着明显的安抚。

随后，林韵兰又问了句："沐沐真的没有想找男朋友的意思？"

见她还不忘这个，戚禾有些哭笑不得："您怎么不问问许嘉礼？"

"他，我不急。"林韵兰看着她，笑了下，"我想问问你。"

"我啊。"戚禾语调稍抬，承认道，"我有这想法。"

林韵兰一听自然明白，反问："有喜欢的人了？"

戚禾点点头："是，我还在追。"

闻言，林韵兰看着她也不知想到了什么，笑着点头："那我就不乱点鸳鸯谱了，静候佳音。"

戚禾笑着了声："好。"

话说到这儿了，林韵兰见时间已经七点过半了，她人老熬不住，起身准备去睡觉。但走时，她似是还不放心，操心着对戚禾说："大胆追，指不定人家也喜欢你啊。"

戚禾被她逗笑，点头应着："是，那就借您吉言了。"

林韵兰也笑，让她在这里随意，随后转身往后院走。

目送人走后，戚禾转头见书房那边的灯亮着，想了想迈步走去。

快要接近时，戚禾一眼就看到了那扇窗户，却没人坐在那里。她稍稍顿了下，走到门前渐渐听到了里头许嘉礼的说话声。声调平淡，语速像是一直处于同一频率上，毫无起伏感，可音色很好听，带着江南雅正的清冷感。

戚禾迟疑了下，抬手轻敲着门，里头的话音一停，随后说了句："进。"

门被戚禾推开，她看到里头的布局和当年一样，没有任何差别，而许嘉礼正站在一旁的桌前，右手拿着手机，另一只手拿着铅笔随意地画着什么。和对方又说了几句后，许嘉礼随手就挂断了电话，抬眼看向她，淡声问："和奶奶聊完了？"

见他态度挺正常的，戚禾点头："嗯，她先回去睡觉了。"

说着，她走近他身旁扫了眼桌上的画纸，是简单的建筑设计草稿。

戚禾收回眼开口道："你要工作的话，我不打扰你了，我先……"

许嘉礼出声打断道："姐姐帮我个忙。"

戚禾一愣："嗯？什么忙？"

许嘉礼从旁边抽了张草稿图递给她："改一下这张图。"

戚禾接过看了眼，扬眉："我改吗？"

许嘉礼"嗯"了声："有点急用。"

戚禾看了他一眼，又想起他刚刚的电话，点了点头："好，改错了可别怪我啊。"

许嘉礼神色从容地道了句："不会。"

戚禾刚想说你还挺信任我，可话音到了嘴边。

许嘉礼先慢悠悠开口说："您可是我的老师。"

戚禾一时间想反驳也不知道说什么，毕竟她确实算是他的老师。

看着她的表情，许嘉礼勾了下唇："姐姐快画吧。"

闻言，戚禾随意拉开座椅坐下，左手拿着笔帮他理着纸上凌乱的线条。其实这个工作很简单，她花不了十分钟就能改好。

可戚禾默默放慢了动作，想拖延时间。她随意画着，抬头看身旁的人，目光落在了他拿笔的左手上，扬了下眉："怎么用左手画？"

许嘉礼笔尖一顿，声音自然道了句："偶尔会用。"

戚禾扫了眼："那你左手会写字吗？"

许嘉礼垂眸："不会。"

戚禾轻笑着："只能画画啊。"

许嘉礼似是不觉得有问题："我只和你学了画画。"

因为戚禾是左撇子，当初看到许嘉礼的画画天赋时，就心血来潮教他用左手画，因为两只手的画感是不一样的，总是会有点差别。但戚禾还没看到他学成出师，就走了。

"会画画就已经很好了。"戚禾不再多说，自然地扯开话题，"你不是放假了吗？怎么还要画设计图？"

许嘉礼看了她两秒，才开口说："出了点差错，要修改。"

闻言，戚禾也不再拖拉，老老实实地帮他改画，偶尔和他有一搭没一搭地聊着天。

没一会儿，她改好把画纸给他："来，你看看。"

许嘉礼接过，戚禾等着他的审核，视线不自觉地落在他的身上。

许嘉礼就坐在她身旁，不知何时把笔换回了右手拿着，眼睑半耷着，看着她手中的画纸，安静又莫名显得乖巧。

戚禾盯着看了一会儿。

四周是熟悉的环境，人也是当初的人。只是不再是少年模样，但两人仿佛又回到了当年一样。她教他画画，而他在旁边安静地听着。其实戚禾一直不知道自己当时为什么同意教许嘉礼画画，毕竟这事对她没什么好处，反倒还挺浪费时间的。

可当时看到他跑到外头学画画时，她确实觉得有点气。只觉这小孩放着她这个人不要，还去外边学，而且如果去学画画，那他基本上都会在画室待着，根本没时间回家，那也没机会见她了。

所以当时她想的是，那还不如她来教，反正都要学的话，那她来教。

这样就行了。

此时的既视感，催着一直掩藏着的情绪，戚禾心底冒出了些念头，盯着许嘉礼的侧脸，开口道："许弟弟，今天是情人节。"

闻言，男人似是顿了下，鸦羽色的纤长睫毛轻颤，缓慢地抬起眼眸看来。戚禾单手支颐，侧着头看他，眼尾轻扬，拖腔带调道："祝你，情人节快乐。"

许嘉礼看了她两秒，语调轻抬："情人节？"

戚禾点头："嗯，情人节。"

"是吗？"许嘉礼放下画纸，慢悠悠问，"那情人节要怎么快乐？我没有情人。"许嘉礼侧过头看她，微微歪了下头，眉眼轻扬了扬，语气似是不懂地问，"姐姐告诉我怎么快乐？"

"所以我的意思是。"戚禾镇定道，"之后你就会找到女朋友的。"

许嘉礼盯着她的表情，嘴角轻勾起，似是笑了下："谢姐姐祝福。"

戚禾脑子有些卡，就憋出一句："不客气。"话音落下，戚禾自然地起身说了句，"我先回去了，你别画太晚，早点休息吧。"

许嘉礼也跟着说了句："一起走。"

见他收起了画纸，戚禾也没拒绝，等了一会儿和他一起往外走。

林韵兰收拾了一下她以前住过的房间，就在许嘉礼的隔壁。

两人走过前厅到后院内。

戚禾边走边想刚刚的事，莫名觉得有点不对，转头看他，提醒道："弟弟，我刚刚是不是给你祝福了。"

不应该来个礼尚往来？

许嘉礼似是明白她的意思，语气轻淡道："我就不祝福你了。"

闻言，戚禾下意识反问："为什么？"

许嘉礼看她，字词轻送："不是陪你过了？"

戚禾一愣。

过了几秒，许嘉礼垂眸看她，缓慢地、意有所指地给出三个字："情人节。"

"我在陪你过了。"

隔天除夕。

戚禾因为昨晚的事，折腾到半夜才睡着。她有点担心会不会是自己想太多了。可能是她过度遐想了，也可能是许嘉礼在礼尚往来而已，又或者是不是这些都是她臆想出来的？

矛盾又纠结的心理，让无数个想法在她脑子里不断地冒出来。

她还是害怕。如果是她想多了，那她和许嘉礼的关系就再也不可能回到从前那样。

那她什么都没有了。

她怎么敢去赌。

烦躁不安的情绪让她睡得不是很好，也忘了时间。

一直快到中午时，林韵兰怕她一直睡下去，才过来叫醒她。戚禾整理好自己后，走到前厅直接略过了早饭，和林韵兰一起吃午饭。

"许嘉礼呢？"戚禾见桌上只有两双碗筷，也没见到他人。

林韵兰解释道："他工作室有点事，早上早早出去了，刚刚打电话来说晚上会回来。"

闻言，戚禾也想起了昨晚帮他改画的事，明白地点点头："好，那我陪奶奶你吃饭。"

"果然还是女孩好。"林韵兰责怪一声，"你看看阿礼这个男孩哪有你贴心啊。"

戚禾轻笑道："那是工作上的事，他也没办法。"

林韵兰摆手："我们不说他，吃饭，奶奶烧了好多你喜欢的菜。"

戚禾点头，陪着林韵兰一边聊天，一边吃着饭。

午饭结束后，戚禾觉得胃有点撑，和林韵兰说了，然后自己先回趟房间走走消食。

她沿着长廊走，随意看了眼旁边林韵兰种的花花草草，昨天到的时候，已经是傍晚了，她也没仔细看许家的院子。

戚禾大致看了一圈，走到转角的时候，注意到院子靠外的一边空地里，好像多了一棵树。她眯起眸还没来得及细看，衣兜内的手机响起。

"沐沐，过年啦！"

电话一接通，宋晓安的声音就传来，后头还跟着何况的话。

"恭喜你们俩又老了一岁。"

戚禾无语："你们俩很闲？"

"过年了当然没事干。"宋晓安直接说，"你应该也没事干，窝在家里是不是？"

戚禾扬了下眉："不是。"

宋晓安一听就不信："别不是了，姐姐来带你过年，出不出来？"

"不出来。"

"你在家又没事干，我带你回我家过年。"

听到后半句，戚禾笑了声："我去你家干什么？"

宋晓安"啧"了声："怕你一个人寂寞嘛。"

戚禾挑眉："我还真不寂寞。"

以为她是在推托，宋晓安说："我家你又不是没来过，过来吧，等会儿我让司机来接你。"

"不用了。"戚禾笑，"你现在也接不到我。"

"嗯？"宋晓安一愣，"你不在家？"

戚禾点头往自己房间走："我在阳城。"

"你跑阳城去干什么？"宋晓安想到了她之前在阳城的房子，下意识问，"那边的房子不是没了吗？"

戚禾笑了声："不是那儿，我现在在许家，我之前答应许嘉礼陪他过年了。"

"啊？"宋晓安蒙了下，"你陪许嘉礼过年？所以在阳城许家？"

"嗯，是的。"

戚禾走进屋子里，随手把手机扩音放在一旁，拿出消食片吃了一片。而电话里的宋晓安明显还没反应过来，安静了好几秒后，才出声："你怎么不早告诉我呢？"

戚禾含着消食片，语调慢悠悠地说："我刚刚不是说了不用，你自己不信。"

"我哪儿知道你是这意思啊。"宋晓安说，"我还以为你一个人在家呢。"说完后，宋晓安想了想又补了句，"不过这样也好，有人可以陪你过年。"

闻言，戚禾稍稍一愣。

宋晓安似是又想起别的："你在许家，那不是就见到他爸妈了？"

"没有。"戚禾言简意赅道，"他不和他爸妈住，阳城是他奶奶家。"

宋晓安"噢"了声："那还好。"

戚禾挑眉："好什么？"

宋晓安："不用先见公婆。"

不知道宋晓安的脑回路是怎么回事，戚禾也没有和她多聊，随意又扯了几句后，挂断电话去找林韵兰。

刚刚她答应了说一起包饺子的。

戚禾刚到前厅的时候，林韵兰的食材准备好了。

　　戚禾去洗了手，随后走到她身旁学着包饺子。

　　以前过年的时候，戚禾家都是厨师做好后，直接摆上盘的。之后出国，在国外也没有春节这个节日，当然她一个人也没什么好过的，索性就入乡随俗，在法国新年的时间和同学约好去餐厅吃顿饭而已。

　　戚禾磕磕绊绊地包着饺子，她动手能力天生不行，做了好几个都不成形。林韵兰笑着宽慰她："没事，以后找个会做饭的就好，让他做给你吃。"

　　戚禾笑了笑，继续她的手艺活，等到快要包完的时候，许嘉礼正好回来了。

　　听到旁边阿姨叫着少爷，戚禾转头往门外看，瞧见许嘉礼走进来，边包着手里的饺子边说了句："你回来了啊。"

　　听着她的语气和话里的词，许嘉礼嘴角弯了个弧度，"嗯"了声，走到她身旁，伸手擦过她脸颊上沾着的面粉，轻笑着："你是包饺子还是包自己？"

　　"你不懂。"戚禾看着他严肃道，"这很难的。"

　　许嘉礼扫了眼她手里软塌塌的饺子，点头承认道："确实挺难的。"

　　也不知道谁难。听出他的潜台词，戚禾懒得搭理他。

　　刚巧厨房内的林韵兰出来正准备煮饺子，瞧见他回来了，又转头看了眼戚禾满身面粉的样子，笑了声："你们都先去洗手，等会儿就可以吃饭了。"

　　许嘉礼应了声，带着戚禾去洗手，顺便把她满身的面粉擦干净。

　　戚禾正在洗着手，想起他的事，顺口问了句："你那边的事解决了吗？"

　　"嗯，解决了。"

　　许嘉礼把毛巾打湿拧干，抬手擦着她脸上的面粉。

　　毛巾轻轻擦过。

　　戚禾感受到，没想到他会亲自帮她擦，稍稍一顿，下意识抬起眼。

　　许嘉礼站在她面前，因为要擦脸，随着动作他正低着头，垂眸看来。

　　两人的目光相撞。

气氛停了一秒。

"好了。"许嘉礼眼眸微垂,收回手,声音莫名有些哑,"吃饭吧。"

戚禾不动声色地往后退了一步,瞥开眼,轻轻"嗯"了声:"走吧。"

两人回到前厅,林韵兰让他们俩坐下,示意开始吃年夜饭,简单地吃完饭后,又一一和他们说着祝贺喜庆的话,一起坐在沙发内看春晚。

可能是想着两位小孩都在,林韵兰想跟着一起守岁,但老人家本来也困得早。到了十一点多快要接近零点时候,林韵兰早就已经靠在一旁的摇椅上睡着了。客厅内就只剩下戚禾和许嘉礼醒着。

电视内的春晚正在放着,戚禾看着里头的节目,听到"合家幸福团圆"这词时,愣了下。

下一秒主持人已经开始倒数。

"——3!"

"——2!"

字词最后落在"1"时。

戚禾下意识转头看向身旁的人,许嘉礼也正好转头看来,与她的视线对上。

客厅内没有开灯。

电视里的音乐和庆贺声,伴着屋外的烟花和鞭炮齐鸣响起。

绚烂的烟火光影透过落地窗洒来,微弱光线中,清晰地映照出男人的脸庞,以及那双浅棕眉眼。

随后就听见他说了句。

"新年快乐。"

这一刻,戚禾想起了自己说要陪他过年。

想起了来到阳城时的熟悉和放松,也想起了林韵兰对她的拍手安抚,她下午包过的饺子,晚上一起吃的年夜饭,看着的春晚,以及,下午宋晓安说的那句话。

——"有人可以陪你过年。"

听着窗外的热闹喧哗。

戚禾眼睑动了动,而后抬起眸看向他。

良久后,戚禾一笑,声音微哑地说:"新年快乐。"

原来。

不是她陪他。

而是他来到她身边。

一起。

迎接暖阳春日。

窗外的烟花爆竹声不停，反倒更甚。一旁躺椅内的林韵兰醒了过来。听见动静，戚禾回头看去。

林韵兰稍坐直了点，看了眼窗外的烟花，看着两人笑着说了声："新年了，你们俩可又长一岁了。"

戚禾轻笑："是，奶奶可要长命百岁。"

林韵兰摆了摆手："长命百岁也要去睡觉才行啊，守完岁了，你们俩也去睡觉。"

许嘉礼点头："我送您回房睡。"

"我送吧。"戚禾看着他，"你先回去睡。"

一旁的林韵兰先笑了声："那就一起，就当是新年一起走。"

闻言，戚禾想了下："那我陪奶奶一起睡怎么样？"

林韵兰稍稍一愣，笑着同意点头："当然好了，我还怕我这老人陪你睡不好呢。"

戚禾说："哪里，我当然愿意和您一起睡了。"

闻言，林韵兰看了眼许嘉礼，语气慢悠悠道："那就只剩下阿礼一个人睡了啊。"

许嘉礼听出了话里的揶揄，语气带了几分无奈："我送你们。"

瞧见他这样，林韵兰扬了下眉："那走吧。"

戚禾扶着林韵兰起身往外走，许嘉礼跟在两人身后。

走出前院客厅，能看到外头的烟火，投在半空中，几秒后，瞬时炸开，绽放成一圈圈多彩多样的花，点亮了夜空。

戚禾看了几眼，刚好走到房门前，她扶着林韵兰走到屋内。

许嘉礼停在门外没有进来，等了几秒后，见戚禾出来。

"回去睡吧，熬到这么晚对你身体不好。"戚禾站在门前，看着他嘱咐一句。

许嘉礼抬腕看了眼时间："你和奶奶睡？"

"嗯。"戚禾以为他有什么问题，抬了下眉，"怎么了？"

"没怎么。"许嘉礼看着她只说了句，"早点睡。"

话音落下，戚禾就见他往前走了一步，来到她的面前。

许嘉礼抬起了手，揉了下她的脑袋，低眼看他，声音轻柔而清晰。

"晚安。"

说完后，许嘉礼收回手，转身便往外走了。

戚禾站在原地愣了半天。

脑袋上似是还带着他的触觉，轻轻柔柔的。

上一次许嘉礼揉她的头，是因为她醉酒。

而这次，她很清醒。更能感受到他的力度，和举动的亲昵。

凛冽的寒风一阵阵传来，让她回神。

戚禾抬起头看着前边男人远去的背影，半晌后，她才回了房间。

门打开，轻合上。

林韵兰坐在床边瞧见她，朝她招了招手："来，到奶奶这儿来。"

戚禾以为她有事要说，走去坐在她身旁："怎么了奶奶？"

林韵兰不知道从哪儿拿出了一个红包放在她手里："给，压岁钱。"

林韵兰笑着："阿礼我可没给，就给你了。"

闻言，戚禾垂下眸看着手心里的红包，纸壳上还印着一个镏金的福字。她没有推辞，而是将红包收紧，轻轻一笑："谢谢奶奶。"

林韵兰点头又问："刚刚有没有许新年愿望？"

戚禾一愣："新年愿望？"

"是啊。"林韵兰说，"总有想要的东西，也有想实现的事情吧？"

戚禾想了下先问："奶奶有什么新年愿望？"

"我啊。"林韵兰慢慢道，"想着你们平安健康就好。"

闻言，戚禾沉默了一会儿，开口："我想好了。"

林韵兰："嗯？"

戚禾稍稍侧头，透过窗户，看着那道早已离去背影："我想好了今年的新年愿望。"

"我希望。"戚禾看了眼自己的手掌，想着刚刚许嘉礼的动作，垂眸低低出声，"可以让我实现一回。"

　　附中寒假就一个月，而画室放假又晚，所以戚禾的春节假期不长，没多久就开学了。而戚禾的课也被排得满满当当，连着上了好几天的课，陈美兰都调侃她要继许嘉礼后成为第二个招牌了。

　　戚禾也很无奈："那这可真是个甜蜜的折磨。"

　　陈美兰被逗笑，又说了她几句后，扯到年龄大了一岁这事，连忙开口："你怎么没来找我玩呢，不是说了陪我相亲吗？"

　　戚禾挑眉："我好像没答应陪你相亲吧？"

　　"那也可以来找我玩嘛。"陈美兰叹了口气，"虽然也没什么好玩的，都是被家里人催着找男朋友而已。"

　　戚禾点了点头，不置可否。

　　陈美兰挑眉："看你这样应该比我也好不到哪儿去吧？"

　　戚禾："我还好。"

　　林韵兰："嗯？"

　　戚禾想了想："我已经……"

　　话还没说完，陈美兰先惊着接话："有男朋友啦？"

　　戚禾看她，慢悠悠开口："在追人了。"

　　陈美兰反应过来，震惊问："你追人？"

　　戚禾点了下头。

　　"不是。"陈美兰看着她，"对方是谁啊，还用得着你去追？"

　　戚禾扯个谎："以前认识的……朋友。"

　　陈美兰眨眼："国外的朋友啊？"

　　戚禾脸不红心不跳道："是吧。"

　　陈美兰还是有点难相信，转头问她："那你追到哪个地步了？"

　　戚禾："还差点。"

　　陈美兰："那个朋友喜欢你吗？"

　　戚禾舔了下唇："可能有点。"

　　"是有好感了对吧。"陈美兰说，"那你可以乘胜追击啊！"

　　戚禾轻笑："我还有点怕。"

陈美兰一愣："怕什么？"

"怕我，"戚禾思考了下，"不值得他喜欢。"

陈美兰一愣："怎么这么说呢，你当然值得啊。"

"他是个很好的人，对我很好，家里人也很好。"戚禾语气稍慢，"所以我也想对他好。"

把这几年都补回来。

陈美兰沉吟一声："那就在这段时间让他知道你的好，在一起之后对他更好。"

戚禾被逗笑："那我还要努力了。"

说完后，见陈美兰还想问，戚禾怕多说说漏嘴，抬了下眉："行了，等之后追到了我会告诉你的，你先帮我保密吧。"

陈美兰当然知道女孩子的心理，明白地点头。但这又好像给了陈美兰格外的机会，她特别关心这事，每隔几天就会好奇地问她，戚禾基本都是随意敷衍，说着还在追。

而另一边时刻关注许嘉礼的柯绍文也在询问进度。

"你还没追上小戚姐啊？"柯绍文打电话问他。

许嘉礼正在开车，一接通就听到这话，皱了下眉。

柯绍文问："不然你放弃算了，这都过了一个多月了，小戚姐可能根本不喜欢你呢。"

许嘉礼扯唇："你又知道了？"

柯绍文闻言愣了下："什么意思，有动静了？"

"嗯。"许嘉礼将车驶进停车位，似有若无地说了句，"应该。"

"什么叫应该？"柯绍文挑眉，"你还有不确定的事啊？"

闻言，许嘉礼眼睑微动，没多说："挂了。"

电话挂断，许嘉礼正打算下车，抬头看着车窗外时顿了下。

停车库在艺体楼后边，能看到一楼办公室的背面窗户，其中一扇刚好打开，能窥探到里头的人和景。

戚禾就坐在窗边，可能觉得无聊，随意趴在桌上闭眼假寐。

冬日已经过去，清明后天气也渐渐变暖，少许还有些热。其他人早就换下了厚衣服，而她可能怕冷，还穿着薄薄的白色毛衣外套，丝毫没有压下她的艳媚张扬，反倒还更显动人。

刚刚柯绍文说的话突然又浮现在脑海里，许嘉礼靠在座椅内，看着窗边偷懒的女人。

不论是以前还是现在，许嘉礼都不确定戚禾的心思。

她很喜欢带笑看人，总是能以最轻松放纵的姿态来逗他，凑近他。

扰乱人心绪。

可她又没有那个意思。

一切的开始都只是他一个人的心动，一个人的窃喜，一个人的独角戏而已。

所以他怎么敢确定。

如果可以，他愿意这样。

这样看着她，保持着暧昧的关系，不敢踏出那一步。

可他又贪婪，想要完完整整的、同样满含热忱的她。

在桌上趴了一会儿，戚禾盘算着时间，睁开眼摸出手机熟练地找到许嘉礼，给他发信息。

最近两人都忙，她和许嘉礼只能偶尔见个面而已，她也不能太急切，所以只能有事没事地给他发信息嘘寒问暖，刷一下存在感。

外头准备上课的陈美兰进来，感叹着："今天那些女大学生来得也太多了吧，一看就知道是奔着小许来的，太疯狂了。"

"小女生心思不难猜。"戚禾收起手机，随口说了句。

陈美兰扫了眼她刚刚似是在聊天，算了下日子，提醒道："我觉得你应该要表白了吧。"

戚禾想着外边的小女生，点点头："我也觉得。"

陈美兰噎了下："那你怎么还没付诸实际行动？"

一直在嘴巴上说说。

听出她的意思，戚禾看了眼旁边的日历，轻笑道："我想挑个好日子。"

陈美兰被逗笑："你当是娶老婆呢，还挑良辰吉日。"

"如果可以。"戚禾扬了下眉，"我当然也想。"

嘴嗨完，两人不再开玩笑，起身一起往外走，准备上楼教课。

可刚走到前边的走廊时，就碰见了那些学妹正和许嘉礼说话。

戚禾看着这幕，不用想就知道是怎么回事了，正想过去帮他挡人时，就听见了许嘉礼用那道冷淡的声音拒绝说："抱歉，家里那位看得紧，会生气。"

自从上次戚禾说不行，帮他挡了那个女生后，她也陆陆续续地挡了他好几次烂桃花，借口自然都是她这个姐姐说不行。

而许嘉礼学以致用，按着她的态度，娴熟地对着向他告白的女生们用"家里那位看得紧会生气"的说辞拒绝。

这话按她是姐姐的这个身份来说，其实没什么问题。但戚禾听到的时候，还真愣了一下，后来次数多了，她又觉得这样也不错。

许嘉礼拒绝完人后，转身走了几步就瞧见了走道上的戚禾和陈美兰两人。而陈美兰自从知道戚禾已经有喜欢的人后，看许嘉礼都带了点可惜，但当然也不敢表现出来。

三人自然地打过招呼后，一起往楼上走。

陈美兰的班级先到，她先走了，最后剩下戚禾和许嘉礼。

戚禾想着刚刚告白的事："你人气还挺高。"

许嘉礼："嗯？"

"这么多人和你告白。"戚禾侧头看他，故意拖起腔调逗他，"许弟弟，姐姐我可不免费替人做挡箭牌，要付钱的。"

许嘉礼漫不经心问："姐姐缺钱？"

"缺啊，还挺多。"戚禾拿着书本敲了敲指尖，挑眉道，"不然你帮姐姐找个有钱人家？"

听到熟悉的调笑，又想起柯绍文的话。许嘉礼缓缓地抬起眼，突然扯唇笑了下："那姐姐考虑一下我吧。"

戚禾愣住，心跳也跟着停了下，还没来得及思考。

许嘉礼就接着跟来一句："我有钱。"

戚禾被气笑了，也不知道他是和她炫耀自己有钱呢，还是真的有那个意思。她忍了下，不甘示弱地回他的话："可以，我考虑一下。"

许嘉礼看她，意有所指道："姐姐可要考虑清楚。"

听着他的语气，戚禾顿了下。

陈美兰刚刚提醒她的话，忽然似是在这一瞬间又响起。

戚禾回神随意"嗯"了一声，跟着他往前走。

快要接近他的班级时，戚禾压着心底的念头，捏了下手心，自然地扯起一个话题："你过几天是不是要过生日了？"

许嘉礼侧头看她："怎么？"

戚禾脑子抽了下，很顺口地说了句："奶奶说要请我和你回家吃个饭。"

许嘉礼挑了下眉："她怎么没告诉我？"

戚禾强装镇定道："她打电话来让我问你。"

许嘉礼盯着她看了两秒，似是明白了什么，微微垂了下眸，眼睫掩过，神色平静地点头："好，我知道了。"

戚禾"嗯"了声："那我到时在阳城等你。"

许嘉礼重新抬起眸看她，应了声："好。"

怕自己露馅，戚禾自然移开眼看向旁边的教室，示意道："先上课吧，我走了。"

"嗯。"

得到回应，戚禾不敢多留，迅速转身往前走，背对他的一瞬间，绷着的神经立刻松懈下来。

身后的许嘉礼目送她离去后，脚步稍移，正准备走进教室。

旁边刚好有学生走来，问了声好："许老师。"

许嘉礼垂眸"嗯"了声。

没过几秒。学生就见身旁的男人，莫名弯起了嘴角，含着明显的笑意。

戚禾其实早就想到了许嘉礼的生日，但觉得在生日那天和他告白，怕给他留下不好的影响。可她还是觉得这好像是最好的一个日子。

那天是19号。

戚禾怕自己太紧张，所以提前一天到了阳城。林韵兰以为她是想为许嘉礼庆生，所以也没觉得有什么不对的，反倒还挺开心她来的。

陪着林韵兰吃完午饭，又陪着她睡了个午觉后，戚禾醒来才觉得有点迷糊，好像有点忘了自己来这儿的目的。

小巷这儿仿佛有股魔力，能让她异常地安心和放松。

算是她的秘密小角落吗？

戚禾觉得好笑，揉了下脑袋，起身往前厅走。

看了一圈后没看到林韵兰，戚禾索性去了书房，坐在靠窗那张书桌前盘算着明天的事。想了半天，她也没想出什么，反倒还有点头疼。

戚禾叹了口气，觉得自己还是过于紧张了，侧头看着窗外的院景，舒展一下思绪，顺便想让自己静下心来。

林韵兰闲来无事就喜欢养些花草植物打发一下时间，前边的院子里都快成为她的花园了，但也为了整体美观，还种了几棵树。

戚禾撑着侧脸，一一扫过那些花草，视线落在后头的空地上多出的那棵大树上，扬了下眉。以前那片空地，都是些杂草，所以看着有些杂乱无章，现在倒是废地利用了。

"看什么看得这么认真？"窗户旁的林韵兰走来，看了她一眼，顺着视线看去，轻笑了声，"你眼睛倒挺尖，一看就看到了那棵桃树。"

闻言，戚禾眼眸一顿："什么树？"

"桃树啊。"林韵兰解释道，"这几年都还有结桃子出来，还挺甜的。"

戚禾抿了下唇问："怎么会想种桃树？"

林韵兰笑了下："那是阿礼种的。"

"那片地放着也没用，一直就想着种棵大点的树，当时阿礼就说了句种桃树，我也觉得不错就种了。"林韵兰似是想到什么，看着她笑道，"刚好你回来，可以让你吃了。"

那时冬天还没到，可戚禾贪吃，随口说了句有点想吃桃子，开玩笑地说干脆在家里种棵桃树算了，以后想吃就可以摘下来。

当时陈美兰坐在许嘉礼一旁还笑她说是个桃子精。

"现在还没结，你只能看看了。"林韵兰看了眼时间，"我先去做饭，你在这儿玩一会儿。"

戚禾慢了一拍地应了声好。

林韵兰没注意到她的异常，转身离去。

戚禾坐在窗前，抬眸看着那棵桃树，脑子有些空。

可林韵兰的话又在耳边回响着。

——"那是阿礼种的。"

以前的那袋桃子，戚禾一直以为只是许嘉礼出于小孩子的不好意思，所以才没告诉她是他买的。

而现在的这棵桃树。

她怎么能不知道。

原来不是。

当初的小少年，原来早就把自己所有不能说的话都包含在了无声中。

戚禾想起了那年将伞递到她手里，说要带她回家的许嘉礼。

第一次叫了她的名字。

也第一次保护了她。

至此往后，都有他。

戚禾好像从来没注意到。

原来她之后的所有时光里，都有了许嘉礼的身影存在。

悄无声息，一点点地透入人心。

让她早已习以为常，却不自知。

可她却逃走了。

在当初那么令人心疼的少年面前，狠狠地逃走了。

戚禾眼眶忽然有些发热，正打算垂下眸时，在微热的视野内落入了许嘉礼的那道身影。他如往日一般穿着长款大衣，高挑修长，站在那棵桃树下，透过长廊远远地看向她。

恍惚间，戚禾宛如看到了当年站在家门口等她回家的少年，又想到了她离去前见到他的最后一幕。

戚禾坐在窗前，安静和他对视着。静默中，似是察觉到了她的情绪，许嘉礼忽然迈步走来，步伐不疾不徐带着平缓。

却又似是度过了这漫长的时光。

一点点地终于来到了她的面前。

四周的一切都和当年一样，青瓦屋檐，院内石砖上长了些青苔，透着些年代感。

而那个少年已经长大。

戚禾仰头看着站在窗前的许嘉礼，声音微哑："你怎么过来了？"

许嘉礼淡声道："猜到你会先来。"

戚禾忍了下眼眶的酸涩，沉默了好几秒后，视线往他身后看去，低声问："那棵桃树是因为我种的吗？"

许嘉礼垂眸，看着她的神情，轻轻应了声："是。"

掩藏的话终于说出口。

书房四周安静，似是除了他们再也没有他人。

许嘉礼低下眼看她，唤了声："戚禾。"

她的名字，被他唤起。

戚禾眼睫一颤，压着心底的念头，抬起眼对上他的浅眸。

"你应该知道，我不想和你当朋友。"许嘉礼眼眸的浅淡不在，只透着微暗，"也不想当姐弟。"

戚禾抿唇看着他。

"因为我对你不是姐弟，不是朋友，"许嘉礼弯下腰看着她，眸底印着小小的她，声音轻而淡，"我对你是……"

两个字落在了她早已坚持不住的神经上。

"喜欢。"

"从很久之前就喜欢你了。"

他的话音最后顺着他的弯腰低头，似是呢喃般地轻缓落下。

"你可以也喜欢我吗？"

（咬定·上篇完）

Orange
橘子洲

咬

我 爱 你

JE T'AIME.

岑利——

著

定

㊦

江苏凤凰文艺出版社

JIANGSU PHOENIX LITERATURE AND
ACT PUBLISHING

图书在版编目（CIP）数据

咬定：全2册/岑利著. — 南京：江苏凤凰文艺
出版社，2023.3
ISBN 978-7-5594-6874-1

Ⅰ.①咬… Ⅱ.①岑… Ⅲ.①长篇小说–中国–当代
Ⅳ.① I247.5

中国版本图书馆 CIP 数据核字 (2022) 第 094922 号

咬定：全2册

岑利 著

出　品	橘子洲文化	
责任编辑	白　涵	
特约编辑	王　婷	
版式设计	天　缈	
营销编辑	一　川　史志云　杨　迎	
出版发行	江苏凤凰文艺出版社	
	南京市中央路 165 号，邮编：210009	
网　址	http://www.jswenyi.com	
印　刷	环球东方（北京）印务有限公司	
开　本	880 毫米 × 1230 毫米 1/32	
印　张	19.75	
字　数	580 千字	
版　次	2023 年 3 月第 1 版	
印　次	2023 年 3 月第 1 次印刷	
书　号	ISBN 978-7-5594-6874-1	
定　价	78.00 元（全 2 册）	

江苏凤凰文艺版图书凡印刷、装订错误，可向出版社调换，联系电话 025-83280257

目录

Chapter13 喜欢·愿望成真　　001

Chapter14 荣光·皆你所赠　　024

Chapter15 难逃·高岭之花　　049

Chapter16 噩梦·如影随形　　074

Chapter17 甜吗·给你颗糖　　097

Chapter18 公开·宣示主权　　121

Chapter19 真相·年少失约　　149

Chapter20 孤独·那些年　　173

Chapter21 别怕·阴霾散去　　205

Chapter22 图谋·一辈子　　227

番外一 十八岁的妄想　　252

番外二 有个故事叫我爱你　　279

番外三 小小虎牙，小小愿望　　292

番外四 我想未来有你　　299

♥ 下卷

咬定

JE T'AIME.

名为咬定，
意为你。

Chapter13
喜欢·愿望成真

面前的人站在窗台前，半身轻俯着，停在她的眼前，带着他的话音。

以及再也无法掩藏的情绪，铺天盖地袭过了她的大脑。

在这一刻，戚禾突然有些恍惚。

从许嘉礼毫无预兆地出现在那棵桃树下，来到她的眼前时，她的思绪已经凌乱得无法判断，这会不会是她的梦，又或是错觉。

可当他说出所有的字词与所有的话语时，她头一次希望——

如果这是个梦，能不能让它一直持续下去。

不要让她醒。

曾经的戚禾认为自己是最幸运的人，她已经拥有所有想要的东西。

可之后，她才发现原来自己什么都不是。这世上根本没有幸运，所有的一切都是需要偿还的。她对待许嘉礼的所有一切，也是如此。所以她想偿还他，把之前对他造成的伤害都弥补过。

戚禾想过许嘉礼或许是喜欢她的，这个想法足以让她有了全部的勇气和信念。她想试试，就试一次。

如果他不喜欢的话。那她就收回，不会强求。

就这个小小的愿望，戚禾不敢再奢求其他的。

可现在许嘉礼来为她实现了。

以他一身的骄傲与多年的祈求。

将自己带到她的面前。

托付了所有。

原来，他也喜欢她的。很久之前就喜欢了。

所以你可以也喜欢我吗？

听着他近似低喃又小心的询问，恍惚的思绪一停，被心底的酸涩盖过，戚禾看着他，那股期盼变得更加深刻。

眼前的这个梦，她想亲自延续下去。

戚禾忍着喉间的哽意，开口说：“我一直没有告诉你。”

许嘉礼看着她。

“我新年的时候许了一个愿望，希望……”

戚禾声音低哑，却清晰道：“我能成为许嘉礼的女朋友。”

许嘉礼眼睫微动。

心中的勇气升起，戚禾站起身走近他，抬起眸看着他回应道：“所以我也是喜欢你的。”

戚禾字词认真地说：“许嘉礼，我也喜欢你。”

话语清晰又直白地传递来。

许嘉礼顿住。

而说出口那一刻，戚禾不免还是紧张，抿了下唇，轻缓而又有些谨慎地询问：“这个愿望你可以帮我实现吗？”

盯着她的神情，许嘉礼只觉得一直晃荡的不安放下了，嗓音轻哑道：“实现了。”

这话没头没尾，戚禾又还处于紧张的状态，脑子慢了一拍，抬头看他：“嗯？什么？”

两人隔着一个窗台。

刚刚一站一坐的距离随着她的起身走来，早已缩短贴近。眼前人是她，而坦然又直白的告白还在耳边回荡着，许嘉礼盯着她，眼眸微黯。

下一秒，就听见他开口说了句：“帮你实现了。”

话落，许嘉礼弯下腰越过窗台，凑到她的眼前，他抬手抵着她的后脑勾，苍白微凉的唇顺着气息覆上她的唇瓣。戚禾根本没来得及反应，只感受到男人近在咫尺的眉眼，以及他温热的呼吸。似是印下了专属标志般。

仅仅几秒。许嘉礼稍拉开了点距离，眸底黯沉，放在她颈后的手轻抬，用指腹，缓慢地轻蹭了下她的唇边。

他盯着她的眼，哑声示意："许嘉礼的女朋友。"

戚禾呼吸一滞，看着他还有些愣，感受到唇上明显的触觉，后知后觉地意识到他刚刚做了什么后，戚禾的耳朵骤然发烫，她忍了下，抬眸看着他提醒道："你也一样。"

许嘉礼："嗯？"

"你也是。"戚禾与他对视了一眼，唤了句，"戚禾的男朋友。"

话音落下，戚禾瞥开眼，莫名觉得这话比刚刚的告白还要羞耻。

许嘉礼盯着她，掌心感受到她脸颊的烫意，唇角勾起，低笑着："是，我是戚禾的男朋友。"

见他还重复一遍，戚禾明显觉得自己的脸更烫了。

许嘉礼勾着唇，指腹轻轻蹭了蹭她的脸颊，随后也不逗她，抬起手理了下她的头发："刚睡醒？"

闻言，戚禾自然地"嗯"了声："翘起来了？"

"有一点。"许嘉礼帮她压下有些翘起的发尾，漫不经心地收回手，扫了眼书房，"坐在这儿干什么？"

经他一提，戚禾想起了自己原本的目的，也没瞒着，直接道："想明天怎么和你告白。"

许嘉礼似是不意外，轻笑一声："要怎么说？"

"还没想好。"戚禾扫了他一眼，语气有些责怪，"都怪你打乱了计划。"

许嘉礼眉眼稍扬："那再告白一次？"

戚禾骂他："你想得美。"

许嘉礼又笑："你不是说我打乱你计划了？"

戚禾理智分析道："那还不是怪你？"

"嗯。"许嘉礼从善如流地点头，"怪我。"

戚禾莫名有些脸热，看了他一眼，又替他解围说："反正都是要告白的，也不怪你。"

许嘉礼看她："因祸得福，提早了一天。"

"嗯？"戚禾语调稍抬，"什么提……"

话说到一半，明白他的意思。

他们今天就在一起了，不用等到明天。

戚禾稍稍顿了下，反应过来后轻咳了一声，没怎么好意思看他，赶人道："你先去和奶奶打招呼吧。"

闻言，许嘉礼语气缓慢："姐姐和我一起？"

戚禾直接道："不要。"

这话有些孩子气，许嘉礼似是觉得有些好笑，语气轻散地"嗯"了声："我觉得你应该也不想。"

这人故意逗她的。

戚禾看了他两秒，直接伸手把窗户关上，把人隔在了外头。

许嘉礼看着挡在面前的门窗，垂眸轻笑一声，也没再多留，转身自然地往前厅走。听见他脚步声稍稍远去，戚禾等了几秒后，伸手又推开了窗户，看着不远处那道离去的背影。等到瞧不见后，戚禾才坐回座椅上，她看着面前的桌面，鬼使神差地转头看向了窗外院内的那棵桃树。

盯着看了一会儿后，她忽然抬起手，用指腹抚了抚自己的嘴唇。

明明只是轻轻一吻，但好像被许嘉礼留下了炽热般的痕迹。

戚禾想着刚刚发生的事，确定下的人，似是没忍住，自顾自地笑了一声。她好像抓住了，这个梦。

以及愿望中的他。

戚禾又在书房内坐了一会儿，想着要怎么和他以男女朋友的身份相处。毕竟她也没这方面的经历，如果硬要说的话，她对姐弟的状态倒挺有经验的。意识到自己在瞎想什么后，戚禾觉得好笑，正打算找些别的事干时，书房的门被人推开。

许嘉礼端着水果进来，放在她桌前。

戚禾看了眼是枇杷，还挺新鲜的，自然开口问："奶奶买的？"

许嘉礼坐在她身旁，道了句："不是。"

闻言，戚禾稍愣了下，猜测一句："你买的？"

许嘉礼"嗯"了了声，拿起一个剥着皮。

戚禾扬了下眉："你不是空着手回来的吗？"

"早上买的。"许嘉礼把果肉递给她，"奶奶忘了拿出来给你吃。"

戚禾闻言愣了下，忽然记起他说猜到她会先来这儿。

所以……特意买给她吃的？

戚禾迟疑地看了他一眼，伸手接过咬了口。

许嘉礼侧头问："甜吗？"

符合时节的枇杷带着满分的甜味，刺激着味蕾，戚禾舔了下唇，点头："甜的。"说着她扫了眼盘子里的枇杷，想起以前那类似的事，慢悠悠地开口问，"你以前是不是给我买过桃子？"

许嘉礼没答，先把手里剥好的枇杷递来，而后慢条斯理道："只想起了桃子？"

没料到他会回这个，戚禾顺势想了下以前自己在许家经常能吃到自己喜欢吃的东西，她停了两秒，抬眸看着旁边的许嘉礼。他似是没怎么在意，低着眼，正在剥着手里的枇杷。戚禾收回眼，勾唇咬了一口枇杷肉。

两人一个剥，一个吃。等到连吃了好几个后，戚禾觉得自己也要表示一下，伸手帮他剥一个，递给他。

许嘉礼盯着她手里的枇杷，挑了下眉。

戚禾以为他要她喂，还没说什么，他先伸手接过吃着。

看着她的表情，许嘉礼似是明白过来，咬破枇杷肉，汁水在口腔内四溢开，他舔了下唇，染着水光，侧歪着头看来，似是给她机会："姐姐帮我擦擦？"

戚禾看着他的那张脸，不自觉地盯向了他的唇瓣，但这回很有骨气地拒绝："你自己擦。"

许嘉礼反问："上次不是帮我了？"

上次是她鬼迷心窍。

戚禾当然没说这话，随意扯了句："上次我都喂你了，干脆就顺手帮你擦了，这次你自己能擦干吗要我擦？"

"刚刚我自己吃，"许嘉礼仿佛解释道，"看你好像有点失望。"

戚禾面不改色地反驳："我没有。"

许嘉礼莫名笑了下，但给她面子也不多说，看了眼枇杷问她还吃不吃。

"不吃了。"戚禾摇头，"等会儿还要吃饭。"

许嘉礼也不勉强，应了声从旁边抽了纸，伸手牵过她的手，擦着她手上沾着的枇杷汁，他的举止自然又亲密，轻勾着她的手指，并没有其他意思。而这明明不算是第一次，但戚禾还是顿了下。

不知是不是错觉，她觉得被他握着的地方，似是在微微发烫。

手相牵握着，而后莫名地——两人皆是沉默，但没有丝毫尴尬。

只是在这无声中，那缕缕双方皆知的心动暧昧，随着他的动作，在这小小的一处，一点点地蔓延开。

因他的触碰，戚禾莫名有些紧张，抬头想着转移下注意力，看到书房的装潢后，脑子里一直没怎么注意到的一点，突然冒出来。

这儿是许家，而林韵兰也在。

戚禾骤然清醒过来，下意识想收回手。

许嘉礼察觉到，抬头看她："怎么？"

戚禾斟酌开口："我们俩在一起是不是应该和奶奶说一声。"

闻言，许嘉礼牵过她的手，随意道："不用。"

戚禾："嗯？"

"她知道。"

戚禾难得蒙了下："什么？"

许嘉礼擦好她的手，解释道："刚刚我说去见人的时候说了。"

戚禾顿了两秒，反应过来，语气带了点不可思议："不是，奶奶她听到不觉得惊讶？"

"嗯？"许嘉礼语气散漫道，"惊讶什么？"

闻言，戚禾脑子卡了一秒，有些迟疑地看他："你不会……"

话音未完。许嘉礼坐在座椅内，身子随意靠着，对上她存疑的眼神，他的神色坦然，随后慢悠悠地"嗯"了声："我带你来这儿过年……"

他承认道："是见家长的意思。"

戚禾愣了几秒，反应过来他的意思后，眉眼轻轻一扬："见家长？"

许嘉礼语气散漫："不算？"

戚禾突然想起了之前宋晓安调侃不用先见公婆的话，她低笑一声："许弟弟，你还设了个圈套给我啊。"

许嘉礼没否认："姐姐不也还是来了？"

"我哪儿知道你是这意思。"戚禾挑眉，"我当时只想陪你过年。"

许嘉礼笑了下："嗯，所以顺带见家长。"

戚禾拖腔带调道："之前又没在一起，算什么见家长呢。"

许嘉礼抬眉："迟早要见。"

听着他这笃定的语气，戚禾侧头看着他，嘴角轻轻弯着，语气带了几分调笑："弟弟你居心叵测啊。"

闻言，许嘉礼轻挑了下眉："姐姐现在才看出来？"

戚禾没忍住笑出了声："哪儿有你这么坦然的？"

"没什么不能说的。"许嘉礼仿佛没觉得有什么问题，看着她嘴角轻勾了下，"反正已经在一起了。"

戚禾闻言稍稍一愣，恰好对上了他唇边弯起的弧度，他今晚其实笑了很多次，情绪也外放了很多。

戚禾没忍住跟着扬起笑容，轻轻应了声："也是。"

反正在一起了。

即使有点局促不安，还有点紧张，但也还是想待在你身边。

因为我们已经在一起了。

之前对你的暗自喜欢，一个人偷偷的内心澎湃。

已经，不用再掩藏。

许嘉礼盯着她的笑颜，听到她的回答，勾了下她的小指，语气散漫："那姐姐现在要不要和我见见家长？"

戚禾装腔作势地点了下头，似是赏赐道："也不是不可以。"

许嘉礼笑了下："那走吧。"

许嘉礼随手整理好桌面，戚禾跟着他起身往外走，走出书房时，她还想着林韵兰已经知道了的事，主动问："你怎么和奶奶说的？"

闻言，许嘉礼牵过了她的手，示意道："就这么解释。"

没料到他会有这动作，戚禾只觉得手心一热，被他宽大的手掌完整牵住，包裹在内。戚禾心脏跳得有些快，舔了下唇随意问："你不是说你刚刚和奶奶说了吗？"

这样解释。他刚刚是和鬼牵手了吗？

可能是听出她的潜台词，许嘉礼笑了声："奶奶知道我喜欢你，刚刚我过去和她打招呼，她自然也都能猜到。"

经他一提，戚禾倒是想起了过年那次林韵兰和她说的大胆追的话，眼尾稍挑了下，慢悠悠问："你是不是还拜托奶奶帮你追我呢？"

"嗯？"许嘉礼侧歪了下头，"有吗？"

走过长廊到前厅，里头的林韵兰听见脚步声，偏头看来，瞧见两人一同走来的身影。

走过门槛时，许嘉礼伸手扶着她。因为之前手受伤，在这方面，戚禾也习惯性地由他领着迈过。一抬起头时，戚禾就对上了林韵兰意味深长的目光，特别是还瞥见了她嘴角明显的笑意。

不言而喻。戚禾低咳了一声，有些不好意思看人。刚刚她觉得在长辈面前牵手不大好，所以就没让许嘉礼牵。她以为能好点，但没想到好像根本没什么用。

林韵兰自然能察觉到两人的气氛变化。

毕竟也是过来人。

戚禾勉强淡定地往前走，而许嘉礼相对她而言，完全坦然。

林韵兰看了眼两人的神情，笑了声也没打趣他们，只是说了句："先吃饭吧。"

戚禾坐在位置上，简单地吃着饭菜，偶尔和林韵兰聊天说着话。

林韵兰坐在对面，想起什么看向许嘉礼提了句："每年你生日可都懒得过，今年怎么突然想到我这儿来了？"

戚禾正准备夹排骨的手一顿，而后面色从容地收了回来。

许嘉礼闻言，看了眼身旁的人，语气稍拖了几分揶揄："可能想让您一起庆祝一下。"

林韵兰还没开口问什么，戚禾先出声道："一起庆祝他生日。"

闻言，林韵兰可能觉得有点奇怪，看了眼许嘉礼："你都长这么大了，奶奶有什么好给你庆祝的。"

许嘉礼"嗯"了声，侧头看向戚禾，貌似询问："姐姐觉得呢？"

戚禾一噎，瞅了他一眼，胡扯道："庆祝你又老了一岁。"

两秒后，戚禾镇定地又补充一句："也顺便庆祝你有女朋友。"

说完，戚禾没管他，继续吃着碗里的菜，压着心跳声，好像自己刚刚根本没说过话一样。

没几秒，戚禾就听见，许嘉礼那边发出了一声低低的轻笑。

对面的林韵兰也愣了几秒后，带着笑声揶揄开口道："这样啊，那明天阿礼应该也不用什么礼物了。"

戚禾抬眸："嗯？"

"他啊。"林韵兰看了眼许嘉礼，"我看他也没什么缺的了。"

许嘉礼抽了张纸巾垫在戚禾的手下，以防她衣袖沾到汤汁。

戚禾看了他一眼："怎么说？"

她还特地给他准备了礼物，如果不需要的话，那她就不送了。

林韵兰意有所指道："女朋友都有了，他还能有什么愿望呢。"

戚禾稍稍一愣，慢半拍地意识到林韵兰刚刚是在逗她，而她还傻傻地接话。戚禾耳尖一烫，轻咳了一声，生硬地转移话题道："奶奶先吃饭吧，再不吃就凉了。"

难得能见到她这样，林韵兰不厚道地笑出声，但也不再逗她："行，吃饭吃饭。"

听见笑声，戚禾有些恼地扫了身旁的人一眼。

都怪他。

突然被问罪。许嘉礼扬起眉，伸手在餐桌下牵过她的手。

戚禾反打了他一下，眼神警告。别动手动脚的。

收到她的眼神，许嘉礼乖乖不再动，坐在位置上看了她一眼，便微垂下眸，安静沉默着。配着他那张病弱苍白的脸，倒生出了点委屈的意思。

戚禾突然觉得这人真的会利用他的脸。她没忍住伸手递向他，拉了一下他的袖口。许嘉礼没理。

过了几秒，戚禾又伸手，无声地勾了勾他的手指。

许嘉礼抬眸看她。下一秒，趁她还没反应过来的时候，乖巧的男人伸手牵住了她的手，五指轻轻分开扣进了她指间。十指紧扣，似是缠绵又似是压制，他嘴角轻勾了下，用眼神示意："姐姐别动手动脚。"

倒打一耙。

吃完饭后，戚禾照常陪着林韵兰聊了会儿天。

等到时间差不多时，林韵兰也不浪费他们的时间，自己先回了房间。

戚禾想着自己明天上午还要上课，也没怎么多待，许嘉礼送她回房间。两人漫步走在院子里，戚禾抬腕看着时间："明天我要早起，你是不是也有课？"

许嘉礼"嗯"了声："有一节。"

戚禾问："下午呢？"

四月的晚间带来的风微凉。

许嘉礼挡了下风口，让她走在自己身旁："去一趟工作室。"

戚禾皱了下眉："那只能晚上见了。"

许嘉礼轻笑："你下午有课？"

"有啊。"戚禾侧头看他，语气吊儿郎当道，"别失望，姐姐上完课马上回来给你过生日。"

许嘉礼语调轻抬："失望了怎么办？"

"那就，"戚禾沉吟片刻，提出道，"多给你准备一份礼。"

许嘉礼笑了下："不用，你记得回来就好。"

戚禾稍顿了下，转头透过四周的月色看向他，慢悠悠问："不然你告诉我想要什么礼物吧。"

许嘉礼抬眉："你不是已经给了？"

戚禾一时没明白："我什么时候给了？"

许嘉礼说："下午。"

戚禾闻言立即想到两人的关系，抬眸看向他。

"刚刚奶奶没说错。"许嘉礼伸手替她理过耳边被风吹乱的发，字词轻送道，"我的愿望是你。"

戚禾回到房间，背手关上门后，往床边走去。她随意坐下往后一躺，闭上眼的一刻浮现出了许嘉礼的话和刚刚在月色下的模样。

戚禾觉得这个梦一直在做着，是那么地不真实，却又让人沉迷。

她还没来得及细想，手机突然响起打断了她的思绪。

戚禾摸出手机看了眼，随手接起懒洋洋道："你打得可真是时候。"

"嗯？"宋晓安挑眉，"干什么？打扰你和许弟弟了？"

戚禾好笑道："能有什么打扰？"

说到这儿，宋晓安"啧"了声："你为什么还没对许弟弟下手呢，这都过了半年了，你速度再慢点人都要跑了啊。"

想到今天的事，戚禾"噢"了声："我已经下手了。"

宋晓安："吹呢。"宋晓安明显不信，"你哪天不说你下手了？"

戚禾突然想检讨一下自己的性子，无奈地解释："这次我真的下手了。"

宋晓安懒洋洋问："哪儿呢？"

"现在。"戚禾直白道，"我是许嘉礼的女朋友了。"

可能是她的语气有点正经，宋晓安安静了半秒："你告白了？"

戚禾想了下："是吧。"虽然被许嘉礼抢先了。

话音落下，宋晓安连忙发出一声尖叫："你真表白了？！"

戚禾无语道："我骗你干什么？"

"谁知道你是不是又逗我玩呢。"宋晓安骂她一句，连忙扯回正题，"那许嘉礼接受了？"

戚禾抬了下眉："不接受我怎么当他女朋友？"

"噢，对，我就说许嘉礼肯定也喜欢你的啊……"宋晓安明显还有些激动，叽叽喳喳地讲了一大堆。

戚禾应几句，听到最后打断她："你怎么比我这个当事人还激动？"

"我替你开心啊。"宋晓安"啧"了一声，"不过这许弟弟也还挺强，居然能让你动心。"

戚禾笑了下，没否认。

宋晓安还在感叹："你们俩也算是久别重逢吧，这姐弟反倒变成恋人了。"说着，她突然喊了声，"沐沐。"

戚禾："嗯？"

宋晓安："你也挺强的。"

听她胡扯了一大堆，戚禾直接挂断了电话，起身走去卫生间内准备洗漱睡觉。

走出浴室躺上床后，戚禾习惯性地看一眼门锁有没有锁上，随后安静地闭上眼，但睡不着。脑子里慢慢回忆着自己的事，而宋晓安的那句话也冒了出来。许嘉礼一直没有主动提过她当年离开的事。但他明显还是在意的，只是不想再提，也不想再翻旧账。

因为她回来了，和他在一起了。

之后，会有更好的未来。

她的思绪渐渐沉下，今晚月色下的许嘉礼的模样最后又重现在眼前，带着他的话语——"我的愿望是你。"

戚禾闭上眼。

原来。

我们都是对方的梦想与希望。

所以都会成真的。

因为早起，戚禾的意识还不是很清醒，迷迷糊糊地吃完了早餐跟着许嘉礼一起去附中。路上，戚禾坐在副驾驶位置上，想着补个眠，但刚闭上眼的时候，手机就响了起来。她皱起眉，随手摸出手机扫了眼屏幕。

来电显示是一串陌生号码，戚禾盯着看了几秒，直接挂断。而对方却不依不饶，没几秒后又打来一通。

戚禾面不改色地又挂断，索性把号码拉入黑名单。

"骚扰电话？"一旁的许嘉礼自然有注意到她这边动静，淡淡问。

"算是。"戚禾按下锁屏键，语气漫不经心地解释，"是戚峥资助的那对姐弟，姐姐和我有点仇，闲着没事干就会给我打电话骂我几句。"

注意到她话里的词，许嘉礼看了她一眼："仇？"

戚禾似是没怎么在意，随口道："她精神有点问题，觉得是我害她变成这样的。"

许嘉礼："很严重？"

"可能吧。"戚禾嘴角扬了下笑，宽慰他，"我也不怎么接她的电话，基本上没什么事。"

许嘉礼瞥见她的笑，点头没再多问，嘱咐一句："如果有事和我说。"

戚禾应了声："会的，放心。"

她垂眸盯了会儿漆黑的屏幕，蜷缩的手心略微松了点。

小巷离附中不远，走路也就十几分钟的路程，开车自然很快就到了。

许嘉礼单手转了下方向盘，利落地驶进车位上停好熄火，戚禾跟着开门下车。许嘉礼走到她身旁，随手拿过她的包，看她还打着哈欠，扬了下眉："还困？"

戚禾半掩着嘴往前走，含糊地应一声："有点。"

"姐姐这有点可有点多。"许嘉礼觉得好笑，"昨晚不是睡得挺早的。"

经他一提，戚禾的脑子里突然冒出了昨晚自己迷迷糊糊做的梦，没忍住又打了个哈欠："没办法，我睡眠比较多。"

确实挺多，每次早起都一副不情愿的模样。

"嗯。"许嘉礼指尖蹭过她眼角打哈欠冒出来的眼泪，"下次让钱茂少排早课。"

闻言，戚禾眉梢上挑："还可以这样？"

见她眼睛都亮了，许嘉礼摇摇头："不能。"

戚禾："嗯？"

许嘉礼弯了下唇："给姐姐一个希望。"

戚禾眼神刮了他一眼，迈步走上艺体楼前的台阶，拾级而上。

四周的学生来往稍多，瞧见两人纷纷打着招呼，而有些学生见两人总是一起上下班，再配上之前许嘉礼拒绝人的说辞，看来的眼神都带着几分好奇。戚禾也没再怎么在意，没有继续和他打趣，老老实实地应着学生们的问好。正准备走进楼内时，先碰上了钱茂和陈美兰两人。

自然地打过招呼后，戚禾收到了陈美兰的眼神，隐约带了点意味深长。

戚禾有些莫名："怎么了？我脸上有东西？"

陈美兰迅速摇头："没，我就看看。"

戚禾眼尾扬起："看我太美啊？"

旁边的两个男人没在意她们俩的对话，倒是钱茂像是突然想起般，转头对许嘉礼先说了句："今天是你生日吧？"

许嘉礼"嗯"了声。

"这么巧。"陈美兰看向他，祝福一句，"生日快乐啊小许。"

许嘉礼颔首道了声谢，钱茂摆手："我们俩这情分我就不祝福了。"

许嘉礼也懒得要他的祝福，随意点了下头。而陈美兰见戚禾安静没说话，反问一句："小戚，你这姐姐怎么没送祝福？"

突然被点名，戚禾扬起眉，侧头看向许嘉礼，拖腔带调道："那就祝弟弟生日快乐，愿望成真。"

听到最后的词，许嘉礼眉眼轻抬，勾了几分笑："那就托姐姐的福。"

闻言，戚禾轻笑一声。托她的福。可不就是托她的福吗？

钱茂没觉得这对话有什么不对，随意说着就往里沿着走道进入办公室。

而许嘉礼是早课第一节，直接上楼去画室。戚禾走到自己办公桌前，刚坐下时，隔壁的陈美兰凑了过来，双眸紧紧盯着她。

戚禾眨下了眼："干什么？"

陈美兰没说话，而是突然抬手朝她的脸伸去，似是想碰她。

戚禾下意识往后一撤，避开她的手，但又觉得这反应貌似有点太大了，她怕尴尬先问道："怎么刚刚一直看我，我脸上真的有东西？"

陈美兰眯着眼看她："我刚刚看到小许这样对你了。"

"嗯？"戚禾想起来是刚才许嘉礼帮自己擦眼泪的时候，可能被她看到了，轻笑一声，"有吗？"

"有啊。"陈美兰点头，"而且你看看你还躲开我。"

被她点出问题，戚禾稍愣了下，她倒没注意过这事。因为她以前对许嘉礼就经常动手动脚的。不是轻浮的那种，只是拍拍他的肩或者画画的时候接触而已。而许嘉礼对她的肢体接触不算多，却从没让她觉得不适应。

所以不论是以前还是现在，她从来都没有排斥过许嘉礼。反倒还觉得挺正常。而现在两个人确定下关系后，许嘉礼自然也没什么好回避的。

但陈美兰觉得不对，提醒道："你和小许是不是有点太亲密了？"

明白她的意思，戚禾有点想逗她，忍着笑意道："有吗？可能因为我们有深厚的感情基础？"

陈美兰闻言眨了下眼："姐弟这样也不大好吧，而且你不是在追那个国外朋友吗？"

戚禾点头："是啊。"

看着她的表情，陈美兰觉得戚禾可能根本就没发现过许嘉礼的心思，而且小许也太明显放肆了，这可不好啊。

陈美兰张了张嘴，想说什么最后还是只提了句："那你追上没？"

戚禾坦然承认道："追上了。"

陈美兰一愣："在一起了？"

戚禾"嗯"了声："刚在一起。"

陈美兰脑子里卡了一秒，下意识问："那小许知道吗？"

这话其实有点问题，但戚禾没戳穿，笑出声："他当然知道。"

当事人怎么可能不知道。

陈美兰明显对戚禾成功追上人这件事不怎么惊讶，还没多说什么，上课铃声就先响起了。

戚禾起身准备去东楼上课，顺口宽慰她："我有时间带你见见他。"

陈美兰连连点头："那我一定要见见这到底是何方神圣。"

"放心，会让你见到的。"戚禾笑着说了声，朝她摆了摆手。

戚禾来东楼这边的课不算多，基本上都是听课考察而已。

下课的时候，戚禾拿起书本回办公室，随手拿出手机看有没有什么信息，忽然注意到微信上多了条好友申请。

她点开看到上头显示着：戚姐姐，我是许望。

也不知道许望从哪儿要到了她的微信号，戚禾盯着看了一会儿，想了想最终还是点了同意。

果然下一秒，许望就回复：戚姐姐是你吗？

戚禾：是我，有事？

许望：没有没有，只是我想加上您，毕竟这么多年没见。

戚禾扫了眼懒得回复，但许望明显也还是小孩心境，根本不介意她上次警告他的事，发了几条关怀的话，最后又是一条。

许望：今天是我哥生日，姐姐能帮我和我哥说一声生日快乐吗？

戚禾打字：你怎么不自己去说？

许望：我哥不大喜欢我去找他，我也怕打扰到他。

看着这条，戚禾还是想起了当年许望对许嘉礼的态度，口无遮拦的样子。忽然觉得有些讽刺。

那时随口叫着废物的小孩，现在却想弥补，又怕打扰到自己的哥哥。

戚禾没忍住，打了一句。

戚禾：别祝了。

戚禾：他不会喜欢。

他的出生之日。

应该寓含万千的赞美祝福。

值得，无上嘉礼。

许望没再回复，戚禾收起手机，迈步向前走回到办公室。

许嘉礼也已经下课，就坐在她隔壁，身子随意靠在座椅内，手肘搭在扶手上，模样散漫漠然，另一只手拿着画册不知道在看什么。而其他老师都聚在旁边聊天，可能刚好提到了他，许嘉礼才有点反应。

前边的开门声响起，许嘉礼循声抬起头望来，瞧见她进来，拉开了隔壁她的办公椅，让她坐下。

戚禾看了眼时间："我以为我会比你早回来。"

许嘉礼把倒好的温水递给她，扫了眼她拿着的记录本："姐姐会写？"

戚禾接过水杯喝过润了润嘴，闻言扬了下眉："我写得可好了。"

许嘉礼伸手拿过翻了几页，看着上头寥寥几句的话，毫不意外地笑了下，语调稍抬问："确定不是去睡觉了？"

戚禾语气很坦然道："是啊。"

许嘉礼挑眉："不怕我举报你？"

闻言，戚禾轻"啧"了声，低声问："弟弟，大义灭亲是不是有点不大好啊？"

听到灭亲时，许嘉礼突然笑了声："是不大好，那就只能……"他从旁边拿了支笔，用笔尖敲了敲本子，"只能帮您掩盖一下了。"

戚禾看着他拿笔在上头继续又补了几句。见此，戚禾稍稍一愣，凑过去见他模仿她的字迹，弯了弯唇，不要脸道："再多写点吧。"

许嘉礼侧头看她："姐姐这么贪心？"

戚禾自有说法："帮人帮到底嘛。"

她凑得不近也不远，刚好停在了他的眼前。

许嘉礼抬眸，看着她的侧脸，视线往下扫过她的唇，随后他移开视线，漫不经心问："那不如姐姐贿赂一下我？"

"可以。"戚禾没什么意见地点头，"那中午请你吃饭？"

许嘉礼摇头："放学我直接去工作室，没什么时间。"

闻言，戚禾还没说什么，许嘉礼盯着她的唇看了几秒，语气缓慢。

"留在晚上吧。"

下午放学，许嘉礼从工作室回来接戚禾回小巷过他的生日。

半路上，戚禾看着许望的聊天框，提了句："许望加了我微信。"

许嘉礼似是没什么意外："嗯。"

戚禾扬了下眉："我和他以前也没怎么见过面，他倒还挺自来熟。"

许嘉礼淡淡道："因为我和你常常在一起。"

戚禾稍疑："这有问题？"

"他喜欢抢我的东西。"许嘉礼神色散漫，语气随意，"我有，他没有的，他都想要有一份。"话音落下，戚禾转头看向许嘉礼，他基本上没什么表情，就像是在陈述一件与自己无关的事。

戚禾想着许望那个时候的性子，看了许嘉礼几秒，半拖着腔："弟弟，先说好我什么时候是你的东西了？"

关注点被她错开，许嘉礼稍顿了下，明白她的意思，笑了下："不是吗？"

"当然不是。"戚禾语气懒洋洋，"这不是在骂我是东西吗？"

"所以现在有名有分。"车辆刚好行驶到了许家门口，许嘉礼停好车熄火，侧头看向她，眸底折光微黯，道出一个词，"女朋友。"

忽然对上他双眸，并伴随着他的话语落下。戚禾的心跳一空，回神后没出息地先移开了视线。本来打算逗他，反倒被他压过了头。

看着她的小表情，许嘉礼似是没觉得自己有什么问题，抬手解开她的安全带，稍稍俯身靠近她，低下眼直勾勾地盯着她，声音还带着调笑："不走吗，女朋友？"

听他还说这个词，戚禾难得有些羞恼，看着他那张近在咫尺的脸，抬手掐他的脸颊，随后迅速推开人，开门下车往许家走。

许嘉礼被推坐回了主驾上，感受到脸颊上的触觉。

力道不大，但还是有点疼。他身子往后一靠，盯着车外头也不回的女人，舌尖抵了下内侧，似是没忍住般，鼻腔忽然发出一声笑。

　　戚禾走进许家前厅，简单地和林韵兰打完招呼后，许嘉礼才从外头慢悠悠地走进来。林韵兰先瞧见了他侧脸的红痕："这是怎么了？"

　　因为许嘉礼肤色白，但凡有点磕磕碰碰的，一下就能被发现。

　　一旁的戚禾扫了眼他白得略显病态的脸上那一处突兀又明显的痕迹，对上许嘉礼看来的眼神，她咳了一声，主动承认道："我刚刚掐的，不小心用了点力。"

　　林韵兰闻言哪儿能不知道这两人肯定在打趣，笑了笑："没事，你要想打他，我都同意。"

　　许嘉礼看着她，抬了下眉："我也没意见。"

　　两人回来的时间刚刚好，林韵兰准备了许嘉礼常吃的当是庆祝他生日。晚饭后，戚禾让阿姨端来了她之前订好的蛋糕，小小的一个，她买来也只是为营造仪式感而已。戚禾插了几根蜡烛，让许嘉礼许愿吹灭。

　　许嘉礼没许，而是直接吹灭了。

　　戚禾一愣："怎么不许？"

　　许嘉礼看着她，淡淡道："这样就好。"

　　现在这个时刻，就是最好的。

　　戚禾眉梢无声弯了弯："那吃蛋糕吧。"

　　分完蛋糕，林韵兰象征性地吃了几口后，也不打扰两人，说着累了先回房。前厅内只留下了许嘉礼和戚禾。

　　"我准备了礼物给你。"戚禾让许嘉礼拿着蛋糕，领他到书房内，看了眼窗边的椅子，"你先坐那儿。"

　　许嘉礼也没说什么，老实地走去坐下。

　　戚禾从后边拿出了一幅画递给他："我也不知道送什么给你，但以前我不是给了你见面礼吗？这次重逢再补一个给你。"

　　许嘉礼打开画纸，垂眸看去。上头画了他们重新相遇的那家面馆，而画里的人物只有他，单手撑伞从雨幕中走来的景象。

　　许嘉礼抬眸："怎么想画这个？"

　　戚禾看了眼画："不是见面礼吗？我当时第一眼就是看到这幕。"

她也没想到，就这一眼，也包括当年的，她都还记得。

许嘉礼轻笑着，把画纸卷起。

"不喜欢吗？"戚禾看着他的动作。

"没有，我很喜欢。"许嘉礼解释道，"所以要收好。"

戚禾顿了下，明白他的意思后，嘴角勾起了笑："确实要保护好了。"

许嘉礼起身把画纸放好，戚禾吃着盘里还没吃完的蛋糕："本来还想着如果你不喜欢，我就再送你别的。"

许嘉礼回到她身旁，随意问："送什么？"

"不知道。"戚禾随意又一块给他吃，"你有什么想要的吗？"

许嘉礼摇头，让她自己吃，随口答了句："有一个。"

"是什么？"戚禾挑眉，半开玩笑道，"除了我你还想要什么呢？"

许嘉礼笑了声："姐姐上午不是说要贿赂我？"

"嗯？"戚禾一下没反应过来，想起是有这事，点头，"是，怎么？要我现在给你送礼？"

"可以的话，"许嘉礼伸手擦过她嘴角沾着的奶油，视线停了好几秒，随后轻舔了下指尖上的奶油，喉结滚动，"一起送了吧。"

戚禾看着他反问："送什么？"

许嘉礼抬眼，对上她的眸，抬手，用指腹轻轻蹭了蹭她的下唇，声音莫名有些哑，不言而喻道："这个。"

唇瓣被他轻轻蹭过，举止伴着话语袭来。明明说出口的话没什么问题，可配着他此时的动作，显得暧昧又有些轻佻。

意欲坦然，直白。

戚禾眼睫颤了颤，只觉得心跳得有些快，莫名还有些紧张。

许嘉礼指腹移开，落在她的脸侧，垂眸，语气低哑问："送吗？"

耳畔似是被他的声音拂过，戚禾感到一阵酥麻，没忍住依旧想逗他，语调拖着问："我不送会怎么样？"

她坐在他左边，微微侧着身子，将脸完全袒露在他的眼前。

书房内的光洒在她身上，似是滤镜般，在那娼艳的面容上添了几分柔和感，勾翘扬起的眸子格外明亮，毫无防备地看向他。

熟悉的场地，还有她。

他的棕眸带了点暗，盯着她看了两秒："那就……"

随着话，贴近她的脸，侧过头带着属于他的清冷沉香，以及炽热的吻袭来。戚禾的视野在一瞬间被他占据，嘴唇柔软一热。

许嘉礼抬眸看向她，喉结滚动了下，唇染了点水光，哑声接着把话说完："我来送。"

毕竟是第一次，饶是戚禾的脸皮再厚，她的脸也立即发烫，声音错乱："你怎么不问问我要不要？"

以往都是她逗他，总是轻佻又恣意，现在她脸上带了藏不住的羞涩和红颜。许嘉礼盯着她的神色，舔了下唇，语气似是带着礼貌地询问："那姐姐要吗？"

戚禾没忍住伸手掐他的脸："哪儿有你这样的。"

许嘉礼眨了下眼："我问了。"

戚禾掐着骂他："你这是先斩后奏。"

许嘉礼稍稍低头任由她掐，语气缓慢道："但姐姐不是没有拒绝吗？"

他继续贴近，鼻尖与她相碰，距离骤减。两人的气息有些相抵围绕着，他直勾勾地看着她，轻声问："所以要不要？"说话间，他的唇瓣似有若无地擦碰着她的。

戚禾听到自己怦怦的心跳声，对着他的那双浅眸，顺着心内的欲想，身子前倾凑近吻上他的唇，落下一个字——"要。"

期盼贴合。

许嘉礼立即抬手托起她的脸，将他的气息完完全全地侵占过她的大脑，和刚刚的克制不同，满是他的渴望和深求。

戚禾喘着气，伸手推了下他的肩膀。

许嘉礼忽然笑了下，顺势捉过她的手递到唇边，吻了吻她的指尖，嗓音微哑："晚了，亲都已经亲了。"

戚禾稍稍缓过神，抬眸看着他那张脸，因为刚刚的亲吻，他唇色染着红艳水光，不再是苍白无色，眉眼间的冷淡早已消失，显得多情又深邃。只是他那浅棕色的瞳仁还泛着影影绰绰的暗沉，映照着她。

戚禾怕自己把持不住，伸手掐了下他的脸，声音有些哑："脸皮真厚。"

"嗯。"许嘉礼语调轻抬，"姐姐不知道？"

"哪儿知道？"戚禾松开手，睨着他，"以前怎么没见你这样？"

许嘉礼低笑着，凑近偷香亲了下她的脸颊："可能碰到你才这样。"

戚禾挑眉："怎么还怪我了？"

"嗯。"许嘉礼煞有介事道，"怪姐姐引诱我。"

戚禾戳了戳他的脸，语气懒洋洋："那弟弟你自己不会控制一下？"

"控制不好。"许嘉礼扫过她的唇，意有所指道，"姐姐帮帮我？"

戚禾接收到他的视线，连忙拍掉他揽着自己腰的手，拒绝道："不帮。"

许嘉礼也没再抱，放开她收回手，随意点了下头："好吧。"

见他又变得听话，戚禾坐回自己的位置，狐疑地看着他："干什么？"

她可不信他会乖乖听话。

许嘉礼解释道："想离你远点。"

戚禾眼尾轻扬："怎么？"

许嘉礼靠在座椅内，盯着她，视线扫过她妩媚的眉眼，语气缓慢道："怕我又被你引诱。"

戚禾懒得理他，随手拿起叉子继续吃着蛋糕。

许嘉礼和她有一搭没一搭地聊着，刚好说到画室里老师祝他生日快乐的时候，戚禾才想起今天逗陈美兰的事，笑了声："陈老师可能还为你感慨万千呢。"

许嘉礼没在意："感慨什么？"

"我和她说我谈恋爱了，但她不知道是和你。"戚禾吃着蛋糕，随口道，"所以她在替你惋惜。"

许嘉礼扯了下唇："担心的还挺多。"

戚禾也觉得好笑，侧头看他："不过陈老师怎么就一直想着我们俩在一起，你是不是偷偷做了什么小动作？"

许嘉礼抬眉："我能做什么？"

"我哪儿知道。"戚禾语气慢悠悠问，"你背着我做的事应该不少吧。"

许嘉礼不否认，抬了下眉："姐姐猜猜？"

"算了，不猜。"戚禾放下叉子。

见她没再吃，许嘉礼看了眼还剩三分之二的蛋糕，擦过她嘴角的奶油："腻了？"

戚禾点了下头，许嘉礼倒了杯水递给她。戚禾喝着，看了眼时间："你是不是应该去睡觉了，早睡早起对身体好。"

许嘉礼看着她歪头："一起？"

闻言，戚禾看他一眼，语气散漫道："也可以。"

许嘉礼挑了下眉："什么？"

"不是说一起吗？"戚禾起身看他，下巴抬了抬，"走吧。"

许嘉礼看了她两秒，没再说什么，站起身跟着她往外走。

两人走出书房，慢悠悠地走进后院。走到自己房门前，戚禾转身随手朝他挥了挥："好了，我到了，你也回去睡吧，晚安。"

许嘉礼也不意外她是这意思，但可能觉得好笑，嘴角轻弯了下："这是姐姐说的一起？"

"对啊。"戚禾很坦然道，"一起回来睡觉。"

一起。着重指在了回来。

许嘉礼眉梢轻扬，不置可否。

对着他的眼神，戚禾觉得自己这也不算骗人，面色淡定地催他："你赶紧回去睡觉。"

许嘉礼知道时间确实有点晚，不再逗她，点头应了声："好，晚安。"

戚禾"嗯"了声。许嘉礼看了她一眼，转身正准备往隔壁走，身后的戚禾叫了他一声。

"许嘉礼。"

许嘉礼循声看她："怎……"

话刚道出，就见戚禾走到他的面前，下一秒，她踮脚亲了一下他的唇角。许嘉礼一顿。

戚禾站在他身前，看着他的表情，话里含笑道："祝你生日快乐。"

许嘉礼低眼看向她，没说话。

许嘉礼目光上移，与他对视，眉眼弯起带着漂亮的笑，随后开口，似是祝愿又似轻哄说："晚安，记得做个好梦。"

"给我们家阿礼。"

回到房间，许嘉礼随手关上门，走到床边拿出手机随手放在床头柜上，而因拿起的东西，手机屏幕自动亮起。

上头显示着一条短信，来自一条未备注的号码。

——哥，生日快乐。

能叫他哥的，只有许望。

许嘉礼盯着这条信息看了一会儿，嘴角轻哂。他莫名想起了一些往事。许望比他小五岁，他出生的时候，所有人都很开心，许嘉礼也是。他开心自己能有个弟弟，也开心有人能陪他一起玩。只是随着许望的长大，许嘉礼发现，他们俩不一样。他是个病人，是只能整日待在屋子里吃药的病秧子。而许望可以随意在外面奔跑玩耍，也可以毫无顾虑地随便吃他想要的东西，可以做许嘉礼不能做的事，因为许望很健康。

许望没有任何疾病，是个正常的孩子。而不正常的，只有他。

在许望出生前，许嘉礼一直知道许启淮这位父亲对他这个许家长子的期许。希望他的病能好，希望他能像平常的孩子一样，也希望他能成为他们想要的孩子。可这希望没有落在他身上。

所以他们有了许望。

他们的希望。

他只是嘉礼。

一份破碎了，又被抛弃的礼物。

许嘉礼垂眸扫到手机上的祝福，想到了刚才离别前，同样收到了祝福。唇角似是还留着她吻过的痕迹，柔软又带着她轻浅的气息。

戚禾的动作毫无预兆，许嘉礼确实没想到她还会再重复一遍这个生日礼物。其实，他对这个日子一直没什么感觉，觉得可有可无。毕竟他出生不算什么好日子，也没带来什么好事，只有一堆的疾病和厌烦而已。

许嘉礼删掉手机里那条短信，抬起眸，侧头透过窗户看向隔壁被窗帘半掩着的屋子。回忆里又想起了当年她第一次见到许望，也听到那句废物后，笑着和他说不宠你宠谁，再到刚刚她的轻声祝愿。

——"记得做个好梦，给我们家阿礼。"

良久后，许嘉礼的唇线微抿，喉结上下滑了滑。

"嗯，会有的。"

我的好梦。

Chapter14
荣光·皆你所赠

许是因为日子的影响，又或是睡前收到了许望的短信。

许嘉礼做了一个梦，梦到了五年级的时候。他因为生病，基本上不会去参与其他活动。而老师也叮嘱过其他学生，要帮忙注意着他的身体。

久而久之，他就变成了学生口中的一个"易碎品"。磕不得碰不得，同学们甚至觉得他有点孤僻，自然没什么人和他一起玩。

许嘉礼没在意过。因为他一直都是一个人，也没什么差别。

而那时许望刚上小学。每天回家在饭桌上叽叽喳喳地说着自己在学校发生了什么事，开心有了新朋友，抱怨着作业的难写等。

许嘉礼只是在一旁安静听着。

许望当时还是小孩子，有什么问题直接就会问出口，讲完自己的话后看着他时，就好奇地问："哥哥，你在学校没有什么好玩的事吗？"

许嘉礼垂眸："没有。"

许望毫无遮拦地说："怎么都没有啊，那你为什么不在家里上学？"

话音落下，一旁的母亲杨惠先开口："阿望，不能这样说哥哥。"

许望小声嘟囔着："我又没说错。"

"哥哥是生病了。"许启淮声音平淡地道出一句，"你和他又不一样。"

许嘉礼一顿。许望闻言也想起了这事，看着他说："那哥哥你好可怜啊，什么都干不了。"

许嘉礼没说话。许望明显也没在意这事，继续又说着自己在学校的生活。而每次杨惠和许启淮都会在一旁附和着，宠溺地看着他，笑着安慰，嘱咐他要注意安全，别太贪玩。

许嘉礼坐在位置上，听着他们对话，看着对面三个人的画面。

那一刻，只觉得刺眼。他意识到了自己和许望的不一样。

因为他从来没听到杨惠对他说过这样的话。

他得到的，只有——

阿礼，记得按时吃药，好好上课听话。

阿礼，不要到处乱跑，你只要安静地待在学校，不要再发病。

阿礼，我们对你没有别的期望。

但你什么时候能变得像阿望一样。

许嘉礼睁开眼。屋内安静，遮光窗帘半掩着，室内昏暗低沉。

许嘉礼拿过手机看了眼时间，凌晨六点，天已经半亮。他随手把手机放下，起身打开灯，拉开旁边的抽屉，拿起一瓶药，倒出几粒含进嘴里，拿起一旁水壶倒了杯水，就着冷水吞下。冰凉的水有些刺激神经。

没了睡意，许嘉礼起身到卫生间内简单地洗漱后，出门看了眼隔壁的房门，动作稍稍放轻往前院走。

老人家睡得早起得也早。林韵兰正在院里收拾她的花花草草，瞧见他出来，似是没什么意外，随意问了句："没睡好？"

许嘉礼"嗯"了声，接过她手里的浇花壶，帮着她浇花。

林韵兰看着他的动作，笑着说："好好浇，可别把我的宝贝又浇死了。"

许嘉礼语气懒散："再给您买一盆。"

言下之意就是，可能还会死。

林韵兰被气笑："你还挺理直气壮的啊。"

许嘉礼浇了浇花："提前和您说一声，您做好心理准备。"

听着这熟悉的话，林韵兰想起了之前许嘉礼也是这样和她说了自己喜欢戚禾的事。当时她还真愣了半天，确实没想到他会喜欢戚禾。按理来说，两人虽然不是姐弟，但好歹戚禾是把他当成弟弟的，这怎么成得了？但当时看着他那非她不可的架势，林韵兰自然不会说反对的话，毕竟她也喜欢戚禾。之后他顺水推舟地把人带来这儿过年，林韵兰也使了点嘴皮子功夫，让两人能有个理由见见面，给他这小子创造机会。

不过也没白费，还真给他追上了。林韵兰轻笑了一声，弯腰剪了剪盆栽花枝："沐沐还没醒吧？"

"还早。"许嘉礼看着天还未全亮，"她贪睡，还要一会儿。"

林韵兰扫他一眼："你倒知道得挺清楚。"

许嘉礼反问："她以前不就这样？"

提到这儿，林韵兰扬了下眉："你们俩现在在一起了，我还没问你这小子什么时候对人家起心思的？"

许嘉礼懒洋洋道："您猜到了还用我说？"

见他这么坦然，林韵兰失笑："我就说呢，当初怎么会突然想要学画画了。"

许嘉礼垂眸："也不算。"

林韵兰："嗯？"

许嘉礼淡淡道："有她的原因，也有我自己的。"

林韵兰一愣："怎么说？"

"画画是我主动想学的。"许嘉礼单手轻洒下水，"难得有一件事是我能去做的，也没什么不好。"

以前许嘉礼每次看到戚禾画画的时候，不明白为什么有一件事能让她这么专注，也能让她在完成后发自内心地感到开心。但其实，许嘉礼一开始对画画没有兴趣，只觉得这很枯燥，但在好奇心驱使下，他看着戚禾专注的眼神，有想去了解的这份心，也想要去占据她的视线。

如果是画画，那他去学的话，她是不是就能一直看着他。

所以他去了一趟附中隔壁的那家画室，碰巧让她看见了。之后自然是顺理成章地让她愿意来教他。这个小心思她不曾发现，也没有在意过。

许嘉礼心安理得地接受着她的教学，可拿起画笔后的每天里，他渐渐也理解了她的行为。在这个只有线条组合而成的世界里，明明是个单一涂鸦的动作，却能勾勒形成各色的图画。

许嘉礼第一次有了想要去完成的心态。他想把这幅画画出来，想要得到她的赞赏。从那时起，许嘉礼知道，他有了可以做的事。除了满身的破损伤痕外，有了，那个能闪闪发光的地方。

甚至也能，比其他人更耀眼。

林韵兰看着他的神情，安静了一会儿后，柔声道："那就好，是你愿意做的就好。"说着，她还半开了个玩笑，"当初还怕你来我这儿，我这个老人家没什么好教你的，现在倒是沐沐教你最多了。"

闻言，许嘉礼浇过那含苞欲放的花蕾，垂眸一笑："是，教我最多。"

他的荣光。

皆由她亲手所赠。

戚禾觉得自己醒得也不算晚，但她洗漱完出来的时候，居然看到了许嘉礼在院里修剪着林韵兰的花花草草。她觉得自己是不是还在做梦。

听见脚步声，许嘉礼抬腕看了眼时间。七点多一点。

许嘉礼放下剪刀："怎么醒这么早？"

"这几天早起有点习惯了。"戚禾走到他身旁，看了眼他面前的花草，扬眉道，"你提前过上老年生活了？"

许嘉礼随口道："帮奶奶剪。"

"嗯？"戚禾好笑道，"奶奶舍得啊。"

许嘉礼无所谓："剪都剪了。"

被他这理所当然的样子逗笑，戚禾让他继续剪，自己在旁边看着他："奶奶呢？"

许嘉礼："在厨房。"

戚禾打了个哈欠："等会儿出来看到你把花草毁了，小心她骂你。"

许嘉礼随手剪下多余的树枝："那姐姐帮帮我。"

"姐姐不帮。"戚禾才不揽这个罪责，教导一句，"自己做事自己负责。"

许嘉礼扬眉："还挺狠心？"

戚禾摇了摇头："这是善良。"

许嘉礼收起剪刀："姐姐对我可真好。"

戚禾轻笑一声，没再逗他："你今天有早课？"

许嘉礼："没有。"

"嗯？"戚禾语调稍抬，语气有些懒，"没有怎么起这么早？"

许嘉礼随意道："醒了就起了。"

想起昨天的祝福，戚禾眉眼扬了扬："怎么样？有做好梦吗？"

闻言，许嘉礼看了她几秒，点了下头："有。"

戚禾拿起一旁的花洒壶递给他，好奇地问："是什么？"

许嘉礼没接，盯着她在晨光下那张未施粉黛的脸，五官漂亮又带着勾媚，他顺着心意，低头凑近亲了下她的唇瓣，随后抬眸看她，唇角轻勾了下："这个。"

他的动作来得突然。戚禾稍稍一愣，回神后感到唇上的触觉，有些痒，还带着他的温度。她一瞬间联想到了昨晚的事，莫名有些脸红，但还是面色淡定地点了下头，顺着他的话道："那这确实是好梦了。"

反正亲都亲过了，她也没什么好娇羞的。

听到这自信坦然的话，许嘉礼看着她，轻笑了一声。

戚禾觉得这笑别有深意，忍了忍耳根的烫意，转头不接话，把浇花壶递给他："浇不浇水？"

许嘉礼摇头，让她来。

"死了怎么办？"话虽然是这么说，但戚禾还是大胆地浇了上去。

许嘉礼看了眼她的动作，勾了唇慢悠悠道："那姐姐赔。"

最后当然没浇死，她老老实实地浇完花后，跟着许嘉礼去洗手。

吃完早餐后出门去附中。

许嘉礼早上没课，但要去工作室，所以先送她去了附中。

怕他麻烦，戚禾直接让他停在校门口。

"我走了，中午记得按时吃饭。"戚禾解开安全带嘱咐着。

许嘉礼点头："嗯，放学给我打电话。"

戚禾应了声，打开车门落地下车，朝他挥了挥手，转身往里头走。

而没走几步，就碰见了来上课的林简祎和李佳他们。

林简祎看了眼校门口外边已经开走的车辆，隐约有点眼熟。

"戚学姐好。"

戚禾点头应着："今天也有早课？"

"是啊，每天早起好烦。"李佳在一旁抱怨着，"学姐你也讨厌早起吧。"

戚禾抬了下眉："确实有点。"

"学姐，我们看到有人接送你。"李佳好奇问，"是男朋友吗？"

刚刚他们一群人就看到戚禾对着车挥手打招呼，但离得远也没看到车里的人，不过见车没开进来，自然就以为是她的朋友或者亲密的人。

戚禾轻笑一声，大方承认："是啊。"

肯定的话落下，林简祎一顿，立即看向她。而其他人皆是一惊："真的是啊？我们随便说说的啊。"

"这样啊，那有点可惜了。"戚禾好笑道，"我不是随便说说的。"

这话就是肯定的意思了。女生们都在一旁激动着，而戚禾莫名觉得好笑，还以为她们会认出是许嘉礼的车，没想到根本没人关注这个。

"好了，这不是你们该关心的事。"戚禾熄灭她们八卦的小心思，抬了抬下巴，"好好去上课。"

学生们当然也懂分寸，乖乖地点头应着，但也不忘恭喜她。

戚禾摆了摆手，让她们去东楼上课。

旁边的林简祎看着她，叫了声："学姐。"

"嗯？"戚禾应了声，"怎么了？"

林简祎看了她好一会儿，扯唇一笑，才开口说了句："没什么，就是想恭喜您有男朋友。"

"谢谢。"戚禾笑，语气散漫地说了句，"你也要多看看身边的女生朋友，按照你的帅气可不难找女朋友。"

闻言，林简祎面色一顿，抿了下唇："好，谢谢学姐。"

戚禾点头，没再和他多说，正准备道别时，旁边经过的陈美兰瞧见她，叫了她一声。

戚禾朝她挥手示意，随后走向她。陈美兰看了眼前边的林简祎，没说什么话，转身跟着戚禾进了艺体楼。

林简祎跟着李佳走了几步后，转头望着前边女人那道离去的背影，几秒后，默默收回视线。

这边。

一进楼内，陈美兰神秘兮兮地问她："你拒绝人家小学弟了啊？"

戚禾挑眉："怎么说？"

陈美兰给她分析："你没看到刚刚他伤心难过的表情吗，明显就是受到了伤害啊。"

戚禾轻笑一声："陈老师可真是眼观八方啊。"

"那是。"陈美兰摇了下头，"不过小学弟确实有点太明显了啊。"

戚禾当然知道林简祎这个学弟的心思。时不时来办公室和她聊天，有时候还来上她的课，更直接点还会邀请她一起吃饭。一个几面之缘的男生这么主动，如果这都看不出来了，那戚禾也白长这张脸了。只是她不能太直白残酷地说明这事，毕竟他没说什么告白的话，也没做什么事。

今天这样的拒绝应该比他告白了再拒绝的好，以前宋晓安可经常说她太狠，绝不给人面子。如果看到这个场景，可能觉得她大发善心了。

戚禾轻笑一声，不知道为什么她还是想替这个少年保留一下面子。

毕竟还是个小弟弟。

想到这儿，戚禾觉得自己是不是受许嘉礼的影响，都想着要给人家弟弟面子了。果然，还是被姐姐这个角色影响了。

"不过你怎么拒绝人家的？"陈美兰好奇地问。

戚禾走到楼道上，解释道："我说我有男朋友了。"

陈美兰一愣："这么突然的吗？"

戚禾看了她一眼，慢悠悠说："刚刚我男朋友送我来上班，被她们看到了，问我我就承认了。"

陈美兰闻言一笑："什么你男朋友送你来上班，那不是许……"

可能意识到什么，陈美兰的话语一顿，缓缓侧头看她。

对上她的目光，戚禾点头："嗯，恭喜陈老师了。"

陈美兰："啊？"

戚禾："我男朋友是许嘉礼。"

陈美兰没想到自己有一天会看走眼，也没想到人家在自己眼皮子底下谈恋爱，她居然都没发现。

看着她呆滞的表情，戚禾没忍住笑出了声。

被这笑打破气氛，陈美兰及时回神，但还是觉得有点蒙："许嘉礼？你男朋友？"

"不信？"戚禾声音轻扬，"你不是一直想我和许嘉礼在一起吗？"

闻言，陈美兰立即反问："你这意思是安慰我呢，还是真的呢？"

戚禾想起之前宋晓安也不信她的话，轻笑一声："是真的，不信的话你也可以找许嘉礼验证。"

话都这样说了，林韵兰哪儿还不信："不是，你们怎么突然在一起了？"

"不算突然吧。"戚禾想了下，"许嘉礼和我不是挺明显的？"

"明显什么？"陈美兰笑了，"姐弟情吗？"提到这儿，她又说了句，语气带着揶揄，"之前你不是说只把许嘉礼当弟弟吗？"

戚禾坦然道："你也说是之前了，我现在要再当姐姐，不是犯罪了吗？"

陈美兰被呛了一下："犯罪倒不至于吧，你们俩又不是亲姐弟。"

还没等戚禾回答，陈美兰就想起了之前的话，转头看着她狐疑道："那之前你说在追人，就是在追许嘉礼啊？"

戚禾"嗯"了声："是吧。"

"什么叫是吧。"陈美兰一惊，"不是许嘉礼在追你吗？"

戚禾想着两个人告白的时候，轻笑一声："那算我们一起追。"

陈美兰被逗笑："你们挺时尚啊，还一起追。"

戚禾扬了下眉，不置可否。

两人边说着边往办公室走，聊到这儿，陈美兰问："等会儿。"

陈美兰转头看她，语气凉凉道："所以这就是你的国外朋友？"

忘了这茬的戚禾："嗯……"

陈美兰扫她一眼："还以前认识的朋友？"

"嗯……"戚禾为自己辩解，"这确实是以前认识的朋友？"

陈美兰不管，用一副被背叛的表情看她，开始带腔做戏道："戚禾，我们同事一场，你何必如此骗我。"

戚禾明白她的意思了，转头坐回了自己的位置。

陈美兰继续演着，佯装着悲伤开口谴责她。

戚禾没管她，随手准备着上课用的画册。

而外边的钱茂，一推门进来就刚好瞧见了这一幕，表情无语了两秒："你又在发什么疯？"

陈美兰转头看他，张嘴就想说戚禾和许嘉礼的事，可看到他那蠢样，嘴边的话一止，摆了摆手："算了，你不懂。"

钱茂说："你不说我怎么懂？"

陈美兰摇头："说了你也不懂。"

钱茂"啧"了一声："看不起谁呢。"

戚禾瞬时被逗笑，钱茂看着她示意道："来，学妹你和我说说。"

陈美兰先开口："小戚谈恋爱了，你知不知道？"

钱茂一愣："谈恋爱了？"

接收到他看来的视线，戚禾点头应着。

陈美兰抬了下眉："怎么样，意不意外？"

钱茂"啧"了声，感叹道："还真有点意外。"

陈美兰还想让他猜猜是谁。下一秒，钱茂就先看着戚禾问了句："和许嘉礼谈啊？"

陈美兰失算了，没想到钱茂居然也看出来了许嘉礼的心思。顿时没了逗他的心情。戚禾倒不意外这事，反倒觉得许嘉礼能同意来这儿上课可能有钱茂的推波助澜。

两人在旁边说着话，打趣了她几句，开着玩笑让他们这对脱单的赶紧请客吃饭。戚禾笑着应了声，刚巧上课的预备铃打了起来，她跟着一起出门上课。

最近课程安排多。

戚禾确实应了陈美兰的话，算是成了画室的第二招牌。但学美术的还是女生偏多，许嘉礼的地位依旧高过她，处于第一不倒。

戚禾也没在意这事，反倒还开心自己能多赚钱。但她也会拿这逗许嘉礼，开玩笑说他行情不错，以后富贵了记得带带她。

许嘉礼点头欣然接受。

戚禾挑眉："那我这是走后门了？"

许嘉礼"嗯"了声："也可以这么说。"随后，他接着慢悠悠问，"那姐姐拿什么贿赂我表示一下？"

戚禾挑眉："还不是免费的啊？"

许嘉礼正开着车转了下方向盘，往右边车道行驶，随意问："姐姐没听过一句话？"

戚禾侧头问："什么？"

许嘉礼语气正经道："天下没有免费的午餐。"

见她没说话，许嘉礼侧头看了她一眼，轻笑问："这么没有诚意？"

戚禾无言到发笑："什么叫没有诚意呢？"

车辆驶入餐厅外的车库内，许嘉礼随手停好车，偏头看向她用眼神询问她的解释。

"嗯？"戚禾尾音轻抬，"我这满满的诚心，许老师没有看到？"说完之后，她还抬手用拇指和食指捏着，朝他比了个心。

明显指的是这个心。

看到她这个举动，许嘉礼眉梢轻挑："只有这个？"

戚禾扬了下眉："弟弟你的为人师表呢？"

"嗯？"许嘉礼歪了下头，"我有这个吗？"

戚禾被他这副样子逗笑："你要贿赂怎么能要得这么坦然？"

"试一下。"许嘉礼弯腰帮她解开安全带，随口道，"看姐姐给不给。"

戚禾笑了声，凑过去亲了亲他的唇，稍稍退后看着他道："我给了，要收好啊。"

许嘉礼垂眸看她，舔唇轻笑了下："这是不是有点少？"

戚禾被气笑："你太贪心了吧。"

"嗯。"许嘉礼点头承认，"好像是有点。"

"那就下车。"戚禾推开他，"我饿了。"

许嘉礼顺着她的力道往后退，没再逗她，下车带着她往餐厅里走。

四月春日过后，正式迎来了夏季。

戚禾走进餐厅内就感到了过于充足的凉意，她本来没怎么在意，但走进预约好的包厢里坐下后，身子不自觉地打了个冷战。许嘉礼给她倒了杯温水，侧头对着旁边的服务生说了句："空调调高点，谢谢。"

戚禾稍稍一愣，反应过来弯了下眉。

戚禾接过他递来的温水，抿了一口，环视了店内四周："这家店听陈老师说是新开的，不知道好不好吃。"

许嘉礼扬眉："不好吃怎么办？"

"不好吃的话，"戚禾沉吟片刻，决定道，"那就找陈老师销账。"

许嘉礼貌似也同意，点着头随手翻过菜单选了几个她喜欢吃的，再推给她："还有什么想要的？"

戚禾接过大致扫了眼："没什么了，就这些吧。"

许嘉礼把菜单递给服务生，确认完后，两人一边聊着一边等菜上来。

"明天我要去趟安安家。"戚禾想起来告诉他一声。

许嘉礼没问原因，点头："我送你过去。"

戚禾想了想："不用，何况说要来小区楼下接我。"

闻言，许嘉礼抬眸看她："怎么？"

对上他的目光，戚禾挑眉正要解释时，桌上的手机响了一声。她看了眼屏幕里的来电显示时，扬了下眉，抬头看向对面的许嘉礼。

许嘉礼也瞥见了上头的备注，表情平静。

随后，戚禾当着他的面，拿起手机接通道："喂？"

"戚大小姐，干什么呢？"何况在那头慢悠悠问着。

戚禾吐出两个字："吃饭。"

何况"啧"了声："吃饭啊，这么无聊。"

戚禾语气懒洋洋："你有什么不无聊的？"

一旁的服务员推着餐车走到桌旁，端着菜上桌，一一摆放好，随后退出包厢，只剩两人。戚禾看着菜品，随口应着何况的话，不知道那边说了什么，她笑了下。

听到她的笑声，许嘉礼抬眸看了她一眼。

戚禾似是没注意到一般，继续和何况聊天。

何况问了句："所以你明天什么时候下班？"

戚禾想了下："下午三四点吧。"

许嘉礼闻言，夹了块肉放在她碗里。戚禾点了下头朝他示意，拿起筷子夹起吃着。

"三四点？"何况皱眉，"你不是说可以早点走吗？"

戚禾说："我早点也早不到哪儿去啊。"

何况直接道："你干脆请假别上算了。"

戚禾挑眉："请假？"说完，她看了眼对面的许嘉礼。

他的神色寡淡，夹着餐盘里的菜，似是根本没听到她的话一般。

戚禾看着他这副模样，无声弯了下嘴角，而后，语气很随意地"哦"了声："你让我为了你请假？这好像不大行吧？"

话音落下。许嘉礼低着眼，手里的勺子貌似无意地轻磕了下碗壁。

瞬时，发出了一道清脆的声音。闻言，戚禾看向他，笑了下，可嘴里话却是对着手机里的何况说的："你愿意，我不愿意。"

何况皱眉："你有什么好不愿意的。"

戚禾还没答话，就见许嘉礼舀了碗汤放在她手边。她瞥了眼没动，语气随意地回着何况，余光却注意到许嘉礼一直在看着她。

戚禾稍顿，抬头看向他，眼神示意问怎么了。

许嘉礼看了眼刚刚那碗汤，淡淡道："要趁热喝。"

言下之意就是，喝汤和说话，她二选一。

戚禾哪能不知道他的意思，忍着笑，拿着手机面色淡定地应了声，不知道在回谁。

许嘉礼等了几秒，见她没有动作，抬眸看她："不喝？"

戚禾其实想挂电话了，可何况那边却不依不饶，现在又听到许嘉礼这话，连忙指了下手机，想说自己挂断马上喝。

而许嘉礼看着她的动作："没手？"他似是善解人意地先应了声，"那我喂你。"

闻言，戚禾拿着手机，就见对面的男人拿着她的勺子，喝了口汤。

戚禾一愣。

下一刻，他弯腰低头。

伴随着极其大胆，又霸道的动作。

没等戚禾反应过来，他亲了下她的唇瓣，退出。而仿佛想顾及手机那头的人，许嘉礼微微侧头，不知有意还是无意，嘴唇贴在她另一侧的耳郭，耳语般，嗓音低哑问："好喝吗？"

许嘉礼的动作毫无预兆。耳畔还萦绕着他的低语，温热的呼吸铺洒在她的皮肤上。戚禾一时完全忘记了反应，下意识地咽下了他喂来的汤。

一旁手机里的何况只听见她这边一些细碎的声音，但一直没听她说话，絮絮叨叨地开口："你在干吗呢？没听见我说话？"

许嘉礼稍稍直起身，抬手蹭了下她唇边的汤汁，垂眸示意道："电话。"

闻言，戚禾身子一顿，意识到他做了什么后，脑子在瞬间回神充血，她勉强还算理智，压下耳尖的烫意，拿着手机声音镇定地对何况说话："我知道了，挂了。"

话音落下，她迅速掐断电话，抬眸瞪着对面的男人。

收到她的视线，许嘉礼面色坦然："不说了？"

下一刻，许嘉礼善解人意道："姐姐继续打也可以，我喂给你喝。"

话说完，他的指尖还有意地蹭了下她的唇瓣。

怎么喂的，不言而喻。

而这话也像是在提醒她刚刚被喂的场景。清汤的味道还带着他的唇舌感，传递在她的口腔内。难以忽视。

戚禾连忙阻断思绪，舔唇张嘴想骂他，但又不知道骂他什么，脑子卡了半天，只是说出了一个："你……"

难得能看见她这副模样，许嘉礼低笑着，指腹轻轻摩挲着她有些红的脸，勾唇给出两个字："好烫。"

戚禾脑子瞬时噌一下炸开了，拍开他的手："你坐回去！"

许嘉礼笑着没反抗，乖乖收回手，坐回自己位置上。

戚禾忍着发烫的脸，骂他："哪儿有你这样喂的。"

"怕姐姐只顾着说话。"许嘉礼看着她，字词轻送道，"我亲自帮你。"

戚禾睨他："你故意的。"

许嘉礼点头："是。"

"提前告诉姐姐一声，"许嘉礼语气淡淡，"我有点生气。"

"嗯？"戚禾还以为自己听错了，笑了声，"什么？"

许嘉礼重新给她舀了碗汤，没说话。

见此，戚禾瞥了眼手机，想着刚刚她故意的事，饶有兴致地单手支着下巴看他，慢悠悠问："为什么生气了，说来给姐姐听听？"

许嘉礼反问："姐姐觉得呢？"

"我不知道。"戚禾眉梢轻扬着，明知故问道，"你告诉我是为什么呢？"

闻言，许嘉礼抬起眸看她："真的不知道？"

戚禾忍着笑，点点头。

"那算了。"许嘉礼拿起勺子看她，"我喂你喝汤。"

戚禾瞧见他的动作，头皮一麻，连忙出声制止："不用了，我自己喝。"

许嘉礼摇头，不容置疑道："我喂你。"说着，他就端碗起身走到她身旁坐下，盯着她，"姐姐顺便想想我为什么生气。"

见他就要靠近，戚禾连忙伸手抵着他的肩膀，觉得好笑，求饶道："知道了知道了，我不逗你了。"

许嘉礼也没想做什么，身子不再动，看着她示意道："知道什么？"

"别生气。"戚禾解释道，"何况给我打电话是他准备向安安求婚，所以想来找我里应外合，配合他演习一遍。"

她当然不会说刚刚是故意逗他，才一直当着他的面和何况打电话。

许嘉礼"嗯"了声："所以就想逗逗我？"

戚禾佯装不知："嗯？有吗？"

许嘉礼看了她几秒，低头咬了下她的嘴。明知她是故意的，也没有什么大事，可看她当着他的面，和别的男人聊天说笑，让他觉得刺眼至极。

不爽。

"呃！"戚禾猝不及防，伸手推开他，"干吗咬我？"

许嘉礼舔唇："我就咬。"

戚禾被他这孩子气的话逗笑，伸手戳了戳他的脸："还生气啊？"

"嗯。"可说着话，许嘉礼还是舀起一勺汤喂到她嘴边。

戚禾心安理得地喝下，还教诲他："做男人要大度点，才会有人喜欢，知道吗？"

"不用。"许嘉礼继续喂她喝，"我是你的男人。"

用不着别人喜欢。

听出他的潜台词，戚禾轻笑一声："也是。"

又喝了几口汤后，戚禾接过碗和勺子自己来，让他回去吃饭。

许嘉礼懒得走，继续坐在她旁边，时不时夹点菜给她。

两人吃完饭后，时间还早顺便去一趟超市逛逛买些东西。

许嘉礼推着购物车，随意问她："明天几点去？"

戚禾挽着他的手道："放学吧，也不知道何况会弄出什么花样来。"

许嘉礼问："求婚？"

戚禾点头："何况之前就一直想着这事，现在时间差不多，两个人都在一起这么久了。"

她转头看他，挑了下眉："你有什么好的想法可以给何况支个招？"

许嘉礼对这个并不感兴趣，随意道了句："没有。"

戚禾笑了声，反问一句："你明天下午有没有空？"

许嘉礼抬眸："怎么了？"

"如果你没空就算了，有空的话，"戚禾看着他邀请道，"送我过去？"

闻言，许嘉礼稍抬了下眉："不是何况来接你？"

戚禾拖腔带调道："身为你的女朋友总要有点自觉，怎么能让别的男人来接我呢。"

"而且刚刚你不是生气了吗？"戚禾话里带了几分笑，"我来哄哄你。"

听着她的马后炮，许嘉礼嘴角轻勾了下："姐姐这么有觉悟？"

"当然。"戚禾朝他扬了下眉，"所以你找到了好对象，知道吗？"

纯属自卖自夸。

许嘉礼笑了下："是，我确实找到了好对象。"

戚禾确认问："所以你明天要不要来接我？"

"你邀请了。"许嘉礼声音含笑，"我怎么能不来。"

戚禾笑着点头："那明天我下课了给你发信息。"

"好。"许嘉礼应下。

走了几步后，戚禾看到旁边的酸奶柜，走去挑着自己喜欢的牌子。

许嘉礼站在后边，看她又陷入了纠结苦恼的循环中，他安静等着。

果然下一秒，就听见她喊人："许嘉礼，你帮我选一个。"

想起刚刚她说着哄他的话，许嘉礼嘴角勾着，推车走上前。

确实，还真哄到了他。

戚禾要买的东西不多，基本上都是许嘉礼帮她选好的。

结完账后，两人准备回家。

半路上，戚禾坐在车上边喝着刚买的酸奶，边和他说上午画室的事时，被衣兜内的手机振动打断。

她拿出看着屏幕上的陌生号码，随手挂断。

正想重新放入衣兜内时，弹出了一条短信。

——戚小姐，我是程砚。

下一秒，这号码的电话又传来。

戚禾想了想接起："有事？"

程砚声音有些着急："戚小姐，程静从医院跑出来了。"

戚禾倒没想到是这事，淡淡问："所以呢？要我帮你找回来？"

程砚解释道："我怕她来找你，我已经请人在找了，如果你见到她要小心点，不要和她说话。"

戚禾点头："嗯，谢谢你的提醒，我知道了。"

车辆刚好开到了华荣小区，戚禾挂断电话。

许嘉礼扫了她的手机："怎么了？"

"没事，和我没什么关系。"戚禾并不在意，说了句，"我走了，你开车慢点。"

许嘉礼点头，看着她下车。

戚禾关上车门，往小区内走，走了一会儿后，侧头见许嘉礼的车子已经开走，稍稍放心。她脚步往右转，走到安保处叫了一声里头的大爷。

大爷正在写东西，听见声音抬头看来："哎，戚小姐你回来了啊。"

戚禾点了下头，问了句："下午有没有人来找过我？"

大爷连忙点头："有的有的，我也正要和你说这事呢，下午我给你打电话，你没接到。"

安保室的都是座机，打来的自然是陌生号码。

戚禾以为是程静打来的，所以直接忽略没接。

她扯了句："我有事没接到，抱歉。"

"没事没事。"大爷解释道，"不过下午的时候确实有个女生来找你，说是你的朋友，因为你没接电话，所以我就没让她进来。"

"但我看她有点不对劲，一直在说要见你，我说不让进，她硬是要进来，好不容易才让她走了，她确定是你朋友吗？"

戚禾摇头："她不是我朋友，如果下次您再看到她来直接报警就好，麻烦你了。"

大爷一愣："报警？"

戚禾笑了声："不用您报警，您就说我会报警就好。"

闻言，大爷点了下头，看着她："戚小姐您不是遇上什么坏人了吧？"

"也不算。"戚禾不再多说，朝他道了声谢后，转身往里头走。

走进电梯内，戚禾拿出手机给程砚打电话。

他可能没想到她会主动给他打电话，声音有些惊喜："戚禾？"

"程静来找过我。"戚禾开门见山道。

闻言，程砚连忙问："你没事吧？"

戚禾淡淡道："她来我的小区找我，我不在。"

程砚沉默了半晌："对不起，打扰到你了。"

戚禾扯了扯唇，电梯刚巧应声打开，她迈步走出，稍稍抬起的眸一顿。

房门前站着一个女人，穿着红艳的长裙，浓妆艳抹的，披着头发，在黑暗中看着有些吓人。

程静站在原地盯着她，声音干哑枯燥："还以为你不会回来了。"

这声不响，可四周安静，手机里的程砚听到后，言简意赅开口道："我马上过来。"

戚禾拿下手机，看了她一眼："你怎么知道我住这儿？"

程静笑着："我查了啊，我说了不管你在哪儿，我都可以找到你。"

戚禾点头，走到门前看着她挡着路的身子，淡声示意道："让开。"

程静没动，先出声问："你有男朋友了？还比你小三岁啊？"

闻言，戚禾眼神微凉："程静，我没有兴趣和你谈我的私生活。"

"私生活？"程静立即笑出了声，"戚禾，你怎么这么贱呢？你有什么资格过私生活？"话音落下，她笑容瞬时一收，面容冷漠地盯着她，"是你把我变成这样，你怎么能比我过得还要好？"

戚禾懒得和她废话，伸手推开她，指纹识别解锁开门。而程静立即拽住她："你不能走！我要你一报还一报！"

听着她的声音，戚禾面色不悦，反手拉过她的手臂往屋内一甩。

程静猝不及防地摔倒在玄关地上，吃痛地抬头看她："你疯了吗！"

戚禾还要住这儿，不想和她在楼道上大吵大闹，单手关上门，走到她面前，垂眸看她："你不是要一报还一报吗？"

程静一愣。

"那我也要和你算算。"戚禾语气散漫道，"我爸被你害死，而你又变成了神经病。"话语稍顿，戚禾扯唇一笑，"这算不算一报还一报？"

"那是你爸活该！"程静盯着她，大声叫着，"那是你爸应得的！是他活该！"

闻言，戚禾唇边带起了讽刺："程静，你还真是个白眼狼啊。"

"戚峥养了你们姐弟这么多年，就得到了一句活该。"戚禾盯着她，缓缓问，"你对得起他吗？"

程静表情瞬间一僵，这话似是刺激到了她。下一秒，她立即捂着耳朵摇头道："我没有我没有，是你们所有人害我！是你们戚家人！"

看着她这样，戚禾没有再多说，手机也恰好响起。

是程砚到了。

戚禾让他进楼上来，扫了眼程静："等会儿程砚来接你。"

"我不走。"程静双眼紧紧地盯着她，"你是不是想把我永远关在医院，你以为这样就可以忘了自己做了什么事吗？"

戚禾看着程静这副样子，觉得时光好像在她身上没有发生任何作用。她的恨意以及撕心裂肺的样子，和当年一样，根本没有变过。

她好像有个信念。觉得戚禾是个十恶不赦的坏人，应该下地狱，永远都要活在阴影下。而她只是个受害者。

"我做了什么事？"戚禾垂眸看着她，"你告诉我，我做了什么事？"

"你有什么资格问我？"程静破口大骂道，"是你害我变成了现在这样，你不知道吗？"

闻言，戚禾上下扫视了她一眼，轻笑一声："这样怎么了？不也活得好好的吗？"

似是没想到她会这样说，程静愣住了，回神后斥责道："当年是你害了我……"

听到这儿，戚禾垂下眼睑，打断她："程静，我不想提以前的事。"

"但你好像总是忘记。"戚禾抬起眸，语气无波无澜，"当年……"
门铃响起的一刻，她的话音落下。

"是你。"

程砚进屋把程静接走了。

戚禾站在门后看着外边挣扎着、被程砚按住的女人，眼眸平淡冷漠。

"戚禾！你去死！"程静面色狰狞地盯着她，字词恶毒地诅咒道，"你一辈子都不会好过！你那个小男友迟早有一天会抛弃你，你和我根本没什么差别！"

"够了！"程砚按着她的肩膀，厉声呵斥，"你能不能冷静点！"

程静一顿，转头看着他讷讷道："你果然和她是一伙的。"

下一秒，程静似是想起什么，情绪激动地揪着他的衣领："你以为这样她就会喜欢你？！她根本看不上你，从前就看不起！你难道不知道！"

闻言，程砚皱着眉，转头看了眼身旁随行的医护人员，他们迅速上前给她打上了镇静剂。戚禾没有兴趣继续听他们姐弟俩内讧，单手准备关上门时，被程砚喊住打断。

"戚小姐。"

戚禾抬起眸。

程静已经晕了过去，被安置到一旁的轮椅上。

程砚走到门前，低眼看着她："对不起，打扰到你了。"

"对不起啊，"戚禾语调拖起，扯唇，"做错事的又不是你，你和我道什么歉。"

程砚身子一顿，默了两秒还是说："对不起，她只是受了刺激。"

闻言，戚禾扫了眼后边和刚刚判若两人的程静。她安静地坐靠在轮椅内，不再那么张牙舞爪，小小的身躯过于消瘦，浓妆的面容下依旧能看出她的憔悴不堪。虽然戚禾没有关注过，但在印象里，程静确实和她的名字一样。平日里总是安静地坐着，没有什么话。一般戚峥问什么，她就会轻声回答什么，看着娇弱又羞怯，和戚禾完全不是一种人。

当时戚禾见到程静的第一眼，并没什么感觉，反倒是程静愣了好一会儿，之后就总是时不时偷看她。

戚禾并没在意她的眼神，也没和她说过什么话，只觉得她太胆小了。但后来，戚禾才发现自己看走眼了。戚禾不知道程静对自己的敌意来自哪里，可能从一开始，也可能是在她的对比下，内心掩藏着的自卑渐渐生出了那份嫉妒心理。毕竟她是个孤儿，难得运气好才被戚峥选中成了戚家资助的贫困学生而已。

所以她有了不该有的心思。

曾经有一次，戚禾发现自己房间的一些东西被人动过，但没有少。

之后家里的阿姨和她说了几句程静去过她房间的楼层，这意思不言而喻。戚禾当时找了程静，问她是不是去过她的房间。

程静当场否认了，说自己没有。戚禾看着她心虚的样子，只觉得好笑，也懒得和她计较，转身就走了。当时以为程静能有点自知之明，没想到这么胆小的人直接让戚峥出车祸，变成了植物人。

最后戚峥熬了五年后，去世了。

收回视线，戚禾看向对面的程砚，淡淡道："回去吧。"

"是我没有看好她。"程砚说，"对不起，下次不会再有这样的事了。"

"没有什么好对不起的。"戚禾扯了下唇，"我确实欠了她，但她也欠了我。"

闻言，程砚看着她，张了张嘴似是想说什么，但最后还是转为颔首道了句："我们先走了。"

戚禾点了下头，没再多说，随手关上门。

阻断了屋外的一切，方才的喧嚣吵闹忽然消失，陷入了寂静。

戚禾慢步走到厨房内，伸手倒了杯水喝了一口。脑子里似是还回荡着程静辱骂的话，肆无忌惮地响彻着，仿佛要贯穿她整个大脑。

戚禾只觉得头疼得厉害，皱眉，而后仰头将水一饮而尽。

回到客厅内，她拿起手机往卧室走，才发现许嘉礼在几分钟前给自己发了条信息。戚禾顿了下，解锁打开，垂眸看向屏幕。

许嘉礼：明天想吃什么?

最近戚禾都是早课，许嘉礼来接她的时候都会带上早餐，所以在前一天都会提前问她。盯着屏幕看了好一会儿，戚禾走进卧室内打字：都可以，你给我买什么，我吃什么。

过了几秒。

许嘉礼：嗯，给你买牛奶。

许嘉礼：少喝咖啡。

看着他连续发来的信息，戚禾没忍住拨通了他的电话。

那边很快接起。

许嘉礼清冷的嗓音透过手机电磁波传来："怎么？不想喝牛奶？"

戚禾坐在床边，垂眸轻笑着："不是，就想听听你的声音而已。"

许嘉礼说："现在听到了？"

"是啊。"戚禾眼睑下垂，轻轻说，"现在听到了。"

明明没有见到人，可仅仅是听到了他的声音。就这么简单的举动，却足以让她一直紧绷着、快要断裂的神经松懈下来。

还真是神奇。

可能听出了些不对劲，许嘉礼皱了下眉："怎么了？"

"我能怎？"戚禾颤了颤眸子，语调懒散道，"就是有点困了。"

许嘉礼轻声问："上课很累？"

"可能，"戚禾扯唇笑了下，"早上起太早了。"

许嘉礼问："要不要请假？"

戚禾没反应过来："嗯？"

许嘉礼给出提议："明天请假休息。"

闻言，戚禾抬了下眉："那课呢？你帮我上啊？"

许嘉礼"嗯"了声："我和你一样。"

"什么一样呢。"戚禾被逗笑，"如果你帮我上了，我班上为数不多的女生被你拐跑了怎么办？"

仿佛礼尚往来般，许嘉礼淡淡道："那下次姐姐帮我上我的班。"

戚禾拒绝："还是不了，我怕你们班的女生欺负我。"

许嘉礼说："我帮你欺负回来。"

戚禾闻言一愣，回神后语气有些不明道："那你要记得保护我。"

听着她的声音，许嘉礼垂眸轻轻应下，似是落下契约："一定。"

"答应你的事，我不会忘。"

话音落下。戚禾长睫轻掩，盖过了眸底升起的情绪，抿了下唇，似是呢喃："那说好了。"这声很轻很低。

随后，戚禾收起情绪，自然地说了句："我要去洗漱睡觉了。"

闻言，许嘉礼"嗯"了声："明天来接你。"

戚禾说："那明天见。"

"好。"许嘉礼如同往日般说了句，"晚安。"

戚禾挂断电话，低着眼看向手机不知在想什么。

良久后，她弯了下唇，稍后把手机放在一旁，起身拿上睡衣走进浴室内准备洗漱。

经过热水浸泡后，身体的疲惫渐渐冒了出来。戚禾吹好头发，懒得再做什么护肤工作，直接躺上了床。她闭上眼，然而隐约作痛的头似是还在提醒她傍晚发生的事，躺了一会儿，最终放弃了。她揉着太阳穴，掀开被子起身往厨房走，想喝点热水。她找到水壶接水，放在一旁底座上，按键开始烧水，低眼安静地等着，水壶运作轻轻作响，有些催人出神。

戚禾发了一会儿呆，随后抬起眸，看了眼隐于黑暗中的玄关。她想起了下午回程静那一报还一报的话。其实按理来说，戚峥也不算是程静害死的。戚峥在医院躺了五年，只是没醒而已。去年年底的时候，戚禾收到了医院打来的电话。解释了戚峥的身体器官衰竭程度过大，已经没有复苏的迹象，问她是否要选择放弃治疗。

戚禾只回国看过戚峥五次，一年一次。一开始，戚禾想过如果戚峥醒来看到她过成这样会谴责自己，然而到了后来，她放弃了。

所以她也做出了决定，作为家属的她选择拔管，放弃治疗。

或许，他根本不想醒。

那她最后尽一次孝。

帮他选择。

那么，真正害死戚峥的。

应该是她吧。

次日上午，戚禾被闹钟叫醒，从梦里醒来后，情绪不大好。

洗漱完出门，她走到小区门口，远远地就看到许嘉礼的车。而原本应该坐在主驾驶上的男人，正站在车旁，穿着简单的衬衫短袖，身子轻靠在车身上，神色有些散漫寡淡，面色也没半点好转，依旧是病态的冷白。那双眸子浅棕，眉眼好看又漂亮，却毫无亲和感。他对面还站着安保处的大爷，不知道在和他说什么，好像还有点激动，手舞足蹈的。

戚禾见此神经一紧，连忙快步上前。许嘉礼余光瞥见人影，侧过头看去，瞧见她走来时，稍稍站直起身，朝她伸手。

戚禾牵住他的手，走到人面前："你什么时候到的？"

许嘉礼牵了牵她的手："刚到。"

即便是夏日，早上还是有些冷。戚禾捏了下他发凉的手，明显不信。

一旁的大爷看两人牵着手，笑着解释："许先生确实是刚来，我刚刚还在晨练呢，就看见他过来了。"

闻言，戚禾抬了下眉："晨练？"

"是啊。"大爷挥了挥手，"我这一大把年纪的也要注意点，练习练习强身健体啊。"

戚禾被逗笑："是，确实要多练练。"

几人又聊了几句，戚禾和人道别后坐上车。

许嘉礼帮她系上安全带："今天怎么起这么早？"

"嗯？"戚禾看了眼时间，"我平常不也这么早起吗？"

许嘉礼指出问题："今天更快点。"

戚禾扬了下眉："你这意思是说我平常磨蹭？"

许嘉礼摇头："没有。"

"怎么回事呢？"戚禾眯着眼看他，"许弟弟，这才在一起没多久呢，你就嫌弃我了啊？"

闻言，许嘉礼挑眉："我哪里嫌弃了？"

戚禾扫他一眼："你说我磨蹭。"

许嘉礼稍稍歪了下头："有吗？"

看着他那张脸，戚禾差点被蛊惑到，连忙打断："不要想用美人计。"

许嘉礼轻笑一声："那你不是每次都中计？"

虽然这是事实，但戚禾抬手用指尖点了下他的嘴角，扯回话题："你就是嫌弃我了。"

闻言，许嘉礼低头含着她的唇，张嘴轻咬了下她的嘴角，轻轻舔着，没有多余的动作，很快退出，随后，垂眸看她，挑了下眉，语气有些不正经地问："我这是嫌弃？"

没料到他会来这一出，戚禾的脸有些红，但又意识到他们还在小区门口，虽然大清早的没什么人，但有点太大胆了。

没他脸皮厚,戚禾立即推开他,有些羞耻道:"知道了,你快开车。"

许嘉礼自然知道她在想什么,勾了下唇也不逗她,老实坐回驾驶座上,发动车子。而戚禾觉得自己舌尖上还有着那道柔软的触觉。她稍稍顿了顿,索性就不管了,身子往后靠在车座内,不动神色地舔了一下嘴唇。

许嘉礼打了方向盘往左转,看她安静坐着,随意问了句:"昨天有人来找你?"

戚禾也不意外,猜测问:"大爷告诉你的?"

许嘉礼点头:"动静有点大。"

"嗯。"戚禾自然地解释,"昨天程静从医院跑出来,不知道从哪儿知道了这儿,所以来找我了。"

"没告诉你是怕你担心,我没什么事,她很快被程砚带走了。"

听她最后的解释,许嘉礼侧头看她:"所以昨晚才不开心?"

戚禾神色一顿,有些挫败地笑了下:"我有这么明显?"

许嘉礼点头:"能听出来。"

"嗯,不算不开心。"戚禾语气散漫道,"只是不喜欢而已。"

话音落下,前方恰好红灯。

许嘉礼踩下刹车,转头看着她,没说话。

戚禾抬起眸,沉默了几秒,伸手牵过他的手,嘴角轻笑了下:"怎么每次都被你发现呢。"

不仅是以前,还有现在。总是你,发现掩藏着的我。

"可能是,"许嘉礼反握收紧她的手,"心灵感应。"

戚禾被逗笑,指尖戳了下他的掌心,半开玩笑说:"你怎么不说姐弟情呢?"

许嘉礼似是思考了下:"这有点刺激。"

车辆进入附中停车场。

戚禾先下车往艺体楼走,许嘉礼停好车后跟在她后边。

路上有学生看到两人,小眼神有点明显,一会儿看看戚禾,一会儿又看看后边的许嘉礼。

最近关于两人的传言有点多。之前许嘉礼以"家里那位看得紧"来拒绝人时，一些女生就觉得两人有猫腻。但许嘉礼不常来学校，后来又有戚禾谈恋爱的说法。所以大部分人都觉得对象不可能是许嘉礼，认为两人只是比较亲密的姐弟外加同事关系。

毕竟姐弟恋有点不靠谱。

戚禾哪知道这群小孩想法这么多，她也没关注过他们怎么想的，反倒是画室里知情的一些老师都心照不宣地没有替他们公开。

其实纯粹还是觉得好玩而已。

今天两人难得一起出现，不免有些令人在意了。戚禾没在意他们的小眼神，拿着手机还在回复何况提醒她别忘了下午的信息。

扫到上头的字，戚禾"啧"了声，转头对着许嘉礼吐槽："只是个求婚演练而已就这么紧张，之后实地作战怎么办？"

许嘉礼难得替何况说了句人话："求婚毕竟是大事。"

"也对。"戚禾想了想，"我当时在想和你表白的时候，也挺紧张的。"

可能也想到什么，许嘉礼嘴角上扬："确实。"

"干吗只是说我。"戚禾侧头看他，"你不也一样？"

许嘉礼坦然道："我没说自己不是。"

戚禾见他这么理所当然的样子，轻笑着，不开他玩笑了。

两人在这边说着话，音量不大，学生们听不到说什么，就只是看到戚禾总是笑着，而许嘉礼基本上没怎么有表情变化，只是情绪有点外露，貌似还挺愉悦的，也不知道是什么意思。

他们都在自动猜测和关注时，许嘉礼先问了戚禾："下午过去帮何况演练什么？"

戚禾随口道："求婚的整个过程吧。"

许嘉礼挑眉："他要怎么求？"

"不知道。"戚禾摇头，"神神秘秘的也没告诉我，就说让我过去帮忙。"

许嘉礼稍眯了下眼："帮什么？"

闻言，戚禾脑子一抽，思考着吐出三个字："当新娘？"

难逃·高岭之花

话出口的一瞬间，戚禾也后悔了。

气氛安静了一瞬。

许嘉礼先开口，他似是笑了下，看向她语气微凉地问："新娘？"

对上他的目光，那浅色的瞳仁略带深沉。

戚禾头皮一麻，脑子迅速思考，挽回般地开口补了句："的替身。"

"对。"仿佛找到了正当理由，戚禾面色淡定道，"当新娘替身。"

闻言，许嘉礼扫了她一眼，得出结论淡淡道："嗯，所以还是当新娘。"

戚禾噎了一下，连忙改口："不是，是我说错了。"

许嘉礼点头，看着她，似是想听她还能编出什么话。

"不是新娘，"戚禾先解释，"是我乱说的，你别多想。"

许嘉礼语气散漫："姐姐你说这话，我不能不多想。"

戚禾只想怪自己嘴快，宽慰他："我应该只是过去当个牵线红娘而已，肯定是这样的，不然我也帮不了他什么。"

闻言，许嘉礼扯了下唇："不是有吗？"

戚禾一愣："什么？"

许嘉礼盯着她，给出四个字："新娘替身。"

听他重复这个，而且语气还有点不爽。在这个紧要关头，戚禾莫名想笑，她忍了下，不记之前教训地点头："嗯，好像也不是不可以。"

仿佛觉得自己听错了，许嘉礼微眯起眼，音调慢拖："可以吗？"

闻言，戚禾瞬时低下头，挡住嘴角的笑意。

许嘉礼看她垂着的脑袋，可不认为她会有什么好事，慢慢问："做什么？"

两人已经走进了楼内走道上，而楼梯已经路过在后边，学生们基本上都在往楼上走，很少去办公室。周围也没什么外人在。戚禾稍稍抬起头，看向他还没开口说什么，却先笑出了声。

许嘉礼看着她的笑颜，伸手捏了一下她的脸，语气谴责："还笑？"

戚禾轻笑着："对不起，没忍住。"

"笑什么？"许嘉礼收回手，眼眸淡淡，意有所指问，"当别人新娘很开心？"

闻言，戚禾不怕死地沉吟片刻："还好，也不算开心。"

许嘉礼表情平静地看她。

瞧见他的眼神不对，戚禾连忙见好就收："开玩笑开玩笑，何况的新娘位置可不是我。"

许嘉礼垂眸扫了她一眼，语气很淡："我看姐姐倒是乐在其中。"

戚禾笑出了声："哪里啊，我只有逗你才乐在其中。"

说完后，她似是又想到什么，扬了下眉："我以前好像就喜欢逗你，总是想看你的表情。"

那个时候，许嘉礼的眼神太空洞了，好像对什么事都不上心也不感兴趣。除了上下学以外，每天就坐在那个小书房里，安安静静的，没有任何的娱乐活动。唯一的情感波动可能就是发病的疼痛感，能让他失去控制。

其他的时候，他就像是在履行一个义务。

活着的义务。

戚禾当时只觉得，不应该让这个少年继续这样下去。即使他的病情无法痊愈，但至少也要像普通人一样，有情感有表情，有属于他的行为动作。更要，有希望地活着。

所以她时不时地逗他，让他能开心也能生气，到了后来，她也觉得有趣，渐渐不自觉地就习惯性地逗他玩。

见她还承认，许嘉礼问罪道："嗯，总是气我。"

"哪里气你了。"戚禾眼尾抬了抬，辩解道："我也有让你开心的时候吧？"

许嘉礼捏了下她的指尖，不置可否。

开心确实有。

但渴望更甚。

想要她。

戚禾看他不说话，以为他好面子不敢承认，轻笑一声："我知道了，你不用说也可以。"

许嘉礼抬眉："知道什么？"

"噢。"戚禾拖腔带调道，"不告诉你。"

许嘉礼扯起唇，也没觉得她能知道什么，道："那姐姐自己留着。"

戚禾嘴角稍弯，顺口提起何况的事，和他保证了一句，又邀请他："你要不放心可以和我一起去帮他演习。"

许嘉礼闻言表情很淡，还想说什么，先被后边走来的人打断。

钱茂看着两人，瞥了眼许嘉礼牵着人的手，"啧"了一声："这大庭广众之下的能不能收敛点呢？"

许嘉礼扫了他一眼，自然地松开手，语气淡淡："你怎么不在工作室？"

"你都不在。"钱茂的语气无所谓，"我当然也不会在了。"

闻言，戚禾扬了下眉："学长，你怎么一点都没有老板的自觉性呢？"

钱茂："我算哪门子老板，就是个挂名的而已。"

见他这么坦然，戚禾觉得好笑，慢悠悠反问："那您这老板怎么给我男朋友安排了这么多工作啊？"

这话问得突然。许嘉礼倒是想起了她之前说要帮他出气的话。现在时机刚好，确实适合算账。

明白了她的意思后，许嘉礼挑了下眉。

而钱茂倒是愣了好几秒："不是。"

他抬头看向许嘉礼，震惊道："你还向学妹告状了？"

许嘉礼浅浅笑了下，温和道："怎么会呢。"

钱茂看着他那张苍白的脸，噎了几秒，一时间还真不知道该说他什么。

戚禾先开口，叹气道："学长，你这样可就不对了。"

戚禾真诚道："怎么能压榨病人呢？"

钱茂可真冤枉了："我可完全没压榨过他！"

"是吗？"戚禾声音轻扬问，"那就希望学长多照顾照顾我男朋友，虽然他确实有才能，但还是身体最重要。"

"……等会儿。"钱茂听着，越听越觉得不对劲，有些迟疑问，"你这是在给我炫耀男朋友？"

戚禾很坦然："是啊。"

钱茂："呵呵……"

看着他的表情，戚禾压过嘴角的弧度，觉得时间也不早了，先主动退场让他们聊，自己准备去上课。

等人走后，钱茂才回神，"啧"了一声，抬头看向许嘉礼，眯起眼："你故意的吧？"

许嘉礼抬了眉："什么？"

"以病为由。"钱茂指出，"装柔弱，博取学妹的同情心。"

许嘉礼扯唇："没有。"

下一秒，没等钱茂说话。

许嘉礼又闲散地补了一句："我确实柔弱。"

许嘉礼的课是后面两节，戚禾上完课在办公室等他放学一起吃饭。吃完饭，许嘉礼去了工作室，而她还有课。

下午放学后，戚禾回到自己办公桌前。陈美兰正在旁边和其他老师聊着天，吐槽她最近相亲的事，刚好问了句戚禾等会儿有没有时间。

戚禾签着上课名单表："怎么了？"

"如果没事的话，"陈美兰试探问，"陪我去相个亲？"

戚禾眉梢单挑："你怎么总想着让我陪你去相亲？"

陈美兰叹气："我是想找借口，你可以让我提前走人。"

"这样啊。"戚禾话音稍抬，"那可能让你失望了，我下午有约了。"

闻言，陈美兰眨眼："和小许去约会啊？"

"不是。"戚禾笑了一声，"帮我朋友演习求婚。"

陈美兰倒没想到是这事，连忙说："那是好事啊，恭喜恭喜。"

戚禾挑眉："你这话说得像是恭喜我一样。"

陈美兰点头："也恭喜你啊。"

戚禾表情不解："恭喜我什么？"

"之前忘了说了，恭喜你，"话音稍停，陈美兰挑眉看她，意有所指道，"成功抱上许金砖。"

戚禾扬了下眉，还没说什么，许嘉礼的信息发了进来。

许嘉礼：到了。

戚禾回了句"好"，随手收拾好东西。

陈美兰见她拿起包："走了？"

"嗯。"戚禾朝她挥了下手，语调轻挑道，"我可要忙着抱我的金砖去了。"说完后，她也没再多说，笑着往外走到校门口。

许嘉礼的车停在路旁，戚禾走到副驾驶旁一手开门上车，一手接着何况催促的电话："我知道，现在过来了。"

许嘉礼俯身帮她系上安全带，戚禾挂断电话："走吧，我们去一趟怀北区。"

许嘉礼闻言稍顿，看她："去怀北区？"

戚禾解释道："怀北季家有个宴会，安安后天要去参加，何况已经提前打好了招呼，准备在那儿求婚。"

许嘉礼点头，坐回位置上发动车子。

怀北区离阳城有点距离，开车也要半个多小时才能到。

车辆停在宴会举办的霁云会所外，车侍上前开门。戚禾和许嘉礼下车往里头走，随手给何况发信息知会他一声自己到了。

两人走进电梯，许嘉礼问了她几楼抬手按键，等了一会儿后，带着她往外走。瞧见他对这儿一点都不陌生，戚禾抬了下眉："许少爷，经常来这儿？"

听着她改口的称呼，许嘉礼挑眉回礼道："戚小姐，不应该比我熟？"

戚禾笑了下："以前我确实挺熟的，现在我可只对阳城熟，反倒是你，经常来这儿花天酒地？"

闻言，许嘉礼摇头："不是我。"

戚禾猜测一句："又是柯绍文啊？"

许嘉礼面不改色地点头："他们常常来。"

"有他们。"戚禾睨他，慢悠悠道，"不就是会有你？"

"我只是过来聊天而已。"许嘉礼对着她的目光，歪了下头，声音散漫，"姐姐不信？"

戚禾没直说："之前小文好像说你酒量好吧？"

肯定经常来这儿喝酒练酒量的。

这话里有话，许嘉礼轻笑着："那是之前，大学的时候。"

戚禾问："现在没有了？"

许嘉礼实话实说："很少。"

"怎么？"戚禾扬了下眉，"改过自新了？"

"不算。"许嘉礼看她，"在听你的话。"

戚禾："嗯？"

许嘉礼声音散漫道："姐姐不是让我好好照顾身体？"

闻言，戚禾一愣，垂眸笑了声："什么时候这么乖了？"

许嘉礼牵着她，侧头低眼看她，语气自然又轻："我想和你在一起，长命百岁。"

话音落下。戚禾的心猛地跳了一拍，抬起眸看向他。

男人的面容依旧是那病弱的苍白感，唇色很淡，看着羸弱又无力。

而他想要长命百岁。

奢侈地，想和她在一起。

心间似是被他给予了满满的一腔热血。

温热又充实。

戚禾与他对视，安静了两秒后，眼睫颤了下，点头轻轻应着："好啊，那你就乖乖按时吃饭睡觉，不要拖垮自己的身子。"

许嘉礼点头："当然。"

戚禾嘴角轻勾，手掌心攥紧他的手，跟着他往前走。

宴会厅在三号口，里头的服务生正在装饰准备着。

何况就站在中央对着经理，似是在叮嘱着什么。余光瞥见两人的身影，他下意识转头看过来，掠过戚禾，再瞧见她身旁的许嘉礼时，抬了下眉。

戚禾见他穿着一身正经的西装，扯唇笑了下："还挺人模人样的。"

何况没心思和她斗嘴，看着许嘉礼先自我介绍："何况，我们之前在小文那儿见过的。"

许嘉礼颔首回礼。

两人也没什么好聊的，何况赶着求婚的演练，直接和戚禾说着整个进程。后天晚宴，戚禾陪同宋晓安到这会场上，她的任务就是拖着宋晓安，最后按照何况给的路线，把宋晓安带到指定的地方，之后就看何况的发挥，没她半点事。戚禾听着整个计划，了解了大概。

最后演练的时候她直接把许嘉礼拉上，让他当了一会儿宋晓安，把人准确带到地点后，原本可以走人了。

但何况还是怕自己到时说错话，连忙叫住她："等会儿，你帮我看看有没有什么问题。"说着，他拿出自己的求婚稿子给她看。

"你不会写些乱七八糟的话吧？"戚禾挑了下眉，侧头对着许嘉礼说，"你和我一起看看，身为男人也可以提点意见。"

这时，他工作室那边突然打来了电话，许嘉礼让她先看，自己走到一旁接电话。

"我看着没什么问题。"戚禾大致扫了眼，"不过你到时背得出来？"

何况反问："都是我写的，有什么好背不出来的。"

"也是。"戚禾看着他紧张的表情，不厚道地笑了一声，"加油啊，不过你也别怕，安安不可能不答应你求婚的。"

何况赶她走："行了，你可以带你家弟弟走了。"

戚禾也懒得和他废话，随口又指点了他几句后，转身去找许嘉礼。

厅内有点吵，许嘉礼刚刚和她示意去了外边。

戚禾打开厅门，转头环视了一圈，就看见了站在左边的许嘉礼。他半弯着腰，身子微屈着，手肘靠在扶手栏杆上，单手拿着手机贴在耳边，似是在谈工作上的事，低着眼，没什么表情，整个看上去清隽又冷淡。

戚禾正打算迈步走去。

恰好，后边有人先唤了一声。

"沐沐？"

这声音熟悉。戚禾身子下意识一顿，转身看去。

好几个月不见的戚荣正站在走道后侧，他似是从什么聚会上中途出来的，西装革履的。

戚荣也没想到会在这儿看到她，表情稍稍一愣，随后迈步走来："你怎么在这儿？"

戚禾淡淡道："您有事？"

"我给你打电话，你怎么都没接？"戚荣看了眼时间，"今天正好遇到，你和我一起去……"说着话，他伸手似是想碰她的手。

戚禾神经一紧，脚步猛地往后一退，避开他。

还没开口说什么，身后有人走来，轻轻牵过她的手，将她带到自己身后，带着熟悉的沉香清冷袭来。

许嘉礼半揽着人，看着对面的戚荣，神色平静冷漠，淡声道："抱歉。"

"她只跟我走。"

突然看到戚荣，可能是下意识的心态，戚禾瞬时升起了警惕感。

带着防备和厌恶。

而在许嘉礼到来的一瞬间，随着他的话语与靠近，让那阵不安感，无声无息地松懈下来。熟悉气息的覆盖而来，轻轻环绕着她。

戚荣看着莫名出现的男人，稍愣了愣，再看两人亲近的动作，稍皱了下眉，看向戚禾问："沐沐，这是你朋友？"

"不是。"戚禾看他，淡淡道，"是我男朋友。"

戚荣闻言，眉心蹙得更深："什么时候交了男朋友，怎么没带过来给伯伯看看？"

戚禾扯唇笑了下："我交男朋友，和您应该没什么关系吧。"

见她这么说话，戚荣面色有些不悦，正要开口说什么。

戚禾不想和他多谈，先扯了下许嘉礼的衣袖，示意道："我们走吧。"

许嘉礼点头，单手牵过她，目光略过戚荣，直接带着她转身往后走。

两人走进电梯内，许嘉礼先按了一楼键。

戚禾站在身旁主动解释道："刚刚那个是我的大伯，戚荣。"

许嘉礼"嗯"了声，侧头看着她的神情，不动声色地问："关系不好？"

"不好。"戚禾补了句，"基本上和他没什么关系。"

说完后，她以防万一又道："以后你如果看到他，不用理就好。"

许嘉礼应下没再多问，牵着她安静站着。

在各方面，他都怕过线触及了两人这层来之不易的关系，他小心翼翼地盘算着自己的行为言语，甚至藏起自己的阴暗面。

克制着，不去强迫她，也不去催促她。

等她愿意，主动上前。

电梯到达一楼，应声打开。

许嘉礼牵着她走出，随口问了句："何况怎么样？"

戚禾没在意刚刚的事，笑着点头道："我看求婚台词没什么问题，应该是差不多了。"

许嘉礼算了下："后天求婚？"

"是啊。"戚禾话音稍抬，语气带了几分揶揄，"也不知道何况这人会不会临场紧张出错。"

走过大厅，许嘉礼抬眉问："出错了就不同意了？"

"当然不会。"戚禾想了下那个画面，嘴角轻扬，"安安肯定会同意，只是何况自己丢脸而已。"

外边的车侍已经将车开来，停在会所门口。

戚禾坐上车，算着后天的时间安排。

许嘉礼发动车子，打着方向盘开离霁云会所："后天我送你过来吧。"

"嗯？"戚禾侧头看他，"你有时间吗？"

刚刚这么一会儿都有电话来找他。

猜到她的意思，许嘉礼解释道："刚刚是钱茂的电话。"

戚禾皱了下眉："又来给你安排工作？"

"相反。"许嘉礼语气轻散，"给我减负了。"

闻言，戚禾想起了上午她谴责钱茂的事，眼尾轻扬："那你还真托我的福了？"

"是啊。"许嘉礼给她戴高帽，"托姐姐的福。"

戚禾自然知道是他那边的工作正好结束了，但听着他的恭维，她很受用地点头："那你可要犒劳我，请我吃饭。"

现在时间也还早，才六点多。

许嘉礼抬眉："想吃什么？"

戚禾转头看了眼车窗外的街景，沉思一会儿问："这儿附近有什么好吃的吗？"她回国以来除了市区外就是在阳城活动而已，其他区域没怎么来，也不知道这五年有没有变化。

许嘉礼想了想："有一家粤菜不错。"

戚禾点头："那就去那家。"

见她同意，许嘉礼没看导航，单手熟练地转动方向盘行驶过街道。

大概过了十分钟，戚禾就看到了街边的一家餐馆，来往的人还挺多的。两人下车，许嘉礼带着她往里头走，随意找了张双人位坐下，端起水壶倒了杯温水给她。

戚禾接过喝了一口，让他点餐。许嘉礼翻了翻菜单，按着她的口味选了几道菜。

等菜上来后，戚禾吃了几道都挺喜欢的，许嘉礼也吃不了什么，一边和她说话，一边给她夹着菜。最后算是半伺候着她吃完了晚饭。

结完账后，两人坐车回家。

半路上，戚禾看着窗外不断倒退的街景，转头看驾驶座上熟练开车的人，想着他刚刚对会所和附近道路都很熟悉，扬了下眉："你们经常来怀北这儿聚会？"

"不算。"回答完，许嘉礼又平静地添了句，"许家在这儿。"

闻言，戚禾才想起了这事，许家本家不是在阳城，而是怀北这儿，他初中后才搬去了阳城和奶奶住在一起。

戚禾点点头，好奇地问："奶奶为什么住在阳城？"

"她是阳城人，爷爷一直陪她住在阳城。"许嘉礼随口解释道，"爷爷去世后，我过来陪她。"

听到后半句，戚禾莫名想起了以前许望说爸妈觉得他没用，把他扔在了阳城的话。

"不是。"

许嘉礼冒出这声，戚禾稍稍一愣，语气稍疑："什么？"

车道上的车辆渐渐减速停下，等着红灯。

许嘉礼踩下刹车，看着前边的车队，解释道："是我自己来的，他们没有把我扔在阳城。"

闻言，戚禾眼眸一顿："为什么？"

"当时觉得，"话音稍停，许嘉礼垂下眸，声音平静，"我在那个家里没有什么必要。"

许嘉礼语气又轻又淡："他们有许望就够了。"

有了希望，哪里会再需要他这个破碎的人。

话音落下，戚禾的心微微轻颤着，抿了抿嘴开口唤他："许嘉礼。"

许嘉礼抬起眸看来。

看着他那双空透的眼睛，戚禾轻声开口："谁都可以不要你，但你不能不要自己。"

闻言，许嘉礼对着她的目光，几秒后，唇线拉直道："你呢？"

戚禾稍顿。

"戚禾。"许嘉礼喉结滚了滚，声音低沉，"你不能不要我。"

你把我拉了出来，怎么能不要我。

戚禾轻轻笑了下："我好像没有告诉你。"

她凑到他的面前，仰头亲了下他嘴角，停了两秒后，抬起眸看着他，嘴角弯着浅浅的弧度："是我需要你。"

需要你这份。

上天送给我的嘉礼。

何况的求婚虽然闹得动静挺大，但宋晓安这个当事人什么也不知道，完完全全地被蒙在鼓里。戚禾不由得感叹何况的保密工作做得很不错。不过她都怕自己露馅，最近只要宋晓安找她聊天，基本上没聊几句，戚禾就以要上课当借口推托开，只字不提何况。

求婚演练完，终于熬到求婚当天，许嘉礼刚好也在附中。

虽然钱茂给他安排工作室的工作少了，但变相地给他加了画室的课。

戚禾看到他课表的时候，就觉得钱茂确实有商人潜质，还挺会安排人。就是一台无情的压榨机。

许嘉礼似是习惯了，反倒还觉得在附中上课不错，毕竟见她不用来回跑，一下课就可以见到。而这恰好也给了学生们讨论观察的机会，时不时就会关注两人的行动轨迹。

一开始戚禾没怎么在意，次数多了后，她没忍住问了班上的女学生怎么总是看她，觉得她比许老师还好看？学生们连忙摇头，随意扯着夸赞她的话，当然不会说是因为两人的传言。戚禾也不勉强，下课回办公室的时候，正好碰上从四楼下来的许嘉礼。

两人迎面而来，许嘉礼抬了下眉，先走下台阶到她身旁："才下课？"

"有个学生问我问题，花了点时间。"戚禾看他，"你怎么也晚了？"

许嘉礼解释道："改画有点拖课了。"

戚禾明白地点头，跟着他一起走下楼，而身旁也有学生下课经过，瞧见两人时，明显愣了下，眼神就有点意味深长了。

戚禾注意到她们的视线，莫名觉得好笑，转头看向许嘉礼，慢悠悠问："许老师最近魅力是不是越来越大了，怎么这么多人看你？"

"嗯？"许嘉礼一时没懂。

戚禾凑到他身旁，小声问："你没觉得最近看你的人很多？"

许嘉礼挑眉反问："只是我？"

戚禾愣了下，反应过来："在看我们？"

许嘉礼瞥见她下巴上有一处淡淡的笔灰，她画画有个习惯，思考的时候总喜欢拿笔敲下巴。

应该是上课的时候不小心蹭上了。

许嘉礼抬手用指腹替她擦去，随意道："现在应该更明显。"

感受到他的动作，果然下一秒。戚禾就收到了来自四面八方的投向两人的视线，她顺势朝一个女生看去。

似是没想到她会突然看过来，女生的表情还带着八卦，愣了一下后，迅速红着脸低下头。

见此，戚禾差不多明白这意思了，回头看向许嘉礼，语气稍挑问："你怎么都没告诉我？"她还以为这群小女生是因为他才总是看过来，没想到是在八卦猜想两人的关系。

被她质问，许嘉礼的语气似是善解人意："我还以为姐姐享受这个过程。"

他故意的。

戚禾刮了他一眼，无声骂他。

收到她的视线，许嘉礼嘴角勾了下："那姐姐要公开？"

戚禾挑眉："我还以为早公开了呢。"

她确实以为是公开了，毕竟她都大方承认自己有男朋友了，而且画室里的老师也知道是许嘉礼。

没想到搞了半天，许嘉礼这个男友还处于神秘状态呢。

许嘉礼好心问："那现在公开？"

"现在？"戚禾看了眼周围的学生，沉吟一声，"是不是不大好？"

"也对。"许嘉礼想了下，"那低调点公开？"

闻言，戚禾还想问怎么个低调法，许嘉礼先伸手牵过她垂在身侧的手。

四周一直在关注两人的学生们，瞧见许嘉礼这大胆的动作，瞬间愣住了，而后反应过来一男一女手牵手还能有什么意思？

这完全不言而喻！

他这动作突然，戚禾也愣了下。而许嘉礼似是没觉得有什么不对的，牵过她的手，正打算迈步往前走，顿了下，低头见戚禾掌心微移，指尖轻轻分开他的指间，屈指贴合。

十指紧扣。

许嘉礼稍稍一愣，抬起眸看她。

戚禾嘴角轻勾，朝前看了眼："往前走，别看我。"

许嘉礼盯了她两秒，垂眸，突然笑了一声。

随着两人这举动，学生们看着许嘉礼唇边明显的笑意。

四周的气氛在一瞬间炸开了一样。学生们都心照不宣地保持镇定，而走过两人后，纷纷无声激动地推搡着对方。

戚禾觉得没什么好藏着掖着的，自然也就大方地展示给他们看。

两人回了办公室后，戚禾整理好东西，坐着许嘉礼的车准备去霁云会所，除了帮着何况求婚，也顺便参加宴会。

"等会儿结束我给你发信息。"

戚禾下车给他说了句，正要关门时想到什么，又看向他嘱咐一句：
"如果柯绍文拉你喝酒，你就说我不让。"

　　今天恰好柯绍文这少爷在三楼叫人来聚会，许嘉礼既然送她来了，就
顺便去一趟消磨时间，等她这边晚宴结束。

　　许嘉礼笑了下，重复嘱咐："结束给我打电话。"

　　戚禾点头，单手关上门转身先往里头走，给宋晓安发信息让她派化妆
师下来。毕竟是参加宴会，她总不能穿便服进去。

　　许嘉礼看着她走进大厅后才收回视线，转了方向盘往地下车库内开，
而后停好车拔下钥匙。他走进电梯内到了三楼包厢内，扫了眼里头来的几
位。都是熟人，还是上次的柯绍文和江啸这几人。

　　江啸正在和小文说话，瞥见他进来，挑了下眉："哟，许少爷居然舍
得出门见人了啊？"

　　许嘉礼没理，走到沙发一旁坐下，随手倒了杯温水。

　　柯绍文看着他动作，嘴角抽了下："不是，你在这儿喝水，是想砸场
子呢？"

　　许嘉礼扫了他们一眼："你喝你们的，我喝我的，有问题？"

　　几人都懒得理他，一边聊天说事，偶尔问他几句。

　　江啸说着话，抽了根烟咬在嘴里，随手递给他。

　　许嘉礼瞥了眼："不抽。"

　　"怎么的？"江啸抬眸，"你还真老老实实当起病人来了？"

　　许嘉礼"嗯"了声："家里那位不让。"

　　江啸没忍住："你女朋友是谁啊？你看看小文都订婚了不照样喝酒抽
烟的，哪有你那位这么多事。"

　　"等会儿。"小文先为自己辩解，"可别扯我，我现在也很少抽了，
没我什么事。"

　　柯绍文"啧"了声："敢情谈个恋爱都要戒酒戒烟是吧？"

　　小文抬了下巴："争取做个三好男人懂不懂？"

　　"懂个屁，你有什么好争取的。"江啸看着旁边的许嘉礼，"你就更
不可能争取了，你和这词可一点都不沾边。"

　　许嘉礼抬眉："怎么不沾边？"

江啸上下扫视了他一眼："你可别和我说，你是拿着这张脸用着三好男人的名声套上你女朋友的？"

许嘉礼想起戚禾每次都说他用美人计，勾了下唇："算是吧。"

"不要脸。"江啸骂一句，"你女朋友真蠢，居然能被你骗到手。"

一听这话，柯绍文先护人："说人家蠢干什么呢，是许嘉礼不要脸在先。"

"你激动什么？"江啸看他，"又不是你女朋友。"

柯绍文卡了下："我这是为了人家女生，不能被你诬陷白骂啊。"

"你管得还挺宽。"江啸扫了眼许嘉礼，"所以说说吧，你对象是谁呢，藏着不说，难不成还是盛世美女呢？"

许嘉礼靠在沙发内，下巴轻抬，吐出一个字："是。"

江啸扫他一眼："能有多漂亮？"

柯绍文抬了下眉："你觉得在我们这一圈，哪位算得上漂亮？"

闻言，江啸想了下："戚家那位。"

柯绍文一呛，有点怀疑自己的耳朵："谁？"

许嘉礼抬眸，指尖似有若无地敲了敲水杯。

江啸没注意到，直接说："就戚禾，你认识吧，她不是你姐吗？"

"……是。"柯绍文瞥了眼某人，咳了一声，"你觉得她漂亮？"

"是啊。"江啸大方点头，"啧"了一声，"我以前看见一次，可不就是美女嘛，长得漂亮，性格也不错，不过她应该有男朋友了吧。"

话音落下，一旁没说话的许嘉礼开口："嗯。"

江啸："嗯？"

许嘉礼看着他，语气闲散道："有了。"

江啸看着人愣了一下："你怎么知道？"

许嘉礼端起水杯喝了一口："你说我怎么知道。"

江啸眨了眼，看向柯绍文："你说的？"

柯绍文噎了下："算是吧。"

"难怪。"江啸没多想，但还是"啧"了一声，"果然有男朋友了。"

旁边的小文听着许嘉礼的话，还有柯绍文的表情，哪能不知道是什么意思，抬了下眉，看好戏问："怎么？你对人家姐姐有想法？"

"哪儿来的想法呢。"江啸无所谓道，"只是可惜名花有主了，也不知道是谁采到了这朵高岭之花。"

闻言，小文莫名笑了声，端起酒杯朝对面的许嘉礼示意道："恭喜。"

许嘉礼点了下头，一脸坦然地接受。

"不是。"江啸看着这出，有些莫名其妙，"你恭喜他什么？"

"祝他，"小文的语气意有所指道，"找到了女朋友。"

江啸"喊"了声："这都多久前的事，现在才说。"但话是这么说的，他也端起酒杯随意碰了下许嘉礼的水杯，吊儿郎当道，"恭喜啊。"

许嘉礼看着他，冒了句："同喜。"

江啸用看神经病的眼神看他，但也懒得说他，转头问柯绍文："你姐男朋友是谁呢？"

不想参与话题的柯绍文，忽然被提到，默了半晌："你关心这个干吗？"

"难得觉得有这么一位美女在这圈子里，我好奇不行啊？"江啸挑了下眉，"再说了你们不也觉得人家戚禾长得漂亮嘛，都快成女神级别了。"

闻言，许嘉礼语调轻抬："是吗？"

"是啊。"江啸给他掰扯，"戚禾的美女名声，连我都夸她漂亮，你应该能懂吧。"

许嘉礼身子懒散地半靠在沙发内，眼尾轻扬："谢谢。"

江啸："啊？"

许嘉礼抬起眸，轻扯了下唇："这么夸赞我女朋友。"

三楼宴会内。

戚禾站在一旁看着前边扑入何况怀里哭得稀里哗啦的宋晓安，不免觉得好笑。四周的宾客也都在祝福着，还起哄让他们亲一下。

求婚成功的何况完全不吝啬，直接抱起宋晓安，低头亲吻她的唇。

下一刻，鼓掌和欢呼声瞬时变得更热烈了。

戚禾也笑着为他们鼓掌，反倒是宋晓安有些害羞，被他亲了下后，直接推开了他。

何况明显笑得开怀，让她先到戚禾身旁等着，让服务员过来整理场地。戚禾看宋晓安还挂着眼泪，拿纸巾帮她擦了下，轻笑道："看你这样应该是挺满意的。"

宋晓安娇嗔地看她一眼："你居然也瞒着我。"

戚禾眼尾扬了下："不瞒着你怎么给你惊喜？"

回忆起刚刚惊喜又感动的场面，宋晓安笑着，没忍住又冒出眼泪。

"怎么回事呢。"戚禾帮她擦着，调侃一声，"今天眼泪是不限供了？"

宋晓安破涕而笑："还不是你们。"

"可不是我。"戚禾扬了下眉，"是你老公的功劳。"

宋晓安红起脸："什么我老公呢。"

戚禾瞥了眼她无名指上的戒指，话里含笑问："这还不是啊？"

听她故意调侃，宋晓安自然有些羞涩。

求婚结束，宴会自然也结束了。

宋晓安见时间还早，看旁边的宾客已经散去了，拉着她说："等会儿请你吃饭。"

戚禾抬眉："我可不是一个人。"

宋晓安当然明白她的意思，大方道："把你许弟弟也带上。"

戚禾笑了声："那我等会儿问问他。"

说着见何况过来，戚禾让他们俩先去整理一下，她顺便去找许嘉礼。

走出宴会厅，戚禾随手给许嘉礼发信息，示意自己这边结束了。

许嘉礼：我上来了。

戚禾：你们结束了？

她边打字，边往电梯口走准备等他上来，但左右边有两个电梯口，也不知道他从哪边上来。戚禾贪近直接去了左边的，可服装师准备的高跟鞋有些大，她没走几步，后跟一空掉了下来。

戚禾脚步顿住，右脚尖踩在地毯上，转身正准备去捡，忽然听见一道很轻微的脚步声。余光刚巧瞥见高挑的人影，她下意识转头看去。男人穿着简单的白衬衫西裤，没系领带，衣领口解开了，微微露出他冷白的脖颈和锁骨线条，显得风流倜傥的。只是神情依旧有些寡淡苍白，淡棕色的瞳仁，透着漫不经心的冷感，生生把那份风流打破。

戚禾稍稍回神，看着他走来。许嘉礼步伐不疾不徐，站在她面前，看了眼她此时的站姿，抬了下眉。

随后，他弯腰将地上掉落的那只高跟鞋捡起，索性就半蹲下身子，抬起头看她，挑眉问："灰姑娘，在等我吗？"

闻言，戚禾嘴角勾起："你是王子吗？"

"不是。"许嘉礼牵过她的手放在自己肩上，让她撑着，托起她的右脚，套上捡起的那只高跟鞋。

戚禾扶着他的肩膀，低头看着半蹲在自己面前的男人，扬了下眉："那怎么办？我可只跟王子走呢。"

许嘉礼帮她穿好，抬眸看她，语气慢悠悠道："那我只能把你拐走了。"说完，还没等戚禾反应过来，他将她拦腰抱起。

他猝不及防来这么一出。

戚禾感到自己视线一晃，忽地腾空而起落在他的怀里。

戚禾愣了下，回神后轻笑一声。

还真把她拐走了。

许嘉礼抱着人随意问："回去？"

戚禾顺口提了句宋晓安请吃饭的话："你想不想去？"

许嘉礼没什么意见："都可以。"

戚禾拍了他的肩膀："那先送我去换衣服。"

她总不能穿着这身礼服去吃饭。

许嘉礼垂眸看了眼她贴身的衣裙，显出那纤细的腰身曲线。

他盯着两秒，"嗯"了声，按着她的提示往刚刚化妆换衣的房间走。

见他步伐平稳，戚禾抬手环住他的脖颈，开口逗他："别把我摔了。"

这话很熟悉。

许嘉礼从以前就听到了现在，扯了下唇："姐姐这么不信任我？"

戚禾抬眸，拖腔带调道："你身体不好嘛，累到怎么办？"

闻言，许嘉礼垂下眼看她，语气慢条斯理，又意有所指道："我不介意让你感受一下我身体好不好。"

戚禾无语。

刚好走到换衣间，戚禾伸手帮他打开房门，许嘉礼抱着人进去，脚跟勾了下门，关上。

戚禾开口让他把她放下来。许嘉礼听话地松了手，但下一秒，他单手护着她的头和背，毫无预兆地将人抵在门板上，弯腰凑近她的脸，眉眼一抬，带着不正经道："或者现在感受一下？"

戚禾背垫着他的手靠在门上，整个人都被圈在了他的领地里，无处可逃。她愣了下，抬起眼就对上他那双棕眸。

瞳色淡透折光，正直勾勾地盯着她。

戚禾只觉得耳边的心跳声有些快，不知道是她的还是他的。

她先眨了下眼，面色镇定地反问："嗯？"

闻言，许嘉礼学着她，声音轻勾起："嗯？"

戚禾最受不了他发这个音，他的嗓音本来就好听，清清冷冷的，但轻发这个音时，低低的尾音不觉上扬起，每次听都觉得像是在勾引。

许嘉礼看着她的神情，目光深了些，微微低头靠着她的耳侧，嘴巴贴近她的耳垂，压低声音，暧昧道："试试？"

被他的声音一扰，戚禾觉得身子都麻了，脑子也有些发热，她忍着脸上的烫意，单手抵他的肩膀，声音莫名有些哑："之后，之后再试。"

盯着她绯红的耳郭，许嘉礼眼眸微黯，像是不受控般地张嘴咬了上去，含住了她的耳垂，舌尖轻舔着，再往下，落在她纤细的脖颈上。

戚禾身子一颤，意识到他想做什么后，正要伸手推开他。

许嘉礼先松开，有些克制地低头吻上她的唇。

感受到他的情绪，戚禾觉得想笑，唇角勾了起来，仰头靠近他，伸手环住他的脖子。

许嘉礼察觉到轻咬了下她的唇瓣，垂眸看她，嗓音低哑："还笑。"

戚禾看着他眉眼间染上的春意，抬手碰下他的眼尾，语气含笑道："是你自己没忍住，还怪我。"

想试的人，明明是他。

眼尾被她轻碰，有些痒。

许嘉礼垂下眸，轻笑一声，礼尚往来地亲了下她上翘的媚眼，辩解道："是姐姐勾引我的。"

谴责完，他低头似是要继续履行刚刚没享受完的"勾引"。

察觉到他的意图，戚禾连忙挡住他的嘴巴，语气正经道："不行，我要换衣服了，安安还在等我们呢。"

被她提醒，许嘉礼也想起了这事，貌似乖巧地"嗯"了声。

而戚禾却感受到他温热的吻，细碎地落在她的掌心，舌尖还舔了下。

戚禾的脸瞬时升温，立即收回手推开他的身子，往里头走。

顺着她力道，许嘉礼稍稍直起身，往后靠在一旁的墙上，看着她离去的背影。今天她穿了一件浅蓝色的吊带长裙，版式设计很简单，但穿在她身上配着她那双似笑非笑的狐狸眼，一举一动都显得有些勾人诱惑。

脑子里想起刚刚江啸说的话。

——"也不知道是谁采了这朵高岭之花。"

想到此，许嘉礼笑出了声。

哪是他采了。

明明是这朵花，先把他的魂给勾了。

换回自己的衣服后，戚禾顺便卸了个妆。

中途的时候，宋晓安给她发了吃饭的地点，说自己先去点菜了，让他们赶紧过来。两人出了会所后，许嘉礼看了眼地址，应该是知道在哪儿，没开导航直接开车带她去了。

宋晓安订的餐厅在怀北区有名的商圈里，来吃饭购物的人自然很多。

戚禾下车跟着许嘉礼往餐厅里走，和服务生报了名字后，上了二楼包厢里。

"终于来了，怎么这么慢？"宋晓安瞧见两人进来，说了句。

"车太多了，不好停车。"戚禾带着许嘉礼走到一旁的空位坐下。

宋晓安看着许嘉礼先打了招呼："许弟弟，还记得我吧，好久不见啊。"

许嘉礼点头，扫了眼她和何况："恭喜。"

"同喜同喜。"何况今天开心，给他倒了杯红酒，示意道，"我能有今天，也有你一份功劳。"

毕竟前几天求婚排练，许嘉礼也参与了。

戚禾看着许嘉礼的酒杯，皱了下眉："他身体不好，让他喝水吧。"

"对，忘了这事。"

何况想重新给他换成水杯，许嘉礼先道："没事，我喝一点就好。"

何况先看向戚禾询问："你这女朋友答应不？"

这话如果不同意不是不给许嘉礼面子吗？

戚禾转头看向许嘉礼："你确定没事？"

许嘉礼笑了声："一点而已。"

闻言，戚禾知道他自己应该有判断，也不勉强点头同意。

几人边吃边聊着，但基本上都是戚禾和宋晓安在聊，旁边两个男人偶尔回几句，或者他们自己说些高深的话题。

晚饭结束后，何况去结账，许嘉礼先去楼下开车，而戚禾和宋晓安同伴去上厕所。

"婚都求了。"戚禾走出隔间，随口问，"什么时候结婚？年底？"

宋晓安皱眉："年底也太快了吧，那不就只剩半年了？"

"你觉得快。"戚禾语调轻笑，"何况可不觉得快吧。"

宋晓安语气很拽："我不要结，难道他还能逼我？"

被她这模样逗笑，戚禾点头："是，确实不能逼你。"

宋晓安看着她慢悠悠问："不过我都快结婚了，你怎么说呢？"

"我？"戚禾语调稍抬，迈步走出卫生间，"我不是有许嘉礼了吗？"

宋晓安跟着她走到楼道上："所以让你抓牢人家啊。"

刚刚吃饭的时候，宋晓安就坐在两人对面，自然能注意到许嘉礼的动静。可能戚禾自己都没发现。在她需要什么的时候，许嘉礼都能先一步帮她做好。有时候他在和何况说话的时候，都会时不时侧头看她一眼，注意她在做什么。就比如刚才戚禾正在和她聊天，可能是想吃中间的小排骨，她只是简单地看了眼，许嘉礼就能边应着何况的话，边拿起筷子帮她夹了一块放在她碗里，顺手还帮她倒了杯水。

当时宋晓安瞧见这幕，忽然明白了过来。

这许弟弟藏得还挺深。明明深情，却又极度克制自己在戚禾想要的维度里。无声无息地介入，让她习惯，让她在意。

而习惯后——

就是难逃。

宋晓安结合了当初在面馆里见到许嘉礼，再到后边发生的种种，有种当局者迷旁观者清的感受。现在细想来这两人在一起的经过，宋晓安意味深长地看了眼戚禾，提醒道："我看这许弟弟对你可不是一般的喜欢啊。"

　　闻言，戚禾挑了下眉："还能有二般喜欢？"

　　宋晓安不想提醒她了："算了，反正你们俩现在好好的就是了。"

　　戚禾自然也明白她的意思，轻笑了一声，没多说什么。

　　两人下楼到了餐厅外，看到前边两辆等着的车，各自挥手道别。

　　因为几人喝了点酒，自然都叫了代驾。

　　戚禾打开后座，瞧见里头的许嘉礼闭眼靠在座椅内，他睁开眼先朝她伸手，把她带了进来。

　　车子发动行驶移动着。

　　戚禾坐在他身旁，侧头看着他的脸色，伸手摸了摸他的额头，担心地问："胃有没有痛？"

　　许嘉礼将她揽进怀里，低头埋入她的脖颈内，没说话。

　　戚禾闻到他身上淡淡的酒味，揉了下他的脑袋："干什么？难受？"

　　许嘉礼微热的呼吸洒在她颈后皮肤上，含糊地应了声："有点。"

　　戚禾挑眉："那去医院？"

　　闻言，许嘉礼抬起头凑到她面前，貌似醉酒一般，蹭了蹭她的鼻尖，随后抬眸与她对视，停了几秒后，他语调轻而低，似是蛊惑道："要姐姐亲一下。"

　　鼻尖轻蹭过，带着他的轻喃。戚禾看着他这副乖巧的模样，没忍住心动，凑近上去亲了下他的唇，挑眉问："好了吧？"

　　许嘉礼低眼看着她，笑了下，哑声："这么听话？"

　　戚禾舔了唇承认道："怪我没把控住。"

　　"那还怪我？"许嘉礼抬了下眉，语气不正经道，"又用美人计？"

　　"是啊。"戚禾抬手戳了戳他的脸颊，眯眼道，"怪你长得太好看了。"

　　闻言，许嘉礼微微歪了下头："那姐姐只喜欢我的脸，不喜欢我的人？"

　　戚禾挑眉："你才发现啊？"

　　许嘉礼似是被气笑："我还要谢谢我这张脸了？"

听着他这语气，戚禾笑出声，没忍住捧着他的脸，凑过去又亲了他，话里含着笑意问："弟弟，怎么这么小气呢？"

一天天的，不是吃醋就是生气。

可能听出了她的潜台词，许嘉礼拿下她的手，凑到嘴边轻咬了一口，似是报复。他咬得也不重，但尖牙的触觉明显。

戚禾想起一件事，挑了下眉："你是不是有虎牙？"

平常许嘉礼很少笑，最多只是礼貌性地示意，就算笑也是简单地勾个唇角而已，所以自然不会有人注意到他有没有虎牙这件事。

戚禾知道许望有虎牙，因为他一说话就能看到，倒没想过许嘉礼也会有，毕竟和他的气质不符。

许嘉礼一顿，否认道："没有。"

戚禾才不信，凑过去盯着他的嘴看："你笑一下给我看看。"

"没有。"许嘉礼转头，"不用看了。"

见这反应，戚禾更加确定自己的猜测，轻笑一声："干什么？还害羞啊？"

许嘉礼没理她。

戚禾伸手勾了下他的手指："弟弟，笑个给姐姐看看怎么样？"

许嘉礼不为所动，拒绝道："不怎么样。"

闻言，戚禾压着嘴角的笑意，试探性地问："真的没有？"

许嘉礼"嗯"了声："没有。"

"好吧。"戚禾也不勉强，"没有就没有吧。"

两秒后，她慢悠悠地又补了句："下次我偷偷看。"

许嘉礼似是觉得好笑，转头看她问："就这么想看？"

戚禾点头："好奇。"

许嘉礼声音轻扬："好奇什么？"

"好奇，"戚禾坦然，"你有虎牙是什么样的。"

"不用好奇。"许嘉礼声音淡淡道，"没什么好看的。"

"我觉得好看啊。"戚禾看着他的脸，勾了勾唇，"肯定比许望好看。"

闻言，许嘉礼顿了下，还没开口说什么。

"所以，"戚禾乘胜追击道，"要不要给姐姐看看？"

听着她熟悉的语气，许嘉礼自然知道她是故意逗人，他嘴角轻扬，抬眸看她，语气慢悠悠道："姐姐下午没感受到？"

这话突然，戚禾没懂："什么？"

许嘉礼单手将她扣进自己怀里，低头凑到她的耳边，嗓音低沉又性感："下午不是亲……"

话还没说完，戚禾立即反应过来在换衣间里那个脸红心跳的吻，连忙伸手捂着他的嘴，面色有些红，威胁道："不许说。"

他每次亲吻，都喜欢又咬又舔的，她自然能感受到那颗尖牙的存在。

被人威胁，许嘉礼不怒反笑，还低头吻了下她的手心。

戚禾手一颤，立即收回把湿润感蹭在他的衣服上，骂他："你还要不要脸？"

许嘉礼舔唇，不知羞耻道："学姐姐。"

戚禾觉得自己被诬陷。

看着她噎住的表情，许嘉礼笑了下。

戚禾离他近，随着他轻笑，看见了那颗尖牙。只有右边单颗，如果不仔细看，确实不明显。小小尖尖的，配着他扯唇笑的样子，莫名给他添了几分邪气。

感受到她的视线，许嘉礼意识到了什么，笑容渐收，又恢复了平日里平静寡淡的表情。

"干什么？"戚禾瞧见他这样，扬了下眉，"我看都看到了。"

许嘉礼看着她也没反驳："所以呢？"

"所以啊。"戚禾的语调稍拖，"觉得我的眼光没错。"

许嘉礼："嗯？"

戚禾抬头亲了下他嘴角的位置，随后抬眸看他，轻声说："我的嘉礼，比许望不知道好看多少倍呢。"

车窗半开着。

夏日夜间的晚风轻轻吹进了狭小的后车座内，拂去了酒气和燥热。

唇边温热残留，眼前是她。

话语随着风轻拂过，却重重砸落在他的心脏上。

不知道是酒精的作用，还是眼前人的原因。

许嘉礼感到了醉意，他垂下眸，嗓音微低："那你可要牢牢抓住我。"

"嗯？"戚禾挑眉，"你舍得抛下我跑掉？"

闻言，像是没忍住，许嘉礼轻轻笑出声，抬手蹭了过她的眼尾，似是呢喃道："是，我不舍得。"

戚禾眨了下眼，睫毛轻轻扇过，看着他的语气，猜测问："你是不是醉了？"

许嘉礼思考了下："可能。"

见他还一本正经地去想，戚禾被逗笑："小文不是说你酒量很好吗？"

许嘉礼点头"嗯"了声："他骗你的。"

戚禾看着他的面色："你先靠下来吧，不舒服和我说。"

许嘉礼老实地往后靠在座椅内，牵过她的手放在腿上，指腹轻轻摩挲着她的手背，举止亲密又自然。

戚禾随他，也跟着一起靠着。

Chapter16
噩梦·如影随形

车辆平缓安静地驶在车道上，一路畅通无阻。

半个小时后，车子驶进地下车库内，代驾停好车，许嘉礼付完钱，抱着靠在自己肩上睡着的人下车。电梯上行打开，许嘉礼进屋，路过自己房间时稍顿了下，还是抱着人进了客房。

躺入床铺上时，戚禾忽然醒了过来，迷迷糊糊地睁开眼。

许嘉礼坐在床边，伸手揉了下她的头："要不要喝水？"

戚禾半眯着眼，含糊地应了声。

许嘉礼说："我去厨房倒给你。"说完，看着她昏昏欲睡的模样，许嘉礼捏了下她的脸，"别睡，等会儿会不舒服。"

戚禾皱了下眉，勉强睁开眼看他："水呢？"

许嘉礼好脾气道："你别睡，我就倒给你。"

闻言，戚禾有些烦躁，蹙眉，伴着困意"嗯"了声："知道了。"

看她这样，许嘉礼心思微动，低头吻上她的唇，作恶般地勾着不放，瞬时搅乱她口腔的酒气。

睡意也被他扰乱了。戚禾抗议地"嗯"了声，推开压着自己的男人。

许嘉礼咬了下她，才退出直起身，指腹轻拭过她唇瓣带出的水渍，低声问："蜂蜜水喝不喝？"

戚禾有些恼："不喝。"

许嘉礼仿佛没听到，点头"嗯"了声："那我泡给你。"

许嘉礼起身往外走，戚禾基本上也醒了，起身半靠在床头，看着屋内有些熟悉的装潢设计，挑了下眉。还真把她拐回了家。

戚禾笑了声，起身走到衣柜内，拿了几件换洗的衣物往浴室内走。

之前她有几次因为醉酒留宿在许家，次数多了就留了几件衣服在这儿，所以这房间也不算是客房了，倒像是她的专属房间。

简单洗漱后，戚禾打开房门往厨房走，刚走到客厅时就看到许嘉礼侧对着她站在料理台前，可明显感到他有些不对劲。

许嘉礼单手撑着身子半曲起，闭眼皱着眉，一手正捂在上腹，好像是胃里有些不舒服。想起了晚上喝的那点酒，戚禾神经一紧，连忙上前，扶着他的肩膀，有些担心问："怎么了？胃痛？"

许嘉礼闭着眼摇头，唇色发白："没事。"

"你这叫没事？"戚禾语气有些重，"我带你回房间。"

许嘉礼忍着扯了下唇："不用，等会儿就好。"

戚禾没理他，让他撑在自己肩上，揽过他的腰往外走。

看着她这姿势，许嘉礼笑了下："我好像还没有这么虚弱。"

见他还笑，戚禾火气上来，皱眉骂他："不舒服为什么不说？"

"胃病而已。"许嘉礼似是不在意，解释道，"吃点药就好。"

戚禾听出了他的意思："所以想瞒着我？"

许嘉礼不动神色地重按着上腹，语气轻散道："不是没瞒住？"

戚禾想骂他，话到嘴边最终转为了："下次不舒服马上给我说。"

许嘉礼温顺地点头："好。"

戚禾扫他一眼："答应得倒挺快。"

许嘉礼坦然道："怕你生气。"

"晚了。"

扶着他走进房间的床上，戚禾坐在床边，伸手拉开床头柜，看着里头的瓶瓶罐罐，按照记忆有些不确定地拿起一瓶问他："这个？"

许嘉礼半躺着，侧头看了眼，随意道："可能是。"

戚禾看着他，语气凉凉地问："你不痛了是不是？"

许嘉礼见好就收，眉头浅浅地皱起，语气有些缓慢："暂时。"

戚禾被他气笑了，但还是倒出几粒药就着水喂他吃下。

许嘉礼安静地喝了几口水，把水杯递还给她。

戚禾接过，看着他比以往更苍白的脸，皱起眉："以后没经过我同意不能喝酒。"

"嗯。"许嘉礼点头应着，"听你的。"

见他这么爽快，戚禾半眯着他："你是随便敷衍我呢？"

许嘉礼看着她，声音慢慢的："我哪儿敢。"

他那双眼睛浅棕透光，莫名看出了几分无辜。

戚禾伸手挡住他的眼睛，咬着字词："我看你挺敢。"

视野一暗，许嘉礼的嘴角微微弯起弧度："生气了？"

戚禾感到他似是眨了下眼，睫毛轻轻扫过了她的手心，有些痒。

她忍着："如果我这样，你生不生气？"

闻言，许嘉礼淡淡地说了句："没有这个可能。"

戚禾顿了下，还没说什么，许嘉礼就拿下她的手，看着她，语气散漫道："你该回去睡了。"

这是在赶她走。不想让她看到他虚弱无力的样子。

戚禾收回手，看了他几秒，轻轻"嗯"了声："我知道了，你睡吧。"

许嘉礼闭了下眼，轻轻提醒道："厨房的蜂蜜水应该凉了。"

戚禾关上房门，回忆着他刚刚故作轻松的话，垂眸安静了一会儿，才转身往厨房方向走。还未接近时，她听见了一道手机铃声。

戚禾循声往料理台看去，一侧的手机微微振动亮起。

应该是许嘉礼刚刚顺手放的。她走去看了眼屏幕，是一串陌生号码。

戚禾思索片刻，见对方一直打着，最后拿过接起，她还未开口说明情况，那边先出声。

"阿礼，你今天来怀北了？怎么没有回家一趟？阿望说你在忙，你在阳城能忙什么？"

戚禾听到这道轻柔的女声，能猜到是谁，一直听到最后的话语，她垂下眸没说话。杨惠似是习惯没听到回话，继续开口说："你病怎么样？有没有好一点？阿礼，妈妈以前确实疏忽你了，那是因为阿望还小，而且他也比你调皮，总是上蹿下跳的，但现在他长大了，你也不用……"

"抱歉。"戚禾出声打断她，压着情绪淡淡道，"许嘉礼现在不在。"

似是没想到会听到这声，杨惠愣了下："哦，好，那之后让他回个电话给我。"

戚禾应了声，随即挂断了电话。

料理台上还放着那杯蜂蜜水，微微的热气在杯口蒸腾升起。

戚禾盯着看了几秒，放下手机，伸手碰了碰水杯。微热的温度从杯壁沿着指尖传递而来，熨烫过了那道微凉的神经。也压制着，因刚刚那通电话而升起的情绪，渐渐缓和平静下来。

戚禾端起喝了一口，蜂蜜甘甜并不腻，带着清淡的味道，恰好能冲淡胃里的不适。她垂眸安静地又喝了几口后，放下杯子，拿起手机走出厨房，关上灯往回走。

房间门被重新打开，戚禾缓步走了进去。床上的人似是根本没有察觉到，他微闭着眼，身子蜷缩侧卧在床上，被子盖在身上，而他单手紧按着上腹，像是在压抑着什么。

戚禾走近过去，借着门边的光线看清了他此时的状态。

许嘉礼眉心紧蹙起，额头冒着细碎的汗，打湿了额前的黑发，面色早已失去了血色，而抿起的嘴唇似是因为用力而泛红。

他在无声地承受着这些痛苦。是否，年年月月都是如此。

戚禾的鼻尖一酸，坐在床边，伸手去摸他的额头，轻轻擦他的汗，感受到她的动作，许嘉礼在半梦半醒间一颤，睁开眼看来。看清了床边的人影后，他顿了下，似是想说什么，可受不住胃里的痉挛抽痛，闭眼闷吭了一声。

"没事。"戚禾上床，隔着被子躺在他身旁，一手抱着他的头，一手轻轻拍抚着他绷直发颤的脊背，"别怕，我在这儿，没事的。"

耳边响起她的声音，轻缓微低，如他无数次的梦境一般。

许嘉礼想退避，却又贪婪地想要将她留住。在感受到她主动贴近后，他瞬时伸手搂住她的腰身，手臂收紧，将她紧紧地搂进自己怀里。他低头埋入她的颈窝处，似是找到依靠，身子疼得发颤。

戚禾任由他抱着，轻拍安抚他的背。

良久后，许是疼痛稍稍退去，戚禾感受到他的身子不再那么绷直，揉了下他的脑袋，声音有些哑："要不要喝水？"

许嘉礼抱着她没放开，嗓音嘶哑至极："怎么回来了？"

"不放心。"戚禾实话说，"怕你一个人这样。"

许嘉礼抬起头看向她，眼角忍得发红，而脸色苍白如纸，看起来狼狈不堪，盯着她看了几秒，哑声问："害怕吗？"

看着这样的他。

这样，不堪的他。

戚禾看着他，忽然唤了一声："许嘉礼。"

她伸手抚了他的眼角，轻轻问："你害怕吗？"

在这样的夜晚。

一个人。

害怕吗？

屋内昏暗，却依稀有微光能借来看清眼前人。她那双眼眸与他平视着，安静地带着安抚，胃里的疼挛抽痛已经渐渐平息。眼尾被她轻按，许嘉礼低眼看着她，安静了好几秒，才哑声开口说："怕。"

一个人。

在这黑暗中。

无人知晓时，死亡可能随时降临。

他也曾害怕过，麻木过。

再到现在的习惯。

他怎么能不怕。

听着他的回答，戚禾眼眶微热。她记起刚刚那通电话，杨惠的声音似是依旧清晰地落在脑海里。不管以前还是现在，他们好像都只记得许望的所有事情。记得他是否调皮，是否活泼，是否健康。却根本没有在意过许嘉礼。不知道他的现状，也不知道他此时在经历着什么。

明明他也是他们的儿子。

明明，也期盼受到关爱。

"阿礼。"戚禾用力地抿了下唇，眼睑抬起看他，声音清晰而郑重道，"我陪着你。"

许嘉礼身子一顿，还未说什么，戚禾伸手抱住他，侧头靠在他心脏的位置上，安抚道："没事了，现在没事了……"

没事了。许嘉礼感到自己心口微热，如烙印般，覆上她专属的温度与存在，炙热而深刻。他垂下眼，长睫盖下掩过眸底暗涌的情绪。

许嘉礼唇线微抿直，他的喉结上下滑动，嗓音低得发哑："那以后，也可以陪我吗？"

可以吗？

如同上次告白般，相似的祈求。

戚禾喉间一哽，低声应："好。"

良久后，许嘉礼垂眸看她，抬起手用指腹轻蹭着她泛红的眼角，语气稍低："哭什么？"

闻言，戚禾稍稍垂下眸，嗓音微哑："都是因为你。"

许嘉礼笑了下："那我道歉。"

"你怎么这么没有立场。"戚禾忍着鼻尖的酸意，抬眸看他，"让你道歉你就道歉？"

"嗯。"许嘉礼对上她的眼，轻轻说，"怕你真的哭。"

戚禾抿起唇："哭了怎么办？"

"那就……"话音稍拖，许嘉礼抬起头，凑近她的眼睛。

察觉到他的意图。

戚禾下意识闭上眼，就感到自己眼皮上一热，落下他柔软的吻。

眼睑一颤，几秒后，他的唇瓣离去。

戚禾抬起眼眸，看他。

"这样，"许嘉礼重新垂眸看她，解释道，"亲你。"

闻言，戚禾嘴角勾起："亲我干什么？"

许嘉礼眨了下眼："哄哄你，别哭。"

戚禾被他逗笑，给他面子，点头应着："那还挺有用。"

许嘉礼"嗯"了声，揉了下她的脑袋："蜂蜜水喝了？"

戚禾稍稍一愣，见他记得这个，唇角微微勾起："喝了，你泡得还挺好。"说完后，她意识到什么，眯眼看他，"是不是因为经常喝酒，所以才泡得好？"

许嘉礼抬了下眉："不是。"

"嗯？"戚禾眼神不解，"那你怎么会泡？"

许嘉礼盯着她，声音缓慢道："以前有个折腾人的酒鬼告诉我，喝醉酒要喝蜂蜜水。"

闻言，戚禾没多想，只以为是柯绍文那帮人说的，随意点点头："那你可要谢谢那个酒鬼。"

看着她，许嘉礼莫名弯了下唇："嗯，确实要谢谢她。"

戚禾见他的脸色比刚刚要好了点，问了句："还疼不疼？"

许嘉礼语气轻淡地说了句："有点。"

还没等戚禾说要不要去医院看看，许嘉礼手臂收紧，重新将她揽进怀里，靠在她的颈窝处，语气理所当然道："要姐姐抱抱。"

戚禾被气笑，但也没推开他，反倒还往他的怀里靠了靠，找了个舒服点的位置。察觉到她的动作，许嘉礼低眼在她发顶亲了下："睡吧。"

戚禾单手抱着他的腰，轻轻"嗯"了声："晚安。"

今晚，有我陪你。

不是一个人。

晚安。

可能是酒精的作用，也可能是因为有许嘉礼在。戚禾一夜无梦，安稳睡到天亮。

刺耳的闹铃响起，戚禾瞬时皱起眉，拉过被子盖过自己的脑袋，挡住了耳朵，不想听到这声。而没几秒，闹铃声似是被人关掉，陷入了安静。

戚禾闭着眼，深沉的睡意重新袭来就要将她带走时，她感到自己的腰被人轻扣了下，后背瞬时贴上了一个温热的胸膛。

许嘉礼抱着人，下巴靠在她的脑袋上，明显也刚醒，嗓音还有些沙哑："不起？"

戚禾只装作没听见，下一秒，自己脑袋上的被子被人掀开。新鲜的空气替换了有些沉闷的气息。

她皱起眉，转身靠在身后人的胸腔上，闭眼拖着懒腔："我困。"

许嘉礼长臂一揽，将她往自己怀里带，下巴蹭了蹭她的脑袋，"嗯"了声："那就不起。"

戚禾觉得好笑，睁开眼抬头看他。许嘉礼的眼睛还闭着，长长的睫毛轻垂起，唇色微淡至白，看起来确实像是病弱美人。

可能感受到了她的视线，他缓慢地抬起眸子，露出了那双浅棕的眼睛，眼尾轻勾着，带了几分困倦。

戚禾对上他的视线，挑眉："不起？"

"嗯。"许嘉礼神情慵懒，"不是不想起？"

戚禾打了个哈欠，声音也懒洋洋的："你这是让我旷课的意思？"

许嘉礼搭在她腰上的手抬起，揉了下她的眼角，语气懒散地给她找理由："那请假？"

"嗯？"戚禾煞有介事地想了下，"这样不好吧？"

许嘉礼弯了下唇："戚老师还想到这方面了？"

知道他是调侃，戚禾拖着懒音道："那也是你助纣为虐。"

"助纣为虐。"许嘉礼指尖下滑，点了点她唇角，"能让你开心开心。"

"开心也没用。"戚禾没忍住又打了个哈欠，垂头靠在他身上，闭上眼有些不耐道，"还要上班。"

许嘉礼想着时间也差不多，抱着她坐起身来，亲了一下她的侧脸："早上想吃什么？"

"随便。"戚禾侧头搭在他的肩上，懒得动道，"你帮我洗漱算了。"

闻言，许嘉礼挑眉："确定？"下一秒，他似是先点头同意，"嗯，也可以。"话音落下，他揽在她细腰上的手轻轻收紧，指尖沿着脊骨往上摩挲着，动作带了几分挑逗。

"顺便。"许嘉礼垂眸盯着她，眸色黯了些，喉结缓慢地滚了一下，话语随着动作，慢吞吞地问，"帮姐姐换衣服？"

戚禾的脊背一阵酥麻，还没开口说什么，她贴靠在他身上，感到了一道明显的触觉反应。她脑袋卡了一秒，意识到什么后，瞬时抬起眸。

四目相对。

戚禾撞入了他的眸子。里头的情绪，直白得毫无遮掩。

戚禾身子一僵，耳尖莫名发烫："你……"

许嘉礼先低下眼，靠在她的肩上，侧头埋入她的颈间，语气散漫微哑，似是无辜道："姐姐不能怪我。"

这……确实不能怪他。可戚禾一时不知道该说什么，这事她确实也有些没想到。她脑子还在转，感受到靠在自己肩上人的鼻息轻洒在她的脖颈肌肤上。

是不容忽视的滚烫、炽热。连带着她的耳郭也有些发热，戚禾有些受不住，想开口让他先放开自己。

下一秒，似是不受控般。

贴上来一道温凉。

是他的唇。

戚禾身子一缩，怕他控制不住，连忙推开他，声音有些哑："时间不早了，快点去洗漱。"

许嘉礼坐在她身前，低着眼，直勾勾地盯着她，瞳色似是染了一层深色，神色安静。不知道为什么，戚禾觉得自己看出了几分欲求不满。她想压制住自己的错想，但也没忍住，凑近去亲了下他的嘴，稍稍安抚他。

许嘉礼眼睑微抬，俯身靠近，唇瓣轻贴着，轻诱："再亲一下。"

闻言，戚禾顺着心意，稍稍抬头又亲了下，看向他："好了吧。"

许嘉礼盯着她的脸，指尖轻抬了她的下巴，毫无羞耻之心道："不好。"说完，他低头凑近作势要亲她。

戚禾见他还得寸进尺，推开他："行了，赶紧起来，要迟到了。"

许嘉礼无奈地松开她，戚禾先起身下床，见他还懒洋洋地半靠在床头看着她。

戚禾眼尾扬了下："再不起，等会儿迟到就怪你。"

威胁完人，戚禾打开卧室门，回了隔壁的客房去换衣服。

简单洗漱后，戚禾拿着包走到客厅，见许嘉礼已经在等她了，不再拖拉跟着一起出门。

许嘉礼开着车路过早餐店，下车买了份她常吃的三明治和牛奶给她。

戚禾坐在副驾上边吃着，边喂了他几口。而两人胃口也不大，许嘉礼本身吃不了多少，基本上一个三明治就被各半解决了。

戚禾喝着牛奶，顺口提了句："昨晚你妈给你打电话，我接了说你不在，她让你回一个给她。"

许嘉礼似是不意外："她说什么了？"

"问你来了怀北，怎么没有回家一趟。"戚禾省去了之后的话。

许嘉礼语气随意："不用管。"

戚禾点头，也没再说什么，随手拿出手机玩，点开朋友圈就刷到了昨天何况求婚成功的那一条。底下都是些熟人给祝福，她随手点个赞。

往下又翻了翻，发现之前很活跃的林妙最近根本没发什么消息。

戚禾想起之前宋晓安听到说林妙要被联姻的消息，结合起前几天在霁云会所里看到的戚荣，以及他说要带她去见人的话。

她盯着看了一会儿，随手锁屏。

车辆驶进附中。

许嘉礼熟练地停好车后，跟着戚禾一起往艺体楼走。由于昨天两人大胆牵手官宣，路人看着两人的视线真的比往日直白得不止一点。

戚禾顶着这些视线，差点以为自己是什么行走的油画一样，随意供人观赏。她看着这些学生的小眼神，突然发现重点也没怎么放在她身上，她顺着他们的视线方向，转头看了眼身旁的许嘉礼，见他神色平静，就好似根本没收到这些视线一样。

戚禾眉梢单挑："弟弟，我觉得我们以后还是别走在一起了。"

"嗯？"许嘉礼语调微抬，"为什么？"

"你看看这些人都是在看你。"戚禾给他分析，"所以为了我的方便，你委屈一下？"

许嘉礼扫了眼旁边的学生，他们瞧见他看过来，连忙慌乱地瞥开眼。

戚禾声音轻扬："看到你的影响力了吗？"

明白了她的意思，许嘉礼语气稍抬："所以姐姐要和我转地下恋？"

"也不是。"戚禾纠正道，"就尽量在学校少见面怎么样？"

许嘉礼"嗯"了声，语气淡淡道："不怎么样。"

戚禾先听到他"嗯"，还以为他是答应。

"刚公开。"许嘉礼瞥了她一眼，"姐姐就想分手了？"

戚禾一愣："我哪里说分手了？"

许嘉礼反问："不是说我们少见面？"

"嗯。"戚禾点头，"所以呢？"

"所以，"许嘉礼貌似很有道理道，"之后是不是就会说分手？"

"这是什么逻辑？"戚禾被逗笑，"你在瞎猜什么呢？"

"没办法。"许嘉礼看着她，垂眸散漫道，"我有点没安全感。"

许嘉礼给出方案："姐姐理解一下，也帮帮我吧。"

闻言，戚禾狐疑地看他："怎么帮？"

许嘉礼没说话，而是直接伸手明目张胆地牵着她，往办公室走。

戚禾觉得自己在白说。反倒还加剧了效果。

果然，一进办公室，里头的老师们瞧见两人牵着手，连忙"哎哟"了几声，纷纷调侃着。

他们自然没怎么对许嘉礼说，基本上都朝戚禾攻击而来。

"你和小许昨天可算是火了啊。"

陈美兰跟着戚禾一起去东楼上课，半路上和她说着情况。

戚禾想着早上过来的情况，点点头："我能猜到。"

陈美兰看着她的表情，笑了声："你们俩谈个恋爱，还挺火热啊。"

"有什么火热的。"戚禾无奈，"我们没干什么，牵了个手而已。"

"可别而已啊。"陈美兰朝她的脸示意道，"你和小许可是我们的招牌，两个招牌在一起了怎么能而已呢？"

戚禾抬了下眉："你是夸我呢，还是损我呢？"

被她发现，陈美兰笑了声，安慰她："这群小孩也是觉得新鲜，之后就没事了。"

戚禾没在意："有事也没用，反正我和许嘉礼不会分手。"

陈美兰被呛了下："等会儿。"

她突然反应过来："你刚刚是不是故意给我撒狗粮？"

戚禾挑眉："你才发现？"

两人往楼上走，陈美兰还在感叹两人的事，追根究底地提到了她来这儿上班的事："不过你们俩还挺巧，还能凑到变成同事。"

戚禾笑了声："那算是我幸运？"

"一般一般吧，要不是你回国，可能还真碰不到呢。"说完之后，陈美兰似是想起什么，改口道，"也不对，也有可能碰到。"

戚禾抬眉："怎么说？"

"嗯？"陈美兰眨了下眼，"你不知道吗？"

戚禾抬起眸。

"许嘉礼以前……"陈美兰道，"申请过巴黎美术学校的研究生。"

戚禾眼眸一顿。

陈美兰接着又说："不过当时你研究生毕业了，小许去了你们学校也不一定能见到你。"

戚禾淡淡"嗯"了声。

"还是在这儿方便。"陈美兰为她盘算，"近水楼台先得月啊。"

闻言，戚禾扯唇一笑："是，我先得到了这个月。"

"得到了有什么感受？"陈美兰扬起眉，"帅气弟弟任你欺负？"

"任我欺负？"戚禾声音轻笑，"你把我想成什么人了啊？"

陈美兰看着她的脸，诚实道："勾上弟弟后抛弃人家的渣女姐姐。"

戚禾怀疑自己听错了："什么？"

"不是。"陈美兰咳一声，"我只是说你的长相，看上去是这样的人。"

戚禾挑眉："我长相怎么了？"

"等会儿。"陈美兰先提前说明，"我不是骂你的意思啊。"

戚禾点头："嗯，你说。"

陈美兰比了下她的脸："有点太艳丽漂亮，又太媚。"

戚禾被逗笑："所以觉得我会靠长相勾引上许嘉礼？"

"当然不是这个意思。"陈美兰解释道，"小许哪这么肤浅，他那性子如果人能随便勾引上，那他这招牌也没什么用了。"

"也对。"戚禾点头，"如果能勾引上，我早就试了。"

陈美兰被这话一呛："你还真有这想法？"

"不然？"戚禾眼尾扬了下，"我有这资本，总要试试吧。"

陈美兰稍疑："你这是不是在变相夸自己呢？"

戚禾轻笑着，刚想说自己逗她的。

陈美兰先看着她，猜测一句："该不会你以前就对许嘉礼有想法了吧？"

最后戚禾再三解释了自己的清白后，上课铃响起，两人走到教室里随意找了位置坐下听课。

戚禾拿出记录本，想着事，垂眸似是不甚在意地问了句："你刚刚说许嘉礼申请研究生的事，是他毕业的时候？"

陈美兰"嗯"了声："你不也是大四快毕业才能申请这个的吗？"

戚禾说："我大四当了交换生，研究生是之后才考进去的。"

"这样啊。"陈美兰语气随意，"具体我也不知道，是钱茂说他申请了这个。"

戚禾打开记录本："那他怎么没去，还在这儿上班？"

陈美兰说："因为他根本没申请上啊。"

戚禾一愣。

"也不对。"陈美兰纠正道，"是他刚过初试的时候，就主动放弃申请了，钱茂都骂他脑子有病。"

戚禾倒没想到是这个原因："放弃申请了？"

"是啊，如果继续申请的话，他还能成为你的学弟呢。"陈美兰笑了声，"不过你们俩本来也是学姐弟。"

话语落下，就见上课的教授从前门进来，陈美兰也没再多说，老老实实地准备听课记录。

戚禾收回思绪，抬起头看着讲台上的教授，随后，低头拿着笔在纸上写着几个字，视线忽然扫到了前一页的字。是许嘉礼之前帮她补上的课程记录，他有意模仿了她的字迹，但还是比她写得端正大气。

戚禾低着眼，不自觉地想起他放弃申请研究生的事。

还想起了当年黄昏的那个下午。少年站在黄昏下，逆光而又耀眼，有些看不清他的神情，声音微轻，缓缓地开口："所以你不要我了。"

他眼眸里的光消失，似是回到了初见那次的漠然空洞，看着她。

机场内嘈杂又喧闹的声音，也挡不住他的任何字词，甚至清楚至极地一字字落下——

"现在，轮到你不要我了吗？"

下课铃声骤然响起。

趴在桌子上睡觉的戚禾猛地身子一颤，被这声吓到，从梦境里惊醒。

"下课了？"旁边的陈美兰抬起头眯眼看向她，"你怎么也睡了？"

戚禾压着刚刚的心悸，揉了下太阳穴："刚刚……"

声音还带着初醒的沙哑，她清了清嗓子，语气散漫道："太困了，这老师说话太催眠，听着听着就睡着了。"

陈美兰拿起记录本，跟着她起身往外走："我还以为你还坚持着呢。"

戚禾打了个哈欠："我想坚持。"

见她打哈欠，陈美兰也跟着打了个，声音含糊道："我们俩怎么每次一起上考察课都这样？"

"嗯。"戚禾声音稍拖，"可能是缘分吧。"

"可能还真是缘分。"陈美兰揉着眼睛，看了眼时间，"每次都是大清早上这个课，搞得像重回高中一样。"

提到这儿，陈美兰就开始吐槽钱茂安排的课程表。

戚禾一边听着，一边和她一起下楼回西楼办公室。

推开门时，就瞧见了先下课的许嘉礼坐在位置上，神色寡淡地看着对面的人，但隐约间可以看出他皱起了眉。这表情，可以称得上是不耐烦。

难得能看到他有这副模样，戚禾挑了下眉，转头就见对面的钱茂不知道在和他说什么，激情澎湃的。

钱茂说完看他："你倒是回句话啊。"

闻言，许嘉礼扫了他一眼，仿佛施舍般就给了句："嗯。"

还没等钱茂发火，戚禾先出声咳了一下。

陈美兰往里头走，看着钱茂："你又在说什么？"

戚禾跟着迈步走到自己办公桌前坐下，看了眼许嘉礼，小声说："小心学长打你。"

"嗯？"许嘉礼抬眉，"我怎么？"

戚禾指出："对学长态度这么差。"

许嘉礼端起一旁的水杯递给她，似是无所谓道："他习惯了。"

戚禾接过笑了一声："我发现你对人的态度好像都有点不好啊？"

许嘉礼反问："有吗？"

"有啊。"戚禾喝着水，揪着第一次的事谴责他，"你以前刚见我的时候还嫌弃我。"

"是吗？"许嘉礼语气稍抬，"我怎么不记得。"

戚禾见他装傻，挑了下眉："弟弟，要勇于承认错误知不知道？"

许嘉礼"嗯"了声："不知道。"

戚禾突然觉得这人和自己在一起后，一些性子开始冒出来了，根本不像重逢时那么老实乖巧。反倒有种回到了以前一样，好像还更恶劣？

收到她的眼神，许嘉礼坦然地和她对视了几秒，忽然眨了下眼。

戚禾对他那双浅眸，差点又被他那张脸骗走，连忙回神，看了眼前边的钱茂和陈美兰还在说话，随口问了句："刚刚学长和你说什么呢？"

闻言，许嘉礼似是想了下，诚实道："不记得了。"

戚禾被逗笑："你这样，小心真的被学长打啊。"

"嗯？"许嘉礼微微歪头看她，"姐姐不保护我？"

"不呢。"戚禾拖腔带调道，"男子汉要靠自己保护自己。"

许嘉礼笑了声："这么狠心？"

"哪儿狠心了？"戚禾眼尾轻扬，故意逗他，"而且不应该是你这个男朋友来保护我吗？"

似是被她提醒，许嘉礼点头，声音慢悠悠道："那姐姐谅解一下。"

"嗯？"戚禾没懂。

许嘉礼看着她，一脸理所当然道："我还生着病。"

说不过他，戚禾放弃了，随手把包内的记录本拿出来。

许嘉礼扫了眼，看着上头寥寥几句，笑了下："睡觉了？"

被他发现，戚禾也没什么不好意思的，承认道："有点困。"

想着她昨晚陪他，许嘉礼指腹轻揉了下她的眼尾："晚上早点睡。"

戚禾点头应着，看了眼时间："你可以去上课了。"

许嘉礼抬眉："赶我走？"

闻言，戚禾很无辜："这不是要上课了吗？"

"姐姐骗人。"许嘉礼抬手指尖轻敲了下桌上的钟表，看着她，语气闲散道，"明明还有三分钟。"

戚禾噎了下，给他理由："三分钟给你上楼去准备啊。"

提到这儿，仿佛找到了突破口，戚禾眼神上下扫视他，慢悠悠道："许老师，为人师表的，怎么能这么怠慢呢？"

难得扳回一局，戚禾看着他的表情，轻笑了一声。

瞧见她嘴角的笑意，许嘉礼也莫名弯了下唇。

时间确实差不多了，他没再逗留，站起身正准备往外走时，似是想到什么，脚步稍停。戚禾见此，抬起头看他。

许嘉礼站在她面前，稍稍弯下腰靠近她，抬起眸与她平视着，眸内折光微淡，声音轻笑道："别乱跑，等我下课。"

话语落下，还是没等戚禾说什么，他低头凑上来，亲了下她的嘴。

唇瓣相触，如蜻蜓点水般，仅一秒就离开。

戚禾一顿，就见许嘉礼已经直起身，偷亲完人后，转身迈步往外走。

戚禾坐在位置上，眨了下眼，有点没反应过来。

旁边陈美兰骂钱茂的声音传来。似是在提醒她一般，这是在办公室，旁边还有其他老师。而许嘉礼刚刚……

唇上微凉的触觉明显。

意识到他当着这么多人的面干了什么，戚禾脑子瞬时一炸。两人的位置靠墙，算是在角落里。而钱茂和陈美兰也在和其他老师聊天，没怎么关注这边。听着他们的说话声，戚禾怕自己先被发现，连忙转身背对着身后的人。

可耳郭发烫至极。

她抿起唇，看着许嘉礼的座椅，有些羞耻地踢了一脚。

这人！

太大胆！

这边。

许嘉礼拿着画册上楼，拾级走了几步后，想到临走时偷香的那一吻。

许是猜想到了她可能会有的反应。

许嘉礼舔了舔唇角，随后眼睑一垂，嘴角无声弯了下。

走上三楼。路上学生们看见他纷纷问好，许嘉礼淡淡点了下头，算是应过。

走到楼道时，许嘉礼听到手机响了一声。他随手拿出看了眼屏幕，是陌生号码，挂断，调成了静音，转身走进画室内。

下课铃声响起。

许嘉礼没再多说，简单地布置了作业后，有女生拿着画纸走到讲台上问他问题。他扫了眼上头的画，抽过一旁的铅笔，帮着调整了下稍宽的线条，说了几句修改方案。

女生听着身前人淡淡的声音，没忍住偷偷瞥了一眼他的脸，想起最近的传言，抿了下唇问："许老师，你和戚老师是在谈恋爱吗？"

许嘉礼："是。"

女生一愣，没想到他会回答，她还以为他会像以前一样拒绝回答这些私人问题。而许嘉礼似是觉得没什么问题，收起笔，指尖敲了下画纸，示意道："回去再改一遍。"

"啊，好。"女生回神连忙点头，看了眼他的神情不再多问，拿着画准备走时，想起来朝旁边的手机指了下，"老师，刚刚好像有人给你打电话，亮了好久。"说完之后，女生和他道别，转身往讲台下走。

许嘉礼随手拿起手机，看着屏幕上头的未接电话，与上课前收到的那个号码相同。他没有回拨过去，只是拿起画册下了讲台，走出画室。

而没走几步，电话又打了过来。

许嘉礼按键接通，对方先开口说："终于打通了，打你电话可真难打。"

下一秒，程静问："你是戚禾的小男朋友吧？"

听着这道女声，许嘉礼随意问："哪位？"

"我和你没关系。"程静开门见山道，"但我就是告诉你一声，戚禾欠了我的债，一辈子都还不清，所以你和她在一起没什么好日子过，我劝你和她赶紧分手知道吗？"

闻言，许嘉礼语气平静："她欠你什么债？"

"怎么？你还想帮她还啊？"程静笑了一声，"你还不了，只有她才能还我，而且做牛做马也还不清，她当初就应该和她爸一样去死。"

最后的话音渐渐变得尖锐刺耳。

许嘉礼的眼底没有什么情绪波动，缓慢道："说完了？那我挂了。"

程静一愣，回神大吼道："你听不懂人话吗！我说让你和她分手！要不是我，她怎么可能还活着，她不配……"

电话被掐断，许嘉礼收起手机下楼。

因为放学，楼道上的学生有些多，走了一会儿后，许嘉礼才走到办公室前，伸手打开门。老师们基本上都走光了，陈美兰还留在里头，坐在旁边的位置上，瞧见他朝他招了下手。

许嘉礼习惯性地往角落的那张办公桌望去，只瞧见了那人正趴在桌子上，只露出一个脑袋对着他。

陈美兰朝他小声道："小戚还在睡，你等会儿叫醒她去吃饭吧。"

许嘉礼点头："好，谢谢。"

见他这个男朋友来了，陈美兰识趣，朝他挥了下手，转身往外走了。

门被关上，只留下了两人。

许嘉礼缓步朝那张办公桌接近走去，垂眸看桌上的人。戚禾双手交叠趴在桌子上，明显还在睡，呼吸平缓匀速，眼睛闭着，半张脸都埋入了手臂内。可能是觉得无聊，所以用睡觉来打发时间。

许嘉礼拉过自己桌前的椅子，坐在她身旁，单手支颐侧头看着她。

而戚禾不知梦到了什么，眉心蹙起，似是睡得并不安稳。

许嘉礼扫过了她放在一旁的手机，抬眸重新看向她。盯了一会儿，他抬手，用指腹轻轻描绘着她上翘的眼尾，抚过她蹙起的眉头。

而仿佛感受到了这道轻柔的安抚。

一直压抑的情绪，在睡梦中，她似是再也无法掩饰住。

下一秒，许嘉礼忽然感到指尖触到了湿润。

有泪珠沿着她的眼尾流下，染在他的指尖。

微凉。

许嘉礼坐在她身旁，垂眼看她。

良久后，他低头，轻轻吻上了她的眉心。

为她拂去噩梦。

许嘉礼想起了刚刚那通电话。女人激烈又刺耳的话语，结合着戚禾之前说过的那对姐弟，他不难猜出是谁。可他不知道的是这所谓的骚扰电话，夹杂着这样的字词。如此熟练，明显不是第一次，而是长年累月的。

许嘉礼垂下眼，凝视着她的睡颜。安静，却又有些不像她。

少了当初的恣意张扬，明明应该是永远明媚亮眼的存在。

许嘉礼发现，这些年，不是只有他变了。而她似是也在承受着一些他不曾了解的事情。这其中，是不是就有程静单方面的抨击纠缠，或者……

许嘉礼想起了之前在霁云会所里，她见到戚荣时一瞬间升起的警惕和忌惮。还有其他的事情。让她不敢出现在他面前，只能躲在梦中，一个人无声地哭泣着。而他都不知道。

许嘉礼低眼，伸手轻轻拭去她眼角的泪。

在睡梦中的戚禾不知睡了多久，隐约地感到自己眼角微凉，似是被人轻轻抚着。不沉的睡意稍稍清醒了些，她眼睑颤了一下，抬起眼皮，视野有些模糊，渐渐看清了坐在身旁的人。

"你下课了？"戚禾声音还拖着困意，含糊地开口问。

许嘉礼声音淡淡地回她："嗯。"

闻言，戚禾抬起头发现屋内的老师都已经走光了，脑子还有些慢："他们去哪儿了？"

许嘉礼解释道："去食堂吃饭了。"

戚禾闻言看了眼一旁的钟表，分针正好跳过了九。

戚禾稍稍回过神："我睡了这么久？"

放学都过十五分钟了。

她转头看许嘉礼，抬了下眉："怎么不叫我？"

"叫了。"许嘉礼倒了杯温水递给她，"姐姐让我别吵。"

戚禾才不信，接过水润了润喉咙，扫他一眼："我怎么没见？"

许嘉礼笑了下，伸手帮她把睡得有些凌乱的头发别过耳后，随意问："刚刚梦到了什么？"

"梦到……"戚禾回忆了下，没丝毫记忆，"记不起来了，但后面睡得还挺好的。"说完之后，她看着他眨眼，"怎么了？我说梦话了？"

许嘉礼点头："刚刚叫我名字。"

闻言，戚禾瞥他："真的？"

"嗯?"许嘉礼语调稍抬,指腹捏了下她的耳郭软骨,"怎么总是不信我?"

戚禾扬了下眉:"那就要问你了。"

许嘉礼收回手,语气随意问:"我人品不好?"

"好是好。"戚禾给他分析,"只是你对人不温柔啊。"

许嘉礼抬眉:"我对你不温柔?"

闻言,戚禾轻笑着:"我是说对别人。"

许嘉礼语气无所谓:"我为什么要对别人温柔?"

戚禾一愣,反应过来他的意思,没忍住弯了弯唇:"对我这么好啊。"

许嘉礼点头,"嗯"了声,拖腔带调道:"所以姐姐记得报答我。"

闻言,戚禾被逗笑:"好啊,那正好请你吃午饭。"

许嘉礼摇头:"不要这个。"

闻言,戚禾对上他的视线,想起了前几次的贿赂犒劳,没说话而是抬起头亲了下他的嘴,扬了下眉:"满意吗?"

许嘉礼舔了下唇:"一般。"

戚禾直接伸手推开他,面无表情道:"那以后就不用了。"

许嘉礼轻笑着,牵过她的手,往自己身前一带,低头压着她的唇吻过,轻咬了下。

戚禾眨了下眼:"不是说一般吗?"

可能觉得没有任何问题,许嘉礼毫无羞耻道:"我也没说不喜欢。"

看着他理所当然的样子,戚禾觉得自己真的看走了眼,就几年不见怎么会觉得他乖巧?她差点噎住,推开他站起身,忽然记起了刚才他上课前偷亲她的事,立即转头扫他一眼:"下次不能偷亲我。"

"嗯?"许嘉礼靠在座椅内,"怎么?"

"没有怎么。"戚禾给他理由,"被其他老师看到不好。"

虽然她没觉得有什么,可还是有点羞耻。

似是宽慰她,许嘉礼点头:"好,下次不让他们看到。"

"什么下次呢。"戚禾站在他面前,刮他一眼,"被看到怎么办?"

"那,"许嘉礼牵过她的手,勾了下唇,语气散漫,"偷偷亲?"

戚禾被气笑,拍开他的手:"没有这个道理,起来走了,去吃饭。"

这回许嘉礼倒也听话地站起来，跟着她往办公室外走。

放学时间早过了，奔赴去食堂的学生没有很多，只有吃完饭后从里头出来的。戚禾不怎么饿，跟着许嘉礼慢悠悠走进食堂。

"想吃什么？"许嘉礼扫了眼各个窗口。

戚禾看了几秒，果断把重任抛给他："都可以，你看着帮我点。"

许嘉礼不意外，让她先去找位置坐下。

戚禾点头转身往后走，随意找了个空位等他回来，无聊地随手拿出手机玩着，刚巧看到宋晓安之前给她发了信息。

宋晓安：还真给你说对了。

宋晓安：何况这人打算年底结婚。

戚禾见此，笑了一声，打字回她：求完婚当然要结婚了。

过了几秒。

宋晓安：怎么这么久才回我，不是早下课了。

戚禾：刚刚在办公室睡着了，才醒。

宋晓安：这么累？

戚禾看到这儿，还没打字。

宋晓安又发来一条：许弟弟可以嘛，精力旺盛啊。

戚禾看着这一串字，脑子卡了一下，莫名想到早上许嘉礼的身体反应，脸瞬时烫了起来。

戚禾连忙止住回忆，骂她一句：能不能别想这些有的没的？

宋晓安：都是成年人还不能说啊？

宋晓安：噢，对，你弟弟还小，还是不要带坏他了。

他可能……不算什么好人。想是这么想的，但戚禾自然不会说这个，扯开话题：所以你答应年底结婚？

宋晓安：答应个屁。

宋晓安：我还没有做好准备呢。

戚禾：那不答应？

宋晓安：可我还有点想。

戚禾：别演。

戚禾：要结婚赶紧结。

发完这条，戚禾余光扫见有人影走来，她以为是许嘉礼回来了，下意识抬起头看去。

来人是个男生，没穿附中校服，看着还挺年轻，应该是阳城大学来这儿上课的大学生，长得还挺清俊。

他走到她面前，自然又大方地笑着："同学你好。"

听到这称呼，戚禾扬了下眉："有什么事吗？"

男生拿着手机示意道："可以给个微信吗？"

闻言，戚禾并不意外，可能觉得好笑，嘴角轻笑了一声。

看她忽然笑起来，男生的目光明显一顿。面前的女人真的很漂亮，用那双漆黑明亮的媚眼看着他，狭长的眼尾勾翘起，似笑非笑的，而此时唇角含着浅浅的笑意，似是在无形地撩拨着人。

戚禾眼角下弯，还没说什么，后边先有人出来，拍了男生的背："乱叫什么。"

林简祎走来看着戚禾，颔首示意："学姐好。"

戚禾瞧见熟悉的人，笑着点了下头，扫了眼男生："你同学？"

"朋友。"林简祎解释道，"他不是美术系的，今天来玩玩而已。"

戚禾了然道："难怪把我认错了。"

在这儿的学生基本上应该都知道她，不会把她认成大学生。

"学姐？"男生看了眼林简祎，小声问，"她就是你那个学姐？"

林简祎顿了下，扫了他一眼让他别说话。

男生反应过来，但显然是想多了，看着戚禾问："学姐不是我们学校的学生吗？"

"以前是，"戚禾笑了声，"但现在我是这儿的画室老师。"

闻言，男生先道歉："对不起，刚刚认错了。"

戚禾摆手："没事。"

男生看了眼她的脸，唤了个称呼道："那我也叫你学姐可以吗？"

戚禾没什么意见："可以。"

林简祎闻言拍了下男生的肩膀，赶人道："走了。"

男生摆手："我看学姐一个人在这儿，我们正好也要吃饭。"男生朝林简祎比了个眼神，随后询问戚禾的意见，"不然一起拼个桌？"

林简祎哪能不知道他的想法，皱了皱眉。而戚禾闻言，嘴角笑意未变，正想开口拒绝，侧边视野内瞥见一道身影。

她稍稍偏头，撞入了许嘉礼的浅眸内。他的目光淡淡掠过了她面前的两个男生，随后，抬起眼皮又对上她的眸子，神色平静至极。

戚禾莫名有种自己出轨被抓的错觉。

林简祎想和她说他们先走，但见她的视线微错开，稍稍疑惑地顺着她望的方向转头看去。就见许嘉礼正端着餐盘走来，穿着一件黑色长袖衬衫，袖口挽到了小臂中间，露出一截冷白肌骨均匀的手臂。身形高挑又清瘦，而神情带着惯有的冷感漠然，有种无视人的孤傲无礼。

在这儿来往的老师学生里，显得格外醒目。

"许老师。"林简祎先回神，颔首问好。

许嘉礼随意点了下头，眼也不抬，把餐盘放在戚禾面前，淡淡道："点了一些你吃的。"

闻言，戚禾看了他一眼："嗯，好。"

而男生看着许嘉礼突然冒出来，明显是认得他的，表情顿了下。

戚禾瞥见这眼神，眼尾扬起问："你认识许老师？"

男生："许嘉礼学长我当然知道，学校公告栏里还贴着他的照片。"

闻言，戚禾饶有兴致地看了许嘉礼一眼，仿佛在说没想到你这名气这么大。许嘉礼接到视线，没什么表情，扫过两个不速之客："有事？"

"噢，刚刚我们看到学姐一个人在这儿，想着可以一起拼桌吃饭。"男生脑子没转过来，诚实开口，"学长介意一起吗？"

戚禾头一次见到这么没有眼力见的男生，特别是听他还问许嘉礼介不介意，没忍住瞬时笑出了声。

一旁的林简祎听着这笑，开口想解释，也向朋友说明两人的关系。而许嘉礼的眼皮子抬起，扫了眼后边看戏的戚禾，淡淡道："一起？"

没几秒。许嘉礼目光看着两个男生，扯了下唇，语气不咸不淡道："我和我女朋友吃饭……"

"为什么还要加个你们？"

Chapter17
甜吗·给你颗糖

戚禾弯了下唇。

男生却是一顿，反应过来他的意思后，蒙了下："女朋友？"

见他还问，林简祎拍了他的头，有些无语："别丢人现眼了。"

说完之后，他转头对着许嘉礼道歉，随后看向戚禾，抿了下唇："对不起，我们不是那个意思。"

戚禾笑着点头："我知道，没事的。"

"那我们先走了。"

"好。"

林简祎拉着一旁男生转身往后走，走了几步后，男生稍稍回神，看向他："难怪啊，我就说你最近怎么不往这边跑了。"

林简祎顿了下，眼神扫他："你关注我干什么？"

"看你好不容易春心荡漾去追人。"男生感叹一句，"不过你眼光真的不错，这学姐是真漂亮。"

闻言，林简祎有点不爽："漂亮所以想要微信了？"

"不是，我后来不是还想给你制造机会嘛。"提到这儿，男生"啧"了一声，"没想到根本没机会，人家都有男朋友了。"

林简祎稍稍垂眸，男生转头看他："行了，别一脸伤心难过了，可能人家不喜欢你这款而已。"

"不过吧，"男生又添了一句，"许嘉礼确实比你帅，这个我承认。"

林简祎没再听他的话，没忍住偏了下头，视线往后看着餐桌上的两人。戚禾坐在对面，单手支着下巴，举止慵懒随意。而嘴角弯着浅浅的弧度，笑着看着对面的人。她好像对谁都这样，总是带着笑意，看似明艳动人，却又无形中添加着距离。无法看清她的情绪，也无法捉摸。

林简祎视线移动，落在对面的许嘉礼身上，他神色很淡，似是在和她说着什么话。而戚禾就点头，很是随意，也不知道有没有在听，朝他碗里伸手夹起菜尝了一口。

许嘉礼继续说着话，随手把餐盘往她的方向推了一下，可能瞧见了什么，抬手伸向她的脸，指腹擦过了她的唇角。而戚禾乖巧地坐着不动，任他擦去嘴角沾染上的汤汁，抬起眸看着他，嘴角弯起了浅浅的弧度，眼尾扬了扬，开口似是在逗他什么。

许嘉礼仿佛早已习惯，抬起眉，捏了下她的脸颊，似是让她老实点。

一个明艳张扬，而另一个寡淡冷漠。

明明是性子完全不同的两个人，却带着熟悉的亲密自然。而此时的戚禾，是和别人相处时完全不同的。

旁边的人还在说话，林简祎收回视线，男生看着他："看什么？让自己死心？"

林简祎笑了下："有什么好死不死心的。"

喜欢她，但好像也只是喜欢她而已，并没有到伤心欲绝的程度。只到了好感，除此之外并没有其他的感情。

男生不解地问："那你看什么？"

林简祎弯唇："可能就想看看。"

看看同样也是喜欢她的人是怎么样的，能收获她的心，和她在一起又是什么样的情景。但好像……

林简祎想起了许嘉礼看着戚禾的眼神。

他的那份感情，暗藏在所有与她相处的瞬间与举动里。

强烈，却又难以言述。

对比之下，林简祎突然觉得自己的这份喜欢。

好像，太过渺小了。

这边戚禾正吃着饭，看着对面的许嘉礼，倒有些意外。她还以为许嘉礼会吃醋生气，没想到把人赶走后，他就平静地坐下来和她一起吃饭。

"看什么？"面对她直白毫无掩饰的视线，许嘉礼随意地抬起眸问。

"没什么。"戚禾慢悠悠问，"就是好奇你今天怎么这么大度了。"

许嘉礼随意道："姐姐不是说男孩子要大度点？"

戚禾噎了下，点头："嗯，是我说的。"

许嘉礼语气闲散问："难道姐姐想我小气点？"

"还行吧。"戚禾眉梢单挑，诚实道，"不过看你吃醋还挺有意思的。"

许嘉礼扫她一眼："有意思？"

戚禾轻笑一声："是啊，你看你刚刚赶人多帅气。"

许嘉礼夹了一块肉喂给她："所以姐姐迷上我了吗？"

"当然。"戚禾咬着肉点头，夸赞道，"我看上的人，怎么会不迷人呢。"

"嗯。"许嘉礼看她，"夸自己眼光好？"

被发现，戚禾笑了一声："这不是也在夸你嘛。"

许嘉礼反问："夸我哪儿？"

"夸你，"戚禾勾唇看他，声音轻扬道，"眼光好，能看上我。"

闻言，许嘉礼眉梢单挑："是，但可能不只是我一个人眼光好。"

这话突然，戚禾一时没反应过来："什么？"

许嘉礼没解释，淡淡给了两个字："刚刚。"

戚禾一头雾水："嗯？"

"刚刚就在这儿坐了一会儿，都有人找来拼桌了。"许嘉礼看着她，语气缓慢，"姐姐觉得他们眼光好不好？"

原来在这儿等着。戚禾没忍住笑了一声："说好的大度呢？"

"嗯？"许嘉礼稍歪了下头，"我说了吗？"

看着他这副样子，戚禾觉得有点又气又好笑："你怎么总用这招？"

许嘉礼坦然道："挺好用的。"

戚禾挑了下眉："所以之前一直故意装傻充愣骗我呢？"

闻言，许嘉礼语气慢悠悠道："姐姐不也是。"

戚禾眨眼："我怎么？"

"明明知道我骗你。"许嘉礼盯着她，笑了声，"还愿意上钩。"

当初他说自己被人灌酒的时候，只要她多想，就能发现问题，只是她下意识就信了。因为有那所谓的姐弟情，所以他利用这点，总是借病无声无息地接近她。而她每次都懒得去想有没有问题。

戚禾哪会不明白他的意思，刮了他一眼："所以怪我对你太仁慈，才会被你骗到手了。"

"嗯。"许嘉礼一脸坦然，毫无羞耻之心道，"反正也已经骗到手了。"

见他还挺自豪，戚禾笑了声，让他赶紧吃饭。

其实她倒没有很在意这点，只是随口说说他而已。

两人简单地吃着饭，戚禾看了眼时间："你等会儿要去工作室吗？"

许嘉礼点头："我先送你回家。"

"不用。"戚禾放下筷子，"我回巷子看看奶奶吧。"

许嘉礼拿过纸巾擦过她的手，垂眸问："自己去？"

戚禾点头："反正也不远，我顺便逛一逛。"

许嘉礼随她，擦好她的手后，端起两人的餐盘放在回收处，牵着她往外走。而戚禾送他到了停车库让他好好工作，下班了再回来。

许嘉礼见她还挺爽快，把人带到自己怀里，低头咬了她一口，才上车走人。戚禾抬手抚了下自己的唇角，觉得得把他这咬人的习惯改掉。

还真跟个小狼狗一样。

只咬她。

戚禾回办公室整理了一下资料，随口和陈美兰他们打了招呼后，背着包出了附中，上了公交车往小巷去。车程就七八分钟，戚禾以前也经常坐，但透过车窗看着外头莫名的建筑，倒是没有和以前一样的心情。

她看了一会儿，转头靠在座椅内，开始发呆。

车辆到了巷子口，戚禾下车正准备往里头走的时候，刚好收到了宋晓安发来的信息。

宋晓安：一个好消息，一个坏消息。

戚禾随意猜了句：你答应何况准备年底结婚了？

宋晓安：你怎么知道？

戚禾扫了眼，懒得打字随手拨了电话过去，没几秒对方马上接起："何况和你说了？"

戚禾笑了声："没有，我猜的。"

"好吧，那恭喜你猜对了。"宋晓安语气稍疑，"你怎么一点都不惊讶呢？"

"这又不难猜。"戚禾反问一句，"你不嫁给何况，还能嫁给谁？"

宋晓安一噎："那你能猜到坏消息？"

戚禾对这个倒是有点兴趣，沉吟片刻："我要给你当伴娘了？"

宋晓安问："这算是坏消息？"

"我当你伴娘，"戚禾挑了下眉，"不就把你新娘的光芒抢走了。"

宋晓安默了两秒，没忍住骂一句："你怎么能这么自恋不要脸？"

戚禾轻笑着："实话实说嘛。"

宋晓安"嘁"了一声："放心我不请你当伴娘，你这有男朋友的过来给我当什么伴娘，和你那许弟弟就坐在下面看我婚礼就行。"

戚禾点头："也行，我都可以。"

"行了，我和你说坏消息是什么。"

"嗯，你说。"

宋晓安的语气稍淡："林妙进医院了。"

闻言，戚禾一愣："怎么了？"

宋晓安叹了口气："据说林家人找了个愿意付钱资助他们家公司的，所以想把林妙嫁过去，林妙不答应闹起来，摔伤进了医院。"

戚禾问："很严重？"

"不知道。"宋晓安想了下，"过几天我去看看，你和我去一趟？"

戚禾沉默了几秒："去吧。"

宋晓安点头："那行，我到时来接你。"

"嗯，好。"

两人又聊了几句，戚禾也走到了许家门前，随手挂断电话，推开门往里头走。保姆阿姨瞧见她进来，没有惊讶，很自然地问她要不要喝水。

戚禾摇了下头，见林韵兰不在，才想起来这个时间她应该在午睡。

阿姨解释："老夫人刚睡下，可能要一会儿才能醒。"

"没事，是我忘了时间。"戚禾笑了声，"不用管我，我就过来看看而已。"

阿姨点头没再多说，转身往后厅走。

戚禾也没闲着，熟练地走到隔壁的书房，无聊想画个画，但拿着笔触上画纸时，脑子里一直回想着林妙的事，有点没心情。她坐在窗前的座椅上，放下铅笔，揉了下隐隐发痛的太阳穴，明明这事和她无关。

她却有种，回顾当年的错觉。

隔周周三。

宋晓安来华荣小区找她。

戚禾提前和许嘉礼说了自己有个朋友生病，要去医院探病。

"嗯。"许嘉礼没多问，"我送你？"

"也可以。"戚禾看了眼时间，"等会儿安安过来，我和她说一声。"

没一会儿，宋晓安到的时候给她发消息，戚禾带着许嘉礼下楼。

三人坐上车，宋晓安在后头和许嘉礼打着招呼："许弟弟，之后我的婚礼记得来参加啊。"

许嘉礼不意外："什么时候？"

宋晓安摆了摆手："还在定日子，到时你和沐沐一起来。"

许嘉礼点头："嗯，会的。"

"不然，"宋晓安打趣道，"你们俩也抓紧，和我一起办？"

闻言，许嘉礼转头看了眼戚禾，抬了下眉："你觉得呢？"

戚禾扫了他一眼："好好开车。"

许嘉礼笑了声，依言照做，转头看向前边的车况。

宋晓安瞧见这幕，语气轻抬道："许弟弟，怎么没点威严呢，你可不能因为自己年纪小就觉得要乖乖听话啊。"

许嘉礼貌似没觉得什么不对，答了句："还好。"

下一秒，他语气散漫地又补了句："我也只听她的话。"

莫名被塞了一口狗粮，宋晓安觉得这天没法聊了。

戚禾转头瞧见她的表情，轻笑一声："现在理解我这么多年当你和何况电灯泡的感觉了吗？"

宋晓安点点头："辛苦了辛苦了。"

之后两人在聊着，许嘉礼任劳任怨地当着司机，偶尔回几句，开到了医院门口。戚禾下车，许嘉礼把提前买好的花和水果递给她："探望病人总不能空着手。"

戚禾倒是忘了这茬，毕竟她之前来医院基本上都是看戚峥，自然不需要这个东西。不过戚禾没想到他会准备这个，嘴角弯了下，伸手接过："那我进去了。"

许嘉礼点头："等会儿结束给我打电话。"

戚禾应了声，转身跟着宋晓安往里头走。

"许嘉礼还挺周到啊。"宋晓安扫了眼她手里拿着的探病礼物，"看着倒不像这样的人。"

闻言，戚禾沉吟片刻："可能只对我？"

宋晓安出声："行了，我知道了，打住吧。"

戚禾轻笑着不再逗她，跟着一起坐电梯到了VIP病房。

戚禾开门进去，先瞧见了躺在病床上的林妙，她脸色苍白，整个人瘦了好多，右手还挂着吊瓶，听见声响转头看了眼两人，目光淡淡。

已经没了当初在宴会上的嚣张跋扈，而是平静至极。

旁边站着林母，眼角还红着，简单招呼后，让她们先聊。

戚禾站在床边，林妙先开口："来看我笑话？"

"没有。"宋晓安看着她，"好歹认识了这么久，过来关心你而已。"

"没什么好关心的。"林妙淡淡道，"反正都这样了。"

宋晓安稍顿，也不知道该说什么。

戚禾看了眼她被绷带处理包裹着的手腕，闭了下眼，声音微淡："好好休息，别想太多。"

林妙看了她几秒："现在好像是我比你惨了。"

闻言，戚禾稍稍垂眸回话，只说了句："我们走了，你休息吧。"

宋晓安没再多留，转身先走出病房。

戚禾离去前瞥见许嘉礼买的那束花，在单调暗淡的病房中，点缀出了唯一的色彩。她脚步稍顿，转头看向林妙，停了几秒后，轻轻开口：

"不论怎么样，至少要活着。"

"这样，才有机会变好。"

要相信不会永远落在黑暗中的。

因为总会有人，带着独有的星光与温暖。

赠你，更好的未来。

从病房出来。外头的林母看见她们俩，走上来先简单地道了谢："麻烦你们俩来了，她最近情绪不好，说了什么话别介意。"

宋晓安宽慰一句："我们能理解，希望她别做傻事就好，没事的。"

林家对外宣称的摔伤，可刚刚两人在病房里看得清楚，林妙受伤的位置是在手腕内侧，哪儿来的摔伤。

闻言，林母瞬时红了眼，忍着眼泪："她也是一时冲动。"

这是别人的家事，戚禾不好说什么，只能伸手拍了拍她的肩膀。

林母擦了下眼角："没事，我这么大的人还要你来安慰，倒不争气了。"

林母抬起头看她："刚刚都没好好和你打招呼，回来了还习惯吗？听妙妙说你回来有一段时间了。"

戚禾笑着了下："还好，和以前没什么差别。"

林母闻言，当然知道是安慰的话。

戚家发生这么多事，戚峥去世，公司又破产，怎么会和以前没差别。

林母看着眼前的戚禾，拍了拍她的手："你家里也没什么大人了，我看你大伯前些日子一直在应酬，应该挺忙的，有什么需要，来找阿姨。"

听她提到戚荣，戚禾微不可见地扯唇点头："好，会的。"

简单的对话后，几人道别走过长廊。

VIP病房区基本上没什么人来，宋晓安走到大厅内想着刚刚见到的林妙，不免叹了口气。

戚禾转头看她："怎么了？"

"也没什么。"宋晓安轻声道，"就是觉得林家逼得太过分了。"

闻言，戚禾抬起眸："过分吗？"

"过分啊。"宋晓安皱了下眉，"你看林妙明显就是不愿意，这不就是强买强卖吗？"

"而且林家不是对她挺宠的吗，怎么会同意做这事？"

戚禾笑了下："怎么不会同意？"

宋晓安一愣："什么意思？"

"给你打个比方，如果林家和戚家一样面临破产，但只要靠嫁个女儿就可以挽救，你说，"戚禾话语稍顿，抬眸看她，"卖不卖？"

宋晓安看着她的表情，意识到她的话后，脑子顿了下："你家……"

戚禾想了下，接话道："我家当时好像比林家更惨点。"

宋晓安有些不敢想，声音有些慢："别跟我说你也被提过去联姻。"

"嗯，戚荣给我介绍过。"戚禾轻描淡写道，"老的小的都有。"

宋晓安表情震惊了："戚荣？这不是你大伯吗？你爸怎么会同意介绍？他舍得？"

闻言，戚禾轻抬眉："他当然不舍得。"

宋晓安说："那怎么……"

"不是俗话说，"戚禾停了几秒，扯起唇角，"有舍才有得。"

所以她是被舍去的那一个。即便戚峥有多舍不得，即便他的父爱有多深情，但还是逃不过现实。只是她没想到，舍弃的这个手段，这么不堪。

宋晓安愣了好几秒："可你是你爸唯一的女儿，你这……"话还没说完，她想起了刚刚见过的林妙，明白到什么后，话音稍停。

唯一的女儿。

突然有些讽刺。

看着她的表情，戚禾嘴角轻笑："行了，说这事不是让你胡思乱想的，而且也没有那么复杂，你看我现在不是没嫁人？"

宋晓安沉默了几秒，点头应道："对，你现在好好的。"

宋晓安学着她笑了下，语气自然道："你看看还找到了男朋友呢，追到了许嘉礼，这不是让你得偿所愿了吗？"

闻言，戚禾稍稍一顿，浅浅弯起唇角："嗯，我得偿所愿了。"

也实现了。

得到他。

这个话题自然带过。宋晓安没再提这事，见时间还早，问她要不要去哪儿坐坐。

戚禾算着时间觉得许嘉礼应该还在工作室，点了下头："都可以。"

医院在市中心，两人走出医院后随意在街上逛着。只不过半路上，何况这位准未婚夫开始行使自己的权利，给宋晓安打了电话。

可能猜到他想干什么，宋晓安直接掐断了电话，不理他。

戚禾瞧见她的动作，眉梢轻扬："怎么？吵架了？"

"没有。"宋晓安无所谓道，"就是他最近太黏人了，我懒得理他。"

戚禾挑眉："还没结婚就嫌人家烦了？"

"我也觉得这不对。"宋晓安皱了下眉，"你说我不会得了婚前恐惧症吧？"说着话，她又挂了何况打来的电话。

戚禾一边听着她的话，一边看着她利落的动作，轻笑一声，正想开口说话，先被电话铃声打断。

但这回是她的。戚禾稍疑，伸手摸出手机看了眼屏幕，突然噎了下，拿起给宋晓安看，无语又好笑道："你接不接？"

宋晓安垂下眸，就见"何况"两个大字显示着。

没等她回话，戚禾随手就按了接听键，外放出来："喂？"

何况开口就问："我老婆呢？"

当着别人的面被他这么一叫，宋晓安脸一红："谁是你老婆呢，别乱叫。"

何况没在意："你为什么不接我电话？"

宋晓安反问："你一直给我打电话干什么？"

何况"啧"了一声："你婆婆说要我带你回家吃饭。"

戚禾挑了下眉，倒没想到是这理由。

而宋晓安也是一惊："今天晚上？"

何况："不然呢？"

"那你怎么不早说！"

"你自己不接我电话。"

宋晓安想骂他，但先看了眼时间："那你快点来接我。"

两人隔着戚禾的手机，说完话后，戚禾挂断电话，朝人挑了下眉："所以这是要抛弃我了？"

两人刚刚还说好一起吃晚饭的。

宋晓安咳了一声："下次下次，我请你吃好吃的。"

戚禾笑了下，也不为难他，陪着她找了家咖啡店坐下等何况过来接人。

"我走了你怎么办？"宋晓安帮她点了杯冰美式，"要不要顺便送你回家，或者等许弟弟来接你？"

戚禾看了眼时间，快五点了。

"不用，等会儿我去找他。"

"也行。"

宋晓安继续和她有一搭没一搭地聊着，而何况来得很快，十分钟不到就在咖啡厅外。

戚禾送走人，继续坐里面耗时间刷着手机玩，而旁边有个小孩儿在跑，经过她时不小心撞到桌子，咖啡杯瞬时磕碰一歪，咖啡倾倒在桌面，一圈圈扩散开。

戚禾连忙拿过纸巾盖在上头吸拭，杯子碰撞的声音有点大。

小孩子的家长循声看来，注意到不对劲后，连忙走来道歉："对不起对不起，小轩快给姐姐道歉！"

小孩子也意识到自己闯祸了，有些害怕地看着她："对不起姐姐。"

戚禾笑了笑："没事，下次小心点不要乱跑了。"

服务生也走来询问她："小姐，您有没有事？"

戚禾摇头，不过倒是注意自己的衣服被刚刚咖啡溅起弄脏了一小块。

她无奈只能起身去洗手间，整理一下。

戚禾走到洗手台前，打开水龙头，用手指沾了点水擦了擦那块咖啡渍，发现没什么变化，她只能放弃了。

她顺便洗了个手，而衣兜内的手机响了一声。

以为是刚走的宋晓安找她有事，戚禾随手拿过接起。

下一秒，程静的声音从里头传来："你居然敢接我的电话。"

戚禾一顿，许久没接程静的电话，倒是有点大意了。

戚禾随意问："我有什么不敢接的？"

程静冷笑一声："你还真不怕我来找你要命？"

"你要不怕被警察抓走坐牢，我当然无所谓。"戚禾还真好奇地问，"不过你这么坚持不懈地想我死，不累吗？"

"你死了，我才甘心。"

"是吗？"戚禾语气散漫，"那你可能要继续不甘心下去了。"

"戚禾！"程静大声骂她，"你怎么能这么理直气壮地跟我说话？"

戚禾也问："我为什么不能？"

"是，你能。"程静突然笑了一声，"那你的小男友能吗？"

闻言，戚禾抬起眸："什么意思？"

"怎么？"程静笑着，"你那小男友没告诉你，我给他打电话了？"

程静咬着字词撒谎道："我告诉了他那天晚上的事！"

闻言，戚禾扯了唇："你除了精神病，还得了妄想症？"

"你和我有什么差别？"程静骂道，"就算我骗你男朋友，但你也和我一样！"

"你撒谎的能力还真的没有变强，一直说这么多有的没的，你觉得我会信？"戚禾声音异常平静，"你还不如说说你想干什么？"

"不是说了。"程静声音轻缓，"我想你死啊。"

戚禾语气淡淡："你想我死，那关我男朋友什么事？"

"就凭他是你男朋友！"程静声音变得尖锐，渐渐带起了哭腔，"你凭什么可以谈恋爱，凭什么能大大方方地活着，明明是你把我变成这样的！明明是你！"

"你说是我把你变成这样的人？"戚禾笑了下，温和应了声，"是，那天是我把你拉进了房间。"

"但之后，我问你，"戚禾说，"是我逼你了？"

似是突然被点出了所有的一切，程静顿时愣住，随后尖叫："你胡说！胡说！"

戚禾从始至终都没有辩解过什么，也知道这些话残酷又可怕，不论是谁都不会接受，可她现在完全不想去照顾程静的感受，这些从以前就应当说出来。她抿了下唇，淡淡开口："程静，自欺欺人有意思吗？"

"那天晚上我向你求救。"戚禾问，"而你对我做了什么？"

年年月月，所有一切都朝她宣泄、积压。

她无声地逃离，无声地承受着。

"你骚扰我可以，我认。"戚禾用力地抿了下唇，闭上眼，"但你不该给许嘉礼打电话。"

这是她好不容易才有的喘息机会。

怎么能再次把他剥夺走。

"程静，我奉劝你一句。"戚禾说，"不要再给许嘉礼打电话，如果不想再进一次警局。"

程静："你以为你男朋友真的会愿意和你在一起！戚荣不会放过你这棵摇钱树的。"

"关我什么事。"戚禾笑了声，"哦对了，硬要说的话，也是他害你变成了这样。"

提到这儿，程静情绪瞬时高涨，声嘶力竭喊着："你们戚家所有人都会得报应的，都应该像你爸一样去死！"

"报应？程静，我从来没有和你算过，上次你也说了一报还一报，那我爸供你们吃供你们穿，把你和程砚养到现在，你要拿什么还？"

"还有我爸的这条命，他被你害死，"戚禾声音温和，而字词却薄凉，"你是不是也应该去死一次，赔给我？"

程静下意识尖叫着："是你爸对不起我，他自己撞死的，关我什么事！"

她声嘶力竭地哭着："是你们害我变成这样，有什么资格要我还！"

"我凭什么没资格，从始至终我都没逼你。"戚禾觉得荒唐可笑，扯了唇角，凉声道，"是你自己愿意，怪得了谁？"

话语落下，她挂断电话，忍着心底强烈的作呕感，迅速把电话拉黑。

洗手池内的水还开着。

戚禾伸手右转开到最大，水声瞬时变大，似是在压制着她心底所有的肆虐暴戾，以及刚才的所有对话景都随着这水冲洗过，不再复还。

戚禾低垂着头，闭眼安静好一会儿，平稳好情绪后，她轻呼一口浊气，把水关掉。

重新看了眼时间，五点半。

许嘉礼可能还在上班。可戚禾丝毫没有想留在这儿的想法，她想去找他，看到他。就算离他近点也好。这个冲动迫使她有些急躁，戚禾不顾手上的水珠，随意抽了张纸擦过，捏着纸团转身往外走。

许嘉礼的工作室离咖啡厅不远，戚禾沿路往下快步走着，提前给他发信息。戚禾：我等会儿到你工作室楼下。

那边可能在忙。戚禾快走到华尚写字楼的时候，才收到他的回复。

许嘉礼：接我回家？

戚禾稍顿了顿，稳着情绪道：是啊，今天换我来接你。

打完字，戚禾往前走了几步，正想发信息示意他自己到了。

手机先忽然一振——

许嘉礼：回头。

戚禾看到这条一愣，身体下意识转过。

下一刻，许嘉礼的身影落入了视野内，他不知道何时出现，站在了她身后，此时他的身子微微俯下，面对着她。

两人就差一步之远。

而随着她的回头，距离瞬时缩短拉近。

等她回神后，许嘉礼前倾凑近亲了下她的嘴，清冷的沉香迎面扑来。

莫名被偷亲，戚禾抬了下眉："干什么？"

许嘉礼盯着她，慢条斯理道："恭喜姐姐。"

戚禾："嗯？"

许嘉礼抬手指腹轻轻抚了下她唇角，轻笑一声："找到我了。"

声音轻轻飘来，戚禾看着他的眼眸，鼻尖莫名一酸，转身伸手抱住他的腰，低头靠在他的怀里。

许嘉礼抬手回抱住她，弯起嘴角："这么想见我？"

"嗯。"戚禾声音有些沉闷，低低道，"很想。"

刚刚面对程静的负面情绪仿佛就要把她压倒，让她窒息。

"怎么？"许嘉礼感受到她的情绪，掌心轻抚着她的脑袋，猜测一句，"医院情况不好？"

戚禾垂下眸，轻"嗯"了声："不是很好。"

许嘉礼低声问："那我来安慰姐姐？"

闻言，戚禾觉得好笑，沉闷的情绪稍稍缓和，抬头看他，语气含质问道："听你这语气是不想安慰我？"

许嘉礼平静地"嗯"了声："还好。"

"什么还好呢。"戚禾扫了她一眼，"我看你就是不想安慰我。"

收到她的眼神，许嘉礼笑了一声，凑过去又亲了下她的嘴角。

"做什么？"戚禾抬眸看他，挑了下眉，"刚刚不是亲过了？"

"刚刚那是奖励。"许嘉礼弯着腰和她对视，"现在这是安慰。"

戚禾闻言稍稍愣了下，回神轻笑着："你在亡羊补牢吗？"

"嗯？"许嘉礼语调稍抬，"不行吗？"

看他这样，戚禾没忍住掐了下他的腰："你这安慰一点都不走心。"

她掐的力度不大，只是腰间被她轻捏了下，有些痒而已。

许嘉礼见她情绪稍缓，牵过她的手，学以致用地也捏着她的指腹。

戚禾任由他动作，看了眼时间："刚刚怎么先下来等我了？"

"下班了，正好想给你打电话，你先发了消息。"许嘉礼牵着她往写字楼旁的停车位走，随意问，"怎么没给我打电话让我去接你？"

戚禾说："刚刚在附近的咖啡厅，所以就想来找你，反正不远。"

许嘉礼看她："一个人？"

"不是，和安安一起的，但她有事先被何况接走了。"戚禾走到他车旁，先开门坐了进去，单手系上安全带。

许嘉礼发动车子往车道上行驶，淡淡问："晚上想吃什么？"

戚禾想了下："糖醋排骨。"

闻言，许嘉礼问："回阳城？"

糖醋排骨，自然是林韵兰烧得好吃。

戚禾摇头，指定道："我吃你烧的。"

许嘉礼抬了下眉："我比奶奶烧得好吃？"

戚禾诚实道："没有。"

许嘉礼侧头盯着她的脸，戚禾笑了声，抬了抬下巴先示意他："开车看前面。"

许嘉礼收回视线，没说话。

"你的也好吃。"戚禾理智给他分析，"但现在都快到吃饭时间了，临时让奶奶做也麻烦，你说是不是？"

许嘉礼没理她。

"奶奶烧的确实好吃。"戚禾凑过去哄道，"但我可没说你烧的不好吃，我当然也喜欢你烧的了。"

闻言，许嘉礼终于有了反应，扫了她一眼，慢悠悠道："姐姐知道你这是在做什么吗？"

戚禾挑眉："夸你？"

许嘉礼扯唇，吐出四个字："亡羊补牢。"

车子开进嘉盛花苑地下车库内，许嘉礼停好车后，随手帮戚禾解开安全带。戚禾看着他的动作，笑了一声，趁机凑过去亲了他一下："给我做糖醋排骨吗？"

"嗯？"许嘉礼身子半弯着，抬眸看她，"贿赂我？"

戚禾点头："也可以这么理解。"

"是吗？"许嘉礼扬了下眉，语调有些吊儿郎当，"那怎么这么没有诚意？"

戚禾看着他这副模样，立即笑出了声："许弟弟，没想到你是这样的人啊，以前怎么没看出来？"

"那可能，"许嘉礼语气闲散道，"姐姐看走眼了？"

闻言，戚禾弯着嘴角，把他推开："赶紧下车。"

许嘉礼笑了下，下车关好门。

两人走进电梯内，按键上行，中途的时候进来其他住户，刚好是前几次见过的阿姨们。她们瞧见许嘉礼时倒没什么意外，但等看到他旁边的戚禾后，小眼神变得有些明显。

戚禾来嘉盛的次数虽然不算多，但总有人瞧见她，而这小区内都是些老人住在这儿，那妇女八卦的身影哪会少，自然就一传十十传百的。

面对着她们的视线，戚禾大方地朝人点头微笑。

阿姨们自然也笑了起来，直接问："你是小许女朋友吧？"

戚禾对着她们的眼神，笑着应了声："是，阿姨们好。"

"哎，好好。"阿姨看了眼许嘉礼，"小许也真是，这么漂亮的女朋友还藏着掖着哟。"

"嗯。"许嘉礼顺着话说，"因为太漂亮了。"

戚禾镇定地用指尖戳了下他的手心，示意他别说话，许嘉礼反手先收紧了她的手。阿姨们扫见两人的小动作，立即笑出声："是是是，确实是漂亮，不过这么护着人啊，阿姨们又不会对人家怎么样。"

许嘉礼面色淡淡定道："她比较害羞，怕吓到她。"

自己都不知道自己害羞的戚禾还没来及说话，阿姨们"哎哟"了几声："姑娘放心吧，小许性子虽然淡了点，但看着挺照顾人的。"

说完后，旁边的另一位还补了句："是啊，他这块金砖可受人欢迎得很呢，你可要抱紧他，别放手了啊。"

闻言，戚禾挑了下眉，还没开口说什么，电梯刚好到达，阿姨们看了眼和两人打着招呼出去。

电梯门重新合上，里头只剩两人。

戚禾侧头瞥了身旁人一眼，慢悠悠问："金砖？"

这个词可只能联想到一句名言——女大三抱金砖。

被她抓住重点，许嘉礼似是没觉得有什么问题，随意问："不是吗？"

戚禾眯眼："她们怎么知道我比你大三岁？"

对着她的眼神，许嘉礼眨了下眼，从善如流地开口说："我也不知道。"

戚禾能信才怪："骗谁呢？"

许嘉礼笑了声，声调稍拖："骗你啊。"

戚禾想打他，电梯应声打开，许嘉礼牵着她往外走，开门进屋。

许嘉礼把拖鞋放在她身前，勾唇解释道："没想骗你，这不是被你发现了？"

戚禾"喊"了声，撑着他的肩膀换上拖鞋，随意问："你什么时候和她们说的我？"

许嘉礼帮她把鞋子摆好："在一起之前。"

闻言，戚禾就想起了第一次来他家第二天也被这群阿姨看到的事，当时明显就是误会了他们的关系。

戚禾看着他，扬了下眉："你是不是根本没有解释？"

"不是。"许嘉礼语气闲散道，"我解释了。"

戚禾扫他，不咸不淡道："解释了我比你大三岁这事吧？"

见她发现，许嘉礼笑了一下，亲着她的脸，称赞道："真聪明。"

戚禾抬起头，张嘴咬了下他的唇："你要做排骨补偿我的名声。"

她身子毫无防备地贴近来，许嘉礼的唇瓣被她轻咬过。

　　许嘉礼眼眸黯了黯，双手顺势托抱着她的身子，放在玄关柜上，身子半压着她，将她整个人圈在自己怀里，低头似是学她，咬着她的唇角，声音有些不明问："只要排骨？"

　　戚禾有些莫名："嗯？什么？"

　　许嘉礼身子往上贴，掌心扣着她的细腰轻轻往下压。两人之间的距离早已消失，他贴靠在她的身上，毫无保留。

　　隔着衣料，戚禾甚至能感受到他上升的体温、炽热的胸膛，以及萦绕在鼻息间属于他的气息，沉香微淡，近在咫尺。许嘉礼抓住她的手腕，带着她的手放在自己衣领处，似是要解扣，垂眸盯着她，眸底有些深，仿佛以身作则道："我也可以用别的补偿姐姐。"

　　许嘉礼下巴轻抬，鼻尖贴近，声音低沉沙哑："要不要？"

　　戚禾立即回神，连忙伸手挡着他的肩膀，语气有些慌乱："等等等会儿，暂时。"

　　许嘉礼："嗯？"

　　戚禾红着脸说："暂时还不要。"

　　闻言，许嘉礼挑了下眉："暂时？"

　　戚禾没管这话，对着他的眸子，脑子有些顿，胡扯了句："也没有这么严重，你用排骨补给我就好。"

　　许嘉礼似是确认："排骨就好？"

　　戚禾忍着，镇定地点点头，看了眼他的身子，胡言乱语道："用别的，你可能会吃亏。"

　　听到这话，许嘉礼似是觉得荒唐，笑了一声："什么？"

　　戚禾也不知道自己在说什么，故作淡定道："就是吃亏的意思。"

　　"嗯。"许嘉礼饶有兴致看她，散漫问，"我怎么吃亏？"

　　"你这样，"戚禾看着他的脸，舔了下唇，"会让我有负罪感。"

　　闻言，许嘉礼笑了一声："是吗？"

　　"是啊。"戚禾睁眼说瞎话道，"我怕你吃亏不好。"

　　许嘉礼也没抓着不放，身子稍稍往后退，勾唇点点头："那好吧。"

　　两人距离拉开，见他这么好说话，戚禾还愣了一下。而下一秒，就听见许嘉礼慢悠悠地又添了句："姐姐错过一次好机会。"

这人是不是故意逗她？

没等她细想，许嘉礼先把她抱下来，顺手捏了她的脸颊，弯起唇角，凑到她面前，字词轻送："胆小鬼。"

看着她的表情，许嘉礼低笑了一声，让她在客厅看一会儿电视，随后转身往厨房走准备烧饭。

戚禾暂时也不想再继续这话题，觉得自己需要冷静冷静，不管他，走到客厅沙发坐下，随意打开电视看着。而看了没多久，戚禾觉得无聊，拿出手机玩了玩，扫到电话标识时，想起了之前程静说的话。

——"戚荣不会放过你这棵摇钱树。"

连程静这个神经病都知道的事，她怎么会不知道。最近戚荣虽然没有找她，但上次在会所的见面，基本上可以猜到了他的意图。

可能之后就会来找她……

"戚禾。"

思绪被这声打断，戚禾稍稍顿了下，回神抬头往厨房方向看："嗯，怎么了？"

许嘉礼端着碗筷出来，示意道："吃饭吧。"

闻言，戚禾抬了下眉："做好了吗？"

她起身走到餐厅内，看着桌上摆着三菜一汤，其中摆在中央的自然是她想要的糖醋排骨。

许嘉礼拉开椅子让她坐下，盛了碗饭给她，随后坐在她身边。

戚禾先夹了块排骨，满意地点头称赞他的厨艺。

许嘉礼没怎么在意，舀了碗汤放在她手边："烫，等下再喝。"

戚禾点头应着，夹了点旁边清淡的炒莴笋放在他碗里："你这个病人要比我吃得多才行。"

许嘉礼看着碗里一直堆积的菜，提醒道："我吃不下。"

"那也要吃。"戚禾自我检讨道，"本来说要我陪你吃饭，感觉都是你陪我吃饭。"

许嘉礼随意问："不一样？"

"哪儿一样？"戚禾指出问题，"应该是我陪你才对。"

许嘉礼"嗯"了声，侧头看着她，意味不明道："所以有负罪感了？"

莫名被他提起，戚禾又想起刚才在玄关的事，镇定地刮了他一眼："快点吃，吃不完再说。"

收到威胁，许嘉礼自然没再多说，乖巧地夹起碗里的菜吃着。

两人简单吃完饭后，戚禾端着碗筷到厨房内，许嘉礼准备和她一起洗碗，但戚禾让他站在旁边别动，许嘉礼也不强求，站在料理台旁等她。

戚禾一边随手洗着碗，一边和他聊着："下午程静给我打电话了。"

闻言，许嘉礼抬眸看她。

戚禾把碗洗好，准备放在一旁的碗柜里，低着眼自然问："她说她前几天和你打电话了是吗？"

"嗯。"许嘉礼接过她的手里的碗，"我接了。"

戚禾不意外，关掉水龙头，淡淡道："她精神有问题，说什么话你都不用在意。"

许嘉礼看着她，不答反问："一直这样？"

戚禾身子一顿："什么？"

许嘉礼牵过她的手，用纸巾擦去她掌心的水珠，声音散漫问："她一直都这样给你打电话？"带着声嘶力竭的压迫与熟练自如的纠缠。

一直如此吗？

戚禾默了几秒，抿了下唇解释道："也不是一直，只是偶尔而已，她住在医院里，有人看着的。"

许嘉礼看着她的神情，戚禾先扯起唇角，自然地宽慰他："以后应该不会再给你打电话的，我已经和她说了。"

许嘉礼抬手抚了下她嘴角的淡笑弧度："戚禾，为什么要笑？"

戚禾神色一顿，还有些没反应过来。

许嘉礼走到她身前，声音低低："不用在意别人，没有其他人。"

他语气似是带着轻哄："这里只有我。"

所以，可以不用再掩饰自己的情绪，想笑就笑，想哭就哭。

戚禾脸上惯有的笑意退去，安静地看着他，听着他的话语时，眼眶忽然一热。许嘉礼贴在她脸侧的手上移，指腹蹭了下她发红的眼角。

"我，"戚禾喉间微哽，没忍住顿了几秒后，先抬眸看他，嗓音微哑说，"我没有哭。"

许嘉礼指尖轻轻蹭着，点头轻应着："嗯，没有哭。"

戚禾抿着唇，垂着眸整理好情绪，嘱咐道："下次她再给你打电话，你直接报警就好。"

许嘉礼随意应着，盯着她："你呢？"

戚禾声音稍顿，两秒后，抬起头轻轻道："我也会的。"

不论如何，我都不会让你承受这些的。

洗碗被这事打断，稍稍拖长了点时间。

两人没再说这个话题，戚禾洗完碗后，抬头看了眼墙上的时钟，算着时间看他："你是不是要吃药了？"

许嘉礼点头："等你洗好。"

"等我干什么？"戚禾眼神不解地问，"我有什么作用吗？"

许嘉礼点了点头："可以陪我。"

戚禾好笑道："陪你什么？难道还要我喂你？"

许嘉礼似是不嫌弃："也可以。"

戚禾笑了声："我不可以。"

说完，她从旁边拿了水杯倒过温水，朝他抬了抬下巴："去吃药。"

许嘉礼也没反抗，伸手接过水杯，转身往客厅走，戚禾跟在他后头。

许嘉礼动作熟练地走到茶几前，随手拉过下头的抽屉。

戚禾坐在他身侧，安静地看他就着温水吃完药，扫过一旁瓶瓶罐罐里的药，想起什么提了句："下次我给你买糖吃就不会那么苦了。"

许嘉礼顿了下，抬起眸看她。

"看我干什么。"戚禾眼尾扬起，"我不是说过要给你买糖吃吗？"

当时她每天看到许嘉礼吃药，熟练习以为常，眉头都不皱一下，就像是没有任何味觉。而戚禾生平最讨厌吃药，哪能不知道这些药会有什么味道，见他这样，好奇地问过他："不苦吗？"

许嘉礼只回了句："没什么感觉。"

因为已经麻木到，无法分辨是药的味道苦还是别的。

当时戚禾听到后，看了他几秒，抬手揉了下他的脑袋，带着浅笑道："没事，下次姐姐给你买糖吃，那个是甜的。"

戚禾以为自己忘了以前的事，但现在发现她好像一直记着，只是从来没有去主动回忆过。她问："以前给你买的那些你都吃过？"

她那时去超市搜刮了一圈，把各色各样的糖都买给了他。

许嘉礼眸光微敛："没有。"

"吃了也有问题。"戚禾声音慢悠悠，"那么多吃了都要长蛀牙了。"

许嘉礼"嗯"了声。他也不舍得吃。

"你有什么想吃的糖吗？"戚禾勾了下他的手指，语调带着霸气，"明天姐姐去买给你。"

许嘉礼反勾住她的手，顺势牵过她的掌心："要明天吗？"

"嗯？"戚禾看着他，"怎么了？"

许嘉礼摩挲着她的手背，低眼，慢条斯理问："现在不行吗？"

戚禾扬了下眉："现在我又没糖，怎么给你？"

许嘉礼没说话，只是伸手揽过她的腰身，将她带到自己身前，低头靠近她的脸颊，长睫半耷着，安静地与她平视着。

戚禾面对面地坐在他怀里，对着他那双浅浅的眼眸，挑了下眉："做什么？"

许嘉礼低着眼看她，戚禾和他对视着，没有说话。下一刻，戚禾鬼使神差地凑过去贴上他的唇，张嘴轻咬了下，学着他轻轻吻过。

许嘉礼眼睫轻垂，遮着眸内的情绪，安静地任由她亲着，可又像是勾引她继续探索。

随后，她稍稍退出了些，勾人的狐狸眼似染着光，盯着他，声音带了几分妩媚。

"甜吗？"

客厅气氛安静，而空气中，似是带了几分暧昧与躁动，隐隐环绕在四周，撩拨着人心。怀里的女人贴靠在他身上，犹如年少时半夜入梦中的那一抹倩影，带着她的幽兰气息，用唇齿咬着他的肩颈，指尖轻扣陷进皮肉，勾着他的魂与神经。

极度地荒唐，却又难逃。

许嘉礼眼眸深黯，似是藏着什么情绪，嗓音低沉："姐姐做什么？"

戚禾脸有些烫，声音也有点哑："给你颗糖。"

许嘉礼浅色的眸早已被染暗，他盯着她，单手扣着她的腰身，带着明显的意图，嗓音散漫，带着轻哄蛊惑："再给一颗。"

戚禾对着他的眸子，心底早已没了坚定，轻轻抬起手勾住他的脖子，下巴轻抬，贴吻上咬住他的唇瓣。

下一刻，许嘉礼不再压抑，顺着心底的欲念，托起她的脸立即回吻，力道加重，带了点恶劣粗鲁。掩藏在心底的阴暗，总是在触碰她时冒出，掩饰不住地想要将她占有。

令人心跳加速。

男人的口腔里还带着药味，生涩发苦。许嘉礼似是低笑了声，松开她。

戚禾呼吸稍乱，嗓音哑着："干吗咬我？"

许嘉礼的眼眸折着光，唇瓣带着红艳，不复苍白，添了点血色，倒显得有些诱惑。戚禾看着他这副模样，稍稍被蛊惑住，重新覆上他的唇，轻扯咬过他的唇角。

渐渐往下。

一瞬间。

许嘉礼垂眸，戚禾睁开眼。

两人目光对上。

许嘉礼眼眸幽深一片，长睫轻轻半耷着，半遮半掩着他的意图与欲求。戚禾看着他的眉眼，意识还有些慢，没怎么反应过来，许嘉礼先抱着她往自己怀里搂，似是想把她融进自己身体内。

戚禾对着他直勾勾的眼神，觉得有点口干舌燥，抿了下唇，感到嘴里的苦意，想起什么捏了下他的脸："都怪你，以后吃完药别亲我。"

"嗯？"许嘉礼眸底的欲色还在，声音带了几分玩味道，"不是姐姐先给我糖吃的？"

戚禾只作未听见，拍了他的肩膀："放我下来，我要喝水。"

闻言，许嘉礼单手抱着她，将刚刚喝药还剩下一半的水端起递给她。

戚禾喝了一口，冲淡嘴里的苦味，把杯子递给他嘴边，许嘉礼就着她的手随意喝了点。

戚禾拿下水杯，催着他："很晚了，你该去睡觉了。"话语落下，见他抬起眸看来，戚禾意识到现在这样配上这话不是一般地凑巧。

果然下一秒，许嘉礼的掌心扣着她的腰，轻轻将她往下摁，紧贴着什么，他垂眸盯着她，意味深长道："一起？"

戚禾头皮一麻，还没说什么，许嘉礼就抱着她起身往后边的卧室走。

他猝不及防来这么一出，戚禾连忙勾住他的脖子，控制好平衡，见他还真想带她去睡觉，开口刚想挣扎一下。

许嘉礼就先打开了客房，走了进去，弯腰把她放在床铺上。

戚禾半坐在床边看着他，蒙了下："嗯？什么意思？"

"嗯？"许嘉礼学着她的语气，"姐姐不是说要睡觉？"

戚禾脑子抽了下，想起他刚刚的话："你不是说……"

一起？

可能猜到她的意思，许嘉礼掩过眸底的欲色，没忍住凑近咬了她的下巴："姐姐想一起？"

戚禾吃痛地拍了他的肩，许嘉礼笑了下，抬起手用指腹轻轻抚了下她的唇角，轻描淡写道："下次吧。"

"不然怕我吃亏。"

被他这么一打岔，戚禾也没心情去想程静的事，洗完澡后安安稳稳地睡了一觉。之后她在忙画室的事，也没有什么时间在意程静，不过以防万一还是问了许嘉礼有没有接到过她的电话。

许嘉礼说了没有，戚禾稍稍有些放心，觉得自己的威胁应该是有了点效果。毕竟程静这人翻不起什么大浪，只会一味地将所有的怨恨都朝她发泄而已。

戚禾对这些都无所谓，觉得程静那些话真的是十年如一，没半点新鲜感。

而她现在只想和许嘉礼好好地在一起。

不要有任何的差错。

Chapter18
公开·宣示主权

因为临近高考，高三的学生们考完艺考，抓紧补着文化课，戚禾少了一些学生，没有像前阵子那么忙。她觉得自己倒是挺舒适的，而宋晓安那边也给她找了份兼职，帮公司画设计图线稿，所以每天只要上上课，偶尔画个线稿，还算清闲。

六月底，已然进入了夏季。

外边风吹日晒得很，屋内基本上都开上了空调，但戚禾不怕热，并没有多大的感觉，倒是陈美兰天天喊着热，随时随地都捧着个扇子扇风。

其他老师瞧见她这样，都嘲笑她可以去当包租婆了。

陈美兰倒是无所谓，但没有对比就没有伤害，她转头看着身旁的戚禾一脸平静自然，仿佛丝毫没有感受到热度。

"陈老师。"戚禾转头看她，扬了下眉，"我有男朋友的。"

陈美兰无语了两秒："现在谁不知道你有男朋友？"

基本上画室的学生们都知道戚禾和许嘉礼这对情侣，毕竟俊男美女的，不可能没人关注。而有些年轻的学生都在学校贴吧论坛里，建起了关于他们的帖子。

戚禾一开始不知道这事，后来还是陈美兰拿着手机给她看了才知道自己出名了。当时她看着这些帖子，有种回到大学的错觉，当年她的院花名声也是这样被吹捧起来的。

"还是要提醒您一下。"戚禾语调稍抬，"怕您忘了。"

陈美兰"啧"了声："我记性很好，你们这对情侣哪还用得着提醒呢。"

戚禾眉梢单挑："那你一直看我干什么？"

"我看你都不热啊。"陈美兰扫了眼她身上的衣服，"居然还套着外套。"

"那是因为有空调。"戚禾抬眉，"而且我天生怕冷，你没看到我之前穿得有多厚吗？"

闻言，陈美兰想到了冬天她裹着好几层的衣服，笑了声："我们这儿可能就你和小许怕冷了。"

"许嘉礼？"戚禾弯了下唇，"你怎么知道他怕冷？"

"还用得着想吗？"陈美兰语气慢悠悠道，"就他那身子骨那么虚，肯定怕冷的。"

戚禾被逗笑："他也没有很怕冷，我可比他怕多了。"

"你也不用说了。"陈美兰看着她，"你冬天都快裹成熊了。"

"噢，对了。"陈美兰想起来，"你下午跟我去趟阳城大学？"

"下午？"戚禾问了句，"怎么了？"

"钱茂他有事让我帮他去交接一下课程。"陈美兰朝她抬了眉，"你没事的话可以和我一起去看看你的母校。"

戚禾笑了声："下次吧，我下午有点事。"

"有事？"陈美兰稍稍疑惑，"小许下午不是在工作室那边？"

见她误会了，戚禾觉得好笑："哪里天天和他去约会的，我就不能有点私人空间了？"

闻言，陈美兰明白地点了点头："懂了懂了，享受单人世界是吧。"

戚禾笑了笑，也没承认，随便她怎么想。

下午戚禾就只有一节课，她下课后回到办公室，整理好东西后先和其他老师打招呼下班了。

走出附中后，戚禾随手叫了一辆滴滴，等了一会儿才坐上车。

司机确认她的尾号后，自然地问了句："是去临安墓园吗？"

戚禾坐在后座内，系上安全带应着："对，去墓园。"

闻言，司机便发动车子，往郊外方向行驶。墓园一般依山而建，四周也很少有人居住，显得有些寂静也透着凄冷。

戚禾下了车，到一旁的登记处登记好姓名后，按着记忆往墓园内走。

戚峥去世才刚过一年，戚禾虽然就来过一次，但也记得在哪儿。而且戚峥的墓地是他自己在世时就已经选好的，就在戚母旁边，想着去世后能继续陪她，是个痴情的男人。不过谁也没想到，他这么早就下去陪了。

戚禾绕过一排排的阶梯，走到一座墓碑前，垂眸看了眼上头的照片。

男人和戚禾只有几分像，比她那张过于凌厉艳丽的脸，柔和许多，嘴角轻轻含着笑，显得温柔和煦。这张曾经在财经报纸以及各大头条上出现过的脸，现在倒是有些凄凉。

戚禾看了几眼，扫过了墓碑前摆放着鲜花，扯了下唇："看来不差我，也是有人来看你的。"

鲜花上还带着水珠，明显是刚有人来看过。

戚禾不难猜是谁来了，除了程砚这个孝子应该也没其他人了。

"他倒是比我这个亲生女儿还要孝顺。"戚禾弯腰伸手从花篮里抽一朵花，放在墓碑前，"我没买花，只能借你儿子的送你一朵了。"说完后，她又拿了一朵，起身走到隔壁戚母的墓前，见同样也摆了一束花。

戚禾没怎么在意，弯腰把花放在前面，抬起手擦了擦戚母的照片，看着里头的人，轻声道："希望我爸下去能见到您，毕竟他最爱的是您。"

说完后，她站起身，重新走到戚峥墓前，垂眸和照片里的他对视着。

半晌后，她用力地抿了下唇，哑声说："以后我应该不会来了，这是最后一面。"

"没有再见。"

话语落下，四周安静，根本无人回答。

戚禾垂下眸，压下喉间的哽意，掩过眸内的情绪，转身离开。

陵园旁有便利商店，戚禾走去买了瓶水，在等待结账的时候，就见外边忽然下起了雨。

夏日里雨势来得突然，看着也有些大。

收银员阿姨转头看了眼："这雨下得倒是刚好，最近这么热，能降降温。"说完后，她才发现戚禾没带雨伞，宽慰她一句，"这雨应该下不久，你可以坐在这儿等等。"

戚禾点头道了声谢，付完钱后坐在一旁椅子内，隔着窗看外头的雨景。雨声淅淅沥沥沥的，硕大的雨滴砸在地面上，袭来了丝丝凉意，似是空气中的燥热散去。

戚禾盯着看了一会儿，听着耳边嘈杂又显得异常清晰的雨声。

恍惚间，她想起了戚峥下葬那天，也下了一场大雨。那天很冷，还下着雨，仿佛重新回了寒冬腊月一般。可明明是盛夏时节，却冷得刺骨。

"戚小姐？"

戚禾眼眸一颤，收回思绪，循声抬起头看去，就见便利店前刚巧有人推开门进来，看到一旁的她表情有些诧异。

戚禾不意外看到程砚，随意点了下头，扫了眼他被雨淋湿的衣服："先进来吧。"

程砚回神应了声，走进来站在门旁，先拍了拍身上的雨水，在地毯前把鞋底踩干，似是不想弄湿店内的地面。

戚禾没管他，拧开瓶盖喝了口水，而没几秒就看到他走了过来。

程砚站在她身旁，先开口："来看戚叔吗？"

戚禾扯唇笑了下："我妈的忌日不是今天，我除了他还能看谁？"

程砚噎了下，也意识到自己有点明知故问，不过看她一个人在这儿，想到什么出声问了句："他没有来吗？"

戚禾稍疑："谁？"

程砚看着她，开口说："许嘉礼。"

戚禾似是觉得好笑："许嘉礼为什么要来这儿？"

"之前不是……"程砚可能意识到什么，话音稍顿了下，自然改口，"我以为他会陪你来。"

戚禾以为他想说两人在一起的事，笑了声："他是我男朋友，但没有来这儿的必要。"说完后，戚禾侧眸看他，"你应该也没有理由来这儿，和戚峥非亲非故的。"

程砚稍稍一顿，轻声道："如果你不想我来，那我以后……"

"不用。"戚禾打断他，"你想来就来，这事和我没什么关系。"

程砚看着她的神色，点了点头："好。"

两人安静下来，戚禾转头看着前边的雨景，没说话。程砚看了她一眼，随后轻轻拉开一旁的椅子坐下，开口："你还好吗？"

戚禾眼也没抬："你觉得我来这儿是为了哀悼戚峥？"

"戚禾。"程砚难得叫了她的名字，解释道，"其实你出国后戚叔叔一直很担心你。"

"怎么？"戚禾语气不咸不淡，"他昨晚托梦告诉你了？"

程砚张嘴想说什么，戚禾先开口说："程静给许嘉礼打电话了你知道吗？"

程砚一愣，确实没想到这事："什么时候？"

"不知道。"戚禾转头看他，"但你觉得她会说什么好话？"

程砚自然能想到这个场面，垂眸道歉："对不起。"

戚禾看着他这样，笑了声："程砚，怎么都是你说对不起？"

"我从来没有怪你的意思，因为这事本来就和你没关系。"戚禾看了眼时间，"但如果你想帮我……"她抬眸看他，语气认真似是警告，"那就回去劝劝程静，不要再骚扰我身边的人。"

话语落下，程砚身子稍顿。

戚禾没再多说什么，拿起水瓶起身："你坐着吧，我先走了。"

外头的雨还在下，细雨绵绵，不似刚刚的倾盆大雨，已经有渐停的趋势。程砚坐在原地没有动，看着她开门走出便利店。女人随意低着头，发丝顺着动作轻轻落下，半遮过了她艳丽的面容，她似是不在意，径自走进朦胧雨景中，身影窈窕纤细，亭亭玉立。一如当初那般，夺目迷人。

在见到戚禾前，程砚就听到戚峥提过他有个女儿，漂亮又聪明，就是脾气大了点。当时程砚并不在意，只以为是个普通的骄纵大小姐，可后来在戚家第一眼看到她，忽然明白过来了戚峥说的漂亮是什么意思。

那是让他不自觉总是会想起的长相，浮现在脑海里，挥之不去的光彩照人。而当时她仅仅从楼下缓步走来，仅仅是随意看了他的那一眼。

都让他心动不已。

程砚有自知之明，知道自己和她没有任何希望，可他不曾想过她还是受到了不该有的伤害，失去了她的光芒。

他有了愿意守护她的念头，但发现不可能是他。

因为早在他之前，就有了更好的许嘉礼。

所以他现在只是想看她能好好的，不受任何伤害地继续惊艳所有人。

然后也能，好好的，带着所有人的祝福。

被赠予，属于她的嘉礼。

出了墓园后，戚禾叫的车也刚好到了门口，她拍了拍身上的雨水，弯腰坐了进去。前边的司机看着她的模样，拿了纸巾递给她："姑娘，别感冒了赶紧擦擦。"

戚禾接过道了谢，随意抽了几张擦着头上的雨丝，转头看了眼外头不断后退、渐渐消失的墓园。她收回视线，将纸巾捏在手心里，身子往后靠在座椅内，闭眼揉了揉太阳穴。

车内安静，又因下雨，后座内光线有些不足。

戚禾侧头看着不断拍打在车窗上的雨点，稍稍失神。去年这个时候，她也是坐在车上走在这条路上，不过怀里捧着戚峥的骨灰盒。

戚峥的葬礼是戚荣帮着操办好的，戚禾当时还在法国，是接到最后的通知才回国到墓园参加最后的仪式。葬礼办得很低调也很体面，当天来的人都是些相识的长辈亲戚，也有一些公司的职员。

戚禾把骨灰盒下葬后，站在墓地前，受着来往人的哀悼和慰问。她安静地低着眼，没什么表示，倒是身旁的戚荣有礼地一一点头谢过。

戚禾垂眸，在视野内看着来往人的衣服和鞋子。

葬礼进行到一半时，原本阳光明媚的天气下起了雨，一颗颗雨珠砸在身上，带了点力道，倒是硬生生地砸出了几分痛意。

这雨来得突然，其他人都有些猝不及防，戚荣示意她到一旁等着，他先去买伞。戚禾点了下头，但也懒得走，索性就站在原地。

四周的人来来往往，有些没带伞的自然去买了，程砚当时也在，看着似是想嘱咐让她去避避雨，他去买伞之类的话。但戚禾没怎么在意，也没心情理他，只觉得眼睛被雨砸得有些睁不开，她闭上了眼。

而没等一会儿，恍惚间，戚禾感到有人接近走来，视野突然一暗，肩上落下了一件带着温热的西装外套，为她退去了寒意身上的雨滴也消失了，似是被什么东西遮挡住了，砸落的声音有些闷。

她稍稍抬起眸，余光内看到自己身旁站着一个人，看到他穿着西装裤，简单的皮鞋。应该是带了伞的人怕她淋湿，帮她撑着。

戚禾没有抬头，只是莫名地因为这个举动，想起了曾经有个少年也在这个时候，如天降般替她挡去了风雨，领着她回了家。

她稍稍侧头看着墓碑上戚峥微笑的照片，鼻尖骤然一酸。

那一刻，她意识她曾经的父亲，曾经对她万般好的人，最终以这种方式离开了她。而这个世界上，真的只剩下她一个人了。

她觉得，所有的悲哀和不幸将她淹没过。

戚禾立即低下头，鼻息间都是他外套上浅浅的沉香气息。

一瞬间，可能是因为有了雨伞的遮蔽，也可能记起了那个少年，那强忍着的眼泪再也克制不住，落下了。

一颗又一颗的，晶莹透亮的似是随着雨滴，重重地砸在了地面上。

极为狼狈，又极为不堪。可身旁的男人没有说任何话，只是撑着伞站在她身旁，安静无声的，却又像是在说不用怕，我陪着你。

墓前的其他人早已散去，只留下他们两人。

他撑着伞，护着身旁的她。

不知过了多久，戚禾听到四周人回来的声音，勉强收住眼泪将情绪压下，忍了忍眼眶的热意，不大想让人看到自己这副样子，垂下眼，声音沙哑地朝他真诚地道了句："谢谢。"

男人沉默了一会儿，随后开口问："是不是又要走？"他的嗓音很哑，似是在压着情绪。她出国的事，基本上公司的人都知道。

戚禾当时没怎么在意，只是感谢这位陌生人的关心，停了几秒后，抿起唇，如实告诉他："不会，我会回来的。"

话语落下，程砚就从后边过来，瞧见她身边多了一人，还未开口说什么，男人先把雨伞递给戚禾，随后转身离开。

戚禾站在原地，手里拿着染上他温度的伞柄，稍稍愣了下。

程砚注意到戚禾身上的外套，蹙眉担心问："可能会感冒，要不要去换一件衣服？"

戚禾似是没听见一般，有些失神地看着手里的雨伞。下一秒，她鬼使神差地，抬起头隔着来往的人群，远远望着那道离去的背影。

男人背影消瘦又高挑，少了那件外套，穿着简单的衬衫，带着几分熟悉的错觉。像是记忆中的那个少年，却又不同，这个男人带着少年没有的成熟冷峻。

恍惚间，戚禾在心底忽然升起了一个念头。

可不敢去想。前方来往的人群交换更迭着，淹没了那道身影，仿佛就像他从来没有出现过一般。

戚禾转过头，感受到自己肩上的外套，似是还残留着它主人的温度与气息。她垂下眼，无声收紧手里的雨伞。她不知道时光会让那个少年变成什么样，但应该比任何人都要优秀。所以不可能来这里。他应该早已忘了她，然后沿着光耀，永远不要回头。

衣兜内手机一振一振地作响。

戚禾被拉回思绪，皱了下眉摸出手机，半眯眼看清屏幕后接起："喂？"

宋晓安轻声问："你看完你爸了吗？"

"出来了。"戚禾揉了揉眼角，转头看了眼车窗外的景色，"快到市区了。"

宋晓安稍稍担心问："没事吧？"

"能有什么事？"戚禾似是不在意，语气漫不经心道，"人都死了，我难道还要哭哭啼啼的？"

闻言，宋晓安"啧"了一声："你好好说话。"

戚禾笑了声："你打电话就是来关心我这个？"

"不然？"宋晓安骂她，"我来关心你还不乐意了？"

戚禾沉吟一声："一般般吧。"

宋晓安直接道："挂了。"

"好好。"戚禾轻笑着，"快放假了，过几天我请你吃饭。"

"得了吧。"宋晓安说，"你这个马后炮。"

宋晓安想起什么："不过过几天我可能还要请你吃饭呢。"

戚禾："怎么？"

宋晓安："陪我去试试婚纱。"

"行啊。"戚禾抬了下眉，"那宋小姐给我结个陪同费就好。"

宋晓安骂了她一句，咬牙道："行，给你。"

戚禾语调稍拖："那我一定全力陪宋小姐。"

宋晓安懒得理她，两人随便又聊了几句后，前边的司机缓缓刹车，示意道："姑娘，到了。"

戚禾道了声谢，拿着包下车关门。

宋晓安听见她这边的声音："你现在要去哪儿呢？"

戚禾走上街道往前边的华尚写字楼走，随口答了句："去找许嘉礼。"

宋晓安也不意外，点头应了声："那行，不打扰你约会了。"

戚禾笑了声，随手挂断电话，而后给许嘉礼发信息示意自己到了。

过了几秒。

许嘉礼：好，我下来。

戚禾扫了眼信息，迈步走进写字楼内，看了眼里头的装潢，倒是挺有设计感，符合她对建筑设计的审美。她观赏了一圈往后边等候区走，随意找了位置坐下，玩了一会儿手机后，就听见前边电梯门打开的声音。

戚禾抬起头看去，看着许嘉礼从里头出来，弯起唇，等着他找。而许嘉礼扫视了圈大厅后，丝毫犹豫地，一下就捕捉到了沙发后边的她。

撞入了他的目光。

戚禾抬了下眉，瞧见他迈步走过来，仰头看他，慢悠悠地朝他伸手。

许嘉礼自然地牵起她，戚禾借力站起身，好奇地问："你怎么看到我在这儿的？"

电梯口离这儿有点视野盲区，一般都不会注意这边。

许嘉礼没松开她，勾了下她的小指，随意道："心灵感应。"

戚禾才不信："你是不是提前看到了？"

"没有。"许嘉礼笑了下，分析给她听，"你这么懒，肯定会找离电梯近的位置坐。"

戚禾抓住了别的重点，刚想问什么叫我懒，就收到了旁边传来的小眼神。她下意识转头看去，瞬时对上了前台女生的视线。

没料到自己被抓到，女生瞥开眼，盯着前边的电脑，假装忙碌。

见此，戚禾觉得有些好笑，嘴角弯了下。

许嘉礼牵着她走进电梯内，抬手按了五楼，扫到她的笑意："笑什么？"

戚禾侧头看他，语气慢悠悠问："弟弟，老实告诉姐姐，这里是不是有很多女孩子偷偷喜欢你？"

许嘉礼抬眉："怎么？"

见他没有否认，戚禾眯眼戳了下他的手心："感觉我这次来可能要宣誓一下主权。"

听着她的语气，许嘉礼语气稍抬："姐姐想怎么宣？"

"嗯？"戚禾扬了下眉，"我来这儿不就算宣了？"

"是。"许嘉礼笑了下，"那姐姐好好帮我宣扬一下。"

闻言，戚禾侧眸看他："你想宣扬什么？"

"宣扬一下，"许嘉礼捏了下她的指尖，语调稍拖，"我是你的男人。"

戚禾轻笑一声，点头应着："这个确实要好好宣扬。"

话语落下，电梯到达应声打开。

戚禾往外看，瞧见外边的设计和附中的办公室没什么差别，可能钱茂懒得想什么新的装潢，直接照搬沿用了。

戚禾觉得好笑，看了一圈却没发现有人在，稍稍疑惑："怎么没人？"

"在开会。"许嘉礼牵着她往旁边的楼道走，随手打开一间办公室。

"嗯？"戚禾跟着走进去，见里头摆着他的东西，"你有单独办公室？"

许嘉礼关上门，解释道："我也算合伙人，当然有。"

戚禾明白地点头，跟他走到办公桌后，许嘉礼拉开椅子让她坐下，拿了旁边的草稿给她。因为年中，画室这边任务很多，钱茂求让她来帮个忙，戚禾没什么事就点头答应了，但很双标地只帮自己男朋友。

"改一下就好？"戚禾接过他递来的铅笔，先询问意见。

许嘉礼点头："简画。"

戚禾了然，低头整理着线条，许嘉礼坐在她身旁，看了她一会儿。

戚禾抬起头，瞧见他的视线，眼神不解："看我干什么？"

许嘉礼盯着她，问了句："心情不好？"

戚禾抬了下眼："怎么看出来的？"

许嘉礼淡淡道："猜的。"

"那你怎么每次都能猜到呢？"戚禾弯起嘴角，好奇地问。

许嘉礼伸手捏了下她的脸，还是那句话："心灵感应。"

"那就当是吧。"戚禾笑了一声，解释道，"没什么事，就是下午去了趟墓园，看看我爸而已。"

许嘉礼似是不意外，问了句："忌日？"

戚禾"嗯"了声，温和道："就去这一次，以后不去了。"

许嘉礼看了她几秒，低头与她平视，声音稍轻："以后如果想去，我陪你去。"

戚禾眼睫颤了下，伸手抱住他，埋入他的颈窝，应了下："好。"

许嘉礼揉了下她的脑袋："哭了？"

听到这话，戚禾笑出声，眉眼略微舒展开，抬头看他："我哪有那么容易哭？"

许嘉礼垂眸，捏了下她的鼻子，轻声道："怕你不哭。"

总是什么都忍着，躲在角落里。

戚禾顿了下，心底那股淡淡的不安散开，挑眉问："哪有你这样的男朋友？还想着我哭？"

许嘉礼转而捏了下她的脸，觉得没什么问题："有我这样的。"

见他还挺骄傲，戚禾侧头咬了下他的手指："被你骗了。"

"嗯？"许嘉礼感到指尖湿润，顿了下，对着她的眼睛，下滑，扫了眼她的嘴唇，随意问，"我怎么了？"

戚禾挑眉问："说好的乖巧听话弟弟呢？"

许嘉礼轻笑问："我不乖？"

见他装，戚禾给他面子闲散问："比如？"

"比如，"话音稍拖，许嘉礼低头凑近她，用指尖蹭了蹭她的下唇，带着明显的意图，"我现在想亲姐姐，可以吗？"

戚禾拒绝："不可以。"

许嘉礼眨了下眼，貌似乖巧正经问："可我想学习一下……"说着话，他下巴轻抬，似有若无地贴着她的嘴唇，语气带着谦卑的姿态说，

"求姐姐教教我。"

戚禾还没开口说什么，许嘉礼就先斩后奏，尖牙抵着轻咬了下。

戚禾回神凑近反咬一口，眯眼看他："你这叫求我教？"

"嗯？"许嘉礼也没有其他动作，只是继续亲着她一下又一下，动作挑逗，而语气却很无辜，"这样不是在求？"

戚禾觉得他真的是能屈能伸，现在哪有平时对人冷若冰霜的样子。而许嘉礼却觉得自己没什么问题，直勾勾地盯着她，随后眨了下眼，语气散漫蛊惑地问："姐姐教吗？"

戚禾见不得他这样，怕自己又被他骗走，连忙抬手推开他的脸："你还用得着我教？"

"嗯。"许嘉礼顺着她的力道往回撤，轻轻应了一声，"我不会。"

戚禾实在忍不住，打了下他搂在自己腰上的手，扫了他一眼："你怎么有脸说这话？"

许嘉礼挑眉："我会吗？"

戚禾语气慢悠悠："我看你挺会。"

虽然她没有对比参考，但总见过猪跑的，自然有点判断。

闻言，许嘉礼笑了下："是吗？"

"是啊。"戚禾想到什么上下扫视着他，声音带着怀疑，"你是不是以前偷偷背着姐姐和别人谈了恋爱呢？"

许嘉礼眉梢单挑，语气随意道："提醒一下姐姐。"

戚禾点头："你说。"

许嘉礼盯着她，伸手捏了下她的脸，语气漫不经心道："不要污蔑我。"话语落下，他慢悠悠地又补了句，"小心我告你。"

这是嫌她乱说话呢。明白他的意思，戚禾轻笑一声，但还是不怕死问他："那你真的就没谈过恋爱？"

"没有。"许嘉礼轻描淡写地说了句，"我心里想的全是你。"

猝不及防被他来这么一句表白，戚禾还真愣了下，反应过来后，嘴角没忍住弯了起来："那我可真的荣幸。"

许嘉礼看着她的笑意，也勾了下唇："那姐姐报答我吗？"

戚禾笑着点头："可以。"她稍稍收紧他的手，抬眸看着他，浅笑了声，"我以后哪儿都不去，就一直赖着你。"

只要你要我，只要你还愿意要我。

不论如何，我都会一直一直和你在一起。

闻言，许嘉礼反手牵着她，眼眸微深："不能反悔。"

"把我当什么人了呢？不信的话，"戚禾伸出小指，示意道，"和我拉个钩？"

许嘉礼垂眸看着眼前的手指，嘴角轻扯了下："姐姐哄小孩？"

"这不是怕你不信？"戚禾晃了晃手，挑眉道，"拉不拉？"

许嘉礼看她几秒没说话，伸出小指勾上她的，随后抬起眸，语气有些认真道："不许变。"

戚禾与他对视着，听着他的声音，鼻尖莫名一酸，她抿了下唇，轻笑点头："嗯，不会变。"

话语落下，她伸出拇指和他的贴合盖章，形成约定。

两人的手没有松开，紧紧贴合着。

戚禾等了一会儿后，见他还不松，先晃了下手，弯唇催他："好啦，赶紧松开，还要改画呢。"

许嘉礼拒绝："不改了。"

说得任性，戚禾好笑道："你这算不算不务正业啊？"

许嘉礼摇头："不算，在休息。"

"什么休息呢。"戚禾戳了下他的手心，搬出姐姐的样子，严肃道，"快点画画，不然等会儿学长说我来这儿把你带坏了。"

知道她好面子，许嘉礼没再说什么，松开手老老实实地跟着她一起在旁边画画。戚禾拿起笔看了眼时间："他们快开完会了吧？"

许嘉礼随意"嗯"了声："快了。"

戚禾拿着笔敲敲下巴，沉吟一声："那我是不是要出去打个招呼？"

"怎么？"许嘉礼扬起眉，"姐姐要宣示主权？"

戚禾眉梢轻挑："人都不在我怎么宣？"

"那给姐姐个机会。"许嘉礼扫了眼钟表，"我带你出去转一圈。"

"可以。"戚禾说完后想到别的，话音一转，"应该不会给你丢脸吧？"

许嘉礼："丢什么脸？"

"我比你大啊。"戚禾想了下，"他们会不会说我……"

许嘉礼接话："老牛吃嫩草？"

虽然这话没错，但戚禾看着他那副模样，有些气不过，凑过去想捏他的脸。而许嘉礼先一步轻轻往后一靠，单手揽过她往自己怀里一带。

戚禾顺着惯性，半个身子都压在他身上，下意识用双手撑着他的肩膀，距离拉近，身子与之贴合着。此时，两人姿势一高一低的，戚禾占据上风。她垂眸看着身下的人，挑了下眉："做什么？"

许嘉礼半靠在座椅内，扶着她的腰，用那双眼眸安静地看着她，浅棕色的瞳仁里印着小小的她，浅淡泛着光，似是连睫毛也染上了点。

对视了几秒，戚禾顺着心底的意图，抬起手拨了拨他的睫毛。

许嘉礼轻颤了一下眼睫，闭上眼。

面色苍白如那安静的睡美人，戚禾没忍住低下头，在他唇角亲了亲。

下一刻，后边的门唰地被人打开，还伴着一道熟悉的声音——

"学弟，我们还有个地……"

钱茂带着身后的同事推开门，抬起头看着里头的一男一女，话音顿了三秒后，他平静地点了下头："嗯，我们之后再来。"

说完，他后退一步，砰一声关上门。

…………

戚禾的名声毁了。毁在了她的不坚定，但她脸皮还算厚，当天从许嘉礼办公室出来后，一脸平静又淡定地和人打完招呼，仿佛刚刚压着许嘉礼亲的人根本不是她一样。

之后，她没让许嘉礼送，自己就回家了。

因为丢脸。

不过唯一的好处就是，她轻轻松松地宣示了自己的主权。

不费吹灰之力。

戚禾知道自己应该在他们工作室出名了，因为第二天在附中见到钱茂时，他看来的眼神不是一般地意味深长。

戚禾只当没有看见，但中午吃饭的时候把许嘉礼骂了一顿，并且确定自己近期不会再去工作室。

许嘉礼听她絮絮叨叨地说着，似是觉得好笑，点头同意："那就在家里休息。"

放暑假就有时间休息，不用起早贪黑来附中上课。

"可能不大行。"戚禾解释道，"过几天我要陪安安看婚纱。"

闻言，许嘉礼抬头看她："下周？"

"可能吧。"戚禾夹了块他递来的肉解释着，"安安只说过几天。"

"这么忙？"许嘉礼看向她，语调稍抬，"那我先向姐姐预约一下。"

闻言，戚禾挑了下眉："预约什么？"

许嘉礼："下周周五晚上归我。"

戚禾没什么意见，点头应了声："不过预约什么，我不都是陪你的吗？"

"不一定。"许嘉礼扫了她一眼，不咸不淡道，"最近总是有人捷足先登。"

戚禾当然知道他说的有人是谁了，压着嘴角的弧度，就不点名直说了。

也不怪许嘉礼抱怨，最近宋晓安找戚禾找得确实频繁，毕竟婚礼总要准备这准备那的。所以宋晓安决定不下的，都跑来咨询她的想法。但戚禾本身也有纠结症，怎么可能决定得了，直接让她去问何况。

不过选婚纱这事，宋晓安想把惊喜放在婚礼那天，不想让何况看见，所以只能找她帮忙。

周五下午。戚禾和宋晓安去确认最后的婚纱样式。

店员把前几天选好的婚纱排列摆放在一旁，宋晓安重新试穿比对几次。"真的假的，许弟弟还特地和你预约？"

对面换衣间里的宋晓安听着戚禾说许嘉礼的事，笑出了声，怀疑问："他不会恨上我了吧？"

戚禾坐在外边沙发里，看着她身上的裙纱，懒洋洋道："恨你干什么？"

宋晓安眨了下眼："我这不是占用他宝贝女朋友的时间了吗？"

戚禾拖腔带调道："那我也是他的啊。"

宋晓安受不了她这样："不是，你怎么能这么自然地说出这话呢？"

戚禾实话说："恶心你。"

宋晓安白了她一眼，随后反应过来："怎么？羡慕我结婚啊？"

"羡慕你什么？"戚禾抬眉，"羡慕你快得婚前恐惧症了？"

这人天天喊着自己要得婚前焦虑症。

宋晓安噎住,扯开话题让她记好这件婚纱的感觉。

戚禾拿起手机拍了个照,宋晓安重新去换下一件。

"哦,对了。"宋晓安想起什么,隔着布帘朝她道了句,"我上月收到了你学校那边的邮件。"

"邮件?"戚禾疑惑,"从哪个学校寄来的?"

"巴黎美院那边啊。"宋晓安说,"我一直忙都忘了这事,那边说是你一直没有取这些邮件,就干脆寄过来给你了。"

当时戚禾回国还没找到住处,所以直接填了宋晓安的地址和号码。

戚禾想了下:"什么邮件?"

"是几封信。"宋晓安拉开布帘,解释道,"我看着像是私人邮件。"

闻言,戚禾倒是想起来了这事:"我知道是什么了。"

当初在巴黎读书的时候,她租的那家房子时不时就会收到几封邮件,全都是信,但收信人不是她,而是一位叫Moon的。

戚禾当时看了地址也没寄错,想起应该是这间房子前租户的信,但她找不到人,只能继续收着。没想到学校以为是她的,又寄回来给她了。

闻言,宋晓安挑眉:"你国外朋友寄来的?"

"不是。"戚禾随口道了句,"是我那房间前租户的信,可能是寄信的人以为人还在,所以就寄过来了。"

宋晓安一愣:"不会有什么急事吧?"

戚禾摇头:"我之前打开看过,都是些简单的节日生日祝福而已。"

宋晓安:"那你还要不要?"

戚禾沉吟一声:"给我吧,总不能随便扔掉。"

"那我过几天拿给你。"宋晓安说完,转身继续试衣服,等五套全都试好后,排除了三件,就剩下两件之间选一件。

这事戚禾无法决定,还是让宋晓安自己来。

最后纠结了半天,两人才商定下来,选了一字肩的蕾丝款。

两人走出婚纱店,时间还早,宋晓安问她要不要一起吃下午茶。

戚禾见许嘉礼还没找她,点头答应了。

两人就近原则直接去了隔壁不远的盛兴会所,坐在大厅休息区点了杯咖啡,有一搭没一搭地聊着。

戚禾还在听宋晓安吐槽何况的时候，手机就收到了许嘉礼的短信。

许嘉礼：结束了没？

戚禾：结束了，来接我吗？

许嘉礼：在哪儿？

戚禾发了个定位给他，一抬头对上了宋晓安的眼神。

"看什么？"戚禾扬了下眉，"沉迷我的美貌？"

宋晓安叹了口气："算了，我懒得说你了。"

戚禾"啧"了一声："有什么话直说。"

"没什么。"宋晓安看着她，笑了下，"觉得你和许弟弟在一起好像挺不错的。"

戚禾笑："这还能不好？"

"也不是这意思。"宋晓安实话说，"就是你出国后看着不开心。"

戚禾抬起眸。

"沐沐，你实话告诉我，"宋晓安盯着她，"你是不是因为你家给你联姻的事才走的。"

戚禾嘴角轻笑："没有，只是想换个地方生活看看而已。"

宋晓安瞥见她的笑，轻声问："那许嘉礼呢？"

戚禾端着杯子的手顿了下。

宋晓安看着她的神情，继续问："你走的时候，许嘉礼知道吗？"

宋晓安并不认为单单只是回国后这么短的接触，就能让许嘉礼对戚禾有这么深的感情。她也不认为戚禾会这么容易爱上一个人，所以两人之间肯定存在着什么事情，能让许嘉礼在面馆再次初见戚禾时就带着明显的意图和极度的克制。

不敢为，却又无法止步。

戚禾沉默了几秒，应了声："他知道。"

"因为我当时见的最后一个人，是他。"

华尚写字楼内。

许嘉礼把最后的项目收尾，从办公室走出来，准备下楼去找戚禾。

电梯门打开，许嘉礼看清里头站的人时，稍稍一顿，迈步走进去。

程砚没看到面前的许嘉礼，愣了好几秒才回神。工作室楼上是家律师事务所，程砚过来只是交接文件而已，但他没想到会在这儿碰到许嘉礼。

电梯内只有两人，有些安静。

停了几秒后，程砚转头看着身旁的男人，先出声："许先生，我们之前见过。"

许嘉礼半耷着眼，微不可见地轻敛下颌，算是应下。

程砚问："是去接戚小姐？"

许嘉礼没理他，程砚也没怎么在意，自然地提了句："抱歉，之前程静给你打电话，打扰你了。"

许嘉礼稍稍有了反应，出声问："那戚禾呢？"

程砚一愣："什么？"

许嘉礼抬起眸看他，声音寡淡："戚禾就要受这些骚扰？"

程砚对着他的眸，低声道："我会看好程静的，你放心。"

许嘉礼不想多说什么，扫了眼下行倒数的数字。

电梯内又陷入了安静，屏幕内数字跳转到2时，程砚忽地出声，打破沉默道："我知道我没有身份和你说这些话。"

顿了几秒，程砚低声说："但我希望你能好好对她。"

"她这几年过得不好，当初也是因为发生了这些事，所以才会一个人出国了。"

许嘉礼似是想到什么，轻喃着："一个人出国。"

"她在国外不好受，而家里这边戚叔去世，还有戚荣的事。"程砚顿了一下，不再多提，只是简单地说了句，"希望你不要介意。"

听到他的话，许嘉礼看着前边的电梯口，沉默了几秒，忽然开口："我介意什么？"

电梯应声到达，叮一声。

许嘉礼压下眸底的情绪，喉结滚了滚："是她不介意我才对。"

会所这边，宋晓安没有再提许嘉礼，自然地和戚禾聊着婚礼准备的事。但没聊几句，何况也来催人了，说是来接她。

两人坐一起等着人，宋晓安无聊问她："你觉得是我老公先到还是你

138

男朋友先到？"

注意到她话里的称呼，戚禾也没逗她，看了眼时间，随口道了句："我押我男朋友。"

宋晓安点头："我也押许嘉礼。"

戚禾笑了下："不应该是何况？"

宋晓安摇头："对他不抱有期待。"

然而两人都没想到先来的是何况，宋晓安看到外头开过来的车，挑了下眉，让戚禾不用送。她站起身正准备出去时，却先拍了下戚禾的肩膀："怕晚上你没时间接我电话，我提醒说一句。"

"嗯？"戚禾没懂，"说什么？"

宋晓安就知道她没记住，提醒她一句："生日快乐，戚禾。"

闻言，戚禾一愣。

看着她的表情，宋晓安笑了声："走了，不打扰许弟弟给你过生日了。"

戚禾确实还真忘了今天是自己生日，目送宋晓安离开后，她坐在位置上，突然明白了许嘉礼特地向她预约今天的话。

戚禾垂眸笑了声，拿着手机准备去门口等人，可刚走出休息区，迎面就看到了对面走来的戚荣，他身旁还站着几位西装革履的中年男人。

几人正在说着话，戚荣注意到对面的戚禾，愣了下后，喊了声："沐沐。"

他身旁的几人闻言纷纷抬头看过来，落在她脸上的视线明显。

"这是？"其中有一人看过戚禾，好奇先问。

戚荣自然地笑了声："我的侄女，戚禾。"说完后，他朝戚禾招了招手，"来，沐沐，和几位打个招呼。"

戚禾感受到他们的视线，落在自己身上各处，似是回到了当年那场宴会上。她眼眸淡淡，仿佛根本没听到戚荣说话一般，目不斜视地往前走，径自经过几人。

戚荣表情一僵，微微侧头对着身旁的人维持着表面礼仪，笑着说了句："几位先过去，我稍后过去。"

戚禾脚步丝毫不停，根本没理后头的人，迈步正要走出去，手臂被人拉住。她一顿，一转头就对上了戚荣微沉的脸："你跟我过来。"

戚禾忍着心底的恶心，一把甩开他的手，面无表情地看着他道："我凭什么跟你过去？"

戚荣低声一斥："我是你大伯！"

"大伯怎么了？"戚禾笑了，"我爸都死了，你这个大伯还能管我？"

"你说的都是什么话？"戚荣皱起眉，"戚禾，你这是目无尊长，今天必须和我走一趟。"

"走一趟？"戚禾视线往他身后一看，扯下了唇，"被你带去见那些人，然后呢？"

戚禾看向他，面无表情道："关上门再让我伺候他们？"

戚荣没想到戚禾会这么直白地说出这些话，顿时愣住。

戚禾看着他，眼眸平静至极："戚荣，如果当时不是程静，而是我的话……"戚禾把多年的心愿说出，"我会让你死。"

话音落下。戚荣对上她的眼眸，身子顿时一僵。

戚禾一点都不想回忆起那个晚上的事。可记忆却如深海里的那片潮汐，涨退不定，随着那些人，忽然涌动来将她拍打清醒。

那次宴会结束当晚和戚峥说开后，戚禾就回了阳城，没有和他们任何人联系。那段时间，戚峥没有做出什么逼迫她的事，反倒和平常没什么差别，时不时发信息关心她的生活，问她一些琐碎的事，也没有来找过她，正常得就像他根本没有向她提出过那个请求。

可戚禾却害怕这种正常。

甚至害怕，在某天，戚荣会毫无征兆地出现，把她从这里带走。然后放在某家联姻对象的床上。

所以她没有回复过戚峥的任何短信，就当从来没有看到过。她安安稳稳地在阳城上学，而许嘉礼那时已经艺考完，正在准备高考的文化课。

戚禾基本上不会打扰他，偶尔留在许家吃完饭后，就陪着林韵兰聊天看电视。不过许嘉礼倒是一点都没有高考的紧张感，每天吃完饭把作业写完后，他也没干什么事，除了陪着她画画，就看看书而已，貌似还挺轻松的。但怕他这个状态不对，戚禾还特意找他谈谈，教育一下。

那是在高考前一个星期的时候，戚禾在书房画着手上的作业，随口问："弟弟，这都快高考了，你有没有觉得自己有点太闲散了？"

许嘉礼坐在一旁画着素描，面容淡定道："没有觉得。"

戚禾见他还挺坦然的，开口教育："你好好复习，高考很重要的，不要太松懈知道吗？"

许嘉礼就"嗯"了声："我知道了。"

"你这叫知道了？"戚禾被逗笑，"我看你根本没听吧。"

戚禾转头看他，猜测一句："你还想着你喜欢的那个女孩子？"

之前她好奇地问了他有没有喜欢的人，他点头说有。

闻言，许嘉礼抬眸看了她一眼，随后又低头画画。

"嗯？"戚禾扬了下眉，"看我是什么意思？"

许嘉礼说："就看看你。"

"怎么？"戚禾弯起唇，慢腔轻拖，"觉得姐姐太漂亮了啊？"

许嘉礼没搭话，戚禾也习以为常，看着他的侧脸，笑了一声："弟弟，姐姐不反对你谈恋爱，但现在还是要以学习为主，而且也没几天了，上了大学你想怎么谈怎么谈，知道吗？"

"当然。"戚禾扯了下唇，"你也可以一毕业就去找那个女孩子告白。"

许嘉礼垂眸看着画纸，淡淡道："太急了，她不会同意。"

戚禾听着这话，似是觉得好笑："你还挺了解她的？"

"嗯。"许嘉礼抬起眸，有些漫不经心道，"怕她被我吓跑。"

闻言，戚禾点了下头，赞同道："确实，追女孩子是要耐心点。"说完之后，她才想自己被他带跑了，拉回话题道，"但是现在不是想这个的时候，你先想想你的高考。"

见她这么担心，许嘉礼笑了下："我想了。"

戚禾扫他一眼："想什么了？"

许嘉礼随手把笔递给她："姐姐之前不是问我想考什么大学？"

戚禾接过，眉梢单挑："不是不告诉我吗？现在想说了？"

许嘉礼"嗯"了声，言简意赅道："我考阳城大学。"

听到这回答，戚禾倒是不意外，可莫名地弯起了嘴角："想当姐姐的学弟啊。"

许嘉礼不知想到什么，看着她只答了句："算是。"

"好啊。"戚禾低笑一声，心情颇好道，"那姐姐再陪你上几年学。"

许嘉礼眼睑轻轻抬了下，缓慢问："怎么陪？"

"不是还能考研究生吗？"戚禾神色随意道，"我也不大想回去，就留在这儿继续上学，顺便可以陪你。"

许嘉礼抬眼看着她，戚禾面上带起笑，提出条件："但前提是你要能考上。"

许嘉礼对上她的眼，语气微深："会的。"

"行。"戚禾看清他的表情，轻笑一声，"那如果你考上阳城大学……"

她稍稍俯身凑到他面前，眉眼弯起，带着轻柔的声音道："姐姐答应你一个愿望，奖励你。"

话语落下，许嘉礼看着她，认真地应下，收取了这个奖励。

可当时的戚禾不知道自己是不是有了私心。她只知道，她不想离开这个小少年。

高考结束的那天，戚禾早早从学校回来，想等许嘉礼回来为他接风洗尘。但她先在家门口看到了许嘉礼，他似是刚从学校回来，穿着夏季校服，手里还拿着考试袋，而他身旁站着戚峥。

那一瞬间，戚禾觉得自己的血液似是倒流一般，下意识升起了警惕感。她维持着面上的平静，迈步走向他，还没开口说什么，戚峥先笑了一声："沐沐回来了。"他转头对着许嘉礼说了句，"刚考完试应该挺累的，先回去休息吧，叔叔下次再和你聊。"

戚峥之前经常来这儿看戚禾，和许嘉礼打过几次招呼。

闻言，许嘉礼先看了眼戚禾，戚禾平静地笑着，示意道："我等会儿再来找你。"

许嘉礼看着她的表情，隐约觉得不对，但不好在这儿问她，只能先朝戚峥颔首示意，随后转身往许家走。

戚禾扫了眼许嘉礼的背影，带着戚峥进屋回家。

一关上门，戚禾没有废话，开门见山直接问："您有事？"

戚峥站在客厅看着她："沐沐，爸爸只是想来看看你。"

戚禾淡淡问："看我什么？"

戚峥解释道："你一直没有回信息，也没有回家，怕你出什么事。"

"那您可以放心。"戚禾平静道，"我好好的没什么事。"

见她这样，戚峥叹了口气："公司现在已经好了点，我已经和你大伯说了不会让你去那些宴会，你不用担心。"

闻言，戚禾皱了下眉："所以想让我回家？"

戚峥摇头："没有，你喜欢住这儿当然可以继续住，爸爸不会逼你。"

这话是没有错。从始至终，戚峥都没有逼过她。

"我知道了。"戚禾看了眼时间，"您可以回去了。"

许嘉礼还在等她。

戚峥没再多说，转身正准备走时，想起什么般提了句："你生日快到了，爸爸给你过生日好不好？"

听着他似是打算补偿的话，戚禾刹那间明白了他的意思，抬眸看他，扯唇一笑："这次来见我，是您的想法，还是戚荣的？"

戚峥顿了下，解释道："没那个意思，只想帮你过生日而已。"

"过生日？"戚禾看着他，眼神略带讽刺，"戚荣是想给我安排相亲大会？"

听着她的语气，戚峥皱了皱眉："沐沐，他是你大伯，他能对你做什么？"

戚禾觉得可笑至极："能对我做什么？"她面无表情，语气淡薄道，"那你就要回去问问他了。"

"之前那是误会。"戚峥开口，"你大伯是看着你长大的，他不想让你稀里糊涂地随便找个人嫁了，想给你找个好人家。"

"好人家？"戚禾冷笑道，"你觉得把我嫁给和你一样老的男人，给别人当后妈当陪床工具是好人家？"

一声落下，房间里瞬时陷入寂静。

戚禾闭了下眼，她真的不想再谈这些事情，可他却一次次带着这些为她好为她着想的语气牵扯出来。

"现在见也见到了，话也说完了。"戚禾看着他，面无表情道，"戚总你可以走了。"

对上她的目光，戚峥张了张嘴，最终什么话都没说，转身往外走。

门关上，屋内再度变得安静。

戚禾脚步微移，有些无力地坐在沙发内，双眼抬起盯着前方昏暗，不知道在看哪里。良久后，她忽然低头，抬起手用掌心半遮住了眼睛，用力地抿起了唇，轻轻颤着。

　　之后戚峥没再来找她，但短信依旧在发，一次次的似是想要挽救回这段父女关系。一次次为她嘘寒问暖。

　　许嘉礼高考出成绩那天，戚禾一直知道他成绩好，但没想到他考了个全市第一，这个成绩上阳城大学绰绰有余，甚至完全可以去更好的若北大学。戚禾有些担心，再三确认他填的志愿，看他明确填上了阳城大学后，才稍稍安心。

　　许嘉礼的录取通知书发下来的那天，戚禾去了趟戚家。她想带许嘉礼去别的地方玩玩，但她之前把护照落在戚家的房间里。

　　那天是下午三点，戚禾算着戚峥应该会在公司，然而一进门就看到了客厅沙发内坐着一个人。

　　难得一见的，居然是程静。

　　两人对视了一眼。

　　程静可能有些心虚，局促地开口："你怎么回来了？"

　　戚禾看着她宛若主人的样子，没有多说什么，只想拿完东西就走人。她迈步正准备上楼，楼上先传来几声笑，还有戚荣的声音。

　　戚禾脚步一顿，转头问程静："楼上有谁在？"

　　程静下意识回答："戚伯伯刚刚带了一些人在休息室聊工作的事。"

　　戚禾皱了下眉，她的房间在三楼，是一定会经过书房的。

　　她有些迟疑地看了眼时间，继续往楼上走。脚步落在二楼走廊上时，隔壁休息间的门被打开，露出里头的几个人。除了戚荣外，还有两个和他同龄的中年男人，其中一位是之前在宴会上说要请她去家里"玩玩"的。

　　他们瞧见外头走廊上的戚禾时，皆是一愣。

　　戚荣先回神，介绍道："这就是刚刚我说的侄女，戚禾。"

　　说完见她没反应，戚荣走了几步到她身旁，拍了她肩膀："沐沐，见到客人怎么不问好？"

　　戚禾有些反感他的触碰，微不可见地蹙眉，转头朝着几人简单点头示意："叔叔们好。"

闻言，左边一位大腹便便的男人盯着戚禾看，笑了下："戚总有这么漂亮的女儿，平常我们怎么都没看到呢？"

戚荣似是宠溺地笑一声："她小孩子贪玩不喜欢住家里。"说完后，他握着戚禾的手，轻声道，"沐沐，过来大伯带你见见这几位。"

戚禾还没来得及拒绝，戚荣直接牵过她往前走，皱着眉小声说："这几位都是合作商，等会儿你帮伯伯倒几杯酒就好，马上让你走。"

话语落下，戚禾直接被带进了休息室内，里头满是烟酒味。

几位男人坐在旁边的沙发内，戚荣带着戚禾坐在对面，一一介绍着："这是刘总，陈总。"

戚禾一概没听，只想赶紧从这里出去。而对面刚刚夸赞她漂亮的男人刘总，眼睛一直盯着她。戚禾反视回去，刘总愣了下后，朝她露出一个笑容。带着油腻恶心感。

还没等她说什么，旁边戚荣的手机先响了一声，他示意了下起身打开门走了出去。

一瞬间，戚禾明显感受到对面的两人，带着极其露骨的眼神扫过她的身体，或者停留在她的胸前，透着明显的色气。

旁边的王总盯着她，端起酒杯开口说："戚小姐，帮叔叔倒杯酒怎么样？"

戚禾扫过两人一眼："您自己倒吧。"

王总笑了声："怎么了这是？"

戚禾眼眸淡漠："我不是陪酒小姐。"说完，她起身就打算走人，可似是察觉到她的意图，下一秒那刘总挡在她的面前，一伸手拉过她的手腕，笑一声："姑娘，这酒你今天必须给我倒了。"

戚禾心下一惊，奋力抓他的手想要挣脱开，大声叱喝："你放我！"

被她指甲一抓，刘总酒气上来直接把她往后一甩，骂了句："装什么呢，戚家现在什么样你不知道吗？"

戚禾猝不及防地倒入沙发内，扑面而来的就是他那张肥腻的大脸，直勾勾地盯着她，流里流气道："你大伯把你留在这儿，不就是想让你伺候我们的？"说完，旁边还响着其他男人猥琐的笑声。

戚禾神经骤然绷紧，伸手抵着男人的脸，奋力尖叫挣扎着，眼泪不自觉地流下来，而挣扎间，身上的男人无法完全对她下手。

戚禾趁着腿部的空隙间，一脚踢过他的下体。

半压着她的男人身子瞬时一垮，戚禾双手推他的身子，瞥见桌上的酒瓶，下意识拿起猛地往他头上砸去。

"砰……"破碎声伴着重物倒地的声音瞬时响起，男人顶着满身的红酒，倒在地上，满脸痛苦地捂着身体，咬牙切齿地骂着。

戚禾根本没有精力去管他，捏着残留的瓶口，苍白着脸，使出全身力气转身就往外跑。房门没有关，戚禾一把打开门，迎面就看到了外头的程静，她手里还端着茶水，看到这幕直接一愣。

身后的另一位王总正在追来，戚禾看她犹如看见了希望，猛地抓过她的手，下意识就想跑。可晚了一步，身后的男人走来一把拉过她的头发，戚禾朝外头哭喊着，同时害怕地紧紧抓住程静的手。

一切来得太突然，程静根本没有反应。

茶水砸落在地上，发出清脆的一声巨响。

两人被带入房内，王总看着被莫名带进来的程静，笑了声："你也是戚家的女儿？"

程静看了眼旁边的戚禾，不知想到什么，颤着音点头："是。"

王总看着她的脸，舔唇笑着："那就好好伺候我们，我们重新给你戚家的好身份。"说完，他就打算朝戚禾伸手。

戚禾立即躲避开，身子紧绷着靠在门板上，直直地盯着他，声音颤抖却带着狠狠的戾气："你这是强奸。"

闻言，王总明显比刚刚的刘总要理智点，对着她的眼睛，顿了下。

戚禾忍着指尖的颤抖，勉强着开口："外面有监控，我如果去报警，你们俩都会坐牢。"

王总眯眼看她："你是不想要戚家了？"

闻言，戚禾还没回话，一旁的程静开口："我要。"

戚禾立即转头看她，神色怔怔。

程静留下了。

戚禾从屋内走出来，门在身后关上，隔断了里头混乱的场面。她失神地看着前方，一刻也不想留在这儿。明明已经没有了任何力气，可她却不管不顾地下楼跑出戚家。慌乱中，她早已忘了穿鞋，直接光着脚走到了大马路上。脑子里只有一个念头。

离开。

一辈子都不要再回来。

不知过了多久，直到脚底传来一道刺痛感，戚禾停住了脚步。

不远处正准备来戚家的清洁阿姨瞧见她，走近看到她此时的模样，吓了一跳。少女头发凌乱，眼睛一直流泪，衣衫不整的，脸颊上和衣领处都是红酒迹，而左手似是被什么玻璃扎破了，都是血，模糊不清的，看着有些吓人。

"戚小姐，你怎么了？没事吧？！"

声音传来的一瞬间。戚禾的眼睑一颤，失神的眼睛重新有了焦点。她看着面前的阿姨，似是猛地从噩梦中醒来般，紧绷的身子在一瞬间崩塌下来，全身都在不受控制地颤抖着。

大脑也在一瞬间昏厥了过去。

那个下午将所有的一切都打碎了。戚禾在医院醒来的时候，看到了病房里一直守着她的戚峥，沉默了好久后，开口说了唯一的一句话。

"我不要在这里。"

戚峥的懦弱，戚荣明目张胆的压迫。这里的空气环境，每一寸土地都让她不喜欢。所有的一切都让她觉得窒息。

让她觉得恶心。

为什么要活着，都应该被毁灭的，像她一样。

那一刻，戚禾就知道了。自己所有的一切，在那天，被摧毁了。而她想逃，无限期地逃离开。从这里逃走，永远不要回来。可在那瞬间，她想起了许嘉礼，想起了那个小少年。

她那天回戚家的时候，提前和他说自己会回来的，而且很快就回来。

可已经过了两天。戚禾向戚峥要了自己的手机，果然看到许嘉礼给她发了几条信息，问她怎么没回来，是不是有什么事。

戚禾打字回复了他：对不起，这里有点事，没怎么看手机。

许嘉礼很快回复：我考上阳城大学了。

下一秒。许嘉礼发了一张录取通知书的照片。

戚禾点开看着那张图片，盯着上头的少年青涩的照片，看了好久。

很奇怪，为什么她一点都不开心。

明明这是件她一直很欣喜的事情。

见她没有回复，过了几秒，许嘉礼发来一句。

许嘉礼：什么时候回来？

戚禾看着这条信息顿了下，指尖在屏幕上停了几秒，随后轻轻敲了几个键：过几天吧。

许嘉礼：我等你回来。

戚禾：好。

当时，戚禾以为自己会好的，会很快好的。

然后重新做回戚禾，但好像不是。

在医院的那几天，戚禾不知道自己每天睡了几个小时，也不知道自己每天都在干什么。她只记得自己害怕被抓住，她只想逃。

戚峥给她安排了心理医生，可没有什么用。她时时刻刻都在想着从这里出去，从这个封闭的空间里出去。她总觉得后面有人在追她，拉住她的头发，将她拉进黑暗的深渊里。

戚禾曾怀疑自己是不是得了精神病，不然她为什么总是会幻想着这些画面。明明，根本什么都没有。

而最终，医生的建议是让她按照她的意愿离开这里，调理休息。

戚峥不忍心看她这样，问了她的意思后，按照阳城大学的留学手续给她办理了出国签证。

当时戚禾拿到留学通知书的时候，看着上面的飞行日期，才迟缓地意识到——

她回不去了。

回不到那个少年身边了。

真相·年少失约

大厅内的灯光有些淡，投洒在女人身上泛着惨白。

戚禾盯着戚荣，语气温和，却警告："所以为了你的命，不要再惹我。"收回视线，戚禾转身准备离去，可在抬头的一瞬间，忽然瞥见了身后站着的那道身影，她一顿。

男人不知何时过来的，穿着简单的墨色衬衫西裤，就那么一动不动地站在石柱旁，神色似是隐匿在黑暗中，有些看不清。

戚禾脚步稍移，下意识走向他。许嘉礼看着她，睫毛轻耷下来，浅色的瞳仁藏了点深色，是熟悉的冰冷漠然，而在她接近后，渐渐消退。

戚禾手心微蜷起，不确定他是否听到了那些话，莫名有些紧张，看着他："我们走吧。"

许嘉礼淡淡"嗯"了声，伸手牵过她往外走，仿佛没看到身后的戚荣。

戚禾感受到他的指尖发凉，反手牵住他，皱了下眉："怎么这么冷？"

许嘉礼语气有些淡："没什么。"

听着他的语气，戚禾微微抿唇，转头看他："怎么了？"

两人走出会所，他的车还停在路边，戚禾下了台阶正打算走过去的时候，许嘉礼松开了她的手。

手心一空，戚禾心骤然顿了下，侧头看向他。

许嘉礼站在台阶上，喊了句："戚禾。"

"嗯？"

"这几年，"许嘉礼喉结滚动了下，微微垂着眸看向她，语气稍低，"你有过好自己的生活吗？"

戚禾的眼睑一颤，有些讷讷地看着他。没想到他会问这个，心底升起了几分不安和惶恐，她张了张嘴："怎么了？"

"没什么。"许嘉礼垂下眼，重新牵过她，声音似是随意，"想问问你。"

重新落入他的手心内，戚禾稍稍缓和了点情绪，下意识握紧他的手，声音慢悠悠地平静道："没什么好不好的，我是去读书，每天除了画画就是写论文。"她想到什么还添了句，"过得就跟个和尚一样。"

许嘉礼牵着她往前走，听到她这么形容，得出结论："所以不好？"

戚禾轻笑着："我可没说和尚不好，你别污蔑我。"

许嘉礼送她坐进车内，关上门绕过车头，往主驾驶方向走。

戚禾坐在位置上，透过车窗看着他，想到刚刚在会所内和戚荣的对话，抿了下唇，单手拉过安全带准备系上时，一旁的许嘉礼先伸手帮她扣上锁扣。戚禾看了眼，抬头亲了亲他侧脸。

许嘉礼看了她一眼，眼神示意问她做什么。

"看不出来？"戚禾弯起唇，"谢谢嘉礼弟弟。"

明白她想干什么，许嘉礼看着他安静了两秒，扯了下唇："姐姐这么懂礼貌。"

"当然。"戚禾不知道他的心情有没有变好点，拖着腔调逗他，"我的礼仪可是所有女孩子的第一名。"

许嘉礼想到她醉酒时耍赖的样子，嘴角忽然弯了下："是吗？"

瞥见他的笑意，戚禾的眉眼也跟着笑起来："还不信我呢？"

许嘉礼认真地点了下头："有待观察。"

戚禾让他赶紧开车，随口问了句："我们去哪儿？"

许嘉礼打着方向盘，驶向车道，看她一眼："知道今天是什么日子吗？"

闻言，戚禾想起了刚才宋晓安祝福她的话，故作思考了下："今天？是什么重要的日子吗？"

许嘉礼听着她的语气，似是善解人意地"嗯"了声："既然不记得，那算了吧。"

戚禾噎了几秒后，转头看着前边车道："所以我们现在去哪儿？"

许嘉礼答了句："回家。"

闻言，戚禾倒是有些疑惑："回家做什么？"

许嘉礼偏头看来，语气带着散漫："给你过生日。"

戚禾和他对视着，没忍住弯起唇："原来是这个日子啊，那确实挺重要的。"

这完全是在自卖自夸。许嘉礼笑了下，转头注意着车况，几秒后又提了句："怎么来盛兴会所了？"

戚禾以为他会问戚荣的事，顿了下解释道："试完婚纱时间还早，我们懒得走就来这儿聊天。"

许嘉礼"嗯"了声，没再多说。车内不自觉间陷入了安静。戚禾坐在位置上，也不知道该说什么。她基本上能猜到许嘉礼可能听到了刚才她和戚荣说的话，只是他不提，可能想等她主动开口，也可能怕有什么事。

戚禾莫名觉得头有点疼，她身子往后轻轻一靠，转头看着窗外不断倒退的车景。时间刚过六点，夏天的白日要比冬天来得长，此时的天还大亮着，伴着些许的黄昏，如给各处洒下了一层朦胧的滤镜，还镀着金光。

戚禾盯着看了一会儿，脑子里想起了刚刚许嘉礼问的话。

——"这几年，你有过好你的生活吗？"

她曾经说过相似的话，在和今天一样的黄昏下。

出国的那天下午。

戚禾没有让任何人送她，而除了戚峥也没人知道她出国的事。

她办理好行李拖运手续，一个人坐在机场大厅里，看着四周人来人往的乘客，失神坐了好久后，才拿出手机给许嘉礼打了第一通电话。那几天，除了偶尔在她清醒时发的短信外，她一次都没有给他打电话。

拨号出去，那头"嘟"了几声，随后被接起传来了那道熟悉的平淡声

151

音："回来了吗？"

声音传来的那一刻，戚禾眼眶骤然泛红。一直不给他打电话，可能就是害怕自己在这瞬间的失声。在这个保护了自己，安慰了自己这么多次的人面前。戚禾垂下眼压过情绪，声音平静道："我不回来了。"

闻言，许嘉礼自然问："那边还有事？"

"没有。"戚禾告诉他，"我要出国了。"

许嘉礼默了几秒："什么意思？"

戚禾直白道："就是不会再回来的意思。"

许嘉礼只觉得她又在逗他，淡淡问："你知不知道自己在说什么？"

"听不懂吗？"戚禾声音平静道，"我说我不回来了。"

话语落下，他那边陷入了安静，就当戚禾以为他是不是挂断了电话的时候，许嘉礼才传来一声："你现在在哪儿？"

闻言，戚禾欺骗他："飞机上，快要飞了。"

所以不要过来了，许嘉礼。

就这样在这里结束吧，不用见到最后一面。

也不用让我再残忍地对待你。

许嘉礼先掐断了电话。戚禾一顿，缓慢地拿下手机，垂眸喉间一哽，强忍下眼里的酸涩，安静地坐在原地。

不知道过了多久，手心的手机突然响了起来。戚禾看着上头的名字，闭上了眼。第一次，她一点都不想接许嘉礼的电话，可她还是接通了。

"你在哪儿？"少年的气息还有些喘，失去了往日的平稳。

"机场。"戚禾转头看了眼离自己最近的三号口，淡淡道了句，"我在三号入口等你。"

戚禾起身往后走，还未走到入口就看见了那个消瘦的身影。

三号口可能离许嘉礼很远，他明显是跑过来的，身子似是还有些吃力，他微微喘着气，唇色白得有些病态。

戚禾看了他一眼，缓步走到他面前，淡淡问："我的意思应该是让你不要过来。"

为什么不听话？

许嘉礼稍稍缓和后，眼眸盯着她，似是不明白她居然真的会出现在这儿，他伸手牵着她的手，面色苍白："我们回家。"

"我说了。"戚禾移开他的手，"我要出国。"

许嘉礼看着她："办事？"

戚禾说："当交换生，之后会在那边读研。"

"读研？"许嘉礼轻轻扯唇，提出她曾经的话，"那在阳城陪我呢？"

"这个啊。"戚禾带起了平日里的语气，笑了一声，"当时只想逗逗你而已，让你好好去考试才说的，对不起。"

许嘉礼看着她的神色，第一次觉得她的笑这么让人觉得扎心刺眼。

两人沉默着，四周不断响彻着航班信息。

门外的天色已经接近傍晚，昏黄的光线半遮半掩着，如同一半光明与一半的黑暗。少年站在黄昏下，逆光而又耀眼，有些看不清他的神情，过了好久后，他似是回神，声音微轻，缓缓地开口："所以你不要我了。"

他眼眸里的光消失，似是回到了初见那次的漠然空洞，看着她。

机场内嘈杂又喧闹的声音，也挡不住他的任何字词，甚至清楚至极地一字字落下。像是再一次确认般，许嘉礼看着她，轻轻说："现在，轮到你不要我了吗？"

戚禾对着他那双再次熄灭光的眼睛，鼻尖一酸，抿起唇，声音平静道："许嘉礼，我们没有什么关系，你也没有必要对我这么在意，你现在还小，应该要过好你的生活，要好好享受大学时光。"

戚禾眼睑一垂："我也会过好我的生活的。"

所以只要把她当作一个普通过路人就好，不要在意，也不必记得。

随着时光流逝，总能忘却，然后朝着更好的未来前进。

听着她的祝福，许嘉礼长睫颤了颤，嘴角哂笑："你会不会回来？"

"不会。"戚禾不想给他留下任何的念想，狠心地打破他的期盼，直接明了道，"我一辈子都不可能回这里。"

因为她可能好不了了，那个戚禾也回不去了。

闻言，许嘉礼看着她，沉默了好久。

戚禾站在原地，没有勇气继续和他多说，她垂眸简单道："时间要到了，我走了，你记得照顾好自己的身体，多保重。"

话语落下，她转身打算离去。

许嘉礼忽然应了声："好。"

戚禾抬眼。

许嘉礼与她对视："祝姐姐……"

他看着她的脸，似是想把什么狠狠地打碎，却又刺在心底。

停了好几秒，他最后才道："一路平安。"

戚禾闻言，侧过头不再留恋地转身离去，手里紧紧捏着那张机票，往前走，身影融入熙熙攘攘的人群中。而戚禾一直能感受到身后的那道视线，她只作未见，也不敢转头，直到经过安检，找到了登机口休息区坐下。

戚禾安静坐着，意识到少年的那道视线早已消失。确定他看不见她的那一刻，她低下头，终于落下了眼眶里含着的那颗眼泪。僵直的背脊，在这瞬间随着眼泪，不再强硬，弯了下来。

旁边的阿姨看到她这样，有些担心地问："姑娘怎么了？"

"不舍得和家人分开？"阿姨安慰她，"没事，之后回来就好了。"

戚禾低头，红着眼，看着自己的眼泪砸落在手背上，生涩发疼。

她盯着那滴泪，似是呢喃道："……回不来了……"

戚禾知道。在那一天，身为戚禾的自己，连同这个少年，在那个黄昏耀眼的下午，彻底从她的生命中，消失不见了。

车辆驶进嘉盛花苑内，转了几圈停在地下车库内。

戚禾跟着许嘉礼下车往电梯内走，开门进屋后，一直有些心不在焉。

许嘉礼察觉到她的失神，抬手揉了下她的脑袋："别乱想，换鞋。"

戚禾反应过来，老老实实地换好鞋跟着他进屋，看了眼厨房："要做饭给我吗？"

"不然？"许嘉礼随意问，"现在就想吃蛋糕？"

戚禾想了下："吃完饭吧。"

"那过来帮忙。"许嘉礼伸手牵过她往厨房走。

戚禾愣了下，这是他第一次要她帮忙，平常都是让她坐在沙发那儿看电视等他的。她隐约觉得应该有事，点了下头："好，我帮你。"

两人走到料理台前，许嘉礼拿过一旁的围裙帮她穿上，垂眸系着她腰后的带子，随意问："想好了吗？"

戚禾背对他站着，闻言下意识转头看他："什么？"

许嘉礼指尖轻拉扣了一个结，抬起眸看她："怎么和我解释。"

一路上她都没有说话，自然能猜到她在想什么。

许嘉礼想等她主动开口，可又知道她的性子，不想让她为难。这事并不是什么博弈，只是两个人都不愿去碰的结。许嘉礼在小心克制，而戚禾难以抉择。她转过身看他，迟疑地问："你听到我和戚荣说的话了吗？"

许嘉礼点头："大概。"

戚禾知道这事是必须要谈的，可她真的不知道该怎么开口，也不知道该从何开口。戚禾伸手抱住他的腰，抬头看他，轻声说："那你想知道什么，我都可以告诉你。"

许嘉礼伸手抚触了一下她的脸，语气有些淡："今天如果我不在，你打算对戚荣怎么样？"

戚禾一愣，没想到他会问这个，忽然笑了下："不会怎么样，现在是法治社会，我当然不会去做什么事。"

许嘉礼抚着她嘴角的弧度，又问："那以前呢？"

沉默几秒，戚禾垂下眸，实话说："想他死。"

她对戚峥不恨，他虽然不作为又软弱，但他依旧存着自责的父爱。而戚荣不是，这一切所有开端都来自他。戚禾曾在心里问过无数次这个问题。凭什么？她凭什么要受这样的伤害？

她明明，没有任何错。

想到这些事，戚禾喉间微哽，声音微哑着主动解释说："当初我出国留学，只是想借留学的身份离开这里，还有一个是因为……"

"我生病了。"戚禾半垂着眸，眼神有些涣散，小声继续说，"那段时间我在医院，每天都会梦见有人在追我，我很害怕，每天都不开心。"

那个下午发生的事，就像一个噩梦，无数次地惊醒后又将她重新带入那个场景。无助和绝望并存，抑制不住地颤抖。

却没有一个人。

没有一个人帮她。

她觉得窒息又想死。

戚禾没忍住身子往前倾，凑过去抱住他，低头埋入他的肩窝，眼眶泛着红，低着眼似是呢喃唤着："许嘉礼。"

　　许嘉礼："嗯。"

　　"你，"戚禾话音哽了下，有些艰难地出声，"为什么不问我当年发生了什么？"

　　许嘉礼伸手回抱住她，嗓音发涩，闭了下眼道："我不敢听。"

　　下午程砚的话，还有刚刚听到她直白的言语，他已经猜到了大概。

　　可他怎么也不敢想会是因为这个。曾经，他想过千万种理由。你是不是发现了我对你的那份卑劣的感情，觉得厌恶，所以才会选择了离开。或者是不是像许启淮他们一样觉得我是个废物，发现了我是个一无是处的人，无法承受，所以也要把我扔掉。

　　可在这万千种理由中，我却从来没想过。

　　是因为你自己。

　　那个骄傲又耀眼的自己。

　　戚禾很少去回忆当初的事。从她坐上飞机的那天起，就把所有的记忆都压制在了心底最深处。她不知道自己对许嘉礼到底是什么情感，那是一种依托，一种唯一一个会站在她身边的依靠感。其他的，她不敢去想，也不敢去深究挖掘。她只当自己是个在他人生里匆匆掠过的一个过客而已，碰巧住在了他隔壁，也碰巧教了他画画。碰巧地在他身边出现过。

　　在巴黎的那几年，戚禾确实没再想起过许嘉礼，因为没有任何的时间，也没有任何的理由。直到戚峥去世，她选择回国，在面馆内重新见到他的那一瞬间，她才想到了这个少年。

　　当时看到他面对她的态度像陌生人时，戚禾难得有的是庆幸，庆幸他把她忘了，也庆幸她没有干扰到他的人生，能让他成长成一个优秀的人。所以她也努力把他当成一个陌生人，一个曾经认识的弟弟。

　　可在之后的所有相遇里，戚禾知道自己总是下意识地偏向他，她任由自己去接近他照顾他。却也意识到，自己起了不该有的私心。

　　戚禾纠结过，也曾放弃选择。她害怕这个少年被她毁了，也害怕自己对这个少年做出的那些伤害，让他难以相信她。

可同时她也在渴求。

她现在，没有当初那么狼狈了，也没有那么害怕那场梦了，变得好一点了。那她可不可以去挽留一次，用唯一的机会去试试。

把这个藏在心底深处的少年，重新留在自己身边。

感受到他的怀抱，他的话语落在耳边，戚禾抬起头看他，怕他多想，哑声解释道："我没有发生什么，因为程静主动找他们，我跑出来了。"

没有过多的说明，这些事情都是她的噩梦，不想让他也来承受。

"当时，"戚禾抿了下唇，"我只是被吓到了，我害怕他们来追我，就一直往外跑，被阿姨发现送到医院。"

"所以那几天我只给你发信息，骗你说我有事，其实是因为我的情绪不好。"戚禾忍着眼泪，哑声道，"我害怕对你做出不好的事情。"

可她还是伤害了这个少年。她不只食言了，还用最无所谓的态度和语气，把他满心的期待狠狠地砸在了地上。

戚禾记得当时他黯淡无光的眼神，对她说着你不要我了。

她和他的父母一样，将他再一次抛弃了。

戚禾再也没忍住，眼泪不受控地掉下来，低声仿佛在对面前的他，又似是想对那个黄昏下的少年说："对不起。"

许嘉礼稍顿，听着她的语气，伸手轻轻擦过她的眼泪，只觉得指尖微凉，喉间有些干涩。

半晌后，他才开口："没关系。"

他的声音低哑，继续说："我也对不起。"

戚禾眼睑颤了下，抬起眼。

"对不起，当时没有先发现你，没有先来找你。"许嘉礼轻轻托起她的脸，看着她的神色，低声说，"也没有带你回家。"

让你一个人承受了那些痛苦委屈。

一个人躲在冰冷的医院里，独自舔舐着伤口。

他的字词轻轻落下，拂过她心底的那片阴霾，似是连带着将那个噩梦撤去。一瞬间，那忍耐的情绪在这时宣泄出来，眼眶内的眼泪无声滚落下来。许嘉礼指腹按了按她泛红的眼尾，唤着她："戚禾，你很好。"

戚禾一顿。

"以后不会有人追你，也不会有人能伤害你，不用怕。"许嘉礼低头亲了亲她的眼尾，抬眸与她对视，语气轻又认真道，"我会陪着你，陪你往前走。"

向着光，重拾那个你。

戚禾抿起唇，伸手重新抱住他，下巴搭在他的肩膀上，双手紧紧扣着他的腰，闭起眼，哑声应了声："好。"

如同每次落魄潦倒之际，给她安慰与希望，让她有勇气去面对所有的痛苦。因为有他。

许嘉礼弯下腰，将她往怀里搂紧，自然地问了句："饿不饿？"

戚禾吸了下鼻子，闷闷地"嗯"了声："有点。"

"也应该饿了。"许嘉礼摸了摸她的后脑勺，学着她平日逗她，"哭了这么久。"

戚禾抬起头看他，眼尾还红着，责怪了一声："你之前不是还说怕我不哭吗？"

"嗯。"许嘉礼替她擦去未干的眼泪，承认道，"之前是。"

戚禾仰头让他擦："现在呢？"

许嘉礼勾了下唇："现在是怕你哭。"

戚禾被他逗笑，嘴角轻轻带起了弧度，心情稍稍缓和，凑近他故意道："那就要哭给你看。"

"怎么？"许嘉礼扬了下眉，"姐姐要当爱哭鬼了？"

"算了吧。"戚禾煞有介事道，"这个有辱我的名声。"

许嘉礼轻笑一声，捏了捏她的脸颊，示意道："那先去洗个脸，不然就是小花猫了。"

戚禾也知道自己现在的脸应该不大好看，"嗯"了声，从他怀里出来，转身往后边的卫生间走，准备去洗个脸。

许嘉礼站在原地，看着她走进去后，眼眸微微淡下，有些失神。

随着刚刚戚禾的话，脑子里不断浮现出当初的那些事，一点点地回想着那段时间戚禾的状态，同时也记得那天那个下午的所有瞬间。

那段记忆就像一根刺狠狠地扎在心里，随着时间流逝，已经找不到，只是偶尔间还会隐隐作痛。

许嘉礼记得那天接到她那通电话时的满心欢喜，以为她要回来了，可以看到他的录取通知书，可以实现她许诺的愿望。但没想到得来的是那句——"我不会回来了。"

之后在机场里的那一面，看着她的笑容，听到她无所谓的话，他当时想到了许启淮他们。

也是这样。不在乎他，所以就不要他了。

许嘉礼没有想过戚禾会不要他，即使把他当成弟弟，他也甘愿借着这个身份，留在她身边。

因为她答应了会陪着他。

可最后，还是不要他了。

那天的事情发生得太过突然，毫无征兆。以至于他根本没关注过她当时的情绪，也没有发现她那些狠心又平静的话下，藏着的无声求救和痛苦祈求。许嘉礼的唇线微抿，闭眼，喉结缓慢地滚动了下。

原来。

他的耿耿于怀。

却是建立在她的无望伤害上。

戚禾简单地洗好脸，拿过一旁的毛巾擦了擦，盯着镜子里的自己，看了会儿后，不知想到什么，垂眸轻轻笑了下。她放下毛巾，整理好后，开门出去见许嘉礼在厨房里，已经开始准备食材。

"晚上吃什么？"戚禾走过去看了眼他拿着的排骨，挑眉问，"糖醋排骨？"

听着她的语气，许嘉礼随意问："不喜欢？"

"当然没有。"戚禾环视一圈，"我要帮什么忙？"

"不用。"许嘉礼朝前边客厅看了眼，"去坐着等一会儿。"

"怎么又坐着了，"戚禾笑了下，"刚刚不是让我来帮忙的吗？"

许嘉礼点头："坐着就是帮忙。"

戚禾不强求，但也没有去客厅，而是随意拉了张椅子，隔着料理台坐在他面前，看着他准备食材。

"要不是安安提醒，我都忘了今天是我生日。"戚禾想着他之前的话，好整以暇地看他，"所以你向我预约，是要特地给我过生日？"

许嘉礼"嗯"了声："怕你忘了。"

戚禾笑着："如果我没答应你，被安安约走了怎么办？"

许嘉礼处理着手里的排骨，答了句："不会。"

戚禾没听懂："嗯？"

许嘉礼眼也没抬道："她不敢。"

戚禾没忍住笑了一声："弟弟怎么回事呢？怎么这么拽呢？"

许嘉礼扬了下眉："有吗？"

看着他那张脸，戚禾弯起唇，慢悠悠道："他们可都觉得你性子太淡了，不好说话。"

"没有。"许嘉礼为自己正名，"我挺好说话的。"

戚禾上下看了他一眼："确定？"

"我给姐姐走了这么多次后门，接受姐姐贿赂。"许嘉礼拖腔带调道，"还不好说话？"

戚禾差点信了他的邪："我哪儿走后门了？"

许嘉礼抬眉："不是有我这个后门？"

戚禾噎了下，也懒得反驳他："嗯是，有你这个后门。"

许嘉礼看着她，语气有些责怪："姐姐还挺敷衍的。"

听着他的话，戚禾轻笑一声："怎么？还要打我呢？"

许嘉礼弯了下唇，似是善解人意道："之后再说。"

这是要秋后算账的意思。

许嘉礼做饭速度很快，毕竟经常做给她吃，没一会儿就做好了三菜一汤。戚禾先拿好了两双碗筷跟着他往餐厅走，拉开椅子坐下。因为等会儿还要吃蛋糕，她怕自己没有胃吃，所以简单地夹了排骨吃几口。

可能发现了她的小心思，许嘉礼看了她一眼，好心提示道："姐姐最好吃饭，不然没有蛋糕。"

戚禾咬着排骨一顿，含糊一声："我吃了。"

"嗯。"许嘉礼敲了下她的碗，里头的饭满满的，"姐姐是吃了皇帝的新饭？"

皇帝的新衣被他改用成这样，戚禾轻笑一声："我知道了，我会吃的。"

说完后，她看了眼他面前的饭碗："那你呢？"

许嘉礼稍歪了下头："我胃不好。"

戚禾没忍住说他："你拿这个当挡箭牌好吗？"

许嘉礼完全没觉得有什么问题，夹起点藕片放在她碗里，扯开话题说："别只吃肉，多吃点菜。"

戚禾觉得好笑，但也不戳穿他，听话地夹起吃着。

两人吃完饭后，戚禾的胃还算好，没有很饱。

许嘉礼从冰箱里拿出蛋糕，放在客厅茶几上，要插蜡烛点的时候问她插几根："26根？"

戚禾扫他一眼："18根。"

许嘉礼笑了声，依言照做，随后把灯关掉，坐在她对面示意道："吹吧，戚禾妹妹。"

戚禾一愣，反应过来笑了下："是啊，我现在18岁，你可是许哥哥了呢。"

许嘉礼挑眉："不好？"

"挺好的。"戚禾笑着，看着面前的蛋糕，稍稍抬眸看他。

四周黑暗，仅有几道烛火升起照亮了一方，火光轻轻摇曳着，清晰地映照出身旁男人的面容，以及那双漂亮的眉眼。昏黄的光线像是给他打上了一层柔光，敛去了他平日的漠然，显得温和细腻。光影交错间，戚禾和他对视上，想起当年答应了他的事，出声问他："我当时说如果你考上阳城大学，我答应你一个愿望，你想要什么愿望？"

闻言，许嘉礼稍顿了下，垂眸看着面前的蛋糕："让我来许？"

戚禾点头："当年没有做到，我现在帮你实现。"

许嘉礼看着她，笑了下："已经实现了。"

"嗯？什么时候？"问完，戚禾又问，"你的愿望是什么？"

许嘉礼漫不经心道："我生日的时候，不是说了？"

闻言，戚禾顺着回忆了下，脑子忽然浮现出了他当时的一句话。

——"我的愿望是你。"

心跳空了一拍，戚禾顿了下，抬起眼眸看着他。

隔着烛火柔光，许嘉礼勾起唇，语调稍抬："想起来了？"

戚禾哪能不知道他的意思，低眼笑着，轻轻吹灭蜡烛："那我也没愿望了。"因为我相信，未来一定会更好的。

屋内的灯重新打开，许嘉礼拔下蜡烛，切了块蛋糕给她。

戚禾吃了一口，而脑子一闪，突然想到了以前他说的话："等下，你说你没有偷偷谈恋爱？"

"嗯。"许嘉礼见她突然提这个，"怎么了？"

"你高中的时候不是说有喜欢的女孩子吗？"戚禾扫了他一眼，"大学的时候没追上吗？"

闻言，许嘉礼似是觉得好笑，看了她一眼："她不在，我怎么追？"

"不在？"戚禾脑子还没转过弯来，"她没和你考上同一所大学？"

许嘉礼慢悠悠道："没有，出国了。"

戚禾有点不爽："所以如果女孩子没有出国，你就会和她在一起？"

许嘉礼饶有兴致地看她，应了一声："是吧。"

"还是吧？"戚禾扫他一眼，"你初恋是那个女孩子？"

许嘉礼很坦然："是。"

"你不是说从很久以前就喜欢我了吗？"戚禾想到什么，有些诧异，"你脚踏两条船？"

许嘉礼感到荒唐："什么？"

戚禾谴责他："你喜欢我，同时又喜欢那个女孩子。"

见她越想越离谱，许嘉礼指尖抹了下奶油，蹭到她鼻尖上，轻点着似是警告："乱想什么，我没有脚踏两条船。"

戚禾不信男人的话，扫他一眼："那个女孩子是谁？"

见她还没想到，许嘉礼扯唇逗她："戚禾妹妹觉得呢？"

戚禾懒得管他的称呼，猜了句："你同学？"

当时他还在高中，又是青春期，都是些少男少女自然会春心萌动。

许嘉礼不知道她脑子怎么还没转过来，捏了下她的脸，言简意赅道："我初恋只有一个人，目前还在谈。"

戚禾一愣，意识到他的意思后，还没开口说什么，许嘉礼扯了下唇，先出声解释："当年想在大学的时候和你告白。"话语落下，许嘉礼低头亲了下她的额头，轻轻说，"戚禾，我喜欢你。"

许嘉礼亲了下她，低眼看她："从那时开始，我就喜欢你了。"

吻落在戚禾鼻尖上，他舔去抹上的奶油，继续说："现在不想当你的弟弟了，想当你的男朋友。"

许嘉礼稍停，盯着她的眼眸，似是回到当年那个少年时代，带着期许和渴求："可以吗？"

话语落下，戚禾指尖微颤。

而下一刻，似是不容她拒绝，许嘉礼直接吻上她的唇，根本不给她开口的机会，带着这些年的午夜梦回间泛起的思念和妄想。

一寸寸将她揽进怀里。察觉到他的霸道，戚禾莫名觉得好笑，嘴角轻轻勾起，身子往前倾靠向他，主动探入轻舔了下他那藏着的小虎牙。

许嘉礼一顿，抬眼看她。

两人呼吸相抵着，戚禾轻缓着气，莫名笑了声："怎么？现在不敢了？"

许嘉礼眼眸骤黯，抬手捏起她的下巴，不再压抑。

奶油的味道传递在两人唇齿间，伴着缠绵纠缠。

戚禾整个人贴靠在他的身上，感到他灼热的体温，脑子有些乱，心里只想着依靠他，轻轻回应着。许嘉礼感到她的状态，盯着她，眸底含着明显的欲念，嗓音发哑："姐姐还有负罪感吗？"

戚禾脑子还有些慢，懒得去思考，声音有些沙，随意应了声："嗯？"

"不是说了会有负罪感？"许嘉礼没忍着，一下又一下地吻过她的唇边、下巴，轻咬带着痕迹。

"今天我有点想吃亏了。"

戚禾不自觉地低头靠在他肩上，许嘉礼顺势侧头亲着她的侧颈，手轻轻下移，捏掐了下她的腰间。

话音随着吻和低哑的喘息落下——

"姐姐教教我，让我吃一次？"

客厅天花板上的灯亮着，光线偏暗，微微透着昏黄，却不算暗，能清晰地让人看清眼前人。沙发的位置有些窄小，戚禾不知何时跨坐在他的身上，双手情不自禁地攀勾在他的肩颈上，微紧地捏着他的衣领。

许嘉礼低着头，让她贴靠得更近，也让他的动作更加放肆，无限扩大。戚禾的大脑有些来不及思考，眼前的光被他遮挡着，模糊的视野内只能看到他鸦羽般的眼睫，勾长漂亮的眼尾。

前边电视里的综艺还在放，略微嘈杂的声音在客厅内显得有些异常突兀，却又似在掩盖着沙发上的动静。

意识混沌的时候，戚禾听到里头的笑声，稍稍回神，指尖掐了下他的肩膀，还没来得及开口说话，一旁的手机倒是先响了一声。

是许嘉礼的。

铃声悠长响亮，似是要打断这道情动暧昧，生生将人拉扯回现实。

戚禾眼睫一颤，清醒过来，抬手扶着他后颈，指尖穿梭在他的发间，推着他，声音微哽地示意道："许嘉礼……电话……"

许嘉礼仿佛根本没听见般，低着头张嘴轻咬了一口，似是觉得她不专心。一瞬间，仿佛有电流经过般，戚禾齿间轻颤。

许嘉礼察觉到，喉间发出几声低笑，喑哑微沉。

闻言，戚禾有些恼地伸手推他的头，声音娇嗔："你先接电话。"

许嘉礼抬起头，埋入她的颈窝处，气息有些重，含着她的耳垂咬着说："不接。"

铃声还在响，带着不罢休的气势。戚禾拍了下他的手臂，让他放开自己，催着他："可能有急事，你快接。"

许嘉礼松开手，随意理了下她的衣领口，轻压过，将她揽在自己怀里。戚禾稍稍抬头看他，见他唇线拉直，面色明显不悦，还带了几分不爽，没忍住笑了一声。

闻声，许嘉礼侧头看了她一眼。

戚禾连忙想往后退，却先被他捏着下巴，带着力道地咬她的下唇，盯着她，声音有些不正经道："姐姐之后最好也能笑。"

看着她的表情，许嘉礼弯了下唇，拿过茶几上的手机，扫了眼接起，说了几句。刚刚旖旎的气氛稍稍有点消散。戚禾以为是工作室的电话，从他怀里出来，伸手拿起茶几上的水壶，倒了杯水喝了一口。

"嗯。"许嘉礼边伸手擦了下她嘴角的水渍，边应了句，"在我这儿。"说完后，随后把手机递给她，"奶奶和你说几句。"

戚禾扬了下眉，接过放在耳边，果然听到了林韵兰的生日祝福。

她笑着，简单地应着，听她有事和许嘉礼说，又把手机递回去。

164

许嘉礼拿过继续回了句："嗯，您说。"

戚禾没打扰他，重新又喝了口水，转头见他没说话，只是在听林韵兰说，端起水杯朝他示意要不要喝水。

女人那双狐狸眼似是含着浅光，如丝如媚，唇瓣红艳还带着水光，莫名有点像他刚刚那番行径沾染上的，提醒着那还未消去的欲念。

许嘉礼低着眼看她，眸光微敛，伸手将她扯到自己怀里，亲了下她那晶亮的嘴唇，还不忘把水光舔掉。下一秒，趁她还没反应过来的时候，瞬间敲开了她毫无防备的唇齿。

两人的距离完全消失，手机内林韵兰的声音，清晰明了。

戚禾一愣，反应过来他做了什么后，眼眸微张。

而下一刻，许嘉礼舔过后迅速退出，拿着手机，声音丝毫没有什么不妥，盯着她的唇，平静地应着："好，我知道了。"

戚禾觉得自己真的没他脸皮厚，想到他刚刚隔着手机那头的林韵兰亲她，脸有些发烫，立即刮了他一眼。

林韵兰没发现有什么问题，也不多说简单地挂断了电话。

收到她的视线，许嘉礼放下手机，扬起眉："不是姐姐让我喝水的？"说完，他垂头轻轻吻着她的侧脸，一手覆上她的后颈，指尖轻轻摩挲着肌肤，因着画画的习惯，指腹带了点茧子。

许嘉礼想接着往下，可看到她有些微乱的衣裳后，稍顿了下。

戚禾双手不自觉地握住他的手腕。

许嘉礼感受到，想起之前她说的话，收回手揽着她的腰，轻轻拍抚着她的背，嗓音含着明显的沉欲："别怕。"

他猝不及防来这么一句，戚禾愣了下，反应过来后，嘴角轻轻弯了下。见他就抱着自己，似是不打算再继续，戚禾慵懒地靠在他肩膀上，声音还伴着情意，慢悠悠问："不打算吃亏了？"

许嘉礼捏了下她的指尖："骗你的。"

戚禾"嗯"了声，敛着下巴，低声问："确定？"

电视不知何时被人关掉了，客厅的气氛有些过于安静，似是还伴着些躁动不安。这暗示再明显不过。

许嘉礼稍顿了下，敛起眉眼，神色平静得没有任何错误，嗓音却很哑："姐姐要教我？"

看着他这表里不一的样子，戚禾不怕死地起了逗他的心理，就像以前一样时不时地调笑他。戚禾伸手抚着他的侧脸，指尖下移，落在他的薄唇上似有若无地蹭着："你要学吗？"

许嘉礼抓住她的手，他的眼眸沉如墨，盯着她的唇："学。"

戚禾轻笑一声，眼尾微勾上翘起，带着媚眼笑意，犹如食人心的狐妖鬼魅。

本就是紧绷的那根神经，在这一刻，嘣的一声断开了。一直压抑掩藏着的那头野兽，顿时突破了那道枷锁。

戚禾笑着抬眸正想说他，许嘉礼就将她抱起跨坐在自己身上，字词轻咬问："姐姐要怎么教我？"一边说着话，一边扣着她的后腰往下压。

戚禾顿了下，抬眸倏地对上他那幽暗的眸子，嘴角的笑意僵住了。

她忘了。面前的人可不是以前那个随便逗的男孩了。

戚禾脑子突然卡住，还在想怎么挽救的时候。

许嘉礼不动声色地俯身靠近她，垂着眸安静地看着，浅棕眸折光含着暗，如一个求知的学生般，在等着她的教导。

距离贴近，呼吸似是轻轻相互依偎着。

戚禾的眼神不自觉地盯着他的唇，停了几秒后，她鬼使神差地贴上去舔着他的唇角，哑声下着指令道："亲我。"

闻言，也不知道是顺从了她的话，还是遵循了自己的欲念，许嘉礼托起她的下巴，直接含住她的唇瓣，带着他的沉香清冷，肆意侵袭。

许嘉礼贴着她的耳朵，声音轻而哑："然后呢？"

对比刚才，他的一举一动都像是真实的他，感觉有些陌生，却让人想要更多。戚禾身子不自觉发软，尾音微颤："然后……回房间。"

许嘉礼似是笑了声，有力的手臂忽然托着她站起身，进了自己房间。

视野昏暗，藏着那旖旎的气氛，微弱半哑的声响。

许嘉礼不再问话，仿佛已经不需要她这个所谓的老师。

意识混沌间，戚禾听到他明显的动静，手被他牵着，最后轻抵来时，她脑子一瞬间闪出一句话，下意识问了句："你会吗？"

一瞬间，许嘉礼似是被气笑了，低头重重地咬着她，带着明显的难抑："姐姐试试不就知道了。"

男人的气息扑面而来，紧紧环绕来，带着她熟悉的沉香安定。

窗外似是有风，徐徐迎来，扫去了白日里的炎热，带着夜间的清凉透感，吹拂过室内的窗帘。

随着这凉风，摇曳浮动着，一阵又一阵。明明是带来凉意，可完全没有吹散里头的躁动，似是变得愈加热烈。

明明是肆意，却又带着些许的小心翼翼。他的失而复得，他的多年祈求。

从在面馆见到她那一刻起，不断滋生，愈演愈烈。那压抑多年的野兽早已挣脱出来，无限藏匿起来的暗想。在这一刻，原形毕露。

"……许嘉礼……你疯了……"戚禾含着泪咬住了他的肩头，似是在报复他的施力。

许嘉礼低头吻过她的眼泪，声音暗哑，染着难控的情欲，带着低低的喘气，吐息间烫过了她的耳间，将心底的那声说出："是，我疯了。"

早就疯了。

只是你不知道而已，戚禾。

夜还长，窗外的风不知何时停了，可丝毫没有扰动那份旖旎。

许嘉礼低头吻着她的侧脸，声音低沉："姐姐怎么不笑了？"

这人在报复她刚刚在客厅笑他的事。

戚禾发软地只能依靠着他，骂他："……小气鬼。"说完之后，她用脚跟踢了下他后腰，连忙向后撤，但她忘了自己就被他紧紧地禁锢在怀里。

果然下一秒，许嘉礼单手一揽，护着她倒入床铺内。

戚禾尾音轻颤着重复刚刚的话："小气鬼……"

不知过了多久，许嘉礼从身后靠来，揽起她靠在自己怀里。

戚禾已经懒得管他想干什么了，眼皮半耷着，嗓音早已沙哑："去哪儿？"

许嘉礼轻抚着她额前微湿的碎发，嗓音性感低沉："有汗，洗一下。"

戚禾懒懒地应了一声，随意地窝在他身上。

许嘉礼打开浴室，放好水后，把她放进浴缸内。

戚禾声音低颤看他："那你不是体弱多病吗？"

许嘉礼轻轻细吻着她的侧脸，嗓音低低应了声："我是。"

戚禾眼睑轻颤起，轻斥着："骗子。"

…………

许嘉礼将年少时暗藏的无耻和荒唐，一一揭露。

同时，戚禾也明白了一个道理。

不要轻易去招惹一个血气方刚的男人，特别是觊觎你很久的男人。因为你会为此付出惨痛的代价。

最后洗好从浴室内出来，戚禾基本上真的是沾床就睡。

许嘉礼躺在她身旁，揽着她替她盖好被子，低垂眼看她，眼尾还有些红，是情起时哭泣留下的印记。

许嘉礼想着刚刚的所有场景，如同和当时的梦境重叠，甚至更清晰。他喉结微微地滚了下，同时升起了一个极为不敢相信的猜想。

许嘉礼盯着看了一会儿后，像是不敢吵醒她，却又想确定什么，忽然开口轻唤着："戚禾。"

这声很低，落下后，无人回答。怀内的女人依旧安静睡着，似是没有听到他的声音，又或者只是个虚幻。

许嘉礼停了几秒后，指尖微顿，轻轻捏着她的脸颊。

这动静有些明显，戚禾立即皱了眉，打破了恬静熟睡的模样，她拖着困倦，有些烦躁道："别吵。"

清晰又生动的语气，生生将他晃动的心拉扯回了原地。

不是梦。

许嘉礼唇角微松，指腹摩挲着她泛红的眼尾："姐姐能不能不睡？"

戚禾只当没听见，闭着眼继续睡，感到许嘉礼牵着她的手放在自己掌心，却没说话。

四周静谧，困意和满身的疲惫，让她的意识稍稍飘远了点。

半睡半醒间，戚禾意识不大清醒，就感到他把自己往怀里一揽，低头贴着她的侧颈，好像自言自语地说了句："那样的梦。"

他话里含了几分笑意，声音稍拖。

"居然还能成真。"

戚禾知道自己是被许嘉礼吵醒的。她一直听到窸窸窣窣的声音，随后就感到自己的睡袍被人掀开，被人碰了下，有些痛。

戚禾不自觉地皱了下眉，吃力地抬起眼皮，半眯着眼睛，视野有些模糊，就看到许嘉礼坐在她身旁，手里好像拿着药膏。

一瞬间，戚禾立即睁开眼。

许嘉礼侧头对上她的眼睛，他收回手，随意把药膏放好，帮她理好衣服盖上被子，亲了亲她的嘴角："擦了点药，痛不痛？"

戚禾脑子还有些蒙，被他偷亲一口后才反应过来，她鬼使神差地先扫了眼他的修长手指，意识到他刚刚做了什么后，忍着脑子里的烫意，哑声催促道："你先去洗手。"

许嘉礼挑眉，不过也没逗她，老老实实地起身去浴室。戚禾躺在床上，后知后觉地才感受到自己身子的酸痛感，但腿间倒没那么明显。

许嘉礼洗好手回来就看到她躺在床上，打着哈欠，明显还有些困意。

"不睡了？"许嘉礼坐在床边，揉了揉她的眼角。

"我都醒了。"戚禾眨了下眼，"你什么时候醒的？"

"早上。"许嘉礼弯腰凑过去又亲了下，解释说，"现在中午了。"

戚禾没怎么意外，又打了个哈欠，拖着懒腔问："你没去工作室？"

"在书房画了草稿。"许嘉礼问她，"不睡就起来吃饭？"

戚禾点头坐起身来，许嘉礼送她下床去浴室内洗漱。

"干吗跟着我？"戚禾见他也进来，奇怪问。

许嘉礼眨了下眼，很坦然道："怕姐姐不舒服。"

戚禾懒得理他，拿起牙刷正准备挤上牙膏，忽然看到了手腕上的咬痕，扫了他一眼："怎么连这儿都咬？"

这人好像有种变态心理，总是喜欢咬她，仿佛要在她每个地方都留下自己的标记。跟头捕食的狼一样，不死不放，带着狠劲。

许嘉礼牵过她的手，看了眼上头的红印，顺着往上又看向她睡袍半掩着锁骨周围，一点点的像是被点缀着玫红花瓣。

戚禾仰着头看他，露出那截纤白的脖颈，看着分外迷人。

戚禾拍着他的脑袋，皱眉骂他："你是狗吗？"

"是。"许嘉礼抚上她的后颈，沉笑几声，"你的小狼狗。"

听到话里的称呼，戚禾愣了下："你怎么知道这个词的？"

许嘉礼勾了下唇："姐姐都知道，我怎么会不知道？"

这人是不是在骂她老？

戚禾伸手掐了掐他的脸，语气不爽道："你才不是小狼狗呢。"

"嗯？"许嘉礼俯身将人压在洗漱台前，盯着她，语调稍抬，"那我是什么？"

"你是，"戚禾忽然咬了他一口，含糊道，"披着羊皮的狼。"

许嘉礼笑了声，明知故问道："那我是羊，还是狼呢？"

戚禾扬了下眉："你觉得？"

"我觉得只要姐姐想，"许嘉礼垂眸看她，伸手摸上她的腰，掌心有些暧昧地移动，拖腔带调道，"我什么都可以是。"

戚禾被逗笑，身子前倾靠向他，眼尾微挑，语气慢悠悠道："弟弟。"

许嘉礼身子没动，任由她贴近，只是盯着她的眸底浅棕被染了一层深色，有些黯沉。戚禾指尖轻轻抚过他的胸膛，字词稍拖："纵欲过度伤身。"她把他的手拍开，抬了下眉，"我们清心寡欲几天。"

看着他的表情，戚禾没忍住笑了下，仰头亲了亲他的嘴，给他个甜头安抚一下："行了，赶紧去煮饭。"

许嘉礼舔了下唇，难得没有反抗，乖乖转身出去了。

戚禾知道他不会做什么，只是开个玩笑而已。

简单地洗漱完后，戚禾随手拿起手机从卧室里出来，看了眼时间已经过一点了，她看了看上头有什么信息。

走到厨房内，许嘉礼把一旁稍稍放凉的温水递给她。

戚禾接过润了润嗓子，看他正在煮拉面，香味扑鼻，倒是有些饿了。她想起昨晚的蛋糕还没吃完，打开冰箱，切了一块坐在料理台前吃着。

"太冰，少吃点。"许嘉礼看了她一眼，"等会儿肚子疼。"

戚禾敷衍地点点头，提了句："下午我陪你去工作室吧。"

许嘉礼随手把那盘蛋糕切小了点，抬眉问："姐姐敢去了？"

之前还说近期不会再去。

"都过一个多星期了。"戚禾看他一眼，"他们敢开你玩笑？"

许嘉礼轻笑："怎么觉得不敢开我玩笑？"

他不论怎么算都是合伙人里头最小的。

"凭你的气质。"戚禾给他分析，"你冷着个脸，应该就不会有人说你了，所以等会儿记得保护我。"

许嘉礼点头："姐姐放心，没人说你。"

"怎么？"戚禾咬了口蛋糕，随意问，"你提前帮我打点好了？"

许嘉礼"嗯"了声："我说了是我的错。"

戚禾觉得不对劲，看向他有些警惕："你说什么了？"

"我说那天。"许嘉礼盯着她，意有所指道，"是我没把持住。"

吃完饭，戚禾回去换好衣服跟着他一起往楼下车库走。

许嘉礼开着车往工作室行驶，快到的时候，戚禾看到一家水果店，觉得应该买点水果分给他工作室的人，毕竟上次没好好打招呼就走了。

许嘉礼把车停在路边，跟她一起下车去选。

"想吃什么？"许嘉礼进到店里，随意扫了一圈。

戚禾好笑道："这是买给你同事吃的，又不是给我吃的。"

"一样。"许嘉礼带着老板的语气，"你吃什么，他们吃什么。"

戚禾嘴角轻笑："弟弟还挺专制啊，不过我是个民主的人。"

她挑了些新鲜的当季水果，也选了许嘉礼爱吃的。

排队付完款后，戚禾让许嘉礼提着，正准备往外走的时候，前边有个小孩子玩闹着可能没看到他们，直接撞到了戚禾身上。

许嘉礼扶住她，戚禾也下意识扶住身前的小女孩。

小女孩金发碧眼的，意识到自己犯了错，抬头看着戚禾，连忙开口道歉："Désolé（对不起）。"

听到这熟悉的法语，戚禾扬了下眉，笑着也用法语说了句："Pas de problème（没关系）。"

小女孩明显愣了下："Pourquoi parlez-vous français（你为什么会说法语）？"

戚禾逗她："Parce que je sais faire de la magie（因为我会魔法啊）。"

许嘉礼的眼睑动了动。而小女孩也很好骗，轻易就相信了："哇哦"一声，转头看向许嘉礼，也用法语问，"那你也会吗？"

许嘉礼稍稍垂眸。

戚禾先笑着摇头回答："不，这个只有我会。"

小女孩刚要问话，后边有人喊了几声，戚禾抬头循声看去，就瞧见了一对外国夫妇，看到戚禾身前的小女孩，连忙走了过来。

怕他们误会，戚禾解释了几句，而这对夫妇听到她会说法语，有种他乡遇故知的感觉，向她问了他们遇到的问题。见他们是要问路，戚禾往前走了几步，简单地回答着，小女孩在身后和许嘉礼站一起，转头看了他好几眼。不知道是被他的长相吸引还是好奇别的。

察觉到她的视线，许嘉礼稍稍侧头看她。小女孩对上他目光，她眨了下眼，用蹩脚的英语问："你真的不会魔法吗？"

许嘉礼轻敛下颌，没说话。

小女孩明显失望了下，转头看了眼前边的戚禾，又问他："她是你的女朋友吗？"

闻言，许嘉礼抬起眸，看向站在眼前的戚禾，停了几秒后，忽然开口轻轻说："C'est ma princesse sorcière。"

——那是，我的魔法公主。

Chapter20
孤独·那些年

　　戚禾讲解完四周的路况后，这对夫妇连忙向她道谢。她浅笑颔首，转头正想找许嘉礼，就见他神色自然地站在原地等她，而那小女孩站在他身边，正用那双小手捂着嘴，笑眯眯地看她。好像在藏着什么秘密一样。

　　夫妇先朝小女孩招了招手，示意她过来。小女孩迅速朝他们跑去，妈妈先牵过她的手，柔声开口："Alice，和姐姐道别。"

　　小女孩仰头看着她，眨了下眼："你可以过来点吗？"

　　戚禾以为她有什么事要说，半蹲下身子与她平视："嗯？怎么了？"

　　小女孩笑着看她："魔法公主，祝你和你的王子一直在一起。"

　　听见这称呼，戚禾愣了下，倒是没在意她说公主，反倒是这王子。

　　她转头看了眼身后的许嘉礼，穿着简单的黑色短袖，身姿清瘦高挑，皮肤冷白至淡，站在来往的人群中，非凡的气质异常明显。

　　忽然明白过来她这王子指的是许嘉礼，戚禾轻笑一声，转头朝小女孩认真地点了下头："好，我会的，谢谢你的祝福，小可爱。"

　　小女孩听着她夸奖，也笑了起来，挥手和她道别，最后还不忘后边的许嘉礼："拜拜，王子。"

　　最后这句是用英语说的。

听到这声，戚禾觉得好笑。这小孩还挺贴心，知道转换一下语言。

戚禾站起身送别完他们，许嘉礼走了过来，明显听到了话，抬了下眉："王子？"

"是啊。"戚禾扫视着他的脸，"弟弟，你这张脸真是老少通吃。"

许嘉礼轻笑一声："吃醋了？"

"什么吃醋呢。"戚禾扬起眉，"我哪里是那么小气的人还和小孩子吃醋。"

许嘉礼抬了下眉："还以为姐姐会呢。"

戚禾为自己正名："我可是很大方的人，不像你。"

闻言，许嘉礼很坦然："嗯，我确实小气。"过了两秒后，他稍稍侧头贴近她的耳畔，似是与她耳语般，"姐姐昨晚没见识到？"

微热的气息染过她的耳尖，戚禾只觉得一烫，联想到了别的场景，连忙侧头避开他，替他觉得着耻道："你脑子里都在想什么呢？"

许嘉礼看着她，眼神意有所指问："姐姐想什么了？"

戚禾反应过来，刮了他一眼："反正和你想的不一样。"

许嘉礼扬了下眉，似是建议道："那下次姐姐和我一起想想？"

戚禾觉得他现在是毫无顾忌了。

看着她的表情，许嘉礼似是没忍住，忽然笑了，笑声低沉微带着细碎的磁性，弯着唇似是宽慰她："姐姐放心，最近我先不想。"

戚禾哪能不明白他的意思，但总觉得不会这么简单，半是怀疑地看着他："然后呢？"

"然后，"许嘉礼盯着她的唇，用指腹轻轻抚了下她的嘴角，悠悠道，"再补给我。"

戚禾立即伸手打掉他的手，莫名有些脸红，小声骂他。许嘉礼抬了下眉，但也不否认。戚禾刮了他一眼，懒得和他讨论这个，迈步往前走。收到她的眼神，许嘉礼又笑了下，单手提着水果，慢悠悠地提步跟上。

华尚工作室就在前边，经过一个十字路口就到，离得不远。

戚禾觉得开车麻烦，干脆跟着他一起走路过去，边走她边提了句刚刚见到的那对法国夫妇。

许嘉礼"嗯"了声："聊了什么？"

"他们来这儿玩，有点看不懂地图。"戚禾解释几句，想着叫她公主的那个小女孩，笑了声，"他们女儿还挺可爱的。"

许嘉礼点头，随意问："刚刚姐姐和她说什么了？"

经他一提，戚禾想起刚才当着他的面无耻地逗小孩自己会魔法，睁着眼说瞎话道："她夸我漂亮，我说谢谢。"

许嘉礼看了她一眼，悠悠道："是吗？确定没有骗小孩？"

"当然没有，我是那种人吗？"戚禾脸不红心不跳地转移话题，"而且我难道不漂亮？以前我在法国的时候，街坊邻居都夸我漂亮，给我起过美人称号的。"

闻言，许嘉礼忽然提了句："东方美人。"

"嗯？"戚禾稍疑，"什么？"

"不是吗？"许嘉礼似是想了下，轻描淡写说，"在国外好像一般都这么夸。"

戚禾没怎么听过，只是偶尔见到邻居们听他们调侃叫她几句美人小姐，她也是故意逗许嘉礼而已。

"什么一般？"戚禾嘴角稍弯，"弟弟，姐姐我怎么能是一般呢？"

许嘉礼盯着她，莫名笑了一声："姐姐在国外这么受欢迎？"

"嗯？刚刚没感受到吗？"戚禾开口，"小女孩还叫我公主呢。"

许嘉礼顺着说："所以也叫了我王子？"

"哦，这个你别误会。"戚禾扬起眉，"你是托了我的福。"

许嘉礼低笑了声："那还真是谢谢姐姐了。"

听完道谢，戚禾应了声，突然反应过来："等会儿。"她转头看他，点出问题，"你刚刚还没有回答我漂不漂亮。"

许嘉礼似是觉得好笑："这个很重要？"

"许弟弟。"戚禾语重心长道，"姐姐告诉你一句，女人都爱听夸奖的，特别是女朋友。"

听到最后一句，许嘉礼嘴角轻勾："那我天天夸姐姐？"

"如果你不嫌累，我当然接受。"

刚好绿灯，戚禾站在斑马线前，一边说着一边准备过马路。

手心忽然被他一牵，掌心包裹着她的指尖，微微收紧。

戚禾稍稍一顿。

许嘉礼牵着她往前走，侧头看她，极其自然地说了句："姐姐真漂亮。"

这突然来这么一句，戚禾一时没反应过来："什么？"

许嘉礼仿佛很乖巧道："姐姐不是让我夸夸你？"

戚禾被逗笑："你是把这当任务了？"

"也不算。"许嘉礼慢悠悠道，"总要有点真情实感，不然怕你不信。"

听着还有点勉强呢。

两人走过马路到工作室楼下，戚禾一进去就和之前那前台小姐姐对视了一眼。她愣了下后，眼神下意识看了眼旁边的许嘉礼，以及两人牵着的手。貌似反应过来，又像是想起了什么，她立马移开视线，看向戚禾的眼神带了几分敬佩感叹。

这是什么表情？戚禾有些不解，等坐上电梯后才想到可能上次她亲许嘉礼被看到的事，看来都被八卦得透彻了。戚禾觉得自己还真在这儿出名了，想到这儿她转头扫了一眼身旁的罪魁祸首。

许嘉礼捏了下她的指尖："怎么？"

戚禾睐了下眼："你为什么长这么显眼？"

这突然质问，许嘉礼明白了她的意思，瞥了她一眼："姐姐不也一样？"

戚禾："我怎么了？"

许嘉礼不咸不淡道："上次食堂的那几位学弟……"

话还没说完，戚禾点头打断："好，我知道了。"

言下之意就是双方扯平。

而许嘉礼哪会轻易放过她："姐姐说说，你知道什么？"

"知道，"戚禾胡扯一句，"我们都很受欢迎。"

电梯刚好到达五楼，轻响一声打开。

"到了，走吧。"

戚禾顶着他的目光，先发制人牵着他走出来。

工作室的大门正开着，装潢布置很简约但也不束缚，偏极简主义。

不过这次倒没像之前见到的空空荡荡，坐着几位同事。因为是个人工作室，团队里的人不算多。除了许嘉礼钱茂几位合伙人以外，还有几个就是比他们年纪都小的毕业生。

听到门外的动静，里头的人循声转头看来，看到进来的戚禾时，先是愣了一秒，再接着瞥见她身后的许嘉礼后，顿时反应过来。

对上他们的视线，戚禾先浅笑致意："你们好，我是戚禾。"

刚巧从旁边办公室出来的钱茂，瞧见这场面，笑了声："发什么呆呢，赶紧打招呼啊。"

小同事们连忙开口，一一叫着："学姐好。"

听到这称呼，戚禾眉梢稍抬，倒是没想到会被叫这个。

"他们叫你学长？"戚禾转头小声好奇地问许嘉礼。

"嗯，"许嘉礼看了她一眼，"或者姐姐想当老板娘？"

戚禾笑了声，许嘉礼也没怎么在意，随手把水果放在一旁桌上，让他们自己分着吃。

"怎么还买水果了？"钱茂走来好奇地问。

戚禾弯了唇："见面礼。"

钱茂笑着："学妹确定这不是贿赂？"

"也可以是。"戚禾顺着话说，"这几个月学长可要好好照顾我。"

最近放暑假，钱茂问她有没有时间来打个暑假工，帮着画简画，戚禾自然答应了。

"别。"钱茂连忙摆手，"有你身边这位护花使者在，哪儿还用得着我照顾啊。"

许嘉礼闻言，侧头看她，抬眉："戚老师也可以来贿赂贿赂我。"

戚禾噎了下："你们两个唱双簧呢？"

钱茂被逗笑，刚想说什么手机先响了起来，他拿出来接起随意应了句就挂断，朝许嘉礼说："等会儿YG电竞俱乐部的人过来，你这个设计师可要在场，过来和我准备一下。"

闻言，戚禾见他们有事，让他们先去忙。

"随便逛逛。"许嘉礼看着她的神色，意有所指说了句，"累了就去我办公室休息。"

戚禾顿了下，明白他的意思，面无表情地赶他走。而旁边正在默默吃着西瓜的小同事们看那两位走了，不自觉地转头看向戚禾，但不敢很明显。戚禾转头看他们，扫了眼桌上的西瓜，挑眉问："好吃吗？"

一瞬间他们觉得她问的此瓜非彼瓜。

看着他们的表情，戚禾笑了，主动解释："我问西瓜。"

"好吃好吃的，谢谢学姐。"

"不用谢。"戚禾声音稍拖，"反正我也是买来贿赂你们的，大家应该都不记得之前的事了吧？"

什么事自然也不用她多说。小同事们的男女生分布还是挺平均的，三男三女。女生们听到这话顿时被逗笑，连忙点头："忘了忘了，我们都忘了。"

戚禾弯了下唇，夸她们聪明，让多吃点。

这几声玩笑也让他们没那么紧张，时不时还会和戚禾简单地聊几句。

戚禾听了会儿后，看着他们倒是好奇地问："你们为什么想来这儿工作，总不会都是因为许嘉礼吧？"

女生们先点头，看见戚禾的表情，连忙解释："不是，我们是觉得学长的能力好，而且当时是先来这儿实习的，后来觉得不错就留下了。"

"没事，我就问问，倒没有那么小气不让你们喜欢许嘉礼。"戚禾单手支着下巴，扬了下眉，"而且我人气也挺高的，别担心。"

几人顿时笑出声，看着她那张惊艳漂亮的脸，有女生先抿了下唇，小声问："学姐，您是怎么和学长在一起的啊？"

怕她误会，先解释道："我们没有别的意思，就是没想到许学长会是最先找到女朋友的人。"

戚禾有些忍俊不禁："觉得他会是最晚的？"

"有点。"女生实话说，"就感觉他好像对女生没什么兴趣。"

戚禾立即笑出了声："放心，我向你们保证他喜欢女的。"

女生笑着，接着问："你们是大学同学吗？以前就认识？"

刚刚钱茂叫的学妹，他们都有听到。

"不是同学，但确实是以前认识。"戚禾笑了下，"不过后来我出国了，去年才回来。"

"出国？"旁边的女生下意识问了句，"不会是巴黎吧？"

另一位女生问："你怎么知道？"

"我猜的。"女生眨眼小声说了句，"我有时候看到学长会关注那边的天气新闻，还以为他有什么事呢。"

"嗐，可能就随便看看吧，有时候我也会看美国的新闻呢。"

几人说了几句，倒是另一个女生问戚禾："学姐你出国去哪儿了啊？"

戚禾的眼睑微动，笑了下："巴黎。"

几人一愣，恰好此时后边的门被人推开。

后边的男生先转头看去，瞧见来人后连忙问好："谢先生。"

戚禾坐在位置上被挡住了视线，稍稍侧头看了眼。今天天气不算热，可依旧是夏日。就见进来的男人穿了一件黑色的长袖外套，拉链拉到了底，微微挡住了他的下颌，他的眼皮懒懒耷拉着，看上去闲散又困倦。

听到有人叫他，他抬起眼，眸色漆黑，扫了眼旁边的男生，散漫地点了下头。莫名带了几分狂妄傲慢。一点都不像来谈事的，反倒有种来砸场子的感觉。谢野扫过坐在后边的女人，半眯了下眼："戚禾？"

"是我。"戚禾没想到还能在这儿看到谢野，扬眉问了句，"你怎么来这儿了？"

"谈事。"谢野看了她一眼，"什么时候回国的？"

"去年的事。"戚禾也问，"你回若北了？"

谢野"嗯"了声："算是。"

可能一直没见人进来，会议室的门忽然被人打开。戚禾转头，就对上了许嘉礼那双棕眸。许嘉礼站在门边，看了眼外头的一男一女，随后看向谢野，淡淡道："谢先生，还谈不谈？"

谢野看着他面无表情的样子，扯了下唇："谈啊，我花了钱为什么不谈？"他迈步往里走，许嘉礼侧身让他进来，随后关上门。

钱茂坐在里头瞧见人，起身先问了好，也不废话，直接把旁边的画纸递给他："我们画了几张建筑初稿，您看看。"

介绍完后，钱茂先开门出去，就让许嘉礼来负责这事，毕竟他是主设计师。谢野坐在桌前，拿起画稿看了几张，神色有些懒散，也不知道有没有在认真看。他看了几眼，抬头看着许嘉礼，指尖敲了下画纸："小孩，你不介绍给我听听？"

许嘉礼："看不懂？"

谢野嗤了声："我又不是学美术的，我看懂什么？"

许嘉礼抬眸看着他的脸。谢野没什么骨头似的靠在座椅内，五官天生带着冷感，嘴角淡扯着，像是看谁都不大爽的样子。

谢野瞥他："看什么？"

许嘉礼很随意："没什么。"

"你有病？"说完，谢野似是想起什么，"噢"了声，"忘了，你确实有病。"

似是了解他对人的态度，许嘉礼淡淡回着："比不上你。"

谢野扫他一眼："想造反？"

许嘉礼没理他，拿过他面前的画，简单地讲着建筑构图和后期设计。

听完之后，谢野倒没什么意见，但看不惯许嘉礼这张没表情的脸，道："小屁孩，哥哥我呢也瞧不上你，所以早点给我画完早点收工，懂？"

"巧了。"许嘉礼语调稍抬，"我也看不惯你。"

闻言，谢野扬了下眉，难得没回他，而是瞥了眼窗外，悠悠问了句："戚禾你姐？"

许嘉礼抬起眸。

见此，谢野似是猜中了什么，不咸不淡道："小孩，提醒你一句。"说着，谢野眼神扫过窗户，意味深长地盯着他，"禽兽的事少干。"

"是吗？"许嘉礼声音稍抬，漫不经心瞧他，而后问，"可我早干了怎么办？"

谢野一来，外头的小姑娘们倒是挺开心的。

"学姐，你认识谢先生吗？"刚刚她们当然有听到两人的对话，等人进去后，连忙好奇地问着戚禾。

"认识。"戚禾对着她们的目光，笑了一声，"但和你们一样不熟，只是以前见过几面而已。"

确实只是见过几面，而且还是小时候在聚会上碰见的，之后谢野就不住谢家本宅，搬到了其他地方，她就没怎么再见过他了。

闻言，小姑娘们明显失望："这样啊。"

"怎么？"戚禾抬眉，"还以为有什么八卦可以听听。"

被猜中小心思，她们连忙笑了几声，摆手道："没有没有。"

戚禾老实说："我这几年都不在国内，还不如你们知道的多呢。"

女生们眨了下眼："这好像也是啊。"

戚禾笑："这是不是在说我消息不灵通？"

"没有没有。"她们连忙摇头，"我们可没有这么说。"

戚禾也不为难她们，看了眼会议室："今天是要谈什么？"

"YG那边要重新再建个休息区，所以来找我们工作室设计。"怕她不知道，小姑娘解释说，"YG是一家电竞俱乐部，谢先生以前是里面的职业选手，退役后就接手当了老板。"

戚禾倒是想起来了这事。谢野当初放着好好的谢家少爷不当，从谢家搬出来后就没怎么回去，高中一毕业就出格地去当了电竞选手，可谓是名声大噪，把谢家老爷子气得可不轻。这事是宋晓安和她说的，戚禾当时听到没觉得有什么惊讶，毕竟谢野可不是会按常理出牌的人。

她对这个没什么兴趣，之后自然也没有过多关注。

戚禾点点头："这项目是许嘉礼负责？"

"对的。"女生吐槽了一句，"但YG那边事有点多，设计了挺久的。"

戚禾笑了下："毕竟要住人，肯定要想多点。"

几人又聊了几句，女生们自然地开口："学姐，我带您去逛逛吧。"

戚禾当然同意，起身跟着她们一起到别的地方逛着。

工作室也不大，简单看了一圈后，刚好许嘉礼那边谈完了事情。

而许嘉礼可能连送都懒得送，直接让谢野自己走。

戚禾回来的时候，许嘉礼已经交接好了工作，带着她回了自己的办公室。戚禾环视了一圈，瞧见谢野已经不在，稍稍疑惑："谢野走了？"

许嘉礼瞥了她一眼："姐姐念念不忘，还想再见一面？"

听到他的语气，戚禾有些忍俊不禁："你又在乱想什么呢？"

许嘉礼推开办公室门，随意道："没想什么。"

"你这叫没想什么？"戚禾走进屋内，随意坐在沙发内，仰头看了他一眼，忍着笑道，"真应该拿个镜子给你看看你的表情。"

许嘉礼垂眸看向她："我有什么表情？"

"我们俩又不是青梅竹马，最多小时候见过几面。"戚禾抬手戳了戳他的唇角，拖腔带调道，"这个醋也要吃啊？"

许嘉礼张嘴咬了下她的指尖，语气慢悠悠："谁说我吃醋了。"

戚禾笑了："弟弟，你知道你现在挺符合一个词的吗？"

许嘉礼捉过她的手，随意把玩着："什么？"

戚禾扬眉，吐出四个字："言行不一。"

许嘉礼拿起她的手，又咬了一口："没有。"

力道不重，而那颗小尖牙轻轻刺着，有些痒。

戚禾笑出声："许弟弟，以前怎么没发现你这么幼稚呢？"

说实话，戚禾还真没看许嘉礼干出什么幼稚的事。他一直比同龄人更成熟，从以前开始就不像其他的小少年，但他明明可以当个孩子撒娇要求什么。可她从来没看到过，他基本上都是安安静静地坐在书房里看书。

不像许望，可以随意撒娇发脾气，活得毫无限制，肆无忌惮。

听到她的话，许嘉礼一顿，淡淡道："觉得我是个小孩？"

"嗯？"戚禾愣了下，反应过来笑了一声，"想什么呢，你现在哪还是个小孩啊？"

"不是。"许嘉礼捏了捏她的脸，言简意赅道，"我是你男人。"

戚禾挑眉："你不是我男人，还有谁是？"

许嘉礼似是提醒她，淡淡道："你以前把我当过弟弟。"

仿佛从一开始，就把他逐出了局。永远地定义为弟弟，也只能当她的弟弟。可他一点都不想，却无法反抗，因为那是唯一能留在她身边的借口。

"许嘉礼，讲讲道理。"戚禾眨下了眼，"你那个时候都还未成年呢，我要真的有想法，不是犯罪了？"

许嘉礼不咸不淡道："不算犯罪。"

下一秒，他补充说："我可以自愿。"

戚禾被逗笑，凑过去盯着他，尾音上扬："弟弟，你这样也不怕别人骂你。"

不管怎么样，当时他还小，觊觎邻家姐姐的心思，可有点不对。

许嘉礼想起刚刚谢野奉劝他的话，唇角勾了下："骂了。"

见还真有人骂他，戚禾扬起眉："谁骂你了？"

许嘉礼身子往后背一靠，闲散道："看出来我对你有这心思的人。"

"听这语气看来不止一个人啊。"戚禾好奇问，"骂你什么？"

许嘉礼给出两个字："禽兽。"

戚禾听着这有点熟悉的词，噎了下。之前宋晓安也骂过她这个。

看着她的表情，许嘉礼似是想到什么，语气缓缓开口："姐姐好像有点不对。"

忽然被点，戚禾眨了下眼，神色自然地问："我哪儿不对？"

许嘉礼与她视线对上，语气坦然，帮她检讨道："你喜欢我这个弟弟。还把我吃干抹净了。"

听到这话，戚禾立即反驳："我哪里把你吃干抹净了，明明是你……"

提到这儿，戚禾顿时想起昨晚的事，有些没脸提，连忙止住了话音。

"我怎么？"许嘉礼伸手将她扯到自己怀里，垂眸盯着她，似是想引她开口，尾音轻轻勾着，"姐姐不说我怎么知道，嗯？"

耳边有些烫，戚禾靠在他身上，暗地掐了下他的腰，语气有些轻斥："昨晚我说了几次不要了，你一点都不听话。"

"那我乖乖听话。"许嘉礼看着她渐渐红起来的耳尖，眼眸微深，指尖轻轻摩挲着她的腰，意味不明道，"姐姐也听我的？"

听什么自然不用提，戚禾刮了他一眼："你想得美。"

"嗯。"许嘉礼盯着她，低低应着，"是挺美的。"

戚禾想到了他昨晚那句"梦到过"以及后面的话，耳畔瞬时滚烫，她立即从他怀里出来，忍着脸红骂他："活该你被骂禽兽。"

许嘉礼扶着她的腰，懒靠在座椅内，低笑着："我也没有否认。"

见他这么理所当然，戚禾又打了他一下，让他赶紧去工作，别在这儿不务正业。许嘉礼语调随意："忙完了。"

戚禾扫他一眼："你刚刚不就和谢野谈了个事吗？"

许嘉礼点头："今天就这个工作。"

戚禾能信他才怪，皮笑肉不笑道："许老师这么闲？"

"是啊，所以姐姐和我，"许嘉礼坐直，伸手把她抱到身前，轻轻贴着她的唇，带着勾引的意味，"回家接着忙一下？"

戚禾直接把人骂了一顿，当然没和他回家。

工作室还忙着，她今天过来先熟悉了一些业务，跟着钱茂大致了解了之后要画什么。忙了几天后，戚禾觉得这还挺容易上手，她画着画着反倒有种以前在大学每天要画教授安排的作业的错觉。

周五的时候，宋晓安把她叫出来，顺便把她那几封信拿给她。

"你看看是不是这个？"

戚禾接过看了几眼上头的地址，点了下头放在一旁包里。

可能觉得好笑，宋晓安说了句："这个人还挺坚持，居然一直寄这些祝福信。"

"法国人有寄信的传统。"戚禾解释道，"这些特殊日子一般都会写亲笔信来祝福。"

宋晓安挑眉："难怪说法国人浪漫呢。"

"怎么？"戚禾调侃一句，"蜜月旅行想和何况去法国？"

"也可以。"宋晓安朝她比了个眼神，"不然你和嘉礼弟弟也来？"

戚禾抬了下眉："你们蜜月，关我们什么事呢？"

"看不出我什么意思呢？"宋晓安看着她，"我都结婚了，你干脆叫许嘉礼给你求个婚，和我们一起结了。"

闻言，戚禾点破她的小心思："你是想让我和你一起紧张吧。"

被她发现，宋晓安咳了一声，视线瞥见她后边走来的人，抬了下巴示意道："你家许弟弟来了。"

戚禾循声转头看去，果然就瞧见了许嘉礼，朝他挥了挥手示意自己在这儿。许嘉礼走来，看了眼宋晓安打了个招呼。

宋晓安点头，摇了下手机示意道："嘉礼弟弟，你来得也太准时了，说好半小时还真半小时。"

许嘉礼："怕等太久。"

"应该不是。"宋晓安扫了眼戚禾，"是怕我拐跑你女朋友吧。"

许嘉礼"嗯"了声："确实是。"

没想到他这么直白，宋晓安差点被呛到，默默伸了大拇指："强。"

宋晓安也是开玩笑，看着戚禾问了句："要不要一起吃个饭，反正都到这儿了。"

"下次。"许嘉礼先拒绝，"今天我带她回家。"

闻言，宋晓安意味深长地"哦"了声："回家啊。"

就知道她想多了，戚禾先打破她的遐想，慢悠悠道："我们回阳城，他奶奶家。"

"那不是一个意思嘛。"宋晓安不留他们，大方地摆了摆手，"行了，赶紧回去见家长吧。"

戚禾也无所谓她的调侃，让她早点回家，随后起身牵着许嘉礼往外走。这段时间都没怎么回阳城看奶奶，昨天刚好接到了奶奶的电话，答应今天回去吃饭。戚禾坐上车，想起刚刚他回的话，嘴角稍弯："你还真是掐秒来的，这么准时。"

许嘉礼先俯身帮她系上安全带："没有，正好赶上了。"

看着他的侧脸，戚禾凑上去亲了亲他的唇角，笑了声："那给你个奖励。"

许嘉礼抬眉："这么简单？"

戚禾严肃道："不要得寸进尺，快点开车。"

许嘉礼笑了，也低头亲了下她，才坐回去系上安全带，发动车子。

车辆驶进车道内，戚禾靠在车座内，有一搭没一搭地和他说着宋晓安筹备婚礼的事。许嘉礼随意问："婚礼什么时候办？"

"年后正月初。"戚禾算了算，"好像也没几个月。"

许嘉礼似是想了下："要当伴娘？"

"不用。"戚禾搬出宋晓安的原话，"到时我和你在下面坐着看。"

许嘉礼"嗯"了声："那就好。"

"嗯？"戚禾问，"好什么？"

"风头太大。"许嘉礼直接说，"别的男人会看你。"

没想到是这个理由，戚禾被逗笑："那我就算不当伴娘，也有男人看我怎么办？"

"不会。"许嘉礼打了转向灯，转了方向盘，随意道，"我在你旁边。"

车辆驶进阳城小巷内，戚禾转头看了他一眼："怎么？保护我啊？"

许嘉礼把车停好，侧过头对上她的视线，貌似乖巧说："宣示主权。"

戚禾让他下车，她站在车旁随手关上门，等许嘉礼牵着她往外走到家门口的时候，先瞧见了旁边还有辆车开了过来。

许嘉礼扫了眼，而那辆车似是也看到了他们，稍稍停在路边。

下一秒，后车窗轻响了一声，缓缓地摇下遮挡着的车窗，一点点显出后座内的人影。戚禾没怎么在意，准备开门的时候，后头先传了一声。

"阿礼。"

戚禾闻言循声望去，那路边车辆的后侧车窗已经完全摇下，车内坐着一个女人，她保养得很好，皮肤白皙，容颜还带着年轻时的姿色，眉眼带笑正看着他们。戚禾一瞬间就认出来是谁了，许嘉礼的母亲。

杨惠下车，司机在后边跟上来，手里提着类似礼盒一样的东西。

戚禾瞧见人走来，颔首致意："您好。"

"是戚禾吧？"杨惠看着她隐约觉得眼熟，笑了声，"我听阿望说阿礼谈了女朋友，我一开始还不信呢。"

她转头看了眼许嘉礼，语气似是责怪："阿礼你也是，怎么没告诉妈妈呢，要不是阿望告诉我，我都不知道呢。"

许嘉礼没什么表情，牵着戚禾往里走，淡淡道了句："先进去。"

杨惠也知道在这儿不好说什么，迈步跟上他们。

屋里的林韵兰先瞧见许嘉礼和戚禾，扬起了笑容，但等注意到后边的杨惠后，笑意明显淡了点。

杨惠走上前先笑着说："妈，我来看看您，正好也想着见见阿礼。"

闻言，林韵兰稍绉了下眉："来了怎么不先打电话说一声？"

杨惠说："想着是顺路来看看您，再去阿礼那儿的。"

林韵兰也不好说什么："我后边还在烧菜，先坐着吧。"

"对了。"杨惠示意司机把东西提上来，"这是启淮特意买来的大闸蟹，我想着让您和阿礼尝尝鲜，所以特意送过来。"

戚禾稍稍愣了下，转头看了眼许嘉礼。

许嘉礼牵着她的手，注意到她的视线，稍侧头看她，神色平静示意问："怎么？"

戚禾摇头："没事。"

前边的林韵兰看着司机提的螃蟹，没让阿姨拿去厨房，只淡淡说了句："先放那儿吧。"

因为厨房还在烧菜，她让几人坐着，先回了厨房。

大厅内就只剩下三人，戚禾没说什么，安静地坐在许嘉礼身旁，杨惠坐在旁边，看着许嘉礼说："最近怎么都没回家一趟？"

许嘉礼："回了。"

杨惠一愣："什么时候？"

许嘉礼抬眸看她："现在。"

他的家，只在阳城。杨惠皱了皱眉："阿礼，怀北那儿也是你的家啊，我们和阿望都在那儿呢。"

许嘉礼语气没什么情绪："有你们在不就行了。"

杨惠面色微微一僵，看他苍白的脸："病怎么样？有没有好点？"

"我看着好像比以前好多了。"杨惠叹气轻声道，"如果能恢复正常，虽然晚点，那也是好的，不用那么辛苦了。"

看到戚禾抬起眸，杨惠似是没觉得自己说的有什么不对，宽慰她："阿礼从小就身体不好，不像阿望那样健康，他……"

"那又怎么样？"戚禾平静地打断她。

许嘉礼一顿。

戚禾无声握紧许嘉礼的手，看着杨惠："许嘉礼什么样，有没有病，都是我男朋友，我觉得一点问题都没有，您怎么就有这么多问题？"

杨惠明显没料到她会这么说话，愣了一下。

"我不知道您今天来是想说什么。"戚禾扫了眼旁边的那盒螃蟹，淡淡道，"但我还是想说一句……"

戚禾抬眸看她，无波无澜地把话说完："管好你的许望就好。"

"许嘉礼和你们没关系。"

厅内的气氛僵到极点。戚禾的话一字一顿地将维持着的假面揭开。杨惠哪能不明白她的意思，面色有些沉，看了眼许嘉礼："你跟我过来。"

"不用麻烦他了。"戚禾转头看向许嘉礼，轻声示意，"我先去厨房看看奶奶。"

知道她的意思，许嘉礼稍稍点头。

戚禾看了眼杨惠："我先走，您慢走不送。"说完她起身往厨房走。

而等她一走，杨惠立即发作，看着许嘉礼质问："这就是你找的女朋友？阿望说的人挺好，这叫挺好的？今天我就当你被她这张脸骗了，之后别再让我看到她。"

许嘉礼声音不轻不重："她很好，只是看对什么人。"

杨惠立马皱眉："许嘉礼，你不回家待在这儿这么多年，就学到了个顶撞父母？"

许嘉礼看着她。

"你身体这样，我和你爸对你没什么要求。"杨惠说，"你当初想搬这儿来读书，我们也没什么意见，让你来，还以为你病能好点。"

闻言，许嘉礼的神色不明。

杨惠有些不耐烦："但你现在连家都不回，病也没半点好，还找了个这样的女朋友。"

许嘉礼稍垂眸。

"阿礼。"杨惠看着他，说出那句话，"你能不能让我们省省心，像阿望那样和我们好好说话，学学他……"

"我为什么要学他？"

许嘉礼抬眸看着她，重复问："我为什么要学许望？"

杨惠顿了下："我的意思是阿望性子比你好，你应该要学学他这个，而且我是你妈妈，还能害你吗？"

"许望什么样和我有什么关系？"许嘉礼扯了下唇，漫不经心地说，"你如果想见他，不应该来找我。"

杨惠声音一斥："许嘉礼，你在这儿学了什么？怎么和妈妈说话的？"

"我学到什么。"许嘉礼看着她，淡淡问，"你想知道过吗？"

杨惠皱了下眉："我现在不是就在问你？"

可能觉得好笑，许嘉礼轻轻扯着唇，似是没有兴趣多说，开口赶人："您该走了。"

杨惠还想说什么，但注意到时间，稍稍顿了下："行了，我之后再来看你。"她提包站起身，看着旁边的礼盒，嘱咐道，"还有这个螃蟹，知道你喜欢吃这个，特地买的等会儿记得吃。"

下一秒，许嘉礼似是笑了声："我喜欢吃？"

许嘉礼坐在座椅内，长睫掩过了他眸底的情绪，表情没有任何变化，语气不轻不重："我一个有严重胃病的人，怎么会喜欢吃螃蟹？"

喜欢吃螃蟹的，从来都不是他，是许望。

杨惠反应过来，下意识抬头看向他，忽地对上他那漠然的眸子，身子稍稍顿住。

"而且，"许嘉礼声音缓慢，轻描淡写道，"曾经您还亲手把我送进了医院，我怎么敢吃？"

厨房内，戚禾站在料理台前帮忙切菜，但担心许嘉礼，时不时就抬头往厨房外看。旁边的林韵兰瞧见她这副模样，叹了口气："你这样还不如在外面看着阿礼呢。"

戚禾被自己逗笑："我知道了，我不看了。"

"别担心。"林韵兰宽慰他，"阿礼不是小孩，自己知道怎么办。"

戚禾想了下："他妈妈……"

"他妈妈不常来，可能是阿礼不回她电话，她今天才来的。"林韵兰盖起锅盖，看着她问，"阿礼家里的情况，你应该也能猜个大概吧。"

戚禾点点头。

林韵兰叹气："他爸妈一开始不是这样的，对阿礼也是好的，杨惠当时心疼他生病，基本上每天都陪着，但时间久了，后来又生了许望。"

林韵兰顿了下："我当初觉得这是他们夫妻的事，我不能管太多。但阿礼打电话给我说想搬来这儿和我住的时候，我就知道有问题了。"

一个家里，有两个孩子，一个健康有活力，一个疾病缠身，不论是谁都会喜欢健康的那个。父母自然而然地就会把爱一点点地转移，把希望放在了其中一个孩子上，而另一个，则是被冷落，被丢置在一方房间里面，安静地等着疾病消磨过自己的生命。

——"现在，轮到你不要我了吗？"

少年的每个字清晰地飘荡在脑海里，戚禾垂下眸，静默无言。

下一秒，指尖忽然传来一道剧烈的刺痛，她下意识松开手里的刀，皱眉看去。食指上多了一道浅浅的刀痕，暗红色的血渐渐冒了出来。

林韵兰听见声响，转头一看她切到了手指，吓了一跳，连忙抽过纸巾按住她的手指："快快，我带你去处理一下。"

食指被按着有些痛，戚禾皱眉跟着林韵兰往外走，刚巧碰上过来找人的许嘉礼。林韵兰瞧见他解释道："我让阿姨去拿医药箱，你帮她看看。"

许嘉礼看见她满是血的手指，目光顿住，直接牵过她，唇线弧度微抿："怎么回事？"

戚禾没忍住轻"啧"了一声："不小心切到手了，没事的。"

许嘉礼没说话，托着她的手带着去了大厅，阿姨拿着医药箱递给他。

戚禾坐在座椅内，任由许嘉礼帮她处理，随意看了眼杨惠已经不在，连那盒螃蟹也没了。消毒棉签擦过伤口时，戚禾被打断思绪，碘伏进入刀口一阵刺痛，手指控制不住地颤起，她眉心皱起："疼疼疼，轻点。"

许嘉礼表情很淡："活该。"

虽说骂着，但动作明显放轻了点。

戚禾轻呼着："我又不是故意的，干吗还骂我。"

许嘉礼没搭理她的话，坐在她身旁，托着她的手心，面无表情地换了根棉签，帮她消着毒。刺痛感稍稍退去，戚禾看着他的神色，半开着玩笑说："帮我处理好点，留疤了可不好看。"

许嘉礼扯唇："下次不要进厨房了。"

"哪有这么严重。"戚禾好笑道，"刚刚只是手滑了一下而已。"

"手滑？"许嘉礼看了她一眼，"你确定自己下次不会再手滑？"

戚禾还真有点不敢保证，退一步说："那我不动刀行了吧。"

许嘉礼拿过创可贴，撕开帮她贴上："晚上不要碰水。"

戚禾没答话，而是看着他的表情，小声问："生气了？我已经不痛了，你别生气。"

"没有。"许嘉礼没看她，垂眸收起一旁满是血迹的纸巾，声音缓慢，"下次小心点。"

见他的嘴角还绷着，戚禾把食指放在他手心，轻呼着开口："我痛，帮我吹吹。"

许嘉礼看了她一眼："不是不痛？"

戚禾顺着话说："你吹吹就不痛了。"

"嗯。"许嘉礼勾着她的手指，"姐姐多大了？"

戚禾不要脸道："十八。"

许嘉礼似是觉得好笑，瞥她一眼："所以现在是戚妹妹？"

"是啊。"戚禾完全坦然，"许哥哥帮我吹吹？"

"哦。"许嘉礼冷酷道，"忍着吧。"

戚禾骂了他一句："冷漠无情。"

许嘉礼当然能听到，但没理她，安静地整理着医药箱。

戚禾把手指伸到自己嘴边，自食其力吹着："螃蟹被你扔了？"

"没有。"许嘉礼说，"杨惠带回去了。"

戚禾扯唇："她良心发现你不能吃？"

刚刚她看到那盒螃蟹的时候，就一直有气，许嘉礼有胃病，螃蟹这种凉性的东西根本吃不了，杨惠居然还送过来，明显就是不记得这事，也没在意过。之后再听到她说的话，戚禾实在没忍住，直接回嘴。

许嘉礼没应这话："不是第一次。"

"嗯？"戚禾慢一拍，"她以前也给你吃过螃蟹？"

许嘉礼牵过她的手，轻轻蹭了下她的创可贴边缘，"嗯"了声："后来进了医院。"

那次其实不算严重，只是因为误食过多的螃蟹。在这之前许嘉礼一直没有吃过螃蟹，因为杨惠至少会控制，不让他吃，可后来，因为许望爱吃。杨惠就买来把蟹肉挖出来当成一道菜，方便他可以直接吃。

许嘉礼当时年纪小，看着杨惠帮他夹的那块蟹肉，老实地夹起吃了。

他记得那个味道，却不觉得好吃，也不喜欢。但因为是杨惠夹给他的，许嘉礼没有拒绝，一直吃着。后来到了晚上，他在厕所内吐着，被杨惠发现后连忙送去了医院。

医生当时问了得知他吃了螃蟹后，责怪着杨惠的不仔细。许嘉礼那时躺在病床上，听着医生的话才知道原来自己不能吃螃蟹，却被自己的母亲忘记了。而仅仅是因为，她另外一个儿子喜欢。

…………

听到他还因为这个进了医院，戚禾垂眸："我后悔了。"

戚禾淡淡道："早知道刚刚直接骂她给你买了螃蟹。"

"骂什么？"许嘉礼想起她刚刚和杨惠说的话，似是觉得好笑，弯了下唇，"姐姐还挺凶。"

"哪儿凶。"戚禾轻扯唇，"我还很有礼貌地打招呼了。"

就算骂人，她也是学过名媛礼仪的，该有的礼数不能少，但她骂得也不会轻。许嘉礼指腹蹭着她的指尖。

戚禾说了句："你也可以骂他们。"

许嘉礼一顿。

"没有人天生被这么对待的，也没有人会被所有人喜欢，但不要让自己受委屈。"戚禾看着他，语气带了几分惯有的调笑，"他们不喜欢你算什么，我喜欢你不就行了。"

许嘉礼眼睫动了动，安静了几秒才问："你喜欢我吗？"

戚禾扬起眉："喜欢啊。"

许嘉礼抬起眼看着她，轻轻应着："好。"

只要你喜欢我，只要你还愿意喜欢我。

那其他的，我全都可以不要。

对着他的目光，戚禾压下心底的酸涩，笑了起来，眉眼稍稍弯起："我以前可是说过了，疼你都来不及。"

许嘉礼安静地盯着她。

戚禾小指勾上他的食指指节，如同之前的约定般，开口说："我疼你，但你也不能让自己被人欺负了。"

"不然，"她抿了抿唇，浅笑了下，"我会心疼。"

那个孤独的小少年。

因为手指受伤，戚禾过上了用右手画画的日子，又要重新熟悉一下，很不顺手。戚禾都怀疑自己今年是不是和左手犯冲，从之前的骨折再到现在被刀切到。反正就没左手什么好事。

戚禾也偷偷想用左手画画，但不知道许嘉礼是不是在她这儿装摄像头了，每次都能被他看到，然后面无表情地要求她换回去。所以最近一段时间工作室里的人看到她都是用右手画画，还挺惊奇的。

"学姐，你不是左撇子吗？"

坐在隔壁的女生小童看她右手拿着铅笔，好奇地问。

"是左撇子。"戚禾懒洋洋地解释，"但以前特意学了用右手画画。"

小童感叹："那难怪你这么聪明呢。"

戚禾扬了下眉："因为我是左撇子？"

一般人都会认为左撇子比较聪明。

"是啊。"小童点头，"你看你两只手都会用。"

闻言，戚禾还没说话，对面的小男生伟杰笑了一声："照你这么说，许学长聪明也是这原因？"

小童一愣："许学长是左撇子吗？"

戚禾先摇头："他不是。"

"啊，我还以为他是呢。"伟杰摸了下头说，"我有时候看他会用左手画画。"

"这个啊。"戚禾笑了下，"以前我和他打了个赌，看我和他谁能先学会用另一只手。"

小童不解："那是双方都赢了吗？"

"我赢了。"戚禾抬了抬眉眼，"他只会画画，写字还是有点难的。"

"啊？"伟杰似是觉得有点不对，戚禾听到想问他怎么了，桌上的手机就响了起来，她扫了眼上头的陌生号码，也不知道是戚荣还是程静，她习惯性地挂掉。

小童看着她的动作，以为是卖房子的销售人员，笑着给她支招说："学姐，你以后直接说我也卖房，大家都是同事，要不要买一套一起凑个业绩？"说完之后，伟杰也跟着凑上来支招。

戚禾被他们俩逗笑，答应她试试看，几人还在聊着天，后头的办公室门被人打开，熟悉的清冷声音传来："戚禾。"

这声冒出来，身边的小同事们像是被按了下静音键，连忙低头佯装忙碌。戚禾看着他们这样子，扬起眉，稍稍往后看。

许嘉礼斜靠在门边，闲散地看着她，直接道："过来。"

戚禾靠在座椅内，懒散道："干什么？"

见她不过来，许嘉礼就当着在场所有人的面，很理所当然地说了句："休息一下。"

戚禾面色淡定地拒绝："我不休息。"

"那，"许嘉礼稍歪了下头，"陪我休息？"

戚禾立即起身，走到他面前被人推进去，暗暗掐了下他的腰："你这是不务正业。"

许嘉礼笑了下："姐姐不是跟着来了？"

"那又怎么样。"戚禾无所谓，"丢脸的又不是我。"

恣意的性子越来越显现出来了。许嘉礼抬了下眉，戚禾觉得没什么，往前走准备去沙发那儿躺一会儿。

许嘉礼凑过去从身后抱住她，掌心揉了下她的小腹："肚子痛不痛？"

她以前就容易痛经，有时候林韵兰会让她在家里休息，泡好红糖水给她送去，许嘉礼也送过几回，自然知道她有这毛病。

"还行，最后几天了，没那么痛了。"戚禾拍开他的手，侧头看搭在自己肩上的脑袋，眯起眼，"你没发现你的手很凉吗？"

许嘉礼下巴蹭过她的侧脸："那姐姐帮我焐焐？"

戚禾好笑道："不应该你帮我焐吗？"

"我热了再帮你。"许嘉礼抱着她坐在沙发内，端起茶几上泡好的红糖水递给她。

戚禾接过喝了一口，衣兜内的手机又响了起来，她皱了下眉，摸出看了眼还是那串陌生号码。

"程静？"许嘉礼看过，淡淡问。

戚禾也不知道，随手接起。

下一秒，对方先开口，似是有些慌张："戚禾，你没事吧？"

听到是程砚，戚禾倒是没想到，有些奇怪地回了句："我没事，怎么了？"

程砚松了口气，直接说："戚荣受伤进医院了。"

闻言，戚禾喝水的动作一停，脑子冒出一个猜想。

下一秒就听见程砚那头传来一句："程静下午跑出来，带了刀。"

听到这话，戚禾倒是没什么意外，和她猜到的没什么差别。

上次和她说得那么清楚，把她的梦直白地戳穿。

程静可能被她刺激到了，但没想到居然还真敢动手。

"你们没看住她？"戚禾喝了一口红糖水，随意问。

"她最近好转了点，情绪也没有那么糟糕，只是不想住医院里，我就让她搬到了外面住，"程砚稍稍无奈，"没想到她趁护工午睡的时候跑了出来。"

戚禾接话说：“所以去找了戚荣，捅了他一刀？”

闻言，许嘉礼抬眸看她。

电话里的程砚没说什么，只是道歉：“对不起，都怪我。”

“不怪你。”戚禾扬了下眉。

许嘉礼敲了下她的水杯，示意她快喝。

戚禾笑了下，没再和程砚多说，简单地应了几句挂断电话。

“戚荣出事了？”许嘉礼扫了眼她的手机，基本上猜到了。

戚禾喝着红糖水点头：“程静中午带刀跑出去找人了。”

许嘉礼皱了下眉：“人抓到了？”

知道他担心什么，戚禾宽慰他：“放心，她对我只是因为嫉妒不甘心，才一直纠缠我的，如果想杀我早就动手了。”

闻言，许嘉礼沉默了几秒：“因为以前那件事？”

“也不算。”戚禾想了下，“她其实挺自卑的，一开始看到我可能就只是嫉妒，后面想法就变多了，但那件事，应该是她最后悔的事。”

所以才会宁愿让自己变成一个疯子，也不愿意去承认那天发生的所有事，只是一味地把所有罪责都压在戚禾身上。

只求，唯一的自我安慰。

许嘉礼看着她的神情，语气有些轻：“最近都和我待在一起，或者和其他人在工作室里，不要一个人乱跑。”

闻言，戚禾稍稍顿了下，把水杯递给他，托起腔调逗他：“我哪次不是和你待在一起？”

“再确认一遍。”许嘉礼牵着她的手，“以防万一。”

戚禾应了声：“知道了。”

“确定知道了？”许嘉礼捏了下她的指尖，“姐姐可不要骗我。”

戚禾觉得好笑道：“行，那我骗骗你。”

“听话。”许嘉礼盯着她，“有什么事先报警，再给我打电话。”

戚禾挑眉：“不应该先打给你？”

许嘉礼：“双重保障。”

戚禾轻笑：“行，双重保障。”说完后，戚禾嘴角轻扬逗他，“不过说实话，你是不是想趁机让我黏着你？”

许嘉礼蹭了下她还贴着创可贴的食指："嗯，算是。"

这事也不算什么大事，毕竟和她没什么关系。

不过戚荣没有受多大的伤，当时他正在从家里出来，程静拿刀迎面上去，戚荣及时发现，挡了一下，所以捅得不算重，就腹部被刺了一刀，没伤及内部器官，送进医院缝几针，住院休养而已。听到这消息的时候，戚禾还挺失望的，觉得程静怎么不再刺深点。

可惜了。戚禾稍稍感叹了一下，不过也没什么时间去在意。

最近工作室这边忙得很，她一直在改画，许嘉礼也要不断修改设计图，所幸两人基本上都很忙，每天都一起上下班。

戚禾懒得自己去坐地铁，都蹭着许嘉礼的车坐。

不过等到附中开学后，戚禾结束了在工作室这边的打工生活，重新回归自己的教师职责。而因为工作室忙，钱茂没怎么给许嘉礼排课。

戚禾觉得他每天接送自己麻烦，就没让他送，想自己开宋晓安以前的旧车去上课。许嘉礼一开始拒绝了，觉得不放心，但还是耐不住她的软磨硬泡，最后退了一步答应她可以开，前提是他忙没办法接送的时候。

戚禾点头表示赞同，但还是偷偷摸摸地开了一个月。

天气度过炎热酷暑，温度不再那么逼人，国庆后稍稍转凉，正式进入秋季。戚禾上完课，回到办公室就听见陈美兰连着打了好几个喷嚏。

"感冒了？"戚禾拉开座椅，抽了纸巾递给她。

"不会吧。"陈美兰吸了下鼻子，"我也没觉得冷啊。"

"你穿这么少，"戚禾扫过她身上的短袖，扬起眉，"还不觉得冷？"

陈美兰看着她早已穿上的两件衣服："我们这儿只有你觉得冷。"

"干什么？"戚禾好笑道，"这是瞧不起我呢？"

"哪能啊。"陈美兰跟她玩腔，"我怎么能瞧不起我们招牌院花呢。"

最近许嘉礼没怎么来教课，戚禾的名气可大得多了。

戚禾轻笑："我这招牌院花还有这么大的威严啊？"

"那当然。"陈美兰朝她比了个眼神，"有你在那群学生才有学习动力嘛。"

戚禾轻笑着："饶了我吧。"

"开玩笑开玩笑。"陈美兰笑着，"不过今天你怎么还没走，小许来接你吗？"

"没有。"戚禾随口说，"我自己回去，顺便想去趟超市。"

"超市？"陈美兰一笑，"小戚你这女朋友还挺贤惠的啊。"

戚禾挑眉："怎么了？"

陈美兰看着她："你不是想去超市买菜给小许煮饭吃？"

闻言，戚禾笑了，慢悠悠开口："去超市确实是买菜，但煮饭这事可能不大行。"

陈美兰："啊？"

戚禾微笑："我煮的菜吃了会死人的。"

和陈美兰随意说了句明天见，戚禾就提着包先往外走到停车场，上了车后点火发动开出附中。

戚禾到华荣小区外商圈里的超市逛着，许嘉礼的电话刚好打进来。

听着她那边的声音，许嘉礼问了句："在超市？"

戚禾正挑选着水果："你忙完了？"

许嘉礼"嗯"了声，打开车门，弯腰坐入主驾驶内："我来找你。"

"不用。"戚禾把葡萄放进篮子里，随意道，"我等会儿买完，应该可以和你一起回家。"

听着她话里的词，许嘉礼弯了下唇："那我慢点开？"

戚禾闲散道："我很快就买完了，你最好快点。"

许嘉礼抬眉："姐姐这么急？"

戚禾懒得理他，看了眼篮子里的东西："还有什么要买的吗？我顺便一起买了。"

闻言，许嘉礼语调轻抬："要买的？"

戚禾"嗯"了声："你还要买什么吗？"

许嘉礼慢声问："姐姐帮我买？"

戚禾推着车往前走："反正我都在超市了，你就不用再买了。"

"我想买的。"许嘉礼笑了下，"姐姐可能不大会愿意去买。"

戚禾眨了下眼："怎么了？"

"虽然还有，"许嘉礼低笑了几声，语气慢悠悠道，"但再买一点也没事。"

戚禾还没反应过来是什么意思。许嘉礼那边仿佛很贴心地又提醒了句："如果姐姐不觉得累，也可以多买点。"

话音落下，戚禾听着累这个词，还在想关她什么事，怎么就累……

一刹那，戚禾的脑子一卡，脑海里闪过了某样东西。

她愣了几秒，意识到他的意思后，耳郭瞬间滚烫起来。

车内，许嘉礼听着她那边压低声音，骂了他一句不要脸后，迅速挂断了电话。看着已经返回界面的屏幕，许嘉礼轻笑了下，随手收起手机，发动车子往车道上行驶。

工作室在市中心，行了大概十几分钟，许嘉礼单手转动方向盘，车辆慢行经过人行道。这辆车是戚禾的，许嘉礼上午让她开了自己的，他开走帮她加了油，总要物归原主。

开到华荣小区门口外边的停车库时，许嘉礼正打算找个位置停下，有一道人影冲到了副驾驶旁。

许嘉礼连忙刹车，侧头看去。隔着车窗清晰地看到女人披头散发的，神态明显有些失常，双眸紧紧地盯着车内看，似是在找什么人。

许嘉礼眯起眼，解开安全带下车，看着对面的女人。

"戚禾呢？"程静见车上只有他一个人，嗓音干哑，"我要找戚禾。"

许嘉礼扫过她两手空空，没有拿什么东西，神色微淡："你想干什么？"

"你管我干什么。"程静走到他面前，眼眸盯着他，有些病态道，"我要见戚禾，我只要见戚禾，你告诉我她在哪儿？"

车库内视线有些暗，许嘉礼的神色不明："想找她讨债？"

"这是她欠我的。"程静看着他，语气缓缓，"我劝过你，你不应该和她在一起的，你知不知道她以前做了什么。"

许嘉礼的右手中不知何时多了个打火机，他一下又一下把玩着，垂眸看她。

程静扯唇笑了下："像你这样的人，她靠那张脸都不知道勾引过多少个了，你根本就不算什么。"

许嘉礼眼睫抬了抬，手里的火机盖轻响开启。

"小弟弟，你被她骗了知不知道？"程静语气无所谓，道，"你以为她很清高吗？"

许嘉礼看着她，没说话。

程静凑近，站在他面前低声："我告诉你不管以前还是现在，她早就被人摸过，上……"

没等她说完，许嘉礼抬起手。火石摩擦声响起，一抹火焰忽然在眼前升起。热度似是灼烧过脸侧。

程静猛地尖叫一声，捂着自己的侧脸，往后退一步，瞪大眼看他："你疯啦！"

许嘉礼单手合上打火机，眼眸一抬，眸底没什么温度，藏着的戾气展露无遗。

"你们凭什么这样对我！"程静突然开始哭，声嘶力竭道，"凭什么对戚禾这么好！她明明和我一样！她明明和我一样！"

"凭什么？"许嘉礼轻扯唇扫她，"你以为自己是什么东西？"

"你该谢谢你自己。"许嘉礼眼眸淡淡盯着她，语气缓缓似是提醒，"如果那天晚上你放弃她逃走了，那你就不会在这儿和我说话了。"

程静身子一顿，尖叫起来："我没有，不是我！那天晚上是她！"

许嘉礼扫过她否定现实的状态，似是觉得可笑，转身想重新上车。

察觉到他的动作，程静一把拦住他，大声吼着："我要见她！你带我去见她！"

许嘉礼盯着她："让开。"

程静明显还想说什么，可看到他手里的打火机，想起刚刚的灼烧感，她下意识往后躲开，似是怕他再做出什么。

许嘉礼面无表情地看着她，语速很慢："好好待在医院里，不要再来找她，如果有……"他的话音一停，程静对上面前的男人那双冷漠至极、似是在看着死物的眼睛，她心底升起了害怕，身子不自觉颤起来。

"那下次……"许嘉礼指尖转过打火机，漫不经心道，"烧的可不是脸了。"

车辆驶离去。

程静僵硬的身体在一瞬间松垮下来，倒坐在地上，她撑着身子，呆滞无神地不知道在看什么地方。她嘴里似是在呢喃着："疯子，疯子，都是疯子……"

走出超市后，戚禾把东西搬上车，往嘉盛花苑开，进过安检，驶进停车库时，看到旁边停着自己的那款车，还有点奇怪。

她停好车，就见隔壁车门打开，许嘉礼从里头出来。

"嗯？"戚禾下车看他，"你怎么现在才到？"

许嘉礼眼眸稍垂，掩过眸底还未消去的冷戾，声音平静道："路上有点堵。"

戚禾了然地点头，现在正值下班高峰，堵是正常。她打开后车厢，看了眼自己的车，随意问："华荣小区那边停不下吗？"

许嘉礼提出里面的超市袋子："忘了，直接开到这儿来了。"

戚禾笑了声："我还以为你又买了一辆和我一样的车呢。"

两人往前边电梯口走，上行到达楼层后，戚禾过去开门让他进去。

许嘉礼把东西放在客厅茶几上。

看着他任劳任怨地提着这一大袋东西，戚禾凑过去亲了他的嘴角，笑着问："累不累？"

许嘉礼稍顿。心底的那份阴暗面，在听到那天戚禾质问戚荣时，在听到她解释着当年离别的理由时，一直沉积克制着。他不想去暴露，也不想让她得知，可看到程静撕心裂肺的模样的那一刻，忽然爆发。

如果当时没有程静，面对着那所谓的"伺候"，面对着那些男人。

如果当时只有她一个人。

如果是她。

怎么办？

许嘉礼不敢去想，他不敢去面对任何一个如果。他害怕她变成了第二个程静，更害怕她一个人从这个世界离去。那是他的深渊噩梦。

无数的暴戾阴暗如同血液般在身体内肆意生长交织，却在一刻，被她的一个吻叫停，安抚平息下来。

轻而易举地。

心底一松，许嘉礼低垂下头，僵直的那根弦松懈开。

是啊。

没有那个如果。

她现在好好的，如同骄阳。

来到了他的身边。

许嘉礼稍低眸，抬手贴着她温热的侧脸，温度顺着掌心传递到心脏，他盯着她，嗓音微哑："再亲一下。"

似是察觉到他的情绪，戚禾依言又亲了下他的唇，抬眸看他，轻声问："怎么了？"

许嘉礼轻吻了下她的唇瓣，从身后抱着她，看了眼超市购物袋："买了什么？"

被他提醒，戚禾想起来要把东西拿出来，坐在他怀里，打开袋子给他介绍："这是葡萄，香瓜，小白菜……"

看她一一搬出来，许嘉礼扫了一圈："没了？"

"对啊。"戚禾环视着，不放心地问，"我没买错吧？"

"没有。"许嘉礼沉吟一声，"但好像少一个。"

戚禾稍疑："什么？"

"忘了？"许嘉礼手臂环着她的腰，声音压在她耳侧，微热气息触到她的肌肤上，慢条斯理问，"姐姐刚刚不是说要帮我买？"

戚禾想起是什么东西了，忍着耳朵的痒意，偏过头避开他，镇定道："我什么时候说要帮你买。"

许嘉礼继续贴上去，尾音稍抬："姐姐骗我，嗯？"

"我没答应你。"戚禾躲在他怀里，被他气息弄得发痒，弯着唇看他，"哪里骗你了？"

许嘉礼指尖顺着她的腰肢上滑，动作有些不正经，可语气似是有些为难："那怎么办？"

戚禾没反应过来："什么？"

他压低嗓音，似是邀请暗示："我都做好准备了。"

耳畔一烫，戚禾目光不自觉盯向他的唇，随后眼神上挪，落入他的眼眸内。许嘉礼半抱着她，眼眸低垂着，细密的睫毛被微弱的灯光染上了一层柔光，沙发内空间狭小，被两人占据着，身影相倚，自然而然地，气氛不自觉添了几分暧昧。

戚禾看着他那副安静盯着她的模样，舔了下唇："准备什么？"

许嘉礼眼睫微眨了下，缓缓地贴近她的唇瓣："姐姐觉得呢？"

距离一点点缩近，戚禾保持姿势没有动，眉眼轻扬起，伸出食指轻压过他的唇。这人的唇瓣总是带着几分微凉，可触觉柔软。

许嘉礼停在她的手前，低着眼看她，似是在等她的动作，任她索取触碰。纤细的食指立着在唇上，轻轻下移，随着抚过下唇、唇角，再到下颌。

"我觉得……"戚禾压着声，指尖沿着往下滑过他冷白的脖颈，停在微凸的喉结上，轻蹭点过。

动作有些磨人，带着明显的暗示。许嘉礼低着眼，直勾勾地盯着她，眸底不复浅明，被她碰着的喉结缓慢滚动了几下。

戚禾指尖随着移动，轻笑了声："弟弟。"

她那双媚眼抬了抬，仿佛带着赢者的姿势："想什么呢？"

许嘉礼扣着她腰的掌心滚烫，眼神有些隐晦不明。

戚禾嘴角轻勾，抬手抚了抚他的侧脸，字词宛如冷水般浇了下来："我们应该去准备做饭了。"说完后，没等人反应，她伸手推开他从怀里起身，似是干完坏事就想逃的坏女人。

戚禾当然知道惹他的后果，迅速往厨房走。

可还没走两步。手腕被拽住一扯，戚禾猝不及防地扑向他，整个身子都倒入他的怀里，她下意识撑住他的肩膀，稳住自己的平衡。

她抬起头，与他鼻尖轻蹭过，距离再次消失。

"想去哪儿？"许嘉礼身子半靠在沙发内，扶着她的腰不规矩地摩挲着，盯着她，声音带着询问，"姐姐想去哪儿？"

戚禾咽了咽口水，但还是很骨气道："做饭。"

许嘉礼含着她下唇，舌尖舔了舔："很饿？"

"嗯。"戚禾咬了一口抗议道，"很饿。"

闻言，许嘉礼勾过她的衣摆，一路往上，他低下头，滚烫的唇瓣贴上她的耳垂："那我们现在做。"

本来也没想做什么，可她不长记性。明知他偏偏受不住她的大胆，明艳放肆，反倒故意挑逗。戚禾呼吸一错，单手想推开他的手，可颤了下顿住，她立即偏过头，埋在他的颈间，气息稍乱："我说的是做饭。"

这人在断章取义。

许嘉礼贴着她的脖颈，嗓音低哑问："不是在做？"

身子被他轻托起，戚禾低头，压过喉间的声音，有些发软："你这样，就是辜负我买的那些菜。"

许嘉礼似是笑了声，吻着她的侧脸，从衣底下松开，一手捏起她搭在他肩膀上的下巴，字词含糊问："这样是哪样？"

戚禾嗓音有些哑："不行，先吃饭。"

手腕被他握着，似在控制又似在一同沦陷。

四周气氛中那道气息有些重，夹杂着他身上的沉木香。

戚禾现在可不敢再逗他，收回手催他："我饿了，快点做……煮饭。"

听到她改口的词，许嘉礼轻笑了下，拍了拍她，让她去卫生间洗手换衣服。戚禾站起来的时候趁机掐了一下他的腰，随后快速逃离现场。她往卧室走，拿了换洗衣服进了浴室内，顺便洗了个澡才出来。

到餐厅时，许嘉礼已经摆上了两道菜，戚禾确实有点饿，先拿起筷子吃了几口。最后一道汤端上来后，许嘉礼坐在她旁边，陪她一起吃。

"哦，对了。"戚禾想起来，"安安今天给我送了喜帖，还有你的一份，等下给你。"

"不用。"许嘉礼夹了块肉给她，"你看了就好。"

戚禾咬着排骨："你也是受邀人啊，至少也要看看喜帖嘛。"

"嗯？"许嘉礼挑眉问，"姐姐想让我参考参考？"

戚禾没懂："参考什么？"

许嘉礼很坦然："喜帖样式。"

戚禾差点被噎住，但明白他的意思，没由来地有些脸烫："这个还早，之后再看吧。"

许嘉礼似是好奇："之后是多久？"

"我哪知道。"戚禾没忍住，"你不是才23嘛。"

她这个大三岁的都不急。

"姐姐这是，"许嘉礼声音缓慢，"嫌我小？"

"想什么呢。"戚禾笑了下，"我嫌你小怎么会和你在一起？"

许嘉礼"嗯"了声："也对。"过了两秒，他慢悠悠地又补了句，"姐姐应该也知道我不小。"

戚禾很确定这人说的和她说的根本不是一个话题，她刮了他一眼，让他老老实实吃饭。

许嘉礼轻笑着，没吃多少，基本上都是在给她夹菜。一个吃一个夹，等差不多吃完饭后，戚禾觉得有点撑，在厨房把碗洗干净，就带着他去楼下散散步。

因为附近都是老城区，基本上有很多老人会带着孙子孙女出来散步。

最近刚入秋，天气很舒服，所以街上还挺热闹的。

戚禾挽着许嘉礼的手，说着今天附中上课的事。

想到之前程静的事，转头问许嘉礼："最近程静有没有给你打电话？"

闻言，许嘉礼神色自然地回了句："没有。"

回答完，他记起下午在华荣看到程静，随意提了句："华荣那边治安不好，最近没什么事不要去那边。"

戚禾笑了下："怕程静找我？"

许嘉礼没答，只问："最近有找你？"

"没有。"戚禾其实隐约觉得有点不对，"她最近也没怎么给我打电话，她是不是来找你了？"

许嘉礼摇头："没有。"

闻言，戚禾稍稍有点放心，她觉得程静会来找许嘉礼的概率不大。

从始至终，程静只对她有意见，对她身边的人基本上都是想要赶走而已，因为见不得她好，想让她变得和她一样。

堕落又孤独。

Chapter21
别怕·阴霾散去

　　程静没来找她，戚禾自然不会过多烦恼，她巴不得这女人能一直这样安静，老实地待在医院治病。

　　周一的时候，许嘉礼送戚禾到附中，戚禾下车和他说了句："我中午来找你吃饭。"

　　许嘉礼点头，还不忘一句："别到处乱跑。"

　　戚禾觉得自己在他心里的形象，可能就是个随时会跑路的人。

　　和他再三保证后，戚禾才进了附中艺体楼里，半路上还碰到陈美兰，看她一个接着一个喷嚏打着。听了好几声后，戚禾还没开口说什么，陈美兰先点头，拖着鼻音说："对，我感冒了。"

　　听着她幽怨的语气，戚禾轻笑一声："不是说不会吗？"

　　"我也很无语。"陈美兰皱眉，"为什么你这怕冷的没有，反倒我先感冒了？"

　　戚禾扬眉："因为我穿得多啊。"

　　陈美兰很幽怨："你那体弱多病的许弟弟呢？"

　　"他啊。"戚禾笑了下，"他天生体质不好，感冒在他身上不算什么病。"

　　陈美兰看她："我怎么还挺羡慕呢？"

戚禾语调轻抬："羡慕？"

怕她误会，陈美兰连忙解释："没没没，我随口说的。"

"那可不能随口说。"戚禾开口逗她，"再说一会儿，您的感冒可能更严重了。"

陈美兰被逗笑，跟着她一起往里头走。两人边聊着边打开办公室的门，钱茂在里头和其他老师说着股市，在感叹高低起伏。这场景已经是他们的常态了，戚禾没怎么在意，拉开自己的坐椅坐下。

钱茂刚好在感叹："怎么我买的都跌，别人买的都涨呢？"

陈美兰调侃他："你运气不好呗。"

钱茂"嘿"了一声："你这是说我们这儿一圈运气都不好了？"

对上他们的眼神，陈美兰连忙开口："别别，无意冒犯无意冒犯。"

坐着看戏的戚禾，有些忍俊不禁。旁边的王老师看到戚禾时，似是想起什么："对了，有一件事我还真有点奇怪了。"

钱茂问："什么事？"

王老师皱眉："最近戚氏的股票一直稳赚不赔，之前跌得可厉害了，根本没人买。"

闻言，戚禾稍稍抬了下眉。

钱茂倒没关注这事："最近涨了很多？"

"对啊。"王老师说，"我也是看到小戚，才想起来这事。"

戚禾好笑问："怎么看到我就想起来？"

王老师摸了下头："这不是你姓戚嘛，所以就想起来了。"

戚禾倒没在意，不过看了眼他们手机里的股市，隐约觉得有点问题。

现在戚氏归戚荣管，按理来说由于之前破产资金亏空，就算现在挽救回来，也不可能有什么涨股的可能性。钱茂拉着他们继续说着股市，没再提戚氏的股价。戚禾想了下，也没想出些所以然来，倒是上课铃先响起打断了她的思绪。没再多想，戚禾拿起画册上楼去上课。

最近没了许嘉礼上课，小女生们都还挺老实的，基本上都是有事才会举手问问题。

戚禾教得倒挺轻松，下课的时候，她给人答疑完，下楼回了办公室。

正在理着资料的时候，门忽然被敲响。

戚禾循声望去，门被外边的人推开，是校门口的保安，他先进来看了一圈唯一在场的戚禾，笑着开口说了句："戚老师，外边有人来找您。"

"找我？"戚禾下意识想到了程静，皱了下眉，"是和我年龄差不多的女生吗？"

保安摇头："这个倒不是，是个女的，她说是您的伯母。"

闻言，戚禾还真愣了下，没想到是她的大伯母。

"好，我马上过来。"戚禾应下，随手理好资料后，拿起包走到校门口时，一眼就看到了停在路边的那辆轿车。

里头的人也瞧见了她，后车座的车窗缓缓摇下，露出里头的女人，她长相温婉，抬眸看来，轻轻唤了声："沐沐。"

戚禾上了车，对着李梅简单问了好："伯母。"

在戚家的时候，戚禾自幼丧母，李梅对她还算照顾，也把她当成女儿来养，只是出了那件事后，因为戚荣的这层关系，两人一直没怎么联系，只是李梅偶尔会打电话问候几句。

李梅含笑点头："一直没怎么来找你，现在是不是觉得挺突然的？"

"您有什么事吗？"戚禾开门见山问，"如果是为了戚荣，我们应该没什么好聊的。"

听她直呼戚荣的名字，李梅稍稍愣了下，随后叹了口气："我知道当初那件事……"

戚禾皱了下眉："你想说什么？"

李梅沉默了几秒，最终开口说："现在戚家是你伯伯在打理，你应该是知道的，一直都不大理想。"

李梅看着她："但最近突然好转了一点。"

"是吗？"戚禾随意问，"这不是挺好的？"

李梅摇了下头："我觉得可能有点问题。"

闻言，戚禾想到了上午的股市，抬起眸："什么意思？"

"戚荣，"李梅抿起唇，轻声说，"可能偷税了。"

话音落下，戚禾愣了好几秒，一瞬间确实有些诡异。

偷税可是犯法的事，戚荣哪儿来这么大的胆子。

"前几天家里突然来了一群警察，还有税务局的人。"李梅说，"他们把书房的文件还有电脑都搬走了，公司那边也有人来查。"

戚禾皱了皱眉："我没有听到这个消息。"

李梅说："这事突然，戚荣派人把信息都瞒下来了。"

戚禾想了想："怎么被发现的？"

"具体我不知道。"李梅只摇头，"但秘书说这事是有人举报的。"

戚禾也不知道该说什么，稍稍沉默后，抬眸看她："您来这儿就想和我说这个？"戚荣是她的丈夫，偷税这个事情肯定会牵连到家里，她都自顾不暇了，而且也不应该来告诉她这个侄女。

"你回国这么久了。"李梅抿了下唇，"我一直没来看你。"

明白她的意思，戚禾笑了下："我没什么事，也没有怪过您，毕竟这不是您的错。"

李梅看着她脸上的笑意，停了几秒后，像一位母亲般轻声问："沐沐，这几年你过得好吗？"

戚禾一顿。

"听说你谈了个男朋友，"李梅笑了下，"他对你好不好？"

戚禾眼睫轻颤，鼻尖莫名一酸："挺好的。"

"那就好。"李梅看着这个算是自己看着长大的女孩子，对当年的事情，她无法多说什么，只能笑着呢喃重复，"你好好的就好。"

"以后也会一直好下去的。"

车辆停在华尚写字楼下，戚禾和人简单地道别后，开门下车。

正值秋日中午，外边的日头虽然看着热烈又刺眼，但照在人身上的温度却刚刚好。熨帖着淡淡的暖意。戚禾站在工作室楼下，想给许嘉礼打电话，而刚摸出手机的一瞬间，电话先响了起来。

看着上头的来电名，戚禾笑了声，随手接起："猜猜我在哪儿？"

许嘉礼的声音顺着听筒传来，带了电磁声："工作室楼下。"

戚禾轻"啧"了一声："怎么不配合我一下？"

许嘉礼抬了下眉："那我猜姐姐在楼下。"

戚禾往大厅里头走，走到电梯前按了上行键。

电梯经过二楼，正在缓缓往上行。

戚禾看着数字，闲散道："你没有让我觉得有丝毫惊喜感。"

话音落下，电梯叮一声响起，门向两侧自动打开，露出里头站着的男人，他一手拿着手机，站在她面前，那双棕眸抬开看来，抬了下眉："现在有惊喜感了吗？"

电话内和面前的声音重合，戚禾愣了下后，勾唇一笑："现在有了。"

许嘉礼随手挂断电话，迈步走出来："想上来找我？"

戚禾点下头："以为你还没画完稿子呢。"

"刚画完。"许嘉礼牵过她的手，"正好就给我打了电话。"

闻言，戚禾学他的话回他："这是心灵感应。"

许嘉礼笑了下："怎么来这么快？"

按下课时间来算，她慢吞吞的性子可不会这么早来。

"刚刚和我伯母见了一面，坐她的车来的。"戚禾解释一句，"戚荣的老婆。"

许嘉礼侧头看她："说什么了？"

"她和我说戚荣可能犯法偷税了。"戚禾说了句，"听说是被人举报，前几天戚家和公司都被查了，之后可能会有结果。"

许嘉礼"嗯"了声，继续问了句："没有其他的？"

"放心，她没说我什么。"戚禾笑着宽慰他，"她对我挺好的，一直都把我当女儿，只是怕戚荣对我再做出些什么，所以不好和我联系。"

许嘉礼看了眼她的神色："没骗我？"

戚禾好笑道："你们一个个怎么回事？对我的信任感这么差？"

"姐姐说呢。"许嘉礼捏了下她的指尖，语气似是问罪，"以前到现在骗了我几次？"

"我，"戚禾噎了下，想为自己辩解，但突然反应过来不对劲，"等下。"

许嘉礼看她："嗯？"

戚禾眨了下眼："你听到戚荣的事怎么都不惊讶？"

看她迟钝的反应，许嘉礼笑了下："最近戚氏股价出现这么大问题，不难猜。"

戚禾稍疑："你看了股市？"

"柯绍文说的。"许嘉礼说，"我看了也发现了。"

戚禾了然，柯绍文那堆人虽然花天酒地的，但也是各家族企业的小少爷，对这方面的情况自然有关注。

　　许嘉礼带着她去吃午饭，戚禾想去吃一家常去的粤菜馆。

　　许嘉礼领着她到停车场，戚禾坐上车后，还在想戚荣的事，开口说："那戚家公司又要倒闭了？"

　　许嘉礼帮她系上安全带，点头："应该会查封破产。"

　　闻言，戚禾觉得好笑："到头来都是无用功啊。"

　　以前想靠她卖身，现在又想偷税，最后却什么都没有得到。

　　"想什么呢？"许嘉礼打断她的思绪，握住她的手，"不要乱想。"

　　"没有。"戚禾沉吟一声，"就是觉得如果程静现在听到这个消息，可能会挺高兴的，其中一个仇人变成了这样。"

　　许嘉礼看着她，没说话。

　　"不过我倒好好的，"戚禾嘴角轻扯了下，"她可能又会不开心了。"

　　闻言，许嘉礼出声问："你欠她什么？"

　　戚禾一顿，还没开口说话。

　　"戚禾。"许嘉礼盯着她，与她对视道，"你从来没有欠任何人。"

　　许嘉礼牵着她的手，声音缓慢说："从始至终都没有。"

　　那些伤害痛苦，都是他人施加的。你没有任何的错，也没有任何罪。

　　"你应该抱怨，也应该恨他们。"许嘉礼语气很慢，"程静可以高兴的事，你也可以。"话音落下，戚禾抬眸，对上他的目光时，鼻尖一酸。

　　"你不是和我说过。"许嘉礼捏了捏她的手心，力道轻轻的，将那句话重复告诉她，"不要让自己受委屈。"

　　"还有，"许嘉礼看着她，慢慢说，"我也会心疼。"

　　闻言，戚禾立即垂下眼，半遮住微红的眼眶，带了点鼻音：我知道了。

　　许嘉礼凑过去看她，抬手按了按她眼角："知道什么？"

　　戚禾抬眸看他，停了几秒，抿了下唇："不让你心疼。"

　　"嗯。"许嘉礼似是笑了下，"这么乖？"

　　戚禾还在调整情绪，嘟囔了一句："我又不是什么叛逆小孩。"

　　"你不是。"许嘉礼想起之前的事，嘱咐道，"但最近还是要注意点程静，知道吗？"

戚禾点头应了声："你也是，注意点。"

"嗯。"许嘉礼揉了下她的脑袋，发动车子带她去吃饭。

戚禾拿着手机，查了下戚荣的事。但戚荣好像确实一直在压着消息，外面的人都没怎么听到风声。她倒是挺好奇他哪儿来的自信觉得自己不会出事的，毕竟纸包不住火，迟早有天会泄露。

然而她这想法刚过几天。戚禾看到了网上出了相关报道，描述了戚氏集团董事长戚荣偷税事件，以及国税稽查局立草案彻查。

这事冒出来，公司和戚家一下就成了关注点。而戚禾这个早就落魄的小姐，虽然没什么人在意，但也有几个熟人来问她知不知道这事。戚禾一概表示不知道，现在的戚家和她没什关系，她只是个普通画室老师而已。

这事闹得沸沸扬扬的，戚禾没太去关注，每天懒懒散散地去上课，倒是宋晓安一直给她说着进展。

月底的时候，可能涉及的金额过于庞大，稽查局那边直接来人封锁了公司和戚家。听到这消息的时候，戚禾马上就想到了李梅那边，可又觉得这个时候打电话可能不大好，最后还是没打，等事情结束了再说。

周三下午的时候。戚禾准备去趟阳城小巷看看奶奶，但刚坐上车就接到了许久没有来电的程静的电话。戚禾扫了眼那串陌生号码，随手接通后，以为会听到一阵谩骂，没想到等了一会儿，她那边都安安静静的。

"不说话？"戚禾随意道，"那我挂了。"

程静忽然出声，沙哑问："你在哪儿？"

闻言，戚禾扬了下眉："怎么？想来找我？"

"我出不去。"程静声音很低，"程砚把我关在这儿，我出不去了。"

"他是为你好。"戚禾劝她，"你老老实实治病，他不就不会关你了？"

"戚禾。"程静安静了两秒，轻轻说，"你能不能来见我一面，我出不去了。"

戚禾平静问："见你干什么？"

似是怕她拒绝，程静解释说："就这一面，我就想见你这一面。"

"你想干什么？"戚禾语调稍抬，"是想也给我一刀，还是想问我什么时候死呢？"

"我不杀你。"程静说，"我什么都没有，杀不了你。"

戚禾抬了下眉："所以你觉得我会去见你？"

"你会。"程静似是很笃定，"如果你来，我以后不会再来找你。"

听到这话，戚禾笑了声："我为什么要听一个疯子的保证？"

程静淡淡道："我可以死给你看。"

戚禾"嗯"了声，直接挂断了电话，发动车子往外行驶。

而没多久，她皱了下眉，刹车停在路边一侧，拿出电话翻找到了之前程砚打来的号码，拨了出去。

没几秒，程砚接起，似是有些诧异："戚小姐？"

戚禾言简意赅道："派人看好程静，她可能会有自杀倾向。"

程砚一愣："什么？"

戚禾想到什么道："把她医院地址给我，她要见我，我去一趟。"

程砚："你要见她？"

戚禾想着刚刚程静的状态，皱了下眉："她给我打电话，有点问题。"

太过平静了。

可能也怕出事，程砚连忙给她发了地址，戚禾收到地址，顺着导航开了过去，路上给许嘉礼发了消息和地址。

车辆行驶进医院内，戚禾下车后，许嘉礼的电话刚好打进来。

他语气直接："我在路上了，你先等我过来。"

戚禾当然不会贸然进去："好，我在大厅等你。"

可能车速开得快，戚禾没等一会儿就看到许嘉礼的身影，愣了下："怎么这么快？"

"走吧。"许嘉礼淡淡道，"她不是要见你？"

戚禾"嗯"了声，牵着他往病房区走。

由于程砚提前打了招呼，里头的护工看到戚禾先领着她过去，许嘉礼站在一旁陪她。每个病人都是单独一间病房，可能怕等会儿出事，里头有护士。屋内床铺上的被子和枕头都被丢弃在地上，棉絮填充物都已经脱离出来，散落一地。

程静就坐在房间的窗户旁，安安静静地看着外头的花草树木。

戚禾走进屋看到她的一瞬间，有些恍惚，以为看到了以前的程静。

也是这副模样，永远安静地坐在一旁，胆怯懦弱。

听见声响，程静转过头看她，神色不慌不忙道："我就说你会来。"

戚禾扫了眼四周的满地狼藉，看来是闹过一次了，抬眸看去："找我想说什么？"

程静盯着她，问："戚禾，戚荣是不是要去坐牢了？"

戚禾应了声："是吧。"

"是吗？"程静笑了起来，"那你现在是不是和我一样开心？"

看着她未达眼底的笑意，戚禾淡声问："你开心吗？"

"我当然开心。"程静笑着，"现在戚荣坐牢，我只要等你死了，一定会更开心。"说完后，她就像疯了一样地大笑着，刺耳又癫狂。

戚禾神色平静地看着她，可又觉得有些悲切。

程静笑着，看向她身旁的男人，拖着音问："许嘉礼，你也是疯子，可是你没有发现戚禾和以前的她再也不是一个人吗？"

戚禾一顿，而许嘉礼只是抬起眸，扫了一眼，似是根本懒得回她。

戚禾垂下眸，不想在这儿多待，转身准备往外走时，身后传来程静那声——"戚禾，我们都被毁了。你和我一样。"

程静停了两秒，似是自嘲地笑了声，继续道："永远都回不去了。"

戚禾闭了下眼，忍着指尖的颤意，背对她迈步走出房间。然而没走几步，垂在身侧的手忽然被人牵住，微凉的指尖轻轻被包裹在他的掌心里。

戚禾脚步骤停。许嘉礼站在她身旁，轻轻喊了一声："戚禾。不要忘了。"许嘉礼勾住她的小指，如约定般告诉她，"我在这里。"

在这里陪着你。

他的声音传来，指尖的温度传来，似是在迷途中出现引领她方向的那道色彩。戚禾回过神，抬眸看向他，也看到他身后的那间病房，程静的状态似是还在脑海里不断浮现着，她的疯狂、暴怒，以及永远不解的怨恨，早已把她所有的理智击垮了。

从那天程静做出那个选择后，就注定什么都会失去。她以为什么都可以变好，不再只是个无依无靠的孤女，她可以变成像戚禾一样的人，甚至更好。可她被骗了，付出了她的所有，却被抛弃了。

那从一夜后，程静就变得不像她，她渐渐变得暴躁，极端地想要达到自己的目的。所以去找了戚峥质问，在车上想要以自杀威胁，却造成了车辆追尾。最终戚峥变成植物人，而目睹这一切的程静在医院醒来后，被诊断患有精神障碍，完完全全失去了自我。她选择逃避所有的一切。以受害者的姿态，将罪责积压在戚禾以及其他人身上，自欺欺人地继续活着。

可她从来没有逃离开，那个夜晚。

她失去她唯一希望的夜晚。

戚禾对程静其实说不上有什么感情，只是每次看到她似是从来没有感到疲惫地、歇斯底里地来找自己的样子。就会想起，曾经的程静。那个普通的女孩，安静却时常羞涩，带着那份天真。和她一样，和以前的戚禾一样。身上毫无阴霾，带着属于她自己的美好。

戚禾看着眼前那扇紧闭的门，目光有些失神，轻喃着："我和程静都回不去了。"

离去前的程静的一字一句传来。

——"戚禾，我们都被毁了。"

——"永远回不去了。"

听着她的话，许嘉礼眼眸微敛，收紧她的手："怎么了？"

"许嘉礼，"戚禾低下头，喉间半哽着说，"我好像，变不回那个曾经的自己了……"

那个曾经闪闪发光的、让所有人惊艳的戚禾。

她好像，再也追不上了。

从医院醒来的那天起。我害怕每一天的自己，也害怕所有人对我的每一份关怀。就好像失去了所有，跌入了万丈深渊。

而在戚家出现问题的那天，戚禾知道，他们都在等着曾经高高在上的她哭泣，再迎来无尽的嘲笑。那时，戚禾明白了。她渐渐开始做什么都保持着笑意，即使是虚假毫无情绪的。她也必须笑，无论如何都要笑着。因为只有笑着，才能维持着仅有的尊严。才能让他们的胆怯退去。

而在机场的那天。我抛弃了你，却也抛弃了自己。我将那个闪闪发光的自己与那个少年，永远丢弃了。可在我鼓起所有勇气后，我找回了你。

但好像，没有找到那个自己。那个属于自己的戚禾。

"我在努力，"戚禾低着眼，看着泪珠不受控地砸了下来，"可是我怎么也追不上……对不起……"

许嘉礼走近她，指尖轻抚了下她红润的眼尾，他顿了好几秒，嗓音发哑说："为什么要说对不起。"

"你有什么好对不起的。"许嘉礼擦去她的眼泪，动作轻柔，"我没有想要你变回去，以前和现在的，不都是你吗？"

戚禾眼睑垂着，无声无息地落着泪。

"还有，"许嘉礼反问一句，"你以为谁只要叫戚禾，和以前的你一样，我就会喜欢她？"

话音落下，戚禾立即抬起眸对上他。

两人安静对视着。

"戚禾。"许嘉礼慢慢说，"我喜欢一个人，不是要去回忆以前，是想和她从现在到未来，一直在一起。"

如同他想要的长命百岁。

是奢侈。

可他想要这个奢侈。

戚禾眼眸变得更红了，嘴角微抿。还没出声，许嘉礼轻捏了下她的脸，语气散漫："就因为程静的一句话，你又不要我了？"

闻言，戚禾轻泣反驳："我没有。"

"那你再把我找回来。"许嘉礼笑，"我一直在等你。"

就像这些年。

闻言，戚禾神色失神，哑着声："我……可以吗？"

"为什么不可以？"许嘉礼蹭了下她的眼角，语气郑重又似是承诺，"戚禾，现在的你，值得所有的好。"

所以不用追了，戚禾。

相信我，我会把光重新铺满你未来的长河。

眼泪再也忍不住，顺着脸颊滑下，戚禾下意识想低头，许嘉礼先帮她擦过泪水，动作轻柔地托着她的脸，掌心蹭了蹭，嗓音轻哑："什么时候这么喜欢哭了？"

一听他说话，戚禾用力地抿起唇，身子前倾，抬起手抱住他的肩膀，低头埋入他的颈窝处，泪珠滚落下来砸在他衣领上，渗过贴在他的皮肤上。凉得有些生冷。

许嘉礼嘴角微抿，俯身回抱她，轻柔地拍抚着她的背："姐姐是想把我的衣服都要弄湿？"

戚禾捏着他的衣领，还伴着鼻音说："我再给你买一件。"

许嘉礼弯了下唇："这么有钱？"

闻言，戚禾抬起头看他，顿了几秒，红着眼眶说："许嘉礼，戚家破产欠的钱……我已经快还清了，没有那么穷了，我会对你好，不走了，所以你……不要离开我好不好？"

我不会再把你弄丢了。

再也不会了。

所以，能不能一直待在她身边。

能不能，这是她唯一的祈求。

戚禾低下眼，盖过眼眶里打转的眼泪。

她不想哭，在这个承诺的时刻，她想好好告诉他。而下一秒，戚禾感到眼前微暗，那道温凉柔软的触觉落在她的额头位置。

仅几秒。

她眼睫一颤，抬起。许嘉礼垂眸看她，眸底浅棕折光，他喉结缓慢滑动了下，微哑着嗓子，道出那句珍重承诺："好。"

戚禾鼻尖一酸，抿起唇勉强压下那阵情绪，点点头，带着鼻音说："那说好了，以后谁也不能走。"

许嘉礼反牵住她的手，勾着她的指节，示意道："之前不就说好了？"

想起之前的约定，戚禾怕自己又哭，小声说："我再确认一遍。"

"姐姐放心。"许嘉礼看着她红通通的鼻尖，"不会变的，但如果你违约……"

戚禾问："会怎么样？"

"我会把你抓回来，"许嘉礼盯着她，低声慢调说，"锁在家里，永远不会让你逃走。"那是心底难掩的残暴，他不愿去想。

闻言，戚禾笑了下："这么简单？"

许嘉礼看着她："什么？"

戚禾戳了下他的手心，诚实说："还以为你会把我的腿打断呢。"

许嘉礼"嗯"了声，点点头："我有这个打算。"

看着她的表情，许嘉礼笑了一声："走吧，回家。"

戚禾应了声，而走时，她转头看了眼身后的病房，没说什么，掌心微微收紧许嘉礼的手，迈步向前走。

与那道门，一点点地拉开距离。

不再回头。

被程静这儿一打岔，两人回阳城小巷的时候都快七点了。

之前戚禾已经提前和林韵兰说了他们俩有点事，可能会晚点，让她先吃饭不用等他们。

林韵兰没问什么，就说了："好，奶奶给你们留菜。"

戚禾下车，跟着许嘉礼进门。

阿姨瞧见他们笑了一声："刚刚老太太还问你们俩怎么还没回来呢。"

"路上有点堵。"戚禾问，"奶奶吃过了吧？"

"吃过了，刚刚回房间休息了。"阿姨让他们坐下，"我去给你们热菜，老太太特意烧了你们喜欢的菜。"

戚禾道了声谢，拉着许嘉礼去洗手。

两人到后边的卫生间，许嘉礼先帮她洗。

戚禾抬头问他："你胃痛不痛？"

现在时间有点晚，过了吃饭时间，怕他不舒服。

"没有那么严重。"许嘉礼洗过她的手指，"最近你一直监督我吃饭，迟一点吃没什么影响。"

闻言，戚禾扫他一眼："果然你以前都没有按时吃饭。"

许嘉礼稍歪了下头，看着她："我吃了。"

"别装。"戚禾可不吃他这套，眯眼看他，"你这招对我不管用。"

"嗯。"许嘉礼一边说着一边凑近她，眨着眼轻轻问，"对姐姐不管用了吗？"

两人距离渐渐缩近。戚禾看着他近在咫尺的眼睛，愣了一下。

许嘉礼趁机亲下她的嘴角，随后扬了下眉："这叫不管用？"

戚禾反应过来，刮了他一眼："你这脸真的很祸害。"

许嘉礼很坦然："嗯，能害姐姐吗？"

戚禾被气笑："你这是变相承认自己长得帅？"

"嗯？"许嘉礼拿过旁边的毛巾，帮她擦着手，"不是姐姐说我长得帅？"

戚禾扬了下眉："我说帅你就信啊？"

许嘉礼点头："要尊重事实。"

戚禾觉得好笑，拿过毛巾自己擦，让他赶紧洗手吃饭。

两人回了餐厅，阿姨刚好也热好菜端了上来。

许嘉礼坐在她旁边，没什么胃口但还是简单吃了点，随后时不时夹点菜给她。戚禾肚子也不饿，随意吃着，问他工作室的事情忙得怎么样。

等吃了差不多五分饱后，她也不吃了，让阿姨收拾了下。

"你是不是还要去书房整理草稿？"戚禾看了眼时间，起身跟着他往隔壁走。

"没有。"许嘉礼往后院走，"最近工作差不多了，过几天我回附中。"

戚禾笑了下："你可以来上课了？"

许嘉礼带她散着步消食："差不多。"

戚禾懒懒地"啊"了声："那你的小迷妹们应该会挺开心的。"

许嘉礼抬眉："吃醋了？"

"是啊。"戚禾眉梢单挑，"不行？"

闻言，许嘉礼貌似真诚道："那我还挺开心的。"

戚禾噎了下，还以为他会说别的，没想到来了这句。

两人本身也没吃什么东西，逛了一圈儿就往后院房间走了。

戚禾明天也还要早起，她想着回去洗个澡就睡觉。

走到她的房间时，戚禾扫了眼后便看到自觉来房间里的许嘉礼，扬了下眉，倒也没说什么，先推开门走了进去。洗完澡出来后，戚禾随手系着睡袍带子，就看到自己床边坐着应该在隔壁的男人，没忍住笑出了声。

许嘉礼也换了睡衣，额前发梢还有些湿，肤色比平常还要白，明显是刚洗完澡过来的。

戚禾拿过自己的毛巾，走去坐在他身旁，随手盖在他脑袋上，抬手帮他擦着湿发，语气带着玩味问："你不睡觉？"

许嘉礼稍稍低下头，方便她动作，盯着她吐出一个词："睡。"

"弟弟。"戚禾双手揉了下他的额发，警告他，"今天我们各睡各的。"

许嘉礼拒绝："不要。"

"什么不要呢。"戚禾弯着唇，隔着毛巾捏了下他耳朵，提醒道，"这里可不是你家。"

如果闹出点大动静来，那她可真是不要脸了。

"嗯？"许嘉礼语调稍抬，"我只是想陪姐姐睡觉，姐姐想干什么？"

"噢。"戚禾拒绝，"我不用你陪。"

"好。"许嘉礼从善如流道，"那姐姐陪我吧。"

戚禾没忍住笑出了声："你多大了？还要我陪？"

许嘉礼莫名说了句："下午程静骂我。"

闻言，戚禾一愣，刚想说她什么时候你了。

下一秒，忽然回想起程静好像确实骂了他一句疯子。

许嘉礼低下头，双手抱着她的腰，语气貌似有点伤心，低低道："姐姐安慰安慰我。"

戚禾的手还放在他脑袋上，随着他突然低头的动作，毛巾不小心滑到他的脖子上。许嘉礼黑发有些凌乱，又因为刚洗过澡，面色显得比往常更加苍白，浓密的眼睫轻轻半垂着，在浅棕眸内打下一层深色，配着他说的话，在病态禁欲中还多了几分楚楚可怜。

戚禾眨了下眼："安慰你？"

许嘉礼只是盯着她，安安静静地没说话。

戚禾勾着他的脖子，好奇地问："说说看，你想要我怎么安慰你？"

"一起，"许嘉礼笑了下，"睡个觉。"

"可以。"戚禾提前说明，"但只能睡觉。"

"好。"许嘉礼应了声，抱着她躺在床上，随手关了灯。

见他这么老实，戚禾躺在他怀里，侧头靠着他的肩膀，闭上眼懒懒道："怎么这么听话？"

许嘉礼搂着她的腰，低声说："我一直很听话。"

戚禾好笑道："听话还跑我这儿来？"

许嘉礼"嗯"了声："说了要陪你睡觉。"

闻言，戚禾嘴角稍弯起，没再说话，准备睡觉。

良久后，许嘉礼听到怀里人渐渐平缓的呼吸声，他单手将人往自己怀里搂了搂，低头看着她的睡颜。借着昏暗不明的光线，许嘉礼看清了她眼角不知何时滑下的泪珠，带着痕迹。

他抬手，替她轻拭去微凉的泪水。

——"我好像，变不回曾经的自己了。"

下午她那声呢喃祈求，在此刻重新砸碎了他的神经。

许嘉礼盯着她的侧脸，指腹一点点抚着她的眉眼，他的喉间发涩，有些说不出话来。

须臾后，他低头，动作轻柔得似是怕将她弄醒，轻轻地吻了一下她沾着泪的眼尾，低声轻哄着："别怕。"

都过去了。

以后，只会有好梦了。

所以晚安。

我闪闪发光的公主。

可能因为早睡又有许嘉礼陪着，戚禾难得睡了个好觉，第二天也比平常起得早了点。而许嘉礼一向都起得早，不用她叫，两人基本上同时起床洗漱去上班。

不过因为昨晚没陪着林韵兰吃上饭，戚禾为了弥补，一连几天都来了小巷，而许嘉礼倒是有些不大舒服。

因为某些事干不了。

戚禾倒是挺乐意的，美其名曰让他养身体不要太操劳过度，而她每天神清气爽地去上班。程静那边可能受了那天一闹的刺激，戚禾基本上都没接到她的电话了，难得觉得她还挺守信用的。

月底的时候，戚荣的偷税案已经调查得差不多，他被带走询问了一番，但基本上都有相关证据，他也没办法反驳，没过几天就正式开庭立案了。因为逃税金额过大，超过了两百万，这段时间，不管是手机还是电视新闻上，都是关于这桩偷税案的消息。

戚禾坐在沙发上看电视的时候，没忍住和许嘉礼调侃："戚荣这次算不算出名了？"

　　许嘉礼靠在一旁："嗯？"

　　戚禾朝电视抬了抬下巴："最近新闻里都是他，我每天都可以看到他的名字，想不知道都难。"

　　闻言，许嘉礼似是觉得好笑："确实挺有名的。"

　　戚禾"啧"了一声："也不知道是谁举报的，做了这么大的好事，我要知道了一定颁个锦旗送给他。"

　　许嘉礼没说话。

　　气氛忽然安静了两秒。

　　戚禾停住，脑子突然冒出一个想法，转头看他："你别跟我说……"

　　对上她的目光，许嘉礼笑了下："锦旗我可能不大需要。"

　　"姐姐送别的怎么样？"

　　一瞬间，戚禾还以为是自己耳朵出现了问题："什么？"

　　许嘉礼话语一转："没什么。"

　　戚禾盯着他，重复问："没什么？"

　　"嗯。"许嘉礼语气貌似很诚恳道，"我骗姐姐的，不是我。"

　　戚禾上下扫了他一眼，慢悠悠问："我说什么了，你就说不是你。"

　　许嘉礼稍歪了下头："姐姐都那样说了，我怎么能猜不到？"

　　戚禾声音平静："是吗？"

　　许嘉礼点头："是。"

　　看着他这样，戚禾扯了下唇："那你刚刚说的不需要锦旗是什么意思？"

　　许嘉礼用一样的话回："我骗你的。"

　　似是被气笑了，戚禾喊了句："许嘉礼。"

　　她平静地提醒他："你最好给我说清楚了。"

　　听她难得叫他名字，许嘉礼眼皮动了动，伸手想去牵她。

　　戚禾直接一把拍开他，面无表情道："别动手动脚的，说话。"

　　对着她审视的目光，许嘉礼还是习惯性地去握她的手，这回戚禾没再打他。许嘉礼嘴角轻牵了下，承认道："确实不是我。"

　　戚禾瞥他，许嘉礼主动解释说："举报的人是程砚。"

　　"程砚？"戚禾愣了，"和他有什么关系？"

"他是戚家的法律顾问，公司内部的事比我清楚。"许嘉礼漫不经心道，"一些证据他也比较好插手收集。"

　　听他这话，戚禾等着："那你呢？"

　　许嘉礼笑了下："我帮他收集证据。"

　　"你帮他。"戚禾眼眸微淡，"什么证据这么好收集了？"

　　"还好。"许嘉礼似是没怎么在意，轻描淡写道，"托人查一下而已。"

　　"查一下？"戚禾一直压着气，被这话惹出来了，"你们俩这么闲？跑去管这个破烂事，程砚想做好事不留名，你跑去掺和什么？！"

　　戚家不管怎么样好歹也是上市公司，偷税这么隐秘的事，哪是他查一下就能知道的，这其中肯定有很多绕弯的事，他就是故意瞒着她不想让她知道。

　　许嘉礼握紧她的手，还没开口说什么。

　　戚禾一把推开他："你能发现戚荣偷税的事，别人还看不出来？他愿意犯法是他的事，用得着你去做这个好人！"

　　一边说着，戚禾的眼眶一边开始红了起来。

　　许嘉礼眼眸稍敛，伸手把她抱在怀里。

　　戚禾不让他碰，直接打他的肩膀，许嘉礼没放反倒抱得更紧，见她还要挣扎。许嘉礼索性捏起她的下巴，吻住她的唇，戚禾躲避不及，打他的动作也渐渐停了下来，眼眶内强忍的眼泪不自觉地落下。

　　许嘉礼一顿退出来，抬起头吻过她眼角的泪水，亲上她的唇角，轻轻安抚她。

　　"我知道错了，别生气，我没有什么事。"

　　听见他声音，戚禾用力地抿起唇："这些事都和你没什么关系，你为什么要去管？"

　　她忍着心底的后怕，声音微颤道："如果当时戚荣发现了你们怎么办……如果他想对你做出什么事怎么办？"

　　犯法的事情他都做了，如果还有其他的事情，怎么办？

　　"我没事。"许嘉礼轻轻吻着她，"不要怕，我不会有事的。"

　　戚禾被他抱在怀里，低着头，不想和他说话。

　　"戚禾。"许嘉礼擦过她的眼泪，轻声问，"你还害怕吗？"

他慢慢说："那个噩梦。"

一瞬间，戚禾眼眸顿住，随后抬起头看他。

"对不起，虽然晚了点。"许嘉礼眼眸微敛着，低声道，"但我还是想告诉你。"

"以后，"许嘉礼看着她，一字一句道，"没有人会让你害怕了。"

当时的阴霾，当时的噩梦。

都会随着那些人从你的人生中退去了。

而我。

将会携着光与花来迎接你。

直至天明。

戚禾似是心有预感，鼻尖骤然一酸，可又想到什么后，渐渐停了眼泪，盯着他，哑声说："所以你就去举报戚荣了？"

许嘉礼以为这事可以翻篇，默了两秒，摇头否定："我没有举报。"

见他还和自己玩文字游戏，戚禾红着眼看他："不是你怎么了？如果没有你，程砚会有证据去举报？"

许嘉礼没答，反问："姐姐还生气？"

戚禾当然气，从他怀里坐起来，带着鼻音骂他："你不是要做好人吗，那我现在给你留个好名声！给你颁个好人奖项！你自己去和程砚过！"

"我和他过什么？"许嘉礼似乎觉得好笑，扯唇语气轻抬，"你就这样把我赶给其他人了？"

戚禾不想和他说话。

"我没有想当好人。"许嘉礼凑过去亲了下她额头，低着眼看她，"我是什么人，姐姐难道不知道吗？"

他从来不是什么好人，从一开始就对她抱有妄图。

一步步算计，再一步步逼近。

都是为了得到她。

即使卑鄙，即使无耻。

可那也是他的全部希望。

视死如归。

戚禾瞥了他一眼："我哪知道你是什么人，我只知道许先生帮人破了个案子呢。"

提到这儿，戚禾拿过他的手机，递给他："来，麻烦您给另外一位程先生打个电话，我听听你们俩是怎么互帮互助的。"

许嘉礼看了眼面前的手机，没动。

"打啊。"戚禾晃了下手，嘴角带着笑看他，"怎么不打呢？"

闻言，许嘉礼老老实实地伸手接过，还没有什么动作，忽然低头咳了一声，这仿佛是个开端，他渐渐开始断断续续咳着。

戚禾原地看着他，挑了下眉："这是怎么了呢？"

许嘉礼没答话，只是因为咳嗽，肩膀轻轻颤着，唇色也越加苍白，显得羸弱得很。

戚禾瞧见他抬手按着上腹，立即皱了下眉，凑过去看他，下意识问："胃痛了？"

许嘉礼顺势低头贴靠在她肩上，单手扣着她的腰，仿佛忍耐着什么，低低"嗯"了声，似是委屈道："姐姐抱抱我。"

这下，戚禾哪能不知道他的意思，觉得又气又好笑，张嘴咬了口他的肩膀："小骗子。"

力道明明不重，许嘉礼倒是轻"嗯"了声："痛。"

戚禾抬头扫他一眼："骗谁呢？"

见她发现，许嘉礼也不演了，轻笑一声："姐姐还生气的话，我就继续痛着。"

戚禾看着他这副样子，又想起他刚刚说的话，没忍住凑过去亲了亲他，抬手戳着他的脸颊，嘀咕一声："真的应该给你送一个锦旗。"

这么会演戏。

听到这话，许嘉礼抬了眉："还是送别的吧。"

他刚刚说了不需要，戚禾大方地点头："你想要什么？"

许嘉礼垂眸看她，这几天一直住在阳城，他又不能做什么，顶多拉着她在浴室里闹腾，但她怕被奶奶发现，一点都不尽兴。

戚禾对上他的那双眸子，哪能不知道他的想法，眼尾轻挑起："弟弟，想干什么坏事呢？"

许嘉礼盯着她，眼眸有些黯，意图不言而喻。

戚禾站起跪在他身前，居高临下地看着他，指尖轻勾起他的下巴，喊了声："许嘉礼。"

男人嗓音莫名哑了几分："嗯。"

戚禾俯下身，发梢轻轻拂过他的脸颊，微痒。

顺着滑下落在他肩上。

戚禾靠近他的脸，鼻尖仿佛无意地蹭下了他的，那双狭长的媚眼看着他，气息带着明目张胆的勾引，轻轻问："你想亲我吗？"

眼前的女人犹如一只勾魂夺魄的鬼魅，幻化成了最勾人的狐狸眼，一点点将他拉入她织好的美梦里。

许嘉礼稍稍仰头盯着她，如虔诚的信徒般，没几秒后，他喉结缓慢地滚动了下："想。"

戚禾眼尾轻扬，低笑了声，抬手抚过他的脸颊，夸奖他："真乖。"

她指尖蹭着他的唇瓣，低头靠近他，声音含着允许："那给你亲一下。"

下一刻，许嘉礼顺从心底一直压抑的暗涌，毫不犹豫地将她扯下落进怀里，掌心抵着她的后脑勺，唇舌落了下来。

气息渐渐有些乱。

他吻过她的下巴，指尖勾开什么正要动作时。

戚禾忽然往后一撤，从他怀里出来，往上堆起的衣摆重新落下。

"好了。"

许嘉礼手心一空，顿了下。

戚禾先下了沙发，站在他面前，垂眸看着他，眸底还带着情意，媚态更甚，似是提醒他："许弟弟，讲一下信用。"

听到这话，许嘉礼看着她，轻哑道："什么？"

"说好的。"戚禾抬手，指尖点了下他的唇角，拖慢腔调道，"只亲一下。"

这话有点熟悉。

是之前他故意逗她的，现在反用到他身上来了。

许嘉礼舔了下唇，眼疾手快地伸手扯回她的身子，抵着她的后腰，吻着她冷白的玉颈，嗓音低哑性感，带着轻哄蛊惑说："再亲一下好不好？"

"不好呢。"戚禾推着他的头，一脸严肃，义正词严道，"许老师，做人要诚实守信，而且你刚刚不是还咳嗽了吗？晚上早点睡，要休息好才行。"

说完后，她似是故意般，抬头贴近他的耳郭，唇瓣似有若无地轻吻着："你乖点，姐姐之后疼你。"

这话仿佛让人有了别的遐想，许嘉礼果然一顿。

而下一秒，还没等他反应过来，怀内女人撩拨着他的暗火，迅速推开他起身逃走了。

仿佛故意一般，不管他的后续问题。

被她推回沙发内，许嘉礼身子懒懒地靠着，盯着女人婀娜的身影，眸底的情欲明显还未消退，却似是有些好笑。

差不多明白了她的意思。

这是还在气，故意勾他呢。

许嘉礼扫过自己某处的支撑，"啧"了一声，抬手掩过眼睛，坐了一会儿后，还是没办法，只能老老实实地起身去客房浴室洗澡。

解决完后，许嘉礼洗好澡，随意擦着头发进了自己的卧室，扫了眼床上鼓起的一团，扬了下眉。戚禾其实没睡着，就感到被子掀开，床铺微微一沉，熟悉的沉香气息贴上了她的后背。

许嘉礼将人搂进怀里，戚禾闭着眼，拍了下自己腰间乱蹭的手："睡觉。"

许嘉礼额头抵着她后颈，含着笑意道："还以为姐姐睡着了呢。"

戚禾从他怀里翻身，抬起头看他，轻轻说："以后有什么事记得要和我说，不然我还会生气。"

许嘉礼低着眼看她，亲了下她的眼睛："好，都听你的。"

戚禾重新又闭上眼，安静了几秒后，开口说了句："明天买个锦旗给程砚。"

"你们一人一个。"

Chapter22
图谋·一辈子

第二天，戚禾还真去买了锦旗，不过只买了许嘉礼的，程砚的换成了简单的水果礼品，让许嘉礼送去。毕竟戚禾和程砚还真没什么话说，见面也是尴尬，只能简单感谢了。

举报这事，也只是她知道而已，她没打算多说什么。不过她不说，宋晓安倒是天天好奇，还问她是不是许弟弟干的。戚禾听到这话的时候，脸不红心不跳地反驳一句："他就是个画画的，怎么可能会干这个？"

闻言，电话那头的宋晓安明显失望地"啊"了声。

戚禾好笑问："你这个新娘子不关心自己的婚礼，关心这些干什么？"

"我不忙啊。"宋晓安笑着，"我只要当个新娘子就好。"

戚禾听着她笑声，弯了下唇："这么开心呢？"

"开心啊。"宋晓安想起什么，"噢，对了，还有件好事要告诉你。"

"什么？"

"林妙她没事了。"

戚禾翻着书的动作一顿："什么意思？"

宋晓安突然问了句："李家的小少爷你知道吗？"

戚禾皱了下眉："谁？"

"算了，这个小人物你应该不知道。"宋晓安解释说，"就是他喜欢林妙，知道她家情况，前几天向她求婚了。"

戚禾扬眉："林妙答应了？"

"答应了。"宋晓安笑了下，"她说既然都要嫁，那就嫁给喜欢她，对她好的人，反正她也没有喜欢的人，或许试试吧。"

戚禾想着那个小姑娘的性子能这么想，看来是看开了不少，她弯了下唇应着："那挺好的。"

宋晓安点头："我也觉得不错。"

两人继续聊着，戚禾在办公室内随手画完手里的画后，和宋晓安说过几天见她，随后挂断了电话。她揉了下脖子，看着桌上的钟表觉得时间差不多了，简单和其他老师说了再见后，起身提着包准备往外走。

打开办公室门，戚禾拿着手机想给许嘉礼发信息，走了几步后，就听着前边学生们嘀咕着什么。她循声下意识抬起头，一眼就瞧见前边楼道上的许嘉礼。他应该刚从外边走进来准备找她，可他前边却站着一个女人。戚禾扫了眼，认出是楼上舞蹈艺术生新招来的女老师，没怎么见过许嘉礼。果然就见她手里拿着一个手机，似是在要微信的样子。

戚禾扬了下眉，饶有兴致地看着这幕，慢悠悠地走过去。

许嘉礼余光瞥见人影，抬起眼皮看去，瞧见了戚禾后，他眉梢轻扬，转头看着面前的女人，淡淡开口："抱歉，家里那位管得紧。"

他眼眸稍抬，落在后头的戚禾身上，声音轻抬："她会生气。"

女老师一愣，注意到他的视线，稍稍转头看去，等瞧见戚禾后，反应过来，连忙朝她打了招呼后，有些尴尬地收起手机往后走。

戚禾浅笑着走到许嘉礼身边，扫了他一眼。

许嘉礼抬了下眉："我乖吗？"

戚禾懒得和他多说，怕他又招惹是非，牵着他赶紧回家。

一路上，许嘉礼这人一反常态地很听她话，也不反驳她，她说什么是什么。直到进了家门，吃完饭后见他还这样，戚禾一时还真摸不准他想干什么，但怕她先提就失了主导优势，所以她就等着他自己主动招。

简单洗完碗后，戚禾看了时间准备去洗澡。而许嘉礼去了书房整理着草稿，结束后也去客房的浴室洗澡后，回了房间。刚好戚禾洗完澡，正坐在床边擦着头发，许嘉礼走去接过毛巾帮她。

戚禾一边享受着他的伺候，一边说着和宋晓安打了电话，刚好提到林妙的事："可能我之后还要去吃她的喜酒了。"

许嘉礼明显对这个没什么兴趣，随意擦着她的发梢。戚禾侧头看着他，想着林妙的事，忽然又想起了她曾经安慰过她的话。

她垂眸，弯了下唇。

不论你什么样，不论你正在经历着什么，一定要坚持下去。因为你看，真的会有人把你拉扯出黑暗。带给你，更好的未来。

"笑什么？"许嘉礼侧头注意到她的嘴角弧度。

"在想宋晓安的事。"戚禾随意答了句，见他的发梢也有点湿，伸手帮他擦了下，可偏偏刚好往下滑到他的喉结上，她指尖轻蹭过。

一瞬间。许嘉礼顿住，抬眸看她。因为刚洗完澡，她只穿着睡袍，长发有些凌乱，有几缕贴在她白皙又纤细的玉颈上，尾梢的水滴在肌肤上，顺着重力往下滑，经过锁骨以及半掩的雪肌。

毫不自知的诱惑。

戚禾帮他擦过水珠后，正想说帮他擦头发。许嘉礼却凑近，低睫看她，指尖似有若无地蹭了下她发梢上的水滴，轻轻问："我今天乖吗？"

因为他的触碰，戚禾顿了下，点头："嗯，挺乖的。"

许嘉礼拨过那几缕发梢，慢条斯理道："那姐姐应该要履行诺言了。"

戚禾："嗯？"

许嘉礼抬眸看她，棕眸似是被打下一层深色，晕晕沉沉的，将她扯进怀里，温热的气息贴在她的耳边，似是气音说："好好疼我。"

距离贴近下，他沐浴后的沉香气息丝丝萦绕在鼻尖。

屋内只开了盏小夜灯，不算亮，却能看清事物。

眼前的光线微微被人占据，许嘉礼单手半撑在她身侧，稍低着头，额发微湿，那双棕眸似是染着细碎的光，安静地看着她。

闻言，戚禾眨了下眼，反应过来昨天逗他的话，勾了下唇。

难怪今天一天都这么老实听话呢。

戚禾身子稍稍往后靠，对上他的眼睛，挑了下眉："你想怎么疼？"

"我想，"许嘉礼俯身凑近到她的眼眸，直勾勾地盯着她，说出来的话直白又浪荡，"做个……"

"不行吗？那，"许嘉礼指尖慢条斯理地勾起她的睡袍带子，主动退了一步，语气缓慢带着商量，"亲一下？"

戚禾只觉得心被他绕带子的动作扰得有些乱。

一下又一下的。

僵持了几秒后，戚禾不争气地舔了下唇："那就……亲一下吧。"

得到了同意，许嘉礼单手抵着她的后颈，动作明明很轻柔，又带着过分的缠绵。一点点递进，如同细嚼慢咽般，毫不急切。

戚禾身子不自觉地贴近他，抬手勾住他的脖子。他发梢上的水滴轻轻染在她肌肤上，微凉，却又被滚烫的气息熨帖盖过。

小夜灯还开着，因着四周微暗，依稀能瞧见两道光影投射出来。

许嘉礼抱着她在怀里，倒是没什么睡意，听着她平缓的呼吸声，以及她清晰的心跳声，与自己贴合。他低下眼看着她，目光一寸寸描绘着她的眉眼、鼻尖、唇瓣。

他想起了戚禾来许家的那天。

当时，许嘉礼在书房里就听到了她问候林韵兰的声音。

长腔慢调的，偶尔还会带上几分轻笑，听起来懒散轻慢，不大规矩正经，却恣意潇洒。之后戚禾走来向他打招呼时，许嘉礼看着她那张过于明艳的脸，以及含笑看来叫他弟弟，并懒懒地靠在他窗台上，纠正他的草稿时，也确定了他的猜想。

许嘉礼身边没有这样的人，班上的女生说话基本上都带着少女心性，有端庄羞涩的，也有娇气的。即便比他大的女生，也没有像戚禾这样的。

骄傲，却不是让人生厌的自满与高人一等。

总是笑着看人，慵懒又随意，可以说得上是平易近人，可在无形中让你不自觉会去关注去仰慕，被她折服吸引，拥有最夺目的光。

当时打完招呼后，戚禾向他借了纸和笔，许嘉礼并不在意她，随便给了她一张后就低头继续写自己的作业。

等到收笔结束，他转头想休息时，一眼就看到了坐在屋檐台阶上的戚禾。她仰头看着前边的雨景，拿着手里的画笔轻敲着下巴，也不知道在想什么，忽然低下了头，神色安静地在膝前纸上动笔开始画着。

屋檐前的雨帘落下，她沉浸在自己的世界里，眼睑低垂着，院外的雨景带着朦胧感，她艳丽张扬的侧脸轮廓也添了几分柔和。

许嘉礼看了几眼，随后移开视线看向外边的雨景。意外地觉得，她手上画的那幅画或许会挺好看的。可他没想到，戚禾会把那幅画当成见面礼送给他，上面画的不是雨景，而是他。

之后因为林韵兰，戚禾时不时就会来许家，也时不时会来书房看他写作业。她来得不突兀也不刻意，只是简简单单地过来看几眼，再逗他几句，随后就让他老实写作业，再隔一会儿过来看他完成得怎么样，又或者偶尔坐在书房外的院子里画画写生，然后再转身离去。

在某一刻，许嘉礼坐在窗边看着她的背影，听着四周少了她的声音。

书房内再次变得安静，没有其他人，静得只能听到他自己的呼吸以及心跳声，只剩下了他。

那天后，许嘉礼觉得自己一个人的世界，好像突然多了一件事情。

等着她这趟问候，等她走来，站在窗外带着笑看他。

然后，留在他身边。

那天。

没有一个人知道。

在那个秋日午后。

坐在窗台前的少年。

远远地看着少女的背影，许了一个愿。

而此后。

成了他一辈子的图谋和念想。

…………

屋内昏暗静谧。许嘉礼抬手轻轻抚过她耳边的碎发，捏起一缕柔软长长的黑发轻勾了下，低声问："姐姐喜不喜欢秋天？"

戚禾还没睡着，意识有些混沌，习惯性地拖起懒音，长长地"嗯"了声。许嘉礼低眸看了她两秒，低头在那缕发梢上落下一个吻。

随后，半梦半醒间，戚禾迷迷糊糊地听到许嘉礼似是说了一句。

——"那我们在秋天结婚。"

年底的时候，许嘉礼不算忙，基本上都会来附中上课。

而跨年那天，许嘉礼起得早要去工作室，而因为戚禾上午没课，怕她不吃饭饿肚子，把她叫起来喂了几口粥，才让她继续睡。

戚禾吃饱喝足后安安稳稳地睡到了一点才起来，她收拾好自己去附中。已经上了一节课的陈美兰，回了办公室就看到她睡眼惺忪地坐在位置上。

"不是。"陈美兰看着她，"你这刚睡醒？"

戚禾打了个哈欠："算是。"

陈美兰讶异："这都一点半了啊，妹妹，你居然能睡这么久。"

戚禾吸了下鼻子："能睡是福。"

被她逗笑，陈美兰看着她："睡太多会中毒的你知不知道？"

"放心。"戚禾摆了摆手，"我半夜才睡，怎么样也不会中毒。"

关注到重点，陈美兰挑了下眉，意味深长地"噢"了声："半夜才睡啊。"说完后，陈美兰还朝她比了个小眼神，"难怪我看你最近容光焕发的呢，原来是许弟弟'照顾'得好啊。"

"怎么？"戚禾眼尾稍抬，"陈老师羡慕？"

陈美兰噎了下，虽然已经习惯她这性子，但还是会被堵住。

戚禾确实不尴尬，反正都是成年人了，怕什么？

陈美兰又想起一茬："不过许弟弟不是身体不好吗？他不应该……"

戚禾面不改色道："他没有那么虚，只是早产儿，以前体弱容易多病。"

"那现在怎么样？很严重吗？"陈美兰想了下，"我看他好像除了脸色白点，偶尔咳嗽几声，也没什么事啊。"

"胃不好，也有其他小病。"戚禾解释说，"平常都要控制饮食，也要每天吃药。"

陈美兰一听，宽慰她："没事，我看他现在比以前好多了，当初他来这儿，我刚见到他的时候，都以为他得了什么不治之症呢，整个人白得吓人，病恹恹的根本没什么血气。"

戚禾也想起了当时在面馆见到他的那一幕，确实太过病态，甚至比高中时候的他，看着更消瘦。除了长高了点，帅了点，没有半点好的。

恍惚间，她又记起来之前小文说的话——

232

许嘉礼经常喝酒抽烟，根本没有在乎过自己的身体，出入医院是常事，就像特意买酒喝醉一样。

回想起这句，戚禾垂下眸。当初离别前，她和他说过要好好享受大学时光，过好自己的生活。而这些，他一个都没去听，一个也没去执行。

就像是在故意放任自流。

"小戚。"陈美兰喊她，"在想什么呢？"

闻言，戚禾颤了下睫，抬起看向陈美兰："嗯？你说什么？"

"我说快上课了，我们走吧。"

"好。"戚禾拿上画册，起身跟着人往外走，走上二楼的时候，刚好碰到从工作室一起过来的许嘉礼和钱茂。

几人打了招呼，许嘉礼走到戚禾身旁，看着她的脸色："还困？"

经他一提，戚禾莫名又有点想打哈欠，含糊地应着："有一点。"

许嘉礼抬手，揉了下她的眼角，似是觉得好笑："睡这么久还困？"

戚禾刮了他一眼："你说怪谁？"

要不是这人拉着她闹腾，根本才不会困。

对上她的眼神，许嘉礼一脸淡定地似是商量道："那姐姐少疼我点吧。"

戚禾还没开口说什么，前边的钱茂想起来："噢对，今天跨年啊。"

钱茂侧头看她："学妹你来这儿都一年了啊，时间可真快。"

陈美兰算了下："还没吧，不是去年元旦后才来的吗？"

钱茂解释："学妹是跨年那天给我发的招聘信息，我当场同意当然算一年。"说着，他看到旁边的某人，提了句说："当时许嘉礼也在啊，他也同意的。"话音落下，气氛安静了一秒，仿佛意识到什么，钱茂看了眼许嘉礼，自觉闭嘴，默默转过了头。

而戚禾忽地笑了下，似笑非笑地看向身旁的人："噢，原来许老师也同意了啊。"

一开始来附中上课碰见许嘉礼这事。戚禾虽然有点怀疑，冒出了点猜想。但见许嘉礼是早在她之前就在这儿上课了，她反倒是后来的，再怎么算也应该是她凑巧。所以戚禾只当巧合，没再多想什么，觉得许嘉礼和她可能真的有缘吧。而现在被钱茂戳破了这份缘分由来，还真是巧。

许嘉礼对着她的眼神，毫无心虚，一脸淡定从容地道了句："有吗？"

他稍稍侧头看向钱茂，语气似是有些为难："学长可能记错了吧，我好像没听过这件事。"

钱茂："呵。"

狗小子。忍着心底的谩骂，钱茂自然地装出一副回想的表情，然后"噢"了声："好像是我记错了，我没和你说这事。"

戚禾看着他夸张的表情，挑了下眉，没戳破这两人的里应外合。

而一旁的陈美兰不了解这事件，左看右看看的，眨了下眼，先下决定说："反正不管怎么样，小戚都来这儿上课了嘛。"

"对啊。"钱茂立即接话，看了眼前边的画室，"噢，到了到了，先上课吧。"

说完他简单地朝人打了招呼，跟着陈美兰往右转，空留下两人。

戚禾看着他的样子，笑了下，侧头看着许嘉礼，慢悠悠开口："学长帮你隐瞒还挺难啊。"

"嗯？"许嘉礼稍侧了下头，似是不解，"隐瞒什么？"

"弟弟。"戚禾闲散道，"再装就过头了。"

许嘉礼勾起唇，"噢"了声，好心提醒："姐姐也可以装不知道。"

戚禾觉得好笑，声音稍拖起指责他："当我是你？"

这人当初早就知道她会来这儿上班，还装无辜不知道。

"我？"许嘉礼牵着她的手，似是觉得自己没有什么错，侧头看着她，语调慢慢说，"我只是想给姐姐一个惊喜。"

这反倒还是为她好了。

戚禾觉得他颠倒黑白的本事挺大的，轻笑一声，不过给他面子也不拆穿他了。

两人走过走廊，戚禾见他一直跟着自己，走到班级门口都跟着，稍疑："你和我一起上？"

许嘉礼："助教怎么能不跟着？"

戚禾被逗笑，也不管他，伸手推门走了进去。

里头的学生瞧见她没什么反应，不过注意到后边跟着进来的许嘉礼后，倒是愣了下。

而有几个高一新生是刚来学画画的，没怎么见过许嘉礼，但听说过画室里有个很帅的男老师，自然能猜到是谁了。

戚禾站在讲台上，看了眼许嘉礼，朝学生随意道了句："许老师大家应该知道，我就不介绍了。"

底下有些个调皮的男生开口说："老师，男朋友怎么能不介绍呢。"

这话一出，其他知道这事的学生的眼神立即变得暧昧。许嘉礼闻言，表情倒是挺平静的，只是抬眸看向戚禾，似是看她要怎么说。

对着他们的目光，戚禾眉梢单挑，拖腔带调问："这还要我介绍啊。"

她转头看向许嘉礼，含着笑意说："我男朋友都在这儿了。"

许嘉礼顿了几秒，忽然笑了下。

而底下的学生没想到戚禾这么坦然，愣了一下后，纷纷笑着带着明显的揶揄，连着喊许嘉礼："许老师，我们想听你自我介绍！"

附中论坛上关于两人的帖子可稳占前十，两人在一起之前，就时不时有会人刷新跟帖，求他们的新进展。后来爆出这对情侣成真的时候，帖子一瞬间都爆开了。但许嘉礼最近没怎么来画室，他们根本没见过这对情侣合体过。现在好不容易瞧见了，哪能放过这个机会。而且要让许嘉礼这位闭口不谈私事的人公开说这事，那可真是难于上青天了啊。

听着一声一声催促，许嘉礼神色平静地站在原地，看着他们淡声问："刚刚没听到？"

学生门一愣："啊？"

许嘉礼稍侧头瞥了眼身旁人，慢条斯理地把话说完："我女朋友说话，没听到？"

下一秒，班上人反应过来瞬时炸开了。一个个的全都看向戚禾，意味深长地"哎哟"了几声，场面有些不正经。

"行了。"戚禾本来没觉得有什么，但听着他们一声接一声，莫名还有点脸皮薄，没看许嘉礼，轻咳了一声，示意他们安静，"上课了。"

学生们难得能看到两人公开碰面撒狗粮，自然知道不能太过，纷纷乖巧地点头："好的好的，我们上课。"

看着他们这样，戚禾没忍住笑了一声，让他们继续上节课的进度把手上的画完成。学生们应着，拿出画笔老老实实地开始。

戚禾往下绕了一圈，看他们有什么问题，走到后边的时候瞧见许嘉礼站在画室后头，抬了下眉。

她朝他走去，站在他身旁，拖着腔调说："许老师，站在这儿偷懒呢？"

许嘉礼靠在墙上看着她，随意"嗯"了声："等姐姐来抓我。"

戚禾勾唇笑了："等我干什么？"

"等你找我。"许嘉礼偷偷牵着她的手，侧头靠近她的耳边，小声说，"怕姐姐害羞，不和我说话。"

他的气音弄得她耳朵有些痒。戚禾见前边还有学生，拍掉他的手，警告地看了他一眼："我都敢承认了，有什么好害羞的。"

许嘉礼仿佛觉得有道理，点头应了声："那我害羞吧。"

前边刚好有学生举起手似是有问题，戚禾瞧见正想过去，许嘉礼先牵了下她的手。

戚禾抬头看他。

许嘉礼站直身子，让了自己的位置给她，闲散道："给姐姐偷懒一下。"

"嗯？"许嘉礼稍稍挡住她的身影，抬手，捏了下她的脸，慢悠悠道，"等会儿再来抓你。"

…………

一堂课下来，戚禾确实没怎么动过，在后边回答着学生的问题，而其他的基本上都被许嘉礼包揽，她说得上是在偷懒了。

铃声响起下课后，戚禾最后答疑完跟着许嘉礼下楼回办公室。

陈美兰先坐在位置上，看她过来挑眉问："你们俩上课秀恩爱了？"

听着她这么问，戚禾不意外地反问："怎么？"

陈美兰解释："我下楼的时候可听到那些小女生说着什么许老师和戚老师一起上课秀恩爱了啊。"

"没秀。"戚禾笑了声，"只是逗逗他们。"

"没秀？"陈美兰可不信，"他们可说了好甜之类的话啊。"

身旁的许嘉礼拿起水壶，倒了杯水递来。

"嗯。"戚禾接过，点头不否认，"我们确实挺甜的。"

看着两人自然的动作，陈美兰"啧"了一声："是啊，你们俩可真是天天让我腻死了。"

"你也可以啊。"戚禾好奇问，"您相亲还没着落？"

"没呢。"陈美兰摆手，"我妈明显已经放弃希望了。"

"可能明年就有了，别急。"

戚禾喝了一半水，喝不下把杯子递给许嘉礼。

"我可不急。"陈美兰叹息，"她不给我找才是最让我开心的了。"

看着她的表情，戚禾不厚道地笑了一声。

"不是。"陈美兰看向许嘉礼，"小许，管管你女朋友，怎么能嘲笑人呢？"

"可能不大行。"许嘉礼喝着她剩下的水，神色闲散，随意道了句，"我听她的。"

陈美兰受不了，催着两人赶紧走。戚禾笑着先祝福了她新年快乐，然后跟着许嘉礼往外走。因为跨年，路上的车很多，两人也没在外面晃荡，先去趟超市买了点吃的还有日用品。

两人回到家，许嘉礼在厨房准备晚饭，而戚禾把一些吃的整理后放在冰箱里，提着水果走到他旁边洗着，有一搭没一搭地和他聊着天。

"许望刚刚给我发信息，祝我新年快乐了。"

戚禾想起这事提了句。许望这个小孩，一般没什么事情和她说，只是逢年过节的时候总是会给她发信息。不过这其中也含了许嘉礼的一份。而上次杨惠来了阳城后，也不知道她是不是意识到自己送错了那盒螃蟹，之后没再来找过他们。仿佛不敢，也像是不再打扰。

许嘉礼半耷着眼，随意应了句："他愿意发发。"

戚禾沉吟一声："我作为一个长辈是不是应该给他包个红包？"

许嘉礼："姐姐有钱？"

戚禾侧头看他，凉凉地问："你这是嫌弃我穷呢？"

许嘉礼摇头："没有。"

戚禾眯眼："你就有。"

"没有。"许嘉礼侧头看她，貌似很真诚地道，"我怎么会嫌弃姐姐？"

戚禾不吃这套，"喊"了声："你当初第一眼就嫌弃我了。"

闻言，许嘉礼随手盖上锅盖，随后勾住她的腰，扯到自己怀里，从身后抱住她，低头看她，挑眉问："那我现在不是把我赔给你了？"

戚禾愣了下，反应过来笑了一声："那你可亏大了啊。"

许嘉礼下巴靠在她肩上，懒懒道："那姐姐慢慢补给我吧。"

"不补。"戚禾侧头看他，勾唇慢悠悠问，"你不是想吃亏的吗？"

许嘉礼对着她的眼睛，目光缓缓下移，落在她弯起的唇角，他低头轻咬了一下："嗯，我吃。"

莫名被他咬一口，戚禾想打他但手是湿的，只能用肩膀撞开他，转身不让他抱自己。许嘉礼凑近抱着她，低笑了几声，胸腔微震着，低头亲了亲她的嘴唇："去看会儿电视，等会儿吃饭。"

戚禾刚好也洗完了青提，摘下一颗喂到他嘴里，仿佛赏赐一般说："给你的劳务费，记得做得好吃点。"

许嘉礼半咬下青提，抬眉反问："只有这个？"

戚禾面无表情地推开他，端着青提往客厅走。

因为是跨年夜，一些电视台都已经在预热播放跨年晚会的节目。

戚禾看着里头介绍的明星嘉宾，没几个是她认识的，没看多久，她觉得有点无聊，拿起手机开始玩着。

刚好微信里有人来找她，给她发跨年祝福，有几位还是之前在巴黎比较要好的同学，几人聊着，对方三人忽然发了个群聊视频过来。

戚禾接起打了招呼，想着巴黎那边正在过年，笑着祝福道："Bonne année（新年快乐）。"

"Bonne année（新年快乐），Qi！"

三人用着法语抱怨道："还以为你回了中国就忘了我们呢。"

戚禾笑了下："没有，之前我们不是还一起聊天了吗？"

"那都多久之前了啊。"

"你那边晚上了吧，是在家里吗？"

"是的。"

戚禾晃了下手机，让她们看看自己周围，重新再转回来面对着自己。

有人眼尖地看到厨房里的许嘉礼，连忙叫了一声："Qi，那是你男朋友吗？"

戚禾挑了下眉："这你都看得到？"

听她这么说，三个人啊啊啊啊地叫了起来："甜心！我要看那个能把你收走的男人长什么样！"

戚禾有些无奈，但觉得不让她们看，可能会一直揪着不放，只好起身拿着手机往厨房走。

瞥见她过来，许嘉礼转头问："怎么？"

戚禾指了下手机，解释："我法国的同学想看看你。"

许嘉礼扫了眼屏幕："嗯。"

见他同意，戚禾随手拿起手机对着里头的人，许嘉礼简单地用英语打了招呼。而她们也很中规中矩地问了好，但许嘉礼和她们没什么好聊的。

戚禾让他继续煮饭，重新回了客厅。手机对面的三人早就转换为法语感叹着许嘉礼的帅气，说她拐到了绝世王子。

戚禾笑了声，还没说什么，另一位女生先问了句："Qi，他是我们学校的留学生吗？"

戚禾愣了下："Non，他是我大学的学弟。"

女生先道歉："那可能是我认错了，我还以为我在学校里见过他呢。"

戚禾没多想，反倒是其他女生先反驳："我们Qi王子有那张帅气的脸，怎么可能会是普通路人呢！"

戚禾被逗笑，和她们继续聊着。

可能想起了什么，刚刚问许嘉礼的女生问了句："噢对了，我们给你寄了祝福信，你收到了吗？"

"信吗？"戚禾记起之前宋晓安拿给她的那堆信，起身往书房走，"我看一下，之前房东寄过来的信有点多我还没看，可能夹在里面了。"

书房很大，有两个空间，一个是看书办公的，还有个是简易的画室，许嘉礼平常用来画画的。

戚禾去画室比较多，很少到办公那一块。她拿着手机到办公桌前，记得上次她好像把信直接连帆布包放在书柜下的抽屉里了。

视频还在连线，戚禾随口应着她们的话，单手把手机放在书柜上，弯腰拉开抽屉。果然瞧见一个帆布包在里头。

她打开，随手把里头那一沓信拿出来。

上头一封封的收件人全是Moon，她翻过想找自己的姓名，找了几后，瞧见了夹在中间的她们寄给自己的信。同时后面跟上了Moon的最后一封，寄来的时间刚好是她回国后一个月的日子。

2017年的跨年夜。

戚禾最开始收到这些信的时候，打开看过。上面的法语字母写得都很生硬，断断续续的，就像个刚开始学写字的小孩子写的。

所以她一直以为寄件人是个小孩子，每次都写着最简单的祝福语。

——生日快乐。

——新年快乐。

——圣诞快乐。

…………

没有其他多余的话。而随着每一年，这些信上的字变得越来越流畅，就像这个孩子渐渐长大，也渐渐知道了如何去写这些文字。

可信里的祝福还是一如既往地简短，没有丝毫变化。

戚禾当时以为这个孩子可能只是应付随便写写而已，可她不知道为什么还要坚持每一年都寄过来。

之后她也不怎么在意，没再打开看过。现在却在她回国后没有再寄了。戚禾稍稍有些不解，拿起最后一封，瞥见上头手写的Moon时，顿了下。这个和其他几封的笔迹明显不一样。

这封的笔迹写得更流利顺畅，还带着熟悉的笔锋，以及，字母末尾后多了一个点。戚禾盯着这个点，脑子意识到什么后，神色微僵，伸手缓缓将这信开封。里头只有一张信纸，上面还是只写了简单的新年快乐。可这些字迹却和以前的任何一封都不一样。带着熟悉的凌厉感。

戚禾看着这一串法语，目光定住，心中的猜想直直地落下。

手机那头的三人还在说着话。

戚禾闭了下眼，拿着信站起，准备拿起手机时，注意到书架上摆了一本美术教科书，书脊名有些眼熟。

戚禾看了几秒，伸手把那本书抽出来。

书的封面是毕加索的油画作品《格尔尼卡》局部，而在封面中央印刷着一串书名。书页已经褪色泛黄，书角也被人折出了一道折痕，看着明显是放了很多年的旧书。

戚禾盯着那一角熟悉的折痕，忍着心底的颤意，指尖捏着封面折起的一角，翻过。泛黄的扉页上写了一串英文名，但已经褪色有些模糊。

可在这串英文旁，却被人写上了工整又清晰的两个字。

——戚禾

戚禾盯着这两个字，眼睫轻颤着，似是有些艰难地问手机里的人："我以前……是不是丢了一本书？"

"丢书？"

"噢有的，我记得你一年级时丢了一本世界艺术史，你还在上面写了自己的名字，我们和你一起找了好久，你是找到了吗？"

耳边传来她们的声音，戚禾用力抿起唇，喉间发涩。

"嗯，找到了。"

那是在她研究生一年级的时候，好像是已经过了半个学期的课程，出于教授的原因，把教科书换成了另一版的《世界艺术史》。

戚禾当时和同学提前买好了，懒懒散散地捧着来教室里上课。

因为来得晚，只剩后面几排还有位置。

戚禾贪睡选了倒数第二排最靠边的，坐下后她低头就想睡觉，可手肘不小心翻开了书封，手臂一压，书角折了起来

她察觉到，抬起手看着那被破坏的书角，稍皱了下眉。

旁边的同学瞧见："新书怎么折了？"

"我不小心压到了。"戚禾叹了口气，把书角翻开想把折痕抚平，但没什么用。

同学看着那明显的折痕，感叹一声："美感被破坏了啊。"

戚禾干脆就把那个书角重新折起，笑了下："这样也算是一种标志吧。"

同学提醒她："那你还不如在上面写名字呢，这样更直接。"

戚禾觉得有道理，翻开封面，在扉页上随意写了个英文名QiHe。

课上教授走进来开始点名叫号，戚禾听到自己名字，举手应了声。

没多久，昏昏欲睡间，戚禾就感受到后面的座椅被人拉开，似是有人坐在了她身后。她也没怎么在意，只想着睡觉。

下课的时候，身旁的同学把她叫醒示意可以走了。

戚禾半眯着眼，就随手拿过了抽屉里的包，起身跟着她们往外走。

学生很多有些拥挤，戚禾还没睡醒差点被人撞倒，下一秒，身后的人伸手扶住她的手臂。那时是夏日，那双握着她的手，贴在她的肌肤上，掌心温热，可指尖微凉。

戚禾稍稍站稳身子，身后的人自然收回手。

戚禾没怎么在意，带着困意道了声谢谢："Merci."说完之后，她迈步跟着人群走出教室。

在外边等她的同学，可能注意到了什么问："是哪位男士又来找你要联系方式了？"

戚禾："嗯？"

同学说："我看到你好像在和一个帅哥说话。"

戚禾撑着眼皮说："没有，我差点摔倒，他扶了我一下。"

"啊，我看着还挺帅的。"同学似是回想了下，"好像和你一样是中国人，你一定会喜欢的。"

听到最后的话，戚禾稍稍疑惑："为什么？"

同学很真诚地说："他很帅，五官比例很好看。"

戚禾觉得好笑，但她只想睡觉，摇摇头跟着她们去下节课的教室。而走出那栋楼后，戚禾才迷迷糊糊地意识到自己手空空的有点不对劲，她把书落在教室桌上了。

身旁同学听她这么说，连忙带着她又往回走去拿书。

最后却空手而归，戚禾坐的那张桌上，空无一物，什么都没有。

书不见了。

"啊？怎么找到的？这不是都很多年了吗？"手机对面的同学听到她的话，稍稍疑惑。

戚禾垂眸看着手里的书，语气很轻："被人捡走了。"

话音落下，厨房的许嘉礼过来找人，看了眼开着门的书房，迈步走来，恰好听到了她们的问话，也看到了戚禾手里的那本书。

许嘉礼眼眸稍顿。

手机对面的她们还在问："怎么会被人捡走了？"

"那个人后来还给你了？"

戚禾抬起眸看着眼前的许嘉礼，只说了句："没有。"

对着她的目光，许嘉礼笑了下，丝毫没有任何窘迫紧张感，似是觉得这些事被她发现没什么大不了的。

而手机里的人听到这声笑，先问了句："怎么了？"

许嘉礼替她回答："抱歉，我可能惹她生气了，先失陪。"

听他说着流利的法语，戚禾低下眼，一瞬间全都明白了过来。

他不止一次来巴黎看过她。每隔一段时间给她寄信，来她的学校，甚至也会说法语。而她什么都不知道。

通话挂断。

许嘉礼伸手接过她手里的信和书，稍稍弯下腰，与她平视："想问什么？"他抬手，轻轻按了下她泛红的眼角，"我都告诉你。"

戚禾眼睫颤着，嗓音有些哑："为什么来找我？"

"你只说你走了。"许嘉礼轻散道，"没说我不能看你。"

戚禾抿起唇："我有什么好看的，你就应该……"

从选择逃离的那一刻，她早就把这个少年抛弃了。

明明，是她把他抛弃了。

"应该什么？"许嘉礼语气稍淡，"让我忘了你？"

戚禾指尖微蜷起，张了张嘴，却不知道该说什么。

许嘉礼看着她，告诉她："戚禾，我忘不了，一辈子都忘不了。"

"所以我忍不住来看你了。"许嘉礼轻轻牵住她的手，"知道吗？"

如果你不回来，那我就去找你。

就算你不要我。我也想竭尽全力地陪伴着你，盼你安好。

戚禾鼻尖涌起一阵酸涩，没忍住低下头："知道了……"

"知道了为什么还哭。"许嘉礼抬起她的脸，动作轻柔擦去她的眼泪，"如果还哭，那我不说了。"

戚禾看到一旁的那几封信，有些哽咽地问："你是用左手写的信？"

许嘉礼扫过那信："嗯，练了一段时间才给你写的。"

"为什么不用右手？"戚禾带着哭腔骂他，"你还骗我左手不会写。"

许嘉礼捏了下她的指尖："怕你认出来我右手的字。"

戚禾一顿，看着他问："那为什么叫我Moon。"

她和月亮没什么关系，名字也不是月亮。

许嘉礼扯了下唇，提示她："姐姐多念几遍看看。"

闻言，戚禾依言在心里默念，Moon……Moon……Moon……

下一秒。脑子闪过什么，戚禾立即抬眸看他。

对上她的眼睛，许嘉礼抬眉："猜出来了？"

戚禾盯着他抿唇，顿了几秒，哑声缓缓地道出来那两个字："沐沐。"

可能都忘了。她不是只有一个名字，除了戚禾外，还有一个——

沐沐。

而Moon和沐同音。所以他的信一直都是寄给她的，所有的祝福也都是给她的。即使不能亲口告诉她，也想传递到她这里。

一年又一年。

任何一个祝福都没有落下。

只愿她安好。

戚禾喉间生涩："为什么不告诉我？"

许嘉礼轻描淡写道："怕你不要。"

害怕你认出来是我，会再次把我推走。而后再也没有相见的可能。

那就还不如。我一个人，站在暗处看着你。

本来，一开始也是我一个人喜欢你的。

本来，这都是我的痴心妄想。

所以没有什么关系。

只要，让我看着你就好。

眼眶强忍着的眼泪再也无法阻止，戚禾眼眶一热，泪水染湿了她的视线，她低下头，下巴轻颤，看着泪珠滚落下来，砸落在地上。

"现在我告诉你了。"许嘉礼把手里的信递给她，语气轻问，"你要不要？"

眼泪有几颗落在脸上，戚禾伸手用指腹擦去，接过信紧紧捏在手里，抬起眸看着他，哽咽道："要……我要的……"

"嗯。"许嘉礼同意道，"那姐姐收好。"

戚禾擦掉眼泪，把信都叠好递给他："你帮我放好。"

许嘉礼挑眉："不是姐姐说要的？"

"我要。"戚禾慢腾腾说，"可我怕弄丢了。"

许嘉礼似是觉得好笑，接过放在之前的包里："就放这儿。"

戚禾没什么意见，凑过去抱住他，没说话。

许嘉礼搂住她的腰："还有没有想问的？"

戚禾低头靠在他肩上，抬头盯着他："你偷我书干什么？"

许嘉礼否认道："我捡的。"

"你就是偷。"戚禾继续指认他，"你知道是我的书，还不还给我。"

许嘉礼抬了下眉："现在不是被姐姐找到了？"

这书他也没藏着掖着，一直摆在书架上，被她发现只是早晚的问题。

察觉到他的小心思，戚禾抬手，捏了下他的脸："你一直在算计我。"

"嗯？"许嘉礼语调轻抬，"有吗？"

戚禾眉梢轻扬："你说呢。"

许嘉礼低头亲了亲她，似是讨好道："我说没有呢。"

戚禾被逗笑，看着他那张脸，想起了当年同学看到许嘉礼时和她说的话。

——"你一定会喜欢的。"

戚禾喊了句："许嘉礼。"

"嗯？"

"我发现我喜欢你，"戚禾抬头看他，嘴角轻弯，语气散漫而郑重道，"是一定的事。"

许嘉礼稍顿，明白到她的意思，笑了声："因为我的脸？"

戚禾眨了下眼，逗他："算是吧。"

许嘉礼低头咬了下她的唇瓣，似是惩罚她又开玩笑："那你只能喜欢我了。"他指腹轻抚了下她还有些红的眼尾，与她平视，"永远喜欢我。"

因为这世上。

只有一个我。

只给一个你。

跨年过后迎来元旦假期。

戚禾带着许嘉礼回阳城小巷待了三天，而期间许望来了一次，来看看奶奶。但没想到他们两人会在，急急忙忙地就想走，怕打扰他们。

　　戚禾看他那样，先开口把人叫住了："想看奶奶就看，许嘉礼又不会吃了你。"

　　许望离去的脚步稍停，下意识看向一旁的许嘉礼，连忙解释道："哥，我不是，我没有别的意思。"

　　许嘉礼看着他紧张的表情，淡淡道："没人赶你走，你想留就留。"

　　许望闻言一瞬间以为是自己听错了，愣了好一会儿后，面色一喜，可不敢太明显，看着他抿了抿唇，试探性地问："那我……我可以留下吃晚饭吗？"

　　戚禾先笑了："许望，这才中午，你就想着晚饭了？"

　　许望的脸瞬时一红："不是不是，我就说一下。"

　　"晚饭是奶奶说了算。"戚禾朝厨房扬了下巴，"你要问奶奶去。"

　　许望闻言看了眼许嘉礼，见他没说什么，连忙转身往厨房跑喊着奶奶，明显有些激动。

　　戚禾看着他奔跑的背影，带着少年的朝气活力，放肆又张扬。而许嘉礼则是孤寂又隐忍，从来没有像许望那样，肆意奔跑过。

　　戚禾收回视线，微微侧头看向身旁的人。

　　"怎么？"许嘉礼抬眸对上她，"姐姐怕我伤心？"

　　戚禾牵着他的手，反问："你伤心吗？"

　　"以前有。"许嘉礼淡淡道，"后来我不需要了。"

　　许望是个由爱包围的孩子，从小到大一直都有父母陪伴与最好的关爱。从一开始，许望就和他不一样，想法也自然会不一样，但对他这个哥哥并没有恶意。

　　当时许望只不过是在那个无法分辨是非的年纪下，做出了他觉得正确的事，想要吸引所有人的注意，却造成了伤害。而之后他一直尝试弥补，只是许嘉礼厌倦了这些。他不需要杨惠和许启淮的惺惺作态，也不需要后来的弥补。这些，都不过是他们所谓的自我反省。

　　与他无关。

　　他只想过好自己的生活，和戚禾一起。

"别伤心。"戚禾语调轻扬着，"不是说了姐姐对你好，疼你嘛。"

许嘉礼抬起眸。他对许望确实没什么感觉，但每次听着戚禾这样说，觉得许望至少还有点用。

许嘉礼看向她，稍稍低头靠在她肩上，轻"嗯"了声，语气散漫道："那姐姐晚上多疼疼我。"

戚禾推开他的头，微笑道："晚上你自己睡。"

许嘉礼眨了下眼："姐姐不是说疼我？"

"有吗？"戚禾学他，语调懒懒问，"我怎么不记得？"

许嘉礼似是善解人意地点了下头："好，那我晚上带姐姐回忆一下。"

之后许望如愿留在许家吃了晚饭，许嘉礼对他基本没什么话，安静地吃着饭，只有他主动问的时候，许嘉礼偶尔才回几句话。

许望丝毫不在意，可能觉得这样就挺好，最后吃完饭离去的时候，只是笑着对着许嘉礼说了句："哥，下次见。"

许嘉礼看了他几秒，没答话。

许望却是一笑，朝他和身旁的戚禾挥手："嫂子，我们下次见。"

听见这称呼，戚禾轻弯了下唇，随后转头看着许嘉礼，轻声道："走吧，我们回家。"

许嘉礼牵过她的手："嗯。"

这次，你带我回家。

元旦后，工作室那边重新忙了起来，戚禾照旧在附中当着闲散老师，每天等着放学下课，比任何一个人都闲。而宋晓安这个大小姐变成了一个快结婚的新娘，天天在她耳边叨念着，如何如何地紧张。

附中放寒假那天，戚禾从宋晓安那边听到了关于戚荣的消息。

"人不能太贪心啊。"宋晓安感叹着，"什么都想要，就是在自掘坟墓。"

戚禾闻言也想到了程静。只是因为一个小小的嫉妒心理，随后无限放大，被欲望压过了所有理智，最后只能永远关在一个笼子里。

挣扎，自我束缚着，却永远逃不出来。

宋晓安没再提这事，返回来说起她婚礼那天的安排："你和许弟弟可要准时到场啊。"

"知道了。"戚禾有些头疼，"每天和我重复这么多遍，你不累？"

"我紧张嘛。"宋晓安说，"还有想让你们接我们的好运。一起好好的。"

闻言，戚禾垂下眸，轻轻一笑："会的。"

她已经从当初的噩梦里醒来了。

是由她的少年。

亲自迎接的。

也怪不得宋晓安天天念着她的婚礼，因为寒假过后没几天，就是除夕过年。而宋晓安的日子定在了正月十三，何况为了安抚她的情绪，求戚禾陪她玩玩，别太紧张。

戚禾觉得他们夫妻还挺好笑的，不过也陪了宋晓安几天。这本来没有什么，但她被宋晓安留下来过夜，就此导致许嘉礼独守空房。

"叫她放人。"许嘉礼冷淡的声音从手机内传来。

戚禾被逗笑："你理解一下嘛，人家作为新娘子紧张啊。"

许嘉礼："理解不了。"

"好了好了。"戚禾笑着宽慰他，"我下午就回来了，之后应该也没我什么事，你放心。"

明天是林韵兰生日，两人说好要陪老人家过生日的。

许嘉礼看了眼时间："我等会儿来接你。"

"几点？"戚禾算了下，"我可能先去蛋糕店看一下蛋糕。"

"四点。"

"那你来蛋糕店接我吧。"

许嘉礼没什么意见，应了一声。

挂断电话后，戚禾收拾了一下自己的东西，陪着宋晓安重新顺了一遍婚礼过程后，看时间差不多，让她送自己去了蛋糕店。戚禾跟老板定好样式和配送地址后，许嘉礼就发了条信息，示意自己到了。

戚禾打开店门，一眼就看到了路边那辆熟悉的奥迪。

坐上车后，许嘉礼帮她系好安全带，趁机亲了亲她："蛋糕订好了？"

"嗯。"戚禾也回礼亲了他一下，拖腔带调道，"这么想我啊？"

许嘉礼捏了下她的手："下次宋晓安叫你去，你就说我不让。"

戚禾觉得好笑，推开他坐回去开车。

叫能觉得不爽，许嘉礼咬了她一口，才发动车子。

半路上，外头下起了细雨。戚禾看了眼，手机忽然响起，收到了许望问明天他能不能过来庆生的信息。

戚禾回了句随你，而后看到他发的嫂子，转头看着许嘉礼，半开玩笑道："我觉得许望和我辈分是不是有点不对？"

许嘉礼："嗯？"

"你叫我姐姐，许望叫我嫂子。"戚禾挑了下眉，"这不是乱辈了？"

"那，"许嘉礼自然接话道，"姐姐要不要和我结个婚？"

闻言，戚禾侧头看他，迟疑地问："你这是在和我求婚？"

许嘉礼勾了下唇，没答话。

"弟弟。"戚禾责怪一声，"你这怎么这么简单呢？"

许嘉礼稍歪头："所以不同意？"

"嗯。"戚禾沉吟一声，"暂时不吧。"

许嘉礼饶有兴致问："你想什么时候同意？"

戚禾想了下，给出三个字："秋天吧。"

闻言，许嘉礼神色稍愣。

戚禾看着他，话里含着笑意："你不是说了秋天结婚吗？"

她当时听到了。

许嘉礼垂下眸，笑了下，指尖反勾起她的指节："好，我们秋天结婚。"

戚禾逗他："但我可没说今年结啊。"

"是吗？"许嘉礼挑眉，"姐姐想我每年秋天求一次？"

"你要是愿意。"戚禾一脸奉陪到底的表情，"我当然也可以。"

许嘉礼沉吟一声："那还是算了吧。"

没想到这人这么快就放弃了，戚禾有点怀疑他对她的爱。

到了许家后，戚禾暂时不想他说话，抛弃他先去找了奶奶。林韵兰在厨房笑着和她说了几句，戚禾怕打扰她也不再多留，回了大厅。

屋外的雨势有些变大了，雨声淅淅沥沥作响。戚禾往前走了几步，站在屋檐下，仰头看着院内的雨景，伸手去接那一颗颗落下的雨滴。

砸到掌心。

正月寒冬，还是有些冷。戚禾收回手，简单地擦了下水珠，等了一会儿也没看见许嘉礼，她想了一下转身往书房的方向走。而没走几步，转头时，她看见了熟悉的一幕。男人侧坐在隔壁屋内窗台前，身影消瘦单薄，穿着黑色大衣，稍稍低着眼，侧脸线条冷漠又凌厉。

而下一秒，如同当年一般。

他恰好转过头来。露出那张病弱苍白的脸，透过雨帘，和她四目相望。浅棕色的眸子，平静又冷淡的神情，却和当年不同。

他不再是那个少年。

不用一个人躲避在小小的书房里。

承受着无尽的黑暗，空洞又孤寂。

他已经长大成人，变成了一个优秀的人。

有了他想要完成的梦想。

也有了他自己耀眼的光。

戚禾看着他，迈步朝他的方向走去，站定在窗台前，轻轻笑了下，重复了当年没说完的话："弟弟你好啊，我是住在隔壁的小姐姐。"

许嘉礼侧头看她，闻言抬了下眉，没说话。

戚禾见他拿着铅笔，稍稍好奇："你在画什么？"说着，她低头看着桌上的画纸，就见上头画了一个女人，正仰头看着雨景，抬手似是在接着什么。

还没画完，但可以认出是刚刚屋檐下的戚禾。

戚禾瞧见后嘴角轻笑，弯下腰，身子前倾靠在窗台上，单手撑着下巴看他，慢悠悠开口："弟弟，虽然姐姐是学美术的。"

她伸手用指尖点了点他前边的画，调侃问："但画得比我还漂亮，在画你的谁呢？"

许嘉礼抬眸看向她。熟悉的话，和熟悉的人，恍惚间，似是当年她走来的每一幕。

他停了几秒，声音低哑，轻轻说："我的光。"

我的企图，我的妄想。

以及。

我的未来。

戚禾心跳猛地一空，抬眸对上他那双棕眸。一瞬间，她突然想起当初见到许嘉礼的感觉。

她记得自己心跳似是也空了一拍，不自觉就被他目光中的情绪所吸引。那是之后，她从来没有在其他人身上感受到的。

戚禾看着他的眼睛，喉间微哽："那道光，你收到了吗？"

"嗯。"许嘉礼眸色微深，语调有些缓慢，"她回到我身边了。"

重新照亮我的人生。

闻言，戚禾忍着心底的颤意，抿起唇，轻轻道："你也是……"

我的光。

曾经的我已经泯灭。

而如今。

那道光成了我们。

闪闪发光的我们。

在那长夜漫漫，无尽噩梦深渊中，曾经没有一天能安心睡去的我。

曾祈求，曾渴望，也曾悲泣。

可黑暗终究降临，吞噬周遭万物。

我祈求上天，渴望神明，悲泣万物余光之际。

你回首一眼，带着黎明破晓，拥我落入人间光耀中。

至此。

所有黑夜长逝，噩梦消磨殆尽，看见野心与念想同存，肆意生长。

那是，我卑劣无望的妄求。

名为咬定，

意为你。

—正文完—

番外一
十八岁的妄想

元宵节前两天，一直紧张念叨着的宋晓安终于办了她的婚礼。

戚禾不是伴娘，自然不用跟着她一起走流程，只要按着婚宴时间到宴会厅参加就好。但宋晓安这人矫情得很，一个劲儿要她来陪。

戚禾没办法，看在她是新娘子的分儿上，只好答应提前来看她。

婚宴时间是晚上六点开始，宾客们基本上都陆陆续续地提前半个小时进来，坐在安排好的席位上。早就到了的戚禾正坐在休息间，看着宋晓安换礼服化妆，听到外头宾客的声音，稍稍侧头看了眼窗外边的宴会厅。

"来的都是熟人，你应该不紧张吧？"宋晓安随口提醒她。

戚禾觉得好笑，扬了下眉："你是不是搞反了，不应该是你紧张？"

"这不是怕你这么久没见这些人紧张嘛。"宋晓安透过镜子看她，"而且等会儿许弟弟也过来，你们俩也算是公开恋情吧。"

戚禾懒洋洋地"啊"了声："那我紧张一下？"

宋晓安被她的语气逗笑："不是，你这样也不怕别人说你老牛吃嫩草？"

"我哪儿老了？"戚禾脸不红心不跳道，"我现在走出去别人都觉得我比许嘉礼小呢。"

宋晓安眨眼："这谎话你都信？"

戚禾懒散道："走了，你自己在这儿化吧。"

"好啊。"宋晓安笑了下，"你出去随便帮我招呼一下。"

戚禾随意朝她挥了挥手，起身开门往外走过长廊后，刚好从宴会厅的小门进去。里头的宾客们已经来了大半，都坐在位置上聊着天，有的注意到戚禾纷纷转头看她。

戚禾回国后，基本上没有在圈子里露过面，毕竟戚家都落魄了，察觉到他们的视线，戚禾顺着侧头看去，瞧见几个眼熟的人，勾唇浅浅一笑，算是打招呼。几人皆是一愣，他们以为戚禾应该会过得挺惨的，但现在看着眼前她艳丽动人的笑容，貌似好像依旧是那个戚禾。

一样地耀眼。

引人瞩目。

众人反应过来时，戚禾已经移开视线，缓步走向前边的座位席。

身影纤瘦高挑，带着独有的气质。

宋晓安给戚禾和许嘉礼安排到和柯绍文他们一群人一桌。而小少爷们比较闲，早就入场坐在席间聊天说着话。

"哎，小戚姐过来了。"柯绍文隔壁的男人示意。

许嘉礼抬头循声望去，一眼就瞧见了远远走来的那道婀娜身影，目光停了一会儿。

戚禾今天难得化了妆，为了不抢宋晓安的风头，她还特地用了最简单的大地色系，平平淡淡得很。可她的五官本身就格外显眼，眼头深邃，眼尾略弯上翘，带着似笑非笑的意味，再淡的妆容也莫名添上了艳丽感。

"你看看。"柯绍文看着周围人的视线，感叹了一声，"就算我们小戚姐不在这儿，魅力依旧无穷，不减当年啊。"说完后，他可能气不过，扫过许嘉礼，语气忽然变凉，"就是白瞎，被你这人抢走了。"

许嘉礼眼都没抬，明显就是懒得理他。

柯绍文"啧"了一声："不过你之前那么装，就没被小戚姐发现？"

许嘉礼见走到半道的戚禾似是碰上了熟人，正和人聊着天，他收回视线，随意问："发现了又能怎么样？"

柯绍文："你这不是骗人嘛。"

"是。"许嘉礼扫了他一眼，语气很坦然，"可我得到人了。"

柯绍文服了："牛啊你，那我姐就被你要得团团转了？"

许嘉礼看着他，忽然一笑："你以为她是你？"

旁边一直默默听着的小文实在没忍住笑出了声，怕柯绍文动手，连忙安慰着："忍忍，忍忍，老许就这样你又不是不知道。"

柯绍文咬着牙骂人："我要揭发你！"

许嘉礼无所谓："你去。"

"怎么的？"柯绍文看着他这模样，眯起眼，"觉得我不敢是吧？"

许嘉礼还没说话，后边过来的戚禾听到这声，眉一抬："怎么了这是？"

闻言，许嘉礼侧头看她，语气有些轻，慢腾腾地说："他觉得我烦。"

旁边正在喝水的小文猛地被呛到，连忙咳了几声。

戚禾哪能不知道许嘉礼的性子，扫了他一眼："你做什么了？"

许嘉礼自然地牵过她的手放在自己膝上，摇摇头："我没有。"

戚禾才不信他，抬眸看向柯绍文，眉梢单挑，懒洋洋道："来，你说说怎么了，姐姐给你讨公道。"

柯绍文不是那种打小报告的人，也知道给自己兄弟面子，笑着摆了摆手："没有，我们开玩笑呢。"说完后，他拉着小文开始扯别的话题。

见他否认，戚禾看向身旁人，轻笑一声："那还是我冤枉你了？"

"嗯。"许嘉礼从善如流地讨赏，侧头凑到她耳边轻声说，"姐姐晚上记得补偿我。"

戚禾抽回自己的手不让他牵："那算了。"

"算什么？"许嘉礼重新捉过她的手，语气轻懒道，"我又还没说要什么补偿。"

戚禾不用想都知道这人脑子里想要什么，都懒得说他了。

见她没回话，许嘉礼弯了下唇，把玩着她的手指，轻轻勾着，指腹摩挲着她的手背。

戚禾有些痒，戳了下他的手心："别动手动脚。"

许嘉礼包住她的指尖，随意问："姐姐怕被人看到？"

从戚禾坐下那刻起，周围的人基本上都注意到了她这边，自然能发现许嘉礼和她的亲昵举动。

戚禾挑眉，想起刚刚宋晓安的话，拖起腔调逗他："怕啊，如果他们说我老牛吃嫩草怎么办？"

"那，"许嘉礼稍侧了头，"我帮姐姐解释一下。"

戚禾倒是好奇了："怎么解释？"

话音落下，许嘉礼低头凑近她，张嘴咬上她的唇，那颗虎牙轻刺着，随后舌尖代替，轻舔而过。没等戚禾反应过来，许嘉礼已经往后撤，垂眸看着她，有些色气地舔了下自己的尖牙，神色淡定又自然："解释了。"

"一直是我觊觎你。"许嘉礼盯着她染着水光的唇瓣，慢条斯理道，"想吃你。"

许嘉礼猝不及防来这么一出。但旁边的柯绍文他们都没看到，反倒是隔壁瞧见，惊叹了几声。他们刚刚看见戚禾不坐别的位置，反倒和许嘉礼坐在一起的时候，就觉得点奇怪。而有些人根本不认识许嘉礼，一般人都只见过许家许望这个二儿子，很少有人知道还有许嘉礼的存在。

可现在看着戚禾和这个男人亲密说话的样子，自然能猜到可能是男朋友，然而下一秒，他们万万没想到戚禾居然这么乖地就给这个男人亲了？

这还是戚禾？

没等他们多想，宴会厅的灯光渐渐暗了下来，婚礼即将开始。周围的人自觉地噤声，但目光还是时不时地往戚禾那桌看，止不住地好奇。

之后婚礼上，戚禾差不多一直都能察觉到四周往自己身上探来的视线。她没忍住掐了一下许嘉礼的腰，意图报复他。

许嘉礼似是怕疼般，轻叹一声："疼。"

戚禾微笑看他："你也知道疼啊。"

虽然骂着，但她还是松开了手。

"嗯。"许嘉礼语气稍低，"还挺疼的。"

戚禾扫了他一眼，明明她根本没怎么用力，他倒是先装上了。

懒得和他多说，台上的主持人正好开始说开场白。

等到后边新娘进场，说完誓词交换戒指后，算是婚礼正式完成。而宋晓安为了好玩，后续还有扔捧花、玩游戏的环节。

戚禾完全没有想参与的意思，许嘉礼侧头看她："不去？"

戚禾语气闲散道："我都有你这个男朋友了，又不急结婚，玩这个干什么？"

　　许嘉礼抬了下眉，也就随便问问而已。周围的女生一个个走出来准备接捧花，戚禾就坐等着看好戏，但林妙不知道从哪儿冒出来，一把就抓住她，对着旁边的许嘉礼说了句："借你女朋友凑个人数。"说完之后，戚禾很无奈地被拉入了接捧花的团队里。

　　戚禾对这个还真没什么兴趣，懒懒散散地站在最边边的位置上。

　　宋晓安站在前边的台上，往戚禾的方向看，朝她比了个眼神似是在问她要不要。戚禾很明显地摇了下头，让她给隔壁的林妙。

　　宋晓安不勉强，看了眼林妙的位置，算好角度后，拿着捧花转身示意道："要开始了，各位准备接好。"

　　女生们站好，做好准备接的手势，而戚禾站在旁边，好笑地看着。

　　台上宋晓安开始倒数，"一"的话音一落，她抬手把捧花轻轻往后一抛。花束脱手被高高抛向空中，画出一道完美的抛物线，向着斜后方的方向投来。戚禾站在原地，看着那捧花越来越近，明显是往林妙的方向抛来的，但角度偏了点，林妙可能有些难接。戚禾下意识伸手想把花束推向她，可她左手碰到那捧花团的一瞬间，像是刚刚好一般。

　　随着花纸一声轻响，花束完美地落在了她的左手掌心上。

　　被她单手接住。

　　全场安静了三秒。

　　然后，戚禾面无表情地把手上的花束，转身放在林妙手上："恭喜。"

　　旁边的宾客们看着这转让花束的一出，全蒙了一下，没想到还能有这操作呢，被塞了花束的林妙也有些没反应过来。而戚禾的神情是最淡定的那位，她扫了眼周围的人，示意道："林小姐接到了捧花不应该恭喜一下？"

　　经她一提，其他人纷纷回神，鼓掌恭喜着，台上的主持人也笑着开口祝贺，继续主持。

　　林妙站在原地看了眼手里的花束，扫了身旁人一眼："给我干什么？"

　　戚禾弯了下唇："祝你早日结婚。"

　　林妙扯唇："这捧花不给我，我也要结婚。"

　　她和李家公子联姻的事早就已经定下，传开了。

"我知道啊。"戚禾懒懒道，"所以托个安安的运气给你。"

林妙没懂："什么？"

戚禾看着她那双眼睛不像之前在病房见到的那么无望，话里含了几分笑意："祝你婚后幸福点。"

至少也是嫁给了喜欢自己的人，不会差。

林妙闻言一顿，明白她的意思后，抿了下唇，语气仿佛回到了当初的骄纵任性："你还是关心你自己吧，我都比你早嫁人了，你再拖小心没人要！"

看着她别扭的表情，戚禾："这你就放心，我可一直有人要。"

林妙自然想到了许嘉礼，扯了下唇，没说什么转身就往后走。

戚禾觉得好笑，迈步回了自己的席位。

柯绍文他们看着她回来，开玩笑问："小戚姐你怎么接捧花了？"

见他们提这个，戚禾解释："没想接，只是想顺水推舟一下。"

"您那叫顺水推舟啊。"柯绍文笑出声，"我们可看着您直接伸手稳稳当当地接住了。"

戚禾也不知道那捧花是怎么回事，就这么恰好地落到她手里了。

几位小少爷不敢多打趣，又扯起了别的事。

戚禾以为逃过这茬，但忘了还有许嘉礼这边，见他一直盯着自己。

戚禾原想忽视不见，可最后实在没忍住，转头扫他，警告一声："你老实点，别多想。"

之前她刚说过对捧花没兴趣，现在她自己又接上了，按他的性子不多想才怪。

"嗯？"许嘉礼侧身靠在椅背上，握着她的手玩，语调稍抬，"姐姐不是在暗示我早点求婚吗？"

果然，他就是想多了。

"不是。"戚禾捏了下他的手，"我都说了是意外。"

"是吗？"许嘉礼眨了下眼，"我以为姐姐是欲擒故纵。"

戚禾被气笑了："你成语用得倒挺不错啊。"

也不知道语文是怎么学的，不管什么时候他都能用上这些乱七八糟的词。

"嗯。"许嘉礼点了下头，"我也觉得。"

见他还挺骄傲，戚禾拍了下他的手，眯眼道："小弟弟，怎么说话的呢？"

许嘉礼一脸坦然："学姐姐。"

扔完捧花后，进入第二轮到敬酒环节。宋晓安换了简单的小礼服，跟着何况来戚禾这桌的时候。其他人都准备好了酒杯，而许嘉礼这个病人先转头看了眼戚禾，似是询问她的意见可不可以喝。戚禾觉得今天毕竟是喜事，不能太扫兴，点头同意了："不能多喝，只能喝一点。"

许嘉礼应下，乖巧地只是抿了一口而已。

何况也知道许嘉礼的身子，调侃了戚禾一声："管得还挺严啊。"

戚禾毫不示弱道："您老婆可不比我差吧。"

何况噎了下，自觉地不为难他们，转身往旁边一桌走去。而没等一会儿，宋晓安遇上了点麻烦，派人把戚禾叫走了。

戚禾朝许嘉礼说了句："我去一下。"

走时看了眼对面早就跑去和别人聊天的柯绍文，果断转头朝旁边的小文嘱咐一句："你看着点，不要让他多喝。"

小文笑着保证一定看住，戚禾对小文还是比较放心的，看了眼许嘉礼，警告道："你自己注意点。"

许嘉礼点头应了声："好。"

见他答应，戚禾才起身往宋晓安的方向走。而人一走，小文在一旁看着许嘉礼老实的模样，感叹："看你这样，我还真的有点不习惯。"

许嘉礼指尖敲了下酒杯壁，似是觉得无所谓："你习惯什么？"

"也是。"小文点头，"我习惯你这装蒜样子干什么？"

许嘉礼看他一眼："你话很多？"

"不是。"小文笑了，"我就说说我的想法而已。"

许嘉礼扬了下眉："你有什么想法？"

"说实话我老早就想问你了。"小文看着他那张略显苍白的脸，似是想起了以前的事，好奇地问，"你当年那么不把自己的身体当回事，硬是抽烟喝酒，搞得天天住院，是因为戚禾吧？"

许嘉礼倒没想到他还记得这个，抬了下眉，端起酒杯轻晃着，没搭话。

"不是。"小文看他，"你这是否认呢，还是被我猜中了呢？"

"一半。"许嘉礼抿了口红酒，语气有些闲散，"一半是为了她，一半是为了我自己。"

"什么？"小文蒙了下，"为她我倒是可以理解，但怎么就还为你自己了？"

"为了我的病。"许嘉礼盯着酒杯里的红酒，给出几个字，"更严重点。"

"本来想借这个让她心疼点。"许嘉礼侧头看他，扯唇笑了下，"没想到你先告诉她，帮了我一把。"

许嘉礼端起碰了下他的酒杯，发出清脆一声，慢条斯理道："谢了。"

小文万万都没想到这人居然算计了这么久，连他都计算进去了，嘴里憋了半天，最终朝他竖起大拇指，并憋出一句："牛。"

其他话，他还真不知道该说什么，毕竟谁能想到许嘉礼这人有这么不要脸的计谋。

小文无话可说，只能端起酒杯和他碰杯，喝下杯内的红酒。

而许嘉礼端着酒杯晃了下，没动。

见他不喝，小文稍稍诧异："干什么，还真听话不喝酒了？"

"嗯。"许嘉礼散漫地吐出一句，"我胃不好。"

小文："呵……"

没多久，戚禾见时间差不多了，回来带着许嘉礼简单和人道别回家。

开门进屋后，许嘉礼帮她换下高跟鞋，戚禾弯腰闻了下他身上的酒味，见确实没喝什么酒，笑了声："怎么这么乖？"

许嘉礼扶着她的腰，看着她倒是隐约有点醉意，挑了下眉："那姐姐给个奖励？"

闻言，戚禾凑过去亲了下他，摸着他的下巴，含笑道："我们阿礼真乖。"

许嘉礼盯着她，散漫问："姐姐现在才发现？"

"别误会。"戚禾好笑道，"我就夸你一下而已。"

许嘉礼抬眉："那是骗我的？"

"也不算骗吧。"戚禾凑近他的脸，用指尖点着他的胸膛，眼尾轻挑问，"你乖不乖自己不知道？"

她气息轻轻扑洒在他的脸庞，带着丝丝缕缕的酒气。

身姿婀娜纤瘦，宴会上所有人仰慕的她，此时就在他的怀里。

许嘉礼眼眸微黯，双手托起她直接放在玄关柜上，将她环在自己的领地里，低头盯着她，唇瓣贴着她的似有若无地亲着："姐姐觉得我不乖吗？"

戚禾直觉不对，连忙想推开他："等会儿，我还没卸妆洗澡。"

许嘉礼掌心贴上她纤细的腰肢，礼服贴身，轻而易举地就能摩挲着她的脊骨，往上寻着。

戚禾逃不开，只能往后退，可她忘了身后就是一堵墙。

许嘉礼顺势而为，身子前倾，低头含上她的唇。

他轻吮着她的下唇，嗓音有些含糊："我乖不乖？"

戚禾感到他的动作越发放肆，呼吸微乱，脑子顿了顿："嗯？"

许嘉礼侧头贴吻着她的耳朵，低声问："乖吗？"

裙摆忽然被掀起，被他扯动过。戚禾身子一软，不知道是不是酒精的作用，她觉得自己脑袋都有些飘飘然："乖……你乖点。"

许嘉礼仿佛没听到一般，继续他折磨人的行径："姐姐不是要洗澡？"

"是。"戚禾不受控地仰头靠在墙上，单手捶他的肩膀，压过那道低吟，"你先让我下来。"

"为什么？"还没等戚禾拒绝，许嘉礼直接托起她的身子，浅眸折射着暗光欲色，"但等会儿……"

冬至那天，戚禾早上没课，索性就去了阳城陪林韵兰做汤圆，两人还算着要做几个。因为许嘉礼不能吃这些不易消化的东西。

简单做完后，差不多都到了中午。

戚禾吃完饭后，午睡了一会儿才出发去附中。

下课回办公室的时候，正好碰见几位学生来找钱茂，瞧见她问了几句。

"戚学姐，钱老师在吗？"

戚禾看了眼钱茂的位置："不在，找他有什么事吗？"

"教授让我们来问问他留学交换生的事。"

闻言，戚禾明白了："那我帮你们打个电话找他吧。"

学生们摆手："没事没事，我明天再来问也可以。"

戚禾也不勉强，而旁边的手机正好传来了许嘉礼的信息。

许嘉礼：到了。

戚禾随意回了个好，她拿着包和大衣往校门口走，找到许嘉礼的车后坐了进去。

"不冷？"许嘉礼看着她把大衣拿在手里，帮她系上安全带。

戚禾解释："办公室有点闷，我透透气。"

许嘉礼看了眼车内温度："等会儿会冷。"

戚禾无所谓："那我等会儿再穿。"

许嘉礼见她确实不冷，也不说什么，发动车子准备回小巷。

总共没几分钟的车程，许嘉礼停好车后下车，见她站在车旁还是没穿大衣，随意问："姐姐现在不怕冷？"

戚禾笑了一下："怕啊。"

"这叫怕？"许嘉礼伸手拿过她手里的大衣，帮她穿上，挑眉问，"该不会一直在骗我吧。"

"我骗你干什么？"戚禾眼尾轻扬，"这有什么好处吗？"

许嘉礼捏了下她的脸，语气带着调戏："想骗我帮你穿。"

戚禾无语地看了他一眼。许嘉礼弯了下下唇，余光瞥见巷口驶进一辆车，他扫了眼没怎么在意，牵着她往里走。

林韵兰还在厨房做饭，听到两人的声音，出来笑了声："你们俩倒是回来得巧。"

戚禾问："要吃饭了吗？"

林韵兰点头："等会儿就可以了，先看会儿电视吧。"

戚禾不是很饿，点头应下，拉着许嘉礼去客厅随意选了个综艺。

可没等一会儿，厨房内的林韵兰唤了声："阿礼。"

许嘉礼侧头问："怎么了？"

林韵兰拿着酱油瓶出来："你去买些酱油过来吧，快用完了。"

"好。"许嘉礼应下，戚禾跟他一起去。

小巷内有家超市离得不远，基本上为了方便居民购买物品才建的。但戚禾没怎么往巷子里走过，所以对路不是很熟，任由许嘉礼牵着，环视着

261

四周的建筑。发现都是带院子的老房子，但还是许家的房型最老，白墙青瓦，还带宅院屋檐。

戚禾转头好奇地问："这些邻居你都认识吗？"

许嘉礼点头："见过。"

"噢。"戚禾替他说下一句，"不怎么熟？"

许嘉礼稍侧了下头："是吧。"

戚禾觉得他以前连她这个邻居都不怎么关心，怎么可能会关注其他人。两人一边聊着一边刚好走到超市门口，戚禾跟着他走进去，先注意到了旁边的酸奶，突然有点想吃。

戚禾朝他提出邀请："我们去看看酸奶吧。"

许嘉礼随她，任她走去，但大冬天冷藏展示柜的温度明显太低。

许嘉礼皱了下眉，拦着她别靠得太近。

戚禾站在一排酸奶前，忍着扑面而来的冷气，还没开口说什么，余光先扫过旁边有一道人影走来。她下意识转头看去，瞧见是一个女人，明明已经穿了大衣，可外边又套了一件厚厚的羽绒服，明显是男款，有些宽大，仿佛是被人硬逼着套上的。女人似是也注意到了她的视线，转头看来，显出那张清冷淡漠的面容，与她对视了几秒后，先眨了下眼。

见此，戚禾莫名觉得有些好笑，而下一秒就见她可能是看到了旁边的许嘉礼，似是认识般唤了声："嗯？许嘉礼？"

许嘉礼先颔首朝人致意。

池栀语没想到会在这儿看见他，轻轻一笑："回家过冬至吗？"

许嘉礼点头，介绍了下戚禾。

池栀语闻言，对着戚禾点头："你好，我是池栀语。"

戚禾应了下，而池栀语没有多说什么，转头看向前边的酸奶。

戚禾站在原地看了她一眼，觉得这情节在这儿发展下去，貌似有点不对。她没忍住转头看向许嘉礼。

接到她的视线，许嘉礼以为她选好了要哪个，稍稍低头问："怎么？"

戚禾拉着他的袖子，靠近他轻声问："你的小青梅？"

似是觉得荒唐，许嘉礼忽然笑了声，低头看着她，重复那个词："小青梅？"

戚禾瞥了眼旁边的池栀语，看着年纪应该和他差不多大，关系好像也挺熟的，又住在同个小巷子里。

这只能想到青梅竹马两小无猜了。

戚禾扫他一眼："难道不是？"

许嘉礼抬了下眉："姐姐觉得像？"

"我看着挺像的。"戚禾语气闲散道，"怎么？怕我欺负你的小青梅？"

许嘉礼牵着她的手，挑眉道："姐姐这话最好还是不要说。"

戚禾还没开口问他为什么，后边先传来一道不咸不淡的男声。

"池栀语，当我不在是不是？"

这声有些熟悉，戚禾注意到旁边的池栀语拿着酸奶的手立即顿了下，而男人的身影也随着话音出现在她的身旁。

戚禾瞧见来人的面容后，愣了下。谢野似是不怕冷般，只穿了件黑色的毛衣，没有外套，他唇线平直，神色散漫地扫了眼池栀语手里的酸奶，随后盯着她看，搭在购物车扶手上的指尖，若有若无地敲着。

似是在无声威胁她。

池栀语没想到这人这么快找到自己，咳了一声，拿着酸奶，欲盖弥彰道："我就看看。"

谢野扯了下唇，明显是懒得戳穿她了，扫了眼酸奶："放回去。"

闻言，池栀语和他对视了几秒，默默把酸奶放进他的购物车里。

没管他的表情，池栀语想起旁边的人，自然地转移话题道："噢，忘了说了，许嘉礼也在这儿，你来打个招呼吧。"

谢野侧头看向隔壁的两人，似是不意外。戚禾倒是挺意外的，不过看着两人之间的相处，自然明白是什么关系了。

之前宋晓安和她提过谢野订婚结婚的事，但她还真不知道谢野居然也住这儿。

池栀语先介绍戚禾："这是小许的女朋友，戚禾。"

谢野看了眼戚禾，点了下头："挺巧。"

戚禾笑着点头："确实挺巧。"

池栀语眨了下眼："你们认识？"

"小时候见过几次。"戚禾怕她误会，先解释道。

池栀语明白应该是谢野之前认识的人，点头笑了声："那确实挺巧的。"

戚禾看着他们的购物车："我们去买些酱油，你们还需要买什么？"

"我们也去那边。"池栀语提出建议，"不介意的话一起？"

戚禾当然没意见，点头和她往前走。而两个男人自觉推着车，走在旁边不打扰她们，有一搭没一搭地扯着话。

戚禾看池栀语长相清冷，但没想到她说话倒是挺随性自然。

两人边走边聊着，戚禾也顺便知道为什么许嘉礼刚刚劝她不要说青梅竹马事。因为池栀语比许嘉礼大，两人顶多算是邻居，和她青梅竹马的是谢野。两人两小无猜的时候，许嘉礼这弟弟都还没搬来这儿呢。

差点闹出乌龙。

不过戚禾基本上能猜到如果她刚刚那话被谢野听到，按他睚眦必报的性子，可能会让许嘉礼不大好受。戚禾正感叹着，池栀语却看着她的脸，沉吟一声问："我以前是不是在这儿见过你？"

"可能有。"戚禾想了下，"我以前住在许嘉礼隔壁。"

闻言，池栀语像是被她提醒了一般，啊了声："难怪呢，我就说怎么觉得你有点眼熟，你是以前那个在路边醉酒一直叫许嘉礼弟弟的女生。"

听到她的后半句，戚禾愣了下："我醉酒？什么时候？"

"大概六七年前吧。"池栀语回想起，"我当时刚好回家就看到你在路边吐，我怕你出事，问你家住哪儿，你说要找你的许弟弟。"

戚禾半点印象都没有，但觉得这也像是她会干出的事，舔了下唇："然后呢？"

见她忘了，池栀语想起当时许嘉礼的样子，似是明白到了什么，笑了下："然后许弟弟就来接你了啊。"

"之后的事我就不知道了。"池栀语意有所指地说了句，"你要问问你的许弟弟了。"

听到这话，戚禾莫名被呛了下，咳了一声。

时不时注意她动静的许嘉礼，闻言，侧头看来："感冒了？"

戚禾摇头："没有。"

见她确定没什么事，许嘉礼才转回头，应着谢野的话。

见此，池栀语倒是有种看破了一切的感觉，轻笑着，指了指前边："你们要的酱油在那儿，我们就去隔壁了。"

"好。"戚禾点头，"下次见。"

池栀语很识相地看了眼谢野，示意他过来走了。

"怎么？"谢野推着车走到她身边，往隔壁货架走，扫了眼前边离去的两人，散漫问，"不和你弟媳妇多聊聊？"

见他连弟媳妇都冒出来了，池栀语无言到乐了："谢野，你幼不幼稚啊？"

因为之前在YG俱乐部见到了许嘉礼，池栀语随口夸了句他长大变帅了，谢野这人就开始闹起醋味，时不时就说她想谈姐弟恋，贪图这弟弟对象。而刚刚回来经过巷口的时候，居然还正好看到了许嘉礼帮戚禾穿衣服的一幕，不过当时没看见戚禾的正脸，但也能猜到是他女朋友。

"你的弟弟对象有女朋友。"谢野提醒道，"你可以死心了。"

池栀语无语看他，不过正好提到戚禾，她把刚刚的事告诉他，感叹一声："没想到当时许弟弟就对戚禾有想法了。"

说完后，池栀语又想到什么，微微讶异道："等会儿，戚禾和你一样大的话，那不就比许嘉礼大三岁了。"

"噢。"谢野很欠地说了句，"是啊。"

池栀语侧头看他，没忍住说他："谢野，我觉得我有必要提醒你一下。"

谢野看她。

池栀语提醒道："你可是从更早就对我有想法了。"

"怎么？"谢野很双标道，"不行？"

这边。

戚禾带着许嘉礼走到酱料区，让他来选酱油，时不时盯着他看。

许嘉礼把酱油放在购物车里，随后，牵着她的手忽然凑到她耳边，轻声说："姐姐忍忍。"

戚禾："啊？"

"现在还在外面。"许嘉礼似是有些为难道，"还是忍忍吧。"

戚禾破功笑出了声："你脑子里都是什么乱七八糟的？"

"嗯?"许嘉礼仿佛无辜道,"不是姐姐在想?"

戚禾失笑一声:"我都没说我想什么,你就知道了?"

许嘉礼点头:"不难猜。"

戚禾拍了他的手:"别给我乱猜。"

许嘉礼低笑了声:"那为什么一直盯着我?"

戚禾慢悠悠问:"池栀语说我以前喝醉过,是你来接我的?"

许嘉礼似是不意外,"嗯"了声,推着车往出口收银台走。

戚禾挽着他的手,眼尾轻挑:"我怎么一点印象都没有?"

"不是说了。"许嘉礼语气随意,"你喝醉了。"

"噢。"戚禾懒懒问,"那你当时没有对我做什么吧?"

许嘉礼稍侧了下头:"我能做什么?"

"我怎么知道呢。"戚禾扫了他一眼,"你这弟弟坏心思这么多。"

许嘉礼重复一样的话,稍眨眼:"我能有什么坏心思?"

对上他的眼睛,戚禾连忙打住:"别看我,这招不管用。"

许嘉礼笑了声,刚好走到了收银台,因为人不多,两人走到空闲的位置上。

戚禾站在旁边,看着收银员刷着货品条形码,她转头注意到收银台前的棒棒糖,想到答应要给许嘉礼买糖吃。她随手拿了几个放去一起结算。

许嘉礼看着那几根棒棒糖,嘴角轻勾了下。

付完钱后,两人走出超市回家。

林韵兰看两人回来,让他们洗手过来吃饭。

因为是冬至,晚饭自然比平常要丰盛点,不过也都是煮了两人爱吃的。而出去逛了一圈,戚禾倒是有些饿了,吃得比平常多了点,最后导致肚子有点撑。她索性站在书房里看许嘉礼工作,就当消食。

站了一会儿后,外头的阿姨端着水杯进来,让许嘉礼吃药。

戚禾靠在书柜旁,看着许嘉礼熟悉又自然地就着水吃下掌心里的药丸,她随手把刚刚买来的棒棒糖,撕开递到他嘴边。

许嘉礼顿了下,笑着含进了嘴里。

戚禾直起身子重新靠回书柜旁,懒懒问:"不苦了吧?"

草莓的甜腻味道压过了满是苦涩的药味。

许嘉礼含着棒棒糖，点头应了声："甜的。"

"当然甜了。"戚禾居高临下看他，抬了抬下巴，"不甜我买来干什么？"

"嗯？"许嘉礼咬了下糖果，轻笑问，"姐姐是特地买给我的？"

"不然？"戚禾站在他面前，逗他，"我还能给别的弟弟？"

闻言，许嘉礼稍稍抬头看她，舌尖抵了下那颗糖，语气有些慢道："那我可要生气了。"

戚禾笑了下："放心，我只给你这个弟弟。"

说完后，戚禾让他赶紧把草稿整理好，不要不务正业。她闲着没事干，准备找几本书看看，转身看了眼书柜上各色的书本，瞥见最上头的一卷卷画纸时，想起以前教他画的那些画。

戚禾挑了下眉，抬手拿了出来，走到他书桌旁。

许嘉礼瞥见，稍顿了下，没说什么。

"我来看看你以前的画作。"

戚禾一边说，一边随手拿了最上头的一卷，拆开后轻轻打开，一点点露出上头的笔画线条。

戚禾垂眸看去，愣了愣。

画纸上根本不是当初她教的那些画图作业，而是一个女人的素描画，她趴在桌子上，长发沿着桌沿轻轻垂下，眉眼半掩于手臂间，有些瞧不清，却带着熟悉的感觉。

戚禾看着这幅画，有了那次她熬夜打游戏后，让许嘉礼自己画画，她却在贪睡的既视感。

她眉梢轻抬，看向许嘉礼，慢悠悠问："偷偷画的？"

"不算。"许嘉礼没觉得被她发现有什么问题，反倒是还自有道理说，"我当着你的面画的。"

"什么当着我的面，我都睡着了。"戚禾勾了下唇，"难怪我一醒过来，你就把这幅画藏起来呢。"

许嘉礼咬了下嘴里的棒棒糖，没说话。

戚禾卷起画纸，扫了圈剩下的："不会全是我吧？"

许嘉礼点头："差不多。"

戚禾看着这些画，想到了和他相处的那些年，以及之后空缺的年月日。许嘉礼抬手，把手里染着水光的棒棒糖喂到她嘴里。

戚禾下意识含住，舌尖抵了下，糖果轻磕着牙齿，发出"咔啦"一声，还染着些许他口腔里的药味。

许嘉礼垂眸看她，指尖轻捏了下她唇边的那根细棍，低声似是询问："好吃吗？"

听到他这声，而戚禾偏偏还含着他刚刚吃过的棒棒糖，脸没来由地有些烫。莫名觉得，他问的根本不是棒棒糖。

戚禾靠在他怀里，忍着耳尖以及脸颊的滚烫，含着糖果，没答话。

许嘉礼从身后抱住她，将她扣紧在怀里，低头贴近她的耳畔，微凉的唇瓣似有若无地亲着她的耳垂："回去画给姐姐看。"

…………

因为在阳城许嘉礼也不能做什么，只是逗逗她而已。

戚禾原本就没打算和他一起睡觉，赶他回自己房间睡，但等她洗完澡出来的时候，这人又偷摸了过来，一脸坦然地坐在床上等她。并美其名曰一个人睡觉害怕，想让她陪着。

最终戚禾没有抵挡住他的美色诱惑，同意了。

许嘉礼如愿抱着人躺在床上，下巴搭在她的脑袋上，笑了下，胸腔轻轻震动着。

戚禾懒懒问："笑什么？"

许嘉礼用下巴蹭了蹭她的脑袋，话里带着笑意："姐姐还挺好骗。"

戚禾无言，默默掐了他的腰。

许嘉礼感受到低下头，埋入她的肩窝内，低声控诉："姐姐好狠心啊。"

戚禾被他紧扣在怀里，感受到他贴着她的脖子趁机亲咬了好几次，没忍住打了下他的肩膀，威胁道："再动，我把你赶出去。"

许嘉礼抬起头亲了下她的唇角，真诚道："睡吧，我乖乖的。"

"你最好乖乖的。"戚禾打了个哈欠，"明天我还要早起呢。"

许嘉礼牵着她放在自己掌心，"嗯"了声："我也早起。"

戚禾被逗笑，重新靠回他的怀里，没说话。

屋内静谧安详，良久后，许嘉礼就听见怀内的女人开口说了句："明天把那些画带回家吧。"

听到这话，许嘉礼的眼睫微颤，似是明白了她的意思后，手臂将她的腰身收紧，低头吻上她的发顶。"好。"

我回来了。

不再只是画上那毫无温度线条勾勒出的回忆。

而是我。

戚禾。

第二天出门的时候，戚禾没忘记让许嘉礼把那些画带走。

而戚禾先去了附中上课，连上两节课后，她洗干净手上的颜料回办公室的时候，又瞧见了来找钱茂的学生们。

"学姐。"学生们对着她纷纷打招呼。

戚禾看着他们围着钱茂的架势，笑着点了下头，走到自己的办公桌前。陈美兰回来也瞧见这乌压压的一片，稍稍疑惑问："怎么了这是？钱茂犯事了？"

听到后半句，戚禾被逗笑："没有，他们来问留学的事。"

陈美兰"噢"了声，拉开椅子坐下，瞥了眼前边的学生，皱了下眉："这么多人问这个啊？"

"可能只是想了解一下。"戚禾抬了抬下巴，"反正问问又不用钱。"

"也是。"陈美兰笑了，"不过不应该来问问你嘛，你可是留学回国人员啊。"

戚禾看着那群学生，轻笑着："还是饶了我吧。"

陈美兰看着她似是想起来，提了句："不过当时如果小许也去留学了，那你们俩可都是高才生了。"

经她一提，戚禾也想起来自己一直都忘了问许嘉礼为什么放弃读研这事。前边的学生还围着钱茂，戚禾看了眼觉得可能轮不上她问了，想着之后问许嘉礼那个当事人算了。

上午的课不多，戚禾接着又去东楼睡了一节课后，收拾好东西给许嘉礼发了信息，示意自己放学先回家了。

许嘉礼那边可能在忙，等戚禾开车到嘉盛车库后才收到他的信息。

许嘉礼：到家了？

戚禾走进电梯内，随手按了电梯键，打字：刚到。

她扫了眼屏幕上的时间：你下班了？

许嘉礼：嗯，准备回来了。

戚禾：噢。

戚禾：那姐姐在家等你呢。

戚禾：小弟弟。

发送完这些信息，电梯刚好达到了楼层应声打开。

戚禾轻笑了一声，觉得还是当初高中生小少年比较可爱，现在这个男人完全就是个披着羊皮的狼。

还是个色狼。

戚禾收起手机没回他，换好鞋往厨房走，倒了杯水喝了口，想了想打开冰箱把之前买的樱桃拿出来，放在篮子里洗着。

温水轻轻冲洗殷红的樱桃，戚禾晃着篮子，一旁的手机又响起了来电铃声。

戚禾扫了眼屏幕，用指节接通扩音后，应了声："什么事？"

宋晓安开门见山道："明天你陪我去趟医院。"

听着她含糊不清的声音，戚禾笑了声："你牙还没好？"

"你还笑！"宋晓安半吸着气，"痛死我了！"

戚禾幸灾乐祸道："之前叫你看医生，你自己说不去的，活该啊。"

宋晓安有颗蛀牙，断断续续一直痛着，何况都催了她好几次去看医生，但这人怕看到牙科那些器械，死都不去。

闻言，宋晓安委屈上了："何况说我了，你也说我。"

"看来是真痛了。"戚禾挑了下眉，"居然都舍得去看医生了。"

"真的很痛。"宋晓安半咬着牙，"明天你一定要陪我去。"

戚禾还没答话，恰好玄关那边有了开门的动静，几秒后，就见许嘉礼换好鞋进来，看见她在厨房，随意问："洗什么？"

"樱桃。"戚禾顺手拿起一个喂给他，随口答着宋晓安的话，"我知道了，明天陪你去医院。"

"好烦。"宋晓安含糊不清问，"也不知道哪个医生比较好，我要找个下手轻点的。"

戚禾："应该都一样吧。"

许嘉礼看了眼旁边通话的手机："怎么？"

戚禾解释："安安蛀牙痛，明天我陪她去医院看看。"

闻言，许嘉礼伸手从篮子里拿起一颗樱桃喂给她："我有认识的牙科医生，我可以联系一下。"

戚禾稍疑："你认识的？朋友？"

许嘉礼点头："之前奶奶的医生。"

这几声对话，电话那头的宋晓安自然听到了，连忙问："是谁啊，拔牙痛不痛啊？"

许嘉礼给了句："沈屿和，附属医院的专家教授。"

宋晓安可能是听过，"啊"了声："他的号不是很难挂吗，许弟弟你可以帮姐姐走走后门啊？"

许嘉礼"嗯"了声："我联系一下。"

宋晓安闻言连忙感谢，还催着戚禾："沐沐，你可要多陪陪弟弟，这可是救我一命了啊，弟弟要什么，你一定要满足他。"

对上许嘉礼看来的视线，戚禾觉得好笑，小声骂他："我可不满足你。"说完后，懒得听宋晓安胡扯，戚禾让她闭嘴少说话等着明天去看牙后，让许嘉礼挂断电话。

许嘉礼按了下屏幕，单手撑在她身侧的料理台上，侧头看她，重复了句："不满足我？"

戚禾只当没听见，把樱桃洗好放在碗里，佯装不懂地问："嗯？你说什么？"

"嗯？"许嘉礼学她，语调稍抬，"沈屿和是谁？"

见他这样，戚禾湿着手戳了下他的脸，眉梢轻扬："弟弟，怎么这么小气呢？"

许嘉礼拿下她的手，抽过旁边的纸巾帮她擦干水渍，轻笑着："我就小气。"

"是啊。"戚禾笑了下，"还真是小气鬼。"

许嘉礼擦好她的手，拿着樱桃带着她往客厅走。

戚禾打开电视，随意窝在沙发内吃着樱桃，而许嘉礼坐在她身旁拿着手机似是在联系那位沈医生。

戚禾侧头看了他一眼，倒是想起了陈美兰的话，做了下铺垫开口问："许嘉礼，我问你。"

"嗯。"

"你是不是报过我学校的研究生？"

许嘉礼眼都没抬，淡淡地问："哪个学校？"

见他还装傻，戚禾无语道："我还能有哪个学校？"

她研究生是在巴黎美院读的，又不是在阳城大学。

许嘉礼笑了下，点头承认："嗯，报过。"

戚禾问："那怎么没去？"

"你说过的。"许嘉礼伸手蹭了下她唇角的樱桃汁，弯了下唇道，"你会回来。"

听到这话，戚禾神色稍愣，她记得当时在机场离别的时候，她对他只说过一辈子都不会回来。

而唯一说过自己会回来的话，是在……

戚峥的葬礼上。

脑海里渐渐浮现出当时那个大雨倾盆的墓园里，那个一直撑伞陪在她身旁的男人，在她没有看见的视野里，问出那句。

——"是不是又要走？"

而她答。

——"不会，我会回来的。"

心底骤然一空，戚禾抬起眸看他，指尖颤了下："你那天去了戚峥的葬礼？"

许嘉礼点头："怕你太难过，我答应你要陪你一起走。"

戚禾指尖蜷缩起，轻声开口："我以为那不是你……"

"现在知道了。"许嘉礼说，"是我。"

戚禾看着他，嗓音微哑："所以……你主动放弃了读研申请。"

许嘉礼"嗯"了声："你说了你会回来。"

所以我等。

等你回来。

闻言，戚禾瞬时垂下眸，用力地抿起唇："如果我没有回来怎么办？"

如果那只是我的随口一说怎么办？

许嘉礼似是笑了下，轻描淡写道："那我就去找你。"

不论怎么样，我都会与你相见。

他的话语传来。

戚禾身子忽然前倾，伸手抱住了他的身子，忍着眼眶的热意，哑着声音说："那我来追你。"

许嘉礼垂下眸，搂着她的腰，低声问："姐姐要怎么追？"

"把我的全部都给你。"

戚禾抬头，对上他的眼："要吗？"

许嘉礼低头吻了下她的眼睛，喉结轻轻滚动。

"要。"

那是我的命。

怎么能不要。

戚禾。

许嘉礼从来没想过自己可以把一个人记在心底这么久。

自有记忆以来，许嘉礼最熟悉的一直是医院消毒水的味道，还有记得每天需要吃什么药，其他的时间里都是在安静的房间里。

一个人。

他知道如何独处，也知道怎么消磨时光。

其实搬来阳城住和之前什么差别，林韵兰是长辈，对待他是心疼关爱，但也只能做到长辈该做的事。

不打扰他，也不逼他，无声地陪伴与关心照顾。

而戚禾不一样。她带着属于她的骄阳烈日，毫无预兆地出现在那天的雨幕里，扬着明艳的笑容迎面走来，进入了他一个人的世界。

她的笑容，她的言语，她的动作。明目张胆的呵护，毫无掩饰的调笑，一点点渗透进那小小的书房，以及他的人生里。

就像黑白世界里，忽然被人洒下了那多彩的颜色，鲜明又强烈。

让他痴迷又极致地渴望。

可他不能。

他没有那个资格。

这么美好的她，不应该属于残破又无用的他。

她只把他当成弟弟。

那他就只是个弟弟就好。

在阳城的那段日子里，他小心地掩藏着自己那份无耻的念头，无声地满足着她所有想要的一切。

可那个念头无时无刻不在提醒他对她的妄想。

许嘉礼一点点地贪图着，一点点地用手段接近她，让她教自己画画，一点点地成为她最亲密的那个人。

到最后他无法放手了。

他想要在成年后，在成为和她一样的人后，将那份卑劣的爱意告诉她。

可是，她先不要他了。

看着她离开后，许嘉礼说不上死心，只是耿耿于怀。

耿耿于怀，那份爱意。

耿耿于怀，那个她。

而耿耿于怀到，他来了她曾经的大学，学习着她学过的课程，成为她老师的学生，甚至买下了她家对面的那栋房子。

看着那漆黑空荡，从来没有点亮过的屋子。

妄想，她能回来。

…………

戚禾的名字和消息在许嘉礼身边没有消失过。

曾经的院花，曾经的戚大小姐。

这些信息一直伴随着他的大学生活，也仿佛在提醒着他，她不在这儿。

甚至和他不在一个时间里。

间隔了八个小时。

这里是黑夜，而她是白日。

法国人不喜欢说英语，她有她的傲气，一定会去学法语的。

这是许嘉礼来到那个陌生的城市时，脑子里闪出的第一个想法。

随后在每次无言无声的窥视下，也验证了他的想法。

一开始看她只会用英语和同学交流，渐渐偶尔会用几个法语单词，再到后来熟练自然。

宛如一个生在那儿的人，从来没有他的存在。

练习用左手写字以及学习法语是同步进行的事，许嘉礼没想到她除了给自己带来了画画以外的事后，还加上了这两样。

之后也或许会有更多。

而许嘉礼没等到自己左手熟练，就忍不住给她写了信，下笔的一瞬间，他根本不知道自己应该说什么。

他害怕自己被发现，却又带着隐约的期待。

最终挣扎又矛盾下，他叫她Moon，写下那些祝愿。

至少是祝福，他对她的祝福。

而每一年，一封接着一封的。

或许都是他说不出口却又难以释怀的执念。

戚禾研一时，许嘉礼和往日一样来到她的教室后，碰巧就听到了教授点名，她举手示意自己到了时，许嘉礼注意到她身后的空位置，他知道不应该这样，可还是没忍住偷偷地走去坐在了那儿。

那是第一次。

在无数次窥探的距离里，他离她最近的一次。

近到，只要她回头，就能看到他。

许嘉礼不敢发出任何声音，只是安静地坐在她的身后，害怕她随时转头，又害怕她察觉到他明显的目光。

他只能无声地轻探她的背影。

她还是喜欢贪睡。

喜欢懒懒地趴在桌上写笔记。

喜欢偷偷地吃着小零食。

…………

许嘉礼不知道为什么会记得这些事情。

就像是一个疯子贪婪地收集着她的一举一动，拼凑成一个完整的她。

可又，什么都没有。

下课后，戚禾被同学叫醒，许嘉礼看着她起身，不敢多看，先转过头站在了人群后，默默地走在她身后，看着她还带着睡意的脸。

而看到她差点摔倒时，许嘉礼下意识地伸手扶住了她的手。

那一瞬间，许嘉礼是害怕的，甚至后悔自己的举动，怕被她发现。

厌恶他。

许嘉礼立即收回手，做好了躲避的准备。

而她似是没觉得有什么不妥，只是简单地对他说了声谢谢。

"Merci."

时隔半年，听到了她对他说的第一句话。

普通至极。

甚至，连他是谁都不知道。

可他，暗自欣喜。

目送她离开后，许嘉礼回到座位上，发现了桌上她遗留的那本《世界艺术史》。许嘉礼走去看着封面上那一角的折痕，翻开露出了扉页，以及她的签名。

普普通通的英文，却标志着这是她的东西。

许嘉礼知道自己应该把书还给她。

她已经不要他了。

他为什么还要再留下她这些微不足道的东西。

可在拿起书本的那一刻。

他放弃了。

就这一次。

让他偷偷留下来。

至少，这是她的。

大三的时候，许嘉礼收到过教授的询问，问他想不想去当留学交换生，学校有名额可以给他。

许嘉礼拒绝了。

觉得她或许，不会愿意见到他。

因为她和他没有什么关系。

许嘉礼知道戚禾每年都会回来一次，回来看医院里的戚峥。

那是她回国的唯一理由。

再无其他。

而这个理由，也是他能在故土见到她的唯一途径。

可他知道戚峥不可能永远地停留在这儿，他总有一天会去世。

那么，她是不是就不会再踏入这个地方。

许嘉礼没有办法接受。

他无法再承受她的离去，他不想再失去她了。

许嘉礼想过所有的可能性，也想过所有他与她再相见的机会。

最后他选择了那条最有理由，并且不会有任何错误的方式。

考到她的学校去，就读美院的研究生。

他去找她。

他想在白日下，毫无遮掩地、坦然地出现在她面前。

与她相逢。

戚峥葬礼那天，许嘉礼早早地开车来到墓园外，看见戚禾捧着骨灰盒从车上下来，慢步走进墓园里。

许嘉礼下车在人群后跟着她，远远地看着她站在墓碑旁，垂着眼眸，面色苍白，似是失神地盯着地面。

没有眼泪。

许嘉礼沉默地看着她，直到雨滴落下时，打破了这道寂静。而戚禾似是没有感觉，依旧站在原地，任由雨淋湿身子。

许嘉礼没有控制住自己的脚步，最终还是冒着被她发现又或是讨厌的风险，来到了她的身边。

陪着她。

听着她无声的哭泣，看着她颤抖的双肩，他只能闭下眼，替她挡住风雨。

无言地告诉她。

这段路，他陪着她走。

所幸她没有抬头看过他一眼，也所幸她没有发现他。

最后离去时，许嘉礼看着墓碑前戚峥的遗照，沉默了许久，似是想再确认一遍，也似是想再求一次。

他开口问出了句："是不是又要走？"

"不会，我会回来的。"

那我等你回来，等你履行承诺。

然后。

再也不会放手。

·············

"为什么想要在秋天结婚？"

戚禾好奇过这个问题。

许嘉礼答："天气好。"

戚禾一笑："就这个？"

许嘉礼垂眸看她，也轻轻笑了下："嗯，就这个。"

因为谁也不知道。

秋天的时候，年少的我许了个愿。

愿得到你。

将我潜藏到极致的爱意，完整地、毫无保留地献给你。

即使这份爱，卑微又渺小。

可那是我跨过时间，跨过山川，永远捧怀着的无限遐想与期待。

那是我早已深陷的满腔热忱。

所以。

哪怕有一点希望。

我也会竭尽全力来到你的身边，奉献出我最真挚的祝福与爱。

来愿你，此生平安。

也愿我，能在某日。

将深刻在心底，渴望至生命的那个人。

如愿，拥入怀中。

番外二
有个故事叫我爱你

　　九点，耀眼的日头渐渐生起，但欧洲的夏日来得有些晚，巴黎作为法国的首都自然也不会太过争先。

　　街上的行人已经穿上了各色的衣服，长短款都有，他们也并不匆忙，有的只是随意地靠坐在树下同自己的同伴聊天，或者简单地拿着一本书观看，显示着这座城市的随性和浪漫。

　　街道一旁的咖啡厅外座上，坐着三位女生。她们正在欢笑聊着天，最左侧穿着小吊带的Carrie时不时会扫几眼街边，似是在等什么人。

　　没一会儿，一对男女的身影出现在街头，他们手牵着手，一边交谈着，一边往这里走来。

　　认出人来，Carrie开心地朝人挥手示意一句："Qi!"

　　闻言，身旁的Beata和Aviva也纷纷转头。

　　对面的女人听见动静，循声望去，看到熟悉的几人，勾起唇一笑，挥手示意。

　　许嘉礼牵着人来到咖啡桌旁，桌前的三人迅速上前和戚禾问好做贴面礼："Chérie，Comment ça va（亲爱的，你最近怎么样）？"

　　戚禾笑着用法语回复："我很好，你们怎么样？"

听到这个，Beata揪着之前新年视频的事，抱怨她回了中国居然都不和她们聊天了，是不是忘了她们。

"这可没有。"戚禾大致解释了一下自己刚回国那段时间找工作的事，"我忙得不可开交，而且现在不是来看你们了？"

闻言，Aviva扫了眼旁边英俊的东方男人，然后调侃一句："骗人吧，确定不是顺便来看看我们？"

瞧见她的眼神，戚禾勾起唇："当然不是，我只是和我男朋友一起来的而已。"

三人听到这话，哎哟了好几声，觉得太酸了。

前段时间，许嘉礼的工作室和巴黎这边有个合作项目，之前一直都是在线上联系的，现在合同敲定下来，需要有个面议的环节。

钱茂干脆就派许嘉礼这个主设计师去谈，正巧附中最近又在放暑假，戚禾不用上课，所以就干脆当个随行人员，顺便来看看老朋友。

许嘉礼面对这阵势，神色平淡地看向三人，颔首先用英语做了自我介绍："你好，可以叫我Jiali。"

听到这声英语，戚禾嘴角微扬。

果然对面三人连忙改为英语回应："我们当然知道你啦，先坐先坐。"

几人随意坐下，而戚禾之前也常来这家咖啡厅，熟练地翻开一旁的菜单，然后递给许嘉礼让他帮着点。

而对面的Carrie却被许嘉礼的脸吸引了，盯了他几秒后，忍不住朝戚禾感叹了一声："Qi，你的小王子长得真的很帅啊。"

注意到话里的某个词，许嘉礼眼睫动了动，继续看菜单。

戚禾看他装作没听见的样子，眨了下眼："怎么说？"

觉得许嘉礼听不懂法语，Carrie毫不掩饰说："他的轮廓线条感好强，好适合当人体模特！"

没想到是这个理由，戚禾轻笑一声："你这意思是我把一个活雕像带回家了？"

"对对对。"Carrie点头，"就是这个意思。"

其他两人看着，纷纷调侃一句："这是赚到了啊。"

戚禾听到这句，眉梢轻挑，还没开口说什么，身旁的许嘉礼稍弯了下嘴角，抬起眸看人："谢谢夸奖。"

三人都被这标准的法语发音听得一蒙，Aviva先反应过来，"哇"了一声："你会说法语啊？"

许嘉礼用法语回："会一点。"

Beata没忍住："苍天，你这可不像是会一点的样子。"

听着这夸张的语气，戚禾先打住，让许嘉礼点些下午茶。

在场的人都知道她没办法选择，许嘉礼问了三位友人的喜好后，点了饮品和甜品。

Beata没在意，好奇先问："你们要在这儿待多久？"

戚禾算了下："三四天吧。"

Beata一愣："这么短。"

"是的。"戚禾宽慰她，"你们之后也可以来中国找我，我随时欢迎。"

"中国太遥远了。"

Beata下意识排斥，说完后，她叹息地又补了一句："如果你能留在巴黎就好了。"

话音落下，戚禾顿了下，一侧的Aviva看了眼对面的许嘉礼，出声斥责一句："Beata，你说得什么糟糕话？"

Beata闻言，也意识到自己话有些不对，但见许嘉礼神色自若，她开口道歉："对不起，我不是那个意思。"

许嘉礼颔首表示理解。

Carrie转移话题，几人继续聊着天，没一会儿服务生端着甜品先上来。

"你们打算要去哪儿玩吗？"Aviva把蛋糕分给她们，好奇问。

戚禾接过吃了一口，但指尖不小心被蹭到了奶油，随口答："在附近看看，顺便带许嘉礼吃些我以前常吃的东西。"

Carrie想起来提醒一句："后天刚好周末，有跳蚤市场，你可以走的时候顺便大采购。"

戚禾倒是忘了这个大节日，问着她们最近有没有什么变化。

许嘉礼见一旁的服务生上来端着咖啡饮品，伸手一一端过。

Aviva瞧见，称赞一句："贴心男士啊。"

戚禾本来正喝咖啡，被这话逗得一呛。

许嘉礼笑着拿纸巾擦了她刚刚被奶油沾到的手，看着她手里的咖啡："少喝点，晚上会睡不着。"

说的是中文，对面三人听不懂，连忙问："他偷偷说什么了？"

许嘉礼坦然地和她对视。

戚禾轻咳一声，怀疑这人是故意的，但还是老实翻译了一遍："他让我少喝点咖啡。"

话音落下，三个法国女生瞬时被他们的虐狗刺激到，尖叫起来。

叫了几声后，Aviva看着许嘉礼那张脸，可能觉得有些不对，有些迟疑问他："我觉得你好眼熟，你以前是不是来过巴黎美院？"

许嘉礼点头承认："来过几次。"

Aviva眼睛一亮，立即看向戚禾："Qi！我就说肯定在学校见过他！"

见她还记得这个，戚禾勾唇正想解释，Aviva却先开口继续问许嘉礼："那天半夜帮忙的学弟也是你吧？"

闻言，许嘉礼倒是有些意外她会认出来，点头："是。"

"嗯？"戚禾没听懂，看向她们，"哪天？"

这事其他两人也没什么印象，但Aviva记得很清楚，解释说："你还记得有次你半夜感冒，烧到了四十度的那次吗？"

戚禾愣了下，确实记得这事。

那次是因为她们在外头写生，画完准备回家的时候，却下起了雨。

而巴黎本来就属于常年多雨的城市，她们也习以为常，没怎么在意，想着应该马上能停，但往戚禾走的半路，微雨突然转为了暴雨。

戚禾虽然带了伞，但她和手里的画没办法一起撑下，所以全程宁愿让自己淋雨，也不想让自己好不容易画的画被毁了。

之后，四人到家马上去洗了澡，但戚禾没逃过风寒，半夜发起了烧，人也已经失去了意识。

等她第二天在医院醒过来的时候，问了Aviva怎么回事，Aviva就说她半夜发烧了。

"我们发现你的时候差点吓死了，叫车打算拉你去医院，但我们又抱不动你，只好找隔壁邻居求助，但我开门出去后就碰到了一个男生，问我你怎么了，我就说了你的情况，他马上就进来抱你，一直等着车来，把你送上了车。"

当时戚禾没在意Aviva的话，等到她准备付医药费的时候，护士告诉她钱已经付了，她才想起来这个好心人。而Aviva也不知道那个男生的信息，只猜测可能是住在附近的学弟，重点还强调了一句是东方男生，并且认识她。凭着这几个提示，戚禾一直没找到那个好心学弟，而之后也渐渐忘了。

现在这个谜题被揭开，戚禾一时有些没反应过来，看着许嘉礼，迟疑问："当时是你？"

"是的呀，就是他。"Aviva作为直面接触的人，印象自然是最深的，她连连称赞，"还好有Jiali，不然你可能都要烧坏脑子了。"

不过Carrie奇怪别的，问道："你当时是来看Qi吗？"

许嘉礼没多说，言简意赅道："航班延误了。"

这话一出，他们自然明白是特意来看人的，又开始尖叫："Qi，你这小王子也太刺激我们了吧。"

再次听到话里的称呼，许嘉礼提出疑问："小王子？"

发现说漏嘴了，三人瞬时一顿。

而Aviva咳了一下，看了眼戚禾，示意道："这个，你需要询问您身边的公主殿下了。"

许嘉礼扬了下眉，转头对上戚禾。

和他对视，戚禾勾唇一笑，吐出一个单词："秘密。"

许嘉礼笑了，但也没揪着问。

聊天继续，但总有结束的时候。

几人看着时间差不多，虽然还是有些不舍，却也知道还会有机会再见。许嘉礼付完款后，戚禾和三人挥手道别，相互说了再会的话，重新顺着来时的路往回走。

许嘉礼牵着她，看着街边一侧的坐在梧桐树下的人们，随性又不拘一格。好似周边的一切都和他们无关，他们只是逗留在这儿的路人，单纯享受这一刻独属于自己的时光。

"看什么？"戚禾见他这么专注看着街边，疑惑问。

许嘉礼答："看街景。"

"好看吗？"戚禾问。

许嘉礼稍稍沉默。

这个城市，他来过好多次。

却一次都没有关注过其他人。

初次，他来得很直接，只是单纯地想要见那一个人。之后，再次来的无数次中，他的行径轨迹，也只是跟随着戚禾而移动着。

他对于这个城市，有的更多的可能是排斥。

戚禾舍弃了他。

来到了这个地方。

而他，有什么理由喜欢这里？

但这次，可能是心境，也可能是身旁人的陪伴，他头一次看到了属于这个城市的美好与浪漫。

许嘉礼收回视线，看她："嗯，挺有艺术感的。"

戚禾轻笑，提醒他："弟弟，这里可是艺术之都，巴黎。"

许嘉礼眼眸微动："所以姐姐喜欢这里？"

"喜欢啊。"戚禾给他举例，"人好，氛围也好。"

说完，戚禾问他："你不喜欢？"

听着她刚刚的语气，许嘉礼转头看着前边的路人，否定道："不喜欢。"

戚禾嘴角稍弯，没问他为什么，而是问了刚刚Aviva提到的："我发烧那件事，你怎么不告诉我？"

许嘉礼掀起唇："姐姐要还我医药费吗？"

戚禾逗他："算是吧，这儿可不比国内，医药费可是巨额债务，你是不是故意打算到时讹我？"

许嘉礼顺势接话："这个我可以考虑一下。"

戚禾觉得好笑，调侃他："我半夜发烧都能被你碰到，该不会你每次都偷偷半夜来巴黎看我吧？"

许嘉礼挑眉："我倒也没有那么闲。"

戚禾抽出了自己的手，不让他牵。

许嘉礼笑了一声，下一秒又勾了回来："确实不是每次，那天只剩下那个航班了，我到了巴黎才意识到时间很晚了。"

本来只是想在房子前看看她，看一眼就走的。却没想到，她闹出了发烧的事，当时他急忙把人送上车后，自己又叫了一辆跟在后面。但怕被她的同学发现，不敢离得太近，到了医院后，也一直站在治疗室外等着，等着她退烧后才付完钱放心走人。

许嘉礼想到什么，看着她莫名一笑："当时还有点庆幸。"

戚禾扬眉："庆幸我发烧了？"

许嘉礼解释："庆幸你失去了意识，不然我没有办法出现在你面前。"

戚禾顿了下，继续问："那如果当时我没有昏迷，你就不抱我了？"

许嘉礼把当时的方案告诉她："会叫救护车。"

戚禾有些哭笑不得："那你还不如叫救护车呢，抱我不累？"

见她居然在意这个，许嘉礼瞥了她一眼："我看起来有那么虚弱？"

戚禾瞧了眼他过于白的脸色，实话说："有点。"

许嘉礼捏了她的指尖，顺势而为道："那晚上姐姐多关心关心我。"

戚禾拒绝回答。

见此，许嘉礼又笑了声，带着她自然地往前走。

路口后，进入塞纳河旁的人行道，来往有各色的游玩的旅人，也有小商贩摆卖着玩意儿。见他对路这么熟悉，戚禾挑眉："你来过这儿？"

许嘉礼"嗯"了声："来过。"

戚禾觉得这人可能背着她干了不少事，脚步一停，侧头看人，悠悠问："弟弟，你还有什么事瞒着我呢？"

见她开始进入重点，许嘉礼抬眉："姐姐猜猜看。"

戚禾眨了下眼："不能告诉我？"

明显许嘉礼不吃这套："想知道？"

"是啊。"戚禾点头，老实说，"我还挺想知道的。"

夏日傍晚，河边的风稍稍吹起，拂动起水面，掀起涟漪。

两人站在河畔旁，许嘉礼抬手理着她有些乱的额发，语气轻慢："那姐姐想留在这里吗？"

戚禾知道他还是在意刚刚Beata说的话了。

她在这里生活了五年，早已习惯这里的人和一切。而五年，长长的五年。也足够让一个人有了依属和留恋。

从她来到这儿开始，许嘉礼就害怕她会选择留在巴黎。

重回故地，对这里的一切都很喜欢。

看出他的想法，戚禾走上前，伸手抱住他的腰身，稍仰起头看他，问出他的担心："怕我留在这儿？"

许嘉礼和她对视："你想吗？"

"想过。"戚禾承认。

许嘉礼眸色微淡，揽着她的手臂收紧。

下一秒，戚禾勾起唇，语调稍拖："但我现在更想知道我们嘉礼弟弟藏着的秘密。"

话音落下，许嘉礼深深看向她，没说话，只是低头靠近她，轻轻开口："所以，不能离开我。"

一生那么长。

许嘉礼蹭着她的鼻尖，小心翼翼地吻过她的唇角，定下承诺。

"我会把所有事，都慢慢告诉你。"

戚禾没想过离开许嘉礼，也知道他对自己过重的在意。

而她也是如此。

见过朋友后，第二天许嘉礼去办工作的正事，戚禾则窝在酒店睡觉。

等到下午她睡醒了，许嘉礼也差不多回来了。戚禾收拾好，打扮了一番后，许嘉礼带她出门吃东西，逛街。

不过也不知道是怎么回事，戚禾发现这人带她去的地方，都是她以前常去的。有种让她去过之后，满足了，以后就不用再想的意思在。

一直到吃完饭后，这个猜想得到了验证。

戚禾觉得既然都到这儿了，想着买些特色的东西送给附中的老师们，就领着许嘉礼走到一家小商品店里，但看了一圈都没有满意，说算了。

而许嘉礼提了句："确定？以后姐姐可没机会买了。"

戚禾眯眼看他："果然，你就是故意带我逛这些地方打卡的。"

许嘉礼不怕她发现，诚实道："怕姐姐回国想这些，伤心了不好。"

被他这歪理气笑，戚禾懒得理他，看着前边的涂鸦水杯，问他意见："你作为员工，选一个送给学长。"

许嘉礼顺着看了一圈，停在右上角："那只狗怎么样？"

戚禾看着水杯上的一只涂鸦柯基犬："……也可以。"

许嘉礼伸手拿下来，领着人去结账。

"其他老师的怎么办？"

走出店铺，戚禾没有买其他东西的想法，但就只买给钱茂，这样也不好。许嘉礼带着人回酒店，随意说："明天不是有跳蚤市场？"

闻言，戚禾想起来这事："也对，明天还有跳蚤市场。"提到这儿，戚禾又添了句，"那里有个老婆婆，卖一些手工做的首饰，很精致漂亮，我经常在她那儿买东西，但她年纪有点大了，也不知道她还在不在。"

许嘉礼："明天找找看。"

"嗯。"戚禾看着他那张立体的五官，想了想，"到时如果有好看的，也给你买一个。"

许嘉礼看了她一眼。

戚禾继续逗他，伸手摸了摸他的下巴，调戏道："我们嘉礼弟弟这么漂亮，也要打扮一下嘛。"

许嘉礼自然知道她在想什么，牵起她的手，放在嘴边咬了一口。

戚禾觉得自己可能真的找了条狼狗，许嘉礼这人时不时就喜欢咬她，在床上的时候就更不掩饰了，总喜欢咬着她的脖颈，但也不用力，只是用他那颗虎牙轻轻磨着，舔咬着。

很是折磨人。

戚禾想到那感受就觉得脖子一凉，以及腰疼。

想及此，戚禾红着脸，抽回自己的手，教育他："你这个咬人的习惯，要改。"

许嘉礼很霸道："不改。"

见他这不听话的样子，戚禾一不做二不休，捉起他的手，反咬他一口。

感受到她的力度，许嘉礼貌似还有点不满意，给出意见道："姐姐可以咬得再重点。"

变态。

许嘉礼看着她的眼神，不用猜也知道她心里的想法，轻抬了下眉。

然后晚上两人狠狠地"变态"了一把，不过戚禾是被迫"变态"的那个。

闹腾过后，引来的结果就是两人起床起迟了。跳蚤市场是巴黎人的热销活动，一般都是早早出发去选购东西，如果晚了就只剩别人挑剩的了。

戚禾还想着要给陈美兰他们买东西的，现在都被打乱了。

急急忙忙洗漱后，戚禾换着衣服把人骂了一顿，许嘉礼先穿上短袖，走到她身后帮忙拉上裙子拉链。

看着那隐约点缀着红印的脖颈，他下意识低头亲了下："还早。"

戚禾侧头睨他："都快中午了，哪儿早？"

许嘉礼帮她理好衣服，合理分析："现在去也不急。"

戚禾并不相信他，连忙赶着人出门。

巴黎有很多跳蚤市场，其中最知名的是北面的圣图安跳蚤市场，但那边的治安有些差，戚禾只是偶尔和朋友一起结伴去那边，所以平常她都会选择去稍近一点又相对安全的凡维斯的跳蚤市场。

下了地铁后，许嘉礼牵着戚禾穿过前边的一片绿化树林，没一会儿就看到了市场入口。

戚禾熟练地往里走，虽然两人算迟到的客人，但里头依旧还是很热闹，人头攒动。

许嘉礼将人护在身前，戚禾好奇看他："你逛过吗？"

"跟着你逛过。"许嘉礼没有瞒着。

戚禾轻笑："许弟弟，姐姐怎么觉得你这样好像一个跟踪狂。"

许嘉礼眉梢轻抬，不置可否。

戚禾一边走着，一边看着两侧的商品，发现了一些好看的东西，拉着许嘉礼一起挑着买。

老板是个老爷爷，看着两位是亚洲人的长相，但他又不会英语，只能很为难地说了几个很简单的法语单词。

戚禾笑了一声，熟练地告诉他自己会说法语。

老爷爷松了口气，问着她需要买些什么。

戚禾看着桌上有几个可爱的陶瓷装饰玩偶，问了许嘉礼："你觉得送各个老师一人一个怎么样？"

她用的是法语。

许嘉礼顿了下，点头同样用法语回："可以。"

戚禾也觉得可以，朝老爷爷示意自己需要这几个玩偶。

许嘉礼站在一旁，听着她熟练地和人砍价，和他这般的贴近，在这个他曾经只敢远远跟随，不敢上前一步，出现在她面前的国度里。

被她打破了那层隔阂。

"先生，您的这位美丽女士可真是会说话。"老爷爷最终接受了戚禾的价格，无奈对着许嘉礼开口。

许嘉礼回神，看了眼身旁的女人，浅眸含了几分笑意："这不是好事？"

老爷爷大笑几声："当然，您的运气很不错。"

说着，他用袋子装好了玩偶，递给戚禾。

戚禾接过，朝许嘉礼扬了下眉："运气好的先生，可以结账了。"

许嘉礼莫名笑了下，老实付钱。

老爷爷看着两人般配的样子，笑着给了祝福语："祝你们一天心情愉快。"

戚禾颔首道谢，许嘉礼接过她手里的袋子，继续往前逛。市集的摊位很多，但可能快临近结束了，有些已经开始悠闲地准备收摊了。

戚禾也没什么要买的，大致看过后，许嘉礼忽然提了句："不是要找那个婆婆？"

戚禾差点快忘了，经他一提，按着记忆去找奶奶的摊位。

老婆婆的摊位一般都在市集的尾段，可能那里离家比较近，她懒得走那么长的路去摆摊。

一条长街的尽头，对比入口，行人明显少了很多，只有三两个好友还停驻在摊位前，挑选商品。而右侧有个银发老婆婆，穿着简单的短袖长裤，戴着一副老花眼镜正在看书，摊位前摆着一排排老旧的首饰，而另外一排则是手工打造的。

身前有影子覆盖下来，婆婆的视线从书上抬起，瞧见女人的漂亮眉眼时，她似是不意外，笑着放下书："好久不见，可爱的小女孩。"

对这反应，戚禾倒是一愣："你还记得我吗？"

"当然。"婆婆起身拥抱她，与她行贴面礼，"没了你的光顾，我可快要失去了经济来源了。"

戚禾扬起眉："那我可真是你的大客户，这次必须给我个大优惠。"

"噢。"婆婆叹气，"小聪明，你可真狠心。"

戚禾轻笑抱了下她，然后介绍了一下许嘉礼。

婆婆看向他，许嘉礼颔首致意："你好。"

婆婆自然又称赞了一番他的相貌。

这些话戚禾已经听习惯了，所以也没怎么在意，低头环视了一圈桌上的首饰。

"这次需要什么呢？"婆婆先问。

戚禾随意道："有什么推荐的？"

"很巧。"婆婆笑得有些意味深长，"昨天我刚刚收到了一件，要看看吗？"

戚禾点头，有些兴趣。

而后，就见婆婆从桌后拿出一个小小的礼盒，看着很是贵重。

戚禾就等她打开，但婆婆先卖了一个关子，悠悠开口："关于这件东西，还有一个令人感动的故事。"

戚禾隐约觉得有些奇怪，示意道："可以说说看。"

婆婆看向她，用法语认真地叙述开口。

"很久以前，有个伤心的男孩从遥远的东方来到了这里，只想看一眼他心爱之人，可是男孩埋怨那人把他抛弃了，一直不想也不敢出现在她面前，只能偷偷看着，但他不知道，他的心爱人其实也受了伤害，所以才远离家乡，孤独地在这里生活着。"

熟悉的故事传来，戚禾眼睛动了动。

婆婆朝她笑了下，接着说："就这样过了很久很久，男孩还是每一年都会来，依然很喜欢那位抛弃自己的公主，最后就在男孩忍受不了，不想再继续躲在角落的时候，上天突然给了男孩一次机会，让公主回到了东方的故土，也让她来到了男生的身边。"

婆婆的话音停下。

"之后。"身旁熟悉的男人忽而代替出声，他转头看向戚禾。

戚禾眼眶已经微微泛红。

许嘉礼语调缓慢，继续讲述："男孩和公主在一起了，但是男孩想要未来，想要他们的未来，也想要，迎娶他的公主，所以——"

他拿起桌上的礼盒，面朝她："公主会同意吗？"

话音落下，礼盒轻轻开启。

戚禾视线微垂，盯着里头的那枚钻戒，没忍住，抬起手半掩着唇，含着泪光，轻笑哑声说："面对这个漂亮的戒指，公主不答应也难啊。"

"那么。"许嘉礼抿下唇，取出戒指，拿过她的左手，垂眸低低问，"等到男孩拿着这枚戒指，他想要对公主说一句话，你猜他说了什么？"

戚禾看着他，两秒后，低声说出那句所有语言中最庄严浪漫的一句。

"Je t'aime."

我爱你。

这句话，婆婆听懂了，周围的行人们也听到了，他们看到这一出，明白过来后，纷纷鼓掌祝福这对漂亮的情侣，大声欢呼。

"哇哦！恭喜！上帝会保佑祝福你们的！"

闻言，戚禾莫名觉得好笑，抬眸和他对视。

许嘉礼稍勾起唇，将戒指推入她的无名指间，而后，面对众人的目光，他低下头，在戚禾的指尖，轻轻吻过。

是啊。

"上天保佑。"

愿许嘉礼和戚禾。

一直在一起。

番外三
小小虎牙，小小愿望

戚禾和许嘉礼结婚后，一度让附中的少男少女伤心了一段时间。而许嘉礼这人还故意作怪，上课的时候给学生们也都带了喜糖。

这一出让女生们对戚禾的仇恨值拉得更大了，但对于学校论坛里的来说完全就是圆满嗑糖的程度。

许嘉礼虽然不是附中的老师，但知名度比其他老师都高，再加上和戚禾这个美女老师的组合，一直处于贴吧讨论帖子里的前几位。但自从两人传来喜讯结婚后，按他们年轻人的话来说，许嘉礼算得上是英年早婚的一员，而戚禾就是晚婚晚育的那一位。

虽然只是差了三岁，但戚禾还是不得不面对年龄这个问题。

"叮咚。"

桌上的手机连连作响，许嘉礼看了眼屏幕，放下手里的铅笔。他拿起手机看着上头的信息，勾了下唇，回复了几个字后放下，重新拿起铅笔。

许嘉礼稍稍加快速度，画完了手上的草稿方案，算着时间，拿起外套，起身出了办公室。

外边的钱茂在跟小童他们聊方案，听见声响，转头瞧见是他，随意问："现在就走？"

"嗯，草稿画好了，明天给那边看看。"

见他完成这么快，钱茂当然没意见："行，替我和学妹问声好啊。"

话音落下，许嘉礼应了一声，径自走人。而等人走后，小童看了眼电脑上的时间，有点奇怪："今天学长提早了一个小时啊。"

旁边的伟杰自然地解释："学姐现在这情况，学长当然急着回家看老婆了。"

"没想到学长这么黏人。"小童有点羡慕。

听着两人对话，钱茂憨憨地笑了一声："年轻人，这可不叫黏人，你们戚学姐以前家境可不一般，他好不容易娶了人回家，哪儿会让她受苦。"

小童愣了一下："学姐家里很有钱？"

"当然有钱。"钱茂对这个可有话说了，"以前在美院的时候，戚禾可是有名的白富美，长得漂亮性格又好，哪个男生不喜欢她？我们暗地里可做了很多斗争的，但又觉得她家世这么好，根本看不上我们，也就没那想法了。"

"后来呢？"

"后来没想到她突然就出国了，回来后，我才知道她家里出了点事，现在家道中落了。"

旁边的伟杰没想到是这情况："所以学长就乘虚而入了？"

钱茂闻言，突然想到许嘉礼做的那些坑人的事，有些尴尬地清了清嗓子："没有，当然是他光明正大追到手的。"

小童回忆起现在戚禾的模样，突然觉得有些感叹："难怪学长那么宠人呢。"

这回，钱茂笑了一声。

所以啊。

他势必要将人养回曾经一身娇纵恣意的戚大小姐。

此时，话题里曾经的戚大小姐正在家里沙发里看书，看到一半，突然觉得有点渴。戚禾放下书，撑起身子起身走到厨房正准备倒水，玄关那边就有了几声动静，是赵阿姨朝人打招呼的声音。她瞥了眼墙上的时间，继续倒水。

屋外，许嘉礼开门进屋，换了鞋后提着手里的东西往里走，见客厅内没人，就只有一本书被随意地放在了茶几上。

他熟练地转了方向走到厨房，看着女人端着水杯，慢悠悠地扫了他一眼："许老师这么早就回来了？"

许嘉礼一笑，走到料理台前，把买的水煎包递给她："不是戚老师想要吃这个？"

戚禾瞥过袋子的包装："我现在不想吃了。"

"嗯。"许嘉礼从善如流地点了下头，"那看来是宝宝想吃。"

戚禾拒绝道："他也不想吃。"

"是吗？"许嘉礼走到她身旁，一手揽过她的腰，另一只手摸了下她大大隆起的肚子，"我问问他。"

戚禾瞪他："你看看你都迟到多久了？"

许嘉礼抚着她的孕肚，耐心解释："排队的人有点多，慢了一点。"

戚禾"哼"了一声："许老师这么忙，下次别给我买了。"

听着她一口一个许老师的，许嘉礼语调慢慢问："姐姐这次又看了什么？"

戚禾怀孕已经八个月了，肚子一天比一天大，但可能是前期过得太平静，没有一点妊娠反应，到了最后这关头，许多年没有冒出来的大小姐脾气突然开始发作了。

看到什么都不爽，还喜欢折磨别人，而最主要的源头是她无聊喜欢刷学校论坛，看到学生的评论时，更气了。

而许嘉礼就成了她的折磨对象。

所以听着她的话，许嘉礼不用猜都知道她肯定又看到了什么。

见他发现，戚禾不想告诉他，拍开他的手，端起水杯喝水。

许嘉礼看了眼她的水杯，确认问："温水？"

知道他在想什么，戚禾嗔了他一眼："我就喝了那一次。"

也不怪许嘉礼怀疑，戚禾怀孕二十三周的时候很想喝可乐之类的碳酸饮品，但孕妇不宜喝这些，她就偷偷摸摸买了一瓶气泡水，想装作温水喝了一口。但还没喝就被许嘉礼发现了。

听着她抱怨的语气，许嘉礼也没想说什么，让她慢点喝。

戚禾喝完，看着他手里的水煎包："我不吃，你拿出去和赵阿姨一起吃。"

"她回家了。"赵阿姨是奶奶的熟人，特意请来照顾戚禾的，但怕打扰他们夫妻俩，一般许嘉礼回家，她就会先走了。

"我排了那么久的队。"许嘉礼侧头看她，语气轻叹，"姐姐确定不吃？"说完后，他似是没忍住，半掩嘴，轻轻咳了一下。

一副虚弱者的样子。

戚禾吃惯了他这个招数，但每次看到他那张白皙的脸，还是会心软，挣扎了一下后："那我就吃一个。"

许嘉礼勾起唇，点头带着她往客厅走。

最后，戚禾窝在他怀里，被哄着又多吃了一个水煎包。

许嘉礼拿着她的手机看了她刚刚正在看的界面，明白过来，似是觉得好笑："因为觉得比我大，所以生气了？"

"你懂什么。"戚禾睨了他一眼，"女人生完孩子后就会变得人老珠黄了。"

听着这个担忧的话，许嘉礼看着她白里透红的脸，抽了张纸巾擦了擦她沾着油光的唇角："应该不会，我养得这么好。"

戚禾瞪他："你把我当猪吗？"

许嘉礼揉了揉她依旧尖瘦的下巴："那姐姐可能还要吃点。"

从在一起到现在，他养了这么久也没见她胖多少。平常在街上散步的时候，路人如果不是看到她的孕肚，可能都不认为她是一个孕妇。

戚禾懒得理他，而吃饱喝足后，靠在他怀里，莫名又开始犯困了。

许嘉礼知道她最近嗜睡，轻轻抚着她的背，而戚禾下意识找到他的手牵着。因为先天性不足，他手脚的温度比常人要低，冬天的时候，完全就像冰块。

戚禾时常会牵住他，给他取暖。一开始许嘉礼怕冷到她，都不会让她牵，但戚禾却不放，久而久之，他也随她了。但怀孕后，每当到晚上的时候，戚禾知道，他等她睡着后，还是会抽回自己的手。

因为怕自己的病气，对她和宝宝有影响。

听着怀里人渐渐平稳的呼吸，许嘉礼正抽回手，准备抱她回房间的时候，戚禾却继续牵着他，迷迷糊糊地喊着："阿礼。"

"嗯？"

许嘉礼反手牵住她。

两人的无名指上的戒指轻轻贴合着，合为了一体。

婚戒是许嘉礼这个设计师亲自设计的，男女款分开呈半弧形，像个残缺的月牙，而合起来则是圆满，款式很简单，但却独一无二。

"我有点紧张。"戚禾稍稍睁开眼，"你想要男宝宝还是女宝宝？"

许嘉礼没想过这个问题，表示："都可以。"

戚禾瞥他："你就没点期待？"

许嘉礼想了想："有一点。"

戚禾眨眼："什么？"

许嘉礼伸手轻轻摸着她的肚子，垂眸看着，语气缓慢："希望他身体健康。"

离预产期还有一个月的时候，许嘉礼就留在家里办公了，钱茂也知道戚禾这情况，也尽量不安排工作给他。

许嘉礼每天陪着戚禾散步，吃饭，睡觉，基本时时刻刻都在她身边。而本来预定算好是下周三生产的，但戚禾却提前了三天，在周日晚上就有点动静了。

戚禾被送到医院的时候，已经开始一阵阵的宫缩，而许嘉礼怕她疼得太厉害，一直守着她。最后终于熬到要生产的时候，许嘉礼作为家属陪同进了分娩室，旁边医生还在做准备工作。

戚禾躺在病床上，看着许嘉礼紧张的表情，明明痛得要死，但还是没忍住笑了一声："许嘉礼。"

许嘉礼先行握住她的手，哑声开口："宝宝没事，我知道。"

戚禾点头，正想夸他，而许嘉礼红着眼盯她："所以你也要好好的。"

"好。"

周围的医生看着这对甜蜜的夫妻，可能见惯了，也没打趣他们，只是笑着示意一句："爸爸妈妈们，别担心，准备迎接宝宝吧。"

当晚，戚禾顺利地生下了一个男宝宝。

也应了许嘉礼的话。

他很健康。

而戚禾让许嘉礼想了很久的宝宝名字，在她出月后，终于定下了。

叫许愿。

属于他们的小小愿望。

戚禾挺满意这个名字的，所以每天睡前都会逗许愿："妈妈是不是应该要买个蜡烛放在你旁边，好让你给自己许个愿。"但才几个月大的许愿哪儿能听懂她的话，只以为妈妈在逗自己玩，轻轻弯唇一笑。

笑得很含蓄斯文。

其实许愿的长相偏向戚禾多点，睫毛长长的，一双狐狸眼，看着就很漂亮，不知道还以为是个女宝宝，但他的性格却有点像许嘉礼。

不怎么喜欢笑，平常也都是安安静静的。但如果有戚禾和许嘉礼陪着玩的话，他就变得很闹腾，但还是不常笑。

有时候戚禾会故意逗他笑，那时他才会咯咯咯地笑出声，露出他那两颗小门牙。

宋晓安有时候带着自己家的稍大一点的小姑娘来玩的时候，看着许愿那样都直呼："好萌好可爱。"

而戚禾看着许愿那两颗乳牙，没说话，不知道在思索什么。

傍晚许嘉礼回家，就看到赵阿姨一个人在陪着许愿玩。

"沐沐在书房呢。"

赵阿姨瞧见他，笑着解释了句。

"好。"

许嘉礼走去抱起许愿。

许愿原本玩得好好的，被他这样一抱，就没了兴趣，乖乖地窝在他怀里，仰头看着他，象征性地随意叫了一句："巴巴。"

"嗯。"许嘉礼抱着人往书房走，也很随意问，"你妈妈不要你了？"

"啊……"

书房门大开，里头的戚禾自然也听到他这话，无语地看他："乱说什么话！"

许嘉礼稍勾起唇，抱着孩子走去问："找什么？"

"找你以前的照片。"戚禾翻着抽屉，"想看你几岁长虎牙的。"

"嗯？"

戚禾好奇地看着他："你说许愿会不会也有虎牙？"

怀里的许愿小朋友听到自己的名字，也抬头看向爸爸。

许嘉礼否定道："不会。"

这人一直嫌弃自己的虎牙，但戚禾就是逗他，伸手抱过许愿，戳了戳他的小脸蛋："有虎牙多可爱，多帅啊，是不是阿愿？"

看着妈妈的笑容，许愿也跟着弯起唇，笑了。

知道她的心思，许嘉礼抬手摸了摸她白皙的脸："又不好看。"

戚禾抬眸："我觉得好看。"

许嘉礼点头放行："那就长吧。"

戚禾失笑一声："这哪儿是你说长就能长的。"

许嘉礼闻言，似是认真想了想："那我许个愿。"

戚禾挑眉："然后呢？"

许嘉礼伸手将她和许愿抱在怀里，低头靠着她说："然后你陪着我等它成真。"

听到这儿，戚禾怀疑地看他："难道你许的愿都成真了？"

闻言，许嘉礼感受到怀里的体温，慢慢笑了起来，点头："嗯。"

"都成真了。"

番外四
我想未来有你

　　那是2012年，戚禾成为家教的第一个月，许嘉礼初学画画。

　　午后的书房内，许嘉礼坐在书桌前完成作业后，拿着一本书正在看。

　　没几秒，他抬头看了眼窗外，见没什么动静，重新低下头看着手里的书。许嘉礼盯着书上的文字，却又根本看不进去，强迫自己扫了几眼后，再次抬头看向窗外。

　　而这一回，门外传来了脚步声，以及有那道熟悉的身影。

　　"沐沐来了？"

　　"是啊，奶奶好。"少女声线含着笑意，许嘉礼可以想象到她此时的神情，一定又是那副调皮的笑模样。

　　她来了，许嘉礼想。

　　果然下一秒，少女的身影出现在了窗前，她穿着简单白色T恤，衬着她那张脸更加明艳，而她勾着嘴角，笑意盈盈地看来。

　　"下午好，许弟弟。"那双似笑非笑的眼睛直直和他对视上。

　　一瞬间，许嘉礼拿着书的手一顿，他下意识移开眼："嗯。"

　　对着他这平淡的回应，戚禾已经习惯，无所谓地经过窗口，走进书房，而后熟练地走到一边靠右的画架前，看了上头一排排的线条，点头：

"画得不错。"

第一次被夸奖。许嘉礼垂下眸，起身走到她身旁问："今天学什么？"

戚禾拉开凳子让他坐下，自己则是坐在旁边，拿起前边的铅笔，悠悠道："线。"

许嘉礼皱了下眉："还是线？"

"对。"戚禾看着他的表情，弯唇解释，"弟弟，可别嫌弃进度慢，线可是基础，只有画好了线，你才能画下一步。"

他确实觉得太慢，也有些不耐烦。明明只是最简单的线条而已。他不明白，为什么要练习这么久。可这是她说的话，这是她懂得的领域。

许嘉礼没有办法反驳，只好跟着她继续练习。

"画线的时候，发力点主要放在整个手臂和肩膀，最重要的是你的手腕。"少女的声音落在耳旁，她左手执着一支铅笔，随意在面前的画纸上画出一条线。

两人的距离不算太近，可她是左撇子。画线时，她的衣袖不自觉地会划过他的手臂。

微痒。许嘉礼视线移动，落在眼前，是她的侧脸。

她的神色专注，仿佛只有这一刻，她才会将那惯有的捉弄笑意退去，进入了属于她的世界。可她不知道，自己对一个少年，这样毫无防备地靠近意味着什么。而对他，又是什么。

许嘉礼盯着她，视线却不自觉地落在她的唇瓣上。

意识到自己的想法后。那一瞬间，许嘉礼是愧怍的。她什么都不知道，只是把他当成一个邻家弟弟，耐心教他画画。

可他，却在想着她。

甚至，频频出现在不该有的梦里。

许嘉礼手心微蜷，强迫自己收回视线，看着她画纸上已经渐渐成型的正方体。

戚禾最后满意地收尾，朝他示意："你画一下。"

许嘉礼没说话，拿起手里的铅笔，按着她画上的样子，用着单一的线条模仿了一遍。而戚禾看着成型的方块，有些不满意，用笔标志给他看："这里画得太重了，线条要明显点，不要抖。"

"重新再画一次。"

许嘉礼继续，可依旧还是没有让她满意，他还是犯了同样的错误。

她应该是对他失望的。他也不应该去奢求接近她的。

"弟弟，才画到第二个就放弃了？"戚禾拿着铅笔，修改他凌乱的阴影，"画画是一件难熬的事，我都坚持了这么久才有了现在的成绩，你这个新手还想着一蹴而就？再试一次，反正有那么多机会。"

话音落，许嘉礼眼睫动了动，抬眸看向她。

对着他的视线，戚禾语调稍抬："怎么？不想试了？"

"没有。"许嘉礼收回视线，看向面前的画纸，继续画着。

他还，不想放弃。

第三次，他纠正了一些错误。第四次，许嘉礼看出来她似是想上手教他，但不知道为什么她却没有动手。直到第五次，他画到侧边的那条线时，手背覆上了她的左手，带着柔软的触觉，以及手心的温热。

许嘉礼一顿，而她似是察觉到他的反应，正想松手。

怕她走，许嘉礼下意识出声："不教吗？"

戚禾莫名有些傻气地问："我可以这样教？"

一瞬间，许嘉礼明白了她的意思，她是害怕他介意，而不是不愿意。

他是欣喜的。许嘉礼控制着唇角，可没有掩饰住自己的眼神，盯着她，慢慢问："为什么不可以？"

确定他不介意后，戚禾果然不再拘束，自然带着他的手，在画上移动着，告诉他如何更好地构图绘画。

少女与他贴近，气息落在身旁。许嘉礼甚至能感受到她指尖的温度。

画完基本的构图后，戚禾松开他的手，感受到脸上有发丝扰人，她随手勾了下："现在你自己试试。"

许嘉礼抬起眼，看着她的脸顿了下。

"姐姐。"

戚禾听到这声，转头看他，对上他意味不明的视线，"嗯？怎么了？"

少年的身子高，看着她的视线有些俯视，也将她脸颊上那抹铅笔灰，看得一清二楚。

许嘉礼知道自己应该告诉她，可是，面对她茫然的目光。

许嘉礼俯身靠近她，慢慢向她抬起手。而她毫无察觉，看着靠近自己的手，愣了一秒，却没有避开，似是奇怪唤："许弟弟？"

三个字，让指尖在距离她侧脸一寸处的空中骤停。

弟弟。

是啊。

他是她面前的好弟弟。

两人面对面，距离挨得很近，许嘉礼十分克制。

戚禾看了眼他的手，开口："手有……"

话还未说完，许嘉礼保持距离下，伸手贴上，用指腹飞快地在她脸颊处一抹。

少年收回手，垂眸，在她面前摊手，面色如常，哑声示意说："有铅笔灰。"

当晚。

许嘉礼依旧做了梦。

也仅是梦。

之后，每次的上课，许嘉礼有些贪心，也渐渐得寸进尺。他知道，只要他对着她说"我不会"，她这个人心软，就会手把手带着他继续画。

因为他只是个邻家弟弟。她不会在意，也不会觉得有问题。而是他，在一步步地贪心不足而已。

学完简单的基础后，戚禾开始教他素描静物。

许嘉礼对这些已经渐渐上手，对她同样也知道该如何应对。

"你学的速度很快，之后应该就能学别的了。"戚禾坐在他身旁，边教他边说着。

许嘉礼抬眸看她："画人吗？"

"画人还早。"戚禾下意识逗他，"难道你有想画的人？"

但出乎意料地听到他说："有一个。"

戚禾愣了下，好奇问："谁？"说完之后，她意识到什么猜测一句，"不会是什么心仪的小女孩吧？"

不意外她会这样说，许嘉礼看着她，没有回答。

眼里是无言的暗涌，多的是她不知道的意味。

戚禾没有在意，起了兴趣："是谁？不能告诉姐姐啊？"

"不能。"

"有什么了不起的。"戚禾嗤了一声，"我也……好吧，虽然我没有，但以后总会有的，以后我也画一幅。"

听到她最后的话，许嘉礼意外地排斥。

她没想到他。他在她的以后，终究只是一个大学时匆匆接触过的邻家弟弟。她没有他的未来。

"所以你学会后，想画她？"

"嗯。"

戚禾眨眼："漂亮吗？"

许嘉礼看了她几秒，垂眸说："很漂亮。"就像明艳的色彩，挥洒过他黑暗的角落里。

听着这么确定的话，戚禾轻笑一声，单手支着下巴，慢悠悠问："小弟弟，姐姐也很漂亮，你怎么不画画我呢？"

她就是你啊，戚禾。

可是，我怎么敢告诉你。

许嘉礼抿起唇，一笑："会画的。"

他无声收紧手里的笔，轻声说："等我画好给姐姐。"

戚禾满意地点头，看了眼画纸："好了，继续画吧，学会了才能画人。"

许嘉礼掀起眸，捏着笔，没一会儿，抬手指着某处，低声问："这里应该怎么画？"

戚禾顺着看去，拿起铅笔勾勒了过后，见他看着自己，眨眼问："还是不会？"

许嘉礼点头："姐姐教教我。"

戚禾无奈拉过他的手，自然带着他画："这样，勾勒一些线条……"

话音轻轻响着，许嘉礼视线落在两人相合的手。

就这样吧。

让他做个无耻的人。

偷得这样小小的满足感就好。

高三的学业渐渐变重，许嘉礼转为艺术生的决定，他没有告知许启淮和杨惠，反正他们也不在乎。

毕竟快要中考的许望，比他更重要。

所以许嘉礼只问了林韵兰的意见，而林韵兰只说了他喜欢就好。而班主任对他也并不在意，即使认为他是个好学生，但对于他的身体情况，所有人都有些担忧，怕会给身为班主任的他增加麻烦。

当个美术生，总要少点危险。

许嘉礼没有觉得自己可怜，倒是觉得习惯了，这样也挺好。

只是，他唯独不想让那个人知道。但可惜，她还是见到了许望。

从那以后，许嘉礼渐渐意识到，戚禾好像从来不会主动和他讲她家里人的事。就像，就是个随时能离开这里的人。可他却时常看到她如同被拔光了刺的刺猬一样回到阳城，满身疲惫。

她不说，而他没有资格问。

学会人物画后，戚禾的家教渐渐进入收尾阶段，一般都是让他自行练习相关板块。

那段时间，戚禾好像也很忙，每天早出晚归的，偶尔还会在他身旁补觉。只有这时候，许嘉礼才能毫无掩饰地看着她，不用压抑，也不用装作无知懵懂的少年，取得她的在意和贴近。

而她闭眼假寐的时候，许嘉礼不敢逾越，只能画着自己的画。

怕她发现他放肆大胆的目光中，那藏不住的隐晦爱意。

"你之前说你想画你喜欢的女孩，画了吗？"

戚禾趴在书桌上，半张脸都埋在手臂里，不知道为什么想起来这个事，半闭着眼，忽然开口问。

许嘉礼凝视着她垂落在桌前的长发，想到了那日的大胆妄为，喉结滚了滚："画了。"

戚禾睁开眼看他："然后呢？"

怕被她识破，许嘉礼迅速别眼，简单说："她还没有看。"

"嗯？"戚禾奇怪，"那什么时候看？"

听着这个问题，许嘉礼笔尖一停。

什么时候？

他没想过。

他能维持现状到什么时候？

他偷偷贪得的这些相处，总会有一个尽头，是不是最后都会变成他每次梦醒时的贪恋。

见他没有回答，戚禾给出意见："毕业后吧。"

许嘉礼重复呢喃："毕业后……"

戚禾宽慰他："弟弟，现在你们还要高考，这还是放在毕业后再说吧。"

许嘉礼沉默了几秒，而后，慢慢抬头，应着："那就毕业后。"

我希望。

时间可以快点。

等那时，我已成年。

不再是一个少年。

我努力点，慢慢走近你的生活，感知你的世界。

如同痴心妄言。

我想，未来有你。

一切皆好。